Die Beschenkte

© Daniel J. Burbach

Kristin Cashore wuchs als zweite von vier Schwestern in einem kleinen Ort in Pennsylvania auf. Sie studierte am *Center for the Study of Children's Literature* in Boston und hat in vielen Berufen gearbeitet, unter anderem als Packerin in einer Bonbonfabrik sowie als Lektorin und Texterin. Kristin Cashore lebt und schreibt in Boston.

KRISTIN CASHORE

Die Beschenkte

Roman

Aus dem Englischen von
Irmela Brender

Weltbild

Die englische Originalausgabe erschien unter dem Titel
Graceling bei Harcourt Children's Books, Hartcourt, Inc.

Besuchen Sie uns im Internet:
www.weltbild.de

Genehmigte Lizenzausgabe für Verlagsgruppe Weltbild GmbH,
Steinerne Furt, 86167 Augsburg

Übersetzung: Irmela Brender
Umschlaggestaltung: Nele Schütz Design, München
Umschlagmotiv: www.shutterstock.com
Gesamtherstellung: GGP Media GmbH, Pößneck
Printed in the EU
ISBN 978-3-8289-9708-0

2013 2012 2011 2010
Die letzte Jahreszahl gibt die aktuelle Lizenzausgabe an.

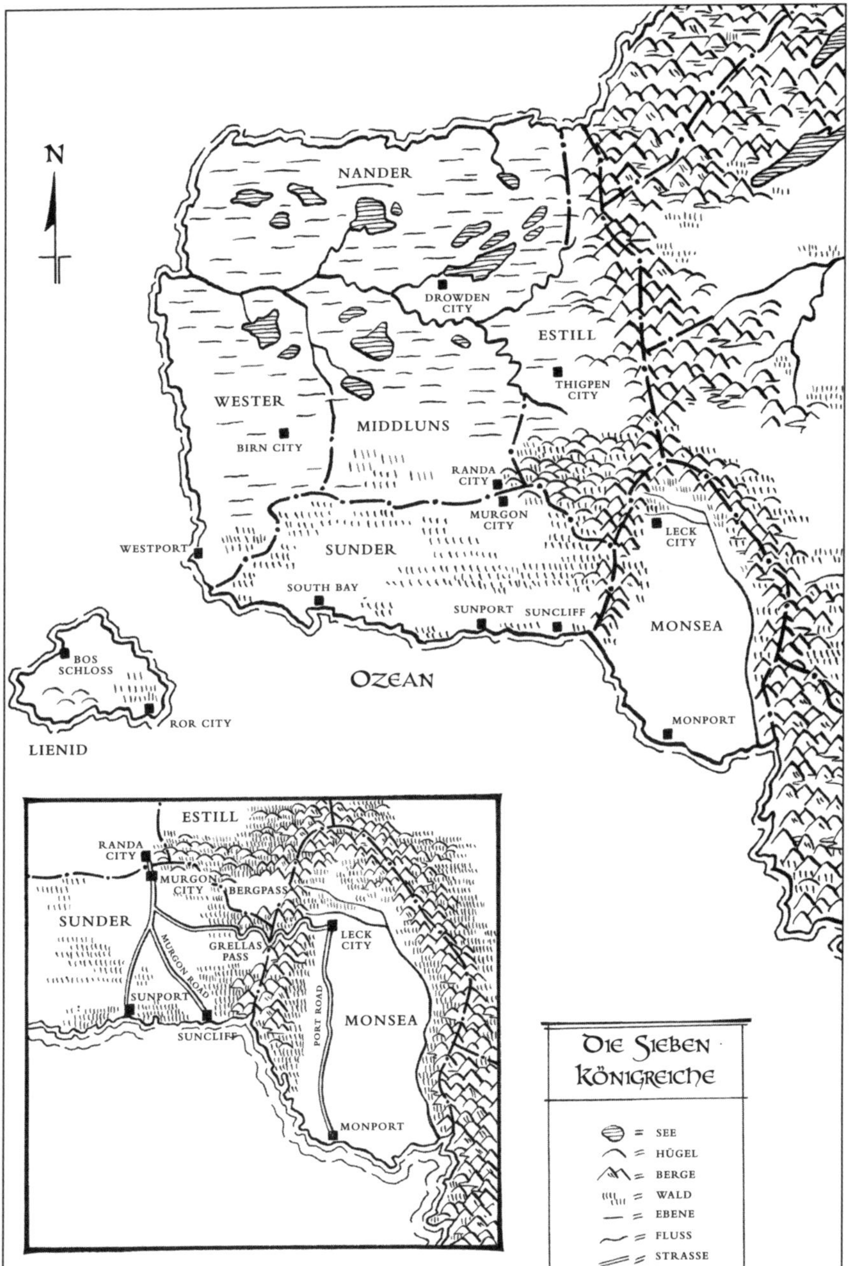
N
NANDER
DROWDEN CITY
ESTILL
THIGPEN CITY
WESTER
BIRN CITY
MIDDLUNS
RANDA CITY
MURGON CITY
LECK CITY
WESTPORT
SUNDER
SOUTH BAY
SUNPORT
SUNCLIFF
MONSEA
BOS SCHLOSS
ROR CITY
LIENID
OZEAN
MONPORT
ESTILL
RANDA CITY
MURGON CITY
BERGPASS
SUNDER
GRELLAS PASS
LECK CITY
MURGON ROAD
SUNPORT
SUNCLIFF
PORT ROAD
MONSEA
MONPORT
Die Sieben Königreiche
= SEE
= HÜGEL
= BERGE
= WALD
= EBENE
= FLUSS
= STRASSE

Teil eins
Das Mädchen mit der Macht zu töten

In diesen Verliesen herrschte vollkommene Finsternis, doch Katsa hatte einen Grundriss im Kopf. Bis jetzt hatte er genau gestimmt, so wie sie es von Olls Karten und Plänen gewohnt war. Katsa strich mit der Hand die kalten Mauern entlang und zählte im Vorbeigehen Türen und Gänge. Sie bog um die Ecke, wenn es Zeit dafür war, und blieb schließlich vor einer Maueröffnung stehen, in der eine Treppe nach unten führen sollte. Sie kauerte sich nieder und tastete sich mit den Händen vor, berührte eine Steinstufe, feucht und glatt, von Moos überzogen, und eine weitere rutschige Stufe darunter. Das also war Olls Treppe. Sie hoffte nur, Oll und Giddon, die ihr mit den Fackeln folgten, würden das schleimige Moos sehen, vorsichtig sein und die Toten in diesen Verliesen nicht durch einen Sturz auf der Treppe wecken.

Katsa glitt die Treppe hinunter. Eine Abzweigung nach links und zwei nach rechts. Sie hörte bereits Stimmen, als sie in einen Gang kam, in dem eine Fackel in der Halterung an der Wand flackerndes orangefarbenes Licht in die Dunkelheit warf.

Gegenüber der Fackel öffnete sich ein weiterer Gang. Und in diesem Gang würden nach Olls Bericht zwei bis zehn Wachen vor einer bestimmten Zelle am Ende des Korridors stehen.

Diese Wachen waren Katsas Aufgabe. Ihretwegen war sie vorausgeschickt worden.

Katsa schlich auf das Licht und das Gelächter zu. Sie könnte anhalten und horchen, um eine genauere Vorstellung zu bekommen, wie vielen Männern sie gegenüberstehen würde, doch ihr blieb keine Zeit. Sie zog ihre Kapuze tief herunter und bog um die Ecke.

Fast wäre sie über ihre ersten vier Opfer gestolpert, die einander auf dem Boden gegenübersaßen und sich mit dem Rücken an die Wand lehnten. In der Luft lag der Gestank irgendeines hochprozentigen Getränks, das sie mit heruntergebracht hatten, um sich die Wachzeit zu vertreiben. Katsa trat und schlug auf Schläfen und Nacken, und die vier waren zusammengesackt, bevor sich die Überraschung in ihren Augen spiegelte.

Jetzt saß nur noch ein Wachmann vor dem Zellengitter am Ende des Gangs. Hastig stand er auf und zog sein Schwert aus der Scheide. Während sie auf ihn zuging, war sie sicher, dass er ihr Gesicht und vor allem ihre Augen wegen der Fackel hinter ihr nicht erkennen konnte. Sie taxierte seine Größe, seine Bewegungen, die Kraft des Arms, der ihr das Schwert entgegenhielt.

»Bleib stehen. Ich weiß, wer du bist.« Seine Stimme klang gelassen. Er war tapfer, dieser Mann. Warnend durchschnitt er die Luft mit seinem Schwert. »Du machst mir keine Angst.«

Er griff an. Sie duckte sich unter seiner Schwertklinge und schwang die Beine wie Windmühlenflügel. Ein Fuß traf seine Schläfe und der Mann fiel zu Boden.

Sie stieg über ihn, lief zum Gitter und spähte in die dunkle Zelle. Eine Gestalt kauerte an der hinteren Wand, ein Mensch, der zu müde oder zu durchfroren war, um sich für den Kampf im Korridor zu interessieren. Er hatte die Arme um seine Knie geschlungen und den Kopf dazwischengesteckt. Er schauderte – Katsa konnte seinen Atem hören. Sie bewegte sich und das Licht fiel auf seine gekrümmte Gestalt. Sein Haar war weiß und kurz geschoren, und sie bemerkte den Goldschimmer an seinem Ohr. Olls Karten hatten ihren Zweck erfüllt, dieser Mann war ein Lienid. Er war der, den sie suchten.

Sie zog am Türriegel. Verschlossen. Nun, das war keine Überraschung, und es war nicht ihr Problem. Sie pfiff einmal, leise, wie eine Eule. Dann streckte sie den tapferen Wachmann auf dem Rücken aus und warf ihm eine ihrer Pillen in den Mund. Sie lief durch den Korridor, drehte die vier Unglücklichen nebeneinander auf den Rücken und gab auch ihnen je eine Pille. Gerade als sie sich fragte, ob Oll und Giddon sich im Kerker verirrt hatten, kamen sie um die Ecke und schlüpften an ihr vorbei.

»Eine Viertelstunde, nicht mehr«, sagte sie.

»Eine Viertelstunde, My Lady.« Olls Stimme klang wie Knurren. »Seien Sie vorsichtig.«

Ihr Fackellicht ergoss sich über die Wände, als sie sich der Zelle näherten. Der Lienid stöhnte und schlang die Arme enger um sich. Katsa sah, dass seine Kleidung zerrissen und beschmutzt war. Sie hörte, wie die Dietriche an Giddons Ring klimpernd aneinanderschlugen. Gern hätte sie gewartet und gesehen, wie sie die Tür öffneten, doch sie wurde anderswo gebraucht. Sie schob ihr Pillenpäckchen in den Ärmel und lief los.

Die Wachmänner vor der Zelle hatten der Kerkerwache Bericht zu erstatten und die Kerkerwache der Unterwache. Die Unterwache hatte die Schlosswache zu informieren. Die Nachtwache, die königliche Wache, die Mauerwache und die Gartenwache erstatteten ebenfalls der Schlosswache Bericht. Sobald ein Wachmann die Abwesenheit eines anderen Wachmanns bemerkte, würde Alarm geschlagen werden, und wenn Katsa und ihre Männer sich dann noch nicht weit genug entfernt hätten, wären sie alle verloren. Sie würden verfolgt, es würde zu Blutvergießen kommen, man würde Katsas Augen sehen und sie erkennen. Deshalb musste sie alle ausschalten, jeden einzelnen Wachmann. Oll hatte angenommen, es würden zwanzig sein. Prinz Raffin hatte ihr dreißig Pillen mitgegeben, für alle Fälle.

Die meisten Wachmänner machten ihr keine Schwierigkeiten. Wenn sie sich anschleichen konnte oder wenn sie in kleinen Gruppen beieinanderstanden, wussten sie gar nicht, wie ihnen geschah. Die Schlosswache war ein wenig komplizierter, weil fünf Wachmänner das Büro ihres Hauptmanns bewachten. Katsa wirbelte durch sie hindurch, trat und schlug, und der Hauptmann sprang hinter seinem Schreibtisch auf, stürzte durch die Tür und lief ins Getümmel.

»Ich erkenne einen Beschenkten, wenn ich ihn sehe!« Er stach mit seinem Schwert zu und sie rollte zur Seite. »Lass mich die Farbe deiner Augen sehen, Junge. Ich schneide sie dir heraus, das kannst du mir glauben!«

Mit einem gewissen Vergnügen schlug Katsa ihm den Griff ihres Messers auf den Kopf, packte ihn an den Haaren und zog ihn auf den Rücken. Dann warf sie ihm eine Pille auf die Zunge. Wenn sie mit Kopfweh und voller Scham aufwachten, würden sie alle sagen, der Schuldige sei ein Beschenkter gewesen, beschenkt mit der Gabe des Kämpfens, und er sei allein gewesen. Sie würden sie für einen Jungen halten, weil sie in ihren schlichten Hosen und dem Kapuzenhemd so aussah und weil bei einem Überfall nie jemand auf den Gedanken kam, ein Mädchen könne die Angreiferin gewesen sein. Und keiner von ihnen hatte Oll oder Giddon zu Gesicht bekommen, dafür hatte sie gesorgt.

Auf sie würde niemand kommen. Wer die beschenkte Lady Katsa auch immer sein mochte, eine Verbrecherin, die um Mitternacht verkleidet durch dunkle Höfe schlich, war sie nicht. Außerdem war sie doch im Osten unterwegs. Ihr Onkel Randa, König der Middluns, hatte sie heute Morgen verabschiedet, die ganze Stadt hatte zugeschaut und gesehen, dass Hauptmann Oll und Giddon, Randas Adjutant, sie begleiteten. Nur ein sehr schneller Tagesritt in die falsche Richtung hätte sie in den Süden an König Murgons Hof bringen können.

Katsa lief durch den Schlosshof, an Beeten, Springbrunnen und Marmorstatuen von König Murgon vorbei. Für einen so unsympathischen König war es eigentlich ein schöner Schlosshof, es roch nach Gras und fruchtbarer Erde, dazu kam der süße Duft taufeuchter Blumen. Sie rannte durch Murgons Apfelgarten und hinterließ eine Spur aus bewusstlosen Wachleuten. Bewusstlos, nicht tot, ein wichtiger Unterschied. Oll und Giddon sowie die meisten vom geheimen Rat hatten gewollt, dass sie tötete. Doch bei der Besprechung, in der sie diesen Auftrag planten, hatte sie zu bedenken gegeben, dass sie dadurch keine Zeit gewinnen würde.

»Und wenn sie aufwachen?«, hatte Giddon gesagt.

Prinz Raffin fühlte sich angegriffen. »Du hast kein Vertrauen zu meinen Medikamenten! Sie werden nicht vorzeitig aufwachen.«

»Töten wäre schneller«, hatte Giddon gesagt und Katsa mit seinen braunen Augen eindringlich angeschaut. Die Köpfe in dem dämmrigen Raum hatten genickt.

»Ich schaffe es in der vorgesehenen Zeit«, hatte Katsa gesagt, und als Giddon widersprechen wollte, hob sie die Hand. »Genug. Ich werde sie nicht töten. Wenn ihr wollt, dass sie getötet werden, müsst ihr jemand anders schicken.«

Oll hatte gelächelt und dem jungen Adjutanten auf den Rücken geklopft. »Stell dir nur vor, Giddon, wie viel mehr Spaß es machen wird. Der perfekte Raub an allen Wachleuten Murgons vorbei, und noch nicht mal Verletzte? Das ist doch ein tolles Spiel.«

Im Raum war großes Gelächter ausgebrochen, doch Katsa hatte noch nicht einmal gelächelt. Sie würde nicht töten, wenn es nicht sein musste. Einen Mord konnte man nicht wieder rückgängig machen, und sie hatte genug getötet. Meistens für ihren Onkel. König Randa hielt sie für nützlich; er fand es sparsamer, statt einer Armee eine einzige Gesandte zu schicken, wenn es an den Grenzen Ärger gab. Aber sie hatte auch für den Rat getötet, wenn es nicht vermieden werden konnte. Diesmal war es zu vermeiden.

Am anderen Ende des Obstgartens traf sie auf einen Wachmann, der alt war, vielleicht so alt wie der Lienid. Er stand in einem Gehölz einjähriger Bäume und stützte sich auf sein Schwert, sein Rücken war rund und gebeugt. Sie schlich hinter ihn und blieb stehen. Ein Zittern schüttelte seine Hände auf dem Schwertgriff.

Katsa hielt nicht viel von einem König, der seine Wachleute nicht fürsorglich in den Ruhestand schickte, bevor sie zu alt waren, um ruhig ein Schwert zu führen.

Doch wenn sie diesen Alten unversehrt ließ, würde er die anderen finden, die sie niedergestreckt hatte, und Alarm schlagen. Sie traf ihn einmal kräftig am Hinterkopf und er sank stöhnend zusammen. Katsa fing ihn auf und ließ ihn so behutsam wie möglich auf den Boden gleiten, dann legte sie ihm die Pille in den Mund. Sie nahm sich noch die Zeit, mit den Fingern über die wachsende Beule auf seinem Kopf zu streichen. Hoffentlich hatte er einen harten Schädel.

Einmal hatte sie unabsichtlich getötet, eine Erinnerung, die sie sich immer wieder bewusstmachte. Damals, vor zehn Jahren, hatte sich angekündigt, worin ihre Gabe bestand. Sie war noch ein Kind gewesen, gerade acht Jahre alt. Ein Mann, ein entfernter Cousin, hatte den Hof besucht. Sie hatte ihn nicht gemocht, sein schweres Parfum, die Art, wie er lüstern die Mädchen betrachtete, die ihn bedienten, wie sein anzüglicher Blick ihnen durch den Raum folgte, wie er sie anfasste, wenn er sich unbeobachtet glaubte. Als er anfing, Katsa eine gewisse Aufmerksamkeit zu schenken, war sie misstrauisch geworden. »So eine hübsche Kleine«, sagte er. »Die Augen der Beschenkten können so hässlich sein. Aber du, glückliches Mädchen, siehst damit noch besser aus. Was ist deine Gabe, meine Süße? Geschichtenerzählen? Gedankenlesen? Ich weiß es: Du bist eine Tänzerin.«

Katsa wusste damals nicht, was ihre Gabe war. Manche Gaben brauchten länger als andere, bis sie zum Vorschein kamen. Doch selbst wenn sie es gewusst hätte, wäre sie nicht bereit gewesen, es diesem Cousin zu verraten. Sie schaute ihn böse an und wandte sich ab, da streckte er die Hand nach ihrem Bein aus und ihre Hand flog hoch und schlug ihm ins Gesicht. So schnell und so kräftig, dass sie ihm die Nasenknochen ins Gehirn stieß.

Damen am Hof hatten geschrien, eine fiel in Ohnmacht. Als sie den Cousin aus der Blutlache am Boden hoben und feststellten, dass er tot war, wurde es still und alle wichen zurück. Ängstliche Augen waren auf sie gerichtet, jetzt nicht nur die der Damen, auch die der Soldaten, der Schwertträger unter den Höflingen. Es war gut, die Mahlzeiten vom beschenkten Koch des Königs zu essen oder Pferde zum beschenkten Pferdearzt des Königs zu schicken. Aber ein Mädchen mit der Gabe des Tötens? Das war mit Vorsicht zu behandeln.

Ein anderer König hätte sie verbannt oder getötet, auch wenn sie das Kind seiner Schwester war. Doch Randa war klug. Er sah, dass seine Nichte irgendwann einen praktischen Zweck erfüllen könnte, also schickte er sie in ihre Gemächer und bestrafte sie mit wochenlangem Hausarrest, aber das war alles. Als sie wieder herauskam, rannten ihr alle aus dem Weg. Sie hatten sie auch zuvor nicht gemocht, niemand mochte die Beschenkten, doch sie hatten ihre Anwesenheit toleriert. Jetzt gab es keine vorgetäuschte Freundlichkeit mehr. »Hütet euch vor der mit dem grünen und dem blauen Auge«, flüsterten sie Gästen zu. »Sie hat ihren Cousin getötet, mit einem Schlag. Weil er ihr ein Kompliment über ihre Augen gemacht hat.« Selbst Randa ging ihr aus dem Weg. Ein mörderischer Hund mochte für einen König nützlich sein, doch er wollte nicht, dass er zu seinen Füßen schlief.

Prinz Raffin war der Einzige, der Katsas Gesellschaft suchte. »Du machst es nicht wieder, oder? Ich glaube nicht, dass mein Vater dich jeden, der dir nicht gefällt, töten lässt.«

»Ich hatte nie vor, ihn zu töten«, sagte sie.

»Was ist geschehen?«

Katsa dachte an den Vorfall zurück. »Ich habe gespürt, dass ich in Gefahr war. Deshalb habe ich ihn geschlagen.«

Prinz Raffin schüttelte den Kopf. »Man muss seine Gabe beherrschen«, sagte er. »Besonders die Gabe zu töten. Du musst, sonst wird mein Vater nicht mehr zulassen, dass wir einander sehen.«

Das war eine beängstigende Vorstellung. »Ich weiß nicht, wie ich sie beherrschen soll.«

Raffin überlegte. »Du könntest Oll fragen. Die Spione des Königs wissen, wie man verletzt, ohne zu töten. So bekommen sie ihre Informationen.«

Raffin war elf, drei Jahre älter als Katsa, und nach ihren jungen Maßstäben sehr weise. Sie folgte seinem Rat und ging zu Oll, König Randas ergrauendem Hauptmann und Meisterspion. Oll war nicht dumm, er wusste, dass er das stille Mädchen mit einem blauen und einem grünen Auge fürchten musste. Doch er hatte auch eine gewisse Fantasie. Er fragte sich, was sich noch keiner gefragt hatte, nämlich ob Katsa über den Tod ihres Cousins nicht genauso erschrocken gewesen war wie alle anderen. Und je mehr er darüber nachdachte, umso mehr interessierte er sich für ihre Möglichkeiten.

Er begann mit ihrer Ausbildung, indem er Regeln aufstellte. Sie sollte nicht an ihm oder anderen Männern des Königs üben, sondern an Puppen, die sie aus zusammengenähten und mit Getreide gefüllten Säcken machte. Sie sollte an den Gefangenen üben, die Oll zu ihr brachte, Männer, die bereits zum Tod verurteilt waren.

Sie übte jeden Tag. Sie lernte ihre eigene Geschwindigkeit und ihre eigene explosive Kraft zu berechnen. Sie lernte alles über Winkel, Platzierung und Intensität eines tödlichen Schlags im Gegensatz zu einem Schlag, der ihr Gegenüber nur zum Krüppel machte. Sie lernte, wie man einen Mann entwaffnet, wie man ihm das Bein bricht und wie man seinen Arm so verdreht, dass er aufhört, sich zu wehren, und um Gnade bittet. Sie lernte mit einem Schwert zu kämpfen, mit Messern und mit Dolchen. Sie war so schnell und zielgerichtet und so kreativ, dass sie einen Mann ohnmächtig schlagen konnte, obwohl man ihr beide Arme an den Seiten festgebunden hatte. Das war ihre Gabe.

Mit der Zeit besserte sich ihre Kontrolle und sie begann mit Randas Soldaten zu üben – acht oder zehn auf einmal und in voller Rüstung. Ihre Übungsstunden gaben ein großartiges Schauspiel ab: Erwachsene Männer knurrten und klapperten unbeholfen umher, und ein unbewaffnetes Kind wirbelte und tauchte zwischen ihnen hin und her und schlug sie mit einem Knie oder einer Hand nieder, die sie erst sahen, wenn sie bereits am Boden lagen. Manchmal kamen Angehörige des Hofs vorbei und schauten bei ihren Übungen zu. Aber wenn Katsa ihren Blick auffing, senkten sie die Augen und eilten davon.

König Randa nahm keinen Anstoß daran, dass Oll seine Zeit dafür opferte. Er hielt es für notwendig. Katsa würde ihm nichts nützen, wenn sie ihre Gabe nicht beherrschte.

Und jetzt, in König Murgons Schlosshof, hätte ihr niemand mangelnde Beherrschung vorwerfen können. Schnell, geräuschlos bewegte sie sich über das Gras neben den kiesbedeckten Wegen. Inzwischen mussten Oll und Giddon schon fast die Gartenmauer erreicht haben, wo zwei Diener von Murgon, Freunde des Rats, ihre Pferde bewachten. Sie war selbst schon beinah dort, sah die dunkle Mauer aufragen, schwarz vor einem schwarzen Himmel.

Ihre Gedanken wanderten, doch sie hing keinen Tagträumen nach. Ihre Sinne waren geschärft. Sie bemerkte jedes Blatt, das im Garten fiel, jeden Ast, der knackte. Und deshalb war sie verblüfft, als ein Mann aus dem Dunkel trat und sie von hinten packte. Er schlang seinen Arm um ihre Brust und hielt ihr ein Messer an die Kehle. Er setzte zum Sprechen an, doch im nächsten Augenblick hatte sie seinen Arm bereits gelähmt, ihm das Messer aus der Hand gerissen und es auf den Boden geworfen. Sie schleuderte den Mann über ihre Schulter vor sich.

Er landete auf den Füßen.

Ihre Gedanken rasten. Er war ein Beschenkter, ein Kämpfer. So viel war klar. Und wenn die Hand, die ihre Brust gestreift hatte, nicht gefühllos war, wusste er, dass er eine Frau vor sich hatte.

Er drehte sich zu ihr um. Argwöhnisch betrachteten sie einander, beide für den anderen nicht mehr als ein Schatten. Er sprach zuerst.

»Ich habe von einer Dame mit dieser besonderen Gabe gehört.« Seine Stimme war ernst und tief, er hatte einen Tonfall, einen Akzent, den sie nicht kannte. Sie musste herausfinden, wer er war, um zu entscheiden, was sie mit ihm machen sollte.

»Ich kann mir nicht vorstellen, was diese Dame so fern von zu Hause vorhaben könnte, um Mitternacht hier im

Schlosshof von König Murgon«, sagte er. Mit einer kaum wahrnehmbaren Bewegung stellte er sich zwischen sie und die Mauer. Er war größer als sie und geschmeidig wie eine Katze. Täuschend ruhig, zum Sprung bereit. Eine Fackel auf einem nahen Pfad ließ kleine goldene Reife in seinen Ohren schimmern. Sein Gesicht war bartlos wie das eines Lienids.

Sie veränderte ihre Stellung und schwankte leicht, ihr Körper war so angespannt wie seiner. Sie hatte nicht viel Zeit, um sich zu entscheiden. Er wusste, wer sie war. Doch wenn er ein Lienid war, wollte sie ihn nicht töten.

»Haben Sie nichts zu sagen, Lady? Sie glauben sicher nicht, dass ich Sie ohne eine Erklärung weitergehen lasse?« In seiner Stimme lag etwas Spielerisches. Sie beobachtete ihn ruhig. Er streckte in einer fließenden Bewegung die Arme, und ihre Augen entdeckten die goldenen Ringe, die an seinen Fingern blinkten. Das reichte. Der Schmuck in seinen Ohren, die Ringe – es war eindeutig.

»Sie sind ein Lienid«, sagte sie.

»Sie haben gute Augen.«

»Nicht gut genug, um die Farben Ihrer Augen zu erkennen.«

Er lachte. »Ich glaube, ich kenne die der Ihren.«

Die Vernunft riet ihr, ihn zu töten. »Sie sind der Richtige, um von fern von zu Hause zu reden«, sagte sie. »Was macht ein Lienid am Hof von König Murgon?«

»Ich nenne Ihnen meine Gründe, wenn Sie mir Ihre sagen.«

»Ich werde Ihnen gar nichts sagen, und Sie müssen mich vorbeilassen.«

»Muss ich das?«

»Wenn Sie es nicht tun, muss ich Sie zwingen.«

»Meinen Sie, dass Sie das können?«

Sie täuschte eine Rechte vor und er wich mühelos aus. Sie wiederholte es schneller. Wieder bog er sich zur Seite. Er war sehr gut. Aber sie war Katsa.

»Ich weiß, dass ich es kann«, sagte sie.

»So!« Es klang belustigt. »Aber Sie könnten Stunden dazu brauchen.«

Warum spielte er mit ihr? Amüsierte er sich immer mit illegalen Eindringlingen? Vielleicht war er selbst ein Krimineller, ein krimineller Beschenkter. Jeder andere hätte inzwischen Alarm geschlagen. Und wenn er wirklich ein Verbrecher war, machte ihn das zum Verbündeten oder zum Feind? Würde ein Lienid es nicht begrüßen, dass sie den gefangenen Lienid befreit hatte? Ja – falls er kein Verräter war. Und falls dieser Lienid überhaupt wusste, wer in Murgons Verliesen gefangen gehalten wurde. Murgon hatte das Geheimnis gut bewahrt.

Der Rat würde ihr empfehlen, ihn zu töten. Der Rat würde sagen, sie bringe alle in Gefahr, wenn sie einen Mann am Leben ließ, der ihre Identität kannte. Aber dieser Mann war anders als jeder Gauner, dem sie je begegnet war. Er kam ihr weder brutal vor noch dumm oder bedrohlich.

Sie konnte nicht einen Lienid töten, während sie einen anderen rettete.

Sie war verrückt und würde es wahrscheinlich bereuen, aber sie würde es nicht tun.

»Ich vertraue Ihnen«, sagte er plötzlich. Er gab den Weg frei und winkte sie weiter. Sie fand ihn sehr sonderbar und impulsiv, doch sie merkte, dass er nicht mehr so wachsam war, und sie versäumte nie eine Gelegenheit. Sofort schleuderte sie den Fuß hoch und traf ihn mit dem Stiefel an der Stirn. Er riss überrascht die Augen auf und fiel zu Boden.

»Vielleicht war das unnötig.« Sie streckte seine schweren, betäubten Gliedmaßen aus. »Aber ich weiß nicht, was ich von dir halten soll, und ich habe schon genug riskiert, indem ich dich am Leben lasse.« Sie holte die Pillen aus ihrem Ärmel und legte ihm eine in den Mund. Dann drehte sie sein Gesicht zum Fackellicht. Er war jünger, als sie gedacht hatte, nicht viel älter als sie, höchstens neunzehn oder zwanzig. Ein wenig Blut lief ihm über die Stirn am Ohr entlang. Sein Hemdkragen war offen und das Licht spielte auf der Linie seines Schlüsselbeins.

Was für ein seltsamer Mann. Vielleicht wusste Raffin, wer er war.

Sie schüttelte sich. Die anderen warteten schon.

Sie rannte.

Sie ritten schnell. Den alten Mann hatten sie aufs Pferd gebunden, er war zu schwach, um sich aufrecht zu halten. Einmal hielten sie an und hüllten ihn in weitere Decken.

Katsa war ungeduldig und wollte weiter. »Weiß er nicht, dass Mittsommer ist?«

»Er ist durchfroren, My Lady«, sagte Oll. »Er zittert, er ist krank. Unsere Rettung ist sinnlos, wenn er dabei umkommt.«

Sie überlegten anzuhalten, ein Feuer zu machen, doch dafür hatten sie keine Zeit. Sie mussten Randa City vor Tagesanbruch erreichen, sonst würden sie entdeckt.

Vielleicht hätte ich ihn töten sollen, dachte Katsa, während sie durch dunkle Wälder jagten. Vielleicht hätte ich ihn töten sollen. Er wusste, wer ich bin.

Aber er hatte weder bedrohlich noch verdächtig gewirkt. Und vor allem war er neugierig gewesen. Er hatte ihr vertraut.

Andererseits hatte er von der Fährte betäubter Wachleute, die sie hinterlassen hatte, nichts gewusst. Und er würde ihr nicht mehr vertrauen, sobald er mit diesem Striemen am Kopf aufwachte.

Wenn er König Murgon von dieser Begegnung erzählte und Murgon die Geschichte an König Randa weitergab, konnte es sehr schwierig werden für Lady Katsa. Randa wusste nichts von dem gefangenen Lienid, und noch weniger von Katsas Nebenbeschäftigung als Retterin.

Katsa schüttelte sich unbehaglich. Diese Gedanken halfen nichts, jetzt war es zu spät. Sie mussten den Alten in Sicherheit und ins Warme bringen, und vor allem zu Raffin. Sie duckte sich tiefer in ihren Sattel und drängte ihr Pferd nach Norden.

DAS LAND BESTAND aus sieben Königreichen; sieben Königreichen mit sieben völlig unberechenbaren Königen. Warum um alles in der Welt sollte jemand Prinz Tealiff entführen, den Vater des Königs von Lienid? Er war ein alter Mann. Er hatte keine Macht, er hatte keinen Ehrgeiz, er war noch nicht einmal gesund. Es hieß, er würde die meiste Zeit am Feuer verbringen oder in der Sonne, über das Meer schauen, mit seinen Urenkeln spielen und niemandem zur Last fallen.

Das Volk der Lienid hatte keine Feinde. Sie verschifften ihr Gold zu allen, die entsprechende Handelsware hatten, sie ernteten ihr eigenes Obst und züchteten ihr eigenes Wild, und sie blieben auf ihrer Insel, durch ein Meer von den anderen sechs Reichen getrennt. Sie waren anders als die anderen. Sie hatten ein charakteristisches dunkles Äußeres, besondere Sitten und liebten ihre Isolation. König Ror von Lienid war der friedlichste der sieben Könige. Er schloss keine Verträge mit den anderen, aber er führte auch keinen Krieg und regierte sein Volk gerecht.

Es hatte nichts zu sagen, dass die Spione des Rats mit ihrem Netzwerk König Rors Vater in Murgons Kerker in Sunder gefunden hatten. Murgon neigte nicht dazu, Unfrieden unter den Königreichen zu stiften, aber häufig war er, wenn gutes Geld floss, als Handlanger an den Verbrechen anderer beteiligt. Zweifellos hatte ihn jemand dafür bezahlt, den Großvater aus Lienid gefangen zu halten. Die Frage war, wer.

Katsas Onkel Randa, König der Middluns, hatte mit dieser Sache nichts zu tun. Da konnte der Rat sicher sein, denn Oll war Randas Meisterspion und sein Vertrauter. Durch Oll wusste der Rat alles Wissenswerte über Randa.

Außerdem war Randa gewöhnlich darauf bedacht, sich nicht mit den anderen Königreichen anzulegen. Sein Reich lag zwischen Estill und Wester auf der einen Achse und zwischen Nander und Sunder auf der anderen. Diese Lage war zu heikel, um Bündnisse zu schließen.

Die meisten Unruhen verursachten die Könige von Wester, Nander und Estill. Sie waren alle drei aus dem gleichen Holz geschnitzt: hitzköpfig, ehrgeizig, neidisch, dazu noch gedankenlos, herzlos und wechselhaft. König Birn von Wester und König Drowden von Nander mochten ein Bündnis schließen und der Armee von Estill an dessen Nordgrenze zusetzen, aber sie konnten nie lange zusammenarbeiten. Plötzlich beleidigte einer den anderen, Wester und Nander wurden wieder Feinde und Estill verbündete sich mit Nander, um Wester zu schlagen.

Und zu ihrem Volk waren die Könige nicht besser als zueinander. Katsa erinnerte sich an die Bauern von Estill, die sie und Oll vor Wochen heimlich aus ihrem provisorischen Gefängnis in einem Kuhstall befreit hatten. Sie hatten ihrem König Thigpen den Zehnten nicht zahlen können, weil Thigpens Armee ihre Felder zertrampelt hatte, als sie zum Überfall eines Dorfs in Nander unterwegs gewesen war. Thigpen hätte es sein sollen, der den Bauern eine Entschädigung zahlte; selbst Randa wäre dazu bereit gewesen, wenn seine eigene Armee den Schaden angerichtet hätte. Doch Thigpen hatte die Bauern aufhängen wollen, weil sie den Zehnten nicht bezahlt hatten. Ja, Birn, Drowden und Thigpen gaben dem Rat viel zu tun.

Das war nicht immer so gewesen. Die fünf Königreiche Wester, Nander, Estill, Sunder und die Middluns hatten es einst verstanden, friedlich nebeneinander zu existieren. Vor Jahrhunderten waren sie alle aus derselben Familie hervorgegangen, drei Brüder und zwei Schwestern hatten regiert und ihre Eifersüchteleien ohne kriegerische Auseinandersetzungen beigelegt. Doch diese alten Familienbande hatten längst ihre Bedeutung verloren. Die Menschen in den Königreichen waren von der Gnade derer abhängig, die zu ihren Herrschern aufstiegen. Es war ein Spiel, und die gegenwärtige Generation hatte keine Aussicht, zu gewinnen.

Das siebte Königreich war Monsea. Die Berge trennten es von den anderen, so wie das Meer Lienid umschloss. Leck, der König von Monsea, war mit Ashen verheiratet, der Schwester von König Ror von Lienid. Leck und Ror missbilligten beide die Streitigkeiten der anderen Königreiche. Doch das schmiedete noch kein Bündnis, Monsea und Lienid waren zu weit voneinander entfernt und zu unabhängig, zu desinteressiert am Treiben der anderen.

Über den Hof von Monsea war wenig bekannt. König Leck wurde von seinem Volk geliebt, er hatte den Ruf, zu Kindern, Tieren und allen hilflosen Geschöpfen besonders gütig zu sein. Die Königin war eine liebenswürdige Frau. Es hieß, sie nehme keine Nahrung mehr zu sich seit dem Tag, an dem sie vom Verschwinden des alten Lienids gehört habe. Denn natürlich war der Vater des Königs von Lienid auch ihr Vater.

Es konnte nur Wester, Nander oder Estill den Großvater entführt haben. Katsa fiel keine andere Möglichkeit ein, es sei denn, Lienid selbst wäre beteiligt. Der Gedanke schien lächerlich, wäre nicht dieser Lienid in Murgons Schlosshof gewesen. Er hatte üppigen Schmuck getragen, er war sicher ein Adliger. Und jeder Gast von Murgon war verdächtig.

Doch Katsa glaubte nicht, dass er an der Entführung beteiligt war. Sie konnte es nicht erklären, aber sie spürte es.

Warum war Großvater Tealiff geraubt worden? Welche Bedeutung könnte er haben?

Sie erreichten Randa City vor der Sonne, aber nur knapp. Sobald die Pferdehufe auf dem Pflaster in den Straßen klapperten, ritten sie langsamer. Manche Bürger waren schon wach. Katsa und ihre Begleiter durften nicht durch die engen Straßen preschen, das hätte sie verdächtig gemacht.

Sie ritten vorbei an Bretterbuden und Holzhäusern, Werkstätten in Gebäuden aus Stein, Geschäften mit geschlossenen Läden. Die Häuser wirkten freundlich, die meisten hatten vor kurzem einen neuen Anstrich bekommen. In Randa City gab es keinen Schmutz. Randa duldete keinen Schmutz.

Als die Straßen anstiegen, sprang Katsa ab. Sie gab Giddon ihre Zügel und nahm die von Tealiffs Pferd. Giddon und Oll bogen in eine Straße, die sich nach Osten zum Wald erstreckte, und führten Katsas Pferd hinter sich her. So war es abgemacht. Ein Junge mit seinem Großvater zu Pferd fiel auf dem Weg zum Schloss sicher weniger auf als vier Pferde und vier Reiter. Oll und Giddon würden die

Stadt verlassen und zwischen den Bäumen auf Katsa warten. Sie wollte Tealiff durch ein hohes Tor in einem abgelegenen Teil der Schlossmauer zu Prinz Raffin bringen, das Oll sorgfältig vor Randa geheim hielt.

Katsa zog dem alten Mann die Decken fester um den Kopf. Es war noch dunkel, doch wenn sie seine Ohrreife sehen konnte, würden andere sie auch bemerken. Tealiff lag zusammengesunken auf dem Pferd; ob er schlief oder bewusstlos war, konnte sie nicht sagen. Falls er bewusstlos war, hatte sie keine Ahnung, wie sie den letzten Teil der Reise hinter sich bringen sollte. Sie mussten eine bröckelnde Treppe in der Mauer hinauf, die kein Pferd bewältigen konnte. Katsa berührte Tealiffs Gesicht. Er regte sich und fing wieder an zu zittern.

»Sie müssen aufwachen, Prinz«, sagte sie. »Ich kann Sie nicht die Stufen zum Schloss hinauftragen.«

Das graue Morgenlicht spiegelte sich in seinen Augen, als er sie aufschlug, und seine Stimme zitterte, weil er so fror. »Wo bin ich?«

»Wir sind in Randa City, in den Middluns«, sagte sie. »Wir sind fast in Sicherheit.«

»Ich habe Randa nicht für jemanden gehalten, der Rettungsaktionen unternimmt.«

Sie hatte nicht erwartet, dass er so klar dachte. »Das tut er auch nicht.«

»Hm. Nun, ich bin wach. Sie werden mich nicht tragen müssen. Sie sind Lady Katsa, nicht wahr?«

»Ja, Prinz.«

»Ich habe gehört, eins Ihrer Augen sei so grün wie die Gräser in den Middluns und das andere so blau wie der Himmel.«

»Ja, Prinz, das stimmt.«

»Ich habe auch gehört, Sie könnten einen Mann mit dem Nagel Ihres kleinsten Fingers töten.«

Sie lächelte. »Ja, das ist richtig, Prinz.«

»Macht es das leichter?«

Mit zusammengekniffenen Augen schaute sie auf seine krumme Gestalt im Sattel. »Ich verstehe Sie nicht.«

»Schöne Augen zu haben. Erleichtert es die Last Ihrer Gabe, zu wissen, dass Sie schöne Augen haben?«

Sie lachte. »Nein, Prinz. Ich würde beides gerne hergeben.«

»Vermutlich schulde ich Ihnen Dank«, sagte er und verfiel dann in Schweigen.

Sie wollte fragen: Wofür? Wovor hatte sie ihn gerettet? Doch er war krank und müde und schien wieder zu schlafen. Sie wollte ihn nicht quälen. Sie mochte diesen Großvater aus Lienid. Es gab nicht viele Leute, die sie auf ihre Gabe ansprachen.

Sie stiegen an dunklen Dächern und Toren vorbei. Katsa spürte allmählich die Folgen der schlaflosen Nacht, und es würde noch einige Stunden dauern, bis sie sich ausruhen konnte. In Gedanken wiederholte sie die Worte des Großvaters. Er hatte den gleichen Akzent wie dieser Mann, der Lienid im Schlosshof.

Schließlich trug sie ihn doch, denn als es so weit war, bekam sie ihn nicht wach. Sie gab die Zügel einem Kind, das an der Mauer kauerte, einem Mädchen, dessen Vater ein Freund des Rats war. Dann legte sie sich den Alten über die Schulter und wankte Schritt für Schritt die zerbrochenen Stufen hinauf. Das letzte Stück war praktisch senkrecht. Nur der bedrohlich heller werdende Himmel trieb sie an, nie hätte sie sich vorgestellt, dass ein Mann, der aussah wie aus Staub gemacht, so schwer sein konnte.

Sie hatte keine Luft mehr für den leisen Pfiff, das Signal für Raffin, aber das machte nichts. Er hörte sie kommen.

»Vermutlich hat die ganze Stadt deinen Aufstieg gehört«, flüsterte er. »Ehrlich, Kat, ich hätte nicht gedacht, dass du so viel Krach machen kannst.« Er bückte sich und zog ihre Last auf die eigenen mageren Schultern. Sie lehnte sich an die Mauer und holte Atem.

»Meine Gabe gibt mir keine übermenschlichen Kräfte«, sagte sie. »Ihr Unbeschenkten versteht das nicht. Ihr glaubt, wenn wir eine Gabe haben, dann haben wir alle.«

»Ich habe deinen Kuchen probiert und erinnere mich an deine Handarbeiten. Mir ist klar, dass du bei einer ganzen Reihe von Gaben übergangen worden bist.« Er lachte im grauen Morgenlicht zu ihr hinunter und sie lächelte zurück. »Ist es gelaufen wie geplant?«

Sie dachte an den Lienid im Schlosshof. »Ja, zum größten Teil.«

»Geh jetzt«, sagte er, »und sei vorsichtig. Ich werde mich um ihn kümmern.«

Er drehte sich um und schlüpfte mit seiner lebenden Bürde ins Schloss. Sie rannte die zerbrochenen Stufen hinunter, bog in einen Weg nach Osten, zog die Kapuze tief ins Gesicht und lief dem rosa Himmel entgegen.

KATSA LIEF AN Wohnhäusern und Werkstätten, Läden und Gasthäusern vorbei. Die Stadt erwachte und die Straßen rochen nach frisch gebackenem Brot. Sie begegnete dem Milchmann, der im Halbschlaf auf seinem Karren saß; vor ihm seufzte sein Pferd.

Sie fühlte sich leicht ohne ihre Last und die Straße neigte sich bergab. Leise und schnell rannte sie über die Felder im Osten der Stadt, immer weiter. Eine Bauersfrau trug zwei Eimer über ihren Hof, die an einer Stange auf ihren Schultern hingen.

Als sie zwischen die Bäume kam, wurde Katsa langsamer. Jetzt musste sie vorsichtig sein, damit sie keine Äste brach oder Stiefelabdrücke hinterließ und eine Spur direkt zum Treffpunkt legte. Der Weg wirkte bereits ein wenig benutzt. Oll, Giddon und die anderen gaben nie so gut Acht wie sie, und natürlich konnten die Pferde nicht anders, als einen Pfad zu bahnen. Bald würden sie einen neuen Treffpunkt brauchen.

Bis sie in das Dickicht eindrang, in dem sich ihr Versteck befand, war es hell. Die Pferde grasten. Giddon lag auf dem Boden, Oll lehnte an einem Stapel Satteltaschen. Beide schliefen.

Katsa schluckte ihren Ärger hinunter und ging zu den Pferden. Sie begrüßte die Tiere und hob ihre Hufe, einen nach dem anderen, um sie nach Rissen und Steinen abzusuchen.

Die Pferde hatten ihre Sache gut gemacht, und wenigstens sie wussten es besser, als im Wald einzuschlafen, so nah bei der Stadt und so weit von dem Ort, wo Randa sie vermutete. Ihr eigenes Pferd schnaubte und Oll hinter ihr rührte sich.

»Und was wäre, wenn euch jemand schlafend am Waldrand entdeckt hätte«, sagte sie, »während ihr schon halbwegs an der östlichen Grenze sein solltet?« Sie sprach in ihren Sattel und kratzte ihr Pferd an der Schulter. »Wie hättet ihr das erklärt?«

»Ich hatte nicht vor zu schlafen, My Lady.«

»Das macht es nicht besser.«

»Wir haben nicht alle Ihre Ausdauer, My Lady, besonders die Grauhaarigen nicht. Beruhigen Sie sich, es ist nichts passiert.« Er schüttelte Giddon, der als Reaktion die Hände auf die Augen legte. »Wachen Sie auf, My Lord. Wir sollten weiter.«

Katsa sagte nichts. Sie legte ihre Satteltaschen auf und wartete bei den Pferden. Oll brachte die restlichen Taschen und befestigte sie. »Ist Prinz Tealiff in Sicherheit, My Lady?«

»Ja, es ist gutgegangen.«

Giddon stolperte herüber, er fuhr sich durch den braunen Bart und packte dann einen Brotlaib aus, den er ihr hinhielt, doch sie schüttelte den Kopf. »Ich werde später essen.«

Giddon brach ein Stück ab und reichte Oll den Laib. »Bist du wütend, weil wir keine Kraftübungen gemacht haben, als du kamst, Katsa? Hätten wir Klimmzüge an den Ästen machen sollen?«

»Ihr hättet entdeckt werden können, Giddon. Man hätte euch sehen können, und was dann?«

»Dir wäre etwas eingefallen«, sagte Giddon. »Du hättest uns gerettet, wie du alle rettest.« Er lächelte, seine freundlichen Augen erhellten ein selbstbewusstes und gutaussehendes Gesicht, aber das machte momentan keinen Eindruck auf Katsa. Giddon war ein wenig älter als Raffin, kräftig und ein guter Reiter. Es gab keine Entschuldigung dafür, dass er geschlafen hatte.

»Kommen Sie, My Lord«, sagte Oll. »Wir essen unser Brot im Sattel. Sonst reitet unsere Dame ohne uns davon.«

Sie wusste, dass die beiden sie neckten und sie für zu kritisch hielten. Sie wusste aber auch, dass sie sich selbst kein Nickerchen gestattet hätte, wenn das gefährlich war.

Andererseits hätten sie den beschenkten Lienid niemals leben lassen. Wenn sie das wüssten, wären sie sehr wütend, und sie hätte nicht einmal eine vernünftige Ausrede.

Sie ritten zwischen den Bäumen zu einem Waldpfad, der parallel zur Hauptstraße verlief, und wandten sich nach Osten. Sie zogen die Kapuzen tief ins Gesicht und trieben die Pferde an. Nach ein paar Minuten zwischen dröhnenden Hufen verflogen Katsas Bedenken. Wenn sie in Bewegung war, machte sie sich nie lange Sorgen.

Auf die Wälder der südlichen Middluns folgten Hügel, zuerst niedrige, dann größere, als sie sich Estill näherten. Sie hielten nur einmal an, zur Mittagszeit, um in einem abgelegenen Gasthof, der dem Rat seine Dienste angeboten hatte, die Pferde zu wechseln.

Mit frischen Pferden kamen sie gut voran, und als die Nacht anbrach, näherten sie sich der Grenze zu Estill. Wenn sie früh losritten, konnten sie bis zur Mitte des Vormittags ihr Ziel, das Gut in Estill, erreichen, ihre Angelegenheit für Randa erledigen und dann umkehren. Sie konnten in einem vernünftigen Tempo reiten und dennoch am folgenden Tag vor Einbruch der Nacht in Randa City ankommen. Zu diesem Zeitpunkt wurden sie von Randa erwartet. Und dann würde Katsa wissen, ob Prinz Raffin von dem alten Lienid etwas erfahren hatte.

Sie lagerten in einem tiefen Felsspalt, der sich bis zum Fuß eines der östlichen Hügel zog. Die Nacht war kalt, doch sie entschieden sich gegen ein Feuer. In den Hügeln an der Grenze zu Estill lauerten zwielichtige Gestalten, und obwohl sie sich sicher fühlen konnten – zwei mit Schwertern bewaffnete Männer und Katsa –, hatte es keinen Sinn, Gefahren herauszufordern. Sie aßen Brot und Käse, tranken Wasser aus ihren Feldflaschen und stiegen dann in ihre Schlafsäcke.

»Heute Nacht werde ich gut schlafen«, sagte Giddon gähnend. »Ein Glück, dass der Gasthof dem Rat Hilfe angeboten hat. Sonst hätten wir die Pferde zuschanden geritten.«

»Es überrascht mich, wie viele Freunde der Rat findet«, sagte Oll.

Giddon stützte sich auf den Ellbogen. »Hast du das erwartet, Katsa? Hast du damit gerechnet, dass sich dein Rat so vergrößert?«

Was hatte sie erwartet, als sie mit dem Rat anfing? Sie hatte sich vorgestellt, wie sie allein durch Gassen und um Ecken schlich, eine unsichtbare Kraft, die gegen die Gedankenlosigkeit der Könige arbeitete. »Ich habe nie erwartet, dass die Sache über mich hinausgeht.«

»Und jetzt haben wir Freunde in fast jedem Königreich«, sagte Giddon. »Menschen öffnen uns ihre Häuser. Hast du gewusst, dass ein Grenzlord von Nander die Bewohner eines ganzen Dorfs hinter seine Mauern holte, als der Rat vor einem Überfall aus Wester warnte? Das Dorf wurde zerstört, aber die Menschen blieben alle am Leben.« Er legte sich auf die Seite und gähnte wieder. »Das macht Mut. Der Rat bewirkt viel Gutes.«

Katsa lag auf dem Rücken und horchte auf das gleichmäßige Atmen der Männer. Auch die Pferde schliefen. Nicht aber Katsa: Nach zweitägigem anstrengenden Ritt und einer schlaflosen Nacht dazwischen war sie hellwach. Sie sah den Wolken zu, die über den Himmel zogen, die Sterne verhüllten und wieder freigaben. Ein nächtlicher Wind wehte und ließ das Hügelgras rascheln.

Als sie das erste Mal für Randa jemanden niederstreckte, war das in einem Grenzdorf nicht weit von diesem Lager. Ein Gefolgsmann von Randa war als Spion enttarnt worden, er stand im Dienst des Königs Thigpen von Estill. Er wurde des Verrats beschuldigt, darauf stand die Todesstrafe. Der Mann war in Richtung Estill geflohen.

Katsa war gerade zehn Jahre alt. Randa war zu einer ihrer Übungsstunden gekommen und hatte sie mit einem unangenehmen Lächeln beobachtet. »Bist du bereit, etwas Nützliches mit deiner Gabe anzufangen, Mädchen?«, rief er ihr zu.

Katsa hörte auf zu treten und herumzuwirbeln, sie stand still, von der Vorstellung beeindruckt, dass ihre Gabe nützlich sein könnte.

»Hmm.« Randa grinste über ihr Schweigen. »Dein Schwert ist das einzig Glänzende an dir. Hör gut zu, Mädchen. Ich schicke dich diesem Verräter hinterher. Du musst ihn in aller Öffentlichkeit töten, mit deinen bloßen Händen, ohne Waffen. Nur ihn, sonst keinen. Wir alle hoffen, dass du inzwischen gelernt hast, deinen Blutdurst zu beherrschen.«

Katsa zog sich plötzlich in sich selbst zurück, zu klein zum Sprechen, selbst wenn sie etwas zu sagen gehabt hätte. Sie verstand seinen Befehl. Er verweigerte ihr den Gebrauch von Waffen, weil er nicht wollte, dass der Mann schnell starb. Randa wollte ein blutiges, qualvolles Schauspiel, und er erwartete von ihr, dass sie es lieferte.

Katsa zog mit Oll los, von Soldaten begleitet. Als die Soldaten den Flüchtigen gefangen hatten, schleppten sie ihn zum Marktplatz des nächsten Dorfs, wo ihnen ein paar überraschte Leute erstaunt zuschauten. Katsa wies die Soldaten an, den Mann niederknien zu lassen. Mit einer einzigen Bewegung brach sie ihm den Hals. Es floss kein Blut, es gab nur einen jähen Schmerz. Die meisten in der Menge merkten gar nicht, was geschehen war.

Als Randa hörte, was sie getan hatte, wurde er zornig; zornig genug, um sie in seinen Thronsaal zu rufen. Von seinem erhöhten Platz schaute er auf sie hinunter, der Blick seiner blauen Augen war hart, sein Lächeln nicht mehr als ein Zähnezeigen. »Welchen Sinn hat eine öffentliche Hinrichtung«, sagte er, »wenn die Öffentlichkeit nicht mitbekommt, dass der Bursche stirbt? Ich merke, dass ich bei Befehlen deine geistige Beschränktheit berücksichtigen muss.«

Danach enthielten seine Kommandos Einzelheiten: Blut und Schmerzen soundso lange. Man konnte seine Wünsche nicht umgehen. Je öfter Katsa sie ausführte, umso besser wurde sie darin. Und Randa bekam, was er wollte, denn ihr Ruf verbreitete sich wie ein Krebsgeschwür. Jeder wusste, was mit denen geschah, die König Randa von den Middluns in die Quere kamen.

Und eine Zeit lang vergaß Katsa ihren Widerstand. Es wurde zu schwierig, sich das auch nur vorzustellen.

Auf ihren Reisen im Auftrag Randas erzählte Oll dem Mädchen von den Dingen, die Randas Spione erfuhren, wenn sie in andere Königreiche kamen. Junge Mädchen verschwanden aus einem Dorf in Estill und tauchten Wochen später in einem Bordell in Wester wieder auf. Ein Mann büßte in einem Kerker in Nander für den Diebstahl seines Bruders, denn sein Bruder war tot und es musste jemand bestraft werden. Der König von Wester erhob in den Dörfern von Estill eine Steuer, die Soldaten aus Wester einsammelten, indem sie Dorfbewohner aus Estill erschlugen und ihre Taschen leerten.

Alle diese Geschichten wurden Randa von seinen Spionen berichtet, und alle ignorierte er. Jetzt gab es eine neue – ein Lord aus den Middluns hatte den größten Teil seiner Ernte versteckt, um einen kleineren Zehnten zu bezahlen, als er ihm schuldete. Das war eine lohnende Geschichte, hier gab es ein Problem, das die Middluns etwas anging. Randa schickte Katsa los, damit sie dem Lord den Schädel einschlug.

Katsa konnte nicht sagen, woher die Idee gekommen war, doch sobald sie sich in ihre Gedanken gedrängt hatte, ging sie ihr nicht mehr aus dem Kopf. Wozu wäre sie fähig, wenn sie aus freiem Willen handelte und unabhängig von Randas Befehlen? Das war es, worüber sie nachdachte, was sie ablenkte, wenn sie in Randas Auftrag Finger brach und Männerarme aus ihren Gelenkpfannen drehte. Und je mehr sie über die Frage nachdachte, umso dringlicher wurde sie, bis Katsa glaubte, aufzulodern und zu verbrennen, weil sich die Sehnsucht, ihre Idee zu verwirklichen, nicht erfüllte.

Mit sechzehn vertraute sie die Idee Raffin an. »Es könnte funktionieren«, sagte er. »Ich helfe dir natürlich.« Als Nächstes ging sie zu Oll.

Oll war skeptisch, sogar beunruhigt. Er war daran gewöhnt, seine Informationen Randa vorzutragen, er war daran gewöhnt, dass Randa entschied, was zu tun war. Doch sobald Oll einsah, dass Katsa es sowieso tun werde, mit oder ohne ihn, und sobald er sich überzeugt hatte, dass es dem König nicht schaden werde, wenn er nicht über jede Bewegung seines Meisterspions Bescheid wusste, öffnete er sich langsam und allmählich ihren Argumenten.

Bei ihrem ersten Einsatz fing Katsa eine kleine Gruppe mitternächtlicher Plünderer ab, die der König von Estill auf sein eigenes Volk angesetzt hatte, und jagte die Fliehenden in die Berge. Es war der glücklichste und aufregendste Moment ihres Lebens.

Als Nächstes befreiten Katsa und Oll eine Anzahl Jungen aus Wester, die in einer Eisenmine in Nander als Sklaven arbeiten mussten. Nach ein oder zwei weiteren Abenteuern sickerte die Neuigkeit von ihren Einsätzen in nützliche Kanäle. Einige von Olls Spionen traten der Sache bei, ebenso ein paar Gefolgsleute an Randas Hof, darunter Giddon. Dann Olls Frau Bertol und andere Frauen aus dem Schloss. Sie führten regelmäßige Sitzungen in versteckten Räumen ein. Bei den Beratungen herrschte eine Atmosphäre von Abenteuer, von reiner, gefährlicher Freiheit. Es fühlte sich an wie ein Spiel, zu wunderbar, dachte Katsa manchmal, um wahr zu sein. Doch das war es. Sie redeten nicht nur von Subversion, sie planten sie und führten sie aus.

Es war unausweichlich, dass sie im Lauf der Zeit Verbündete außerhalb des Reichs anzogen: Randas Grenzlords, die genug davon hatten herumzusitzen, während benachbarte Dörfer geplündert wurden, Lords aus anderen Königreichen und ihre Spione, und nach und nach auch andere Leute – Gastwirte, Hufschmiede, Bauern. Alle hatten genug von den verrückten Königen, jeder war bereit, ein kleines Risiko auf sich zu nehmen, um den Schaden zu verringern, den ihr Ehrgeiz, ihre Willkür und Gesetzlosigkeit anrichteten.

In dieser Nacht in ihrem Lager an der Grenze zu Estill blinzelte Katsa hellwach in den Himmel und dachte darüber nach, wie groß der Rat geworden war. Er war gewachsen wie eine Ranke in Randas Wald.

Sie hatte den Rat jetzt nicht mehr unter Kontrolle. Im Namen des Rats wurden Einsätze an Orten durchgeführt, an denen sie nie gewesen war, dazu ohne ihre Überwachung, und alles war gefährlich geworden. Ein unvorsichtiges Wort vom Kind eines Gastwirts, eine unglückliche Begegnung irgendwo in der Welt von zwei Menschen, die sie nie getroffen hatte, und alles würde in sich zusammenfallen. Dann gäbe es für sie keine Einsätze mehr, dafür würde Randa sorgen. Und dann wäre sie wieder nichts anderes als die brutale Handlangerin des Königs.

Sie hätte dem fremden Lienid nicht vertrauen sollen.

Katsa verschränkte die Arme über der Brust und schaute

hinauf zu den Sternen. Gern hätte sie ihr Pferd geholt und wäre rund um die Hügel geritten. Das hätte sie beruhigt, sie müde gemacht. Aber es hätte auch ihr Pferd ermüdet, und sie wollte Oll und Giddon nicht allein lassen. Außerdem machte man so etwas nicht. Es war nicht normal.

Sie schnaubte, dann horchte sie, um sicher zu sein, dass niemand aufgewacht war. Normal. Sie war nicht normal. Ein Mädchen, beschenkt mit der Gabe des Tötens, eine königliche Schlägerin? Ein Mädchen, das keinen der möglichen Ehemänner haben wollte, die Randa ihr aufdrängte, gutaussehende und geistreiche Männer, ein Mädchen, das Panik bekam beim Gedanken an ein Baby an ihrer Brust oder ein Kind, das ihre Füße umklammerte?

Sie war nicht natürlich.

Wenn der Rat entdeckt wurde, würde sie an einen Ort fliehen, an dem niemand sie finden konnte. Lienid oder Monsea. Sie würde in einer Höhle, in einem Wald leben. Sie würde jeden töten, der sie fand und erkannte.

Sie würde auf das bisschen Kontrolle nicht verzichten, das sie über ihr Leben gewonnen hatte.

Sie musste schlafen.

Schlaf, Katsa, sagte sie sich. *Du musst schlafen, du musst deine Kräfte schonen.*

Und plötzlich überkam sie Müdigkeit, und sie schlief.

Am Morgen zogen sie ihre üblichen Sachen an, Giddon den Reiseanzug, der einem Adjutanten von Randa zukam, und Oll seine Hauptmannsuniform. Katsa kleidete sich in eine blaue Tunika, gefüttert mit der orangefarbenen Seide von Randas Höfen, und die passende Hose dazu, die sie immer trug, wenn sie Randas Aufträge erfüllte. Mit dieser Kleidung war der König nur einverstanden, weil Katsa jedes Kleid beim Reiten verschliss. Randa stellte sich seine Kämpferin bei der Ausführung seiner Strafen nicht gern in zerrissenen, verschmutzten Röcken vor. Das wäre würdelos.

Bei ihrem Auftrag in Estill ging es um einen Grenzlord, der Holz aus den südlichen Wäldern der Middluns gekauft hatte. Den abgemachten Preis hatte er bezahlt, doch dann hatte er mehr als die vereinbarte Zahl an Bäumen geschlagen. Randa wollte Geld für das zusätzliche Holz, und er wollte, dass der Lord bestraft wurde, weil er die Abmachung ohne königliche Erlaubnis geändert hatte.

»Ich muss euch noch warnen«, sagte Oll, als sie ihr Lager räumten. »Dieser Lord hat eine Tochter, die mit Gedankenlesen beschenkt ist.«

»Warum die Warnung?«, fragte Katsa. »Ist sie nicht an Thigpens Hof?«

»König Thigpen hat sie zu ihrem Vater nach Hause geschickt.«

Katsa riss heftig an den Riemen, die ihre Tasche am Sattel hielten.

»Versuchst du das Pferd umzuwerfen, Katsa«, sagte Giddon, »oder willst du nur die Satteltasche zerreißen?«

Katsa machte ein missmutiges Gesicht. »Niemand hat mir gesagt, dass wir einer Gedankenleserin begegnen werden.«

»Ich sage es Ihnen jetzt, My Lady«, erklärte Oll, »und es gibt keinen Grund zur Sorge. Sie ist ein Kind. Das meiste, was sie plappert, ist Unsinn.«

»Und was stimmt nicht mit ihr?«

»Mit ihr stimmt nicht, dass sie meistens Unsinn plappert. Oder unnützes, unwichtiges Zeug, und sie platzt mit allem heraus, was sie sieht. Sie ist nicht zu bremsen. Sie hat Thigpen nervös gemacht, deshalb hat er sie nach Hause geschickt, My Lady, und ihrem Vater befohlen, sie zurückzusenden, wenn sie zu etwas nütze ist.«

In Estill wie in den meisten anderen Königreichen wurden Beschenkte laut Gesetz dem König zu seiner Verfügung überlassen. Jedes Kind, dessen Augen Wochen, Monate, selten Jahre nach seiner Geburt zwei unterschiedliche Farben angenommen hatten, wurde an den Hof seines Königs gebracht und in den Kinderzimmern des Königs aufgezogen. Wenn seine Gabe sich als nützlich für den König erwies, blieb das Kind in seinen Diensten. Wenn nicht, wurde es nach Hause zurückgeschickt. Natürlich mit den Entschuldigungen des Hofs, weil es schwierig für eine Familie war, einen Beschenkten einzusetzen, vor allem einen mit einer nutzlosen Gabe wie die, auf Bäume zu klettern, eine unmöglich lange Zeit die Luft anzuhalten oder rückwärts zu reden. In einer Bauernfamilie konnte es dem Kind noch gutgehen, da arbeitete es auf den Feldern und niemand sah es oder wusste davon. Aber wenn ein König einen Beschenkten nach Hause in die Familie eines Gastwirts schickte oder in die eines Ladenbesitzers in einer Stadt mit mehr als einem solchen Unternehmen, dann litt zwangsläufig das Geschäft. Es machte keinen Unterschied, welche Gabe das Kind hatte. Wenn irgend möglich, mieden die Leute jeden Ort, an dem sie einen Menschen mit verschiedenfarbigen Augen treffen konnten.

»Thigpen ist dumm, wenn er eine Gedankenleserin nicht bei sich behält«, sagte Giddon, »nur weil sie ihm noch nicht nützlich ist. Gedankenleser sind zu gefährlich. Was, wenn das Mädchen unter den Einfluss eines anderen gerät?«

Giddon hatte natürlich Recht. Was Gedankenleser auch sonst noch sein mochten, fast immer waren sie wertvolle Werkzeuge in der Hand eines Königs. Doch Katsa konnte nicht verstehen, wie jemand sie in der Nähe haben wollte. Randas Koch war ein Beschenkter, ebenso sein Pferdehändler, sein Weinbauer und einer seiner Hoftänzer. Er hatte einen Jongleur, der mit unzähligen Gegenständen jonglieren konnte, ohne sie fallen zu lassen. Er hatte mehrere Soldaten, wenn auch keine Rivalen für Katsa, die mit dem Schwertkampf beschenkt waren. Er hatte einen Mann, der die Qualität der Ernte im kommenden Jahr voraussah. Er hatte eine Beschenkte, die wunderbar mit Zahlen umgehen konnte und als einzige Frau in allen sieben Königreichen im Zahlhaus eines Königs arbeitete.

Der König hatte auch einen Mann, der die Stimmung jeder Person kannte, die er berührte. Er war der einzige Beschenkte an Randas Hof, der Katsa abstieß, der einzige außer Randa selbst, den sie mied.

»Dass Thigpen sich töricht verhält, kann kaum besonders überraschen, My Lord«, sagte Oll.

»Welche Art Gedankenleserin ist sie?«, fragte Katsa.

»Ich bin mir nicht sicher, My Lady. Sie ist so ungeformt. Und Sie wissen, wie die Gedankenleser sind, ihre Gabe ändert sich dauernd und lässt sich nur schwer festlegen. Sie sind erwachsen, bevor sie in ihre ganze Macht hineingewachsen sind. Aber es scheint, dass dieses Kind Wünsche lesen kann. Es weiß, was andere Leute gern hätten.«

»Dann wird die Kleine auch wissen, dass ich sie bewusstlos schlagen will, wenn sie mich auch nur anschaut.« Katsa sagte es in die Mähne ihres Pferdes hinein. Diese Worte waren nicht für die Ohren ihrer Gefährten bestimmt, die sie auseinandernehmen und Witze darüber machen würden. »Gibt es noch etwas, das ich über diesen Grenzlord wissen muss?«, fragte sie laut und trat in ihre Steigbügel. »Vielleicht wird er von hundert beschenkten Kämpfern bewacht? Oder von einem abgerichteten Bären? Noch etwas, das ihr vergessen habt zu erwähnen?«

»Sie brauchen nicht sarkastisch zu werden, My Lady«, sagte Oll.

»Du bist heute Morgen eine so angenehme Gesellschaft wie immer, Katsa«, sagte Giddon.

Katsa trieb ihr Pferd voran. Sie wollte Giddons lachendes Gesicht nicht sehen.

Der Gutshof des Lords lag hinter grauen Steinmauern auf dem Gipfel eines Hügels mit wogendem Gras. Der Mann, der sie durch das Tor einließ und ihre Pferde übernahm, sagte, sein Herr sei beim Frühstück. Katsa, Giddon und Oll gingen direkt in die große Halle, ohne auf Begleitung zu warten.

Ein Diener des Lords wollte den Eingang zum Frühstücksraum versperren. Dann sah er Katsa. Er räusperte sich und öffnete die hohen Flügeltüren. »Gesandte vom Hof König Randas, My Lord«, sagte er. Ohne auf eine Antwort seines Herrn zu warten, schlüpfte er wieder hinaus und lief davon.

Der Lord saß vor einem Mahl aus Schinken, Eiern, Brot und Käse und hatte einen zweiten Diener an seiner Seite. Beide schauten auf, als die drei eintraten, und erstarrten. Dem Lord fiel klappernd der Löffel aus der Hand.

»Guten Morgen, My Lord«, sagte Giddon. »Entschuldigen Sie, dass wir Ihr Frühstück unterbrechen. Wissen Sie, warum wir hier sind?«

Der Lord schien nur mit Mühe seine Stimme zu finden. »Ich habe nicht die geringste Ahnung.« Seine Hand lag an der Kehle.

»Nein? Vielleicht könnte Lady Katsa Ihrer Erinnerung nachhelfen«, sagte Giddon. »Lady?«

Katsa trat vor.

»Schon gut, schon gut.« Der Lord stand auf. Seine Beine schlugen an den Tisch und ein Glas fiel um. Er war groß und breitschultrig, noch größer als Giddon und Oll. Seine Hände flatterten, unruhig schaute er durch den Raum, vermied es aber, Katsa anzusehen. In seinem Bart hing ein wenig Ei. So dumm, ein so großer Mann, und so ängstlich! Katsa machte ein ausdrucksloses Gesicht, damit keiner von ihnen sah, wie sehr sie das alles hasste.

»Ah, Sie haben sich erinnert«, sagte Giddon, »stimmt's? Sie haben sich erinnert, warum wir hier sind?«

»Ich glaube, ich schulde Ihnen Geld«, sagte der Lord. »Ich glaube, Sie sind gekommen, um es abzuholen.«

»Sehr gut!« Giddon sprach wie zu einem Kind. »Und warum schulden Sie uns Geld? Im Vertrag ging es um wie viele Morgen Holz? Helfen Sie meinem Gedächtnis nach, Hauptmann.«

»Dreißig Morgen, My Lord«, sagte Oll.

»Und wie viele Morgen hat der Lord genommen, Hauptmann?«

»Fünfunddreißig Morgen, My Lord«, sagte Oll.

»Fünfunddreißig Morgen!«, wiederholte Giddon. »Das ist ein ziemlich beträchtlicher Unterschied, habe ich nicht Recht?«

»Ein schrecklicher Fehler.« Der Lord versuchte gequält zu lächeln. »Es war uns nicht klar, dass wir so viel brauchen würden. Natürlich werde ich sofort bezahlen. Nennen Sie nur Ihren Preis.«

»Sie haben König Randa beträchtliche Unannehmlichkeiten verursacht«, sagte Giddon. »Sie haben gegen seinen Willen seinen Wald um fünf Morgen vermindert. Die Wälder des Königs sind nicht grenzenlos.«

»Nein. Selbstverständlich nicht. Ein schrecklicher Fehler.«

»Außerdem sind wir tagelang unterwegs gewesen, um diese Angelegenheit zu klären. Unsere Abwesenheit vom Hof ist höchst lästig für den König.«

»Natürlich«, sagte der Lord. »Natürlich.«

»Ich denke, wenn Sie Ihre ursprüngliche Zahlung verdoppeln würden, könnte das den Ärger des Königs über diese Unannehmlichkeiten verringern.«

Der Lord fuhr sich mit der Zunge über die Lippen. »Die

ursprüngliche Zahlung verdoppeln. Ja. Das erscheint mir ganz angemessen.«

Giddon lächelte. »Sehr gut. Vielleicht führt uns Ihr Mann hier zu Ihrem Zahlhaus.«

»Gewiss.« Der Lord winkte dem Diener neben sich. »Rasch, Mann. Rasch!«

»Lady Katsa«, sagte Giddon, als er und Oll sich zur Tür wandten, »warum bleiben Sie nicht hier? Leisten Sie Seiner Lordschaft doch Gesellschaft.«

Der Diener führte Giddon und Oll hinaus. Die großen Türflügel schwangen hinter ihnen zu. Katsa und der Lord waren allein. Sie starrte ihn an. Er atmete flach, sein Gesicht war blass. Er schaute sie nicht an und sah aus, als würde er gleich zusammenbrechen.

»Setzen Sie sich«, sagte Katsa. Er fiel auf seinen Stuhl und stieß ein schwaches Stöhnen aus.

»Schauen Sie mich an«, sagte sie. Sein Blick zuckte zu ihrem Gesicht und glitt dann zu ihren Händen. Randas Opfer beobachteten immer ihre Hände, nie ihr Gesicht. Sie konnten ihre Augen nicht ertragen. Und sie erwarteten einen Schlag ihrer Hände.

Katsa seufzte. »Sie sind ein Lügner und ein Dieb«, sagte sie. »Und ein Dummkopf.«

Er öffnete den Mund, um etwas zu sagen, aber nichts als ein Krächzen kam heraus.

»Ich kann Sie nicht verstehen«, sagte Katsa.

Er räusperte sich. »Ich habe eine Familie. Ich habe eine Familie zu versorgen. Tun Sie, was Sie wollen, aber ich bitte Sie, töten Sie mich nicht.«

»Sie wollen nicht, dass ich Sie töte, um Ihrer Familie willen?«

Eine Träne rann in seinen Bart. »Und um meinetwillen. Ich will nicht sterben.«

Natürlich wollte er nicht sterben für fünf Morgen Land. »Ich töte keine Männer, die fünf Morgen Holz vom König stehlen«, sagte sie, »und dann teuer dafür in Gold bezahlen. Ein solches Verbrechen rechtfertigt eher einen gebrochenen Arm oder den Verlust eines Fingers.«

Er schnappte nach Luft und starrte auf die Eier und das Obst auf seinem Teller. Sie überlegte, ob er sich gleich übergeben oder weinen würde. Aber dann schob er den Teller zur Seite, ebenso das umgekippte Glas und das Besteck. Er legte die Arme auf den Tisch vor sich, senkte den Kopf und wartete.

Eine Welle von Müdigkeit überkam sie. Randas Befehle ließen sich leichter befolgen, wenn die Opfer flehten oder schrien, wenn sie ihnen keinen Respekt mehr entgegenbrachte.

Katsa bewegte sich auf ihn zu und zog ihren Dolch aus der Scheide. Sie starrte die Klinge an. Randa machte sich nichts aus seinem Wald; er wollte nur Geld und Macht. Außerdem würden die Wälder eines Tages wieder nachwachsen. Finger wuchsen nicht wieder nach.

Sie schob den Dolch zurück in die Scheide. Sie würde ihm nicht seinen Finger nehmen. Sein Arm würde dran glauben müssen oder sein Bein, vielleicht auch sein Schlüsselbein, das schmerzte immer, wenn es gebrochen wurde. Aber ihre eigenen Arme waren plötzlich bleischwer und ihre Beine schienen sie nicht vorantragen zu wollen.

Der Lord holte zitternd Atem, aber er regte sich nicht, sagte nichts. Er war ein Lügner, ein Dieb und ein Dummkopf.

Es gelang Katsa nicht, die Sache wichtig zu nehmen.

Sie seufzte schwer. »Ich gebe zu, dass Sie tapfer sind«, sagte sie, »obwohl es zuerst nicht so aussah.« Sie sprang zum Tisch und schlug ihn auf die Schläfe, wie sie es bei Murgons Wachmännern getan hatte. Er wurde schlaff und fiel von seinem Stuhl. Zusammengekrümmt lag er auf dem Boden, die Beine unter dem bestickten Tischtuch begraben.

Sie drehte sich um und verließ den Raum. In der großen Steinhalle des Lords wartete sie, dass Giddon und Oll mit dem Geld zurückkamen.

Der Lord würde mit Kopfweh erwachen, aber das war alles. Wenn Randa hörte, was sie getan hatte, würde er einen Wutanfall bekommen.

Aber vielleicht würde Randa nichts erfahren. Oder sie könnte den Lord beschuldigen, dass er gelogen hatte, um sein Gesicht zu wahren.

In diesem Fall würde Randa darauf bestehen, dass sie in Zukunft mit Beweisen zurückkehrte. Mit einer Sammlung zusammengeschrumpfter Finger und Zehen. Was das für ihren Ruf bedeuten würde!

Es war ihr gleichgültig. Sie hatte heute nicht die Kraft, eine Person zu quälen, die es nicht verdiente.

Eine kleine Gestalt kam in die Halle getrippelt. Katsa wusste, wer es war, noch bevor sie die Augen des Mädchens gesehen hatte, eins gelb wie die Kürbisse, die sie im Norden anbauten, und eins braun wie Schlamm. Diesem Mädchen würde sie wehtun. Dieses Mädchen würde sie quälen, damit es nicht ihre Gedanken las. Sie fing den Blick des Mädchens auf und erwiderte ihn, bis das Kind nach Luft schnappte und ein paar Schritte zurückwich. Dann drehte es sich um und rannte aus der Halle.

Sie kamen schnell voran, auch wenn Katsa sich über ihr Tempo ärgerte.

»Katsa meint, wenn man ein Pferd nicht mit halsbrecherischer Geschwindigkeit vorantreibt, nutzt man es nicht richtig«, sagte Giddon.

»Ich will nur wissen, ob Raffin etwas von dem alten Lienid erfahren hat.«

»Machen Sie sich keine Sorgen, My Lady«, sagte Oll. »Morgen Abend werden wir am Hof sein, wenn das Wetter hält.«

Das Wetter hielt den ganzen Tag und bis in die Nacht, aber gegen Morgen schoben sich Wolken vor die Sterne über dem Lager. Sie brachen schnell und mit einer gewissen Beklommenheit auf. Kurz danach, als sie in den Hof des Gasthauses ritten, wo ihre Pferde auf sie warteten, fielen ihnen Regentropfen auf Arme und Gesichter. Sie schafften es gerade noch zu den Ställen, da öffnete der Himmel seine Schleusen, Wasser rauschte herab und eilige Bäche bildeten sich zwischen den Hügeln rundum.

Das führte zu einem Streit.

»Wir können im Regen weiterreiten«, sagte Katsa. Sie

standen im Stall, das Gasthaus war nur zehn Schritt entfernt, aber hinter einer Wasserwand verborgen.

»Auf die Gefahr, die Pferde zu verlieren«, sagte Giddon. »Auf die Gefahr, uns den Tod zu holen. Sei nicht töricht, Katsa.«

»Es ist doch nur Wasser«, sagte sie.

»Erzähl das einem Ertrinkenden!« Giddon funkelte sie wütend an, und sie erwiderte den Blick. Ein Regentropfen aus einem Ritz im Dach klatschte auf ihre Nase und sie wischte ihn wütend weg.

»My Lady!«, sagte Oll. »My Lord!«

Katsa holte tief Luft, schaute in sein geduldiges Gesicht und bereitete sich auf eine Enttäuschung vor.

»Wir wissen nicht, wie lange dieses Unwetter dauern wird«, sagte Oll. »Wenn es einen Tag dauert, sollten wir uns dem nicht aussetzen. Es gibt keinen Grund, bei solchem Wetter zu reiten ...«, er hob die Hand, als Katsa etwas erwidern wollte. »Keinen Grund, den wir dem König nennen könnten, ohne dass er uns für verrückt hält. Aber vielleicht dauert der Regen auch nur eine Stunde. Und dann haben wir nur eine Stunde verloren.«

Katsa verschränkte die Arme und zwang sich, ruhig zu atmen. »Es sieht nicht aus wie ein Unwetter, das nur eine Stunde dauert.«

»Dann sage ich dem Wirt, dass wir etwas zu essen brauchen«, sagte Oll, »und Zimmer für die Nacht.«

Der Gasthof lag in einiger Entfernung von den Städten der Middluns, trotzdem wurde er im Sommer häufig von Händlern und Reisenden aufgesucht. Es war ein einfacher quadratischer Bau mit Küche und Speisesaal unten und darüber zwei Stockwerken mit Zimmern. Schlicht, aber sauber und zweckdienlich. Katsa wäre es am liebsten gewesen, wenn von ihrer Anwesenheit nicht so viel Aufhebens gemacht worden wäre. Aber natürlich war man im Gasthof nicht daran gewöhnt, königliche Angehörige zu beherbergen, und die ganze Familie geriet in höchste Aufregung beim Versuch, es der Nichte des Königs, dem Adjutanten des Königs und dem Hauptmann des Königs bequem zu machen. Trotz Katsas Protest musste ein Kaufmann sein Zimmer räumen, damit sie den Blick aus seinem Fenster haben konnte auf eine jetzt unsichtbare Landschaft, die in ihrer Vorstellung doch nur dieselben Hügel aufwies, die sie seit Tagen gesehen hatten.

Katsa wollte den Kaufmann für die Ausquartierung um Entschuldigung bitten. Beim Mittagessen schickte sie Oll mit dieser Botschaft zu ihm. Als Oll die Aufmerksamkeit des Mannes auf Katsas Tisch gelenkt hatte, hob sie ihm ihren Becher entgegen. Er hob ebenfalls seinen Becher und nickte heftig, sein Gesicht war weiß und die Augen tellergroß.

»Wenn du Oll etwas ausrichten lässt, wirkst du so schrecklich überlegen, Eure Ladyschaft«, lächelte Giddon, mit dem Mund voller Eintopf.

Katsa gab keine Antwort. Er wusste genau, warum sie Oll geschickt hatte. Wenn der Mann so war wie die meisten Leute, würde es ihn ängstigen, von ihr selbst angesprochen zu werden.

Das kleine Mädchen, das sie bediente, war schmerzhaft schüchtern. Es sagte kein Wort, nickte nur oder schüttelte den Kopf als Antwort auf ihre Bitten. Es schien den Blick nicht von Katsas Gesicht wenden zu können. Selbst wenn der gutaussehende Lord Giddon es ansprach, schaute es Katsa an.

»Die Kleine denkt, ich fresse sie auf«, sagte Katsa.

»Ich glaube nicht«, entgegnete Oll. »Ihr Vater ist ein Freund des Rats. Wahrscheinlich wird in diesem Haushalt anders über Sie gesprochen als in anderen, My Lady.«

»Sie wird trotzdem Geschichten gehört haben«, sagte Katsa.

»Möglich. Aber ich glaube, sie ist von Ihnen fasziniert.«

Giddon lachte. »Du faszinierst eben, Katsa.« Doch als die Kleine wieder in die Nähe kam, fragte Giddon nach ihrem Namen.

»Lanie«, flüsterte sie und schaute schon wieder zu Katsa hin.

»Siehst du unsere Lady Katsa, Lanie?«, fragte Giddon.

Das Mädchen nickte.

»Macht sie dir Angst?«

Das Mädchen biss sich auf die Lippe und schwieg.

»Sie tut dir nichts«, sagte Giddon, »verstehst du das? Aber wenn jemand anders dir etwas tun sollte, würde Lady Katsa diese Person wahrscheinlich bestrafen.«

Katsa legte die Gabel weg und sah Giddon an. Diese Freundlichkeit hatte sie von ihm nicht erwartet.

»Verstehst du?«, fragte Giddon das Mädchen.

Sie nickte und linste zu Katsa.

»Vielleicht möchtest du ihr die Hand geben«, sagte Giddon.

Das Mädchen überlegte. Dann beugte sie sich vor und hielt Katsa die Hand entgegen. Katsa überkam ein Gefühl, das sie nicht recht benennen konnte. Eine Art trauriger Freude über dieses kleine Wesen, das sie berühren wollte.

Katsa streckte die Hand aus und nahm die dünnen Finger des Kindes. »Es ist mir eine Freude, dir zu begegnen, Lanie.«

Lanies Augen wurden groß, dann ließ sie Katsas Hand fallen und rannte in die Küche. Oll und Giddon lachten.

Katsa wandte sich an Giddon. »Ich bin dir sehr dankbar.«

»Du tust nichts, um deinen Ruf als Ungeheuer loszuwerden«, sagte Giddon. »Und du weißt das, Katsa. Kein Wunder, dass du nicht mehr Freunde hast.«

Das sah ihm ähnlich, eine freundliche Geste in eine Kritik ihres Charakters zu verwandeln. Er liebte es, auf ihre Fehler hinzuweisen. Und er wusste nichts über sie, wenn er glaubte, sie sehne sich nach Freunden.

Katsa widmete sich ihrer Mahlzeit und achtete nicht auf das Gespräch der beiden.

Es hörte nicht auf zu regnen. Giddon und Oll waren damit zufrieden, im Gastraum zu sitzen und mit den Händlern und dem Wirt zu reden, doch Katsa glaubte vor Untätigkeit schreien zu müssen. Sie ging hinaus zu den Ställen, zum Entsetzen eines Jungen, wenig größer als Lanie, der auf einem Hocker stand und ein Pferd striegelte. *Ihr* Pferd, erkannte sie, als sich ihre Augen an das trübe Licht gewöhnt hatten.

»Ich wollte dich nicht erschrecken«, sagte Katsa. »Ich suche nur einen Ort, wo ich meine Übungen machen kann.«

Der Junge stieg vom Hocker und floh. Katsa hob resigniert die Hände. Nun, wenigstens hatte sie jetzt den Stall für sich. Sie räumte Heuballen, Sättel und Rechen weg, bekam so etwas freien Raum gegenüber den Boxen und begann mit einer Reihe von Tritten und Schwüngen. Sie drehte sich, schlug Saltos und war sich dabei der Luft, des

Bodens, der Wände und der Pferde bewusst. Sie konzentrierte sich auf ihre eingebildeten Gegner und dabei wurde sie ruhig.

Beim Abendessen hatten Oll und Giddon interessante Neuigkeiten.

»König Murgon hat einen Raub gemeldet«, sagte Oll. »Vor drei Nächten.«

»Wirklich?« Katsa betrachtete erst Oll, dann Giddon. Beide sahen aus wie Katzen, die eine Maus in die Enge getrieben hatten. »Und was, sagt er, wurde geraubt?«

»Er sagt nur, dass ein großer Schatz des Hofs gestohlen wurde«, erklärte Oll.

»Himmel«, sagte Katsa. »Und wer hat ihm diesen Schatz angeblich geraubt?«

»Manche sagen, es war ein beschenkter Junge«, berichtete Oll, »eine Art Hypnotiseur, der die Königswache eingeschläfert hat.«

»Andere sprechen von einem erwachsenen Mann, einem Beschenkten, so groß wie ein Ungeheuer«, sagte Giddon, »ein Kämpfer, der einen Wachmann nach dem anderen niedergeschlagen hat.« Giddon lachte geradeheraus, und Oll lächelte in sein Essen.

»Das sind ja interessante Neuigkeiten.« Katsa hoffte, unschuldig zu klingen, als sie fortfuhr: »Habt ihr sonst noch etwas gehört?«

»Die Suche verzögerte sich um Stunden«, berichtete Giddon, »weil zuerst angenommen wurde, jemand am Hof sei schuld. Ein Gast, beschenkt mit der Gabe des Kämpfens.« Er senkte die Stimme. »Ist das zu glauben? Welch ein Glück für uns.«

Katsa bemühte sich um eine ruhige Stimme. »Was hat er gesagt, dieser Beschenkte?«

»Offenbar nichts Hilfreiches. Er behauptete, nichts von alldem zu wissen.«

»Was haben sie mit ihm gemacht?«

»Ich habe keine Ahnung«, sagte Giddon. »Er ist ein beschenkter Kämpfer. Ich bezweifle, dass sie ihm viel antun konnten.«

»Wer ist er? Woher kommt er?«

»Davon hat niemand etwas gesagt.« Giddon stieß sie mit dem Ellbogen an. »Katsa, komm schon – du verstehst nicht, worum es geht. Es tut nichts zur Sache, wer er ist. Sie haben Stunden mit dem Verhör dieses Mannes verloren. Als sie anfingen, anderswo nach den Einbrechern zu suchen, war es zu spät.«

Katsa glaubte besser zu wissen als Giddon oder Oll, warum Murgon so viel Zeit mit der Befragung gerade dieses Beschenkten verbracht hatte. Und auch warum er es sorgfältig vermieden hatte, mitzuteilen, woher der Beschenkte kam. Niemand sollte vermuten, dass der gestohlene Schatz Tealiff war oder dass er Tealiff überhaupt in seinem Verlies festgehalten hatte.

Und warum hatte der beschenkte Lienid Murgon nichts gesagt? Schützte er sie?

Dieser verfluchte Regen musste aufhören, damit sie an den Hof und zu Raffin zurückkehren konnten.

Katsa trank und setzte den Becher auf den Tisch. »So ein Glück für die Diebe!«

Giddon grinste. »In der Tat.«

»Und hast du irgendwelche andere Neuigkeiten gehört?«

»Die Schwester des Wirts hat ein drei Monate altes Baby«, sagte Oll. »Neulich morgens sind sie sehr erschrocken. Sie glaubten, eins seiner Augen sei dunkler geworden, aber es war nur eine Täuschung durch das Licht.«

»Faszinierend.« Katsa goss Soße auf ihr Fleisch.

»Die Königin von Monsea grämt sich schrecklich um Großvater Tealiff«, sagte Giddon. »Ein Händler aus Monsea hat davon erzählt.«

»Ich habe gehört, sie isst nicht mehr«, sagte Katsa. Das schien ihr eine törichte Art des Trauerns zu sein.

»Das ist nicht alles«, sagte Giddon. »Sie hat sich und ihre Tochter in ihren Gemächern eingeschlossen und lässt keinen eintreten außer ihrer Zofe, noch nicht einmal König Leck.«

Das kam Katsa nicht nur töricht vor, sondern höchst eigenartig. »Erlaubt sie ihrer Tochter zu essen?«

»Die Zofe bringt ihnen Mahlzeiten«, berichtete Giddon. »Aber sie verlassen ihre Räume nicht. Offenbar hat der König viel Geduld mit ihnen.«

»Das geht vorüber«, sagte Oll. »Man weiß nie, was Kummer einem Menschen antut. Es wird vorübergehen, wenn ihr Vater gefunden worden ist.«

Der Rat würde den Alten zu seiner eigenen Sicherheit verstecken, bis sie den Grund für seine Entführung wussten. Aber vielleicht konnten sie eine Nachricht an die Königin von Monsea schicken, um ihren sonderbaren Kummer zu lindern? Katsa beschloss, darüber nachzudenken. Sie würde es mit Giddon und Oll besprechen, wenn sie unbeobachtet reden konnten.

»Sie ist eine Lienid«, sagte Giddon. »Sie sind als seltsame Menschen bekannt.«

»Mir kommt es aber sehr seltsam vor«, erklärte Katsa. Sie hatte noch nie Trauer empfunden, oder wenn, dann erinnerte sie sich nicht daran. Ihre Mutter, Randas Schwester, war an einem Fieber gestorben, bevor Katsas Augen die endgültige Färbung gezeigt hatten, und das gleiche Fieber hatte Raffins Mutter und Randas Königin dahingerafft. Katsas Vater, ein Grenzlord aus den nördlichen Middluns, war bei einem Grenzzwischenfall getötet worden. Es war ein Überfall von Männern aus Wester auf ein Dorf von Nander gewesen. Das gehörte nicht in seinen Verantwortungsbereich, doch er hatte seine Nachbarn verteidigt und war dabei selbst ums Leben gekommen. Katsa hatte noch nicht einmal sprechen können. Sie erinnerte sich nicht an ihn.

Der Tod ihres Onkels würde sie wahrscheinlich nicht traurig machen. Sie warf einen Blick auf Giddon. Ihn würde sie nicht gern verlieren, aber sie glaubte auch nicht, dass sie um seinen Verlust trauern würde. Mit Oll war es anders. Um Oll würde sie trauern. Und um ihre Zofe Helda. Und Raffin. Raffins Verlust würde mehr schmerzen als das Abschneiden eines Fingers oder ein gebrochener Arm oder ein Messer in ihrem Körper.

Doch sie würde sich nicht in ihren Räumen einschließen. Sie würde hinausgehen und den suchen, der das getan hatte, und dann würde sie ihm Schmerzen zufügen, wie sie noch nie jemand verspürt hatte.

Giddon sprach mit ihr, aber sie hatte nicht zugehört. Sie schüttelte sich. »Was hast du gesagt?«

»Ich habe gesagt, Träumerin, dass ich glaube, der Himmel klart auf. Wir werden im Morgengrauen aufbrechen können, wenn du willst.«

Sie würden den Hof vor Einbruch der Nacht erreichen. Katsa beendete rasch ihr Mahl und lief in ihr Zimmer, um ihre Taschen zu packen.

Die Sonne war schon weit auf ihrem Weg über den Himmel, als ihre Hufe auf dem Marmorboden von Randas innerem Schlosshof klapperten. Rundum standen die weißen Schlossmauern und hoben sich hell von dem grünen Marmor im Hof ab. Laubengänge säumten die Mauern, damit die Angehörigen des Hofs, wenn sie von einem Teil des Schlosses zu einem anderen gingen, hinunterschauen und Randas großen Garten voller Ranken und rosa blühender Bäume bewundern konnten. In der Mitte des Gartens stand eine Statue von Randa, aus der einen ausgestreckten Hand sprudelte ein Wasserstrahl, in der anderen hielt er eine Fackel. Garten und Hof waren hübsch, wenn man sich nicht mit der Statue aufhielt – aber weder ruhig noch privat, weil alle in den Laubengängen darüber umherspazierten.

Das war nicht der einzige Hof dieser Art im Schloss, doch es war der größte und zugleich der Eingang für alle wichtigen Bewohner oder Besucher. Der grüne Boden war so glänzend poliert, dass sich Katsa und ihr Pferd in der Oberfläche spiegelten. Die weißen Wände waren aus einem funkelnden Stein gehauen und ragten so hoch auf, dass sie den Hals recken musste, um die Spitzen der Türmchen zu sehen. Es war sehr imposant, sehr eindrucksvoll. So wie Randa es liebte.

Der Lärm ihrer Pferde und ihre Rufe lockten Menschen auf die Balkone, die sehen wollten, wer gekommen war. Ein Diener kam heraus und begrüßte sie. Im nächsten Moment stürmte Raffin in den Hof.

»Ihr seid da!«

Katsa grinste zu ihm hinauf. Dann sah sie ihn genauer an – und stellte sich dafür auf die Zehen, so groß war er. Sie griff in sein Haar.

»Raff, was hast du dir angetan? Dein Haar ist eindeutig blau.«

»Ich habe ein neues Heilmittel gegen Kopfweh ausprobiert, das in die Kopfhaut einmassiert werden muss«, sagte er. »Gestern glaubte ich, dass ich Kopfweh bekomme, also habe ich es versucht. Offenbar färbt es blondes Haar blau.«

Sie lächelte. »Hat es dich vom Kopfweh geheilt?«

»Nun, wenn ich sonst Kopfweh gehabt hätte, dann ja, aber ich bin nicht überzeugt, dass ich wirklich welches gehabt habe. Hast du Kopfweh?«, fragte er hoffnungsvoll. »Dein Haar ist so dunkel, es würde kaum so blau werden.«

»Ich habe kein Kopfweh. Das habe ich nie. Was hält der König von deinem Haar?«

Raffin grinste. »Er spricht nicht mit mir. Er sagt, das ist ein schockierendes Benehmen für den Sohn des Königs. Bis mein Haar wieder normal ist, bin ich nicht sein Sohn.«

Oll und Giddon begrüßten Raffin und gaben ihre Zügel einem Stalljungen. Sie folgten dem Diener des Königs ins Schloss und ließen Katsa und Raffin allein im Hof, in der Nähe des Gartens und des Plätscherns von Randas Wasserstrahl. Katsa senkte die Stimme und tat, als sei sie mit den

Riemen beschäftigt, mit denen ihre Satteltaschen ans Pferd gebunden waren. »Gibt es Neuigkeiten?«

»Er ist nicht aufgewacht«, sagte Raffin, »kein einziges Mal.«

Sie war enttäuscht und fragte leise: »Hast du von einem adligen Lienid gehört, einem Beschenkten mit der Gabe des Kämpfens?«

»Du hast ihn gesehen, stimmt's?«, sagte Raffin, und sie schaute überrascht zu ihm auf. »Als du in den Hof kamst. Er schleicht hier überall herum. Schwierig, ihm in die Augen zu schauen, was? Er ist der Sohn des Königs von Lienid.«

Er war hier? Das hatte sie nicht erwartet. Sie konzentrierte sich wieder auf die Satteltaschen. »Rors Erbe?«

»Himmel, nein. Er hat sechs ältere Brüder. Er hat den lächerlichsten Namen, den ich je gehört habe für den siebten Erben eines Throns. Prinz Greening Grandemalion.« Raffin lächelte. »Hast du je so was gehört?«

»Warum ist er hier?«

»Das ist ziemlich interessant. Er behauptet, dass er seinen entführten Großvater sucht.«

Katsa schaute von ihren Taschen hinauf in seine lachenden blauen Augen. »Du hast doch nicht …«

»Natürlich nicht. Ich habe auf dich gewartet.«

Ein Junge kam, um ihr Pferd zu holen, und Raffin begann einen Monolog über die Besucher, die sie in ihrer Abwesenheit verpasst hatte. Dann kam ein Diener aus einem der Eingänge.

»Der wird für dich bestimmt sein«, sagte Raffin, »denn ich bin momentan nicht meines Vaters Sohn, mir schickt er keine Diener.« Er lachte und ging. »Ich bin froh, dass du wieder da bist«, rief er ihr zu und verschwand dann durch einen Bogengang.

Der Diener war einer von Randas vertrockneten, naserümpfenden kleinen Männern. »Lady Katsa«, sagte er. »Willkommen daheim. Der König wünscht zu wissen, ob Ihr Auftrag im Osten erfolgreich erledigt wurde.«

»Du kannst ihm sagen, es war erfolgreich«, sagte Katsa.

»Sehr gut, My Lady. Der König wünscht, dass Sie sich zum Abendessen umkleiden.«

Katsa sah ihn aus zusammengekniffenen Augen an. »Wünscht der König noch etwas?«

»Nein, My Lady. Danke, My Lady.« Der Mann verneigte sich und verschwand so schnell wie möglich aus ihrem Blick.

Katsa hob sich die Taschen auf die Schulter und seufzte. Wenn der König wünschte, dass sie sich zum Abendessen umkleidete, dann bedeutete das, sie musste ein Kleid anziehen, das Haar zu einer eleganten Frisur hochstecken und Schmuck in den Ohren und um den Hals tragen. Es bedeutete, dass der König sie neben irgendeinen Lord setzen wollte, der sich eine Frau wünschte, auch wenn sie vermutlich nicht die Frau war, die er im Sinn hatte. Sie würde die Ängste des armen Mannes rasch zerstreuen, und vielleicht konnte sie behaupten, sie fühle sich nicht wohl genug, um die ganze Mahlzeit durchzustehen. Sie könnte sagen, sie habe Kopfweh. Sie wünschte, sie könnte Raffins Kopfwehmittel benutzen und ihr Haar blau färben. Das würde sie eine Zeit lang von Randas Abendessen befreien.

Raffin erschien wieder ein Stockwerk über ihr auf dem Laubengang, der an seinen Arbeitsräumen vorbeiführte. Er beugte sich über das Geländer und rief hinunter: »Kat!«

»Was ist?«

»Du siehst aus, als hättest du dich verirrt. Hast du den Weg zu deinen Zimmern vergessen?«

»Ich lasse mir Zeit.«

»Wie lange? Ich würde dir gern ein paar meiner neuen Entdeckungen zeigen.«

»Man hat mir gesagt, ich soll mich zum Abendessen hübsch machen.«

Er grinste. »Dann wird es ja noch eine Ewigkeit dauern.«

Sie verzog ihr ernstes Gesicht zum Lachen, riss einen Knopf von ihrer Tasche und schleuderte ihn nach Raffin. Er schrie schrill auf, ließ sich zu Boden fallen und der Knopf schlug genau dort, wo er gestanden hatte, an die Wand. Als Raffin wieder übers Geländer spähte, stand sie grinsend im Hof, die Hände auf die Hüften gestemmt. »Ich habe dich absichtlich verfehlt!«

»Du Angeberin! Komm, wenn du Zeit hast.« Er winkte und ging hinein.

Und da nahm die schattenhafte Figur in Katsas Augenwinkel Gestalt an.

Er stand ein Stockwerk über ihr links in dem Laubengang, der dort endete, wo der von Raffin begann. Er stützte die Ellbogen aufs Geländer, sein Hemdkragen war offen, und er beobachtete sie. Die goldenen Reife in seinen Ohren und die Ringe an seinen Fingern. Dazu sein dunkles Haar. Auf seiner Stirn war ein winziger Striemen zu sehen, direkt neben dem Auge.

Seine Augen! Nie hatte Katsa solche Augen gesehen. Eins war silbern, das andere golden. Sie leuchteten ungleichmäßig und seltsam in seinem sonnengebräunten Gesicht. Katsa war überrascht, dass sie bei ihrer ersten Begegnung in der Dunkelheit nicht geleuchtet hatten. Sie wirkten nicht menschlich. Katsa konnte nicht aufhören, sie anzusehen.

Da kam ein Diener zu ihm und sprach ihn an. Er richtete sich auf, wandte sich dem Mann zu und antwortete. Als der Diener wegging, blitzten die Augen des Lienids wieder Katsa an. Er stützte die Ellbogen erneut aufs Geländer.

Katsa war bewusst, dass sie mitten im Hof stand und diesen Lienid anstarrte. Sie wusste, dass sie weitergehen sollte, und merkte, dass sie es nicht konnte.

Dann zog er ganz schwach die Augenbrauen hoch, und sein Mund öffnete sich zu einem angedeuteten Grinsen. Er nickte ihr kaum sichtbar zu, und das löste den Bann.

Großspurig, dachte sie. Großspurig und arrogant war er, und das war alles, was man von ihm sagen konnte. Welches Spiel er auch trieb, falls er erwartete, dass sie dabei mitmachte, würde er enttäuscht. Greening Grandemalion, also wirklich!

Sie riss den Blick von seinen Augen los, schob ihre Taschen höher und zwang sich voran ins Schloss, dabei war sie sich die ganze Zeit dieser seltsamen Augen in ihrem Rücken bewusst.

HELDA HATTE UM die gleiche Zeit mit ihrer Arbeit in Randas Kinderzimmern begonnen, in der Katsa anfing, Randas Strafen zu vollziehen. Es war schwer zu sagen, warum Helda sich weniger als andere vor Katsa gefürchtet hatte. Vielleicht, weil sie selbst ein beschenktes Kind geboren hatte. Kein Kämpfer, nur ein Schwimmer, eine Gabe ohne Nutzen für den König. Deshalb war der Junge nach Hause geschickt worden und Helda hatte erlebt, wie die Nachbarn ihn mieden und verspotteten, nur weil er sich wie ein Fisch durchs Wasser bewegen konnte. Oder weil er ein schwarzes und ein blaues Auge hatte. Vielleicht war das der Grund, warum Helda sich mit ihrer Meinung zurückgehalten hatte, wenn die Diener sie vor der Nichte des Königs warnten.

Natürlich war Katsa zu alt für ein Kindermädchen gewesen, als Helda kam, und Helda hatte mit den Kindern des Hofs genug zu tun gehabt. Doch sie war zu Katsas Übungsstunden gekommen, wann immer sie konnte. Sie hatte dagesessen und das Kind beobachtet, das so auf eine Strohpuppe einschlug, dass die Spreu aus den Rissen im Sack brach und auf den Boden schlug wie spritzendes Blut. Sie war nie lange geblieben, weil sie immer wieder zu den Kinderzimmern zurückmusste, doch Katsa hatte sie trotzdem bemerkt wie jeden, der nicht versuchte, sie zu meiden. Sie hatte sie wahrgenommen, sich aber nicht weiter damit aufgehalten. Katsa hatte keinen Grund, sich mit einer Dienerin zu befassen.

Doch eines Tages war Helda gekommen, als Oll nicht da war und Katsa sich allein im Übungsraum befand. Und als das Kind eine Pause eingelegt hatte, um eine neue Strohpuppe aufzustellen, hatte Helda mit ihr geredet.

»Am Hof heißt es, Sie seien gefährlich, My Lady.«

Katsa betrachtete die alte Frau einen Moment, das graue Haar, die grauen Augen und die weichen Arme, die sie über einem weichen Bauch gefaltet hatte. Die Frau hielt ihrem Blick stand, wie es keiner außer Raffin, Oll oder dem König tat. Dann zuckte Katsa die Schultern, schwang einen Sack Spreu auf den Rücken und hängte ihn an einen Haken an dem Holzpfahl mitten im Übungsraum.

»Der erste Mann, den Sie getötet haben, My Lady«, sagte Helda, »dieser Cousin. Wollten Sie ihn töten?«

Das war eine Frage, die ihr noch niemand gestellt hatte. Wieder schaute das Mädchen der Frau ins Gesicht, und wieder hielt die Frau dem Blick stand. Katsa spürte, dass diese Frage von einer Dienerin unpassend war. Doch sie wurde so selten angesprochen, dass sie nicht wusste, wie sie richtig reagieren sollte.

»Nein«, sagte Katsa. »Ich wollte ihn nur davon abhalten, mich anzufassen.«

»Dann sind Sie für Leute, die Sie nicht mögen, gefährlich, My Lady. Aber vielleicht ist ein Freund bei Ihnen sicher.«

»Deshalb verbringe ich meine Tage in diesem Übungsraum«, sagte Katsa.

»Um Ihre Gabe zu beherrschen. Ja, alle Beschenkten müssen das.«

Diese Frau wusste etwas über die Beschenkten und fürchtete sich nicht, das Wort zu gebrauchen. Für Katsa war es Zeit, wieder mit dem Training zu beginnen, doch sie wartete in der Hoffnung, die Frau würde noch etwas sagen.

»My Lady«, sagte Helda, »darf ich Ihnen eine neugierige Frage stellen?«

Katsa wartete. Sie konnte sich keine Frage denken, die neugieriger als die bereits gestellte war.

»Wer sind Ihre Dienerinnen, My Lady?«, fragte Helda.

Katsa überlegte, ob diese Frau sie in Verlegenheit bringen wollte. Sie richtete sich auf und schaute ihr direkt ins Gesicht; sie wollte sehen, ob die andere zu lächeln wagte. »Ich habe keine Dienerinnen. Wenn mir eine zugeteilt wird, quittiert sie meistens den Dienst am Hof.«

Helda lächelte oder lachte immer noch nicht. Sie schaute Katsa nur prüfend an. »Haben Sie irgendwelches weibliches Personal, My Lady?«

»Nein, das habe ich nicht.«

»Hat jemand mit Ihnen über die Blutungen der Frauen gesprochen oder wie es ist zwischen einem Mann und einer Frau?«

Katsa wusste nicht, was sie meinte, und sie hatte das Gefühl, diese alte Frau merkte das. Noch immer lächelte oder lachte Helda nicht. Sie betrachtete Katsa von oben bis unten.

»Wie alt sind Sie, My Lady?«

Katsa hob das Kinn. »Ich bin fast elf.«

»Und Sie sollen das alles allein lernen«, sagte Helda, »und

durchs Schloss stürmen wie ein wildes Tier, weil Sie nicht wissen, was Sie da angegriffen hat.«

Katsa hob das Kinn noch etwas mehr. »Ich weiß immer, was mich angreift.«

»Mein Kind«, sagte Helda, »My Lady, würden Sie mir erlauben, Ihnen gelegentlich zu Diensten zu sein? Wenn Sie mich brauchen und wenn meine Anwesenheit in den Kinderzimmern nicht erforderlich ist?«

Katsa dachte, in den Kinderzimmern müsste die Arbeit sehr schwer sein, wenn diese Frau stattdessen ihr dienen wollte. »Ich brauche keine Dienerin«, sagte sie. »Ich kann dich aus den Kinderzimmern versetzen lassen, wenn du dort unglücklich bist.«

Jetzt glaubte Katsa ein schwaches Lächeln zu sehen. »Ich bin gern in den Kinderzimmern«, sagte Helda, »aber ich danke Ihnen, My Lady. Und verzeihen Sie mir, wenn ich jemandem wie Ihnen widerspreche. Aber Sie brauchen wirklich eine Dienerin, eine Frau. Weil Sie weder Mutter noch Schwestern haben.«

Katsa hatte auch noch nie eine Mutter oder Schwester gebraucht. Sie wusste nicht, was man mit einer Dienerin machte, die einem widersprach. Randa würde vermutlich einen Wutanfall bekommen, aber sie hatte Angst vor ihren eigenen Wutanfällen. Sie hielt den Atem an, ballte die Fäuste und stand still wie der Holzpfahl mitten im Raum. Die Frau konnte sagen, was sie wollte. Das waren nur Worte.

Helda richtete sich auf und strich ihr Kleid glatt. »Ich werde gelegentlich in Ihre Räume kommen, My Lady.«

Katsas Gesicht war wie aus Stein gehauen.

»Wenn Sie je eine Unterbrechung bei den festlichen Essen Ihres Onkels wünschen, können Sie immer zu mir in mein Zimmer kommen.«

Katsa blinzelte. Sie hasste diese Abendessen, wo jeder sie verstohlen ansah, und sie hasste diese Leute, die nicht in ihrer Nähe sitzen wollten, und die laute Stimme ihres Onkels. Könnte sie dem wirklich entgehen? Könnte die Gesellschaft dieser Frau besser sein?

»Ich muss zurück in die Kinderzimmer, My Lady«, sagte Helda. »Ich heiße Helda, und ich komme aus den westlichen Middluns. Ihre Augen sind wunderhübsch, meine Liebe. Adieu.«

Helda ging hinaus, bevor Katsa ihrer Stimme wieder mächtig war. Sie starrte auf die Tür, die sich hinter der Frau geschlossen hatte.

»Danke«, sagte sie, obwohl niemand es hörte und obwohl sie nicht wusste, warum ihre Stimme der Meinung war, sie sei dankbar.

Katsa saß im Bad und zog an den Knoten in ihrem wirren Haar. Sie hörte Helda im Nebenraum, wie sie in den Schränken und Schubladen kramte, die Ohrringe und Halsketten ausgrub, die Katsa nach dem letzten erzwungenen Tragen zwischen ihre seidene Unterwäsche und ihr grässliches knöchernes Korsett geworfen hatte. Katsa hörte sie murmeln und stöhnen, wahrscheinlich lag sie auf den Knien und suchte unter dem Bett nach Katsas Haarbürste oder ihren eleganten Schuhen.

»Welches Kleid soll es heute Abend sein, My Lady?«, rief Helda.

»Du weißt, dass mir das egal ist«, rief Katsa zurück.

Darauf kam weiteres Murmeln. Im nächsten Moment

trat Helda an die Tür mit einem Kleid, so rot wie die Tomaten, die Randa aus Lienid importierte, die Tomaten, die in Büscheln an den Ranken hingen und so voll und süß schmeckten wie die Schokoladentorte des Chefkochs. Katsa zog die Augenbrauen hoch.

»Ein rotes Kleid ziehe ich nicht an«, sagte sie.

»Es hat die Farbe des Sonnenaufgangs«, sagte Helda.

»Es hat die Farbe von Blut.«

Helda seufzte und trug das Kleid hinaus. »Es würde aufregend aussehen, My Lady«, rief sie, »zu Ihrem dunklen Haar und Ihren Augen.«

Katsa riss an einem hartnäckigen Knoten in ihrem Haar und sprach zu den Schaumblasen auf der Wasseroberfläche. »Wenn ich beim Dinner jemanden aufregen will, dann gebe ich ihm eine Ohrfeige!«

Helda kam wieder an die Tür, diesmal mit den Armen voll weicher grüner Seide. »Ist Ihnen das langweilig genug?«

»Habe ich nichts Graues oder Braunes?«

Helda machte ein entschlossenes Gesicht. »Ich will unbedingt, dass Sie eine Farbe tragen, My Lady.«

Katsa runzelte die Stirn. »Du willst unbedingt, dass die Leute mich bemerken.« Sie hielt sich eine wirre Locke vor die Augen und zog heftig daran. »Am liebsten würde ich alles abschneiden. Es ist die Mühe nicht wert.«

Helda legte das Kleid zur Seite und setzte sich auf den Wannenrand. Sie schäumte ihre Finger mit Seife ein und nahm die Locke aus Katsas Hand. Geschickt zog sie die Haare Strähne um Strähne auseinander.

»Wenn Sie auf Ihren Reisen jeden Tag die Haare bürsten würden, My Lady, würde das nicht passieren.«

Katsa prustete spöttisch. »Da hätte Giddon ganz schön was zu lachen! Meine Versuche, mich zu verschönern!«

Nachdem der Knoten entwirrt war, nahm sich Helda den nächsten vor. »Glauben Sie nicht, Lord Giddon findet Sie schön, My Lady?«

»Helda, liebe Helda. Was glaubst du, wie viel Zeit ich damit verbringe, darüber nachzudenken, welche Männer mich schön finden?«

»Nicht genug.« Helda nickte nachdrücklich. Ein glucksendes Lachen stieg in Katsas Kehle. Die liebe Helda. Sie sah, wer Katsa war und was sie tat, und sie leugnete nicht, dass Katsa so war. Aber sie konnte sich keine Dame vorstellen, die nicht schön sein wollte, der nichts an einer Legion von Bewunderern lag. Und so glaubte sie, dass Katsa beides war, auch wenn Katsa sich nicht vorstellen konnte, wie sie die beiden Personen in Gedanken vereinte.

Oben im großen Speisesaal präsidierte Randa einem langen hohen Tisch, der ebenso gut als Bühne denkbar war. Drei weitere Tische waren so aufgestellt, dass alle zusammen ein Quadrat bildeten, so dass die Gäste den König ungehindert sehen konnten.

Randa war ein großer Mann, sogar noch größer als sein Sohn, breiter in den Schultern und dicker am Hals. Er hatte die gleichen blonden Haare und blauen Augen, doch sie lachten nicht wie die von Raffin. Diese Augen hatten einen Blick, der voraussetzte, dass der andere tat, was Randa sagte, einen Blick, der Unglück ankündigte, wenn das Befohlene nicht geschah. Randa war nicht ungerecht, außer vielleicht zu denen, die ihm Unrecht taten. Das Problem war eher, dass die Dinge genau so sein mussten, wie er wollte, und wenn sie nicht so waren, könnte er entscheiden, dass ihm Unrecht getan worden war. Und wer immer dafür verantwortlich war – nun, der hatte Grund, diese Augen zu fürchten.

Beim Abendessen war Randa nicht Furcht einflößend, beim Abendessen war er arrogant und laut. Er holte jeden, mit dem er zusammensitzen wollte, an den hohen Tisch. Oft war es Raffin, auch wenn Randa über seinen Kopf hinweg redete und nie hören wollte, was Raffin zu sagen hatte. Selten war es Katsa. Zu ihr blieb Randa auf Distanz. Lieber schaute er auf seine Kämpferin hinab und rief ihr etwas zu. Er mochte es, wenn er so alle im Raum auf seine Nichte, seine kostbare Waffe aufmerksam machte. Dann fürchteten sich die Gäste und alles war so, wie es Randa gefiel.

Heute Abend saß sie an dem Tisch rechts vom König, ihrem üblichen Platz. Sie trug das Kleid aus weicher grüner Seide und bekämpfte den Drang, die Ärmel abzureißen, die am Handgelenk weiter wurden, über ihre Hände fielen und in den Teller hingen, wenn sie nicht Acht gab. Wenigstens bedeckte dieses Kleid fast ganz ihre Brüste. Das war nicht bei allen Kleidern so. Helda hörte nicht auf Katsa, wenn sie Anweisungen für ihre Garderobe gab.

Giddon saß links neben ihr. Der Lord zu ihrer Rechten, den sie für den in Frage kommenden Junggesellen hielt, war nicht alt, aber älter als Giddon, ein kleiner Mann, der mit seinen hervorquellenden Augen und dem breiten Mund wie ein Frosch aussah. Er hieß Davit und war ein Junggeselle aus der nordöstlichen Ecke der Middluns an der Grenze zu Nander und Estill.

Die Gespräche mit ihm waren nicht übel. Sein Land, seine Bauernhöfe, seine Dörfer lagen ihm am Herzen und

Katsa fiel es leicht, Fragen zu stellen, die er eifrig beantwortete. Zuerst saß er auf der äußersten Kante seines Stuhls und sah beim Reden ihre Schulter, ihr Ohr und ihr Haar an, doch nie ihr Gesicht. Aber im Lauf des Essens wurde er ruhiger, da Katsa ihn nicht biss; er entspannte sich, setzte sich bequem hin und sie unterhielten sich mühelos. Katsa fand, dass er ein ungewöhnlich angenehmer Tischherr war, dieser Lord Davit aus dem Nordosten. Jedenfalls lenkte er sie von dem Impuls ab, sich die stechenden Haarnadeln aus der Frisur zu reißen.

Der Prinz von Lienid war ebenfalls eine Ablenkung, auch wenn sie sich noch so sehr gegen den Gedanken wehrte. Er saß ihr gegenüber und sie hatte ihn immer im Blickfeld, doch sie versuchte, ihn nicht direkt anzuschauen. Manchmal spürte sie seinen Blick, seine Augen leuchteten über Randas Tischrunde hinweg. Kühn war er, und ganz anders als die übrigen Gäste, die wie immer angestrengt so taten, als wäre sie nicht da. Ihr kam der Gedanke, dass es nicht nur seine sonderbaren Augen waren, die sie irritierten. Es war die Tatsache, dass er sich nicht fürchtete, in ihre zu schauen. Sie schaute einmal zu ihm hinüber, als er nicht hersah. Er hob den Blick, um ihrem zu begegnen. Davit musste die gleiche Frage zweimal stellen, bevor Katsa ihn hörte, und sie wandte sich von den ungleichen Augen des Lienids ab, um zu antworten.

Vermutlich würde sie diesen Augen bald gegenüberstehen. Sie würden reden müssen. Sie würde entscheiden müssen, was sie mit ihm tun sollte.

Lord Davit wäre vermutlich weniger nervös, wenn er wüsste, dass Randa ihm unmöglich anbieten könnte, um Katsa zu werben.

»Lord Davit«, sagte sie, »haben Sie eine Frau?«

Er schüttelte den Kopf. »Es ist das Einzige, was meinem Besitz fehlt, My Lady.«

Katsa hielt den Blick auf ihr Hirschfleisch und die Karotten gesenkt. »Mein Onkel ist sehr enttäuscht von mir, weil ich vorhabe, nie zu heiraten.«

Lord Davit schwieg einen Moment, dann sagte er: »Ich bezweifle, dass Ihr Onkel der Einzige ist, der das enttäuschend findet.«

Katsa betrachtete sein Gesicht und konnte ihr Lächeln nicht unterdrücken. »Lord Davit, Sie sind ein perfekter Gentleman.«

Der Lord lächelte zurück. »Sie glauben, ich hätte es nicht so gemeint, My Lady, aber mir war es ernst.« Dann beugte er sich vor und senkte den Kopf. »My Lady«, flüsterte er, »ich möchte mit dem Rat sprechen.«

Die Stimmen der Gäste waren lebhaft, aber sie hörte ihn gut. Sie gab vor, sich auf ihr Essen zu konzentrieren, und rührte in ihrer Suppe. »Lehnen Sie sich zurück. Tun Sie, als würden wir uns nur unterhalten. Flüstern Sie nicht, das macht andere aufmerksam.«

Der Lord lehnte sich zurück. Er winkte einer Dienerin, die ihm mehr Wein brachte. Er aß ein wenig von seinem Hirschfleisch, dann wandte er sich wieder an Katsa.

»Das Wetter ist in diesem Sommer sehr gut zu meinem alternden Vater gewesen, My Lady. Er leidet unter der Hitze, aber im Nordosten war es kühl.«

»Das freut mich zu hören. Ist das eine Information oder eine Bitte?«

Der Lord hatte den Mund voller Karotten, als er sagte: »Information.« Er schnitt ein weiteres Stück Fleisch ab. »Es wird immer schwieriger, ihn zu pflegen, My Lady.«

»Warum?«

»Ältere Menschen sind großen Unannehmlichkeiten ausgesetzt. Es ist unsere Pflicht, für ihr Wohl zu sorgen«, sagte er, »und ihre Sicherheit.«

Katsa nickte. »Wahre Worte.« Sie bemühte sich um ein gleichmütiges Gesicht, doch innerlich war sie zunehmend erregt. Wenn er Informationen über die Entführung des alten Lienids hatte, würden alle sie hören wollen. Sie griff unter die schwere Tischdecke und legte die Hand auf Giddons Knie.

Er beugte sich leicht zu ihr, ohne sich von der Dame an seiner anderen Seite abzuwenden.

»Sie sind ein hervorragend informierter Mann, Lord Davit«, sagte sie zu dem Lord oder vielmehr zu ihrem Teller, damit Giddon es hören konnte. »Ich hoffe, wir werden während Ihres Aufenthalts am Hof Gelegenheit haben, mehr mit Ihnen zu reden.«

»Danke, My Lady«, sagte Lord Davit. »Das hoffe ich auch.«

Giddon würde die Nachricht verbreiten. Sie würden sich in der Nacht in Katsas Räumen treffen, weil es die einzigen – noch dazu abgelegenen – Räume waren, in die keine Bedienstete kamen. Katsa würde, wenn es möglich war, zuvor mit Raffin reden. Sie würde gern Großvater Tealiff besuchen. Selbst wenn er noch schlief, wäre es gut, mit eigenen Augen zu sehen, wie es ihm ging.

Katsa hörte, wie der König ihren Namen sagte, und ihre Schultern versteiften sich. Sie schaute ihn nicht an, denn sie wollte ihn nicht ermuntern, sie in sein Gespräch zu ziehen. Seine Worte verstand sie nicht, sehr wahrscheinlich erzählte er einigen Gästen etwas, das sie getan hatte. Sein Lachen schallte über die Tische in der großen Marmorhalle. Katsa versuchte ihren Ärger nicht zu zeigen.

Der Prinz aus Lienid beobachtete sie, auch das spürte sie. Hitze stieg in ihrem Nacken hoch und verteilte sich über ihre Kopfhaut. »My Lady«, sagte Lord Davit, »fühlen Sie sich wohl? Sie sehen ein wenig erhitzt aus.«

Jetzt wandte sich Giddon ihr zu, sein Gesicht war besorgt. Er griff nach ihrem Arm. »Du bist doch nicht krank?«

Sie zog ihren Arm weg und lehnte sich zurück, weg von ihm. »Ich bin nie krank«, knurrte sie und wusste plötzlich, dass sie die Halle verlassen musste. Sie musste fort von dem Stimmengewirr und dem Lachen ihres Onkels, Giddons erstickender Besorgnis, dem brennenden Blick des Lienids. Sie musste hinaus und Raffin suchen oder allein sein. Sie musste, oder sie würde die Fassung verlieren und etwas Undenkbares würde geschehen.

Sie stand auf, Giddon und Lord Davit ebenfalls. Auf der anderen Seite des Raums erhob sich auch der Lienid. Die übrigen Männer sahen sie stehen und erhoben sich ebenfalls einer nach dem andern. Es wurde still im Raum und alle sahen sie an.

»Was ist, Katsa?«, fragte Giddon und fasste wieder nach ihrem Arm. Um ihn nicht vor allen in der Halle in Verlegenheit zu bringen, wehrte sie sich nicht, obwohl seine Hand wie Feuer auf ihrer Haut brannte.

»Es ist nichts«, sagte sie, »es tut mir leid.« Sie wandte sich an den König, den einzigen Mann im Raum, der nicht stand. »Verzeihen Sie mir, mein König. Es ist nichts. Bitte, setzen Sie sich.« Sie machte eine Geste über die Tische hinweg. »Bitte.«

Langsam setzten sich die Herren, und die Gespräche

wurden wieder aufgenommen. Das Lachen des Königs erscholl, auf ihre Kosten, davon war Katsa überzeugt. Sie wandte sich an Lord Davit. »Bitte entschuldigen Sie mich, My Lord.« Dann sagte sie zu Giddon, dessen Hand immer noch ihren Ellbogen umklammerte: »Lass mich, Giddon. Ich will draußen ein paar Schritte gehen.«

»Ich komme mit dir.« Er wollte aufstehen, doch auf ihren warnenden Blick hin setzte er sich wieder. »In Ordnung, Katsa, tu, was du willst.«

Es klang leicht gekränkt. Sie war vermutlich grob gewesen, aber das war ihr gleichgültig. Wichtig war nur, dass sie diesen Raum verließ und irgendwohin ging, wo sie die Stimme ihres Onkels nicht hörte. Sie drehte sich um und achtete darauf, nicht dem Blick des Lienids zu begegnen, dann zwang sie sich, langsam, ruhig zur Tür am Ende des Saals zu gehen. Sobald sie hindurch war, rannte sie.

Sie rannte durch Gänge, um Ecken, an Dienern vorbei, die sich zitternd an die Wand drückten, als sie heranstürmte. Schließlich stürzte sie in die Dunkelheit des Schlosshofs. Sie überquerte den Marmorboden und zog dabei die Nadeln aus ihrem Haar. Sie seufzte, als die Locken um ihre Schultern fielen und die Kopfhaut sich entspannte. Es waren die Haarnadeln und das Kleid und die drückenden Schuhe, es war der Zwang, den Kopf still zu halten und gerade zu sitzen, es waren die nervtötenden Ohrringe, die ihren Hals streiften – das alles sorgte dafür, dass sie es keinen Augenblick länger beim imposanten Abendessen ihres Onkels aushielt. Sie nahm die Ohrringe ab und schleuderte sie in den Brunnen ihres Onkels. Es war ihr egal, wer sie fand.

Aber das war nicht gut, die Leute würden reden. Der ganze Hof würde darüber spekulieren, was es bedeutete, dass sie ihre Ohrringe in den Brunnen ihres Onkels geworfen hatte.

Katsa schleuderte die Schuhe von den Füßen, zog den Rock hoch, stieg in den Brunnen und seufzte, als das kalte Wasser zwischen ihre Zehen floss und an die Knöchel schlug. Das war viel angenehmer als ihre Schuhe. Die würde sie heute Abend nicht mehr anziehen.

Sie watete zu dem Gefunkel, das sie im Wasser sah, und fischte die Ohrringe heraus. Sie trocknete sie an ihrem Rock, steckte sie sich ins Mieder und blieb im Brunnen stehen, wo sie die Kühle um ihre Füße, den Luftzug im Hof und die nächtlichen Geräusche genoss – bis sie von drinnen etwas hörte, das sie daran erinnerte, wie am Hof geredet werden würde, wenn man sie barfuß und mit wirrem Haar in König Randas Brunnen fand. Man würde sie für verrückt halten.

Und vielleicht war sie verrückt.

In Raffins Arbeitszimmern brannte Licht, aber sie suchte nicht seine Gesellschaft. Sie wollte nicht sitzen und reden. Sie wollte sich bewegen. Wenn sie sich bewegte, würde das Schwirren in ihrem Kopf aufhören.

Katsa stieg aus dem Brunnen und hängte sich die Schuhriemen über die Handgelenke. Sie rannte.

Der Übungsplatz für die Bogenschützen war leer und dunkel bis auf eine Fackel, die vor dem Geräteraum leuchtete. Katsa zündete die Fackeln am hinteren Rand des Platzes an, damit sich die mannshohen Strohpuppen schwarz vor der Helligkeit dahinter abhoben. Sie nahm sich irgendeinen Bogen und eine Handvoll der hellsten Pfeile, die sie finden konnte. Dann schoss sie Pfeil um Pfeil in die Knie der Puppen. Danach in die Oberschenkel, die Ellbogen, die Schultern, bis sie den Köcher geleert hatte. Sie konnte mit diesem Bogen bei Nacht jeden Mann entwaffnen oder kampfunfähig machen, das war klar. Sie tauschte den Bogen gegen einen anderen, zog die Pfeile aus den Strohpuppen und begann erneut.

Beim Abendessen hatte sie den Kopf verloren. Sie war außer Fassung geraten, und das ganz ohne Grund. Randa hatte nicht mit ihr gesprochen, sie noch nicht einmal angeschaut, er hatte nur ihren Namen genannt. Er prahlte gern mit ihr, als wäre ihre große Geschicklichkeit sein Verdienst. Als ob sie der Pfeil wäre und er der Schütze, dessen Können ihn zum Ziel brachte. Nein, nicht der Pfeil – das traf es nicht ganz. Ein Hund. Für Randa war sie ein wilder Hund, den er gezähmt und dressiert hatte. Er setzte sie auf seine

Feinde an und ließ sie aus dem Käfig, damit sie gebürstet und herausgeputzt zwischen seinen Freunden saß und sie nervös machte.

Katsa achtete nicht auf ihre Schnelligkeit und Konzentration, auf die Wildheit, mit der sie die Pfeile von der Sehne schnellen ließ und in die Schenkel der Ziele jagte, den nächsten Pfeil schon aufgelegt, bevor der erste getroffen hatte. Erst als sie die Anwesenheit eines anderen hinter ihrer Schulter spürte, tauchte sie aus dem Rausch ihrer Beschäftigung auf und merkte, wie sie wirken musste.

Sie *war* wild. Man brauchte nur ihr Tempo, ihre Genauigkeit zu sehen, und das mit einem armseligen Bogen, schlecht geschwungen, schlecht bespannt. Kein Wunder, dass Randa sie so behandelte.

Sie wusste, dass es der Lienid war, der hinter ihr stand. Sie ignorierte ihn. Doch sie wurde langsamer in ihren Bewegungen und zielte mit großer Geste, bevor sie schoss. Ihr wurde bewusst, dass ihre Füße im Schmutz standen, erinnerte sich, dass sie barfuß war, dass ihr Haar wirr auf ihre Schultern fiel und ihre Schuhe irgendwo beim Geräteraum auf einem Haufen lagen. Der Lienid hatte das sicher bemerkt. Sie bezweifelte, dass diesen Augen viel entging. Nun, er hätte solche lächerlichen Schuhe auch nicht an seinen Füßen geduldet oder Nadeln in seinem Haar, wenn seine Kopfhaut schmerzte. Oder vielleicht doch. Sein eigener Schmuck in den Ohren und an den Fingern schien ihm nichts auszumachen. Es mussten eitle Menschen sein, diese Lienid.

»Können Sie mit einem Pfeil töten? Oder verwunden Sie nur?«

Sie erinnerte sich an seine heisere Stimme von Murgons

Hof, sie kam ihr jetzt genauso spöttisch vor wie damals. Sie drehte sich nicht um. Sie nahm einfach zwei Pfeile aus ihrem Köcher, legte sie auf die Sehne, zog und ließ los. Einer flog der Puppe in den Kopf, der andere in die Brust. Beide landeten mit einem befriedigenden dumpfen Geräusch und schimmerten blass in dem flackernden Fackellicht.

»Ich werde nie den Fehler begehen, Sie zu einem Wettkampf im Bogenschießen herauszufordern.«

In seinem Ton lag ein Lachen. Sie drehte ihm weiter den Rücken zu und legte wieder einen Pfeil auf die Sehne. »Unseren letzten Kampf haben Sie nicht so leicht verloren«, sagte sie.

»Aber nur, weil ich die gleiche kämpferische Begabung habe wie Sie. Ihr Geschick mit Pfeil und Bogen ist meinem weit überlegen.«

Wider Willen fand Katsa das interessant. Sie schaute ihn an, sein Gesicht lag im Schatten. »Ist das wahr?« Sie ließ den Pfeil fliegen und horchte auf das Geräusch, als er den Strohmann traf.

»Meine Gabe verleiht mir Geschick im Kampf Hand gegen Hand oder Schwert gegen Schwert. Mit Pfeil und Bogen hilft sie wenig.«

Er lehnte sich an eine große Steinplatte, die als Tisch für die Ausrüstung der Bogenschützen diente. Er hatte die Arme verschränkt. Sie gewöhnte sich bereits an diesen Anblick, diesen trägen Ausdruck, als könnte er im nächsten Moment einschlafen, aber das täuschte sie nicht. Wenn sie sich auf ihn stürzte, würde er rasch reagieren.

»Sie müssen also mit Ihrem Gegner ringen, um einen Vorteil zu haben.«

Er nickte. »Vielleicht teile ich Pfeile schneller aus als ein Unbeschenkter. Aber auch dann kommt es darauf an, wie gut ich ziele.«

»Hm.« Katsa glaubte ihm. Gaben waren so sonderbar, sie beeinflussten nie zwei Menschen auf die gleiche Weise.

»Können Sie ebenso gut ein Messer werfen, wie Sie einen Pfeil schießen?«, fragte er.

»Ja.«

»Sie sind unbesiegbar, Lady Katsa.« Wieder hörte sie das Lachen in seiner Stimme. Sie betrachtete ihn einen Moment, dann wandte sie sich ab und ging zu ihren Puppen. Bei einer Strohpuppe blieb sie stehen – bei der, die sie ›getötet‹ hatte – und zog die Pfeile aus den Schenkeln, der Brust, dem Kopf.

Er suchte seinen Großvater, und Katsa hatte, was er suchte. Aber er kam ihr nicht ungefährlich vor, dieser Mann. Er wirkte nicht ganz vertrauenswürdig.

Sie ging von Puppe zu Puppe und zog die Pfeile heraus. Er beobachtete sie, das spürte sie, und das Wissen um seine Augen auf ihrem Rücken trieb sie an den hinteren Rand des Schießplatzes, wo sie eine Fackel nach der anderen löschte. Als sie mit der letzten fertig war, hüllte Finsternis sie ein und sie wusste, dass sie unsichtbar war.

Dann drehte sie sich zu ihm um, sie wollte ihn im Licht vor dem Lagerraum betrachten, ohne dass er es merkte. Doch er lehnte dort, die Arme verschränkt, und starrte sie an. Er konnte sie nicht sehen, das war unmöglich – aber sein Blick war so direkt, dass sie ihn nicht erwidern konnte, auch wenn sie wusste, dass er nicht sehen konnte, wie sie ihn anstarrte.

Sie ging über den Platz und trat ins Licht, und seine Augen schienen den Fokus zu verändern. Er lächelte ihr leicht zu. Das Fackellicht fiel auf das Gold des einen Auges und das Silber des anderen. Sie sahen aus wie die Augen einer Katze oder eines seltsamen Nachtgeschöpfs.

»Sind Sie mit Nachtsicht beschenkt?«, fragte sie.

Er lachte. »Nein. Warum fragen Sie?«

Sie gab keine Antwort. Einen Moment lang schauten sie einander an. Wieder stieg die Hitze ihren Nacken hinauf und mit ihr eine Welle der Irritation. Sie hatte sich viel zu sehr daran gewöhnt, dass die Leute ihrem Blick auswichen. Er würde sie nicht durcheinanderbringen, einfach indem er sie anschaute. Sie würde das nicht zulassen.

»Ich gehe jetzt in meine Gemächer zurück«, sagte sie.

Er richtete sich auf. »Lady, ich habe Fragen an Sie.«

Nun, sie wusste, dass sie irgendwann dieses Gespräch führen mussten, und ihr war es lieber im Dunkeln, wenn seine Augen sie nicht nervös machten. Katsa zog den Köcher über ihren Kopf und legte ihn auf die Steinplatte, daneben den Bogen. »Ich höre.«

Er lehnte sich wieder an den Stein. »Was haben Sie von König Murgon gestohlen, Lady, vor vier Nächten?«

»Nichts, was König Murgon nicht selbst gestohlen hatte.«

»Ah. Von Ihnen gestohlen?«

»Ja, von mir beziehungsweise von einem Freund.«

»Wirklich?« Er verschränkte die Arme wieder und zog im Fackellicht eine Augenbraue hoch. »Ich frage mich, ob dieser Freund überrascht wäre, wenn er sich so bezeichnet wüsste.«

»Warum sollte er überrascht sein? Warum sollte er sich für einen Feind halten?«

»Aber das ist es ja«, sagte er. »Ich dachte, die Middluns

hätten weder Freunde noch Feinde. Ich dachte, König Randa würde sich aus diesen Dingen heraushalten.«

»Ich fürchte, Sie irren sich.«

»Nein. Ich irre mich nicht.« Er starrte sie an und sie war froh über die Dunkelheit, die seine seltsamen Augen verbarg. »Wissen Sie, warum ich hier bin, Lady?«

»Man hat mir gesagt, Sie seien der Sohn des Königs von Lienid. Man hat mir gesagt, Sie suchen Ihren verschwundenen Großvater. Warum Sie an Randas Hof gekommen sind, kann ich nicht sagen. Ich bezweifle, dass Randa Ihr Entführer ist.«

Er überlegte einen Moment, und ein Lächeln flackerte über sein Gesicht. Katsa wusste, dass sie ihn nicht täuschen konnte, aber das machte nichts. Er mochte seine Informationen haben, aber sie hatte nicht vor, sie zu bestätigen.

»König Murgon war ganz sicher, dass ich an dem Raub beteiligt war«, sagte er. »Er schien überzeugt, dass ich wusste, was ihm gestohlen worden war.«

»Und das ist nur natürlich«, sagte Katsa. »Die Wachen haben einen beschenkten Kämpfer gesehen und Sie sind nichts anderes als ein beschenkter Kämpfer.«

»Nein. Murgon glaubte nicht deshalb, dass ich beteiligt war, weil ich ein Beschenkter bin. Er glaubte, ich sei beteiligt, weil ich ein Lienid bin. Können Sie mir das erklären?«

Natürlich würde sie ihm diese Frage nicht beantworten, diesem spöttischen Lienid. Sie bemerkte, dass sein Hemdkragen jetzt geschlossen war. »Offenbar knöpfen Sie für festliche Abendessen Ihr Hemd zu«, hörte sie sich sagen, obwohl sie nicht wusste, woher diese sinnlose Bemerkung kam.

Sein Mund zuckte, und als er sprach, konnten die Worte

sein Lachen nicht verbergen. »Ich habe nicht gewusst, dass Sie sich so für mein Hemd interessieren, Lady.«

Ihr Gesicht brannte, sein Lachen machte sie wütend. Das alles war absurd und sie würde es nicht länger ertragen. »Ich gehe jetzt in meine Gemächer.« Sie wandte sich zum Gehen. Im Nu stand er vor ihr und versperrte ihr den Weg.

»Sie haben meinen Großvater«, sagte er.

Katsa versuchte an ihm vorbeizukommen. »Ich gehe in meine Räume.«

Er versperrte ihr wieder den Weg, und diesmal hob er warnend den Arm.

Nun, endlich gingen sie auf eine Art miteinander um, die Katsa verstand. Sie legte den Kopf schief und schaute ihm in die Augen. »Ich gehe in meine Räume, und wenn ich Sie dafür niederschlagen muss, dann werde ich das tun.«

»Ich lasse Sie nicht gehen«, sagte er, »bis Sie mir sagen, wo mein Großvater ist.«

Sie wollte wieder an ihm vorbei und er ließ sie wieder nicht durch. Fast erleichtert hob sie die Hand, um ihm ins Gesicht zu schlagen. Doch das war nur vorgetäuscht, und als er sich duckte, stieß sie ihm ihr Knie in den Magen, aber er drehte sich weg, so dass der Stoß nicht richtig traf, und seine Faust schlug ihr in den Bauch. Sie ließ den Schlag zu, nur um zu sehen, wie gut er war, und dann bereute sie es. Das war kein Soldat des Königs – wenn zehn von denen auf sie losgingen, spürte sie ihre Schläge kaum. Dieser hier konnte ihr den Atem nehmen. Er konnte kämpfen, also sollte er seinen Kampf bekommen.

Sie sprang und trat ihm in die Brust. Er stürzte zu Boden, sie warf sich auf ihn, schlug ihm einmal, zweimal, dreimal ins Gesicht und stieß ihm das Knie in die Seite, bevor er sie abwerfen konnte. Wie eine Wildkatze war sie wieder auf ihm, doch als sie seine Arme packen wollte, warf er sie auf den Rücken und hielt sie mit dem Gewicht seines Körpers fest. Sie zog die Beine an und stemmte ihn hoch, dann waren sie wieder auf den Füßen, duckten sich, umkreisten sich, bedrängten sich mit Händen und Füßen. Sie trat ihm in den Magen und hämmerte gegen seine Brust, und dann wälzten sie sich wieder am Boden.

Katsa wusste nicht, wie lange sie gekämpft hatten, als sie merkte, dass er lachte. Sie verstand seine Heiterkeit, verstand sie völlig. Noch nie hatte sie einen solchen Kampf erlebt, noch nie einen solchen Gegner. Sie war beim Angriff schneller als er, viel schneller, doch er war stärker, und es war, als ahne er jede ihrer Drehungen, jeden Schlag. Sie hatte noch nie einen Kämpfer gekannt, der sich so rasch verteidigte. Sie erinnerte sich an Züge, die sie als Kind zuletzt versucht hatte, Schläge, die ihr nur in ihrer Vorstellung möglich gewesen waren. Sie spielten. Es war ein Spiel. Als er ihr die Arme auf den Rücken drehte, sie an den Haaren packte und ihr Gesicht in den Schmutz presste, stellte sie fest, dass auch sie lachte.

»Ergeben Sie sich«, sagte er.

»Niemals.« Sie trat ihn und riss die Arme aus seinem Griff. Sie fuhr ihm mit dem Ellbogen ins Gesicht, und als er sprang, um dem Schlag zu entgehen, stürzte sie sich auf ihn und drückte ihn auf den Boden. Sie zwang ihm die Arme auf den Rücken, wie er es gerade mit ihr getan hatte, und presste sein Gesicht in den Schmutz.

»Sie ergeben sich«, sagte sie, »Sie sind besiegt.«

»Ich bin nicht besiegt, und Sie wissen das. Sie müssen mir Arme und Beine brechen, um mich zu besiegen.«

»Dann werde ich das tun«, sagte sie, »wenn Sie sich nicht ergeben«, aber in ihrer Stimme war ein Lächeln, und er begann zu lachen.

»Katsa«, sagte er. »Lady Katsa. Ich ergebe mich unter einer Bedingung.«

»Und zwar?«

»Bitte«, sagte er. »Bitte, erzählen Sie mir, was mit meinem Großvater geschehen ist.«

Da war etwas in sein Lachen gemischt, das Katsa die Kehle zuschnürte. Sie hatte keinen Großvater. Aber vielleicht bedeutete dieser Großvater dem Prinzen dasselbe, was Oll ihr bedeutete oder Helda oder Raffin.

»Katsa«, sagte er in den Schmutz hinein, »ich bitte Sie, vertrauen Sie mir, wie ich Ihnen vertraut habe.«

Sie hielt ihn noch einen Augenblick unten, dann ließ sie seine Arme los. Sie glitt von seinem Rücken, setzte sich neben ihn auf die Erde, stützte das Kinn in die Hand und betrachtete ihn.

»Warum vertrauen Sie mir«, fragte sie, »obwohl ich Sie in Randas Schlosshof auf dem Boden liegen gelassen habe?«

Er rollte herum, setzte sich stöhnend auf und massierte seine Schulter. »Weil ich wieder aufgewacht bin. Sie hätten mich töten können, aber Sie haben es nicht getan.« Er berührte seinen Wangenknochen und zuckte zusammen. »Sie bluten am Kinn.« Er streckte die Hand nach ihrem Gesicht aus, doch sie winkte sie zur Seite und stand auf.

»Das macht nichts«, sagte sie. »Kommen Sie mit, Prinz Greening.«

Er stemmte sich auf die Füße. »Ich heiße Bo.«

»Bo?«

»Das ist mein Name. Ich heiße Bo.«

Katsa beobachtete ihn einen Moment, während er die Arme schwang und seine Schultergelenke erprobte. Dann fasste er sich in die Seite und stöhnte. Sein Auge schwoll an und wurde wahrscheinlich blau, obwohl sich das im Finstern kaum sagen ließ. Sein Ärmel war zerrissen und er war mit Schmutz bedeckt, von Kopf bis Fuß vollgeschmiert. Sie wusste, dass sie genauso aussah – schlimmer noch mit ihrem wilden Haar und den nackten Füßen –, aber darüber lächelte sie nur.

»Kommen Sie mit, Bo«, sagte sie. »Ich bringe Sie zu Ihrem Großvater.«

ALS SIE IN das Licht von Raffins Arbeitszimmer traten, hatte der Prinz den blauen Kopf über einen brodelnden Glaskolben gebeugt. Von einer Topfpflanze neben seinem Ellbogen gab er Blätter in den Kolben, beobachtete, wie sie sich auflösten, und murmelte etwas über das Ergebnis.

Katsa räusperte sich. Raffin schaute zu ihnen auf und blinzelte.

»Ich nehme an, ihr habt euch miteinander bekannt gemacht«, sagte er. »Es muss ein freundschaftlicher Kampf gewesen sein, wenn ihr zusammen kommt.«

»Bist du allein?«, fragte Katsa.

»Ja, bis auf Bann natürlich.«

»Ich habe dem Prinzen von seinem Großvater erzählt.«

Raffin schaute von Katsa zu Bo und wieder zu Katsa. Er zog die Augenbrauen hoch.

»Er ist vertrauenswürdig«, sagte Katsa. »Es tut mir leid, dass ich es nicht mit dir besprochen habe, Raff.«

»Kat, wenn du glaubst, dass er ungefährlich ist, obwohl er dir das Gesicht blutig geschlagen und«, Raffin musterte ihr zerrissenes Kleid, »dich in einer Dreckpfütze herumgerollt hat, dann glaube ich dir.«

Katsa lächelte. »Können wir zu ihm?«

»Das könnt ihr«, sagte Raffin, »und ich habe eine gute Neuigkeit. Er ist wach.«

In Randas Schloss gab es seit seiner Erbauung vor mehreren Generationen viele Geheimgänge. Sie waren so zahlreich, dass noch nicht einmal Randa alle kannte – niemand tat das, aber Raffin war es als Kind aufgefallen, wenn zwei Räume auf eine Weise aneinandergrenzten, die nicht zu passen schien. Katsa und Raffin hatten als Kinder alle Ecken und Winkel erkundet. Katsa hatte dabei Wache gestanden, so dass jeder, der unverhofft während Raffins Nachforschungen auftauchte, beim Anblick ihrer kleinen, drohenden Gestalt davoneilte. Raffin und Katsa hatten ihre Wohnräume so gewählt, dass ein Gang sie verband und ein weiterer Raffin in die wissenschaftlichen Bibliotheken führte.

Manche Gänge waren geheim und manche kannte der ganze Hof. Der in Raffins Arbeitsräumen war geheim. Er führte von einem Wandschrank in einem winzigen hinteren Alkoven eine Treppe hinauf zu einem kleinen Raum zwischen zwei Geschossen des Schlosses. Das Zimmer war fensterlos, dunkel und muffig, doch es war der einzige Ort im Schloss, von dem sie sicher waren, dass niemand ihn finden würde, und dem Raffin und Bann die meiste Zeit so nah sein konnten.

Bann war seit vielen Jahren Raffins Freund, ein junger Mann, der als Knabe in den Bibliotheken gearbeitet hatte, wo Raffin eines Tages über ihn gestolpert war. Die beiden Kinder hatten miteinander über Kräuter und Heilmittel geredet und darüber, was geschah, wenn man die zermahlene Wurzel einer Pflanze mit der zerriebenen Blüte einer anderen mischte. Katsa war verblüfft gewesen, dass es mehr als einen Menschen in den Middluns gab, der solche Sachen interessant genug fand, um darüber zu reden. Und es hatte sie erleichtert, dass Raffin außer ihr noch jemanden gefunden hatte, den er langweilen konnte. Kurz danach hatte Raffin um Banns Hilfe bei einem bestimmten Experiment gebeten, und von da an hatte er Bann gewissermaßen für sich entwendet. Bann war Raffins Assistent bei allem. Während der alte Lienid geschlafen hatte, war entweder Raffin oder Bann stets an seiner Seite gewesen.

Raffin führte Katsa und Bo mit einer Fackel in der Hand durch die Tür im Wandschrank. Sie schlüpften die Treppe hinauf zum geheimen Zimmer.

»Hat er etwas gesagt?«, fragte Katsa.

»Nichts«, sagte Raffin, »außer dass sie ihm die Augen verbunden hatten, als sie ihn entführten. Er ist immer noch sehr schwach. Er scheint sich offenbar an nicht viel erinnern zu können.«

»Wissen Sie, wer ihn entführt hat?«, fragte Bo. »War Murgon verantwortlich?«

»Das glauben wir nicht«, sagte Katsa, »aber mit Bestimmtheit wissen wir nur, dass Randa es nicht war.«

Die Treppe endete an einer Tür. Raffin hantierte mit einem Schlüssel.

»Randa weiß nicht, dass er hier ist«, sagte Bo. Es war mehr eine Feststellung als eine Frage.

»Nein«, erwiderte Katsa. »Randa darf es nie erfahren.«

Jetzt öffnete Raffin die Tür und sie drängten sich in den winzigen Raum. Bann saß neben dem schmalen Bett auf einem Stuhl und las im schwachen Licht einer Fackel auf dem Tisch neben ihm. Prinz Tealiff lag auf dem Rücken, die Augen geschlossen und die Hände auf der Brust.

Bei ihrem Eintreten stand Bann auf. Es schien ihn nicht zu überraschen, dass Bo auf das Bett zueilte. Er trat nur zur Seite und bot ihm seinen Stuhl an. Bo setzte sich, beugte sich zu seinem Großvater und betrachtete sein schlafendes Gesicht. Er sah ihn nur an und berührte ihn nicht. Dann nahm er die Hände des Mannes, legte seine Stirn hinein und atmete langsam aus.

Katsa hatte das Gefühl, in etwas Privates einzudringen. Sie senkte den Blick, bis Bo sich wieder aufsetzte.

»Ihr Gesicht färbt sich violett, Prinz Greening«, sagte Raffin. »Sie werden ein sehr blaues Auge bekommen.«

»Bo«, sagte er, »nennen Sie mich Bo.«

»Bo. Ich hole Ihnen Eis aus dem Keller. Komm, Bann, wir holen ein paar Sachen für unsere beiden Krieger.«

Raffin und Bann verschwanden durch die Tür. Und als sich Katsa und Bo wieder Tealiff zuwandten, waren die Augen des Alten offen.

»Großvater«, sagte Bo.

»Bo?« Seine Stimme klang heiser, das Sprechen strengte ihn an. »Bo.« Er bemühte sich, die Kehle frei zu bekommen, dann lag er erschöpft einen Augenblick still. »Bei allen Meeren, Junge! Ich sollte wohl nicht überrascht sein, dich zu sehen.«

»Ich habe dich aufgespürt, Großvater.«

»Komm mit der Fackel näher, Junge«, sagte Tealiff. »Was im Namen der Lienid hast du mit deinem Gesicht gemacht?«

»Es ist nichts, Großvater. Ich habe nur gekämpft.«

»Gegen wen, ein Rudel Wölfe?«

»Gegen Lady Katsa«, sagte Bo. Er wies mit dem Kopf auf Katsa am Fuß des Bettes. »Mach dir keine Sorgen, Großvater. Es war nur ein freundschaftliches Handgemenge.«

Tealiff prustete. »Ein freundschaftliches Handgemenge! Du siehst schlimmer aus als sie, Bo.«

Bo brach in Gelächter aus. Er lachte viel, dieser Prinz. »Ich habe einen ebenbürtigen Gegner gefunden, Großvater.«

»Mehr als ebenbürtig, scheint mir. Kommen Sie her, Kind«, sagte Tealiff zu Katsa. »Kommen Sie ans Licht.«

Katsa kam an die andere Seite des Betts und kniete daneben nieder. Tealiff wandte sich ihr zu, und plötzlich wurde ihr bewusst, wie schmutzig und blutig ihr Gesicht war, wie wirr ihr Haar. Wie schrecklich musste sie diesem alten Mann vorkommen!

»Meine Liebe«, sagte er, »ich glaube, Sie haben mir das Leben gerettet.«

»Prinz Tealiff«, antwortete Katsa, »wenn das jemandem gelungen ist, dann meinem Cousin Raffin mit seinen Heilmitteln.«

»Ja, Raffin ist ein guter Junge.« Er tätschelte ihre Hand. »Aber ich weiß, was Sie getan haben, Sie und die anderen. Sie haben mir das Leben gerettet, obwohl ich nicht weiß, warum. Ich bezweifle, dass irgendein Lienid Ihnen jemals etwas Gutes getan hat.«

»Ich habe zuvor nie einen Lienid getroffen«, sagte Katsa. »Aber Sie scheinen sehr gütig zu sein.«

Tealiff schloss die Augen. Er schien in seine Kissen zu sinken. Sein Atem war ein langgezogener Seufzer.

»So schläft er immer ein«, sagte Raffin von der Tür. »Mit der Ruhe wird seine Kraft zurückkommen.« Er trug etwas, das in ein Tuch gewickelt war, und reichte es Bo. »Eis.

Halten Sie es ans Auge. Anscheinend hat sie Ihnen auch die Lippe aufgerissen. Wo tut es sonst noch weh?«

»Überall«, sagte Bo. »Es fühlt sich an, als hätte mich ein Pferdegespann niedergetrampelt.«

»Ehrlich, Katsa!«, sagte Raffin. »Hast du versucht, ihn umzubringen?«

»Wenn ich das versucht hätte, wäre er tot«, sagte Katsa, und Bo lachte wieder. »Wenn es so schlimm wäre, würde er nicht lachen«, fügte sie hinzu.

So schlimm war es nicht, wenigstens konnte Raffin versichern, dass keiner von Bos Knochen gebrochen war und dass er keine Prellungen oder Schwellungen hatte, die nicht heilen würden. Dann wandte sich Raffin Katsa zu. Er untersuchte die Schramme, die sich über ihr Kinn zog, und wischte ihr Schmutz und Blut vom Gesicht.

»Er ist nicht sehr tief, dieser Kratzer«, sagte er. »Sonst noch Schmerzen?«

»Nein. Ich spüre noch nicht einmal den Kratzer.«

»Ich glaube, dieses Kleid musst du ausrangieren«, sagte er. »Helda wird schrecklich mit dir schimpfen.«

»Ja, über das Kleid bin ich untröstlich.«

Raffin lächelte. Er packte ihre Arme und hielt sie vor sich, damit er sie von oben bis unten mustern konnte. Dann lachte er.

»Was kann denn so komisch sein«, fragte Katsa, »für einen Prinzen mit blauen Haaren?«

»Du siehst aus, als wärst du in einen Kampf geraten, und das zum ersten Mal in deinem Leben.«

Katsa hatte fünf Räume: ihr Schlafzimmer mit den dunklen Stoffbehängen an Fenstern und Wänden, die Helda ausgesucht hatte, weil Katsa es ablehnte, sich eine Meinung über solche Dinge zu bilden; ihr Bad, weißer Marmor, groß und kalt, funktional; ihr Wohnzimmer mit Fenstern zum Schlosshof und einem kleinen Tisch, an dem sie aß, manchmal mit Raffin oder Helda oder Giddon, wenn er sie nicht zu sehr störte; und ihren Salon voll weicher Sessel und Kissen, die wiederum Helda ausgesucht hatte. Den Salon benutzte Katsa nicht.

Der fünfte Raum war einmal ihr Arbeitszimmer gewesen, aber sie erinnerte sich nicht, wann sie das letzte Mal gestickt oder gehäkelt oder einen Strumpf gestopft hatte. Sie konnte sich noch nicht einmal erinnern, wann sie zum letzten Mal einen Strumpf getragen hatte. Sie hatte den Raum in ein Lager für ihre Waffen verwandelt – Schwerter, Degen, Messer, Bogen und Stangen säumten die Wände. Außerdem hatte sie einen großen quadratischen Tisch hineingestellt, und jetzt wurden die Sitzungen des Rats hier abgehalten.

Katsa badete zum zweiten Mal an diesem Tag und verknotete das nasse Haar auf dem Hinterkopf. Sie fütterte das Feuer im Schlafzimmer mit ihrem Kleid und beobachtete mit großer Befriedigung seine rauchende Vernichtung. Ein Junge kam, der während des Ratstreffens Wache halten sollte. Katsa ging in den Waffenraum und zündete die Fackeln an, die zwischen ihren Messern und Bogen an den Wänden hingen.

Raffin und Bo kamen als Erste. Bos Haar war feucht, auch er hatte gebadet. Die Haut rund ums Auge war blau geworden und machte seinen Blick noch frecher und irritierender als zuvor. Mit den Händen in den Taschen lehnte er sich an den Tisch, schaute sich um und betrachtete ihre

Waffensammlung. Er trug ein neues Hemd mit offenem Kragen und bis zu den Ellbogen hochgerollten Ärmeln. Seine Unterarme waren so sonnengebräunt wie sein Gesicht. Sie wusste nicht, warum ihr das auffiel, und runzelte die Stirn.

»Setzen Sie sich doch, Ihro hochwohlgeborene Prinzen«, sagte sie, zog einen Stuhl unter dem Tisch hervor und setzte sich selbst.

»Du bist ja bestens gelaunt«, sagte Raffin.

»Dein Haar ist blau«, fuhr Katsa ihn an.

Oll kam herein. Als er die Schramme in Katsas Gesicht sah, riss er den Mund auf. Er wandte sich zu Bo und sah das blaue Auge, dann drehte er sich wieder zu Katsa und fing an zu kichern. Er schlug mit der Hand auf den Tisch, und aus dem Kichern wurde brüllendes Gelächter. »Diesen Kampf hätte ich zu gern gesehen, My Lady. Oh, was hätte ich dafür gegeben, den zu sehen!«

Bo lächelte. »Die Lady hat gewonnen, was Sie wohl kaum überraschen wird.«

»Es war unentschieden. Niemand hat gewonnen«, sagte Katsa ärgerlich.

»Also so was!« Das war Giddons Stimme, und als er hereinkam und von Katsa zu Bo schaute, wurden seine Augen dunkel. Er legte die Hand ans Schwert und fuhr zu Bo herum. »Ich verstehe nicht, wie Sie damit davongekommen sind, gegen Lady Katsa zu kämpfen.«

»Giddon«, sagte Katsa, »sei nicht lächerlich.«

»Er hatte kein Recht, dich anzugreifen!«

»Ich habe angefangen, Giddon. Setz dich.«

»Wenn du angefangen hast, dann muss er dich beleidigt haben …«

Katsa sprang auf. »Das reicht, Giddon – wenn du glaubst, dass ich dich brauche, um mich zu verteidigen …«

»Ein Gast an diesem Hof, ein völlig Fremder …«

»Giddon …«

»Lord Giddon!« Bo war aufgestanden und unterbrach sie. »Wenn ich Ihre Lady beleidigt haben sollte, müssen Sie mir verzeihen. Ich habe selten das Vergnügen, mit jemandem von ihrem Format zu üben, und ich konnte der Versuchung nicht widerstehen. Ich kann Ihnen versichern, dass sie mir mehr Schaden zugefügt hat als ich ihr.«

Giddon nahm die Hand nicht von seinem Schwert, aber sein Gesicht entspannte sich.

»Es tut mir leid, dass ich auch Sie beleidigt habe«, sagte Bo. »Ich verstehe jetzt, dass ich ihr Gesicht mehr hätte schonen müssen. Vergeben Sie mir. Das war unverzeihlich.« Er streckte die Hand über den Tisch.

Giddons wütende Augen wurden wieder freundlich. Er schüttelte Bo die Hand. »Sie verstehen meine Besorgnis«, sagte er.

»Natürlich.«

Katsa schaute von einem zum anderen; die beiden schüttelten sich die Hand und verstanden die gegenseitigen Besorgnisse. Sie begriff nicht, wie Giddon sich beleidigt fühlen konnte. Sie begriff nicht, was Giddon mit der ganzen Sache überhaupt zu tun hatte. Wer waren die beiden, dass sie ihr den Kampf wegnahmen und ihn in eine Art gegenseitiges Verständnis verwandelten? Er hätte ihr Gesicht mehr schonen sollen? Sie würde ihm die Nase aus dem Gesicht schlagen! Sie würde beide niederschlagen, und sie würde sich bei keinem entschuldigen!

Jetzt fing Bo ihren Blick auf, und sie unterdrückte die

stumme Wut nicht, die sie ihm über den Tisch signalisierte. »Sollen wir uns setzen?«, fragte jemand. Bo ließ sie nicht aus den Augen, während sie sich setzten. In seinem Gesicht war keine Spur eines Lachens, keine Spur von der Arroganz seines Gesprächs mit Giddon. Und dann sagte er lautlos drei Worte. Es war so deutlich, als hätte er sie laut gesagt: »Verzeihen Sie mir.«

Na gut.

Giddon war trotzdem ein Klotzkopf.

Sechzehn Ratsmitglieder waren zur Sitzung gekommen, dazu Bo und Lord Davit: Katsa, Raffin, Giddon, Oll und Olls Frau, Bertol, dann zwei Soldaten unter Olls Kommando, zwei Spione, die mit ihm arbeiteten, drei Gefolgsleute in Giddons Rang und vier Bedienstete – eine Frau, die in der Schlossküche arbeitete, ein Pferdeknecht, eine Waschfrau und ein Angestellter aus Randas Zahlhaus. Es waren noch andere im Schloss am Rat beteiligt. Aber in den meisten Nächten wurden sie von den Anwesenden vertreten, dazu noch von Bann, wenn er Zeit hatte.

Da das Treffen wegen Lord Davits Informationen einberufen worden war, verschwendete der Rat keine Zeit.

»Ich bedaure, dass ich Ihnen nicht sagen kann, wer Prinz Tealiff entführt hat«, sagte Davit. »Sie würden diese Art Information natürlich vorziehen. Aber ich kann Ihnen vielleicht sagen, wer es nicht getan hat. Mein Besitz grenzt an Estill und Nander. Meine Nachbarn sind die Grenzlords von König Thigpen und König Drowden. Diese Grenzlords arbeiten mit dem Rat zusammen, und einige haben das Vertrauen von Thigpens und Drowdens Spionen. Prinz Raffin, diese Männer sind überzeugt, dass weder König Thigpen noch König Drowden an der Entführung des Lienids beteiligt waren.«

Raffin und Katsa wechselten einen Blick.

»Dann muss es König Birn von Wester gewesen sein«, sagte Raffin.

Das stimmte, obwohl sich Katsa den Grund nicht vorstellen konnte.

»Nennen Sie uns Ihre Quellen«, sagte Oll, »und die Quellen Ihrer Quellen. Wir werden es prüfen. Wenn sich herausstellt, dass diese Information stimmt, werden wir einer Erklärung sehr viel näher sein.«

Das Treffen dauerte nicht lange. In den sieben Königreichen war es ruhig gewesen und Davits Neuigkeiten reichten aus, um Oll und die anderen Spione für den Moment zu beschäftigen.

»Es könnte uns helfen, Prinz Greening«, sagte Raffin, »wenn Sie uns erlauben, die Rettung Ihres Großvaters vorerst geheim zu halten. Wir können nicht für seine Sicherheit bürgen, wenn wir noch nicht einmal wissen, wer ihn angegriffen hat.«

»Natürlich«, sagte Bo. »Ich bin einverstanden.«

»Aber vielleicht schicken Sie Ihrer Familie eine verschlüsselte Botschaft«, sagte Raffin, »um mitzuteilen, dass es ihm gutgeht …«

»Ja, ich glaube, das wird mir gelingen.«

»Ausgezeichnet.« Raffin schlug die flachen Hände auf den Tisch. »Sonst noch etwas? Katsa?«

»Ich habe nichts«, sagte Katsa.

»Gut.« Raffin stand auf. »Dann also bis wir etwas Neues erfahren oder bis Großvater Tealiff sich an mehr erinnert.

Giddon, bringst du Lord Davit in seine Räume? Oll, Horan, Waller, Bertol, kommt ihr mit mir? Nur für einen Moment. Wir nehmen den inneren Gang, Katsa, falls es dir nichts ausmacht, wenn wir eine Parade durch dein Schlafzimmer machen.«

»Geht nur«, sagte Katsa. »Das ist besser als eine Parade durch die Korridore.«

»Der Prinz«, sagte Raffin. »Katsa, bringst du den Prinzen …«

»Ja. Geht nur.«

Raffin wandte sich mit Oll und den Spionen zum Gehen. Die Soldaten und die Bediensteten verabschiedeten sich.

»Ich nehme an, du hast dich von deiner Schwäche beim Abendessen erholt«, sagte Giddon, »wenn du einen Kampf vom Zaun brechen konntest. Wirklich, es klingt, als sei bei dir alles wieder normal.«

Sie würde vor Bo und Lord Davit freundlich zu ihm sein, auch wenn er ihr jetzt ins Gesicht lachte. »Ja, danke, Giddon. Ich wünsche dir eine gute Nacht.«

Giddon nickte und ging mit Lord Davit. Bo und Katsa waren allein. Bo lehnte sich an den Tisch. »Traut man mir nicht zu, allein den Weg durch die Korridore zu finden?«

»Er meinte, ich soll Sie durch einen Gang im Gebäudeinneren führen«, sagte Katsa. »Wenn jemand sieht, wie Sie um diese Stunde über die Gänge an Randas Hof spazieren, werden die Leute reden. An diesem Hof wird über die banalsten Sachen geklatscht.«

»Ja. Ich glaube, so ist es an den meisten Höfen.«

»Planen Sie, lange hierzubleiben?«

»Ich würde gern bleiben, bis es meinem Großvater bessergeht.«

»Dann werden wir uns eine Ausrede für Ihre Anwesenheit ausdenken müssen«, sagte Katsa, »denn ist nicht allgemein bekannt, dass Sie Ihren Großvater suchen?«

Bo nickte. »Wenn Sie bereit wären, mit mir zu üben, könnte das eine Ausrede sein.«

Sie fing an, die Fackeln zu löschen. »Was meinen Sie?«

»Die Leute würden es verstehen, wenn ich bliebe, um mit Ihnen zu trainieren. Sie müssten einsehen, dass es aus unserer Sicht eine wertvolle Gelegenheit ist. Für uns beide.«

Sie blieb vor der letzten Fackel stehen und dachte über seinen Vorschlag nach. Sie verstand ihn gut. Auch sie war es müde, gegen neun oder zehn Männer auf einmal zu kämpfen, bewaffnete Männer in ihren Rüstungen, von denen sie keiner auch nur anrühren konnte, während sie sich ständig zurückhielt. Es wäre aufregend, wunderbar aufregend, wieder gegen Bo zu kämpfen, und regelmäßig gegen ihn zu kämpfen wäre ein Traum.

»Würde das nicht aussehen, als hätten Sie die Suche nach Ihrem Großvater aufgegeben?«

»Ich bin bereits in Wester gewesen und in Sunder. Ich kann nach Nander und Estill reisen unter dem Vorwand, Informationen einzuholen, und diese Stadt als Standort nutzen, oder nicht? Keine Stadt liegt zentraler als die von Randa.«

Das stimmte, niemand hätte Grund zum Misstrauen. Sie löschte die letzte Fackel und ging zu ihm zurück. Eine von Bos Gesichtshälften wurde durch das Ganglicht vor der Tür beleuchtet, es war sein goldenes Auge, das blau geschlagene

Auge, das im Lichtschein lag. Sie schaute zu ihm auf und reckte das Kinn.

»Ich werde mit Ihnen trainieren«, sagte sie. »Aber rechnen Sie nicht damit, dass ich Ihr Gesicht mehr schone, als ich es heute getan habe.«

Er brach in Gelächter aus, doch dann wurde sein Blick ernst und er schaute zu Boden. »Verzeihen Sie mir das, Katsa. Ich wollte Lord Giddon zum Verbündeten machen, nicht zum Gegner. Es schien mir die einzige Möglichkeit zu sein.«

Katsa schüttelte ungeduldig den Kopf. »Giddon ist ein Idiot.«

»Er hat ganz normal reagiert«, sagte Bo, »wenn man seine Stellung bedenkt.«

Plötzlich berührte er mit den Fingerspitzen ihr Kinn. Sie erstarrte und vergaß die Frage, die sie stellen wollte, über Giddon und was seine Stellung in den Middluns sein könnte. Er hob ihr Gesicht ans Licht.

»Es war mein Ring.«

Sie verstand ihn nicht.

»Mein Ring hat Sie gekratzt.«

»Ihr Ring.«

»Nun, einer meiner Ringe.«

Einer seiner Ringe hatte sie gekratzt, und jetzt berührten seine Fingerspitzen ihr Gesicht. Dann sank die Hand hinunter an seine Seite und er betrachtete sie ruhig, als wäre es normal, dass Freunde, die sie gerade erst gewonnen hatte, ihr Gesicht mit den Fingerspitzen berührten. Als ob sie jemals Freunde gewonnen hätte! Als ob sie irgendeine Möglichkeit des Vergleichs hätte, um zu wissen, was normal war unter neuen Freunden und was nicht!

Sie war nicht normal.

Sie stapfte in den Gang und riss die Fackel von der Wand. »Kommen Sie!« Es war Zeit, ihn hier wegzubringen, diesen sonderbaren Menschen, diesen Mann mit den Katzenaugen, der nur dazu gemacht schien, sie durcheinanderzubringen. Beim nächsten Kampf würde sie ihm diese Augen aus dem Gesicht schlagen! Sie würde ihm die Reife aus den Ohren und die Ringe von den Händen prügeln.

Es war Zeit, ihn hier wegzubringen, damit sie in ihre Zimmer und zu sich selbst kommen konnte.

ER WAR EIN großartiger Gegner. Sie kam nicht an ihn heran. Sie konnte ihn nicht dort treffen, wo sie es vorhatte, und nicht so fest, wie sie wollte. Er war so schnell mit seiner Abwehr, seinen Finten, seinen Reaktionen! Sie konnte ihn nicht niederschlagen und sie konnte ihn nicht festhalten, wenn aus ihrem Wettstreit ein Ringkampf am Boden wurde. Er war viel stärker als sie, und zum ersten Mal in ihrem Leben erkannte sie, dass weniger Stärke ein Nachteil war. Zuvor war ihr niemand so nahe gekommen, dass es etwas ausmachte.

Er war so gut auf seine Umgebung und ihre Bewegungen eingestimmt, dass auch das Teil der Herausforderung war. Er schien immer zu wissen, was sie tat, auch wenn sie sich hinter ihm befand.

»Ich werde Ihnen erst dann glauben, dass Sie keine Nachtsicht haben, wenn Sie zugeben, dass Sie Augen am Hinterkopf haben«, sagte sie einmal, als sie in den Übungsraum gekommen war und er sie begrüßte, ohne sich nach ihr umzudrehen.

»Was meinen Sie damit?«

»Sie wissen immer, was hinter Ihnen geschieht.«

»Katsa, bemerken Sie nie den Lärm, den Sie machen,

wenn Sie in einen Raum stürzen? Niemand reißt die Türen so auf wie Sie.«

»Vielleicht gibt Ihnen Ihre Gabe einen stärkeren Sinn für diese Dinge«, sagte sie.

Er schüttelte den Kopf. »Vielleicht, aber nicht mehr als Ihre eigene.«

Er musste bei ihren Kämpfen immer mehr einstecken als sie, weil sie eine solche Gewandtheit und unermüdliche Energie hatte, vor allem aber, weil sie so schnell war. Sie traf ihn vielleicht nicht so, wie sie wollte, doch sie traf ihn. Und er litt mehr unter seinen Schmerzen. Einmal unterbrach er den Kampf, als sie seine Arme, Beine und den Rücken auf den Boden drücken wollte und er ihr wiederholt mit der freien Hand in die Rippen geschlagen hatte.

»Tut das nicht weh?«, fragte er und keuchte vor Lachen. »Spüren Sie das nicht? Ich habe Sie an die zwölf Mal getroffen, und Sie zucken noch nicht einmal zusammen.«

Sie setzte sich auf die Fersen und betastete den Fleck unter ihrer Brust. »Es tut weh, aber es ist nicht schlimm.«

»Ihre Knochen müssen aus Stein sein. Sie gehen aus diesen Kämpfen ohne eine schmerzende Stelle, während ich davonhinke und den Rest des Tages damit verbringe, meine Prellungen zu kühlen.«

Er trug seine Ringe nicht, wenn sie kämpften. Schon am ersten Tag war er ohne sie gekommen. Als sie einwandte, das sei eine unnötige Vorsichtsmaßnahme, hatte er eine unschuldige Miene aufgesetzt.

»Ich habe es Giddon versprochen, oder nicht?«, hatte er gesagt, und dieser Kampf hatte damit begonnen, dass Bo sich duckte und lachte, während Katsa auf sein Gesicht zielte.

Sie trugen auch keine Stiefel mehr, seit Katsa ihn versehentlich an der Stirn getroffen hatte. Er fiel auf Hände und Knie und sie sah sofort, was geschehen war. »Ruf Raff!«, schrie sie Oll zu, der von der Seite aus zusah. Sie legte Bo auf den Boden, riss ihren Ärmel ab und versuchte den Blutstrom zu stillen, der ihm in die benommenen Augen rann. Nachdem Raffin ihm ein paar Tage später das Kämpfen wieder erlaubt hatte, bestand sie darauf, dass sie barfuß trainierten. Und wenn sie ehrlich war, achtete sie von da an auch mehr auf sein Gesicht.

Fast immer trainierten sie mit Zuschauern, einigen Soldaten oder Gefolgsleuten und Oll, sooft er konnte, denn die Kämpfe machten ihm großes Vergnügen. Auch Giddon kam, obwohl er immer mürrisch zu werden schien, wenn er zusah, und nie lange blieb. Selbst Helda erschien gelegentlich als einzige Frau und saß mit großen Augen da, die immer größer wurden, je länger sie blieb.

Randa ließ sich nicht blicken, was gut war. Katsa war froh über sein Bedürfnis, sie auf Abstand zu halten.

An den meisten Tagen aßen sie nach dem Training zusammen, allein in ihrem Esszimmer oder in Raffins Arbeitsräumen mit ihm und Bann, manchmal auch an einem Tisch, den Raffin in Tealiffs Kammer gebracht hatte. Der Großvater war immer noch sehr krank, doch Gesellschaft schien ihn aufzumuntern und zu stärken.

Wenn sie zusammensaßen und sich unterhielten, irritierten Bos Augen Katsa manchmal noch immer. Sie konnte sich einfach nicht an seine Augen gewöhnen, sie machten sie konfus. Aber sie begegnete seinem Blick, wenn er sie anschaute, und sie zwang sich ruhig zu atmen, weiterzureden und Fassung zu wahren. Es waren schließlich nur Augen, seine Augen, und sie war kein Feigling. Außerdem wollte sie sich ihm gegenüber nicht so benehmen, wie es alle am Hof ihr gegenüber taten, indem sie krampfhaft den Blick in ihre Augen vermieden. Das wollte sie einem Freund nicht antun.

Denn er war ein Freund, und in den letzten Sommerwochen war Katsa zum ersten Mal in ihrem Leben zufrieden an Randas Hof. Es war ein Ort mit guter harter Arbeit geworden, ein Ort für Freunde. Olls Spione arbeiteten unentwegt und versuchten auf ihren Reisen nach Nander und Estill so viel wie möglich zu erfahren. Die Königreiche hielten erstaunlicherweise Frieden. Die Hitze und die schwüle Luft schienen Randas Grausamkeit zusätzlich einzuschläfern, aber vielleicht war er auch nur durch die Flut von Nahrungsmitteln und Waren abgelenkt, die wie immer um diese Jahreszeit von allen Handelsstraßen die Stadt überschwemmte. Was der Grund auch sein mochte, Randa befahl Katsa jedenfalls nicht, einen seiner scheußlichen Aufträge auszuführen. Katsa wagte es zum Ende des Sommers sogar, sich zu entspannen.

Nie gingen ihr die Fragen an Bo aus.

»Woher kommt eigentlich dein Name?«, fragte sie ihn eines Tages, als sie in der Kammer seines Großvaters saßen und sich leise unterhielten, um ihn nicht zu wecken.

Bo legte ein Tuch mit Eis um seine Schulter. »Welcher? Ich habe eine Menge zur Auswahl.«

Katsa griff über den Tisch und half ihm, das Tuch enger zu binden. »Bo. Nennen dich alle so?«

»Meine Brüder gaben mir diesen Namen, als ich klein war. Es ist eine Baumart in Lienid, der Bobaum. Im Herbst färben sich seine Blätter silbern und golden. Ein unvermeidlicher Spitzname, nehme ich an.«

Katsa brach sich ein Stück Brot ab. Sie fragte sich, ob ihm der Name in Liebe gegeben worden war oder als Versuch von Bos Brüdern, ihn zu isolieren – damit er nie vergaß, dass er ein Beschenkter war. Sie sah ihm zu, wie er Brot, Fleisch, Obst und Käse auf seinen Teller lud, und lächelte, als das Essen fast so schnell verschwand, wie es aufgestapelt worden war. Katsa konnte viel essen, aber Bo übertrumpfte sie noch.

»Wie ist es, wenn man sechs ältere Brüder hat?«

»Ich glaube nicht, dass es für mich so war wie für die meisten anderen«, sagte er. »Wer im unbewaffneten Kampf gut ist, wird in Lienid sehr geachtet. Meine Brüder sind hervorragende Kämpfer, aber natürlich konnte ich mich immer mit ihnen messen, auch als ich klein war – und allmählich einen nach dem anderen übertreffen. Sie behandelten mich wie ihresgleichen, wie mehr als ihresgleichen.«

»Und waren sie auch deine Freunde?«

»Oh ja, besonders die jüngeren.«

Vielleicht war es leichter, ein Beschenkter und noch dazu ein Kämpfer zu sein, wenn man ein Junge war oder in einem Königreich lebte, das Sieger im Nahkampf achtete, vielleicht hatte sich Bos Gabe auch weniger dramatisch angekündigt als die von Katsa. Vielleicht hätte auch Katsa in sechs älteren Brüdern sechs Freunde gehabt.

Aber vielleicht war in Lienid einfach alles anders.

»Ich habe gehört, die Schlösser in Lienid lägen auf so hohen Berggipfeln, dass die Leute mit Seilen zu ihnen hochgezogen werden müssen«, sagte Katsa.

Bo grinste. »Solche Seile gibt es nur in der Stadt meines Vaters.« Er schenkte sich Wasser nach und wandte sich wieder dem Essen auf seinem Teller zu.

»Und? Willst du mir das erklären?«

»Katsa! Kannst du nicht verstehen, dass ein Mann vielleicht hungrig ist, nachdem du ihn halb zu Tode geprügelt hast? Ich denke allmählich, dass es Teil deiner Kampfstrategie ist, mich vom Essen abzuhalten. Du willst, dass ich schwach und matt bin.«

»Für einen, der als bester Kämpfer der Lienid gilt, hast du eine zarte Konstitution!«

Er lachte und legte die Gabel weg. »Also schön. Wie soll ich das beschreiben?« Er griff wieder zu seiner Gabel und zeichnete damit erklärend ein Bild in die Luft. »Die Stadt meines Vaters liegt oben auf einem riesigen steilen Felsen, groß wie ein Berg, der aus der Ebene aufragt. Es gibt drei Wege hinauf zur Stadt. Einer besteht aus einer Straße, die seitlich in den Felsen gebaut wurde; sie windet sich langsam um ihn herum. Der zweite ist eine Treppe in einer Seite des Felsens. Sie führt im Zickzack hinauf, bis sie den Gipfel erreicht. Das ist ein guter Weg, wenn man kräftig, ausgeruht und ohne Pferd ist, allerdings werden die meisten mit der Zeit müde und bitten schließlich Fahrer oder Reiter auf der Straße, sie mitzunehmen. Meine Brüder und ich machen dort manchmal Wettrennen.«

»Wer gewinnt?«

»Wo ist dein Vertrauen in mich, dass du das fragen musst? Du würdest uns natürlich alle schlagen.«

»Dass ich gut kämpfen kann, bedeutet nicht, dass ich schnell eine Treppe hinauflaufen kann.«

»Trotzdem kann ich mir nicht vorstellen, dass du jemandem erlaubst, dich in irgendwas zu schlagen.«

Katsa schnaubte. »Und der dritte Weg?«

»Der dritte Weg sind die Seile.«

»Aber wie funktionieren sie?«

Bo kratzte sich am Kopf. »Nun, das ist eigentlich recht einfach. Sie hängen von einem großen Rad, das flach auf der Seite oben auf dem Felsen liegt, am Felsen hinunter, und unten sind sie an einer Plattform befestigt. Pferde drehen das Rad, das Rad zieht die Seile und die Plattform steigt hinauf.«

»Das kommt mir schrecklich mühsam vor.«

»Fast alle benutzen die Straße. Die Seile sind nur für große Warenladungen.«

»Und die ganze Stadt liegt oben am Himmel?«

Bo brach sich ein weiteres Stück Brot ab und nickte.

»Aber warum wurde dort eine Stadt erbaut?«

Bo zuckte die Schultern. »Wahrscheinlich weil es so schön ist.«

»Was meinst du damit?«

»Nun, man kann vom Rande der Stadt aus unendlich weit schauen. Über die Felder, die Berge und Hügel. Und auf einer Seite über das Meer.«

»Das Meer!«, sagte Katsa.

Das Meer ließ sie für einen Moment verstummen. Sie hatte die Seen von Nander gesehen, manche von ihnen waren so groß, dass sie kaum das gegenüberliegende Ufer erkennen konnte. Aber das Meer kannte sie nicht. So viel Wasser war für sie unvorstellbar; Wasser, das wogte und gegen die Küste krachte, wie sie es vom Meer gehört hatte. Gedankenverloren starrte sie auf die Wände von Tealiffs kleiner Kammer und versuchte es sich auszumalen.

»Man kann von der Stadt aus zwei Schlösser meiner Brüder sehen«, sagte Bo, »in den Ausläufern der Berge. Die anderen Schlösser liegen jenseits der Berge oder zu weit entfernt für das bloße Auge.«

»Wie viele Schlösser gibt es?«

»Sieben«, sagte Bo, »so wie es sieben Söhne gibt.«

»Dann gehört eins davon dir.«

»Das kleinste.«

»Macht es dir etwas aus, dass es das kleinste ist?«

Bo nahm einen Apfel aus der Obstschale auf dem Tisch. »Ich bin froh, dass es das kleinste ist, auch wenn meine Brüder mir das nicht glauben.«

Das konnte sie den Brüdern nicht übelnehmen. Noch nie hatte sie von einem Mann gehört, einschließlich ihres Cousins, der sich nicht den größten Besitz wünschte, den er haben konnte. Giddon verglich sein Gut immer mit denen seiner Nachbarn, und wenn Raffin seine Beschwerden über Thigpen auflistete, vergaß er nie, eine gewisse Uneinigkeit über die genaue Lage der Ostgrenze der Middluns zu erwähnen. Katsa hatte geglaubt, alle Männer seien so. Sie hatte gedacht, sie sei nur deshalb nicht so, weil sie kein Mann war.

»Ich habe nicht den Ehrgeiz meiner Brüder«, sagte Bo. »Ich wollte nie einen großen Besitz. Ich wollte nie ein König oder Fürst sein.«

»Nein«, sagte Katsa, »ich auch nicht. Ich habe den Hügeln, den Bergen und Tälern unzählige Male gedankt, dass Raffin als Randas Sohn geboren wurde und ich nur als seine Nichte, noch dazu als Tochter seiner Schwester.«

»Meine Brüder wollen alle diese Macht«, sagte Bo. »Zu gern verwickeln sie sich am Hof meines Vaters in Streitgespräche, sie schwelgen geradezu darin. Es macht ihnen Spaß, ihre eigenen Schlösser und Städte zu verwalten. Manchmal glaube ich, sie wollen alle König werden.«

Er lehnte sich in seinem Stuhl zurück und fuhr sich gedankenverloren mit den Fingern über die verletzte Schulter.

»Zu meinem Schloss gehört keine Stadt«, sagte er. »Es liegt nicht weit von einer Stadt, doch die wird von den Bürgern regiert. Das Schloss hat auch keinen Hofstaat. Eigentlich ist es nur ein großes Haus, das mein Heim sein wird, wenn ich nicht auf Reisen bin.«

Katsa nahm sich auch einen Apfel. »Du hast vor zu reisen?«

»Ich bin ruheloser als meine Brüder. Aber es ist so schön, mein Schloss, es ist der wunderbarste Ort, an den man zurückkehren kann. Es liegt auf einer Klippe über dem Meer. In den Stein gehauene Stufen führen hinunter zum Wasser. Und über die Klippe hängen Balkone – man glaubt zu fallen, wenn man sich zu weit hinauslehnt. Am Abend geht jenseits des Wassers die Sonne unter, der ganze Himmel färbt sich rot und orange und das Meer ebenfalls. Manchmal sind große Fische dort draußen, Fische in unmöglichen Farben. Sie kommen zum Spielen an die Oberfläche – man kann sie von den Balkonen aus beobachten. Und im Winter sind die Wellen hoch und der Wind wirft einen um. Im Winter kann man nicht auf die Balkone hinaus, so gefährlich und wild ist es. – Großvater!«, sagte er plötzlich, sprang auf und beugte sich über das Bett.

Seine Augen im Hinterkopf haben ihn wissenlassen, dass sein Großvater aufgewacht ist, dachte Katsa ironisch.

»Du sprichst von deinem Schloss, Junge«, sagte der Alte.

»Großvater! Wie geht es dir?«

Katsa aß ihren Apfel und hörte zu. Ihr Kopf war voll von dem, was Bo erzählt hatte. Sie hatte nicht gewusst, dass es auf der Welt so schöne Dinge gab, dass man sie am liebsten sein Leben lang betrachten würde.

Da wandte Bo sich ihr zu, und eine Fackel an der Wand warf ihren Schein auf seine leuchtenden Augen. Sie konzentrierte sich darauf, ruhig zu atmen. »Ich habe eine Schwäche für schöne Ausblicke«, sagte er. »Meine Brüder ärgern mich immer damit.«

»Deine Brüder sind dumm«, sagte Tealiff, »wenn sie die Kraft in schönen Dingen nicht sehen. Komm her, Kind«, sagte er zu Katsa. »Lass mich deine Augen sehen, sie stärken mich.«

Und seine Güte brachte Katsa zum Lächeln, auch wenn seine Worte Unsinn waren. Sie setzte sich neben Großvater Tealiff, und er und Bo erzählten ihr mehr über Bos Schloss, Bos Brüder und Rors Stadt hoch am Himmel.

»WIE WEIT IST Giddons Anwesen von Randa City entfernt?«, fragte Bo sie an einem Spätvormittag. Sie saßen auf dem Boden ihres Übungsraums, tranken Wasser und ruhten sich aus. Es war ein gutes Training gewesen. Bo war am Vortag von einem Besuch in Nander zurückgekehrt und Katsa fand, die Trennung hatte ihnen gutgetan. Sie kamen mit neuem Schwung zusammen.

»Es ist nicht weit«, sagte Katsa. »Im Westen. Vielleicht eine Tagesreise entfernt.«

»Warst du schon mal dort?«

»Ja. Es ist groß und sehr eindrucksvoll. Giddon kommt nicht oft nach Hause, aber er schafft es trotzdem, alles instand zu halten.«

»Davon bin ich überzeugt.«

Giddon war heute als einziger Zuschauer zu ihrem Training gekommen und nicht lange geblieben. Katsa wusste nicht, warum er überhaupt kam, wenn ihn diese Besuche immer in eine so schlechte Stimmung versetzten.

Sie legte sich auf den Rücken und schaute hinauf zur hohen Decke. Das Licht strömte aus den großen Ostfenstern in den Raum. Allmählich wurden die Tage kürzer. Bald würde sich die Luft abkühlen und im Schloss würde es nach dem brennenden Holz in den offenen Kaminen riechen. Die Blätter würden unter den Pferdehufen knistern, wenn sie ausritten.

Es waren so ruhige Wochen gewesen! Ein Auftrag des Rats würde ihr jetzt gefallen – sie würde gern aus der Stadt herauskommen und sich durchpusten lassen. Ob Oll schon irgendwelche Neuigkeiten über Großvater Tealiff hatte? Vielleicht sollte sie selbst nach Wester reisen und sich um Informationen kümmern.

»Was wirst du Giddon antworten, wenn er dich bittet, ihn zu heiraten?«, fragte Bo. »Wirst du den Antrag annehmen?«

Katsa setzte sich auf und starrte ihn an. »Das ist eine absurde Frage.«

»Warum absurd?« Er lächelte nicht wie üblich. Sie glaubte nicht, dass er sie aufzog.

»Warum um alles in den Middluns sollte Giddon mich bitten, ihn zu heiraten?«

Er kniff die Augen zusammen. »Katsa! Das meinst du nicht ernst.«

Sie schaute ihn verständnislos an, und jetzt fing er an zu lächeln. »Katsa,weißt du nicht, dass Giddon in dich verliebt ist?«

Katsa schnaubte. »Sei nicht lächerlich. Giddons liebste Freizeitbeschäftigung ist, mich zu kritisieren.«

Bo schüttelte den Kopf, und ein Lachen stieg aus seiner Brust auf. »Katsa! Wie kannst du so blind sein? Er ist völlig hingerissen. Siehst du nicht, wie eifersüchtig er ist? Erinnere dich, wie er reagiert hat, als ich dir das Gesicht zerkratzt habe!«

Ein unangenehmes Gefühl breitete sich in ihrem Magen aus. »Ich verstehe nicht, was das damit zu tun hat. Und außerdem, wie willst du das wissen? Ich glaube nicht, dass sich Lord Giddon dir anvertrauen würde.«

Er lachte. »Nein. Nein, gewiss nicht. Giddon traut mir ungefähr so sehr, wie er Murgon traut. Ich glaube, er hält jeden Mann, der mit dir kämpft wie ich, für irgendetwas zwischen einem Opportunisten und einem Verbrecher.«

»Das stimmt nicht«, sagte Katsa. »Du täuschst dich. Giddon empfindet nichts für mich.«

»Ich kann dich nicht dazu bringen, es zu bemerken, Katsa, wenn du entschlossen bist, es nicht zu sehen.« Bo streckte sich und gähnte. »Trotzdem würde ich mir Gedanken über eine Antwort machen, wenn ich du wäre. Nur für den Fall, dass er dir einen Antrag macht.« Er lachte wieder. »Ich muss meine Schulter kühlen gehen, wie immer. Ich würde sagen, du hast heute wieder gewonnen, Katsa.«

Sie sprang auf. »Sind wir fertig?«

»Ich glaube schon. Hast du Hunger?«

Sie winkte ab und ging zur Tür, ließ ihn im Licht des Fensters auf dem Rücken liegen und machte sich auf die Suche nach Raffin.

Katsa stürmte in Raffins Arbeitszimmer. Raffin und Bann saßen am Tisch und hatten die Köpfe über ein Buch gebeugt.

»Seid ihr allein?«, fragte sie.

Überrascht schauten sie auf. »Ja …«

»Ist Giddon in mich verliebt?«

Raffin blinzelte und Bann riss die Augen auf. »Zu mir hat er nie etwas davon gesagt«, erklärte Raffin. »Aber ja, ich glaube, jeder, der ihn kennt, würde sagen, er ist in dich verliebt.«

Katsa schlug sich an die Stirn. »Bei allen Irren – wie kann er …« Sie ging zum Tisch, drehte sich um und stapfte wieder zurück zur Tür.

»Hat er etwas zu dir gesagt?«, fragte Raffin.

»Nein. Bo hat es mir gesagt.« Sie fuhr zu Raffin herum. »Und warum hast du es mir nie gesagt?«

»Kat!« Er lehnte sich zurück. »Ich dachte, du weißt das. Ich verstehe nicht, wie es dir entgehen konnte. Jedes Mal, wenn du für Aufträge des Königs die Stadt verlassen musst, macht er sich zu deiner Begleitperson. Beim Bankett sitzt er immer neben dir.«

»Randa bestimmt, wo wir beim Bankett sitzen.«

»Und Randa weiß wahrscheinlich, dass Giddon hofft, dich zu heiraten«, sagte Raffin.

Katsa ging zum Tisch zurück und vergrub die Hände in ihren Haaren. »Das ist ja furchtbar. Was soll ich bloß tun?«

»Wenn er um deine Hand anhält, sagst du nein. Du sagst ihm, dass es nichts mit ihm zu tun hat, sondern dass du fest entschlossen bist, nie zu heiraten. Und dass du keine Kinder willst. Du sagst, was immer ihn davon überzeugt, dass es nichts mit ihm zu tun hat.«

»Ich würde Giddon auch dann nicht heiraten, wenn es um mein Leben ginge«, sagte Katsa. »Nicht einmal, wenn es um deins ginge.«

»Nun ja.« Raffin hielt mit Mühe ein Lachen zurück. »Das würde ich lieber weglassen.«

Katsa seufzte und ging zurück zur Tür.

»Du bist nicht gerade der aufmerksamste Mensch, den ich kenne, Kat«, sagte Raffin, »wenn ich das sagen darf. Deine Fähigkeit, das Offensichtliche nicht zu bemerken, ist erstaunlich.«

Sie warf die Arme in die Luft und wandte sich zum Gehen. Plötzlich kam ihr ein erschreckender Gedanke, und sie drehte sich zu ihm um. »Aber *du* bist doch nicht in mich verliebt, oder?«

Sprachlos starrte er sie an. Dann brach er in Gelächter aus. Auch Bann lachte, nur versuchte er es höflich hinter der Hand zu verbergen. Katsa war zu erleichtert, um beleidigt zu sein.

»Schon gut, schon gut«, sagte sie. »Wahrscheinlich verdiene ich das.«

»Meine liebe Katsa, Giddon sieht so gut aus – bist du sicher, dass du es dir nicht anders überlegst?«, fragte Raffin.

Er und Bann hielten sich den Bauch vor Lachen. Katsa winkte ab. Die beiden waren hoffnungslos. Sie wandte sich zum Gehen.

»Heute Abend Ratssitzung«, sagte Raffin zu ihrem Rücken.

Sie hob die Hand zum Zeichen, dass sie es gehört hatte, und schloss die Tür hinter ihrem Gelächter.

»In den sieben Königreichen geschieht momentan sehr wenig«, sagte Oll. »Wir haben diese Sitzung nur einberufen, weil wir einige Nachrichten über Prinz Tealiff haben, aus denen wir nicht klug werden. Wir hoffen, Ihnen fällt dazu etwas ein.«

Auch Bann war zu diesem Treffen gekommen, denn der Großvater hatte sich jetzt so weit erholt, dass er gelegentlich allein gelassen werden konnte. Katsa hatte Bann wegen seiner breiten Brust und der breiten Schultern zwischen sich und Giddon gesetzt. Jetzt konnte Giddon sie unmöglich sehen, und falls doch, hatte sie dafür gesorgt, dass auch

Raffin seinen Platz zwischen ihnen hatte. Oll und Bo saßen ihr gegenüber. Bo lehnte sich in seinem Stuhl zurück; seine Augen leuchteten in ihrem Blickfeld, wohin sie auch schaute.

»Lord Davit hat uns richtig informiert«, sagte Oll. »Weder in Nander noch in Estill weiß man etwas von Tealiffs Entführung. Beide Königreiche waren nicht beteiligt. Doch inzwischen sind wir fast sicher, dass König Birn von Wester ebenfalls unschuldig ist.«

»Könnte es dann Murgon gewesen sein?«, fragte Giddon.

»Aber mit welchem Motiv?«, wollte Katsa wissen.

»Er hat kein Motiv«, erklärte Raffin. »Aber jeder andere hätte auch kein Motiv gehabt. Das ist ja das Problem. Es gibt kein Motiv, niemand hatte eins für diese Entführung. Selbst Bo – Prinz Greening – ist keins eingefallen.«

Bo nickte. »Mein Großvater ist nur für seine Familie von Bedeutung.«

»Und wenn jemand beabsichtigt hätte«, sagte Oll, »die Königsfamilie der Lienid herauszufordern, würde er sich dann nicht allmählich zeigen? Sonst wäre das Machtspiel doch sinnlos.«

»Hat Tealiff noch etwas gesagt?«, fragte Giddon.

»Er sagte, sie hätten ihm die Augen verbunden«, berichtete Bo, »und ihn mit Drogen betäubt. Lange Zeit habe er auf einem Schiff verbracht, und die Reise über Land sei im Vergleich kürzer gewesen, was darauf schließen lässt, dass seine Entführer ihn von Lienid mit dem Schiff nach Osten gebracht haben, wahrscheinlich bis zu einem der südlichsten Häfen von Sunder, und dann durch den Wald nach Murgon City. Er sagt, sie hatten seiner Meinung nach einen südländischen Akzent.«

»Das deutet auf Sunder und Murgon hin«, sagte Giddon.

Aber es ergab alles keinen Sinn. Keiner der Könige hatte ein Motiv, Murgon sogar am wenigsten. Murgon arbeitete für andere, und sein einziges Motiv war Geld. Jeder am Tisch, jeder im Rat wusste das.

»Bo«, sagte Katsa, »hatte dein Großvater eine Auseinandersetzung mit deinem Vater oder einem deiner Brüder? Mit deiner Mutter?«

»Nein«, antwortete Bo. »Da bin ich sicher.«

»Ich verstehe nicht, wie Sie so sicher sein können«, sagte Giddon.

Bos Augen blitzten ihn an. »In diesem Punkt müssen Sie mir glauben, Lord Giddon. Weder mein Vater noch meine Brüder, meine Mutter oder sonst jemand am Hof der Lienid hat etwas mit der Entführung zu tun.«

»Bos Wort gilt für den Rat«, sagte Raffin. »Und wenn es weder Birn noch Drowden, Thigpen, Randa oder Ror gewesen ist, bleibt nur Murgon.«

Bo zog die Augenbrauen hoch. »Hat keiner von Ihnen an den König von Monsea gedacht?«

»Ein König mit dem Ruf, verletzten Tieren und verirrten Kindern zu helfen, soll aus seiner Abgeschiedenheit auftauchen und den alten Vater seiner Frau entführen?«, fragte Giddon. »Ein wenig unwahrscheinlich, meinen Sie nicht auch?«

»Wir haben Erkundungen angestellt und nichts herausgefunden«, sagte Oll. »König Leck ist ein friedliebender Mann. Entweder ist es Murgon, oder einer der Könige hat selbst vor seinen eigenen Spionen ein Geheimnis.«

»Vielleicht war es Murgon«, sagte Katsa, »vielleicht auch nicht. In jedem Fall weiß Murgon aber, wer verantwortlich ist. Und wenn Murgon es weiß, dann wissen es auch seine engsten Vertrauten. Könnten wir nicht einen solchen Vertrauten finden? Ich würde ihn zum Reden bringen.«

»Nicht ohne zu enthüllen, wer Sie sind, My Lady«, wandte Oll ein.

»Sie könnte ihn töten«, sagte Giddon, »nachdem sie ihn befragt hat.«

»Moment.« Katsa hob die Hand. »Von Töten habe ich nichts gesagt.«

»Aber die Information ist es nicht wert, Katsa«, meinte Raffin, »dass du jemanden verhörst, der dich erkennt und Murgon hinterher davon berichtet.«

»Überhaupt sollte Greening es machen«, sagte Giddon, und Bos kalter Blick traf ihn wieder. »Das Motiv eines Prinzen von Lienid würde Murgon nicht hinterfragen. Murgon würde es sogar von ihm erwarten. Eigentlich verstehe ich nicht, warum Sie es nicht schon längst getan haben«, sagte Giddon zu Bo, »wenn Sie so gern wissen wollen, wer verantwortlich ist.«

Katsa war zu gereizt, um ihre strategische Sitzordnung zu beachten. Sie beugte sich an Raffin und Bann vorbei und sagte zu Giddon: »Weil Murgon nicht wissen kann, dass Bo von seiner Beteiligung weiß, deshalb«, sagte sie. »Wie könnte Bo das erklären, ohne uns zu belasten?«

»Aber genau deshalb kannst auch du keinen von Murgons Leuten verhören, Katsa, wenn du nicht bereit bist, ihn hinterher zu töten.«

Giddon schlug mit der Hand auf den Tisch und funkelte sie an.

»Wartet«, sagte Raffin, »wartet. Wir drehen uns im Kreis.«

Katsa lehnte sich zurück, doch innerlich schäumte sie.

»Katsa«, sagte Raffin, »die Information ist es nicht wert, dich oder den Rat zu gefährden. Sie rechtfertigt auch keine Gewalt, wie ich finde.«

Katsa seufzte innerlich. Er hatte natürlich Recht.

»Vielleicht rechtfertigt sie das irgendwann in der Zukunft«, fuhr Raffin fort. »Aber im Moment ist Großvater Tealiff in Sicherheit und wir haben keinerlei Hinweis, dass Murgon oder irgendein anderer es erneut auf ihn abgesehen hat. Bo, wenn du etwas unternehmen willst, dann ist das deine Angelegenheit, obwohl ich dich bitten würde, es zuerst mit uns zu besprechen.«

»Ich muss darüber nachdenken«, sagte Bo.

»Dann ist dieser Punkt abgeschlossen«, sagte Raffin, »bis wir etwas Neues erfahren oder Bo zu einer Entscheidung kommt. Oll? Liegt noch etwas an?«

Oll berichtete von einem Dorf in Wester, das sich gegen den Überfall einer Bande aus Nander mit zwei Katapulten verteidigt hatte, die ihnen ein Lord aus Wester gegeben hatte, ein Freund des Rats. Die Räuber aus Nander waren geflohen, sie glaubten, von einer Armee angegriffen zu werden. Rund um den Tisch wurde gelacht und Oll begann mit einem weiteren Bericht, doch Katsas Gedanken wanderten zu Murgon und seinen Verliesen und zu den Wäldern von Sunder, die wahrscheinlich die Geheimnisse der Entführung kannten. Sie spürte Bos Blick und schaute ihn über den Tisch an. Seine Augen waren auf sie gerichtet, doch er sah sie nicht. Seine Gedanken waren anderswo. Diesen Blick hatte er manchmal auch, wenn sie nach ihren Kämpfen beisammensaßen.

Sie betrachtete sein Gesicht. Der Schnitt auf seiner Stirn war jetzt nicht mehr als eine dünne rote Linie. Er würde eine Narbe hinterlassen. Sie fragte sich, ob das seine Lienid-Eitelkeit verletzen könnte, doch dann lächelte sie innerlich. Er war eigentlich gar nicht eitel. Es hatte ihm gar nichts ausgemacht, als sie ihm das Auge blau schlug. Er hatte nichts getan, um die Wunde auf seiner Stirn zu verbergen. Außerdem würde ein eitler Mensch nicht Tag für Tag mit ihr kämpfen wollen. Ein eitler Mensch würde seinen Körper nicht der Gnade ihrer Hände ausliefern.

Seine Ärmel waren wieder bis zu den Ellbogen aufgerollt; er war so nachlässig. Ihr Blick ruhte auf den Schatten in den Vertiefungen seiner Kehle, dann hob sie ihn wieder zu seinem Gesicht. Katsa fand, er hätte Grund, eitel zu sein. Er sah gut aus, so gut wie Giddon oder Raffin, mit seiner geraden Nase, diesem Mund und den kräftigen Schultern. Und selbst diese leuchtenden Augen – selbst die konnte man schön nennen.

Jetzt fokussierte sich sein Blick wieder und begegnete ihrem. Und dann lag etwas Listiges darin, und er grinste. Fast als wüsste er genau, was sie dachte, was sie über seinen Anspruch auf Eitelkeit für sich entschieden hatte. Katsa setzte eine abweisende Miene auf und funkelte ihn an.

Das Treffen war zu Ende, Stühle schabten über den Boden. Raffin nahm sie zur Seite, um etwas mit ihr zu besprechen. Sie war dankbar für die Entschuldigung, sich abzuwenden. Bis zu ihrem nächsten Kampf würde sie Bo nicht mehr sehen. Und ihre Kämpfe brachten sie immer wieder zu sich.

AM NÄCHSTEN MORGEN kam Randa zum ersten Mal zu ihrem Training. Er stand an der Seite, so dass jeder im Raum gezwungen war, ebenfalls zu stehen und ihn zu beobachten statt der Kämpfer, deretwegen sie gekommen waren. Katsa war froh zu kämpfen, froh um die Ausrede, ihn zu ignorieren. Nur dass sie ihn nicht ignorieren konnte. Er war so groß und breit, wie er da in leuchtend blauen Gewändern vor der weißen Wand stand. Sein träges Lachen war in jeder Ecke des Raums zu hören. Sie konnte das Wissen nicht abschütteln, dass er da war – und dass er etwas wollte. Er suchte seine Kämpferin nie auf, wenn er nicht etwas von ihr wollte.

Als Randa auftauchte, hatte sie einige Übungen mit Bo hinter sich, die ihr Schwierigkeiten machten. Sie begannen mit Katsa auf den Knien und Bo hinter ihr, der ihr die Arme auf den Rücken zwang. Ihre Aufgabe war, sich aus Bos Griff zu befreien und dann mit ihm zu ringen, bis sie ihn in der gleichen Position hatte. Aus Bos Umklammerung konnte sie sich immer lösen, das war nicht das Problem; es war der Gegenangriff, der sie frustrierte. Selbst wenn sie ihn auf die Knie gezwungen und ihm die Arme auf den Rücken gedreht hatte, konnte sie ihn nicht unten halten. Es war eine Frage purer Muskelkraft. Wenn er versuchte, sich auf die Füße zu stemmen, hatte sie nicht die Kraft, ihn daran zu hindern, es sei denn, sie würde ihn bewusstlos schlagen oder ernsthaft verletzen, und das war nicht der Sinn der Übung. Sie musste eine Halteposition finden, in der ihm das Aufstehen zu viele Schmerzen bereitete.

Sie begannen wieder von vorn. Sie kniete vor Bo und er legte seine Hände um ihre Handgelenke. Randas Stimme hob und senkte sich, und einer der Bediensteten antwortete – schmeichelnd, kriecherisch. Alle schmeichelten Randa.

Diesmal war Katsa vorbereitet, wand sich aus seinem Griff und warf sich auf ihn wie eine Wildkatze. Sie trommelte auf seinen Bauch, hakte ihren Fuß zwischen seine Beine und zwang ihn auf die Knie. Sie zog an seinen Armen. Die rechte Schulter, die kühlte er immer. Sie verdrehte ihm den rechten Arm und lehnte sich mit ihrem ganzen Gewicht dagegen, so dass jeder Befreiungsversuch ihm die Schulter zerren und noch mehr Schmerzen verursachen würde, als sie ihm bereits zufügte.

»Ich gebe auf«, keuchte er. Sie ließ ihn los und er kam auf die Füße. Er massierte seine Schulter. »Gute Arbeit, Katsa.«

»Noch einmal.«

Sie wiederholten die Übung und machten sie dann noch einmal, und jedes Mal bezwang sie ihn mühelos.

»Du hast es geschafft«, sagte Bo. »Gut. Was jetzt? Soll ich es versuchen?«

Da wurde schneidend ihr Name gerufen, und Katsas Nackenhaare sträubten sich. Sie hatte Recht gehabt. Er war nicht nur gekommen, um zuzuschauen, und jetzt, vor all diesen Leuten, musste sie sich freundlich und höflich verhalten. Sie unterdrückte den Ärger, der sich auf ihrem Gesicht spiegeln wollte, und wandte sich dem König zu.

»Es ist so amüsant«, sagte Randa, »dich mit einem Gegner raufen zu sehen, Katsa.«

»Ich bin froh, Sie zu amüsieren, König Randa.«

»Prinz Greening! Wie finden Sie unsere Kämpferin?«

»Sie ist mir weitaus überlegen, König«, sagte Bo. »Wenn sie sich nicht zurückhalten würde, wäre ich in großen Schwierigkeiten.«

Randa lachte. »In der Tat. Ich habe bemerkt, dass Sie es sind, der mit Verletzungen zum Bankett kommt, nicht Katsa.«

Stolz auf seinen Besitz. Katsa zwang sich, ihre geballten Fäuste zu lösen. Sie zwang sich, ruhig zu atmen und den Blick ihres Onkels zu erwidern, obwohl sie ihm am liebsten das anzügliche Grinsen aus dem Gesicht gekratzt hätte.

»Katsa«, sagte der König, »komm nachher zu mir. Ich habe einen Auftrag für dich.«

»Ja, König«, sagte sie. »Danke, König.«

Randa lehnte sich zurück auf die Fersen und schaute durch den Raum. Dann wandte er sich zur Tür, und sein Gefolge eilte hinter ihm her. Mit rauschenden blauen Gewändern ging er hinaus und Katsa starrte ihm nach, bis er und seine Männer verschwunden waren, und dann starrte sie auf die Tür, die sein Gefolge hinter ihm zugeschlagen hatte.

Ringsum setzten sich die Lords und Soldaten langsam wieder. Katsa war sich vage ihrer Bewegungen bewusst; ebenso vage bemerkte sie Bos Augen, die sie schweigend beobachteten.

»Was jetzt, Katsa?«

Sie wusste, was sie wollte. Es schoss ihr durch die Arme und in die Finger, kribbelte in Beinen und Füßen. »Ein ordentlicher Kampf«, sagte sie. »Alles, was anständig und gerecht ist. Bis einer von uns aufgibt.«

Bo kniff die Augen zusammen. Er betrachtete nachdenklich ihre geballten Fäuste und ihren harten Mund. »Wir werden kämpfen, aber erst morgen. Für heute sind wir fertig.«

»Nein. Wir kämpfen.«

»Katsa! Wir sind fertig.«

Sie ging auf ihn zu und blieb so dicht vor ihm stehen, dass niemand mithören konnte. »Was ist los, Bo? Hast du Angst vor mir?«

»Ja, ich fürchte dich, wenn du wütend bist, und das mit Recht. Ich kämpfe nicht mit dir, wenn du wütend bist. Du solltest auch nicht mit mir kämpfen, wenn ich wütend bin. Das ist nicht der Sinn dieses Trainings.«

Und als er es aussprach, dass sie wütend war, merkte sie, dass es stimmte; und genauso rasch verwandelte sich ihre Wut in Verzweiflung. Randa würde sie wieder mit einem brutalen Auftrag losschicken. Er würde ihr befehlen, irgendeinen armen kleinen Missetäter zu quälen, einen Dummkopf, der es nicht verdiente, seine Finger zu verlieren, selbst wenn er ehrlos war. Randa würde es ihr befehlen und sie musste gehorchen, denn er hatte die Macht.

Sie aßen in ihrem Esszimmer. Katsa starrte auf ihren Teller, während Bo von seinen Brüdern redete, wie liebend gern sie ihr Training sehen würden. Katsa sollte eines Tages nach Lienid kommen und vor seiner Familie mit ihm kämpfen. Seine Angehörigen würden staunen über ihr Geschick, ihr große Hochachtung erweisen, und er könnte ihr die schönsten Sehenswürdigkeiten in der Stadt seines Vaters zeigen.

Katsa hörte nicht zu. Sie sah die Arme vor sich, die sie für ihren Onkel gebrochen hatte, am Ellbogen in die falsche Richtung gedreht, so dass sich Knochensplitter durch die Haut bohrten. Bo sagte etwas über seine Schulter und sie schüttelte sich und schaute ihn an.

»Was hast du gesagt?«, fragte sie. »Was ist mit deiner Schulter? Es tut mir leid.«

Er senkte den Blick und spielte mit seiner Gabel. »Dein Onkel scheint einen starken Einfluss auf dich zu haben«, sagte er. »Seit er in den Übungsraum gekommen ist, bist du nicht mehr du selbst.«

»Oder vielleicht war ich ich selbst und die anderen Male nicht.«

»Was meinst du?«

»Mein Onkel hält mich für eine Wilde. Er glaubt, ich sei eine Mörderin. Und, stimmt das etwa nicht? Bin ich nicht wild geworden, als er den Raum betreten hat? Und was üben wir da jeden Tag?« Sie riss ein Stück Brot auseinander und warf es auf ihren Teller, dann starrte sie wütend auf ihr Essen.

»Ich glaube nicht, dass du eine Wilde bist«, sagte Bo.

Sie seufzte schwer. »Du hast mich nicht mit Randas Feinden gesehen.«

Er hob den Becher zum Mund und trank. Dann senkte er ihn wieder und beobachtete sie. »Was wird er dir diesmal auftragen?«

Sie drängte das Feuer zurück, das aus ihrem Magen aufstieg. Sie fragte sich, was geschehen würde, wenn sie ihren Teller auf den Boden schmetterte, in wie viele Scherben er zerbrechen würde.

»Es wird um irgendeinen Lord gehen, der ihm Geld schuldet«, sagte sie, »oder der sich geweigert hat, zu irgendeinem Handel sein Einverständnis zu geben, oder der ihn schief angeschaut hat. Randa wird mir befehlen, den Mann so zu verletzen, dass er ihn nie wieder beleidigt.«

»Und du wirst tun, was er dir aufträgt?«

»Wer sind diese Dummköpfe, dass sie sich ständig Randas Willen widersetzen? Haben sie die Geschichten nicht gehört? Wissen sie nicht, dass er mich zu ihnen schicken wird?«

»Steht es nicht in deiner Macht, dich zu weigern?«, fragte Bo. »Wie kann dich jemand zwingen, etwas zu tun?«

Das Feuer drang jetzt in ihre Kehle und würgte sie. »Er ist der König. Und du bist auch ein Dummkopf, wenn du glaubst, ich hätte in dieser Sache eine Wahl.«

»Aber du hast eine Wahl! Nicht er ist es, der dich zu einer Wilden macht. Du machst dich selbst dazu, indem du dich seinem Willen beugst.«

Sie sprang auf und schwang ihre Handkante gegen sein Kinn. In letzter Sekunde bremste sie den Schlag ab, als sie merkte, dass er nicht abwehrend den Arm gehoben hatte. Ihre Hand traf mit einem hässlichen Geräusch sein Gesicht. Entsetzt sah sie, wie sein Stuhl zurückfiel und sein Kopf auf den Boden schlug. Sie hatte ihn sehr fest geschlagen. Sie wusste, dass sie ihn sehr fest geschlagen hatte. Und er hatte sich nicht verteidigt.

Sie lief zu ihm. Er lag auf der Seite, beide Hände über dem Kinn. Eine Träne rann ihm aus dem Augenwinkel, über die Finger und auf den Boden. Er stöhnte oder schluchzte, sie konnte es nicht unterscheiden. Sie kniete sich neben ihn und fasste seine Schulter. »Ist der Kiefer gebrochen? Kannst du sprechen?«

Er setzte sich auf und betastete sein Kinn, öffnete und schloss den Mund und bewegte den Kiefer nach links und rechts.

»Ich glaube nicht, dass er gebrochen ist«, flüsterte er.

Sie legte die Hand an sein Gesicht und befühlte die Knochen unter der Haut. Zum Vergleich tastete sie die andere Gesichtshälfte ab. Sie spürte keinen Unterschied und sog erleichtert die Luft ein.

»Es ist nichts gebrochen«, sagte er, »obwohl es das eigentlich sein müsste.«

»Ich habe mich zurückgehalten«, sagte sie, »als mir klarwurde, dass du dich nicht wehrst.« Sie griff nach oben und tauchte die Hände in den Wasserkrug auf dem Tisch, legte Eisstücke auf ein Tuch und wickelte sie ein. Dann drückte sie ihm das Eis aufs Kinn. »Warum hast du nicht zurückgeschlagen?«

Er drückte das Eis an sein Gesicht und stöhnte. »Das wird tagelang wehtun.«

»Bo …«

Er schaute sie an und seufzte. »Ich habe es dir schon gesagt, Katsa. Ich kämpfe nicht, wenn du wütend bist. Ich werde Meinungsverschiedenheiten zwischen uns nicht mit Gewalt klären.« Er hob das Eis an und betastete sein Kinn, stöhnte und drückte sich das Tuch wieder ans Gesicht. »Was wir in den Übungsräumen machen – das soll uns helfen. Wir benutzen es nicht gegeneinander. Wir sind Freunde, Katsa.«

Scham brannte hinter ihren Augen. Es war so elementar, so offensichtlich. Das taten Freunde sich nicht an, und doch hatte sie es gemacht.

»Wir sind zu gefährlich füreinander, Katsa. Und selbst wenn wir es nicht wären, ist es nicht richtig.«

»Ich werde das nie wieder tun«, sagte sie. »Ich schwöre es.«

Jetzt fing er ihren Blick auf und hielt ihn. »Ich weiß, dass du das nicht tun wirst. Katsa. Wildkatze. Gib dir nicht die Schuld. Du hast erwartet, dass ich mich wehre. Sonst hättest du mich nicht geschlagen.«

Trotzdem hätte sie es besser wissen sollen. »Dabei warst du gar nicht der, der mich so wütend gemacht hat. Er war es.«

Bo betrachtete sie einen Moment. »Was würde deiner Meinung nach geschehen, wenn du dich weigern würdest zu tun, was Randa befiehlt?«

Sie wusste es nicht. Sie glaubte, dass er sie verspotten würde, mit einer Stimme, die vor Verachtung bebte. »Wenn ich nicht mache, was er sagt, wird er wütend. Wenn er wütend wird, werde ich wütend. Und dann will ich ihn töten.«

»Hmm.« Er verzog den Mund. »Du hast Angst vor deiner eigenen Wut.«

Jetzt schwieg sie und sah ihn an, weil ihr das richtig vorkam. Sie fürchtete ihre eigene Wut.

»Aber Randa ist deinen Zorn noch nicht einmal wert«, sagte Bo. »Er ist einfach nur ein brutaler Klotz.«

Katsa schnaubte. »Ein Klotz, der anderen Leuten die Finger abhackt oder ihre Arme bricht.«

»Nur, solange du es für ihn tust«, sagte Bo. »Viel von seiner Macht verdankt er dir.«

Sie fürchtete ihre eigene Wut: Sie wiederholte es in Gedanken. Sie fürchtete, was sie dem König antun würde – und das aus gutem Grund. Sie brauchte nur Bo anzuschauen mit seinem roten Kinn, das schon anzuschwellen begann. Sie hatte gelernt, ihre Fähigkeiten zu beherrschen, doch nicht ihren Zorn. Und das bedeutete, dass sie ihre Gabe immer noch nicht beherrschte.

»Wollen wir nicht zurück an den Tisch?«, fragte er, denn sie saßen immer noch auf dem Boden.

»Du solltest wahrscheinlich zu Raff«, sagte sie. »Nur um dich zu vergewissern, dass nichts gebrochen ist.« Sie senkte beschämt den Blick. »Verzeih mir, Bo.«

Bo stemmte sich hoch, griff nach ihrer Hand und zog sie auf die Füße. »Ihnen ist verziehen, Lady.«

Sie schüttelte den Kopf, diese Güte verstand sie nicht. »Die Lienid sind so sonderbar, sie reagieren nie wie ich. Du so ruhig, wenn ich dich so schlimm verletzt habe. Deines Vaters Schwester so merkwürdig in ihrer Trauer.«

Bo kniff die Augen zusammen. »Was meinst du?«

»Womit? Ist die Königin von Monsea nicht deines Vaters Schwester?«

»Was hat meines Vaters Schwester getan?«

»Es heißt, sie hätte aufgehört zu essen, als sie vom Verschwinden deines Großvaters gehört hat. Wusstest du das nicht? Und dann hat sie sich und ihr Kind in ihren Gemächern eingeschlossen. Sie lässt niemanden herein, noch nicht einmal den König.«

»Sie lässt den König nicht herein?«, wiederholte er mit erstaunter Stimme.

»Auch sonst niemanden, außer einer Zofe, die ihnen Mahlzeiten bringt.«

»Warum hat mir das noch niemand gesagt?«

»Ich dachte, du wüsstest das, Bo. Ich hatte keine Ahnung, dass es dir so wichtig sein könnte. Hast du eine enge Beziehung zu ihr?«

Bo starrte stirnrunzelnd auf den Tisch, auf das Durcheinander von schmelzendem Eis und halb gegessenen Mahlzeiten. Er war mit seinen Gedanken weit weg.

»Bo. Was ist?«

Er schüttelte den Kopf. »Es wundert mich, dass Ashen sich so verhält. Aber es ist jetzt nicht wichtig. Ich muss Raffin finden oder Bann.«

Sie beobachtete sein Gesicht. »Du verschweigst mir etwas.«

Er wich ihrem Blick aus. »Wie lange wirst du für Randa unterwegs sein?«

»Wahrscheinlich nicht mehr als ein paar Tage.«

»Wenn du zurück bist, muss ich mit dir sprechen.«

»Warum sprichst du nicht jetzt mit mir?«

Er schüttelte den Kopf. »Ich muss nachdenken. Ich muss mir über etwas klarwerden.«

Warum war sein Blick so unruhig? Warum schaute er auf den Tisch, auf den Boden, aber nie in ihr Gesicht?

Er sorgte sich um die Schwester seines Vaters. Es machte sich Gedanken um die Menschen, die ihm wichtig waren. Denn so war er, dieser Lienid. Seine Freundschaft war echt.

Jetzt schaute er sie an. Ein ganz schwaches Lächeln zeigte sich auf seinem Gesicht, doch es erreichte nicht die Augen. »Sei mir gegenüber nicht zu wohlwollend, Katsa. Keiner von uns ist in seiner Freundschaft ohne Schuld.«

Damit verließ er sie und suchte Raffin. Sie stand auf

und starrte auf den Platz, an dem er gerade gesessen hatte. Und versuchte das unheimliche Gefühl abzuschütteln, dass er gerade einen Gedanken von ihr beantwortet hatte und nicht einen ausgesprochenen Satz.

Nicht zum ersten Mal hatte er sie in diesem Gefühl zurückgelassen. Das war Bos Eigenart. Er kannte ihre Meinung, manchmal noch bevor sie ausgesprochen war. Er schaute sie über den Tisch hinweg an und wusste, dass sie wütend war und warum oder dass sie entschieden hatte, er sehe gut aus.

Raffin hatte ihr gesagt, dass sie nicht aufmerksam sei. Bo war aufmerksam. Und gesprächig. Vielleicht kamen sie deshalb so gut miteinander aus. Sie musste sich Bo nicht erklären, und er erklärte sich ihr, ohne dass sie fragen musste. Sie hatte noch nie jemanden gekannt, mit dem sie so offen sein konnte – so ungewohnt war das Phänomen Freundschaft für sie.

Über all das dachte sie nach, während die Pferde sie nach Westen trugen, bis die Hügel niedriger wurden und einer weiten Ebene mit Wiesen wichen. Der zügige und unbeschwerte Ritt war ein Vergnügen, das sie ablenkte. Giddon war guter Stimmung, denn dies war seine Heimat. Auf ihrem Weg zu einem Gut direkt dahinter würden sie sein Anwesen besuchen. Sie würden in seinem Schloss schlafen, zuerst auf dem Hinweg und dann auf dem Rückweg. Giddon ritt schnell, und obwohl Katsa von seiner Gesellschaft nicht begeistert war, konnte sie ausnahmsweise nicht über das Tempo klagen.

»Ist es nicht unangenehm«, fragte Oll, als sie mittags Rast machten, »dass der König Ihnen befohlen hat, Ihren Nachbarn zu bestrafen?«

»Das ist es wirklich«, antwortete Giddon. »Lord Ellis ist ein guter Nachbar. Ich kann mir nicht vorstellen, was ihn dazu gebracht hat, diesen Ärger mit Randa heraufzubeschwören.«

»Nun, er beschützt seine Töchter«, sagte Oll. »Niemand kann ihm deshalb böse sein. Sein Unglück ist nur, dass er sich dadurch mit dem König entzweit.«

Randa hatte ein Abkommen mit einem Adligen aus Nander getroffen, der keine Frau finden konnte, weil sein Besitz im Süden von Nander lag, direkt auf dem Weg der Räuberbanden aus Wester und Estill. Es war ein gefährlicher Ort, besonders für eine Frau. Und es war ein trostloses Gut, sogar ohne genug Bedienstete, denn die Banditen hatten viele getötet oder entführt. Der Adlige suchte verzweifelt eine Frau, so verzweifelt, dass er bereit war, auf ihre Mitgift zu verzichten. König Randa hatte sich erboten, eine Braut für ihn zu finden – unter der Bedingung, dass er und nicht der Adlige aus Nander ihre Aussteuer bekam.

Lord Ellis hatte zwei Töchter im heiratsfähigen Alter, zwei Töchter mit jeweils sehr großer Mitgift. Randa hatte Ellis befohlen, eine Tochter auszuwählen, die er als Braut nach Nander schicken sollte. »Wähle die Tochter mit dem stärkeren Charakter«, hatte Randa geschrieben, »das wird keine Ehe für Empfindliche.«

Lord Ellis hatte sich geweigert, eine seiner Töchter für diese Heirat auszusuchen. »Meine Töchter haben beide einen starken Charakter«, antwortete er dem König, »aber ich werde keine ins Ödland von Nander schicken. Der König hat mehr Macht als jeder andere, aber ich glaube nicht, dass er die Macht hat, zu seinem eigenen Vorteil eine unpassende Heirat zu erzwingen.«

Katsa hatte die Luft angehalten, als Raffin ihr sagte, was Lord Ellis geschrieben hatte. Er war ein tapferer Mann, so tapfer wie kaum ein anderer, dem Randa je begegnet war. Randa wollte, dass Giddon mit Ellis redete, und wenn Worte nichts nützten, wollte er, dass Katsa Ellis quälte, und das in Anwesenheit der Töchter, so dass eine von ihnen vortreten und sich zur Ehe bereit erklären würde, um den Vater zu schützen. Randa erwartete, dass sie mit einer der Töchter und deren Mitgift an seinen Hof zurückkehrten.

»Das ist eine grausige Aufgabe, die wir da erfüllen sollen«, sagte Oll. »Selbst wenn Ellis nicht Ihr Nachbar wäre, wäre sie grausig.«

»Das stimmt«, sagte Giddon. »Aber ich sehe keine andere Möglichkeit.«

Sie saßen auf einer Felsnase und aßen Brot und Obst. Katsa beobachtete, wie das hohe Gras um sie wogte. Der Wind peitschte es, griff es an, bog es hin und her. Es hob sich, fiel und hob sich wieder. Es wogte wie Wasser.

»Ist so das Meer?«, fragte sie und die beiden wandten sich ihr überrascht zu. »Bewegt sich das Meer so wie das Gras?«

»Es bewegt sich so ähnlich, My Lady«, sagte Oll, »aber anders. Das Meer rauscht, und es ist grau und kalt. Aber es bewegt sich so ähnlich.«

»Ich würde gern mal das Meer sehen«, sagte sie.

Giddon schaute sie ungläubig an.

»Was ist? Ist es so seltsam, das zu sagen?«

»Es ist seltsam für dich, es zu sagen.« Er schüttelte den Kopf, sammelte ihr restliches Brot und Obst ein und stand auf. »Dieser Kämpfer aus Lienid setzt dir romantische Ideen in den Kopf.« Er ging zu seinem Pferd.

Sie ignorierte ihn, damit sie nicht über seine eigenen romantischen Ideen, seine Heiratswünsche oder seine Eifersucht nachdenken musste. Sie preschte über die Ebene und stellte sich vor, sie würde über das Meer reisen.

Es war schwieriger, Giddons Anwesenheit zu ignorieren, als sie sein Schloss erreicht hatten. Die Mauern waren hoch, grau und eindrucksvoll. Die Diener strömten in den sonnigen Schlosshof, um ihren Herrn zu begrüßen und sich vor ihm zu verneigen, und er rief sie bei ihren Namen und befragte sie nach dem Korn im Lagerhaus, dem Schloss, der Brücke, die gerade repariert wurde. Hier war er König und sie konnte sehen, dass er sich in der Rolle wohlfühlte und dass sich seine Bediensteten freuten, ihn zu sehen.

Sie waren immer aufmerksam zu Katsa, wenn sie an Giddons Hof war. Sie fragten sie, ob sie etwas brauche, sie machten Feuer für sie und brachten ihr Waschwasser. Wenn sie in den Korridoren an ihnen vorbeiging, wurde sie gegrüßt. So wurde sie nirgendwo sonst behandelt, noch nicht einmal in ihrem eigenen Zuhause. Jetzt wurde ihr klar, dass Giddon seine Leute natürlich angewiesen hatte, sie wie eine Herrin zu bedienen – und sie nicht zu fürchten oder es zumindest nicht zu zeigen. Das alles hatte Giddon für sie getan. Seine Diener mussten sie als ihre künftige Herrin betrachten, denn wenn Randas ganzer Hof von Giddons Gefühlen wusste, dann hatten Giddons Diener sein Verhalten bestimmt ebenso gedeutet.

Sie wusste nicht mehr, wie sie sich an Giddons Hof verhalten sollte, jetzt, wo ihr klar war, dass alle etwas von ihr erwarteten, das sie nie einlösen würde. Sie dachte, sie wären vielleicht erleichtert zu wissen, dass sie Giddon nicht heiraten würde. Sie würden aufatmen und lächeln und sich vergnügt auf irgendeine freundliche, harmlose Herrin vorbereiten, die seine zweite Wahl war. Aber vielleicht erhofften sie auch für ihren Herrn, was er sich selbst erhoffte.

Giddons Hoffnung verwirrte sie. Seine Dummheit, sich in sie zu verlieben, konnte sie nicht begreifen, und sie glaubte immer noch nicht ganz, dass es stimmte.

Oll wurde immer verdrossener wegen Lord Ellis.

»Es ist eine grausame Aufgabe, die uns der König aufgetragen hat«, sagte er beim Abendessen in Giddons privatem Esszimmer, wo die drei von zwei Dienern das Mahl serviert bekamen. »Ich kann mich nicht erinnern, dass er uns je etwas so Grausames befohlen hat.«

»Doch, das hat er«, widersprach Giddon, »und wir haben gehorcht. Und Sie haben noch nie zuvor so etwas gesagt.«

»Mir scheint nur …« Oll unterbrach sich und starrte gedankenverloren auf Giddons Wände, die mit üppigen Teppichen in Rot und Gold bedeckt waren. »Mir scheint nur, dass der Rat einen solchen Auftrag nicht stillschweigend dulden würde. Der Rat würde jemanden schicken, der diese Töchter beschützt. Jemanden von uns.«

Giddon schob Kartoffeln auf seine Gabel und kaute. Er bedachte Olls Worte. »Wir können nicht für den Rat arbeiten, wenn wir Randas Befehle nicht ausführen. Wir nützen niemandem etwas, wenn wir im Kerker sitzen.«

»Ja«, sagte Oll. »Aber trotzdem, es kommt mir einfach nicht richtig vor.«

Am Ende der Mahlzeit war Giddon so trübsinnig wie Oll. Katsa betrachtete Olls zerfurchtes Gesicht und seine unglücklichen Augen. Sie beobachtete, wie Giddon aß, wie sein Messer das Rot und Gold der Wände spiegelte, wenn er sein Fleisch schnitt. Er sprach leise und er seufzte – beide seufzten, Oll wie Giddon, während sie redeten und aßen.

Sie wollten diesen Auftrag nicht ausführen. Katsa beobachtete sie und hörte ihnen zu, und ihre Gedanken gingen auf die Suche nach etwas, womit sie Randas Vorhaben durchkreuzen könnte.

Bo hatte gesagt, es stünde in ihrer Macht, Randa den Gehorsam zu verweigern. Und vielleicht stand es nur in ihrer Macht und nicht in der von Oll oder Giddon, weil Randa die beiden anders bestrafen konnte als sie. Wie konnte er sie überhaupt bestrafen? Er könnte sie vielleicht mit seiner gesamten Armee in den Kerker zwingen. Er könnte sie töten. Nicht im Kampf, aber mit Gift eines Nachts beim Essen. Wenn er sie für gefährlich hielt oder nicht mehr für nützlich, würde er sie bestimmt in einen Kerker stecken oder töten.

Und was wäre, wenn sein Zorn über ihre Rückkehr ohne Ellis' Tochter ihren eigenen Zorn entzündete? Was würde geschehen, wenn sie vor Randa stand und in ihren Händen und Füßen eine Wut fühlte, die sie nicht zurückhalten konnte? Was würde sie tun?

Es war gleichgültig. Als Katsa am nächsten Morgen in ihrem bequemen Bett in Giddons Schloss erwachte, wusste sie, dass es gleichgültig war, was Randa ihr antun würde oder sie ihm. Wenn sie heute gezwungen wäre, Lord Ellis nach Randas Wünschen zu quälen, würde sie das in Wut versetzen. Sie spürte, wie ihre Wut schon bei dem Gedanken wuchs. Wenn sie Lord Ellis Schmerzen zufügte, wäre ihre Wut nicht weniger katastrophal, als wenn sie es nicht tat und Randa Vergeltung übte. Sie würde es nicht tun. Sie würde keinen Mann quälen, der nur versuchte, seine Kinder zu beschützen.

Sie wusste nicht, was dann geschehen würde. Aber sie wusste, dass sie heute keinem etwas tun würde. Sie warf ihre Decken zurück und dachte nur noch an heute.

Lustlos packten Giddon und Oll ihre Taschen und bereiteten die Pferde auf ihren Ritt vor. »Vielleicht können wir ihn zu einem Kompromiss überreden«, sagte Giddon ohne Überzeugung, und Oll antwortete nur mit einem »Hmm«.

Ellis' Schloss lag einen Ritt von wenigen Stunden entfernt. Als sie ankamen, führte ein Diener sie in die große Bibliothek, wo Ellis arbeitend an einem Schreibtisch saß. Die Wände waren mit Büchern gesäumt, manche so weit hinauf, dass die Bände nur mit Hilfe der Leitern aus schönem, dunklem Holz erreicht werden konnten, die an den Regalen lehnten. Lord Ellis stand auf, als sie eintraten, sein Blick war stolz, das Kinn gereckt. Er war ein kleiner Mann mit schwarzem Schopf und kleinen Fingern, die er auf dem Schreibtisch spreizte.

»Ich weiß, warum Sie hier sind, Giddon«, sagte er.

Giddon räusperte sich verlegen. »Wir wollen mit Ihnen reden, Ellis, und mit Ihren Töchtern.«

»Ich werde meine Töchter nicht in diese Gesellschaft bringen.« Ellis schaute kurz zu Katsa. Er zuckte nicht zusammen unter ihrem Blick, und er stieg noch höher in ihrer Achtung.

Jetzt war sie an der Reihe. Sie zählte drei Diener, die steif an den Wänden standen.

»Lord Ellis«, sagte sie, »wenn Ihnen die Sicherheit Ihrer Diener etwas bedeutet, sollten Sie die drei hinausschicken.«

Giddon schaute sie verblüfft an, denn das war nicht ihre übliche Vorgehensweise. »Katsa …«

»Vergeuden Sie nicht meine Zeit, Lord Ellis«, fuhr Katsa fort. »Ich kann sie selbst entfernen, wenn Sie es nicht tun.«

Lord Ellis winkte seine Männer zur Tür. »Geht«, sagte er zu ihnen. »Geht. Erlaubt niemandem einzutreten. Geht euren Aufgaben nach.«

Zu ihren Aufgaben gehörte es wahrscheinlich, die Töchter des Lords sofort vom Grundstück zu bringen, falls sie überhaupt zu Hause waren. Katsa hielt Lord Ellis für einen Mann, der auf diese Situation vorbereitet war. Als sich die Tür geschlossen hatte, hob sie die Hand, um Giddon am Sprechen zu hindern. Er warf ihr einen verwirrten, gereizten Blick zu, den sie ignorierte.

»Lord Ellis«, sagte sie, »der König wünscht, dass wir Sie dazu überreden, eine Ihrer Töchter nach Nander zu schicken. Ich glaube, dass wir damit kaum Erfolg haben werden.«

Ellis sah entschlossen aus und erwiderte noch immer ihren Blick. »Das stimmt.«

Katsa nickte. »Gut. Wenn das nicht gelingt, wünscht Randa, dass ich Sie foltere, bis eine Ihrer Töchter sich zu dieser Hochzeit bereit erklärt.«

Ellis' Gesicht veränderte sich nicht. »Das habe ich erwartet.«

Giddon sagte leise: »Katsa! Was machst du da?«

»Der König …«, fuhr Katsa fort, und dann spürte sie, wie ihr das Blut so heftig in den Kopf stieg, dass sie sich auf den Schreibtisch stützen musste, um nicht das Gleichgewicht zu verlieren. »Der König ist in manchen Angelegenheiten gerecht, in dieser Sache aber nicht. Er will Sie einschüchtern. Doch der König schüchtert Sie nicht selbst ein – er verlässt sich darauf, dass ich es mache. Und ich …« Plötzlich fühlte sich Katsa stark. Sie stieß sich vom Schreibtisch ab und stand hoch aufgerichtet da. »Ich werde nicht tun, was Randa sagt. Ich werde weder Sie noch Ihre Töchter zwingen, seinem Befehl zu gehorchen. Mein Herr, Sie können tun, was Sie wollen.«

Im Raum war es still. Der Hausherr hatte große Augen vor Überraschung und lehnte sich jetzt schwer auf den Schreibtisch, als hätte ihn zuvor die Gefahr gestärkt und er wäre nun, wo sie vorbei war, schwach geworden. Giddon schien neben Katsa nicht mehr zu atmen, und als sie zu ihm hinüberschaute, hatte er den Mund vor Verblüffung geöffnet. Oll stand etwas abseits, er sah freundlich und besorgt aus.

»Nun«, sagte Lord Ellis, »das ist eine Überraschung, My Lady. Ich danke Ihnen, My Lady. Wirklich, ich kann Ihnen gar nicht genug danken.«

Katsa fand nicht, dass ihr jemand dafür danken sollte, dass sie ihm keinen Schmerz zufügte. Wer Freude auslöste, verdiente Dank, wer Schmerz verursachte, Verachtung. Weder das eine noch das andere zu bewirken, verdiente keins von beidem.

»Sie schulden mir keinen Dank«, sagte sie. »Und ich fürchte, dass Ihre Schwierigkeiten mit Randa dadurch nicht zu Ende sind.«

»Katsa!« Das war Oll. »Sind Sie sicher, dass Sie das wollen?«

»Was wird Randa mit dir machen?«, fragte Giddon.

»Was er auch tut«, erklärte Oll, »wir werden Sie unterstützen.«

»Nein«, sagte Katsa. »Ich will keine Unterstützung. Ich muss das allein tun. Randa muss glauben, dass ihr beide, du und Giddon, mich dazu zwingen wolltet, seinem Befehl zu folgen, es aber nicht konntet.« Sie fragte sich, ob sie die beiden verletzen sollte, um das überzeugender wirken zu lassen.

»Aber wir wollen diese Aufgabe so wenig durchführen wie du«, sagte Giddon. »Es war unser Gespräch, das dich dazu gebracht hat, diese Entscheidung zu treffen. Wir können nicht zuschauen, wie du ...«

»Wenn er weiß, dass ihr ihm nicht gehorcht habt, wird er euch in den Kerker werfen oder töten«, sagte Katsa entschlossen. »Mich kann er nicht so bestrafen wie euch. Ich glaube, seine ganze Wache könnte mich nicht fangen. Und wenn, dann habe ich wenigstens kein Anwesen wie du, Giddon. Ich habe keine Frau wie du, Oll.«

Giddon machte ein finsteres Gesicht. Er wollte etwas sagen, doch Katsa schnitt ihm das Wort ab. »Ihr beide nützt niemandem, wenn ihr im Gefängnis seid. Raffin braucht euch. Und wo immer ich sein mag, ich werde euch auch brauchen.«

Giddon versuchte zu sprechen. »Ich werde nicht ...«

Sie würde ihn zwingen, das einzusehen. Sie würde seine Beschränktheit durchbrechen und ihn zwingen, seinen Widerstand aufzugeben. Sie schlug so fest mit der Hand auf den Schreibtisch, dass Papiere auf den Boden fielen. »Ich werde den König töten«, sagte sie. »Ich werde ihn töten, wenn ihr nicht beide darauf verzichtet, mich zu unterstützen. Dies ist meine Rebellion und nur meine, und wenn ihr nicht zustimmt, dann schwöre ich bei meiner Gabe, den König zu ermorden.«

Katsa wusste nicht, ob sie das tun würde. Aber sie wusste, dass sie den beiden wild genug erschien, damit sie es glaubten. Sie wandte sich an Oll. »Sag, dass du zustimmst.«

Oll räusperte sich. »Es soll sein, wie Sie sagen, My Lady.«

»Giddon?«

»Es gefällt mir nicht«, antwortete er.

»Giddon …«

»Es soll sein, wie du sagst.« Er schaute zu Boden und sein Gesicht war rot und düster.

Katsa fuhr fort: »Lord Ellis! Wenn Randa erfährt, dass Hauptmann Oll oder Lord Giddon freiwillig zugestimmt haben, werde ich wissen, dass Sie geredet haben. Ich werde Sie töten. Ich werde Ihre Töchter töten. Verstehen Sie?«

»Ich verstehe, My Lady«, sagte Ellis. »Und noch einmal, ich danke Ihnen.«

Etwas steckte in ihrer Kehle bei diesem zweiten Dank, nachdem sie ihm gerade so brutal gedroht hatte. Wenn du ein Ungeheuer bist, dachte sie, wird dir gedankt und du wirst gepriesen, nur weil du dich nicht wie ein Ungeheuer benimmst. Sie hätte gern auf Grausamkeit verzichtet, ohne dafür bewundert zu werden.

»Und jetzt beraten wir hier in diesem Raum ohne Zeugen die Einzelheiten«, sagte sie, »die sich nach unseren künftigen Berichten heute hier ereignet haben.«

Sie aßen in Giddons Schloss in seinem Esszimmer zu Abend, genau wie am Tag zuvor. Giddon hatte ihr erlaubt, ihm am Hals einen Kratzer mit ihrem Messer zuzufügen, und Oll war damit einverstanden gewesen, dass sie seinen Wangenknochen blau schlug. Sie hätte es auch ohne ihre Einwilligung getan, denn sie wusste, dass Randa Beweise eines Handgemenges erwarten würde. Doch Oll und Giddon hatten eingesehen, wie klug das war, oder sie hatten geahnt, dass es in jedem Fall geschehen würde. Still und tapfer hatten sie es ertragen. Katsa war es nicht leichtgefallen, und sie hatte ihnen so wenig Schmerz zugefügt, wie sie konnte.

Sie sprachen nicht viel. Katsa brach das Brot, kaute und schluckte. Sie starrte auf das Besteck in ihren Händen, auf ihren silbernen Kelch.

»Der Lord von Estill«, sagte sie. Die Männer schauten überrascht von ihren Tellern hoch. »Der Lord, der zu viel Holz von Randa gefällt hat. Erinnert ihr euch?«

Sie nickten.

»Ich habe ihm nichts getan«, sagte sie. »Das heißt, ich habe ihn bewusstlos geschlagen. Aber ich habe ihn nicht verletzt.« Sie legte ihr Besteck auf den Tisch und schaute von Giddon zu Oll. »Ich konnte nicht. Er hat für sein Vergehen reichlich mit Gold bezahlt. Ich konnte ihn nicht verletzen.«

Die beiden schauten sie an, dann senkte Giddon den Blick auf seinen Teller. Oll räusperte sich. »Vielleicht hat uns die Arbeit des Rats mit den besseren Seiten unserer Natur in Berührung gebracht.«

Katsa nahm wieder ihr Besteck, zerschnitt ihre Lammkeule und dachte über Olls Worte nach. Sie kannte ihre Natur. Sie würde sie sofort erkennen, wenn sie ihr begegnete. Sie wäre ein Ungeheuer mit einem blauen und einem grünen Auge, wölfisch und knurrend. Ein hinterhältiges Biest, das in unbeherrschbarem Zorn Freunde anfiel, eine Mörderin, die sich als Handlangerin der königlichen Wut anbot.

Doch sie war auch ein seltsames Ungeheuer, denn unter ihrem wilden Äußeren war sie ängstlich und von ihrer eigenen Gewalt angewidert. Sie schämte sich für ihre Wildheit. Und manchmal konnte sie die Gewalt nicht über sich bringen und rebellierte auch äußerlich dagegen.

Ein Ungeheuer, das sich manchmal weigerte, sich wie ein Ungeheuer zu verhalten. Wenn ein Ungeheuer aufhörte, sich wie ein Ungeheuer zu verhalten, hörte es dann auf, ein Ungeheuer zu sein? Wurde es zu etwas anderem?

Vielleicht würde sie ihre eigene Natur doch nicht erkennen.

Es gab zu viele Fragen und zu wenig Antworten bei diesem Abendessen in Giddons Schloss. Sie würde lieber mit Raffin oder Bo reisen statt mit Oll und Giddon, sie hätten Antworten der einen oder anderen Art.

Sie musste sich davor hüten, ihre Gabe im Zorn zu gebrauchen. Das war der Kampf, den ihre Natur mit sich selbst auszutragen hatte.

Nach dem Essen ging sie zu Giddons Schießplatz in der Hoffnung, das Einschlagen der Pfeile in ein Ziel würde sie beruhigen. Dort fand Giddon sie.

Katsa hatte allein sein wollen. Doch als Giddon groß und schweigend aus dem Schatten trat, wäre sie am liebsten in einer großen Halle mit Hunderten von Leuten gewesen. Vielleicht sogar auf einem Fest, in einem Kleid und mit schrecklichen Schuhen. Irgendwo anders als allein mit Giddon an einem Ort, wo niemand vorbeikommen und stören würde.

»Du schießt Pfeile auf ein Ziel im Dunkeln«, sagte Giddon.

Sie senkte den Bogen. Das war vermutlich wieder eine seiner kritischen Bemerkungen. »Ja«, sagte sie, etwas anderes fiel ihr nicht ein.

»Schießt du bei Dunkelheit so gut wie bei Licht?«

»Ja«, sagte sie und er lächelte, was sie nervös machte. Wenn er freundlich war, fürchtete sie, wohin das führen könnte. Arrogant, kritisch und unfreundlich wäre er ihr lieber, wenn sie miteinander allein sein mussten.

»Es gibt nichts, was du nicht kannst, Katsa.«

»Sei nicht albern.«

Aber er schien entschlossen, nicht zu streiten. Er lächelte wieder und lehnte sich an das Holzgeländer, das ihre Bahn von den anderen trennte. »Was wird deiner Meinung nach morgen an Randas Hof geschehen?«

»Ich weiß es wirklich nicht«, sagte Katsa. »Randa wird sehr wütend sein.«

»Mir gefällt nicht, dass du mich vor seinem Zorn beschützt, Katsa. Das mag ich überhaupt nicht.«

»Das tut mir leid, Giddon, genau wie der Kratzer an deinem Hals. Gehen wir ins Schloss zurück?« Sie zog den Riemen des Köchers über ihren Kopf und stellte ihn auf den Boden. Giddon beobachtete sie schweigend, und eine gewisse Panik regte sich in ihr.

»Du solltest zulassen, dass ich dich beschütze«, sagte er.

»Du kannst mich vor dem König nicht beschützen. Das wäre furchtbar für dich und eine Verschwendung deiner Energien. Lass uns hineingehen.«

»Heirate mich«, sagte er, »und unsere Heirat wird dich schützen.«

Er hatte es gesagt, wie Bo prophezeit hatte, und es traf sie wie einer von Bos Schlägen in den Magen. Sie wusste nicht, wohin sie schauen sollte, sie konnte nicht stillstehen. Sie legte die Hand an den Kopf, dann auf das Geländer. Sie zwang sich nachzudenken.

»Unsere Heirat würde mich nicht schützen«, sagte sie. »Randa würde mir nicht verzeihen, nur weil ich heirate.«

»Aber er wäre nachsichtiger«, sagte Giddon. »Unsere Verlobung würde ihm neue Möglichkeiten bieten. Es wäre gefährlich für ihn, dich zu bestrafen, und das weiß er. Wenn wir heiraten, dann kann er uns vom Hof wegschicken, er kann uns hierher schicken, und er wird außerhalb deiner Reichweite sein und du außerhalb seiner. Zwischen euch würde vorgetäuschtes Wohlwollen herrschen.«

Und sie wäre verheiratet, mit Giddon. Sie wäre seine Frau und die Herrin seines Hauses. Sie hätte die Aufgabe, seine schrecklichen Gäste zu unterhalten; sie müsste seine Diener einstellen und entlassen, je nach ihrer Fähigkeit, eine Torte zu backen oder etwas ähnlich Unsinniges zu tun. Von ihr würde erwartet, seine Kinder zu gebären und zu Hause zu bleiben, um sie zu lieben. Sie würde nachts ins Bett gehen, in Giddons Bett, und mit einem Mann schlafen, der einen Kratzer in ihrem Gesicht für eine Beleidigung seiner Person hielt. Einem Mann, der sich für ihren Beschützer hielt – einen Beschützer, den sie im Kampf mit einem Zahnstocher gegen sein Schwert besiegen könnte.

Sie blies die Luft aus, blies die Wut fort. Er war ein Freund und dem Rat treu. Sie würde nicht aussprechen, was sie dachte. Sie würde sagen, was Raffin ihr geraten hatte.

»Giddon«, sagte sie, »du hast doch sicher schon gehört, dass ich nicht vorhabe zu heiraten.«

»Aber würdest du einen passenden Antrag ablehnen? Du musst zugeben, dass er eine Lösung deines Problems mit dem König zu sein scheint.«

»Giddon!« Er stand vor ihr, groß und breitschultrig, mit regelmäßigen Zügen und freundlichen Augen. So selbstbewusst! Es überstieg seine Vorstellungskraft, dass sie ihn ablehnen könnte. Und vielleicht war das verzeihlich, denn vermutlich würde das keine andere Frau tun. »Giddon! Du brauchst eine Frau, die dir Kinder schenkt. Ich habe mir nie Kinder gewünscht. Du musst eine Frau heiraten, die Kinder haben will.«

»Du bist doch nicht unnatürlich, Katsa. Du kannst kämpfen wie keine andere Frau, aber sonst unterscheidest du dich nicht so sehr von anderen. Du wirst Kinder haben wollen. Da bin ich sicher.«

Sie hatte nicht mit einer so baldigen Gelegenheit gerechnet, Beherrschung zu üben. Denn er verdiente es, dass sie ihm seine Selbstsicherheit aus dem Kopf und in Grund und Boden prügelte, wo sie hingehörte. »Ich kann dich nicht heiraten, Giddon. Das hat nichts mit dir zu tun. Es ist allein meine Sache. Ich werde nicht heiraten, niemanden, und ich werde keinem Mann Kinder gebären.«

Da starrte er sie an und sein Gesicht veränderte sich. Diesen Ausdruck kannte sie an ihm, den sarkastisch verzogenen Mund und das Glitzern in seinen Augen. Er hatte angefangen, ihr zuzuhören.

»Du hast dir bestimmt nicht überlegt, was du sagst,

Katsa. Erwartest du je einen verlockenderen Antrag zu bekommen?«

»Es hat nichts mit dir zu tun, Giddon. Es ist nur meine Einstellung.«

»Kannst du dir vorstellen, dass andere sich für eine Mörderin interessieren?«

»Giddon …«

»Du hoffst wohl, dass der Lienid dich um deine Hand bittet.« Sein Gesicht war spöttisch, während er mit dem Finger auf sie deutete. »Du ziehst ihn vor, weil er ein Prinz ist, und ich bin nur ein Lord.«

Katsa warf die Arme in die Luft. »Giddon, von allen absurden …«

»Er macht dir keinen Antrag«, sagte Giddon, »und wenn, wärst du verrückt, wenn du ihn annehmen würdest. Er ist ungefähr so vertrauenswürdig wie Murgon.«

»Giddon, ich versichere dir …«

»Und ehrenwert ist er auch nicht. Ein Mann, der mit dir kämpft wie er, ist irgendetwas zwischen einem Opportunisten und einem Verbrecher.«

Sie erstarrte. Sie schaute Giddon an und sah noch nicht einmal sein vor Zorn gerötetes Gesicht, seinen Finger, der in die Luft stach.

Sie sah Bo, wie er auf dem Boden im Übungsraum saß und genau die gleichen Worte sagte, die Giddon gerade gebraucht hatte. Vor Giddon.

»Giddon, hast du das zu Bo gesagt?«

»Katsa, ich habe mich noch nicht einmal mit ihm unterhalten, wenn du nicht dabei warst.«

»Und jemand anders? Hast du diese Worte zu jemand anders gesagt?«

»Natürlich nicht. Wenn du glaubst, ich verschwende meine Zeit …«

»Bist du sicher?«

»Ja. Ich bin sicher. Was soll das? Wenn er mich gefragt hätte, dann wäre ich nicht zu feige gewesen zu sagen, was ich denke.«

Sie starrte Giddon ungläubig an, wehrlos gegen die Erkenntnis, die ihr allmählich kam und einen Platz in ihren Gedanken fand. Sie legte die Hand an die Kehle. Sie bekam keine Luft. Sie stellte die Frage, die sie stellen musste, und schauderte vor der Antwort, die sie bekommen würde.

»Hast du diese Gedanken schon zuvor gehabt? Dachtest du das irgendwann, als er dabei war?«

»Dass ich ihm nicht traue? Dass er ein Opportunist und Verbrecher ist? Ich denke das jedes Mal, wenn ich ihn anschaue.«

Giddon spie es praktisch heraus, doch Katsa bemerkte es nicht. Sie beugte die Knie und legte langsam, entschlossen ihren Bogen auf die Erde. Dann stand sie auf, wandte sich von ihm ab und ging davon, einen Schritt nach dem anderen. Sie atmete ein und atmete aus und starrte geradeaus.

»Du fürchtest, dass ich ihn beleidige«, schrie Giddon ihr nach, »deinen prächtigen Prinzen von Lienid! Und vielleicht sollte ich ihm wirklich meine Meinung sagen. Vielleicht verschwindet er schneller, wenn ich ihn dazu ermutige!«

Sie hörte nicht zu, sie hörte nichts. In ihrem Kopf war zu viel Lärm. Bo hatte Giddons Gedanken gekannt. Und er hatte ihre eigenen gekannt, das wusste sie. Wenn sie wütend gewesen war, wenn sie ihn bewundert hatte. Und bei vielen anderen Gelegenheiten – es musste sie gegeben haben, obwohl sie ihr jetzt nicht einfielen, weil sie so durcheinander war.

Sie hatte ihn für einen Kämpfer gehalten. Nur für einen Kämpfer, und in ihrer Dummheit hatte sie geglaubt, er sei einfach ein scharfer Beobachter. Sie hatte ihn für seine Aufmerksamkeit bewundert.

Sie hatte einen Gedankenleser bewundert!

Sie hatte ihm vertraut, und das hätte sie nicht tun sollen. Er hatte ein falsches Bild von sich vermittelt, hatte seine Gabe falsch dargestellt. Und das war, als hätte er gelogen.

RAFFIN SCHAUTE überrascht von seiner Arbeit auf, als Katsa in sein Arbeitszimmer stürzte. »Wo ist er?«, fragte sie und blieb dann abrupt stehen, denn da war er, ausgerechnet da, er saß bei Raffin auf der Tischkante, sein Kinn war violett verfärbt, die Ärmel waren aufgerollt und die Augen schickten einen leuchtenden Blick in ihre.

»Ich muss dir etwas sagen, Katsa«, sagte er.

»Du bist ein Gedankenleser! Du bist ein Gedankenleser, und du hast mich angelogen.«

Raffin stieß einen kurzen Fluch aus und sprang auf. Er lief zur Tür und schloss sie hinter ihr.

Bo wurde rot, doch er hielt ihrem Blick stand. »Ich bin kein Gedankenleser!«

»Und ich bin nicht dumm«, schrie sie, »also hör auf, mich anzulügen. Sag mir, was weißt du alles? Welche meiner Gedanken hast du gestohlen?«

»Ich bin kein Gedankenleser«, wiederholte er, »ich spüre die Menschen.«

»Und was soll das bedeuten? Die Gedanken der Menschen spürst du!«

»Nein, Katsa, hör zu. Ich spüre Menschen. Denk an mein nächtliches Sehvermögen, Katsa, oder die Augen am Hinterkopf, die du mir nachgesagt hast. Ich spüre Menschen, wenn sie in meiner Nähe sind, denken und fühlen und sich bewegen, ich spüre ihre Körper, ihre physische Energie. Und nur wenn …« Er schluckte. »Nur wenn sie etwas über mich denken, spüre ich auch ihre Gedanken.«

»Und das ist kein Gedankenlesen?« Sie schrie so laut, dass er zusammenzuckte, aber er schaute sie immer noch unverwandt an. »Gut. Es hat etwas mit Gedankenlesen zu tun. Aber das, was du mir vorwirfst, kann ich nicht.«

»Du hast mich angelogen! Ich habe dir vertraut!«

Raffins sanfte Stimme durchbrach ihre Verzweiflung. »Lass ihn erklären, Katsa.«

Sie drehte sich zu Raffin um, ungläubig, verstört, dass er offenbar die Wahrheit kannte und trotzdem auf Bos Seite stand. Dann schnellte sie herum zu Bo, der es immer noch wagte, ihren Blick zu erwidern, als hätte er nichts Falsches getan, nichts völlig und absolut Falsches.

»Bitte, Katsa«, sagte Bo, »bitte hör mir zu. Ich kann nicht dasitzen und irgendwelchen Gedanken zuhören, die ich erfahren möchte. Ich weiß nicht, was du über Raffin denkst, oder was Raffin von Bann hält, oder ob Oll das Essen schmeckt. Du kannst hinter deiner Tür hin und her laufen und daran denken, wie sehr du Randa hasst, und ich weiß lediglich, dass du dort hin und her läufst – bis sich deine Gedanken mir zuwenden. Nur dann weiß ich, was du empfindest.«

So war es also, wenn man von einem Freund betrogen wurde. Nein. Von einem Verräter, der behauptete, ein Freund zu sein. Als ein so wunderbarer Freund war er ihr erschienen, so mitfühlend, so verständnisvoll – und kein Wunder, wenn er immer ihre Gedanken, ihre Gefühle gekannt hatte. Die perfekte Vorspiegelung von Freundschaft.

»Nein«, sagte er. »Nein. Ich habe gelogen, Katsa, aber meine Freundschaft war keine Vorspiegelung. Ich bin wirklich immer dein Freund gewesen.«

Selbst jetzt las er ihre Gedanken! »Hör auf«, zischte sie. »Hör auf. Wie kannst du es wagen, du Verräter, du Betrüger, du …«

Sie fand keine Worte, die stark genug waren. Doch jetzt senkte er unglücklich die Augen, und sie sah, dass er spürte, was sie sagen wollte. Sie war auf eine grausame Weise froh, dass seine Gabe ihm mitteilte, was sie nicht ausdrücken konnte. Er sank gegen den Tisch, sein Gesicht vor Trauer verzerrt. Als er sprach, war seine Stimme tonlos.

»Nur zwei Menschen haben von meiner Gabe gewusst: meine Mutter und mein Großvater. Und jetzt Raffin und du. Mein Vater weiß es nicht, meine Brüder ebenso wenig. Meine Mutter und mein Großvater haben mir verboten, es jemandem zu sagen, sowie ich es ihnen als Kind enthüllte.«

Gut. Sie würde sich um dieses Problem kümmern. Giddon hatte Recht, auch wenn er nicht wissen konnte, warum: Bo war nicht zu trauen. Die Leute mussten es erfahren, und sie würde es jedem erzählen.

»Wenn du das tust«, sagte Bo, »nimmst du mir jede Freiheit. Du wirst mein Leben zerstören.«

Da schaute sie ihn an, doch sein Bild verschwamm hinter den Tränen, die ihr in die Augen schossen. Sie musste gehen. Sie musste diesen Raum verlassen, weil sie ihn schlagen wollte, und zwar so, wie sie es nach ihrem Schwur nie tun dürfte. Sie wollte ihm Schmerz zufügen, weil er einen Platz in ihrem Herzen eingenommen hatte, den sie ihm nur eingeräumt hatte, weil sie die Wahrheit nicht kannte.

»Du hast mich angelogen!« Sie drehte sich um und lief hinaus.

Helda deutete ihre feuchten Augen und ihr Schweigen sofort richtig. »Ich hoffe, niemand ist krank, My Lady.« Sie setzte sich neben Katsas Badewanne und knetete Seife in das wirre Haar ihrer Herrin.

»Es ist niemand krank.«

»Dann hat Sie etwas verstimmt«, sagte Helda. »Sicher einer Ihrer jungen Männer.«

Einer ihrer jungen Männer. Einer ihrer Freunde. Die Liste ihrer Freunde nahm ab von wenigen auf noch weniger. »Ich habe dem König nicht gehorcht«, sagte Katsa. »Er wird sehr zornig auf mich sein.«

»So? Aber das erklärt nicht den Schmerz in Ihren Augen. Daran wird einer Ihrer jungen Männer schuld sein.«

Katsa seufzte, doch sie schwieg. Jeder in diesem Schloss war Gedankenleser. Jeder konnte sie durchschauen, nur sie sah nichts.

»Wenn der König zornig auf Sie ist«, erklärte Helda, »und Sie Ärger mit einem Ihrer jungen Männer haben, dann machen wir Sie für den Abend besonders schön. Sie sollten Ihr rotes Kleid tragen.«

Katsa musste fast lachen über diese Kostprobe von Heldas Logik, doch das würgende Gefühl in ihrer Kehle erstickte das Lachen. Nach dieser Nacht würde sie den Hof verlassen.

Sie wollte nicht länger hier sein in der Nähe von Randas Wut, Giddons sarkastischem, verletztem Stolz und, das vor allem, Bos Verrat.

Später, als Katsa angezogen war und Helda vor dem Feuer mit ihrem nassen Haar kämpfte, klopfte jemand an ihre Tür. Wieder wurde Katsa die Kehle eng, denn es würde ein Bediensteter sein, der sie zu ihrem Onkel rief, oder, noch schlimmer, Bo kam, um ihre Gedanken zu lesen und sie erneut mit seinen Erklärungen und Entschuldigungen zu verletzen. Doch als Helda zur Tür ging, kam sie mit Raffin zurück.

»Es ist nicht der, den ich erwartet habe«, sagte Helda. Sie faltete die Hände über dem Bauch und schnalzte mit der Zunge.

Katsa presste ihre Finger an die Schläfen. »Ich muss allein mit ihm reden, Helda.«

Helda ging. Raffin setzte sich mit gekreuzten Beinen auf ihr Bett, wie er es als Kind getan hatte; wie sie es beide oft getan hatten, wenn sie auf dem Bett redeten und lachten. Jetzt lachte er nicht und redete nicht. Er saß nur da, ganz Arme und Beine, und betrachtete sie in ihrem Stuhl am Feuer. Sein Gesicht war freundlich, vertraut und voller Sorge.

»Dieses Kleid steht dir, Kat«, sagte er. »Und wie deine Augen glänzen!«

»Helda glaubt, dass ein Kleid alle meine Probleme lösen wird.«

»Deine Probleme haben sich vervielfältigt, seit du letztes Mal den Hof verlassen hast. Ich habe mit Giddon gesprochen.«

»Giddon!« Schon sein Name ermüdete sie.

»Ja. Er hat mir erzählt, was bei Lord Ellis geschehen ist. Ehrlich, Katsa – das ist sehr ernst, nicht wahr? Was wirst du tun?«

»Ich weiß nicht. Ich habe mich noch nicht entschieden.«

»Ehrlich, Katsa!«

»Warum sagst du das ständig? Findest du, ich hätte den Burschen quälen sollen, dafür, dass er nichts Böses getan hat?«

»Natürlich nicht. Du hast das Richtige getan. Natürlich hast du das Richtige getan.«

»Und der König wird nicht mehr über mich bestimmen. Ich werde kein gehorsames Tier mehr sein.«

»Kat!« Er änderte die Stellung, seufzte und beobachtete sie genau. »Offensichtlich haben die Dinge sich zugespitzt und du hast dich entschieden. Und du weißt, dass ich tun werde, was in meiner Macht steht, um ihn zurückzuhalten. Ich bin auf deiner Seite bei allem, was Randa angeht, immer. Es ist nur – es ist nur so, dass …«

Sie wusste, was er meinte. Randa schenkte seinem Sohn, dem Pillendreher, wenig Aufmerksamkeit. Solange sein Vater lebte, war Raffins Macht sehr begrenzt.

»Ich mache mir Sorgen um dich, Katsa«, sagte er. »Das ist alles. Wir alle sorgen uns. Giddon war ganz verzweifelt.«

»Giddon.« Sie seufzte. »Giddon hat mir einen Heiratsantrag gemacht.«

»Bei allen hohen Bergen! Vor oder nach eurem Besuch bei Ellis?«

»Danach.« Sie hob ungeduldig die Hände. »Giddon glaubt, eine Heirat würde alle meine Probleme lösen.«

»Hm. Nun, wie war es?«

Wie war es? Sie hätte am liebsten gelacht, obwohl das nicht komisch war. »Es hat schlecht angefangen, ist schlimmer geworden und hat mit meiner Erkenntnis geendet, dass Bo ein Gedankenleser ist. Und ein Lügner.«

Raffin betrachtete sie einen Moment. Er schien etwas sagen zu wollen und schwieg dann doch. Sein Blick war liebevoll. »Liebe Katsa«, sagte er schließlich, »du hast ein paar schwere Tage hinter dir, was Randa und Giddon und Bo angeht.«

Und das mit Bo war am schwersten, auch wenn Randa ihr wohl am gefährlichsten war. Die Wunde, die Bo ihr geschlagen hatte, würde sie rückgängig machen, wenn sie die Möglichkeit dazu hätte. Randa könnte sie nie so verletzen, wie Bo es getan hatte.

Schweigend saßen sie da. Neben ihr prasselte das Feuer. Es war ein Luxus, man konnte die Luft kaum kühl nennen, doch Helda wollte, dass ihr Haar schneller trocknete, deshalb hatten sie die großen Scheite angezündet. Das Haar fiel Katsa jetzt in Locken um die Schultern. Sie schob es hinter die Ohren und wand es zu einem Knoten.

»Seine Gabe war von Kindheit an ein Geheimnis, Kat.«

Da kamen sie, die Erklärungen und Rationalisierungen. Katsa schaute weg und machte sich auf alles gefasst.

»Seine Mutter wusste, dass er nur als Werkzeug benutzt werden würde, wenn die Wahrheit herauskam. Stell dir vor, wie man ein Kind benutzen kann, wenn es die Reaktion auf seine Worte spürt oder weiß, was jemand auf der anderen Seite der Wand macht. Stell dir vor, wie nützlich das ist, wenn sein Vater König ist. Und seine Mutter wusste, dass er keine Beziehungen zu anderen eingehen oder Freunde finden könnte. Weil niemand ihm trauen würde. Niemand würde etwas mit ihm zu tun haben wollen. Denk darüber nach, Katsa. Stell dir vor, wie das wäre.«

Da schaute sie zu ihm auf, ihre Augen brannten, und sein Gesicht wurde weich. »Was sage ich da! Natürlich musst du dir das nicht vorstellen.«

Nein, denn es war ihre Realität. Ihr war es nicht vergönnt gewesen, ihre Gabe zu verbergen.

»Wir können ihm nicht vorwerfen, dass er es uns nicht früher gesagt hat«, fuhr Raffin fort. »Ehrlich gesagt bin ich gerührt, dass er es uns überhaupt erzählt hat. Er vertraute es mir gleich nach deiner Abreise an. Er hat ein paar Vorstellungen zum Hergang der Entführung, Kat.«

Ja, so wie er Vorstellungen von sehr vielem haben musste, von dem er eigentlich nichts wissen konnte. Einem Gedankenleser konnte es nicht an Vorstellungen fehlen. »Was stellt er sich denn vor?«

»Warum lässt du es dir nicht von ihm erzählen?«

»Ich habe keinen Bedarf an der Gesellschaft eines Gedankenlesers.«

»Er reist morgen ab, Kat.«

Sie starrte ihn an. »Was meinst du damit, er reist ab?«

»Er verlässt den Hof«, sagte Raffin, »endgültig. Er reist nach Sunder, und dann möglicherweise nach Monsea. Die Einzelheiten hat er noch nicht geplant.«

Ihre Augen standen voller Tränen. Anscheinend konnte sie dieses sonderbare Wasser nicht beherrschen, das in ihre Augen drang. Sie starrte auf ihre Hände, und eine Träne fiel ihr in die Handfläche.

»Ich glaube, ich schicke ihn her«, sagte Raffin, »damit er es dir selbst erzählt.«

Er stand vom Bett auf und kam zu ihr, bückte sich herab und küsste sie auf die Stirn. »Liebe Katsa«, sagte er, dann ging er hinaus.

Sie starrte auf das Schachbrettmuster ihres Marmorbodens und fragte sich, wie sie nur so verzweifelt sein konnte, dass sich ihre Augen mit Tränen füllten. Sie erinnerte sich nicht daran, geweint zu haben, nicht ein einziges Mal in ihrem Leben. Nicht bevor dieser dumme Lienid an ihren Hof gekommen war, sie belogen hatte und dann ankündigte, dass er abreiste.

Er blieb direkt an der Tür stehen und schien unentschlossen, ob er näher kommen oder auf Abstand bleiben sollte. Sie wusste auch nicht, was sie wollte, wusste nur, dass sie ruhig bleiben, ihn nicht anschauen und nichts denken wollte, was er spüren könnte. Sie stand auf, ging in ihr Esszimmer ans Fenster und schaute hinaus. Der Hof war leer und leuchtete gelb im Licht der sinkenden Sonne. Sie spürte, wie er sich im Türrahmen hinter ihr bewegte.

»Verzeih mir, Katsa«, sagte er. »Ich bitte dich um Verzeihung.«

Nun, das war leicht beantwortet. Sie verzieh ihm nicht.

Sie hörte, wie er einen Schritt näher kam. »Wie – wie hast du es erfahren?«, fragte er. »Wenn du es mir erzählen willst?«

Sie legte die Stirn an die Glasscheibe. »Und warum gebrauchst du nicht deine Gabe dazu, die Antwort auf diese Frage zu finden?«

Er schwieg einen Moment. »Ich könnte es vielleicht«, sagte er dann, »wenn du genau daran denken würdest. Aber das tust du nicht und ich kann nicht in dir umherwandern und jede Information aufspüren, die ich haben will. So wenig wie ich meine Gabe davon abhalten kann, mir Dinge zu zeigen, die ich nicht wissen will.«

Sie antwortete nicht.

»Katsa, ich weiß jetzt nur, dass du wütend bist, wütend von Kopf bis Fuß, und dass ich dich verletzt habe und dass du mir nicht verzeihst. Und mir nicht mehr vertraust. Das ist alles, was ich im Moment weiß. Und meine Gabe bestätigt nur, was ich mit eigenen Augen sehe.«

Sie seufzte schwer und sprach zur Fensterscheibe. »Giddon hat mir gesagt, dass er dir nicht traut. Und dabei benutzte er die gleichen Worte, die du zuvor gebraucht hattest, genau die gleichen Worte. Und …«, sie hob die Hand, »es gab noch andere Hinweise. Aber Giddons Worte haben es mir bewiesen.«

Er war näher gekommen. Wahrscheinlich lehnte er am Tisch, die Hände in den Taschen und die Augen auf ihren Rücken gerichtet. Sie konzentrierte sich auf die Aussicht. Zwei Damen überquerten den Hof unter ihr, sie hatten sich untergehakt. Ihre Locken waren oben auf ihre Köpfe gesteckt und wippten auf und nieder.

»Bei dir war ich nicht sehr vorsichtig«, sagte er. »Nicht vorsichtig genug, um es zu verbergen. Ich würde sogar sagen, dass ich manchmal geradezu unvorsichtig war.« Er machte eine Pause, dann war seine Stimme leise, als würde er zu seinen Stiefeln sprechen. »Weil ich wollte, dass du es weißt.«

Auch das sprach ihn nicht frei. Er hatte ihre Gedanken aufgespürt, ohne es ihr zu sagen. Gut, er hatte es ihr sagen wollen, aber das war noch nicht einmal der Anfang einer Absolution.

»Ich konnte es dir nicht sagen, Katsa, unmöglich.« Sie fuhr zu ihm herum.

»Hör auf! Hör auf damit! Hör auf, meine Gedanken zu beantworten!«

»Ich verstecke es nicht vor dir, Katsa! Ich verstecke es nicht mehr.«

Er lehnte nicht am Tisch, hatte die Hände nicht in den Taschen. Er stand da und fuhr sich mit beiden Händen durchs Haar. Sein Gesicht – sie würde ihm nicht ins Gesicht sehen. Sie drehte sich wieder dem Fenster zu.

»Ich werde es nicht mehr vor dir verstecken, Katsa«, wiederholte er. »Bitte. Lass mich erklären. Es ist nicht so schlimm, wie du denkst.«

»Du hast leicht reden. Du bist es ja nicht, der seine Gedanken nicht mehr für sich allein hat.«

»Fast alle deine Gedanken gehören nur dir allein«, sagte er. »Meine Gabe zeigt mir nur, wie du in Bezug auf *mich* empfindest. Wo du dich befindest, wenn du in der Nähe bist; was du tust und alle Gedanken oder Gefühle oder Instinkte, die du im Hinblick auf mich hast. Ich – ich nehme an, es ist eine Art Selbstschutz«, schloss er lahm. »Jedenfalls kann ich deshalb so gut mit dir kämpfen. Ich spüre die Bewegung deines Körpers, ohne sie zu sehen. Und wichtiger noch, ich spüre die Energie deiner Absichten mir gegenüber. Ich weiß, was du vorhast, bevor du es ausführst.«

Sie konnte kaum atmen während dieser außergewöhnlichen Offenbarung. Sie fragte sich, ob sich so ihre Opfer fühlten, wenn sie von ihr in die Brust getreten wurden.

»Ich merke es, wenn jemand mich verletzen will, und wie«, sagte er. »Ich merke es, wenn mich ein Mensch freundlich anschaut oder ob er mir vertraut. Ich merke es, wenn mich jemand nicht mag. Ich weiß es, wenn jemand mich täuschen will.«

»So wie du mich getäuscht hast«, sagte sie, »über deine Gabe des Gedankenlesens.«

Er redete beharrlich weiter. »Ja, das stimmt. Aber alles, was du mir über deine Kämpfe mit Randa erzählt hast,

Katsa, musste ich aus deinem Mund hören. Und alles, was du mir über Raffin oder Giddon erzählt hast, ebenso. Als ich dir in Murgons Hof begegnete – erinnerst du dich? Als ich dir begegnete, wusste ich nicht, warum du dort warst. Ich konnte deine Gedanken nicht lesen und wusste nicht, dass du gerade dabei warst, meinen Großvater aus Murgons Verliesen zu befreien. Ich war noch nicht einmal sicher, ob mein Großvater in den Verliesen war, denn ich war ihm noch nicht nahe genug, um seine physische Gegenwart zu spüren. Ich hatte auch noch nicht mit Murgon gesprochen. Und aus seinen Lügen noch nichts geschlossen. Ich wusste nicht, dass du jeden Wachmann im Schloss angegriffen hattest. Ich wusste nur, dass du keine Ahnung hattest, wer ich war und ob du mir trauen konntest, dass du mich aber nicht töten wolltest, weil ich ein Lienid war. Möglicherweise hatte das etwas mit einem anderen Lienid zu tun, auch wenn ich nicht herausfinden konnte, mit wem oder welche Rolle er in der Sache spielte. Und außerdem – ich weiß nicht, wie ich es erklären soll, aber ich *spürte*, dass ich dir vertrauen konnte. Das ist alles, alles, was ich wusste. Und auf Grund dieser Informationen beschloss ich, dir zu vertrauen.«

»Es muss bequem sein, zu wissen, ob jemand vertrauenswürdig ist«, sagte Katsa bitter. »Wir stünden jetzt nicht hier, wenn ich diese Fähigkeit auch hätte.«

»Es tut mir leid«, sagte er. »Ich kann dir nicht sagen, wie sehr. Ich fand es furchtbar, dass ich dir nichts davon erzählen konnte. Es hat mich jeden Tag belastet, seit wir Freunde wurden.«

»Wir sind keine Freunde.« Sie flüsterte es ans Fensterglas.

»Wenn wir nicht befreundet sind, dann habe ich keine Freunde.«

»Freunde lügen nicht«, sagte sie.

»Freunde versuchen zu verstehen«, sagte Bo. »Wie hätte ich dein Freund werden können, ohne zu lügen? Wie viel habe ich riskiert, als ich dir und Raffin die Wahrheit sagte? Was hättest du anders gemacht, Katsa, wenn es deine Gabe und dein Geheimnis wären? Hättest du dich in einer Höhle versteckt und nicht gewagt, jemanden mit deiner Freundschaft zu belasten? Ich werde Freunde haben, Katsa. Ich werde mein Leben leben, auch wenn ich diese Last trage.«

Er unterbrach sich kurz, seine Stimme war rau und wie erstickt, und Katsa kämpfte gegen seine Verzweiflung an, die sich auf sie übertragen wollte. Sie merkte, dass sie krampfhaft den Fensterrahmen umklammerte.

»Dir wäre es lieber, wenn ich ohne Freunde wäre, Katsa«, schloss er leise. »Du würdest es vorziehen, wenn meine Gabe jeden Aspekt meines Lebens beherrschen und mich von jedem Glück ausschließen würde.«

Sie wollte diese Worte nicht hören, die an ihr Mitgefühl, an ihr Verständnis appellierten. Sie, die so viele mit ihrer eigenen Gabe verletzt hatte und deshalb geschmäht worden war. Sie kämpfte schließlich selbst immer noch darum, dass ihre Gabe sie nicht beherrschte, und hatte wie er nie um die Macht gebeten, die ihr die Gabe verlieh.

»Ja«, sagte er, »ich habe nicht darum gebeten. Ich würde meine Gabe gern für dich abschalten, wenn ich könnte.«

Da packte sie der Zorn, packte sie wieder, weil sie noch nicht einmal Mitgefühl empfinden konnte, ohne dass er es wusste. Das war Irrsinn. Sie konnte den Irrsinn dieser Situation nicht fassen. Wie ertrug seine Mutter ihn und sein Großvater? Wie sollte das irgendwer ertragen?

Sie holte tief Luft und versuchte nachzudenken.

»Deine Fähigkeit zu kämpfen«, sagte sie und schaute in den dunkler werdenden Schlosshof, »erwartest du, dass ich glaube, du seist nicht mit der Fähigkeit zu kämpfen beschenkt?«

»Ich bin von Natur aus ein außergewöhnlich guter Kämpfer«, sagte er. »Alle meine Brüder sind das. Die königliche Familie ist in Lienid bekannt für ihr Geschick beim Nahkampf. Aber zusammen mit meiner Gabe – es ist ein enormer Vorteil im Kampf, jede Bewegung des Gegners im Voraus zu spüren. Wenn du das mit meinem unmittelbaren Sinn für Körper kombinierst, einem Sinn, der über das Sehen hinausgeht – dann verstehst du, warum mich außer dir nie jemand besiegt hat.«

Sie dachte darüber nach und konnte es dennoch nicht glauben. »Aber du bist zu gut. Du musst auch eine kämpferische Gabe haben. Sonst könntest du nicht so gegen mich kämpfen, wie du es getan hast.«

»Katsa, denk noch mal nach. Du kämpfst fünfmal besser als ich. Wenn wir kämpfen, hältst du dich zurück – bestreite das nicht, ich weiß es –, während ich mich kein bisschen zurückhalte. Du kannst mit mir machen, was du willst, und ich kann dir nichts tun …«

»Es tut mir weh, wenn du mich triffst …«

»Es tut dir nur einen Moment weh, und außerdem treffe ich dich nur, wenn du es zulässt, weil du zu sehr damit beschäftigt bist, mir den Arm aus der Gelenkpfanne zu drehen, um darauf zu achten, dass ich dich in den Magen boxe. Wie lange würdest du deiner Meinung nach brauchen, mich zu töten oder mir alle Knochen zu brechen, wenn du das wolltest?«

Wenn sie das wirklich wollte?

Er hatte Recht. Wenn sie vorhätte, ihn zu verletzen, ihm Arme oder Hals zu brechen, würde sie wahrscheinlich nicht sehr lange dazu brauchen.

»Wenn wir kämpfen«, sagte er, »gibst du dir große Mühe zu gewinnen, ohne mich zu verletzen. Dass dir das gewöhnlich gelingt, liegt an deinem phänomenalen Geschick. Ich aber habe dich noch nicht einmal verletzt, und glaub mir, ich habe es versucht.«

»Das ist also nur eine Tarnung«, sagte sie, »der beschenkte Kämpfer.«

»Ja. Meine Mutter dachte sich das aus, sobald klarwurde, dass ich das Kampfgeschick meiner Brüder teilte und dass meine Gabe es noch vergrößerte.«

»Warum hast du im Schlosshof von Murgon nicht gewusst, dass ich dich niederschlagen würde?«, fragte sie.

»Ich wusste es«, antwortete er, »doch erst im letzten Moment, und ich habe nicht schnell genug reagiert. Bis zum ersten Schlag wusste ich nichts von deinem Tempo. So jemand war mir noch nie begegnet.«

Die Farbe splitterte vom Fensterrahmen. Sie riss ein Stück ab und rollte es zwischen den Fingern. Dann seufzte sie. »Macht deine Gabe Fehler? Oder hat sie immer Recht?«

Sein Atmen klang fast wie ein Lachen. »Meine Gabe ist nicht immer genau. Und sie ändert sich ständig. Ich wachse immer noch hinein. Mein Sinn für das Körperliche ist ziemlich zuverlässig, solange ich nicht in einer großen Menschenmenge bin. Ich weiß, wo Leute sind und was sie machen. Aber was sie mir gegenüber empfinden – es ist noch nie vorgekommen, dass ich geglaubt habe, jemand lügt, und das stimmte nicht. Oder dass ich glaubte, jemand hätte vor, mich zu schlagen, und es war gar nicht so. Dennoch gibt es Momente, in denen ich nicht sicher bin – wenn ich etwas ahne, aber nicht genau weiß, was es ist. Die Gefühle anderer können sehr – kompliziert und schwer zu verstehen sein.«

Daran hatte sie nicht gedacht, dass jemand sogar für einen Gedankenleser schwer zu verstehen sein könnte.

»Heute bin ich mir sicherer als früher«, sagte er. »Als Kind war ich selten sicher. Diese enormen Wellen von Energie, Gefühl und Gedanken stürzten auf mich ein, und die meiste Zeit ertrank ich darin. Ich habe lange gebraucht, die wichtigen Dinge und Gedanken von den unwichtigen zu unterscheiden. Gedanken, die nur flüchtig sind, und solche, die irgendeine Art wesentliche Absicht in sich tragen. Ich bin darin viel besser geworden – aber meine Gabe stellt mich immer wieder vor Situationen, in denen ich keine Ahnung habe, was ich damit anfangen soll.«

Das kam ihr lächerlich vor, vollkommen lächerlich. Dabei hatte sie schon ihre eigene Gabe für überwältigend gehalten. Neben seiner erschien sie ganz unkompliziert.

»Es ist manchmal schwer, sie in den Griff zu bekommen«, sagte er, »meine Gabe.«

Einen Moment drehte sie sich zur Seite. »Hast du das jetzt gesagt, weil ich es dachte?«

»Nein. Ich habe es gesagt, weil ich es dachte.«

Sie drehte sich wieder zum Fenster. »Ich dachte es auch, zumindest etwas ganz Ähnliches.«

»Ich glaube«, sagte Bo, »es ist ein Gefühl, das du verstehen kannst.«

Sie seufzte wieder. Manches daran konnte sie wirklich verstehen, auch wenn sie das nicht wollte. »Wie nahe musst du jemandem körperlich sein, damit deine Gabe den anderen spürt?«

»Das ist unterschiedlich. Und es hat sich mit der Zeit verändert.«

»Was heißt das?«

»Wenn es jemand ist, den ich gut kenne, ist meine Reichweite groß. Bei Fremden muss ich näher dran sein. Ich habe es heute gewusst, als du dich dem Schloss nähertest, ich habe gemerkt, als du in den Schlosshof gestürmt bist und aus dem Sattel gesprungen bist, und ich habe stark und klar deinen Zorn gespürt, als du zu Raffins Zimmern liefst. Meine Reichweite ist bei dir… größer als bei den meisten.«

Draußen war es jetzt dunkler als in ihrem Esszimmer. Sie sah plötzlich sein Spiegelbild im Fenster. Er lehnte sich zurück an den Tisch, wie sie es sich zuvor ausgemalt hatte. Sein Gesicht, seine Schultern, seine Arme, alles hing herunter. Alles an ihm hing herunter. Er war unglücklich. Er schaute hinunter auf seine Füße, doch als sie ihn ansah, hob er den Blick und begegnete ihrem im Glas. Sie spürte plötzlich wieder die Tränen, und sie suchte nach Worten.

»Spürst du die Anwesenheit von Tieren und Pflanzen? Von Steinen und Erde?«

»Ich reise ab«, sagte er, »morgen.«

»Weißt du es, wenn ein Tier in der Nähe ist?«

»Könntest du dich umdrehen«, fragte er, »damit ich dich sehen kann, während wir miteinander sprechen?«

»Kannst du meine Gedanken leichter lesen, wenn du mir ins Gesicht siehst?«

»Nein. Ich schaue dich nur gern an, Katsa. Das ist alles.«

Seine Stimme klang weich und traurig. Er war traurig über das alles, traurig über seine Gabe. Seine Gabe, die nicht seine Schuld war und die sie von ihm ferngehalten hätte, wenn er ihr gleich am Anfang davon erzählt hätte.

Sie drehte sich zu ihm.

»Früher habe ich Tiere und Pflanzen oder Landschaften nicht gespürt«, sagte Bo, »aber seit kurzem hat sich das verändert. Manchmal habe ich ein undeutliches Gefühl für etwas, das nicht menschlich ist. Es ist unberechenbar.«

Katsa betrachtete sein Gesicht.

»Ich gehe nach Sunder«, sagte er.

Katsa verschränkte die Arme und schwieg.

»Als Murgon mich nach deiner Rettungsaktion befragte, wurde mir klar, dass du meinen Großvater mitgenommen hattest. Ebenso klar erkannte ich, dass Murgon ihn für einen anderen festgehalten hatte. Aber ich bekam nicht heraus, für wen, nicht ohne Fragen zu stellen, die verraten hätten, was ich wusste.«

Sie hörte zerstreut zu. Sie war müde, von zu vielen Neuigkeiten überwältigt, um sich auf die Einzelheiten der Entführung zu konzentrieren.

»Ich glaube allmählich, dass es etwas mit Monsea zu tun hat«, sagte Bo. »Wir haben die Middluns, Wester, Nander, Estill und Sunder ausgeschlossen – du erinnerst dich bestimmt, dass ich an den meisten dieser Höfe gewesen bin. Ich weiß, dass ich nicht belogen wurde, außer in Sunder. Lienid ist nicht verantwortlich, davon bin ich überzeugt.«

Ihre Wut war ihr irgendwann im Gespräch abhandengekommen. Sie spürte sie nicht mehr. Katsa bedauerte das, denn Wut war ihr lieber als die Leere, die an ihre Stelle getreten war. Sie bedauerte alles, was sich im Verhältnis zu Bo verändert hatte. Bedauerte den Verlust.

»Katsa«, sagte er, »du musst mir zuhören.«

Sie blinzelte und zwang ihre Gedanken zurück zu seinen Worten.

»Aber König Leck von Monsea ist ein gütiger Mann«, sagte sie. »Er hätte keinen Grund.«

»Vielleicht doch«, erwiderte Bo, »auch wenn ich nicht weiß, was das sein könnte. Irgendetwas stimmt nicht, Katsa. Ich erinnere mich an gewisse Eindrücke, die ich von Murgon hatte und damals verdrängt habe – vielleicht zu Unrecht. Und meines Vaters Schwester – Königin Ashen – würde sich nicht so verhalten, wie du mir erzählt hast. Sie ist so stoisch, so stark, sie würde nicht hysterisch werden und sich und ihr Kind von ihrem Ehemann getrennt einschließen. Ich schwöre dir, wenn du Ashen kennen würdest…« Er unterbrach sich und runzelte die Stirn. »Ich habe das Gefühl, dass Monsea etwas damit zu tun hat. Ich weiß nicht, ob mir das meine Gabe sagt oder mein Instinkt. Jedenfalls reite ich zurück nach Sunder, um zu sehen, was ich herausbekommen kann. Großvater geht es besser, doch um seinetwillen möchte ich, dass er versteckt bleibt, bis ich der Sache auf den Grund gekommen bin.«

Das war es also. Er reiste nach Sunder, um der Sache auf den Grund zu kommen. Gut, dass er ging, denn sie wollte ihn nicht mehr in ihrem Kopf.

Aber sie wollte auch nicht, dass er ging. Und das wusste er jetzt, weil sie es gedacht hatte. Und wusste er auch, dass sie wusste, dass er es wusste, weil sie auch das gedacht hatte?

Das war absurd, es war unmöglich. Mit ihm zusammen zu sein war unmöglich.

Trotzdem wollte sie nicht, dass er ging.

»Ich hatte gehofft, du würdest mit mir gehen«, sagte er und sie starrte ihn sprachlos an. »Wir wären ein gutes Gespann. Ich weiß noch nicht einmal genau, wohin. Aber ich hatte gehofft, du würdest erwägen, mit mir zu gehen. Wenn du noch meine Freundin bist.«

Sie wusste nicht, was sie antworten sollte. »Sagt dir nicht deine Gabe, ob ich noch deine Freundin bin?«

»Weißt du es selbst?«

Sie versuchte nachzudenken, aber ihr Kopf war leer. Sie wusste nur, dass sie wie betäubt und traurig war und ohne jedes klare Gefühl.

»Ich kann deine Gefühle nicht kennen«, sagte er, »wenn du selbst sie nicht kennst.«

Plötzlich schaute er zur Tür. Dann wurde geklopft und ein Diener kam hereingelaufen, ohne auf ihre Antwort zu warten. Beim Anblick seines bleichen, verzerrten Gesichts stürzte alles wieder auf sie ein: Randa. Randa wollte sie sehen, höchstwahrscheinlich wollte er sie töten. Vor diesem ganzen Durcheinander mit Bo hatte sie Randa den Gehorsam verweigert.

»Der König befiehlt, dass Sie sofort zu ihm kommen, My Lady«, sagte der Diener. »Verzeihen Sie mir, My Lady. Er sagt, wenn Sie nicht kommen, wird er seine gesamte Wache nach Ihnen schicken.«

»Gut«, antwortete Katsa. »Sag ihm, dass ich sofort zu ihm gehe.«

»Danke, My Lady.« Der Diener drehte sich um und eilte davon.

Katsa schaute ihm grimmig nach. »Seine gesamte Wache. Was glaubt er, dass sie mir tun können? Ich hätte dem Diener sagen sollen, sie könnten ruhig kommen, nur um des Spaßes willen.« Sie schaute sich im Zimmer um. »Soll ich ein Messer mitnehmen?«

Bo beobachtete sie mit zusammengekniffenen Augen. »Was hast du getan? Worum geht es?«

»Ich habe ihm nicht gehorcht. Er hat mich ausgeschickt, einen armen, unschuldigen Lord zu quälen, und ich habe beschlossen, es nicht zu tun. Meinst du, ich sollte ein Messer mitnehmen?« Sie ging hinüber in ihren Waffenraum.

Er folgte ihr. »Wozu? Was wird deiner Meinung nach bei diesem Treffen geschehen?«

»Ich weiß es nicht, wirklich nicht. Oh Bo, wenn er mich wütend macht, fürchte ich, dass ich ihn töten will. Und was, wenn er mich bedroht und mir keine Wahl lässt?« Sie ließ sich auf einen Stuhl fallen und den Kopf auf den Ratstisch sinken. Wie konnte sie ausgerechnet jetzt zu Randa gehen, da in ihr ein Wirbelwind tobte? Beim Klang seiner Stimme würde sie die Beherrschung verlieren. Sie würde etwas Schreckliches tun.

Bo glitt in den Stuhl neben ihr und sah sie an. »Katsa, hör mir zu. Du bist der mächtigste Mensch, der mir je begegnet ist. Du kannst tun, was du willst, was immer du willst. Niemand kann dich zu irgendetwas zwingen, und dein Onkel kann dir nichts tun. Sowie du in seine Nähe kommst, hast du alle Macht. Wenn du ihn nicht verletzen willst, Katsa, dann musst du dich nur entschließen, das nicht zu tun.«

»Aber was werde ich tun?«

»Das wirst du herausbekommen«, sagte Bo. »Du musst nur zu ihm gehen und wissen, was du nicht tun wirst. Du wirst ihn nicht verletzen und du wirst dich von ihm nicht verletzen lassen. Das Übrige wirst du nebenbei herausbekommen.«

Katsa seufzte auf die Tischplatte. Sie hielt nicht viel von seinem Plan.

»Es ist der einzig mögliche Plan, Katsa. Du hast die Macht, zu tun, was immer du willst.«

Sie setzte sich auf und schaute ihn an. »Du sagst das ständig, aber es ist nicht wahr. Ich habe nicht die Macht, dich daran zu hindern, dass du meine Gedanken spürst.«

Er zog die Augenbrauen hoch. »Du könntest mich töten.«

»Das könnte ich nicht, denn du würdest merken, dass ich das vorhätte, und du würdest mir entkommen. Du würdest dich von mir fernhalten.«

»Das würde ich keinesfalls.«

»Würdest du doch«, sagte sie, »wenn ich dich töten wollte.«

»Würde ich nicht.«

Wegen der Sinnlosigkeit dieses Wortwechsels warf sie die Arme in die Luft. »Genug! Genug davon.« Sie stand vom Tisch auf und ging aus ihren Gemächern, um der Aufforderung des Königs nachzukommen.

Ihr erster Wunsch beim Betreten des Thronsaals war, sie hätte doch ein Messer mitgebracht. Der zweite Wunsch war, dass sich die Reichweite von Bos Gabe bis zu diesem Raum erstreckte, so dass er sie hätte warnen können vor dem, was sie hier erwartete. Dann hätte sie vielleicht gewusst, dass sie nicht hätte kommen sollen.

Ein langer blauer Teppich führte von der Tür zu Randas Thron, der hoch oben auf einem Podest aus weißem Marmor stand. Randa saß in blauen Gewändern und mit glänzenden blauen Augen da. Sein Gesicht sah hart aus, sein Lächeln schien festgefroren. Auf jeder Seite von ihm stand ein Bogenschütze, beide hatten einen Pfeil auf die Sehne gelegt und zielten bei ihrem Eintritt auf ihre Stirn, auf die Stelle zwischen ihrem blauen und grünen Auge. Zwei weitere Bogenschützen standen ebenfalls schussbereit in den Ecken des Saals.

Die Wache des Königs säumte den Teppich drei Mann tief zu beiden Seiten, alle hatten die Schwerter gezogen und hielten sie an ihrer Seite. Randa hatte meist nur ein Zehntel dieser Wachmänner in seinem Thronsaal. Sie war beeindruckt; zu ihrem Erscheinen hatte Randa eine stattliche Truppe aufgeboten. Doch als Katsa die Aufstellung musterte, kam ihr der Gedanke, dass Birn oder Drowden oder Thigpen es besser gemacht hätten. Es war gut, dass Randa so selten Krieg führte und nicht besonders klug war, wenn es darum ging, Truppen zusammenzurufen. Diese hier hatte er ganz falsch aufgestellt: zu wenige Bogenschützen und zu viele dieser unbeholfenen, schwerfälligen Männer in Rüstungen, die beim Versuch, sie anzugreifen, übereinander fallen würden. Diese großen, breiten Männer würden sie vor fliegenden Pfeilen abschirmen. Noch dazu waren alle mit Schwertern bewaffnet und jeder hatte außerdem einen Dolch im Gürtel. Diese Schwerter und Dolche könnte sie genauso gut selbst tragen, wenn man bedachte, wie leicht es ihr fallen würde, sie ihren Besitzern abzunehmen. Und der König saß ungeschützt auf einem Podest, der lange blaue Teppich führte so direkt zu ihm wie ein Pfad, der den Flug ihrer Klinge leiten würde.

Wenn in diesem Raum ein Kampf ausbrach, würde daraus ein Massaker werden.

Katsa trat vor, Augen und Ohren auf die Bogenschützen gerichtet. Randas Bogenschützen waren gut, doch sie waren keine Beschenkten. Katsa bemitleidete kurz und nüchtern die Wachen hinter sich, falls diese Begegnung damit endete, dass sie Pfeilen ausweichen musste.

Und dann, als sie etwa den halben Weg zum Thron zurückgelegt hatte, rief ihr Onkel: »Bleib da stehen. Ich verspüre keinerlei Wunsch nach näherem Kontakt mit dir, Katsa.« Ihr Name klang aus Randas Mund wie Dampf, der über den Teppich zischte. »Du kehrst heute an den Hof zurück ohne eine Frau. Ohne Mitgift. Mein Adjutant und mein Hauptmann haben Verletzungen von deiner Hand. Was hast du dazu zu sagen?«

Warum konnte sie eine Stimme so ärgern, wenn ein Trupp Soldaten sie nicht beunruhigte? Sie zwang sich, seinen verächtlichen Blick zu erwidern. »Ich war mit Ihrem Befehl nicht einverstanden, König Randa.«

»Habe ich richtig gehört? Du warst mit meinem Befehl nicht einverstanden?«

»Nein, König Randa.«

Randa lehnte sich zurück, sein Lächeln verzerrte sich noch mehr. »Charmant. Wirklich charmant. Sag mir, Katsa: Was genau hat dich auf die Idee gebracht, du wärst in der Lage, die Befehle des Königs zu hinterfragen? Über sie nachzudenken? Dir eine Meinung über sie zu bilden? Habe ich dich je gebeten, mir deine Gedanken über irgendwas mitzuteilen?«

»Nein, König Randa.«

»Habe ich dich je ermuntert, uns deinen weisen Rat zu geben?«

»Nein, König Randa.«

»Glaubst du, dass es deine Klugheit ist, dein erstaunlicher Intellekt, denen du deine Stellung an diesem Hof verdankst?«

In diesem Punkt war Randa taktisch klug. Auf genau diese Weise hatte er sie so lange wie ein gefangenes Tier halten können. Er kannte die Worte, die sie so erniedrigten, dass sie sich dumm und roh vorkam, die sie in einen Hund verwandelten.

Nun, wenn sie schon ein Hund war, dann wenigstens nicht länger im Käfig dieses Mannes. Sie würde sie selbst sein, mit ihrer eigenen Bösartigkeit, und damit tun, was sie wollte. Sie spürte schon, wie ihre Arme und Beine sich anspannten, bereit machten. Sie betrachtete den König mit zusammengekniffenen Augen und konnte den herausfordernden Ton in ihrer Stimme nicht unterdrücken.

»Und zu welchem Zweck stehen all diese Männer hier, Onkel?«

Randa lächelte ausdruckslos. »Diese Männer werden dich bei der geringsten Bewegung angreifen. Und am Ende dieses Verhörs werden sie dich in meinen Kerker begleiten.«

»Und glauben Sie, dass ich freiwillig in Ihren Kerker gehe?«

»Mir ist gleichgültig, ob du freiwillig gehst oder nicht.«

»Weil Sie glauben, diese Männer könnten mich dazu zwingen, gegen meinen Willen zu gehen.«

»Katsa! Natürlich haben wir alle die größte Hochachtung vor deiner Gabe. Doch selbst du hast keine Chance gegen zweihundert Wachmänner und meine besten Bogenschützen. Am Ende dieses Gesprächs bist du in meinem Kerker oder tot.«

Katsa sah und hörte alles im Raum. Den König und seine Bogenschützen, die aufgelegten Pfeile, die Wachmänner, kampfbereit mit ihren Schwertern, ihren Händen in roten Ärmeln, ihren Füßen unter roten Röcken. Im Raum war es still, vollkommen still bis auf den Atem der Männer rundum und das Kribbeln, das sie in sich spürte. Sie hielt die Hände an den Seiten, vom Körper weggestreckt, so dass jeder sie sehen konnte. Sie atmete um etwas herum, das sie jetzt als Hass erkannte. Sie hasste diesen König. Ihr Körper vibrierte von diesem Hass.

»Onkel!«, sagte sie. »Lassen Sie mich erklären, was in dem Moment geschehen wird, in dem einer Ihrer Männer die Hand gegen mich erhebt oder einer Ihrer Bogenschützen einen Pfeil fliegen lässt. Sie waren nicht bei meinen Kampfübungen, Onkel. Sie haben nicht gesehen, wie ich Pfeilen ausweiche, Ihre Bogenschützen aber schon. Wenn einer Ihrer Schützen einen Pfeil losschickt, werfe ich mich auf den Boden. Der Pfeil wird zweifellos einen ihrer Wachleute treffen. Das Schwert und der Dolch dieses Wachmanns werden in meinen Händen sein, bevor auch nur einer im Raum Zeit hat zu begreifen, was geschieht. Ein Kampf mit den Wachmännern wird ausbrechen, doch nur sieben oder acht von ihnen können mich gleichzeitig angreifen, Onkel, und sieben oder acht sind gar nichts für mich. Während ich die Wachmänner töte, werde ich ihre Dolche nehmen und sie in die Herzen Ihrer Bogenschützen werfen, die mich natürlich nicht mehr sehen, sobald der Kampf mit den Wachen ausgebrochen ist. Ich werde lebend aus dem Raum kommen, Onkel, aber die meisten Übrigen werden tot sein. Natürlich wird das alles nur geschehen, wenn ich warte, bis einer von Ihren Männern sich bewegt. Ich könnte mich auch zuerst bewegen. Ich könnte einen Wachmann angreifen, ihm seinen Dolch entreißen und ihn im selben Moment in Ihre Brust schleudern.«

Randas Mund war spöttisch verzogen, doch unter dieser Maske hatte er angefangen zu zittern. Das war eine Todesdrohung, ausgesprochen und verstanden; Katsa spürte es in ihren Fingerspitzen. Und sie sah, dass sie es jetzt tun könnte, sie könnte ihn sofort töten. Die Verachtung würde aus seinem Blick verschwinden, sein Grinsen würde verrutschen. Ihre Finger juckten, denn jetzt könnte sie es mit einem Dolchwurf beenden.

Und was dann?, flüsterte eine schwache Stimme in ihr, und Katsa hielt betroffen den Atem an. Und was dann? Ein

Blutbad, eins, dem sie entkommen konnte. Raffin würde König werden, und sein erstes Erbe wäre die Aufgabe, die Mörderin seines Vaters zu töten. Dieser Aufgabe konnte er sich nicht entziehen, wenn er als König der Middluns gerecht regieren wollte, und diese Aufgabe würde ihm das Herz brechen und sie zu einer Feindin und einer Fremden machen.

Und Bo würde bei seiner Abreise davon hören. Er würde erfahren, dass sie die Beherrschung verloren und ihren Onkel getötet hatte, dass sie ihr eigenes Exil begründet und Raffins Lebenskraft gebrochen hatte. Bo würde nach Lienid zurückkehren und von seinem Balkon aus zuschauen, wie die Sonne hinter dem Meer versank, und er würde in dem orangefarbenen Licht den Kopf schütteln und sich fragen, warum sie all das hatte geschehen lassen, obwohl sie so viel Macht in Händen hielt.

Wo ist dein Glaube an deine Macht?, flüsterte die Stimme jetzt. *Du musst kein Blut vergießen.* Und Katsa sah, was sie hier im Thronsaal tat. Sie sah den bleichen Randa, wie er die Armlehnen seines Throns so fest umkrampfte, dass es aussah, als würde er sie zerbrechen. Im nächsten Moment würde er seinen Bogenschützen den Schießbefehl geben, aus Angst, weil er es nicht aushalten konnte, auf ihren ersten Schritt zu warten.

Tränen traten ihr in die Augen. Gnade war beängstigender als Mord, weil sie schwerer zu geben war und Randa sie nicht verdiente – und obwohl sie wollte, was die Stimme wollte, glaubte sie nicht, dass sie den Mut dazu hatte.

Bo glaubt, dass du den Mut dazu hast, sagte die Stimme heftig. *Täusche vor zu glauben, dass er Recht hat. Glaub ihm nur einen Moment.*

Täusche es vor. In ihren Fingern kribbelte es, als würden sie schreien, aber vielleicht konnte sie lange genug etwas vortäuschen, um aus diesem Raum zu kommen.

Katsa hob den brennenden Blick zum König. Ihr Atem zitterte. »Ich verlasse den Hof«, sagte sie. »Versuchen Sie nicht mich aufzuhalten. Ich verspreche, dass Sie es bedauern werden, wenn Sie das tun. Vergessen Sie mich, sobald ich gegangen bin, denn ich werde nicht länger bereit sein, wie ein gefangenes Tier zu leben. Sie können mir nicht länger befehlen.«

Er hatte Augen und Mund aufgerissen. Sie drehte sich um und lief über den langen Teppich, die Ohren auf die Stille gerichtet, bereit, beim ersten Laut einer Sehne oder einer Klinge herumzuwirbeln. Als sie durch die Flügeltür ihres Onkels ging, spürte sie das Gewicht von Hunderten erstaunter Blicke auf ihrem Rücken, und keiner der Anwesenden wusste, dass sie nur einen Atemzug, ein Fingerzucken davon entfernt gewesen war, es sich anders zu überlegen.

Teil zwei

Der König mit den zwei Gesichtern

LANGE VOR MORGENGRAUEN brachen sie auf. Raffin und Bann verabschiedeten sie; die beiden Heilkundigen waren noch verschlafen, Bann gähnte unentwegt. Katsa war an diesem kalten Morgen hellwach und still. Sie hatte Hemmungen gegenüber ihrem Reisegefährten, und Raffin löste ein merkwürdiges Gefühl in ihr aus, so merkwürdig, dass sie wünschte, er wäre nicht da. Wenn Raffin nicht dabei wäre, wenn sie abreiste, dann könnte sie sich vielleicht einreden, ihn nicht zu verlassen. Doch er war hier, und sie konnte nichts tun gegen das seltsame schmerzhafte Wasser, das ihr in Augen und Kehle stieg, wenn sie ihn nur anschaute.

Sie waren unmöglich, diese beiden Männer; wenn der eine sie nicht zum Weinen brachte, dann bestimmt der andere. Wie Helda das deuten würde, konnte sie sich nur vorstellen, und sie hatte auch Helda nicht gern Lebwohl gesagt, ebenso wenig Oll. Nein, an diesem Morgen gab es kaum einen Grund, glücklich zu sein, außer dass sie wenigstens Bo nicht verließ. Und der stand neben seinem Pferd und spürte vermutlich jedes ihrer Gefühle bei diesem Abschied. Sicherheitshalber schaute sie ihn vernichtend an und er zog die Augenbrauen hoch, lächelte und gähnte. Gut. Er sollte besser nicht reiten, als wäre er noch im Halbschlaf, sonst würde sie ihn im Staub zurücklassen. Sie war nicht in der Stimmung zum Trödeln.

Raffin machte sich an den Pferden zu schaffen, überprüfte die Sättel, die Riemen ihrer Steigbügel. »Wahrscheinlich brauche ich mir um eure Sicherheit keine Gedanken zu machen, wenn ihr zusammen reitet«, sagte er schließlich.

»Es ist alles in Ordnung.« Katsa zog an einem Riemen, der eine Tasche an ihrem Sattel befestigte, und warf eine andere Tasche über das Hinterteil ihres Pferdes Bo zu.

»Habt ihr die Liste von Kontaktleuten des Rats in Sunder?«, fragte Raffin. »Und die Karten? Genug Proviant für heute? Und Geld?«

Katsa lächelte zu ihm auf, denn er klang, wie sie sich eine Mutter vorstellte, deren Kind für immer fortging. »Bo ist ein Prinz der Lienid«, sagte sie. »Warum sollte er ein so großes Pferd reiten, wenn es nicht seine Goldsäcke tragen müsste?«

Raffins Augen lachten zurück. »Nimm das.« Er schloss ihre Hände über einem kleinen Beutel. »Darin sind Heilmittel, falls ihr sie braucht. Ich habe sie beschriftet, ihr werdet also wissen, wofür jedes ist.«

Jetzt trat Bo zu ihnen und streckte Bann die Hand entgegen. »Danke für alles, was du getan hast.« Er ergriff Raffins Hand. »Du wirst dich in meiner Abwesenheit um meinen Großvater kümmern?«

»Er wird bei uns in guten Händen sein«, sagte Raffin.

Bo schwang sich auf sein Pferd, und Katsa nahm Banns Hände und drückte sie. Dann stand sie vor Raffin und schaute ihm ins Gesicht.

»Also«, sagte Raffin, »du wirst uns wissen lassen, wie es dir geht, wann immer du kannst?«

»Natürlich.«

Er schaute auf seine Füße und räusperte sich. Dann rieb er sich den Nacken und seufzte. Wie sehr wünschte sie sich, er wäre nicht hier, denn gleich würden ihr die Tränen übers Gesicht laufen, und sie konnte sie nicht aufhalten.

»Nun«, sagte Raffin, »irgendwann sehe ich dich wieder, meine Liebe.«

Da schlang sie ihm die Arme um den Hals, und er hob sie hoch und drückte sie an sich. Sie atmete in seinen Hemdkragen und hielt ihn fest.

Dann waren ihre Füße wieder auf dem Boden. Sie wandte sich ab und stieg in ihren Sattel. »Los jetzt«, sagte sie zu Bo. Als ihre Pferde den Stall verließen, schaute sie nicht zurück.

Ihre Route war schwierig und veränderlich, denn ihr einziger fester Plan sah vor, jedem Weg zu folgen, der sie der Wahrheit über die Entführung näher zu bringen schien. Ihr erstes Ziel war ein Gasthof südlich von Murgon City, einen dreitägigen Ritt von Randa City entfernt – ein Gasthof an dem Weg, den ihrer Meinung nach die Entführer genommen hatten. Hier kehrten Murgons Spione häufig ein, ebenso Händler und Reisende aus den Hafenstädten in Sunder, oft sogar aus Monsea. Für den Anfang war dieser Ort ebenso gut wie jeder andere, fand Bo, und er lag auf ihrem Weg, denn ihr endgültiges Ziel war Monsea.

Sie reisten nicht anonym. Katsa war an ihren Augen für jeden aus den sieben Königreichen zu erkennen, der Ohren hatte, die Geschichten über sie zu hören. Bo war eindeutig ein Lienid und so häufig Gegenstand müßiger Gespräche, dass er durch seine eigenen Augen und die Gesellschaft der Beschenkten zu identifizieren war. Die Geschichte von Katsas hastiger Abreise von Randas Hof zusammen mit dem Lienid-Prinzen würde sich rasch verbreiten. Jeder Versuch, sich unkenntlich zu machen, wäre unsinnig. Katsa wechselte noch nicht einmal die blaue Tunika und Hose, die sie als Mitglied von Randas Familie kennzeichnete. Die Leute würden den Zweck ihrer Reise vermuten, denn die meisten wussten, dass der beschenkte Lienid seinen vermissten Großvater suchte, und sie würden annehmen, die Beschenkte helfe ihm dabei. Über ihre Nachforschungen, ihre Route, sogar ihre Mahlzeiten würde viel geklatscht werden.

Trotzdem würde ihnen die Täuschung gelingen. Denn niemand konnte wissen, dass Katsa und Bo nicht nach dem Großvater, sondern nach dem Grund seiner Entführung suchten. Niemand konnte wissen, dass Katsa und Bo von Murgons Beteiligung wussten und König Leck von Monsea verdächtigten. Und niemand konnte ahnen, wie viel Bo durch banalste Fragen herausfinden würde.

Er ritt gut und fast so schnell, wie es Katsa gefiel. Die Bäume des südlichen Waldes flogen vorbei. Das Trommeln der Hufe schenkte ihr ein gewisses Behagen und betäubte ihr Gefühl für die größer werdende Entfernung zu den Menschen, die sie verlassen hatte.

Sie war froh um Bos Gesellschaft. Der Ritt machte ihr Freude. Doch wenn sie absaßen, sich die Beine vertraten und etwas aßen, war sie wieder schüchtern und wusste nicht, wie sie sich verhalten oder was sie sagen sollte.

»Setz dich zu mir, Katsa.«

Er saß auf dem Stamm eines großen, umgefallenen Baums und sie stand neben ihrem Pferd.

»Katsa, liebe Katsa, ich beiße nicht. Ich spüre deine Gedanken im Moment nicht, außer den, dass ich dich nervös mache. Komm, rede mit mir.«

Also kam sie und setzte sich neben ihn, doch sie sagte nichts und schaute ihn auch nicht richtig an, denn sie fürchtete, von seinen Augen gefangen genommen zu werden.

»Katsa«, sagte er schließlich, als sie ein paar Minuten lang schweigend nebeneinander gekaut hatten, »du wirst dich mit der Zeit an mich gewöhnen. Wir werden herausbekommen, wie wir am besten miteinander umgehen. Wie kann ich dir dabei helfen? Soll ich es dir immer sagen, wenn ich durch meine Gabe etwas spüre? Damit du es allmählich verstehst?«

Das kam ihr nicht sehr verlockend vor. Sie schwindelte sich lieber vor, er könne gar nichts spüren. Aber er hatte Recht. Sie waren jetzt zusammen unterwegs, und je früher sie sich damit auseinandersetzte, umso besser.

»Ja«, sagte sie.

»Gut, dann werde ich das tun. Hast du irgendwelche Fragen an mich? Du musst sie nur stellen.«

»Ich finde«, sagte sie, »wenn du immer weißt, was ich für dich empfinde, dann solltest du mir auch immer sagen, was du für mich empfindest. Immer.«

»Hm.« Er schaute zur Seite. »Davon bin ich nicht begeistert.«

»Ich bin auch nicht begeistert davon, dass du meine Gefühle kennst, aber ich habe keine Wahl.«

»Hmmm.« Er rieb sich den Kopf. »Ich nehme an, theoretisch wäre es gerecht.«

»Das wäre es.«

»Nun gut, mal sehen. Ich habe viel Mitgefühl für dich, weil du Raffin verlassen musstest. Ich halte dich für mutig, weil du dich Randa bei diesem Ellis widersetzt hast. Ich weiß nicht, ob ich das fertiggebracht hätte. Ich glaube, du hast mehr Energie als jeder, dem ich je begegnet bin, obwohl ich mich frage, ob du nicht ein bisschen rücksichtslos gegenüber deinem Pferd bist. Ich frage mich, warum du Giddon nicht heiraten willst, und falls du eigentlich lieber Raffin heiraten würdest, dann überlege ich, ob du über den Abschied von ihm nicht noch unglücklicher bist, als ich dachte. Ich finde es sehr schön, dass du mit mir losgezogen bist. Ich würde gern sehen, wie du dich wirklich verteidigst, mit jemandem auf Leben und Tod kämpfst, das wäre ein aufregender Anblick. Ich glaube, meine Mutter würde dich mögen. Meine Brüder würden dich natürlich anbeten. Ich glaube, du bist die streitsüchtigste Person, die ich je kennengelernt habe. Und ich mache mir wirklich Sorgen um dein Pferd.«

Er hielt inne, brach ein Stück Brot ab, kaute und schluckte. Sie starrte ihn mit aufgerissenen Augen an.

»Das ist erst mal alles«, sagte er.

»Du kannst das unmöglich alles in diesem Moment gedacht haben!«, sagte sie, und da lachte er. Es klang tröstlich und sie kämpfte gegen das goldene und silberne Licht an, das aus seinen Augen leuchtete, und verlor.

Als er weitersprach, war seine Stimme sanft.

»Und jetzt frage ich mich, warum du nicht merkst, dass deine Augen mich ebenso faszinieren wie dich meine. Ich kann es nicht erklären, Katsa, aber es sollte dir nicht peinlich sein. Denn wir werden beide von der gleichen – Verrücktheit übermannt.«

Sie errötete und wurde durch seine Augen und seine Worte doppelt verlegen. Aber es war auch erleichternd. Denn wenn er ebenfalls verrückt war, dann belastete ihre eigene Verrücktheit sie weniger.

»Ich dachte, du würdest das absichtlich machen«, sagte sie, »das mit deinen Augen. Ich dachte, es wäre vielleicht Teil deiner Gabe, mich mit deinen Augen einzufangen und meine Gedanken zu lesen.«

»Nein, ist es nicht. Überhaupt nicht.«

»Die meisten Leute schauen mir nicht in die Augen. Sie fürchten sich.«

»Ja. Die meisten schauen auch mir nicht lange in die Augen. Sie sind zu seltsam.«

Da schaute sie ihm in die Augen, beugte sich vor und schaute sie ganz genau an, dafür hatte sie zuvor nicht den Mut gefunden. »Deine Augen sind wie Lichter. Sie wirken nicht ganz natürlich.«

Er grinste. »Meine Mutter behauptet, als ich an jenem Tag die Augen öffnete, an dem sie ihre jetzige Farbe annahmen, da ließ sie mich fast fallen, so überrascht sei sie gewesen.«

»Welche Farbe hatten deine Augen zuvor?«

»Grau, wie die der meisten Lienid. Und deine?«

»Ich habe keine Ahnung. Niemand hat es mir je erzählt und ich glaube nicht, dass es noch jemanden gibt, den ich fragen könnte.«

»Deine Augen sind wunderschön«, sagte er, und plötzlich war ihr warm, warm in der Sonne, die durch die Baumwipfel fiel und Lichtflecken auf sie warf. Und als sie wieder auf ihre Pferde stiegen und zur Waldstraße zurückkehrten, fühlte sie sich zwar nicht gerade wohl in seiner Gesellschaft, doch wenigstens konnte sie ihm jetzt ins Gesicht sehen, ohne zu fürchten, dass sie ihre ganze Seele preisgab.

Die Straße führte sie um die Randbezirke von Murgon City herum und wurde breiter und bevölkerter. Immer wenn andere Reisende Katsa und Bo bemerkten, starrten sie die beiden an. Bald würde man in den Gasthöfen und Häusern rund um die Stadt wissen, dass die zwei beschenkten Kämpfer über die Murgon Road nach Süden reisten.

»Und du willst wirklich nicht bei Murgon Halt machen«, fragte Katsa, »und ihm ein paar Fragen stellen? Es wäre schneller, nicht wahr?«

»Er hat mir nach dem Raub deutlich zu verstehen gegeben, dass ich an seinem Hof nicht länger willkommen bin. Er glaubt, dass ich weiß, was gestohlen wurde.«

»Er hat Angst vor dir.«

»Ja, und er ist ein Mann, der leicht eine Dummheit begeht. Wenn wir an seinem Hof einträfen, würde er uns wahrscheinlich angreifen lassen, und wir müssten anfangen, Menschen zu verletzen. Ich möchte das lieber vermeiden, du nicht auch? Wenn es zu einem Gemetzel kommt, dann sollte es am Hof des schuldigen Königs sein, nicht bei einem König, der nur ein Komplize ist.«

»Wir werden in den Gasthof gehen.«

»Ja«, sagte Bo. »Wir werden in den Gasthof gehen.«

Die Waldstraße wurde wieder schmäler und ruhiger, sobald sie Murgon City hinter sich gelassen hatten. Sie hielten an, bevor es Nacht wurde. Ihr Lager errichteten sie in einiger Entfernung von der Straße auf einer kleinen Lichtung mit moosigem Boden, einem Dach aus dicken Ästen und einem Bächlein, das den Pferden zu gefallen schien.

»Das ist alles, was ein Mensch braucht«, sagte Bo. »Hier könnte ich ganz zufrieden leben. Was meinst du, Katsa?«

»Hast du Hunger auf Fleisch? Ich fange uns etwas.«

»Noch besser. Aber in ein paar Minuten wird es stockdunkel sein. Ich möchte nicht, dass du dich verirrst.«

Da lächelte Katsa und sprang über den Bach. »Es dauert nur ein paar Minuten. Und ich verirre mich nie, auch nicht im Stockdunkeln.«

»Nimmst du noch nicht einmal deinen Bogen mit? Willst du einen Elch mit bloßen Händen erwürgen?«

»Ich habe ein Messer im Stiefel«, sagte sie und überlegte dann einen Moment, ob sie einen Elch mit bloßen Händen erwürgen könnte. Es schien möglich. Aber jetzt suchte sie nur ein Kaninchen oder einen Vogel, und ihr Messer würde ihr als Waffe genügen. Sie schlüpfte zwischen den knorrigen Bäumen hindurch in die moosige Stille des Waldes. Sie musste nur horchen, stillhalten und sich unsichtbar machen.

Als sie nach ein paar Minuten mit einem großen, dicken, gehäuteten Kaninchen zurückkam, hatte Bo ein Feuer gemacht. Die Flammen warfen orangefarbenes Licht auf die Pferde und ihn. »Das war das Mindeste, was ich tun konnte«, sagte er trocken, »und wie ich sehe, hast du das Kaninchen schon gehäutet. Ich glaube allmählich, dass ich nicht viel Verantwortung haben werde, solange wir miteinander durch den Wald reisen.«

»Macht dir das etwas aus? Du kannst gern selbst auf die Jagd gehen. Vielleicht kann ich so lange am Feuer bleiben, deine Socken stopfen und schreien, wenn ich irgendwelche seltsamen Geräusche höre.«

Da lächelte er. »Behandelst du Giddon auch so, wenn ihr

zusammen reist? Ich kann mir vorstellen, dass er das ziemlich entwürdigend findet.«

»Armer Bo. Tröste dich damit, dass du meine Gedanken lesen kannst, wenn du dich überlegen fühlen willst.«

Er lachte. »Ich weiß, dass du mich aufziehst. Und du solltest wissen, dass ich mich nicht so leicht entwürdigen lasse. Du kannst mein Essen erjagen, mich im Kampf jedes Mal schlagen und bei einem Angriff beschützen, wenn du willst. Ich werde dir dafür dankbar sein.«

»Aber ich würde dich bei einem Angriff nie beschützen müssen. Und ich bezweifle auch, dass du darauf angewiesen bist, mich zum Jagen zu schicken.«

»Stimmt. Aber du bist besser als ich, Katsa. Und das entwürdigt mich nicht.« Er legte einen Ast aufs Feuer. »Es macht mich bescheiden. Aber es entwürdigt mich nicht.«

Sie saß schweigend da, während es finster wurde, und sah zu, wie das Blut von dem Fleischstück tropfte, das sie an einem Stock übers Feuer hielt. Sie horchte auf das Zischen, wenn die Tropfen in die Flammen fielen. Sie versuchte den Unterschied zwischen *bescheiden machen* und *entwürdigen* herauszufinden, und sie verstand schließlich, was Bo meinte. Sie hätte diese Unterscheidung von selbst nicht gemacht. Bo war in seinen Gedanken so klar, während ihre wie ein ständiger Sturm waren, dessen Sinn sie nie verstand und nie beherrschte. Sie spürte plötzlich und drastisch, dass Bo klüger war als sie, um Welten klüger, und dass sie im Vergleich zu ihm ein rohes Tier war. Ein denkunfähiges, gefühlloses Tier.

»Katsa!«

Sie schaute auf. Die Flammen tanzten im Silber und Gold seiner Augen und spiegelten sich in den Reifen in seinen Ohren. Sein Gesicht leuchtete.

»Sag mir – wessen Idee war der Rat?«

»Das war meine Idee«, sagte sie.

»Und wer hat entschieden, welche Aufgaben der Rat erledigt?«

»Letzten Endes habe ich das getan.«

»Wer hat die Einsätze geplant?«

»Das habe ich auch gemacht, mit Raffin, Oll und den anderen.«

Jetzt beobachtete er das Fleisch, das über dem Feuer briet. Er drehte es um und schüttelte es zerstreut, so dass der Saft zischend in die Flammen tropfte. Dann hob er wieder den Kopf und schaute sie an.

»Ich weiß nicht, wie du auf den Gedanken kommst«, sagte er, »dass es dir im Vergleich zu mir an Intelligenz fehlt oder dass du nicht genug denkst oder fühlst. Ich habe mein ganzes Leben damit verbringen müssen, mir die Gefühle anderer, und auch meine eigenen, aus dem Kopf zu schlagen. Wenn mein Denken manchmal klarer ist als deines, dann, weil ich mehr Übung hatte. Das ist der einzige Unterschied zwischen uns.«

Er konzentrierte sich wieder auf das Fleisch. Sie beobachtete ihn und hörte ihm zu.

»Ich wünschte, du würdest dich an den Rat erinnern«, sagte er. »Ich wünschte, du würdest dich daran erinnern, dass du bei unserer ersten Begegnung meinen Großvater gerettet hast, und das nur, weil du es nicht richtig fandest, dass er entführt wurde.«

Dann beugte er sich übers Feuer und legte einen weiteren Ast auf die Flammen. Sie saßen schweigend im Licht, von Finsternis umgeben.

Am Morgen erwachte sie vor ihm. Sie folgte dem Bächlein bis zu einer Stelle, die größer als eine Pfütze, aber kleiner als ein Teich war. Darin badete sie, so gut es ging. Sie schauderte, doch die Kälte von Luft und Wasser machte ihr nichts aus, so wurde sie richtig wach. Als sie ihr Haar lösen und entwirren wollte, scheiterte sie wie üblich. Sie riss und zog, doch ihre Finger fanden keinen Weg durch die Knoten. Sie band es wieder hoch, trocknete sich notdürftig ab und zog sich an. Als sie zurück auf die Lichtung kam, war Bo wach und schnürte seine Taschen zusammen.

»Würdest du mir das Haar abschneiden, wenn ich dich darum bitte?«

Er schaute mit hochgezogenen Augenbrauen auf. »Du versuchst doch nicht, dich zu verkleiden?«

»Nein, darum geht es nicht. Es macht mich einfach verrückt. Ich wollte es nie so lang haben und es wäre viel bequemer für mich, wenn es kurz wäre.«

»Hm.« Er musterte den großen Knoten in ihrem Nacken. »Es sieht aus wie ein Vogelnest«, sagte er und lachte über ihren wütenden Blick. »Wenn du das wirklich willst, kann ich es abschneiden, aber ich kann mir nicht vorstellen, dass du von dem Ergebnis besonders angetan wärst. Warum wartest du nicht, bis wir im Gasthof sind, und fragst die Wirtin oder eine der Frauen in der Stadt?«

Katsa seufzte. »Na gut. Einen Tag kann ich noch damit leben.«

Bo verschwand in die Richtung, aus der sie gekommen war. Sie rollte ihre Decke zusammen und trug ihre Sachen zu den Pferden.

Die Straße wurde schmäler, je weiter sie nach Süden kamen, und der Wald wurde dichter und dunkler. Trotz Katsas Einwänden ritt Bo voran. Er behauptete, wenn sie das Tempo angab, ritten sie anfangs immer vernünftig, doch nach kurzer Zeit preschten sie jedes Mal in halsbrecherischer Geschwindigkeit dahin. Er betrachte es als seine Aufgabe, Katsas Pferd vor seiner Reiterin zu schützen.

»Du sagst, du denkst an das Pferd«, sagte Katsa, als sie hielten, um die Pferde an einem Bach zu tränken, der die Straße kreuzte. »Doch ich glaube, du kannst bei meinem Tempo einfach nicht mithalten.«

Darüber lachte er. »Du versuchst mich zu provozieren, aber ohne Erfolg.«

»Übrigens fällt mir ein«, sagte Katsa, »dass wir nicht mehr gekämpft haben, seit ich deinen Betrug entdeckt habe und du versprochen hast, mich nicht mehr anzulügen.«

»Nein, und auch nicht, seit du mir ans Kinn geboxt hast, weil du wütend auf Randa warst.«

Sie konnte ihr Lächeln nicht unterdrücken. »Schön«, sagte sie, »reite du voran. Aber was ist mit unserem Training? Willst du das nicht fortsetzen?«

»Natürlich. Vielleicht heute Abend, falls es noch hell ist, wenn wir Rast machen.«

Sie ritten schweigend weiter. Katsas Gedanken wanderten, und wann immer sie um ein Thema kreisten, das irgendetwas mit Bo zu tun hatte, bremste Katsa sie und bemühte sich um Vorsicht. Wenn sie schon an ihn dachte, dann durfte es nichts Bedeutsames sein. Er sollte nichts herausfinden, wenn er in ihre Gedanken eindrang, während sie über diesen ruhigen Waldweg ritten.

Ihr fiel ein, wie empfindlich er für Störungen sein musste. Was geschah, wenn er sich auf ein schwieriges Problem konzentrierte und eine große Menschenmenge auf ihn zukam? Oder ein Einzelner, der seine Augen seltsam fand oder seine Ringe bewunderte oder sein Pferd kaufen wollte? Verlor er die Konzentration, wenn andere in seine Gedanken eindrangen? Wie unangenehm das sein musste!

Und dann überlegte sie, ob sie, ohne ein Wort zu sagen, seine Aufmerksamkeit auf sich ziehen könnte. Wenn sie seine Hilfe brauchte oder anhalten wollte, könnte sie ihn dann in Gedanken anrufen? Es müsste möglich sein; wenn ein Mensch in seiner Reichweite mit ihm in Verbindung treten wollte, müsste er es merken.

Sie betrachtete ihn, wie er da vor ihr ritt, mit geradem Rücken und ruhigen Armen, die weißen Hemdsärmel bis zu den Ellbogen hochgerollt wie immer. Dann schaute sie auf die Bäume, auf die Ohren ihres Pferdes und auf den Boden vor sich. Sie verbannte alles, was mit Bo zu tun hatte, aus ihren Gedanken. Ich werde eine Gans zum Abendessen jagen, dachte sie. Die Blätter an diesen Bäumen fangen schon an, die Farbe zu wechseln. Das Wetter ist so schön und kühl.

Und dann konzentrierte sie ihre Aufmerksamkeit mit aller Kraft auf Bos Hinterkopf und schrie in Gedanken seinen Namen. Er zog so fest die Zügel an, dass sein Pferd aufschrie, schwankte und fast zu Boden ging. Und er sah so überrascht und verblüfft aus, dass sie nicht an sich halten konnte, sie brach in Gelächter aus.

»Was im Namen aller Lienid ist los mit dir? Willst du mich zu Tode erschrecken? Reicht es dir nicht, dein eigenes Pferd zu ruinieren, muss es auch noch meins sein?«

Sie wusste, dass er wütend war, aber sie konnte nicht aufhören zu lachen. »Verzeih, Bo. Ich habe nur versucht, dich auf mich aufmerksam zu machen.«

»Und es kommt dir wohl nie in den Sinn, klein anzufangen? Wenn ich dir sagen würde, mein Dach müsse neu gedeckt werden, würdest du zuerst das Haus abreißen!«

»Oh Bo«, sagte sie, »sei doch nicht so wütend!« Sie unterdrückte das Lachen, das ihr erneut in die Kehle stieg. »Wirklich, Bo, ich hatte keine Ahnung, dass es dich so erschrecken würde. Ich wusste nicht, dass ich dich so erschrecken *könnte*. Ich hätte nicht gedacht, dass deine Gabe das erlaubt.«

Sie hustete und zwang ihr Gesicht zu einem reumütigen Ausdruck, der den unfähigsten Gedankenleser nicht getäuscht hätte. Doch sie hatte das nicht gewollt, wirklich nicht, und er musste das wissen. Und schließlich wurde sein harter Mund weicher und ein schwaches Lächeln zeigte sich auf seinem Gesicht.

»Schau mich an«, sagte er unnötigerweise, denn sein Lächeln hatte sie bereits gefangen genommen. »Jetzt sag meinen Namen in Gedanken, als wolltest du mich auf dich aufmerksam machen – leise. So leise, als würdest du ihn aussprechen.«

Sie wartete einen Moment, und dann dachte sie es. *Bo.*

Er nickte. »Mehr ist nicht nötig.«

»Gut. Das war einfach.«

»Und du wirst bemerkt haben, dass das Pferd dabei keinen Schaden genommen hat.«

»Sehr komisch. Können wir beim Reiten üben?«

Den Rest des Tages rief sie ihn gelegentlich in Gedanken. Jedes Mal hob er die Hand, um zu zeigen, dass er sie gehört hatte. Selbst wenn sie flüsterte. Schließlich beschloss sie, damit aufzuhören, denn es war klar, dass es funktionierte, und sie wollte ihn nicht bedrängen. Da drehte er sich zu ihr um und nickte, und sie wusste, dass er sie verstanden hatte. Mit großen Augen ritt sie hinter ihm her und versuchte zu begreifen, dass sie gewissermaßen ein ganzes Gespräch geführt hatten, ohne ein einziges Wort zu sagen.

Sie lagerten neben einem Teich, der von großen, für Sunder typischen Bäumen umstanden war. Als sie ihre Taschen von den Pferden losbanden, glaubte Katsa durch das Schilf eine Gans zu sehen, die am gegenüberliegenden Ufer umherwatschelte. Bo kniff die Augen zusammen.

»Das scheint eine Gans zu sein«, sagte er, »und ich hätte nichts gegen eine Keule zum Abendessen.«

Also ging Katsa los und näherte sich leise dem Tier. Es bemerkte sie nicht. Katsa beschloss, direkt auf die Gans zuzugehen und ihr den Hals zu brechen, wie es die Küchenmädchen in den Geflügelställen des Schlosses machten. Doch als sie vorwärtsschlich, hörte die Gans sie, fing an zu schnattern und lief zum Wasser. Katsa rannte hinter dem Vogel her, der die mächtigen Flügel ausbreitete und in die Luft stieg. Katsa sprang, schlang die Arme um die Mitte der

Gans und brachte sie herunter, direkt in den Teich, überrascht von ihrer Größe. Und dann rang sie im Wasser mit einem riesigen, flatternden, beißenden, spritzenden, tretenden Tier – aber nur einen Augenblick. Denn sie spannte die Hände um den Hals und der knackte, bevor die Gans den scharfen Schnabel um irgendeinen von Katsas Körperteilen schließen konnte.

Dann wandte Katsa sich zum Ufer, wo zu ihrer Verblüffung Bo stand und staunte. Sie stand im Teich, das Wasser strömte aus ihrem Haar und den Kleidern, und sie hielt den riesigen Vogel am Hals hoch, damit Bo ihn sehen konnte. »Ich habe sie!«

Er starrte sie einen Moment an, seine Brust hob und senkte sich, weil er offensichtlich gerannt war, als er den Unterwasserkampf bemerkt hatte. Er rieb sich die Schläfen. »Katsa! Was in Lienids Namen machst du da?«

»Wieso? Ich habe eine Gans für uns gefangen.«

»Warum hast du dein Messer nicht benutzt? Du stehst mitten im Teich. Du bist völlig durchnässt.«

»Es ist doch nur Wasser«, sagte sie. »Es wurde sowieso Zeit, dass ich mal meine Sachen wasche.«

»Katsa ...«

»Ich wollte sehen, ob ich das kann«, sagte sie. »Was ist, wenn ich je ohne Waffen reise und etwas essen muss? Es ist gut zu wissen, wie man ohne Waffen eine Gans fängt.«

»Du hättest in unserem Lager stehen bleiben und die Gans jenseits des Teichs schießen können, wenn du gewollt hättest. Ich habe dich zielen sehen.«

»Aber jetzt weiß ich, dass ich das kann«, sagte sie einfach.

Er schüttelte den Kopf und streckte die Hand aus. »Komm heraus, bevor du dich erkältest. Und gib mir die

Gans. Ich werde sie rupfen, während du dir etwas Trockenes anziehst.«

»Ich erkälte mich nie«, sagte sie, während sie zum Ufer watete.

Da lachte er. »Oh, Katsa. Das glaube ich sofort.« Er nahm ihr die Gans ab. »Hast du immer noch Lust zu kämpfen? Wir könnten trainieren, während deine Gans brät.«

Mit ihm zu kämpfen war anders, seit sie seine wirklichen Vorteile kannte. Es war Energieverschwendung, einen Schlag vorzutäuschen, das war ihr inzwischen klar. Sie war ihm geistig nicht überlegen, noch so viel Klugheit half ihr nichts. Ihre einzigen Vorteile waren ihre Schnelligkeit und ihre Heftigkeit. Und da sie das wusste, war es für sie einfach, ihre Strategie entsprechend anzupassen. Sie verschwendete keine Zeit darauf, kreativ zu sein. Sie schlug nur so schnell und so fest auf ihn ein, wie sie konnte. Er wusste vielleicht, wohin sie ihren nächsten Schlag richtete, aber nach einem längeren Hagel von Schlägen konnte er einfach nicht mehr mithalten, er bewegte sich nicht schnell genug, um sie zu blockieren. Sie kämpften und rangen, während das Licht verblasste und die Nacht hereinbrach. Immer wieder gab er auf und stemmte sich lachend und stöhnend auf die Beine.

»Für mich ist das ein gutes Training«, sagte er, »aber ich sehe nicht, was du davon hast. Außer der Befriedigung, mich zu Brei zu schlagen.«

»Wir werden uns ein paar neue Übungen ausdenken müssen«, sagte sie. »Etwas, das unser beider Gaben herausfordert.«

»Wir kämpfen weiter, wenn es ganz finster ist. Dann werden wir einander fast ebenbürtig sein.«

So war es. Die Dunkelheit umschloss sie, der Himmel war schwarz, ohne Mond, ohne Sterne. Allmählich konnte Katsa nichts mehr sehen, konnte nur noch Bos vagen Umriss erkennen. Ihre Schläge trafen nicht mehr genau. Er wusste, dass sie nichts sah, und bewegte sich so, dass es sie verwirrte. Er verteidigte sich besser. Und seine Schläge trafen.

Sie bremste ihn. »Du spürst meine Hände und Füße, stimmt das?«

»Hände und Füße, Finger und Zehen«, antwortete er. »Du bist so körperlich, Katsa! Du hast so viel körperliche Energie. Ich spüre sie ständig. Selbst deine Gefühle scheinen manchmal körperlich zu sein.«

Sie versuchte ihn durch zusammengekniffene Augen zu erkennen und überlegte. »Könntest du mit verbundenen Augen kämpfen?«

»Das habe ich noch nie getan – ich konnte es natürlich nie versuchen, ohne Verdacht zu erregen. Aber ja, das könnte ich, allerdings wäre es auf ebenem Boden leichter. Mein Gespür für den Waldboden ist zu unzuverlässig.«

Sie starrte ihn an, eine schwarze Gestalt vor einem noch schwärzeren Himmel. »Wunderbar. Es ist wunderbar. Ich beneide dich. Wir müssen häufiger nachts kämpfen.«

Er lachte. »Ich habe nichts dagegen. Ich freue mich darauf, hin und wieder auch mal anzugreifen.«

Sie kämpften noch ein wenig, bis sie beide über einen heruntergefallenen Ast stürzten und Bo auf dem Rücken halb im Teich landete. Spuckend kam er heraus.

»Ich glaube, wir haben lange genug im Dunkeln herumgewütet«, sagte er. »Sollen wir deine Gans probieren?«

Die Gans brutzelte über dem Feuer. Katsa stach mit dem Messer hinein und das Fleisch fiel vom Knochen. »Sie ist perfekt«, sagte sie. »Ich schneide dir eine Keule ab.« Sie warf ihm einen Blick zu, und in dem Moment zog er sich das nasse Hemd über den Kopf. Sie zwang ihre Gedanken, leer zu sein. Leer wie ein weißes Blatt Papier, leer wie ein Himmel ohne Sterne. Er kam zum Feuer und kauerte sich davor. Er rieb sich das Wasser von den nackten Armen und schnippte es in die Flammen. Sie starrte auf die Gans, schnitt sorgsam die Keule ab und dachte an das ausdrucksloseste, leerste Gesicht, das sie sich vorstellen konnte. Sie dachte daran, was für ein kühler Abend es war. Die Gans würde köstlich sein, sie mussten so viel wie möglich essen, sie durften nichts verkommen lassen. Sie dachte darüber nach.

»Ich hoffe, du bist hungrig«, sagte sie zu ihm. »Ich möchte nicht, dass diese Gans verkommt.«

»Ich habe einen Bärenhunger.«

Er wollte offenbar ohne Hemd dasitzen, bis das Feuer ihn getrocknet hatte. Ein Mal an seinem Arm fiel ihr auf, und sie holte tief Atem und stellte sich ein leeres Buch vor, eine leere Seite nach der anderen. Doch dann bemerkte sie ein ähnliches Mal an seinem anderen Arm, und ihre Neugier siegte. Sie konnte sich nicht helfen, sie schielte auf seine Arme. Es war schließlich nichts falsch daran, sich für diese Muster zu interessieren, die auf seine Haut gemalt schienen, dunkle, dicke Bänder, um jeden Arm gewickelt, wo seine Schultermuskeln endeten und die Armmuskeln begannen. Die Bänder, eines um jeden Arm, waren mit verschlungenen Mustern geschmückt, anscheinend in verschiedenen Farben. Im Licht des Feuers war das schwer zu erkennen.

»Das ist Lienid-Schmuck«, sagte er, »wie die Ringe in meinen Ohren.«

»Aber was ist es?«, fragte sie. »Ist es aufgemalt?«

»Ja, mit einer Art Farbe.«

»Und es lässt sich nicht abwaschen?«

»Es hält viele Jahre.«

Er griff in eine seiner Taschen und holte ein trockenes Hemd heraus. Er zog es über den Kopf. Katsa dachte an eine große leere Schneefläche und stieß einen kleinen erleichterten Seufzer aus. Sie reichte ihm die Keule.

»Die Lienid lieben Schmuck«, sagte er.

»Tragen auch Frauen diese Male?«

»Nein, nur die Männer.«

»Auch die aus dem Volk?«

»Ja.«

»Aber das sieht niemand«, sagte Katsa. »Die Kleidung der Lienid lässt die Oberarme der Männer nicht frei, oder?«

»Nein. Es ist ein Schmuck, den kaum jemand sieht.«

Sie fing ein Lächeln in seinen Augen auf, das im Licht zu ihr herüberblitzte.

»Was ist so komisch?«

»Es soll meiner Frau gefallen«, sagte Bo.

Katsa ließ beinah ihr Messer ins Feuer fallen. »Du hast eine Frau?«

»Bei allen großen Meeren, nein! Ehrlich, Katsa – glaubst du, ich hätte sie nicht schon erwähnt?«

Er lachte jetzt, und sie schnaubte. »Ich weiß nie, was du von dir preisgeben willst, Bo.«

»Dieser Schmuck ist für die Augen der Frau gedacht, die ich einmal haben soll«, sagte er.

»Wen wirst du heiraten?«

Er zuckte die Achseln. »Ich konnte mir noch nie vorstellen, jemanden zu heiraten.«

Sie kam auf seine Seite des Feuers und schnitt sich die andere Gänsekeule ab. Dann ging sie zurück und setzte sich. »Machst du dir keine Gedanken über dein Schloss und dein Land? Über Erben?«

Wieder zuckte er die Achseln. »Nicht genug, um mich an eine Person zu binden, an die ich nicht gebunden sein will. Ich bin allein ganz zufrieden.«

Katsa war überrascht. »Ich hatte mir vorgestellt, dass du in deinem eigenen Land eher ein – soziales Geschöpf bist.«

»Wenn ich in Lienid bin, füge ich mich, wenn nötig, ganz ordentlich in die normale Gesellschaft ein. Aber ich tu nur so, Katsa; es ist immer nur Theater. Es ist anstrengend, meine Gabe zu verbergen, besonders vor meiner Familie. Wenn ich in der Stadt meines Vaters bin, dann wartet ein Teil von mir nur darauf, wieder auf Reisen gehen zu können. Oder in mein Schloss zurückzukehren, wo man mich in Ruhe lässt.«

Das verstand sie sehr gut. »Ich nehme an, wenn du je heiratest, dann nur eine Frau, der du die Wahrheit über deine Gabe anvertrauen kannst.«

Er lachte auf. »Ja. Die Frau, die ich heirate, müsste eine ganze Anzahl ziemlich unmöglicher Anforderungen erfüllen.« Er warf den Knochen seiner Keule ins Feuer und schnitt sich ein neues Stück Fleisch von der Gans ab. Um es abzukühlen, blies er darauf, dann fragte er: »Und was ist mit dir, Katsa? Du hast Giddon das Herz gebrochen, als du abgereist bist, stimmt's?«

Schon der Name machte sie ungeduldig. »Giddon!

Kannst du wirklich nicht verstehen, warum ich ihn nicht heiraten will?«

»Ich sehe tausend Gründe, warum du ihn nicht heiraten willst. Aber ich weiß nicht, was *dein* Grund ist.«

»Selbst wenn ich heiraten wollte, würde ich Giddon nicht nehmen. Aber ich werde nicht heiraten, niemanden. Ich bin überrascht, dass du das Gerücht nicht gehört hast. Du warst doch lange genug an Randas Hof.«

»Oh, ich habe es schon gehört. Aber ich habe auch gehört, dass du eine Art willenlose Schlägerin und Randas Werkzeug seist. Beides hat sich als unwahr herausgestellt.«

Da lächelte sie und warf ihren Knochen ins Feuer. Eines der Pferde schnaubte. Ein paar kleine Tiere huschten in den Teich, das Wasser schloss sich schmatzend über ihnen. Katsa seufzte, plötzlich war ihr warm, sie war zufrieden und satt.

»Raffin und ich haben einmal übers Heiraten gesprochen«, sagte sie. »Er ist nämlich nicht darauf versessen, irgendeine Adlige zu heiraten, die nur daran denkt, reich oder eine Königin zu werden. Und natürlich muss er jemanden heiraten, in dieser Sache hat er keine Wahl. Und mich zu heiraten wäre eine einfache Lösung. Wir kommen gut miteinander aus, ich würde ihn nicht von seinen Experimenten abhalten. Er würde von mir nicht erwarten, dass ich seine Gäste unterhalte, und würde mich nicht vom Rat abbringen wollen.« Sie dachte an Raffin, wie er sich über seine Bücher und Kolben beugte. Wahrscheinlich arbeitete er auch jetzt mit Bann an seiner Seite an einem Experiment. Bis sie an den Hof zurückkehrte, war er vielleicht schon mit der einen oder anderen Dame verheiratet. Er hätte geheiratet und sie wäre nicht da gewesen, damit er zu ihr kommen und darüber reden konnte, nicht da, um ihm ihre Gedanken mitzuteilen, wenn er das wünschte wie bisher immer.

»Aber letztendlich«, sagte sie, »kam es nicht in Frage. Wir haben darüber gelacht, ich konnte noch nicht einmal ernsthaft darüber nachdenken. Ich würde mich nie darauf einlassen, Königin zu sein. Und Raffin wird Kinder haben wollen, dazu bin ich auch nicht bereit. Und ich möchte nicht so an einen anderen Menschen gebunden sein. Noch nicht einmal an Raffin.« Sie blinzelte ins Feuer und seufzte über ihren Cousin, auf dem eine so schwere Verantwortung lastete. »Ich hoffe, er verliebt sich in eine Frau, die ihm gerne Königin und Mutter sein will. Das wäre das Beste für ihn. Eine Frau, die sich einen ganzen Haufen Kinder wünscht.«

Bo drehte ihr den Kopf zu. »Magst du keine Kinder?«

»Ich habe eigentlich alle Kinder gemocht, denen ich begegnet bin. Ich wollte einfach nie eigene haben. Ich wollte sie nicht bemuttern müssen. Ich kann das nicht erklären.«

Da fiel ihr Giddon ein, der ihr versichert hatte, dass sich das ändern werde. Als ob er ihre Gefühle kennen würde, als hätte er auch nur das geringste Verständnis dafür. Sie warf einen weiteren Knochen ins Feuer und hackte sich ein neues Stück Fleisch von der Gans. Bo schaute sie an, sie spürte seinen Blick und schaute finster zu ihm auf.

»Warum siehst du mich so wütend an«, sagte er, »wenn du doch, soweit ich weiß, gar nicht wütend auf mich bist?«

Da lächelte sie. »Ich dachte nur daran, dass Giddon in mir eine sehr widerspenstige Ehefrau gehabt hätte. Ob er es wohl verstanden hätte, wenn ich in seinem Garten ein Beet mit Seenagel angelegt hätte? Vielleicht hätte er das ja bezaubernd häuslich von mir gefunden.«

Bo sah sie verwirrt an. »Was ist Seenagel?«

»Ich weiß nicht, ob es in Lienid ein anderes Wort dafür gibt. Es ist eine kleine weiße Blume. Wenn eine Frau die Blätter davon isst, bekommt sie kein Kind.«

Sie wickelten sich in ihre Decken und legten sich an das verglühende Feuer. Ein paar kleine Tiere liefen durch das Schilf und hinauf auf einen Baum. Bo gähnte herzhaft, doch Katsa war nicht müde. Eine Frage beschäftigte sie. Aber sie wollte ihn nicht beim Einschlafen stören.

»Was ist, Katsa? Ich bin wach.«

Ob sie sich daran je gewöhnen würde, wusste sie nicht.

»Ich habe mich gefragt, ob ich dich wecken könnte, wenn ich dich im Schlaf innerlich anrufe.«

»Ich weiß nicht«, sagte er. »Ich spüre nichts, wenn ich schlafe, aber wenn ich in Gefahr bin oder jemand sich mir nähert, wache ich immer auf. Du kannst es ja versuchen …«, er gähnte wieder, »… wenn es sein muss.«

»Ich werde es ein andermal versuchen, wenn du nicht so müde bist.«

»Bist du nie müde, Katsa?«

»Doch, bestimmt«, sagte sie, auch wenn sie sich an keine Gelegenheit erinnern konnte.

»Kennst du die Geschichte von König Leck von Monsea?«

»Ich wusste nicht, dass es da eine Geschichte gibt.«

»Oh doch. Die Geschichte ereignete sich vor Jahren«, sagte Bo, »und du solltest sie kennen, wenn wir dorthin reisen. Ich werde sie dir erzählen, vielleicht wirst du davon schläfrig.«

Er rollte sich auf den Rücken. Sie lag auf der Seite und betrachtete im Licht des sterbenden Feuers die Linie seines Profils.

»Das letzte Königspaar von Monsea war gütig. König und Königin hatten nicht besonders viel Sinn für Regierungsgeschäfte, doch ihre Ratgeber waren klug und sie selbst waren besser zu ihrem Volk, als es sich die meisten heute von einem Königspaar auch nur vorstellen können. Doch sie waren kinderlos. Für sie war es nicht so gut, Katsa, wie es für dich sein würde. Sie wünschten sich verzweifelt ein Kind, damit sie einen Erben hätten – und aus denselben Gründen wie vermutlich die meisten anderen Menschen. Und dann kam eines Tages ein Junge an ihren Hof, ein hübscher Junge von etwa dreizehn Jahren, mit klugem Gesicht und einer Klappe über einem Auge, das er früh verloren hatte. Er erzählte nicht, woher er kam oder wer seine Eltern waren oder was mit seinem Auge geschehen war. Er kam einfach bettelnd an den Hof und erzählte Geschichten für Essen und Geld.

Die Diener nahmen ihn auf, weil er so wunderbare Geschichten erzählte – wilde Geschichten über einen Ort jenseits der sieben Königreiche, wo Ungeheuer aus Meer und Luft auftauchten, Armeen aus Höhlen in den Bergen stürmten und die Menschen anders waren als alle, die wir je gekannt haben. Schließlich hörten der König und die Königin von ihm, und er wurde vor sie gebracht, um seine Geschichten zu erzählen. Und der Junge verzauberte sie völlig – verzauberte sie vom ersten Tag an. Sie bemitleideten ihn wegen seiner Armut und Einsamkeit und wegen seines fehlenden Auges. Sie fingen an, ihn zu ihren Mahlzeiten zu holen, nach ihm zu fragen, wenn sie von langen Reisen zurückkamen, oder ihn abends in ihre Räume zu rufen. Sie behandelten ihn wie einen jungen Adligen. Er bekam Unterricht und lernte zu kämpfen und zu reiten.

Sie behandelten ihn fast wie einen eigenen Sohn. Und als der Junge sechzehn wurde und der König und die Königin immer noch kein eigenes Kind hatten, tat der König etwas Außergewöhnliches. Er berief den Jungen zu seinem Erben.«

»Obwohl sie nichts über seine Vergangenheit wussten?«

»Obwohl sie nichts über seine Vergangenheit wussten. Und hier wird die Geschichte wirklich interessant, Katsa. Denn weniger als eine Woche nachdem der König den Jungen zu seinem Erben gemacht hatte, starben König und Königin an einer plötzlichen Erkrankung. Und ihre beiden engsten Ratgeber verzweifelten und warfen sich in den Fluss. So wird es erzählt. Ich glaube, es gab keine Zeugen.«

Katsa stützte sich auf den Ellbogen und starrte ihn an.

»Findest du das nicht seltsam?«, fragte er. »Ich fand es immer seltsam. Aber die Menschen in Monsea haben es nie hinterfragt, und alle in meiner Familie, die Leck kennengelernt haben, sagen mir, es sei unsinnig, Fragen zu stellen. Sie sagen, Leck sei ausgesprochen bezaubernd, selbst seine Augenklappe sei bezaubernd. Sie sagen, er habe schrecklich um den König und die Königin getrauert und könne unmöglich etwas mit ihrem Tod zu tun gehabt haben.«

»Ich habe nie von dieser Geschichte gehört«, sagte Katsa. »Ich habe noch nicht einmal gewusst, dass Leck ein Auge fehlt. Bist du ihm je begegnet?«

»Nein«, antwortete Bo. »Aber ich hatte immer das Gefühl, ich würde ihn weniger mögen als andere. Trotz seines Rufs, gut zu den Kleinen und Machtlosen zu sein.« Er gähnte und drehte sich auf die Seite. »Und ich nehme an, wir werden beide bald erfahren, ob wir ihn mögen, wenn alles so geht, wie ich erwarte. Gute Nacht, Katsa. Morgen könnten wir den Gasthof erreichen.«

Katsa schloss die Augen und horchte auf seinen Atem, der ruhig und gleichmäßig wurde. Sie dachte über die Geschichte nach, die er erzählt hatte. Es war schwierig, den Ruf von König Leck mit dieser sonderbaren Geschichte in Einklang zu bringen. Vielleicht war er ja trotzdem unschuldig. Vielleicht gab es eine logische Erklärung.

Sie fragte sich, wie sie im Gasthof aufgenommen werden würden und ob sie das Glück haben würden, den Weg von jemandem zu kreuzen, der ihnen die gesuchten Informationen lieferte. Sie horchte auf die Geräusche vom Teich und die Brise im Gras.

Als sie glaubte, er sei eingeschlafen, sagte sie einmal leise seinen Namen. Er regte sich nicht. Jetzt dachte sie den Namen leise wie ein Flüstern in ihren Gedanken. Wieder regte er sich nicht, und sein Atemrhythmus veränderte sich nicht.

Er schlief.

Katsa atmete langsam aus.

Sie war die größte Närrin in allen sieben Königreichen.

Sie kämpfte fast täglich mit ihm, kannte jeden Teil seines Körpers, hatte auf seinem Bauch gesessen und sich mit ihm auf dem Boden gewälzt und konnte den Druck seines Armes wahrscheinlich schneller identifizieren, als jede Ehefrau die Umarmung ihres eigenen Mannes erkannte – warum hatte sie dann der Anblick seiner Arme und Schultern in solche Verlegenheit gebracht? Sie hatte schon Tausende Männer ohne Hemd gesehen, in den Übungsräumen oder auf Reisen mit Giddon und Oll. Raffin zog sich praktisch vor ihr aus, so vertraut waren sie miteinander. Es war wie mit Bos Augen. Wenn sie nicht kämpften, war Bos Körper für sie wie seine Augen.

Er atmete unregelmäßig und sie erstarrte. Sie horchte, bis sein Atem wieder in einem gleichmäßigen Rhythmus kam und ging.

Es würde nicht einfach sein mit Bo. Nichts würde mit Bo einfach sein. Doch er war ihr Freund, und deshalb würde sie mit ihm reisen. Sie würde ihm helfen, die Entführer seines Großvaters zu finden. Und auf jeden Fall würde sie darauf achten, dass sie ihn nicht mehr in irgendwelche Teiche stieß.

Und jetzt musste sie schlafen. Sie drehte ihm den Rücken zu und zwang ihre Gedanken, dunkel zu werden.

Der Gasthof war ein großes, hohes Gebäude aus solidem Holz. Je weiter man in Sunder nach Süden kam, umso schwerer und dicker wurde das Holz der Bäume und umso stabiler und eindrucksvoller waren die Häuser und Gasthöfe. Katsa hatte nicht viel Zeit im mittleren Sunder verbracht, ihr Onkel hatte sie vielleicht zwei oder drei Mal hingeschickt. Doch die tiefen Wälder und die einfachen, solide gebauten kleinen Städte, zu weit von den Grenzen entfernt, um in das unsinnige Treiben der Könige hineingezogen zu werden, hatten Katsa immer gefallen. Die Wände des Gasthofs wirkten wie Schlossmauern, nur dunkler und wärmer.

Sie saßen an einem Tisch in einem Raum voller Männer an Tischen – schweren, dunklen Tischen aus dem gleichen Holz wie die Wände. Um diese Tageszeit kamen die Reisenden, die im Gasthof abgestiegen waren, und Männer aus der Stadt im großen Speisesaal zusammen, um über einem Becher mit einem starken Getränk zu reden und zu lachen. Die kurze Stille war vorbei, die sich über den Raum gelegt hatte, als Bo und Katsa eintraten. Die Männer redeten jetzt laut und jovial, und wenn sie auch verstohlen über ihre Becher und Stühle zu den königlichen Beschenkten hinüberschauten, so starrten sie die beiden wenigstens nicht offen an.

Bo lehnte sich zurück und schaute sich träge um. Er trank von seinem Becher Apfelmost und sein Finger fuhr den Ring nach, den der Becher auf dem Tisch hinterlassen hatte. Er stützte den Ellbogen auf und legte den Kopf in die Hand, gähnte und sah nach Katsas Meinung aus, als brauchte er nur noch ein Wiegenlied, um einzuschlafen. Es war gut gespielt.

Dann blitzten seine Augen mit dem Funken eines Lächelns zu ihr hinüber. »Ich glaube nicht, dass wir lange in diesem Gasthof bleiben«, sagte er leise. »Einige Männer in diesem Raum interessieren sich bereits für uns.«

Bo hatte dem Gastwirt gesagt, sie seien bereit, Geld für jede Information über die Entführung von Großvater Tealiff zu zahlen. Männer – besonders die Männer von Sunder, falls sie ihrem König glichen – würden für Geld vieles tun. Sie würden ihre Gefolgschaft auf einen anderen übertragen. Sie würden Wahrheiten ausplaudern, die sie gelobt hatten zu verschweigen. Sie würden auch Geschichten erfinden, doch das machte nichts, denn Bo konnte einer Lüge ebenso viel entnehmen wie der Wahrheit.

Katsa nippte an ihrem Becher und schaute sich unter den vielen Männern um. Die Eleganz der Händler hob sich von den gedämpften Braun- und Orangetönen in der Kleidung der Stadtbürger ab. Katsa war die einzige Frau im Raum bis auf die Wirtstochter, die mit einem Tablett voller Becher und Krüge zwischen den Tischen hin und her lief. Sie war klein, aber nicht viel jünger als Katsa, dunkelhaarig und hübsch. Sie erwiderte die Blicke der Männer nicht und lächelte keinem zu außer vielleicht einem Bürger, der alt genug war, ihr Vater zu sein. Die meisten Gäste behandelten sie mit Respekt, doch Katsa gefiel das Lächeln der Händler nicht, an deren Tisch die Wirtstochter gerade bediente.

»Wie alt ist deiner Meinung nach das Mädchen?«, fragte Katsa. »Glaubst du, dass sie verheiratet ist?«

Bo betrachtete die Händler und nippte an seinem Becher. »Fünfzehn oder sechzehn, vermute ich. Sie ist nicht verheiratet.«

»Woher weißt du das?«

Er überlegte. »Keine Ahnung. Ich habe geraten.«

»So hat es aber nicht geklungen.«

Er trank, sein Gesicht war ausdruckslos. Er hatte nicht geraten, das wusste sie, und plötzlich begriff sie, wie er so etwas mit solcher Sicherheit sagen konnte. Sie spürte, wie ihr Ärger wuchs im Namen aller Mädchen, die Bo jemals bewundert hatten und geglaubt hatten, ihre Gefühle seien privat. »Du bist unmöglich«, sagte sie. »Kein bisschen besser als diese Händler. Und außerdem – nur weil sie gern zu dir herschaut, heißt das nicht ...«

»Und du bist nicht gerecht«, unterbrach Bo sie. »Ich kann nichts dafür, dass ich es weiß. Mein Fehler war, es dir mitzuteilen. Ich bin es nicht gewohnt, mit jemandem zu reisen, der meine Gabe kennt. Ich habe dir geantwortet, bevor ich darüber nachgedacht habe, wie unfair es dem Mädchen gegenüber ist.«

Katsa verdrehte die Augen. »Erspar mir deine Bekenntnisse. Wenn sie unverheiratet ist, verstehe ich nicht, warum ihr Vater zulässt, dass sie diese Männer bedient. Ich weiß nicht, ob sie unter ihnen sicher ist.«

»Ihr Vater steht die meiste Zeit hinter der Theke. Niemand würde es wagen, ihr etwas zu tun.«

»Aber er ist nicht immer dort – im Moment zum Beispiel nicht. Und nur weil sie das Mädchen nicht angreifen, bedeutet das nicht, dass sie von ihnen respektiert wird.« Oder dass sie sich nicht später an sie heranmachten.

Das Mädchen ging um den Tisch der Händler und goss Apfelmost in jeden Becher. Als ein Mann nach ihrem Arm griff, wich sie zurück. Da brachen die Händler in Gelächter aus. Der Mann streckte die Arme nach ihr aus und zog sie zurück, streckte sie aus und zog sie zurück, neckte sie. Seine Freunde lachten noch mehr. Und dann packte der Mann an der anderen Seite des Mädchens ihr Handgelenk und hielt es fest, und die Männer johlten. Sie versuchte die Hand wegzuziehen, doch er lachte und ließ nicht los. Rot vor Scham schaute sie keinem ins Gesicht, zog nur ihren Arm zurück. Sie glich zu sehr einem dummen, verwirrten Kaninchen in einer Falle, und plötzlich stand Katsa auf. Auch Bo war aufgestanden und hielt Katsa am Arm.

Einen Moment lang fiel Katsa die seltsame Symmetrie auf, nur dass sie sich im Gegensatz zu dem Mädchen aus Bos Griff befreien konnte und Bo im Gegensatz zu dem Händler guten Grund hatte, ihren Arm festzuhalten. Und Katsa würde sich aus seinem Griff nicht befreien, weil es nicht nötig war. Dass sie aufgestanden war, genügte. Im Raum war es still. Der Mann ließ den Arm des Mädchens los. Mit weißem Gesicht und offenem Mund starrte er Katsa an – Angst, die Katsa so vertraut war wie das Gefühl ihres eigenen Körpers. Auch das Mädchen starrte herüber, hielt den Atem an und drückte die Hand an die Brust.

»Setz dich, Katsa«, sagte Bo leise. »Es ist vorbei. Setz dich.«

Sie setzte sich. Im Raum wurde aufgeseufzt und nach

kurzer Zeit gemurmelt, dann wieder geredet und gelacht. Doch Katsa war nicht sicher, dass es vorbei war. Vielleicht zwischen diesem Mädchen und diesen Händlern. Doch morgen würde eine neue Händlergruppe kommen. Und diese Händler würden weiterziehen und sich ein anderes Mädchen suchen.

Als Katsa sich später am Abend darauf vorbereitete, ins Bett zu gehen, kamen zwei Mädchen in ihr Zimmer, um ihr die Haare zu schneiden. »Ist es schon zu spät, My Lady?«, fragte die Ältere, die eine Schere und eine Bürste dabeihatte.

»Nein. Je früher sie abgeschnitten sind, umso besser. Bitte kommt herein.«

Sie waren jung, jünger als das Mädchen im Schankraum. Die Jüngere, ein Kind von zehn oder elf, trug einen Besen und eine Schaufel. Sie ließen Katsa Platz nehmen und bewegten sich schüchtern um sie herum. Sie sprachen wenig und waren außer Atem, nicht direkt ängstlich, aber fast. Das ältere Mädchen löste die Haare und zog die Finger durch das Gewirr. »Verzeihen Sie, wenn ich Ihnen wehtue.«

»Es wird mir nicht wehtun«, sagte Katsa, »und du brauchst die Knoten nicht zu entwirren. Ich möchte, dass du die Haare ganz abschneidest, so kurz wie möglich. So kurz wie bei einem Mann.«

Beide Mädchen machten große Augen. »Ich habe schon vielen Männern die Haare geschnitten«, sagte die Ältere.

»Du kannst meine so schneiden, wie du ihre geschnitten hast. Je kürzer du sie schneidest, umso glücklicher bin ich.«

Die Schere schnippte um Katsas Ohren und ihr Kopf wurde immer leichter. Wie seltsam, den Hals zu drehen und nicht das Gewicht der Haare zu spüren, das schwere

Knäuel, das hinter ihrem Kopf schwang. Das jüngere Mädchen hielt den Besen und fegte die abgeschnittenen Haare weg, sowie sie auf den Boden gefallen waren.

»Ist das eure Schwester, die im Speisesaal die Getränke gebracht hat?«

»Ja, My Lady.«

»Wie alt ist sie?«

»Sechzehn, My Lady.«

»Und ihr?«

»Ich bin vierzehn und meine Schwester elf, My Lady.«

Katsa sah zu, wie das jüngere Mädchen ihre Haare mit einem Besen zusammenkehrte, der größer war als sie.

»Bringt jemand den Mädchen im Gasthof bei, wie man sich schützt?«, fragte sie. »Tragt ihr ein Messer bei euch?«

»Unser Vater beschützt uns und unser Bruder«, sagte das Mädchen einfach.

Die Mädchen schnitten und kehrten, und Katsas Haare fielen herab. Die unvertraute Kühle in ihrem Nacken erregte sie. Und sie fragte sich, ob andere Mädchen in Sunder und in den sieben Königreichen Messer bei sich hatten oder ob sie alle auf ihre Väter und Brüder vertrauten, wenn sie Schutz brauchten.

Ein Klopfen weckte sie. Es kam von der Tür, die ihr Zimmer mit dem von Bo verband. Sie hatte nicht lange geschlafen, wahrscheinlich war Mitternacht. Durch ihr Fenster fiel genug Mondlicht, wenn es also nicht Bo war, der klopfte, wenn es ein Feind war, konnte sie gut genug sehen, um ihn bewusstlos zu schlagen. All das ging ihr durch Kopf, während sie sich aufsetzte.

»Katsa, ich bin's nur«, rief Bo durch das Schlüsselloch. »Es ist ein Doppelschloss. Du musst es von deiner Seite aufmachen.«

Sie rollte aus dem Bett. Und wo war der Schlüssel?

»Mein Schlüssel hing neben der Tür«, rief er, und sie schaute einen Augenblick wütend in seine Richtung.

»Ich habe nur geraten, dass du dich nach dem Schlüssel umschaust. Es war nicht meine Gabe, du brauchst also nicht so unfreundlich zu werden.«

Katsa tastete sich an der Wand entlang, bis ihre Finger einen Schlüssel berührten. »Macht es dich nicht nervös, so herumzubrüllen? Jeder könnte dich hören. Möglich, dass du deine kostbare Gabe gerade einer ganzen Legion meiner Liebhaber enthüllst.«

Sein Lachen kam gedämpft durch die Tür. »Ich wüsste es, wenn jemand meine Stimme hören könnte. Und ich wüsste es auch, wenn du mit einer Legion von Liebhabern da drinnen wärst. Katsa – hast du dein Haar abgeschnitten?«

Sie schnaubte. »Großartig! Das ist einfach großartig. Ich habe kein Privatleben und du spürst sogar mein Haar.« Sie drehte den Schlüssel im Schloss und stieß die Tür auf. Bo richtete sich auf, er hatte eine Kerze in der Hand.

»Bei allen Meeren!«

»Was ist los?«

Er hielt die Kerze vor ihr Gesicht.

»Bo! Was willst du?«

»Sie hat es viel besser gemacht, als ich es gekonnt hätte.«

»Ich gehe wieder ins Bett«, sagte Katsa und griff nach der Tür.

»Schon gut, schon gut! Die Männer, die Händler. Die Männer aus Sunder, die das Mädchen belästigt haben. Ich glaube, sie wollen heute Nacht zu uns kommen und mit uns reden.«

»Woher weißt du das?«

»Ihre Zimmer sind unter unseren.«

Sie schüttelte ungläubig den Kopf. »Niemand in diesem Gasthof hat ein Privatleben.«

»Mein Gespür für sie ist schwach, Katsa. Ich kann nicht jeden bis zu den Haarspitzen spüren, so wie ich dich spüre.«

Sie seufzte. »Welche Ehre also, ich zu sein. Sie kommen mitten in der Nacht?«

»Ja.«

»Haben sie Informationen?«

»Ich glaube schon.«

»Traust du ihnen?«

»Nicht besonders. Ich glaube, sie werden bald kommen, Katsa. Wenn sie da sind, werde ich an deine äußere Tür klopfen.«

Katsa nickte. »Gut. Ich werde bereit sein.«

Sie trat in ihr Zimmer zurück und zog die Tür hinter sich zu. Dann zündete sie eine Kerze an, warf sich etwas Wasser ins Gesicht und bereitete sich auf die nächtliche Ankunft der Händler vor.

Sechs Händler hatten um den Tisch im Speisesaal gesessen und über die Bedienung gelacht. Als Bo Katsa mit seinem Klopfen an die Tür holte, stand er mit allen sechsen im Gang und jeder trug eine Kerze, die ein schwaches Licht auf sein bärtiges Gesicht warf. Sie waren alle groß und breitschultrig, riesig neben ihr, selbst der kleinste war noch größer und breiter als Bo. Eine ganze Bande von Schlägern. Sie folgte ihnen in Bos Zimmer.

»Sie sind wach und angekleidet, Prinz, My Lady«, sagte der größte Händler, als sie hintereinander in Bos Zimmer gingen. Er war es, der zuerst versucht hatte, den Arm des Mädchens zu fassen, er hatte sie zuerst geneckt. Katsa bemerkte den Spott, mit dem er ihre Titel aussprach. Er hatte nicht mehr Respekt für sie als sie für ihn. Der das Mädchen am Handgelenk gepackt hatte, war neben ihm, diese beiden schienen die Anführer der Gruppe zu sein. Sie standen nebeneinander mitten im Raum, Bo gegenüber, während die anderen vier sich im Hintergrund hielten.

Sie hatten sich gut verteilt, diese Händler. Katsa ging zur Tür an der Seite, die zu ihrem Zimmer führte, und lehnte sich dagegen, die Arme verschränkt. Sie war wenige Schritte von Bo und den beiden Anführern entfernt und konnte die anderen vier im Blick behalten, mehr Vorsicht als Notwendigkeit. Aber es schadete nicht, wenn sie wussten, dass sie alles beobachtete.

»Wir haben die ganze Nacht Besucher empfangen«, sagte Bo, eine kleine Lüge. »Ihr seid nicht die einzigen Reisenden im Gasthof, die Informationen über meinen Großvater haben.«

»Hüten Sie sich vor den anderen, Prinz«, sagte der Größte. »Für Geld lügen viele Männer.«

Bo zog eine Augenbraue hoch. »Danke für die Warnung.« Er lehnte sich an den Tisch hinter ihm und steckte die Hände in die Taschen. Katsa unterdrückte ein Lächeln. Bos arrogante Lässigkeit machte ihr Vergnügen.

»Welche Informationen habt ihr für uns?«, fragte Bo.

»Wie viel zahlen Sie?«, entgegnete der Mann.

»Ich werde so viel zahlen, wie die Informationen wert sind.«

»Wir sind sechs«, sagte der Mann.

»Ich werde es euch in Münzen geben, so dass es durch sechs teilbar ist, wenn ihr das wünscht.«

»Ich habe gemeint, Prinz, dass es für uns Zeitverschwendung ist, Informationen preiszugeben, wenn Sie uns nicht mit genügend Geld für sechs Männer entschädigen.«

Bo wählte diesen Moment, um zu gähnen. Als er weiterredete, war seine Stimme ruhig, sogar freundlich. »Ich werde nicht über einen Preis feilschen, solange ich den Umfang eurer Information nicht kenne. Ihr werdet gerecht entschädigt werden. Wenn euch das nicht zufriedenstellt, steht es euch frei, zu gehen.«

Der Mann wiegte sich auf seinen Füßen vor und zurück und warf einen Seitenblick auf seinen Partner. Der nickte, und der Mann räusperte sich.

»Sehr gut«, sagte er. »Wir haben Informationen, die König Birn von Wester mit der Entführung in Verbindung bringen.«

»Wie interessant«, sagte Bo, und die Farce begann. Bo stellte Fragen, als nähme er dieses Verhör ernst. Was war die Quelle der Informationen? War der Mann vertrauenswürdig, der von Birn gesprochen hatte? Was war das Motiv für die Entführung? Wurde Birn von anderen Königreichen unterstützt? War Großvater Tealiff in Birns Verliesen? Wie wurden Birns Verliese bewacht?

»Also gut, Lady«, sagte Bo mit einem Blick in Katsas Richtung, »wir müssen schnell eine Nachricht schicken, damit meine Brüder die Verliese von Birn von Wester untersuchen.«

»Reisen Sie nicht selbst?« Der Mann war überrascht. Und wahrscheinlich enttäuscht, dass es ihm nicht gelungen war, Bo und Katsa auf einen vergeblichen Einsatz zu schicken.

»Wir reisen nach Südosten«, sagte Bo. »Nach Monsea zu König Leck.«

»Leck ist nicht für die Entführung verantwortlich«, sagte der Mann.

»Das habe ich auch nie behauptet.«

»Leck ist unschuldig. Sie verschwenden Ihre Energie, wenn Sie in Monsea suchen, wo Ihr Großvater doch in Wester ist.«

Bo gähnte wieder. Er verlagerte sein Gewicht am Tisch, verschränkte die Arme und sah den Mann ausdruckslos an. »Wir reisen nicht nach Monsea, um meinen Großvater zu suchen. Es ist ein privater Besuch. Die Königin von Monsea ist meines Vaters Schwester. Die Entführung hat sie sehr unglücklich gemacht und wir wollen sie aufsuchen. Vielleicht können wir eure tröstlichen Neuigkeiten zum Hof von Monsea bringen.«

Einer der Händler im Hintergrund räusperte sich. »Viel Krankheit dort«, sagte er aus seiner Ecke, »am Hof von Monsea.«

Bo schaute den Mann gelassen an. »Wirklich?«

Der Mann brummte. »Ich habe Angehörige in Lecks Diensten, entfernte Angehörige. Zwei kleine Mädchen, die in seinem Heim gearbeitet haben, eine Art Cousinen – sie sind vor ein paar Monaten gestorben.«

»Was heißt das, in seinem Heim?«

»Lecks Tierheim. Er rettet Tiere, Prinz, Sie wissen doch.«

»Ja, natürlich«, sagte Bo. »Aber ich wusste nichts von einem Heim.«

Der Mann schien es zu genießen, Bos ganze Aufmerksamkeit zu haben. Er schaute zu seinen Gefährten hinüber und hob das Kinn. »Nun, Prinz, er hat Hunderte von ihnen, Hunde, Eichhörnchen, Kaninchen, sie sind aufgeschlitzt und bluten an Rücken und Bauch.«

Bo kniff die Augen zusammen. »Aufgeschlitzt an Rücken und Bauch«, wiederholte er vorsichtig.

»Sie wissen schon. Als wären sie in was Scharfes gerannt«, sagte der Mann.

Bo starrte ihn einen Augenblick an. »Natürlich. Und irgendwelche gebrochene Knochen? Krankheiten?«

Der Mann überlegte. »Davon hab ich nie was gehört, Prinz. Nur jede Menge Schnitte, die unheimlich lange zum Heilen brauchen. Er hat eine ganze Schar Kinder, die ihm helfen, die kleinen Dinger zu pflegen. Es heißt, er lebt für seine Tiere.«

Bo schürzte die Lippen und schaute kurz zu Katsa hinüber. »Ich verstehe«, sagte er dann. »Und weißt du, an welcher Krankheit die Mädchen gestorben sind?«

Der Mann zuckte die Schultern. »Kinder sind nicht sehr zäh.«

Der größte Händler unterbrach sie. »Wir sind jetzt bei einem anderen Thema«, sagte er. »Wir waren bereit, Ihnen Informationen über die Entführung zu geben, nicht darüber. Zur Entschädigung wollen wir mehr Geld.«

»Und überhaupt leide ich plötzlich an einer Krankheit, die Langeweile heißt«, sagte sein Partner.

»Oh«, sagte der erste, »vielleicht hast du einen amüsanteren Zeitvertreib im Sinn?«

»In anderer Gesellschaft«, sagte der Mann in der Ecke.

Jetzt lachten sie, alle sechs prusteten los über einen internen Witz, den Katsa zu verstehen glaubte. »Wehe allen fürsorglichen Vätern und verschlossenen Schlafzimmertüren«, sagte der Partner sehr leise zu seinen Freunden, doch nicht leise genug für Katsas scharfe Ohren. Sie schoss auf die Männer zu, bevor das Lachen aufzubranden begann.

Bo stellte sich ihr so schnell in den Weg, dass er sich unmerklich zuerst bewegt haben musste. »Halt«, sagte er leise zu ihr. »Denk nach. Atme durch.«

Ihr Zorn verflog und sie ließ zu, dass er ihr mit seinem Körper den Weg versperrte zu dem Händler, zu den beiden, zu allen sechsen, diese Männer waren für sie alle gleich.

»Sie sind der einzige Mann in sieben Königreichen, der diese Wildkatze zähmen kann«, sagte einer der beiden. Sie war nicht sicher, welcher, denn sie wurde abgelenkt durch die Wirkung der Worte auf Bos Gesicht.

»Ein Glück für uns, dass sie einen so vernünftigen Dompteur hat«, fuhr der Mann fort. »Und Sie können sich ebenfalls glücklich schätzen. Die Wilden machen am meisten Spaß, wenn man sie im Griff hat.«

Bo schaute sie an, doch er sah sie nicht. Seine Augen sprühten silbriges Eis und goldenes Feuer. Der Arm, der ihr den Weg versperrte, wurde steif und die Hand ballte sich zur Faust. Er atmete ein, scheinbar endlos. Er war wütend. Sie sah, dass er wütend war, sie dachte, er werde den Mann schlagen, der gesprochen hatte, und einen panischen Moment lang wusste sie nicht, ob sie ihn zurückhalten oder ihm helfen sollte.

Zurückhalten. Sie würde ihn zurückhalten, denn er dachte nicht nach. Sie griff nach seinen Unterarmen und drückte sie fest. Dann schickte sie ihm die Nachricht in den Kopf. *Bo! Halt! Denk nach!*, sagte sie in seine Gedanken hinein, wie er es bei ihr getan hatte. *Denk nach!* Er atmete aus, so langsam, wie er eingeatmet hatte. Sein Blick konzentrierte sich wieder, und er sah sie.

Er drehte sich um und stellte sich neben sie. Er wandte sich den beiden Männern zu, es war noch nicht einmal wichtig, welcher gesprochen hatte.

»Raus.« Seine Stimme war sehr ruhig.

»Aber unsere Bezahlung…«

Bo machte einen Schritt auf die Männer zu und sie traten zurück. Er hielt die Arme mit einer lässigen Ruhe an seiner Seite, die niemanden im Zimmer täuschte. »Habt ihr auch nur die geringste Ahnung, mit wem ihr redet?«, fragte er. »Glaubt ihr, dass ihr nach diesen Worten auch nur eine Münze von mir bekommt? Ihr habt Glück, dass ich euch gehen lasse, ohne euch die Zähne aus dem Mund zu schlagen.«

»Sollten wir es nicht doch tun?«, fragte Katsa und schaute jedem der Männer in die Augen, einem nach dem anderen. »Ich würde sie gern davon abhalten, die Wirtstochter anzurühren.«

»Das machen wir nicht«, keuchte einer von ihnen. »Wir werden niemanden anrühren, ich schwöre es.«

»Es würde euch leidtun«, sagte sie, »und zwar für den Rest eures kurzen, elenden Lebens.«

»Das machen wir nicht, My Lady. Das machen wir nicht.« Sie wichen zur Tür zurück, ihre Gesichter waren weiß, das Grinsen darauf verschwunden. »Es war nur ein Witz, My Lady, ich schwöre es.«

»Hinaus«, sagte Bo. »Eure Bezahlung ist, dass wir euch für eure Beleidigungen nicht töten.«

Die Männer drängten sich hinaus. Bo schlug die Tür hinter ihnen zu. Dann lehnte er sich mit dem Rücken dagegen und glitt daran hinunter, bis er auf dem Boden saß. Er rieb sich das Gesicht und stieß einen tiefen Seufzer aus.

Katsa nahm eine Kerze vom Tisch und hockte sich vor ihn. Sie versuchte seine Müdigkeit und seinen Zorn an der Neigung des Kopfes und der Steifheit der Schultern abzuschätzen. Er nahm die Hände vom Gesicht, legte den Kopf an die Tür und betrachtete Katsa einen Augenblick.

»Ich dachte wirklich, ich würde diesem Mann etwas antun«, sagte er, »etwas Schlimmes.«

»Ich habe nicht gewusst, dass du so jähzornig sein kannst.«

»Offenbar schon.«

»Bo«, sagte Katsa, als ihr plötzlich ein Gedanke in den Sinn kam, »woher wusstest du, dass ich die Männer angreifen wollte? Meine Absichten haben nicht dir gegolten.«

»Das stimmt, aber mein Gespür für deine Energie stieg plötzlich an, und ich kenne dich gut genug, um zu erraten, wann du auf jemanden losgehen willst.« Müde brachte er ein halbes Lächeln zustande. »Niemand kann dich beschuldigen, unbeständig zu sein.«

Sie setzte sich auf den Boden vor ihm und kreuzte die Beine. »Sagst du mir jetzt, was du von ihnen erfahren hast?«

»Ja.« Er schloss die Augen. »Was habe ich erfahren. Einmal, dass sie kaum ein wahres Wort gesagt haben, ausgenommen dieser Bursche in der Ecke. Es war ein Spiel. Sie wollten uns dazu bringen, sie für falsche Informationen zu bezahlen, aus Rache für den Vorfall im Speisesaal.«

»Sie sind ziemlich dumm.«

»Sehr dumm, aber sie haben uns trotzdem geholfen. Leck war es, Katsa, da bin ich sicher. Der Mann hat gelogen, als er sagte, Leck sei nicht verantwortlich. Und doch – und doch war da etwas Seltsames, das ich mir nicht erklären kann.« Er schüttelte den Kopf und starrte nachdenklich in seine Hände. »Es ist merkwürdig, Katsa. Ich spürte diese seltsame – Abwehr in ihnen hochsteigen.«

»Was meinst du damit?«

»Als ob sie wirklich an Lecks Unschuld glauben würden und ihn vor mir verteidigen wollten.«

»Aber gerade hast du gesagt, Leck sei schuld.«

»Er ist schuld, und diese Männer wissen es. Aber sie glauben auch, dass er unschuldig ist.«

»Das ergibt nicht den geringsten Sinn.«

Bo schüttelte wieder den Kopf. »Ich weiß. Aber ich bin mir sicher. Ich sage dir, Katsa, als der Mann erklärte, Leck sei für die Entführung nicht verantwortlich, hat er gelogen. Aber als er im nächsten Moment sagte: ›Leck ist unschuldig‹, hat er es so gemeint. Er glaubte selbst, die Wahrheit zu sagen.« Bo schaute hinauf zur dunklen Decke. »Sollen wir daraus schließen, dass Leck meinen Großvater entführt hat, aber aus irgendeinem unschuldigen Grund? Das kann einfach nicht sein.«

Katsa schwindelte es beim Versuch, diesen Unsinn zu begreifen. Sie konnte nicht verstehen, was Bo da herausgefunden hatte, und ebenso wenig, wie er es herausgefunden hatte. »Das alles ergibt keinen Sinn«, sagte sie schwach.

Bo tauchte kurz aus seinen Gedanken auf und konzentrierte sich auf sie. »Katsa! Entschuldige. Das muss dich ja überwältigen! Ich kann viel erspüren von Menschen, die mich täuschen wollen, aber ihre Gedanken und Gefühle nicht abschirmen können, verstehst du?«

Sie verstand das nicht. Sie gab es auf, einen Sinn darin zu suchen, dass der König sowohl schuldig als auch unschuldig war. Sie beobachtete Bo, wie er wieder von seinen Gedanken abgelenkt wurde und erneut in seine Hände starrte. Die Händler hatten ihre Gedanken und Gefühle nicht abschirmen können. Aber wenn das möglich war, dann wollte wenigstens sie es lernen.

Sie spürte seinen Blick und merkte, dass er sie beobachtete. »Du hältst etwas vor mir zurück«, sagte er.

Sie erschrak und konzentrierte sich einen Augenblick auf Leere.

»Du tust das«, fuhr er fort, »seit du von meiner Gabe erfahren hast. Ich habe gespürt, wie du Dinge vor mir geheim gehalten hast – so wie jetzt –, und ich gebe zu, dass es dir gelingt, denn meine Gabe verrät mir nichts. Ich bin immer erleichtert, wenn es dir gelingt, Katsa. Ehrlich, ich will dir nicht deine Geheimnisse nehmen.« Er setzte sich auf, denn plötzlich war ihm ein Gedanke gekommen. »Du kannst mich stattdessen auch bewusstlos schlagen! Ich würde dich nicht davon abhalten.«

Jetzt lachte Katsa. »Das würde ich nie tun. Ich habe dir versprochen, dich nicht niederzuschlagen, außer bei unseren Übungen.«

»Aber in diesem Fall ist es Selbstverteidigung.«

»Das ist es nicht.«

»Das ist es doch.« Er bestand darauf, und sie lachte wieder über seinen Ernst.

»Ich stärke lieber meine geistige Abwehr, als dich jedes Mal bewusstlos zu schlagen, wenn ich einen Gedanken habe, den du nicht kennen sollst.«

»Das würde ich auch vorziehen, glaub mir. Aber ich erlaube dir, mich durch einen Schlag auszuschalten, wenn du es für nötig hältst.«

»Sag das nicht. Du weißt, wie impulsiv ich bin.«

»Das ist mir gleichgültig.«

»Wenn du es mir erlaubst, werde ich es wahrscheinlich auch tun. Wahrscheinlich werde ich …«

Er hob die Hand. »Das ist nur gerecht. Wenn wir kämpfen, hältst du deine Gabe zurück. Ich kann meine Gabe nicht zurückhalten. Deshalb musst du das Recht haben, dich zu verteidigen.«

Das gefiel ihr nicht. Aber sie verstand seine Argumente. Und sie verstand, dass er bereit war, seine Gabe bei ihr nicht einzusetzen. »Du bekommst davon immer Kopfschmerzen«, warnte sie.

»Vielleicht hat uns Raffin auch sein Heilmittel gegen Kopfweh mitgegeben. Ich würde gern meine Haarfarbe ändern, nachdem du deine Frisur geändert hast. Blau würde mir doch stehen, meinst du nicht?«

Wieder lachte sie und schwor sich, ihn nicht zu schlagen, niemals, außer wenn sie ganz verzweifelt wäre. Und dann brannte die Kerze neben ihnen auf dem Boden herunter und ging aus. Sie waren vom Thema abgekommen. Frühmorgens würden sie sehr wahrscheinlich nach Monsea abreisen, es war mitten in der Nacht und alle im Gasthof und in der Stadt schliefen; doch sie saßen hier auf dem Boden und lachten im Dunkeln.

»Reiten wir morgen nach Monsea?«, fragte sie. »Wir werden auf unseren Pferden einschlafen.«

»Ich werde auf meinem Pferd einschlafen. Du wirst reiten, als hättest du tagelang geschlafen – als wäre es ein Rennen zwischen uns, wer zuerst Monsea erreicht.«

»Und was werden wir dort finden? Einen König, der keine Schuld an den Dingen trägt, die er verschuldet hat?«

Bo rieb sich den Kopf. »Ich fand es immer merkwürdig, dass meine Mutter und mein Vater keinen Verdacht gegenüber Leck hegen, obwohl sie seine Geschichte kennen. Und jetzt scheinen diese Männer ihn für schuldlos an der Entführung zu halten, obwohl sie wissen, dass er das nicht ist.«

»Könnte er in allen anderen Bereichen seines Lebens so gütig sein, dass jeder ihm seine Verbrechen vergibt oder gar nicht erst sieht?«

Einen Moment saß er still da. »Ich habe mich gefragt – es ist ein ganz neuer Gedanke –, ob er ein Beschenkter sein könnte. Ob er eine Gabe haben könnte, die beeinflusst, was Leute von ihm halten. Gibt es eine solche Gabe? Noch nicht einmal das weiß ich.«

Der Gedanke war ihr nie gekommen. Aber er könnte tatsächlich ein Beschenkter sein mit seinem fehlenden Auge. Er könnte beschenkt sein, und niemand würde es merken. Niemand würde ihn verdächtigen, denn wer könnte eine Gabe erahnen, die Verdächtigungen kontrolliert?

»Er könnte die Gabe haben, Menschen zu täuschen«, sagte Bo. »Die Gabe, Menschen mit Lügen zu verwirren, Lügen, die von Königreich zu Königreich verbreitet werden. Stell dir vor, Katsa, Menschen würden seine Lügen in die Welt tragen und sie vor gläubigen Ohren ausbreiten; absurde Lügen, die Logik und Wahrheit widersprechen, bis nach Lienid. Kannst du dir die Macht vorstellen, die ein Mensch mit einer solchen Gabe hätte? Er könnte sich selbst jeden Ruf verschaffen, den er sich wünscht. Er könnte sich nehmen, was er will, und niemand würde ihn dafür verantwortlich machen.«

Katsa dachte an den Jungen, der zum Erben ernannt

worden war, und an den König und die Königin, die kurz danach starben. Dann an die Ratgeber, die angeblich gemeinsam in den Fluss sprangen. Und ein ganzes Königreich von Trauernden, die nie daran dachten, den Jungen in Frage zu stellen, den König ohne Familie und ohne Hintergrund und ohne Monsea-Blut in den Adern. »Aber seine Güte«, gab Katsa zu bedenken. »Die Tiere. Dieser Mann hat von den Tieren erzählt, die Leck gesund pflegt.«

»Das kommt noch dazu«, sagte Bo. »Dieser Mann glaubte wirklich an Lecks Wohltätigkeit. Bin ich der Einzige, der es ein wenig seltsam findet, dass es so viele aufgeschlitzte Hunde und Eichhörnchen in Monsea gibt, die gerettet werden müssen? Sind die Bäume und Steine dort aus Glasscherben?«

»Aber er ist ein gütiger Mann, der sich um sie kümmert.«

Bo warf Katsa einen seltsamen Blick zu. »Du verteidigst ihn auch, entgegen jede Logik, genau wie meine Eltern und diese Händler. Er hat Hunderte von Tieren mit bizarren Schnitten, die nicht heilen, Katsa, und er hat Kinder in seinen Diensten, die an geheimnisvollen Krankheiten sterben, und du schöpfst nicht den geringsten Verdacht.«

Er hatte Recht. Katsa sah die Wahrheit in all ihrer Grausamkeit. Sie begann, eine Vorstellung zu bekommen von einer Macht, die sich ausbreitete wie eine Krankheit, und alle Menschen infizierte, die damit in Berührung kamen.

Konnte es eine gefährlichere Gabe geben als diese, die jede Klarheit durch einen trügerischen Nebel ersetzte?

Katsa erschauderte, denn bald würde sie diesem König begegnen. Sie war nicht sicher, ob vielleicht sogar sie wehrlos war gegen einen Mann, dem es gelang, sie so zu täuschen, dass sie an seine Unschuld glaubte.

Ihr Blick folgte Bos dunklem Umriss vor der schwarzen Tür. Sie konnte nur sein weißes Hemd sehen, jetzt ein schimmerndes Grau. Sie wünschte sich plötzlich, sie könnte ihn sehen. Er stand auf und zog sie hoch, schob sie ans Fenster und schaute hinunter auf ihr Gesicht. Im Mondlicht sah sie einen Schimmer in seinem silbernen Auge und ein Leuchten im Gold an seinem Ohr. Sie wusste nicht, warum sie solche Angst gehabt hatte oder warum die Umrisse seiner Nase und seines Mundes oder der Ernst in seinen Augen sie trösteten.

»Was ist?«, fragte er. »Was bedrückt dich?«

»Wenn Leck diese Gabe hat, wie du befürchtest …«, begann sie.

»Ja?«

»… wie kann ich mich vor ihm schützen?«

Er betrachtete sie ernst. »Nun, das ist einfach«, sagte er. »Meine Gabe wird mich vor ihm schützen. Und ich werde dich schützen. Du wirst sicher sein mit mir, Katsa.«

Als sie im Bett lag, wirbelten die Gedanken wie ein Sturm durch ihren Kopf, doch sie befahl sich einzuschlafen. Im nächsten Moment legte sich der Sturm. Sie schlief unter einer Decke der Stille.

Vom Gasthof oder von jedem anderen Ort in Sunder aus gab es zwei Reisemöglichkeiten nach Leck City. Der eine Weg führte nach Süden zu einem der Häfen von Sunder und dann per Segelschiff südöstlich nach Monport, der westlichsten Hafenstadt der Halbinsel von Monsea, von wo eine Straße gen Norden nach Leck City in der Ebene östlich von Monseas höchstem Gipfel führte. Diese Route wurde von Händlern mit ihren Waren gewählt und von Gruppen mit Frauen, Kindern oder älteren Menschen.

Der andere Weg war kürzer, aber schwieriger. Er führte südöstlich durch den Wald von Sunder, der immer dichter und wilder wurde, und stieg zu den Bergen an, die Monseas Grenze nach Sunder und Estill bildeten. Der Pfad wurde zu steinig und holprig für Pferde. Wer über den Berg wollte, reiste zu Fuß. In den beiden Gasthöfen auf jeder Seite des Passes wurden die Pferde derer gekauft oder untergestellt, die in die Berge reisten, und an jene verkauft oder zurückgegeben, die aus den Bergen kamen. Das war der Weg, für den sich Katsa und Bo entschieden.

Leck City lag etwa eine Tageswanderung unter dem Bergpass; sogar weniger, wenn sie neue Pferde kauften. Der

Weg zur Stadt wand sich durch üppige Täler, die das Wasser von den Berggipfeln so fruchtbar gemacht hatte. Die Landschaft mit ihren Flüssen und Bächen glich dem Landesinneren von Lienid, sagte Bo, jedenfalls hatte die Königin von Monsea sie so beschrieben. So etwas hatte Katsa noch nie gesehen.

Während sie dahinritten, gab sich Katsa nicht damit zufrieden, sich die seltsamen Landschaften vorzustellen, die sie bald sehen würde. Denn seit sie am Morgen im Gasthof in Sunder erwacht war, wirbelte der Sturm aus der Nacht zuvor wieder ihre Gedanken durcheinander.

Bos Gabe würde ihn vor Leck schützen. Und Bo würde sie schützen.

Mit Bo würde Katsa sicher sein.

Das hatte er so einfach gesagt, als wäre es nichts. Aber für Katsa war es etwas ganz Neues, sich auf den Schutz eines anderen zu verlassen. Noch nie in ihrem Leben hatte sie so etwas getan.

Und außerdem, wäre es nicht einfacher für sie, Leck sofort zu töten, noch bevor er ein Wort gesprochen oder einen Finger gehoben hatte? Oder ihn zu knebeln, zu lähmen, irgendwie zu entmachten? Die Kontrolle zu behalten und ihre eigene Abwehr zu sichern? Katsa brauchte keinen Schutz. Es musste eine Lösung geben, eine Möglichkeit, sich selbst vor Leck zu schützen, wenn er tatsächlich die Gabe hatte, die sie befürchteten. Sie musste sich nur etwas einfallen lassen.

Spät am Morgen begann es zu tröpfeln. Bis zum Nachmittag hatte sich das Nieseln in einen kalten, anhaltenden Regen verwandelt, der auf sie herunterprasselte und ihnen die Sicht auf den Waldweg nahm. Schließlich hielten sie völlig durchnässt an und überlegten, wo sie vor Einbruch der Dunkelheit einen Unterschlupf finden könnten. Das Baumgewirr zu beiden Seiten des Wegs bot eine gewisse Deckung. Sie banden die Pferde an eine große Kiefer, die nach ihrem Saft duftete; er tropfte mit dem Regenwasser von den Ästen. »Einen trockeneren Platz finden wir nicht«, sagte Bo. »Ein Feuer ist unmöglich, aber wenigstens schlafen wir nicht im Regen.«

»Ein Feuer ist nie unmöglich«, sagte Katsa. »Ich mache Feuer, und du sorgst für etwas, was wir darauf kochen können.«

Skeptisch verschwand Bo mit seinem Bogen zwischen den Bäumen, während Katsa Feuer machte. Es war nicht leicht in der rundum nassen Welt. Doch am Stamm der Kiefer waren einige Nadeln trocken geblieben, und Katsa entdeckte ein paar Blätter und ein oder zwei Stöcke, die sich nicht ganz mit Wasser vollgesogen hatten. Nach dem Hieb ihres Messers und einigen sanften Atemzügen züngelte unter dem dürftigen Schutz, den ihre ausgebreiteten Arme geben konnten, eine Flamme durch den feuchten kleinen Turm von Brennbarem. Katsa beugte sich zu ihr, sie wärmte ihr das Gesicht und erfüllte sie mit Behagen. Schon immer hatte sie gut mit Feuer umgehen können. Auf den Reisen mit Oll und Giddon war stets sie für das Feuer verantwortlich gewesen.

Natürlich ein weiterer Beweis, dass sie niemanden zum Überleben brauchte.

Sie trennte sich von dem Flackern und suchte weitere Nahrung dafür. Als Bo tropfnass in ihr Lager zurückkam, war sie dankbar für das fette Kaninchen in seiner Hand.

»Meine Gabe nimmt eindeutig immer noch zu.« Er wischte sich Wasser vom Gesicht. »Seit wir in diesem Wald sind, habe ich ein größeres Gespür für Tiere. Dieses Kaninchen hatte sich in einem hohlen Baum versteckt, und ich hätte eigentlich nicht wissen können, dass es dort war – Katsa!« Er unterbrach sich, als er ihr kleines, rauchiges Feuer sah. Er schaute zu, wie sie hineinblies und es mit ihrer Sammlung von Zweigen und Ästen fütterte. »Katsa, wie hast du das geschafft? Du bist ein Wunder!«

Darüber musste sie lachen. Er hockte sich neben sie. »Es ist schön, dich lachen zu hören. Du warst heute so still. Mir ist sehr kalt, weißt du, auch wenn ich das nicht gemerkt habe, bis ich die Hitze dieser Flammen spürte.«

Bo wärmte sich, bereitete ihr Essen zu und plauderte. Katsa zog Decken und Kleidungsstücke aus ihren Taschen und hängte sie an die tiefsten Äste der Kiefer, damit sie so gut wie möglich trockneten. Als das Kaninchenfleisch über den Flammen brutzelte, kam Bo zu ihr. Er rollte die Straßenkarten auseinander und hielt eine durchweichte Ecke übers Feuer, öffnete Raffins Heilmittelpäckchen, inspizierte den Inhalt und legte die beschrifteten Umschläge zum Trocknen auf Steine.

Es war gemütlich in ihrem Lager mit den Tropfen, die herunterklatschten, der Wärme des Feuers und dem Geruch nach brennendem Holz und bratendem Fleisch. Bos Geplauder war angenehm. Katsa hielt das Feuer lebendig, lächelte über Bos Worte und schlief in dieser Nacht unter einer teilweise getrockneten Decke ein und mit der Gewissheit, dass sie überall ohne fremde Hilfe überleben konnte.

Mitten in der Nacht erwachte sie mit panischer Angst – überzeugt, dass Bo weggegangen war und sie alleingelassen hatte. Aber es musste der Schluss eines Traums gewesen sein, der sich beim Verschwinden in ihrem Bewusstsein festgebissen hatte, denn sie hörte Bos Atem durch den gleichmäßig fallenden Regen. Als sie sich umdrehte und aufsetzte, konnte sie neben sich am Boden seine Gestalt erkennen. Sie berührte seine Schulter, nur um sicher zu sein. Er hatte sie nicht verlassen, sie reisten zusammen durch den Wald von Sunder zur Grenze nach Monsea.

Sie legte sich wieder hin und betrachtete den Umriss des Schlafenden in der Dunkelheit.

Sie würde seinen Schutz am Ende doch annehmen, wenn sie ihn wirklich brauchte. Sie war nicht zu stolz, sich von diesem Freund helfen zu lassen. Er hatte ihr bereits auf tausenderlei Art geholfen.

Und sie würde ihn mit derselben Entschlossenheit schützen, wenn es nötig war. Wenn ein Kampf zu viel für ihn wurde, wenn er eine Unterkunft brauchte oder Nahrung oder ein Feuer im Regen. Oder sonst irgendetwas, wofür sie sorgen konnte. Sie würde ihn vor allem schützen.

Das war also entschieden. Sie schloss die Augen und glitt in den Schlaf.

Katsa wusste nicht, was mit ihr nicht stimmte, als sie am nächsten Morgen erwachte. Sie konnte die Wut nicht erklären, die sie ihm gegenüber empfand. Es gab keine Erklärung, und vielleicht wusste er das, denn er bat nicht darum. Er machte eine Bemerkung darüber, dass der Regen aufgehört hatte, beobachtete, wie sie ihre Decke zusammenrollte, bewusst ohne ihn anzuschauen, und trug seine Sachen zu den Pferden. Beim Reiten schaute sie ihn immer noch nicht an, und obwohl ihm die Heftigkeit ihrer Wut nicht entgehen konnte, sagte er nichts dazu.

Sie war nicht wütend darüber, dass es einen Menschen gab, der ihr Hilfe und Schutz bieten konnte. Das wäre Arroganz, und sie sah ein, dass Arroganz Dummheit war, dass sie nach Bescheidenheit streben sollte – das war eine weitere Sache, bei der Bo ihr geholfen hatte. Ihm hatte sie zu verdanken, dass sie über Bescheidenheit nachdachte. Aber das war es nicht. Ihre Wut hatte damit zu tun, dass sie um niemanden gebeten hatte, dem sie vertraute, für den sie so vieles tun, so vieles geben würde. Dass sie um niemanden gebeten hatte, dessen Abwesenheit sie ängstigen würde, wenn sie mitten in der Nacht aufwachte – nicht weil ihr dann sein Schutz fehlte, sondern einfach weil sie seine Gesellschaft wollte. Sie hatte um niemanden gebeten, dessen Gesellschaft sie sich wünschte.

Katsa konnte ihre eigene Albernheit nicht ertragen. Sie zog sich in einen Panzer aus Missmut zurück und verjagte jeden Gedanken, der ihr in den Sinn kam.

Als sie neben einem vom Regenwasser angeschwollenen See anhielten, damit sich ihre Pferde ausruhen konnten, lehnte er sich an einen Baum und aß ein Stück Brot. Ruhig, schweigend beobachtet er sie. Katsa schaute nicht zu ihm hinüber, doch sie war sich bewusst, dass sein Blick auf ihr, immer auf ihr lag. Nichts machte sie wütender als die Art, wie er sich an den Baum lehnte, Brot aß und sie mit diesen leuchtenden Augen beobachtete.

»Was starrst du denn so?«, fragte sie schließlich.

»Dieser See ist voller Fische«, sagte er, »und Frösche.

Welse, Hunderte von ihnen. Findest du es nicht komisch, dass ich das so sicher weiß?«

Sie könnte ihn schlagen für seine Ruhe und seine neue Fähigkeit, Welse zu zählen, die er nicht sehen konnte, und Frösche, und für diese irritierenden Augen. Sie ballte die Fäuste, drehte sich um und zwang sich wegzugehen. Fort von der Straße, an den Bäumen vorbei, und dann rannte sie durch den Wald und scheuchte Vögel auf. Sie lief an Bächen, Farnbüschen und Mooshügeln vorbei. Sie stürmte auf eine Lichtung mit einem Wasserfall, der über Felsen schoss und in einen See stürzte. Dort riss sie sich die Stiefel von den Füßen, zog ihre Sachen aus und sprang ins Wasser. Sie schrie über die Kälte, die ihren Körper plötzlich umgab, und das Wasser drang ihr in Nase und Mund. Als sie auftauchte, hustete und prustete sie, ihre Zähne klapperten. Sie lachte darüber und sprang ans Ufer.

Und jetzt, als sie im Schlamm stand und jedes Haar ihres Körpers sich vor Kälte sträubte, war sie ruhig.

Als sie zu Bo zurückkehrte, abgekühlt und klar im Kopf, geschah es. Er saß am Baum, die Knie gebeugt, den Kopf in den Händen, die Schultern zusammengesackt, müde und unglücklich. Bei seinem Anblick spürte sie etwas Sanftes in ihrer Kehle. Und dann hob er den Kopf und schaute sie an, und sie sah, was sie noch nie zuvor gesehen hatte. Ihr stockte der Atem.

Seine Augen waren wunderschön. Sein Gesicht erschien ihr mit jedem seiner Züge wunderschön, ebenso seine Schultern und seine Hände. Und die Arme, die auf seinen Knien lagen, und seine Brust, die sich nicht bewegte, weil er den Atem anhielt, während er sie betrachtete. Und das

Herz in seiner Brust. Dieser Freund! Wie hatte sie das zuvor nicht sehen können? Wie hatte sie ihn nicht sehen können? Sie war blind gewesen. Und dann stiegen ihr Tränen in die Augen, denn darum hatte sie nicht gebeten. Sie hatte nicht um diesen schönen Mann vor sich gebeten, mit einer Hoffnung in den Augen, die sie nicht wollte.

Er stand auf, und ihre Beine zitterten. Sie legte die Hand auf ihr Pferd, um sich ruhig zu halten.

»Ich will das nicht«, sagte sie.

»Katsa! Ich hatte es auch nicht geplant.«

Sie umklammerte die Kanten ihres Sattels, damit sie sich nicht zwischen die Beine ihres Pferdes auf den Boden setzte.

»Du hast eine Art, meine Pläne durcheinanderzubringen …«, sagte er, und sie schrie auf, sank auf die Knie und stemmte sich wütend wieder hoch, bevor er kommen, ihr helfen und sie berühren konnte.

»Steig auf«, sagte sie, »sofort. Wir reiten weiter.«

Sie schwang sich auf ihr Pferd und ritt davon, ohne sich zu überzeugen, dass er ihr folgte. Sie ritten dahin und sie erlaubte nur einem Gedanken, sich immer wieder in ihrem Kopf zu wiederholen: *Ich will keinen Ehemann. Ich will keinen Ehemann.* Sie passte den Satz dem Rhythmus der Pferdehufe an. Und wenn Bo ihre Gedanken kannte, umso besser.

Als sie am späten Abend anhielten, redete sie nicht mit ihm, konnte aber auch nicht so tun, als wäre er nicht da. Sie spürte, wie seine Augen sie über das Feuer, das er angezündet hatte, beobachteten. So war es an jedem Abend, und so würde es weitergehen. Er würde dasitzen mit Augen, die im Feuerlicht strahlten, und sie wäre unfähig, ihn anzuschauen, weil er leuchtete und schön war und sie das nicht ertragen konnte.

»Bitte, Katsa«, sagte er schließlich. »Rede wenigstens mit mir.«

Da fuhr sie zu ihm herum. »Was gibt es denn zu bereden? Du weißt, wie ich mich fühle und worüber ich nachdenke.«

»Und was ich fühle? Ist das nicht wichtig?«

Er sagte es kleinlaut, so unerwartet kleinlaut angesichts ihrer Bitterkeit, dass es sie beschämte. Sie setzte sich ihm gegenüber. »Bo! Verzeih mir. Natürlich ist es wichtig. Du kannst mir alles sagen, was du empfindest.«

Er schien plötzlich nicht zu wissen, was er sagen sollte, schaute in seinen Schoß und spielte mit seinen Ringen. Er holte tief Luft und rieb sich den Kopf, und als er ihr wieder das Gesicht zuwandte, hatte sie das Gefühl, seine Augen seien nackt, sie könne direkt durch sie hindurch ins Licht seiner Seele sehen. Sie wusste, was er sagen würde.

»Ich weiß, dass du das nicht willst, Katsa. Aber ich kann mir nicht helfen. Sowie du in mein Leben gestürmt bist, war ich verloren. Ich habe Angst, dir zu erzählen, was ich mir wünsche, Angst, dass du – ich weiß nicht, dass du mich ins Feuer wirfst. Oder, wahrscheinlicher, dass du mich ablehnst. Oder, am schlimmsten, mich verabscheust«, sagte er mit brechender Stimme, senkte den Blick und legte den Kopf in die Hände. »Ich liebe dich«, sagte er. »Ich liebe dich von ganzem Herzen, mehr, als ich es je für möglich gehalten habe. Aber ich habe dich zum Weinen gebracht, ich höre auf.«

Sie weinte, aber nicht wegen seiner Worte, sondern wegen einer Gewissheit, die sie in seiner Gegenwart nicht in Zweifel ziehen wollte. Sie stand auf. »Ich muss gehen.«

Er sprang auf die Füße. »Nein, Katsa, bitte!«

»Ich gehe nicht weit, Bo. Ich muss einfach nachdenken, ohne dass du in meinem Kopf bist.«

»Ich habe Angst, dass du nicht zurückkommst, wenn du jetzt gehst.«

»Bo!« Wenigstens diese Sicherheit konnte sie ihm geben. »Ich werde zurückkommen.«

Er schaute sie einen Augenblick an. »Ich weiß, jetzt meinst du das. Aber ich fürchte, sobald du gegangen bist, um nachzudenken, wirst du dich für die Lösung entscheiden, mich zu verlassen.«

»Das werde ich nicht.«

»Das kann ich nicht wissen.«

»Nein«, sagte Katsa, »das kannst du nicht. Aber ich muss allein nachdenken, und ich will dich nicht bewusstlos schlagen, also musst du mich gehen lassen. Und sobald ich gegangen bin, wirst du mir vertrauen müssen wie jeder andere ohne deine Gabe auch. Und wie ich es bei dir immer machen muss.«

Er schaute sie wieder mit diesen nackten, unglücklichen Augen an. Dann holte er tief Luft und setzte sich. »Geh gute zehn Minuten weit, wenn du allein sein willst.«

Das war eine viel größere Entfernung, als seine Gabe ihres Wissens überbrücken konnte. Doch das war ein Thema für einen anderen Zeitpunkt. Sie spürte seinen Blick auf ihrem Rücken, als sie zwischen den Bäumen davonging. Sie tastete sich mit Händen und Füßen voran auf der Suche nach Finsternis, Abstand und Einsamkeit.

Allein im Wald, setzte sich Katsa auf einen Baumstumpf und weinte. Sie weinte wie ein Mensch mit gebrochenem

Herzen und fragte sich, wieso es einem so das Herz brach, wenn zwei Menschen einander liebten.

Sie konnte ihn nicht haben, daran gab es keinen Zweifel. Nie konnte sie seine Frau werden. Sie konnte sich nicht von Randa befreien, nur um sich erneut wegzugeben – um einem anderen Menschen zu gehören, für einen anderen Menschen verantwortlich zu sein, ihr ganzes Leben einem anderen zu widmen. Auch wenn sie ihn noch so sehr liebte.

Katsa saß in der Finsternis eines Waldes in Sunder und verstand drei Wahrheiten: Sie liebte Bo. Sie wollte Bo. Und sie konnte nie einem anderen Menschen außer sich selbst gehören.

Nach einer Weile suchte sie ihren Weg zurück zum Feuer. Nichts hatte sich in ihrem Gefühl verändert, und sie war nicht müde. Doch Bo würde leiden, wenn er nicht schlief, und sie wusste, dass er nicht schlafen würde, bevor sie zurückgekehrt war.

Er lag hellwach auf dem Rücken und schaute hinauf zum Halbmond. Sie ging und setzte sich zu ihm. Er betrachtete sie mit sanftem Blick und sagte nichts. Sie erwiderte seinen Blick und offenbarte ihm ihre Gefühle, damit er verstand, was sie empfand, was sie wollte und was sie nicht konnte. Er setzte sich auf.

Lange sah er ihr ins Gesicht.

»Du weißt, ich würde von dir nie erwarten, dass du dich veränderst, wenn du meine Frau wärst«, sagte er schließlich.

»Es würde mich verändern, deine Frau zu sein.«

Er schaute ihr in die Augen. »Ja. Ich verstehe dich.«

Ein Stück Holz fiel ins Feuer. Sie saßen schweigend da. Als er wieder sprach, geschah es zögernd. »Mir kommt der Gedanke, dass ein gebrochenes Herz nicht die einzige Alternative zu Heirat ist.«

»Was meinst du?«

Er senkte einen Moment den Kopf. Dann schaute er sie wieder an. »Ich werde mich dir geben, wie auch immer du mich willst«, sagte er so einfach, dass es Katsa nicht in Verlegenheit brachte.

Sie beobachtete sein Gesicht. »Und wohin soll das führen?«

»Ich weiß es nicht. Aber ich vertraue dir.«

Sie beobachtete seine Augen.

Er bot sich ihr an. Er vertraute ihr, wie sie ihm vertraute.

Diese Möglichkeit hatte sie nicht bedacht, als sie allein im Wald saß und weinte. Sie war ihr noch nicht einmal eingefallen. Und jetzt lag sein Angebot vor ihr, sie konnte es fassen und annehmen. Und was eben noch klar, einfach und herzzerreißend erschienen war, fand sie jetzt wieder wirr und kompliziert. Doch es gab Hoffnung.

Konnte sie seine Geliebte sein und sich immer noch selbst gehören?

Das war die Frage, und sie wusste die Antwort nicht.

»Ich muss nachdenken«, sagte sie.

»Denk hier nach, bitte. Ich bin so müde, Katsa. Ich werde gleich einschlafen.«

Sie nickte. »Gut. Ich bleibe.«

Er griff hoch und wischte ihr eine Träne von der Wange. Sie spürte die Berührung seiner Fingerspitze unten an ihrer Wirbelsäule und kämpfte dagegen an, auch dagegen, dass er das wusste. Er legte sich hin. Sie stand auf und ging zu einem Baum außerhalb des Feuerscheins, setzte sich an den Stamm, betrachtete Bos Umriss und wartete, bis er eingeschlafen war.

Die Vorstellung von einem Liebhaber war für Katsa so etwas wie die Entdeckung eines Körperteils, den sie nie zuvor bemerkt hatte. Ein zusätzlicher Arm oder Zeh. Es war ihr unbekannt, und sie tastete und stocherte daran herum, wie sie an einem fremden Zeh herumgetastet hätte, der unerwartet ihr eigener war.

Dass Bo dieser Liebhaber sein würde, milderte ihre Verwirrung etwas. Wenn sie an Bo dachte und nicht an einen Liebhaber, konnte Katsa sich vorstellen, wie es wäre, in seinem Bett zu liegen, ohne seine Frau zu sein.

Darüber musste sie länger nachdenken als eine Nacht. Sie ritten durch den Wald von Sunder, redeten, rasteten und schlugen ein Lager auf wie zuvor. Doch ihr Schweigen war vielleicht nicht ganz so ungezwungen wie zuvor, und Katsa ging gelegentlich fort, um allein nachzudenken. Sie trainierten nicht, denn Katsa scheute seine Berührung. Und er bedrängte sie nicht. Er drängte ihr nichts auf, kein Gespräch, noch nicht einmal seinen Blick.

Sie ritten so schnell, wie der Weg erlaubte. Doch je weiter sie kamen, umso mehr glich er bestenfalls einem Pfad, der sich zwischen überwucherten Rinnsalen hindurch- und um Bäume wand, die größer waren als alle, die Katsa je gesehen hatte – mit Baumstämmen so breit, wie die Pferde lang waren, und Ästen, die über ihnen ächzten. Manchmal mussten sie sich unter Vorhängen aus Ranken ducken, die von den Zweigen hingen. Der Weg wurde immer steiler, je weiter sie nach Osten reisten, und Bäche zogen kreuz und quer über den Waldboden.

Wenigstens bot ihre Route Bo eine gewisse Zerstreuung. Er konnte nicht aufhören, sich mit großen Augen umzuschauen. »Das ist ja ein Urwald! Hast du je so etwas gesehen? Es ist großartig.«

Großartig und voller Tiere, die sich für den Winter mästeten. Es war einfach, etwas zu jagen und einen Unterschlupf zu finden. Doch Katsa spürte deutlich, dass die Pferde so langsam vorankamen wie ihre Gedanken.

»Ich glaube, zu Fuß wären wir schneller«, sagte sie.

»Die Pferde werden dir fehlen, wenn wir sie zurücklassen müssen.«

»Und wann wird das sein?«

»Nach der Landkarte etwa in zehn Tagen.«

»Ich würde lieber zu Fuß gehen.«

»Du wirst nie müde«, sagte Bo. »Stimmt's?«

»Ich werde müde, wenn ich lange nicht geschlafen habe. Oder wenn ich etwas sehr Schweres trage. Ich war müde, als ich deinen Großvater eine Treppe hinaufgetragen habe.«

Mit hochgezogenen Augenbrauen sah er sie an. »Du hast meinen Großvater eine Treppe hinaufgetragen?«

»Ja, in Randas Schloss.«

»Nach einem schnellen Tages- und Nachtritt?«

»Ja.«

Er lachte laut, doch sie verstand den Witz nicht. »Das musste ich, Bo. Sonst wäre der Einsatz missglückt.«

»Er wiegt anderthalbmal so viel wie du.«

»Ich war ja auch müde, als ich oben war. Du wärst nicht so müde gewesen.«

»Ich bin größer als er, Katsa. Ich bin stärker. Und ich wäre schon müde gewesen, wenn ich nur die Nacht auf meinem Pferd verbracht hätte.«

»Ich musste es tun. Ich hatte keine Wahl.«

»Zu deiner Gabe gehört mehr als das Kämpfen«, sagte er.

Sie antwortete nicht, und nach einem Moment der Verwunderung hatte sie es vergessen. Ihre Gedanken kehrten zu ihrem Hauptthema zurück. Es blieb ihnen nichts anderes übrig, mit Bo auf seinem Pferd vor ihr.

Was war der Unterschied zwischen einem Ehemann und einem Liebhaber?

Wenn sie Bo zum Ehemann nahm, würde sie Versprechungen für eine Zukunft machen, die sie sich nicht vorstellen konnte. Denn sobald sie seine Frau wurde, wäre sie das für immer. Und wie viel Freiheit Bo ihr auch geben mochte, sie würde immer wissen, dass sie ein Geschenk war. Ihre Freiheit würde nicht ihr allein gehören; Bo konnte sie ihr geben oder versagen. Dass er sie ihr nie versagen würde, machte keinen Unterschied. Wenn sie nicht aus ihr kam, gehörte sie nicht wirklich ihr.

Würde sie sich gefangen fühlen, für immer in die Enge getrieben, wenn Bo ihr Liebhaber wäre? Oder hätte sie dann immer noch diese Freiheit, die aus ihr selbst kam?

Und als sie sich eines Nachts an einem verlöschenden Feuer gegenüberlagen, kam ihr eine neue Sorge. Was wäre, wenn sie mehr von Bo nahm, als sie ihm geben könnte?

»Bo?«

Sie hörte, wie er sich auf die Seite drehte. »Ja?«

»Wie wäre es für dich, wenn ich für immer weggehen würde? Wenn ich mich dir an einem Tag hingeben und dich am nächsten wieder verlassen würde – ohne das Versprechen, zurückzukommen?«

»Katsa, jeder Mann, der versuchen würde, dich in einen Käfig zu sperren, wäre ein Dummkopf.«

»Aber das sagt mir nicht, wie du dich fühlst, wenn du immer von meinen Launen abhängig bist.«

»Es sind keine Launen. Es ist das Bedürfnis deines Herzens. Du vergisst, dass ich in der einmaligen Lage bin, dich zu verstehen, Katsa. Immer wenn du dich von mir zurückziehst, werde ich wissen, dass es nicht aus Mangel an Liebe geschieht. Wenn doch, werde ich das auch wissen und verstehen, dass es für dich richtig ist, zu gehen.«

»Du hast meine Frage nicht beantwortet. Wie wirst du dich fühlen?«

Eine Pause entstand. »Ich weiß es nicht. Wahrscheinlich werde ich viele verschiedene Gefühle haben. Aber nur eins von vielen wird Trauer sein, und Trauer bin ich bereit zu riskieren.«

Katsa schaute hinauf in die Baumwipfel. »Bist du da sicher?«

Er seufzte. »Ich bin mir sicher.«

Er war bereit, Trauer und Elend zu riskieren. Und das war der Haken. Sie wusste nicht, wohin das führen würde, und weiterzumachen bedeutete, alle möglichen Arten von Trauer zu riskieren.

Das Feuer seufzte und erstarb. Sie hatte Angst. Denn während ihr Lager sich der Finsternis ergab, spürte sie, dass auch sie das Risiko wählte.

Am nächsten Tag hätte Katsa alles für einen freien, geraden Weg gegeben, für einen schnellen Ritt und donnernde Hufe, um ihre Gefühle zu übertönen. Stattdessen wand sich die Straße vor und zurück, Hänge hinauf und in Senken hinab, und sie wusste nicht, wie es ihr gelang, nicht zu schreien. Bei Einbruch der Dunkelheit kamen sie in eine Mulde, in der Wasser in einen flachen, stillen Weiher rann. Moos bedeckte die Bäume und den Boden, hing von den Ranken an den Bäumen und fiel in den Weiher, der grün schimmerte wie der Boden von Randas Schlosshof.

»Du scheinst ein bisschen gereizt zu sein«, sagte Bo. »Warum gehst du nicht auf die Jagd? Ich mache Feuer.«

Die ersten Tiere, über die sie stolperte, ließ sie entkommen. Sie hoffte, wenn sie tiefer in den Wald eindrang und sich mehr Zeit ließ, könnte sie ihre Nervosität vielleicht loswerden. Doch als sie viel später mit einem Fuchs zum Lager zurückkehrte, hatte sich nichts verändert. Bo saß ruhig am Feuer und Katsa glaubte, gleich zerplatzen zu müssen. Sie warf ihre Beute auf den Boden neben den Flammen, setzte sich auf einen Stein und stützte den Kopf in die Hände.

Sie wusste, was sie so durcheinanderbrachte. Es war Angst, schlichte, kalte Angst.

Sie wandte sich ihm zu. »Ich verstehe, warum wir nicht miteinander kämpfen sollten, wenn einer von uns wütend ist. Aber schadet es auch, zu kämpfen, wenn einer von uns Angst hat?«

Er schaute ins Feuer und bedachte ruhig die Frage. Dann sah er ihr ins Gesicht. »Ich glaube, es hängt davon ab, was du dir vom Kämpfen erhoffst.«

»Ich glaube, es wird mich beruhigen. Ich glaube, ich

werde mich danach wohler fühlen – in deiner Nähe.« Sie rieb sich die Stirn und seufzte. »Es wird mir helfen, zu mir zurückzufinden.«

Er beobachtete sie. »Es scheint tatsächlich diese Wirkung auf dich zu haben.«

»Kämpfst du mit mir, Bo?«

Er beobachtete sie noch einen Augenblick, dann verließ er das Feuer und winkte ihr, ihm zu folgen. Sie ging hinter ihm her; ihre Gedanken summten so verrückt in ihr, dass sie wie betäubt war, und als sie einander gegenüberstanden, starrte sie ihn stumm an. Sie schüttelte den Kopf, um ihn zu leeren, doch es half nichts.

»Schlag mich«, sagte sie.

Er wartete den Bruchteil einer Sekunde. Dann schwang er die Faust auf ihr Gesicht zu und sie riss den Arm hoch, um ihn abzuwehren. Der Zusammenprall ihrer Arme weckte sie aus ihrer Betäubung. Sie würde mit ihm kämpfen, und sie würde gewinnen. Er hatte sie noch nie besiegt, und er würde sie auch heute Abend nicht besiegen. Wie finster es auch war, wie sehr ihre Gedanken auch durcheinanderwirbelten, jetzt, da sie kämpften, war der Wirbel verschwunden. Katsas Kopf war klar.

Ihre Schläge kamen schnell und hart, mit der Hand, mit dem Ellbogen, dem Knie, dem Fuß. Er wehrte sich mit aller Kraft, aber es war, als würde jeder Schlag neue Energie in ihr freisetzen. Jeder Baum, den sie rammten, jede Wurzel, über die sie stolperten, schärfte ihre Konzentration. Sie gab sich dem tröstlichen Gefühl hin, gegen Bo zu kämpfen, und sie kämpften wild.

Als sie ihn zu Boden rang und er ihr Gesicht wegschob, rief sie: »Warte! Blut! Ich schmecke Blut!«

Er hörte auf, sich zu wehren. »Wo? Doch nicht dein Mund?«

»Ich glaube, es ist deine Hand.«

Er setzte sich auf und sie hockte sich neben ihn, nahm seine Hand und untersuchte seine Handfläche. »Blutet sie? Merkst du was?«

»Es ist nicht der Rede wert. Es war die Kante deines Stiefels«, sagte Bo.

»Wir sollten nicht in Stiefeln kämpfen.«

»Im Wald können wir nicht barfuß kämpfen, Katsa. Wirklich, es ist nicht der Rede wert.«

»Trotzdem ...«

»An deinem Mund ist Blut«, sagte er in einem seltsamen, zerstreuten Ton, der klarmachte, wie unwichtig ihm die verletzte Hand war. Er hob einen Finger und berührte fast ihre Lippe. Dann ließ er die Hand sinken, als hätte er plötzlich gemerkt, dass er etwas tat, das er nicht tun sollte. Er räusperte sich und schaute zur Seite.

Und da spürte sie, wie nah er war. Sie spürte seine Hand warm unter ihren Fingern. Er war hier, ganz nah, und atmete neben ihr. Sie berührte ihn und sie spürte das Risiko so deutlich, als würde kaltes Wasser auf ihre Haut spritzen. Sie wusste, dies war der Moment der Entscheidung. Sie wusste, wie sie sich entscheiden würde.

Sein Blick kehrte zu ihr zurück und sie sah, dass er verstand. Sie stieg in seine Arme. Sie klammerten sich aneinander und sie weinte, erleichtert, weil sie ihn umarmte, und voller Angst vor dem, was sie tat. Er wiegte sie in seinem Schoß und drückte sie an sich, immer wieder flüsterte er ihren Namen, bis ihre Tränen schließlich versiegten.

Sie wischte sich das Gesicht an seinem Hemd ab und

schlang die Arme um seinen Hals. Ihr war warm in seinen Armen und sie wurde ruhig, angstfrei und mutig. Und dann lachte sie darüber, wie gut es sich anfühlte, wie schön es war, seinen Körper an ihrem zu spüren. Er grinste sie an, ein schimmerndes Grinsen, das sie plötzlich am ganzen Körper wärmte. Und dann berührten seine Lippen ihre Kehle und liebkosten ihren Hals. Sie hielt den Atem an. Sein Mund fand ihren. Sie wurde zu Feuer.

Einige Zeit später, als sie mit ihm im Moos lag und sich an ihn schmiegte, hypnotisiert davon, was seine Lippen mit ihrer Kehle machten, fiel ihr seine blutende Hand wieder ein. »Später«, murmelte er, und dann erinnerte sie sich an das Blut an ihrem Mund, doch das brachte nur wieder seinen Mund zu ihrem, schmeckend, suchend, und seine Hände zerrten an ihrer Kleidung und ihre Hände an seiner. Und seine Haut war so warm, während ihre Körper einander erkundeten. Und schließlich kannten sie den anderen Körper so gut wie alle Liebenden, doch diese Berührung war so anders, zueinander strebend statt gegeneinander. »Bo«, sagte sie einmal, als ein klarer Gedanke ihren Kopf durchfuhr, doch er flüsterte: »Wir haben die Arzneien. Seenagel ist bei den Arzneien«, und seine Hände, sein Mund, sein Körper löschten ihr Denken aus. Er machte sie betrunken, dieser Mann machte sie betrunken, und immer, wenn sein Blick in ihren blitzte, konnte sie nicht atmen.

Sie hatte den Schmerz erwartet, als er kam. Doch sie keuchte über seine Schärfe, er glich keinem anderen Schmerz, den sie zuvor gespürt hatte. Bo küsste sie, wurde langsamer und hätte aufgehört. Doch sie lachte und sagte, dieses eine Mal sei sie damit einverstanden, dass seine Berührung ihr wehtat und sie bluten ließ. Aus dem Schmerz wurde eine Wärme, die zunahm und ihren Atem stocken ließ, die ihr den Atem nahm und den Schmerz, und den Verstand, bis nichts mehr war als ihr Körper und sein Körper und das Licht und das Feuer, das sie zusammen erschufen.

Danach lagen sie gewärmt voneinander und von der Hitze des Feuers da. Sie berührte seine Nase, seinen Mund und spielte mit den Reifen in seinen Ohren. Er küsste sie immer wieder, und seine Augen leuchteten in ihre.

»Geht es dir gut?«, fragte er.

Sie lachte. »Ich habe mich nicht verloren. Und du?«

Er lächelte. »Ich bin sehr glücklich.«

Sie fuhr die Linie seines Kinns bis zu den Ohren nach, dann strich ihr Finger hinunter zu seiner Schulter. Sie berührte die Male, die sich um seine Arme wanden. »Raffin dachte auch, wir würden so enden«, sagte sie. »Offenbar bin ich die Einzige, die es nicht hat kommen sehen.«

»Raffin wird ein sehr guter König sein«, sagte Bo, und sie lachte wieder, diesmal über die Unlogik der Bemerkung, und bettete ihren Kopf in seine Armbeuge.

»Lass uns morgen schneller reiten«, sagte sie beim Gedanken an Männer, die keine guten Könige waren.

»Einverstanden. Hast du noch Schmerzen?«

»Nein.«

»Warum, glaubst du, ist das so? Warum haben Frauen diese Schmerzen?«

Darauf konnte sie nicht antworten. Frauen hatten sie nun mal, das war alles, was sie wusste. »Lass mich deine Hand waschen.«

»Zuerst werde ich dich waschen.«

Sie schauderte, als er sie verließ, zum Feuer ging und Wasser und Tücher holte. Er beugte sich ins Licht, und Helligkeit und Schatten liefen über seinen Körper. Er war schön. Sie bewunderte ihn, und er grinste zu ihr herüber. *Fast so schön wie eingebildet,* dachte sie, und er lachte laut heraus.

Es sollte sich seltsam anfühlen, dachte sie, hier zu liegen, ihn zu beobachten und ihn zu necken. Getan zu haben, was sie getan hatten, und zu sein, was sie geworden waren. Stattdessen fühlte es sich natürlich und gut an. Unvermeidlich. Und nur ganz, ganz wenig erschreckend.

Sie führten ganze Gespräche, in denen sie kein Wort sagte. Bo spürte, wenn Katsa mit ihm reden wollte, und wenn sie ihm etwas sagen wollte, konnte er es mit seiner Gabe einfangen. Es schien ihnen nützlich, diese Fähigkeit zu üben. Und Katsa merkte, je unbefangener sie ihm ihre Gedanken öffnete, umso leichter fiel es ihr auch, sie vor ihm zu verbergen. Das war allerdings nicht sehr befriedigend, denn wenn sie ihm ihre Empfindungen nicht zugänglich machte, musste sie diese Gefühle auch vor sich selbst verschließen. Aber es war wenigstens etwas.

Sie fanden heraus, dass es für ihn einfacher war, ihre Gedanken aufzunehmen, als für Katsa, sie zu formulieren. Zuerst fasste sie alles in stumme Worte, als würde sie mit ihm sprechen. *Willst du anhalten und Rast machen? Soll ich uns ein Abendessen besorgen? Ich habe kein Wasser mehr.* »Natürlich verstehe ich dich, wenn du so präzise bist«, sagte Bo. »Aber du musst dich nicht so anstrengen. Ich kann auch Bilder verstehen, Gefühle oder Gedanken in ungeformten Sätzen.«

Auch das war für sie zuerst schwierig. Sie fürchtete missverstanden zu werden und formte ihre inneren Bilder so sorgsam wie ihre Sätze. Fische über dem Feuer braten. Ein

Bach. Die Kräuter, der Seenagel, den sie beim Abendessen zu sich nehmen musste.

»Wenn du mir einen Gedanken zugänglich machst, Katsa, verstehe ich ihn – egal wie du ihn denkst. Wenn du willst, dass ich etwas weiß, erfahre ich es.«

Aber was bedeutete es, ihm einen Gedanken zugänglich zu machen? Zu wollen, dass er ihn kannte? Sie versuchte einfach seine Gedanken zu erreichen, wenn er etwas erfahren sollte. *Bo!* Und dann überließ sie es ihm, das Wesentliche des Gedankens aufzunehmen.

Das schien zu gelingen. Sie übte ständig, sowohl mit ihm zu kommunizieren als auch, sich ihm zu verschließen. Langsam entspannte sie sich dabei.

Eines Abends am Feuer, vor dem Regen geschützt durch ein Dach aus Ästen, das sie gebaut hatte, bat sie ihn, ihr seine Ringe zu zeigen. Er reichte ihr die Hände. Sie zählte an seiner rechten Hand sechs einfache goldene Ringe in verschiedener Breite. An der linken trug er einen einfachen Ring aus Gold, einen dünneren mit eingelegten grauen Steinen in der Mitte, und einen breiten, schweren mit einem spitzen, glitzernden weißen Stein – der musste sie in jener Nacht am Schießplatz gekratzt haben. Und dann noch einen einfachen goldenen Ring wie den ersten, aber mit dem eingravierten Muster, das sie von seinen Malen am Arm kannte. Dieser Ring brachte sie auf den Gedanken, dass die Ringe vielleicht eine Bedeutung hatten.

»Ja«, sagte Bo. »Jeder Ring, den ein Lienid trägt, bedeutet etwas. Dieser mit der Gravur ist der Ring des siebten Königssohns. Er steht für mein Schloss und meine Stellung als Prinz. Er ist mein Erbe.«

Haben deine Brüder einen anderen Ring und Armschmuck?

»Ja, das haben sie.«

Katsa berührte den großen, schweren Ring mit dem spitzen weißen Stein. *Das ist der Ring eines Königs.*

»Ja, der Ring symbolisiert meinen Vater. Und dieser«, er zeigte auf den kleinen mit der grauen Linie aus Steinen in der Mitte, »meine Mutter, und dieser einfache hier meinen Großvater.«

War er nie König?

»Sein älterer Bruder war König. Als sein Bruder starb, wäre er König geworden, wenn er es gewünscht hätte. Doch sein Sohn, mein Vater, war jung, kräftig und ehrgeizig. Mein Großvater war alt und kränklich, und er war damit einverstanden, die Königswürde auf seinen Sohn zu übertragen.«

Und was ist mit der Mutter deines Vaters und den Eltern deiner Mutter? Trägst du auch für sie Ringe?

»Nein. Sie sind tot. Ich habe sie nicht mehr gekannt.«

Sie nahm seine rechte Hand. *Und diese? Du hast gar nicht genug Finger für die Ringe an dieser Hand.*

»Diese hier sind für meine Brüder«, sagte er. »Einer für jeden. Der dickste für den ältesten und der dünnste für den jüngsten.«

Tragen deine Brüder einen noch dünneren Ring für dich?

»Ja, und meine Mutter, mein Großvater und mein Vater auch.«

Warum ist deiner der kleinste, nur weil du der Jüngste bist?

»So ist es eben, Katsa. Aber der Ring, den sie für mich tragen, ist anders als die anderen. Er hat zwei winzige Steine, einen goldenen und einen silbernen.«

Für deine Augen.

»Ja.«

Ist es wegen deiner Gabe ein besonderer Ring?

»Ja, die Lienid achten die Beschenkten.«

Nun, das war etwas Neues. Sie hatte nicht gewusst, dass es jemanden gab, der Beschenkte achtete. *Für die Frauen oder Kinder deiner Brüder trägst du keine Ringe?*

Er lächelte. »Zum Glück nicht. Aber für meine eigene Frau würde ich einen tragen und einen für jedes meiner Kinder. Meine Mutter hat vier Brüder, vier Schwestern, sieben Söhne, Vater, Mutter und einen Ehemann. Sie trägt neunzehn Ringe.«

Das ist absurd. Kann sie ihre Finger noch gebrauchen?

Er zuckte die Schulter. »Ich habe mit meinen keine Schwierigkeiten.« Er hob ihre Hände an seinen Mund und küsste ihre Knöchel.

Ich würde nie so viele Ringe tragen.

Er lachte, drehte ihre Hände um und küsste die Handflächen und Gelenke. »Du würdest gar nichts tun, was du nicht willst.«

Und das war, was sie an Bos Gabe bald am meisten schätzen lernte: Er wusste, was sie tun wollte, ohne dass sie es ihm sagte. Jetzt sank er mit spitzbübischem Lächeln vor ihr auf die Knie. Seine Hand liebkoste ihre Seite, und dann zog er sie an sich, und seine Lippen streiften ihren Nacken. Sie hielt den Atem an und vergaß, was sie ihm antworten wollte. Und genoss die Kühle seiner goldenen Ringe an ihrem Gesicht, ihrem Körper und an jeder Stelle, die er berührte.

»Du glaubst, dass Leck diese Tiere selbst aufschlitzt, nicht wahr?«, fragte sie ihn eines Tages, während sie ritten.

Er schaute sich zu ihr um. »Mir ist klar, dass es ein widerwärtiger Verdacht ist. Aber ja, das glaube ich. Und ich frage mich auch, von welcher Krankheit dieser Mann gesprochen hat.«

»Du glaubst, dass er Menschen umbringt.«

Bo zuckte die Achseln und gab keine Antwort.

»Glaubst du, dass sich Königin Ashen von ihm getrennt und eingeschlossen hat, weil sie herausgefunden hat, dass er ein Beschenkter ist?«

»Das habe ich mich auch gefragt.«

»Aber wie konnte sie das merken? Sollte sie nicht ganz in seinem Bann stehen?«

»Ich habe keine Ahnung. Vielleicht ist er zu weit gegangen mit seinen Untaten und sie hatte einen klaren Moment.« Er hob einen Ast, der in ihren Weg hing, und duckte sich. »Vielleicht wirkt seine Gabe nur bis zu einem bestimmten Punkt.«

Oder es war gar keine Gabe. Vielleicht war es nur eine lächerliche Idee, ein verzweifelter Versuch, das Unerklärliche zu erklären.

Doch ein König und eine Königin waren gestorben, und niemand war misstrauisch geworden. Ein König hatte einen alten Mann entführt, und niemand verdächtigte ihn.

Ein einäugiger König.

Es war eine Gabe. Wenn nicht, dann musste es etwas Unnatürliches sein.

Der Pfad wurde schmäler und überwachsener, und sie führten ihre Pferde öfter, als dass sie ritten. Alle Bäume schienen sich auf einmal zu verfärben, die Blätter wurden orange und gelb, purpurrot, violett und braun. Jetzt würde es nur noch ein oder zwei Tage dauern, bis sie den Gasthof erreichten, in dem sie ihre Pferde lassen würden. Und dann kam der steile Anstieg in die Berge, mit ihren Sachen auf dem Rücken. In den Bergen liege Schnee, sagte Bo, und es gebe nicht viele Reisende. Sie müssten vorsichtig sein und auf Stürme achten.

»Aber du hast keine Angst, oder, Katsa?«

»Nicht besonders.«

»Natürlich, du frierst nie, kannst einen Bären mit bloßen Händen erlegen und in einem Schneesturm ein Feuer machen, mit Eiszapfen zum Anfeuern.«

Sie wollte ihm nicht den Gefallen tun zu lachen, doch ein Lächeln konnte sie nicht unterdrücken. Sie hatten ihr Lager für den Abend aufgeschlagen. Katsa fischte, und wenn sie fischte, zog er sie immer auf, weil sie nicht mit einer Schnur angelte, wie er es getan hätte. Wenn sie fischte, zog sie die Stiefel aus, rollte die Hosenbeine hoch und watete ins Wasser. Dann schnappte sie jeden Fisch, der in ihre Reichweite kam, und warf ihn zu Bo ans Ufer. Er lachte über sie, schuppte und zerteilte ihr Abendessen und leistete ihr Gesellschaft.

»Es gibt nicht viele Leute mit Händen, die schneller sind als Fische«, sagte er.

Katsa schnappte nach einem silbrig rosa Schimmer, der an ihren Fußgelenken aufblitzte, und schleuderte den Fisch Bo zu. »Es gibt auch nicht viele Leute, die wissen, dass ein Pferd einen Stein im Huf hat, auch wenn es kein Anzeichen dafür gibt. Ich kann vielleicht mein Abendessen so leicht töten, wie ich Menschen töte, aber wenigstens unterhalte ich mich nicht mit Pferden.«

»Ich unterhalte mich nicht mit Pferden. Ich merke seit neuestem nur, wann sie anhalten wollen. Und wenn wir erst mal angehalten haben, ist es meistens leicht, herauszufinden, was nicht stimmt.«

»Trotzdem, ich finde nicht, dass du es dir leisten kannst, dich über die Seltsamkeit meiner Gabe zu wundern.«

Bo lehnte sich auf die Ellbogen zurück und grinste. »Ich finde deine Gabe nicht seltsam. Ich denke nur, dass es eine andere Gabe ist, als du glaubst.«

Sie packte einen dunklen Blitz im Wasser und warf ihm den Fisch zu. »Was ist denn meine Gabe?«

»Das weiß ich nicht. Aber mit der Gabe des Tötens lässt sich nicht alles erklären, was du kannst. Zum Beispiel, dass du nie müde wirst. Oder nie unter Kälte oder Hunger leidest.«

»Ich werde sehr wohl müde.«

»Und noch andere Dinge. Dein Talent, im Regen ein Feuer zu machen.«

»Ich bin nur geduldiger als andere.«

Bo schnaubte. »Sicher. Geduld ist mir schon immer als eine deiner hervorstechendsten Eigenschaften aufgefallen.«

Er duckte sich vor einem fliegenden Fisch und lehnte sich lachend zurück. »Deine Augen glänzen, wenn du so im Sonnenuntergang in diesem Wasser stehst. Du bist wunderschön.«

Hör auf! »Und du bist ein Narr.«

»Komm raus, Wildkatze. Wir haben genug Fisch.«

Sie watete ans Ufer. Er kam ihr entgegen und zog sie auf das Moos. Gemeinsam lasen sie die Fische auf und gingen zum Feuer.

»Ich werde sehr wohl müde«, sagte Katsa. »Und ich spüre Kälte und Hunger.«

»Also gut, wenn du es sagst. Aber vergleiche dich mal mit anderen Menschen.«

Sich mit anderen Menschen vergleichen? Sie setzte sich und trocknete sich die Füße ab.

»Sollen wir heute Abend kämpfen?«, fragte er.

Zerstreut nickte sie.

Er steckte den Fisch über die Flammen, summte, wusch sich die Hände und schickte ihr vom Feuer her Augenblitze. Sie saß da – und versuchte, sich mit anderen Menschen zu vergleichen.

Manchmal spürte sie Kälte. Aber sie litt nicht darunter wie andere. Und manchmal hatte sie Hunger, aber sie hielt es lange mit wenig Nahrung aus, und der Hunger schwächte sie nicht. Sie konnte sich nicht daran erinnern, sich jemals aus irgendeinem Grund schwach gefühlt zu haben oder je krank gewesen zu sein. Sie dachte zurück und war sicher. Noch nicht einmal einen Husten hatte sie gehabt.

Katsa starrte ins Feuer. All das war ein bisschen ungewöhnlich. Das sah sie ein. Und sie wusste, dass das noch nicht alles war.

Sie kämpfte, ritt, rannte und stürzte, aber ihre Haut zeigte selten eine Schürfwunde oder Schwellung. Sie hatte sich noch nie einen Knochen gebrochen. Und sie litt nicht so unter Schmerzen wie andere Leute. Selbst wenn Bo sie sehr heftig traf, war der Schmerz leicht zu ertragen. Wenn sie ehrlich war, musste sie zugeben, dass sie andere Leute nicht verstand, die über Schmerzen klagten.

Sie ermüdete nicht wie andere. Sie brauchte nicht viel Schlaf. In den meisten Nächten zwang sie sich zum Schlafen, nur weil sie wusste, dass sie das sollte.

»Bo!«

Er schaute vom Feuer auf.

»Kannst du dir befehlen einzuschlafen?«

»Was meinst du damit?«

»Ich meine, kannst du dich hinlegen und zum Einschlafen zwingen? Wann immer du willst, und zwar sofort?«

Er kniff die Augen zusammen. »Nein. Davon habe ich noch nie gehört.«

»Hm.«

Er betrachtete sie noch einen Augenblick und beschloss dann offenbar, sie in Ruhe zu lassen. Sie bemerkte es kaum. Noch nie war ihr der Gedanke gekommen, dass ihre Kontrolle über ihren Schlaf ungewöhnlich sein könnte. Und sie konnte sich nicht nur befehlen einzuschlafen. Sie konnte auch bestimmen, wie lange sie schlief. Und wenn sie erwachte, wusste sie immer, wie viel Uhr es war. Sie kannte in jedem Augenblick die genaue Zeit.

So wie sie immer genau wusste, wo sie war und in welche Richtung sie schaute.

»Wo ist Norden?«, fragte sie Bo.

Er schaute auf und prüfte die Lichtverhältnisse. Dann deutete er in eine Richtung, die ungefähr, aber nicht genau nördlich war. Woher wusste sie das mit solcher Sicherheit?

Nie verirrte sie sich. Nie hatte sie Schwierigkeiten, ein Feuer zu machen oder einen Unterstand zu bauen. Sie jagte ohne jede Mühe. Ihre Sehkraft und ihr Gehör waren besser als bei anderen Leuten.

Abrupt stand sie auf, ging die paar Schritte zurück zum See und starrte hinein, ohne etwas wahrzunehmen.

Körperliche Bedürfnisse, die andere Menschen einschränkten, setzten ihr keine Grenzen. Die Entbehrungen und Mühen, unter denen andere litten, machten ihr nichts aus. Instinktiv wusste sie, wie sie ohne Schwierigkeiten in der Wildnis leben konnte.

Und sie konnte jeden töten – wenn er ihr Überleben auch nur im Geringsten bedrohte.

Plötzlich setzte sich Katsa auf die Erde.

Könnte ihre Gabe das Überleben sein?

Sowie sie sich das fragte, verneinte sie es. Sie war einfach eine Kämpferin mit der Macht zu töten, und das war sie immer gewesen. Sie hatte vor den Augen von Randas gesamter Hofgesellschaft einen Cousin getötet – einen Mann, der ihr nichts getan hatte, nichts Greifbares. Sie hatte ihn umgebracht, ohne einen Gedanken zu verlieren, ohne Zögern – genau wie sie beinahe ihren Onkel ermordet hätte.

Aber sie hatte ihren Onkel nicht ermordet. Sie hatte eine Möglichkeit gefunden, das zu vermeiden und dennoch weiterzuleben.

Und sie hatte nicht gewollt, dass jener Cousin starb. Sie war ein Kind gewesen und ihre Gabe ungeformt. Sie hatte nicht ausgeholt, um ihn zu töten, sie wollte sich nur schützen vor seiner Berührung. Das hatte sie völlig vergessen, als die Angehörigen des Hofs anfingen, sie zu meiden, und Randa begann, sie für seine Zwecke zu benutzen, sie sein mörderisches Kind nannte.

Ihre Gabe war nicht das Töten. Ihre Gabe war das Überleben.

Da lachte sie. Denn es klang fast, als sei ihre Gabe das Leben, und das war natürlich lächerlich.

Sie stand auf und ging zurück zum Feuer. Bo sah sie kommen. Er fragte nicht, was sie dachte, er drang nicht in sie. Er wartete, bis sie es ihm sagen wollte. Katsa sah, wie er sie über die Flammen hinweg musterte. Offenbar war er neugierig.

»Ich habe mich mit anderen Menschen verglichen«, sagte sie.

»Ah ja.« Es klang vorsichtig.

Sie zog die Haut von dem gebratenen Fisch, schnitt sich ein Stück ab, kaute und überlegte.

»Bo?«

Er schaute zu ihr auf.

»Wenn meine Gabe nicht das Töten wäre, sondern das Überleben ...«

Er zog die Augenbrauen hoch.

»... würde dich das überraschen?«

Er schürzte die Lippen. »Nein. Das erscheint mir viel logischer.«

»Aber – es ist, als würde man sagen, meine Gabe sei Leben.«

»Ja.«

»Das ist absurd.«

»Meinst du? Ich finde nicht. Und es geht nicht nur um dein eigenes Leben«, sagte er. »Du hast mit deiner Gabe viele Leben gerettet.«

Sie schüttelte den Kopf. »Nicht so viele, wie ich verletzt habe.«

»Möglich. Aber du hast den Rest deines Lebens, um das zu ändern. Du wirst lange leben.«

Sie hatte den Rest ihres Lebens, um das zu ändern.

Katsa schälte das Fleisch eines weiteren Fischs von den Gräten. Sie brach das flockige Fleisch auseinander, aß es, dachte darüber nach und lächelte.

Die Bäume wichen zurück und plötzlich kamen die Berge auf sie zu und mit den Bergen die Stadt, in der sie ihre Pferde lassen konnten. Die Häuser waren aus Stein oder aus dem schweren Holz von Sunder. Der Gasthof war an seinen langen Steinställen zu erkennen. Die Landschaft, die hinter der Stadt lag, nahm Katsa den Atem. Sie hatte zwar die Hügel von Estill gesehen, aber Berge noch nie. Sie hatte noch nie silbrige Bäume gesehen, die direkt in den Himmel ragten, und verschneite Felsen, die sich immer höher auftürmten zu unmöglich hohen Gipfeln, die golden in der Sonne glänzten.

»Das erinnert mich an meine Heimat«, sagte Bo.

»So sieht Lienid aus?«

»Teile von Lienid. Die Stadt meines Vaters liegt in der Nähe solcher Berge.«

»Nun«, sagte Katsa, »mich erinnert das an nichts, ich habe noch nie so etwas gesehen. Ich kann fast nicht glauben, dass ich es jetzt sehe.«

An diesem Abend gab es für sie kein Lager und keine Jagd. Ihre Mahlzeit wurde für sie gekocht und von der grobschlächtigen, freundlichen Frau des Wirts serviert, die von den Augen der Beschenkten offenbar unbeeindruckt war und alles wissen wollte, was sie auf ihrer Reise gesehen hatten und wem sie begegnet waren. Sie aßen in einem Raum, der vom Feuer in einem großen Steinkamin geheizt wurde. Sie bekamen heißes geschmortes Fleisch, heißes Gemüse, heißes Brot, Stühle zum Sitzen, einen Tisch, Teller und Löffel, und sie hatten den ganzen Speisesaal für sich. Ihre Bäder hinterher waren warm und ihre Betten waren warm und weicher, als Betten nach Katsas Erinnerung sein konnten. Es war Luxus und sie genossen ihn, denn sie wussten, dass es für lange Zeit das letzte Mal sein würde.

Sie reisten ab, bevor das Sonnenlicht über die Gipfel strahlte. Die Wirtsfrau hatte ihnen Proviant eingepackt und vom Brunnen des Gasthofs hatten sie sich kaltes Wasser geholt. Sie trugen fast alle ihre Sachen, alles, was sie nicht mit den Pferden zurückgelassen hatten. Katsa als bessere Schützin hatte Bogen und Köcher auf dem Rücken. Auf Schwerter hatten beide verzichtet, dafür hatten sie jeweils Dolch und Messer dabei, ihre Bettrollen, Kleidung, Münzen, die Medikamente, Landkarten und die Liste der Ratskontakte.

Der Himmel, dem sie entgegenstiegen, wurde violett, dann orange und rosa. Der Bergpfad zeigte die Spuren anderer, die ihm gefolgt waren – kalt gewordene Feuer, Stiefelabdrücke in der Erde. An manchen Stellen standen Hütten für Reisende, sie enthielten keine Möbel, doch einfache, zweckmäßige Feuerstellen und waren vor langer Zeit von Sunder, Estill und Monsea gemeinsam gebaut worden, als die Königreiche noch für die Sicherheit der Reisenden zusammenarbeiteten.

»Ein Dach und vier Wände können dich bei einem Schneesturm in den Bergen retten«, sagte Bo.

»Bist du jemals in den Bergen in einen Schneesturm geraten?«

»Einmal, mit meinem Bruder Silvern. Wir waren auf einer Klettertour und wurden von einem Sturm überrascht. Wir fanden die Hütte eines Waldbewohners – sonst wären wir wahrscheinlich tot. Vier Tage lang waren wir dort gefangen – wir aßen nichts als Brot und Äpfel, die wir mitgebracht hatten, und Schnee. Unsere Mutter hatte uns fast aufgegeben.«

»Welcher Bruder ist Silvern?«

»Der fünfte Sohn meines Vaters.«

»Schade, dass du damals noch nicht so ein Gespür für Tiere hattest. Dann hättest du hinausgehen und einen Maulwurf ausgraben oder ein Eichhörnchen finden können.«

»Und mich auf dem Rückweg zur Hütte verirrt«, sagte Bo. »Oder ich wäre zu einem Bruder zurückgekommen, der es sehr verdächtig gefunden hätte, dass ich in einem Schneesturm jagen kann.«

Ihr Weg führte über Erde und Gras, manchmal auch Stein, und immer ragten die Berggipfel vor ihnen auf. Sie genossen es, aus dem Wald heraus zu sein, höher und höher zu steigen, sich schnell zu bewegen. Vom weiten, leeren Himmel strahlte Katsa die Sonne ins Gesicht, ihre Lungen füllten sich mit Luft. Sie war zufrieden.

»Warum hast du deinen Brüdern nie von deiner Gabe erzählt?«

»Meine Mutter hat es mir verboten, strikt verboten, es ihnen zu erzählen. Ich habe darunter gelitten, ihnen die Gabe zu verschweigen – besonders Silvern und Skye, der mir im Alter am nächsten ist. Aber jetzt kenne ich meine

Brüder als erwachsene Männer, und ich sehe ein, dass meine Mutter Recht hatte.«

»Warum? Sind sie nicht vertrauenswürdig?«

»In fast allem sind sie es. Aber sie sind voller Ehrgeiz, Katsa, jeder einzelne, ständig spielen sie einander aus, um meinen Vater für sich zu gewinnen. Ich scheine keine Bedrohung für sie zu sein – weil ich der jüngste bin und keinen Ehrgeiz habe. Und sie respektieren mich, denn sie wissen, dass sie mich nur zu sechst in einem Kampf besiegen könnten. Aber wenn sie die Wahrheit über meine Gabe wüssten, würden sie versuchen, mich zu benutzen. Dagegen würden sie nicht ankommen.«

»Aber du würdest es nicht zulassen.«

»Nein, doch dann würden sie mich hassen, und ich weiß nicht, ob nicht einer von ihnen der Versuchung nachgeben würde, es seiner Frau zu erzählen oder seinen Ratgebern. Mein Vater würde es erfahren und alles würde in sich zusammenfallen.«

Sie hielten an einem Bächlein. Katsa trank und wusch sich das Gesicht. »Deine Mutter war sehr weitsichtig.«

»Am meisten fürchtete sie, dass mein Vater es erfahren könnte.« Er füllte seine Flasche im Bach. »Als Vater ist er nicht ohne Güte. Aber es ist schwer, König zu sein. Männer versuchen mit allen Tricks, einem König so viel Macht zu nehmen, wie sie können. Ich wäre ihm zu nützlich gewesen. Er hätte nicht widerstehen können, mich zu benutzen – er hätte es einfach nicht gekonnt. Und das war es, was meine Mutter am meisten fürchtete.«

»Versuchte er nie, dich als Kämpfer zu benutzen?«

»Sicher, und ich habe ihm geholfen. Nicht wie du Randa geholfen hast – mein Vater ist kein brutaler Mensch wie

Randa. Doch meine Mutter fürchtete, dass er auch meinen Verstand benutzt hätte. Sie wollte, dass mein Verstand mir allein gehört, nicht ihm.«

Katsa kam es nicht richtig vor, dass eine Mutter ihr Kind vor seinem Vater beschützen musste. Aber sie wusste nicht viel über Eltern. Sie hatte weder Mutter noch Vater gehabt, die sie vor Randa schützen konnten. Vielleicht waren nicht Väter, sondern Könige die eigentliche Gefahr.

»Und dein Großvater war auch der Meinung, dass niemand die Wahrheit über deine Gabe wissen sollte?«

»Mein Großvater war auch der Meinung.«

»Wäre dein Vater sehr wütend, wenn er jetzt die Wahrheit erfahren würde?«

»Er wäre außer sich vor Wut auf mich, meine Mutter und meinen Großvater. Sie wären alle wütend. Und mit Recht, wir haben eine große Täuschung zu verantworten, Katsa.«

»Du warst dazu gezwungen.«

»Trotzdem. Es wäre nicht leicht, das zu verzeihen.«

Katsa kletterte auf einen Steinhaufen und schaute sich um. Sie schienen den Gipfeln nicht näher gekommen zu sein, die sich vor ihnen erhoben. Nur wenn sie zurückschaute zu dem Wald weit drunten, wusste sie, dass sie höher gestiegen waren. Das und die gesunkene Temperatur verrieten es. Sie schob ihre Taschen zurecht und ging zurück zum Pfad.

Und dann stieß der Gedanke an Königinnen, die ihre Kinder vor Königen beschützen, tief in ihrem Kopf etwas an.

Bo! Leck hat eine Tochter.

»Ja, Bitterblue. Sie ist zehn.«

Bitterblue könnte eine Rolle in dieser seltsamen Sache spielen. Wenn Leck versucht, ihr etwas zu tun, würde das erklären, dass Königin Ashen mit ihr verschwunden ist.

Bo blieb abrupt stehen und drehte sich erschrocken zu ihr um. »Wenn er Tiere zum Vergnügen aufschlitzt, möchte ich gar nicht daran denken, was er vielleicht gern mit der eigenen Tochter anstellen würde.«

Die Frage hing unheimlich, schrecklich zwischen ihnen in der Luft. Katsa dachte plötzlich an die beiden toten kleinen Mädchen.

»Hoffentlich irrst du dich.« Bo drückte eine Hand auf seinen Magen, als wäre ihm übel.

»Lass uns schneller gehen«, sagte Katsa, »nur für den Fall, dass ich Recht habe.«

Sie rannten fast den Pfad hinauf, durch die Berge, die sie von Monsea trennten und von der Wahrheit.

Am nächsten Morgen erwachten sie auf dem Boden einer staubigen Hütte bei erloschenem Feuer und winterlicher Kälte, die durch den Spalt unter der Tür drang. Die gefrorenen Sterne schienen zu schmelzen, als Katsa und Bo weiterkletterten, und Licht sickerte über den Horizont. Ihr Pfad wurde steiler und steiniger. Das schnelle Klettern vertrieb die Kälte und Steifheit, die Katsa nicht spürte, über die Bo jedoch klagte.

»Ich habe überlegt, wie wir uns Lecks Hof nähern sollten«, sagte Bo. Er stieg von einem Stein zu einem anderen und sprang auf einen dritten.

»Woran hast du gedacht?«

»Ich wüsste gern mehr darüber, ob unser Verdacht berechtigt ist, bevor wir Leck treffen.«

»Sollten wir einen Gasthof außerhalb des Hofs suchen und die erste Nacht dortbleiben?«

»Das meine ich.«

»Aber wir sollten keine Zeit verlieren.«

»Nein. Wenn wir an einem Abend nichts Hilfreiches erfahren, sollten wir uns am Hof vorstellen.«

Sie stiegen weiter und Katsa fragte sich, wie das sein würde – ob sie sich bei Hof als Freunde ausgeben und allmählich in Lecks Geheimnisse eindringen würden, oder ob sie offensiv auftreten und einen großen Kampf anzetteln sollten. Sie stellte sich Leck als einen spöttischen, unaufrichtigen Mann am Ende eines Samtteppichs vor, sein einziges Auge listig zusammengekniffen. Sie könnte ihm einen Pfeil ins Herz schießen, so dass er auf die Knie sank, seinen Teppich mit Blut befleckte und zu Füßen seiner Diener starb. Sie würde auf Bos Befehl schießen. Es musste auf Bos Befehl sein, denn bis sie die Wahrheit über Lecks Gabe wussten, konnte sie ihrem eigenen Urteil nicht trauen. *Bo? Das stimmt doch, oder?*

Er brauchte einen Moment, um ihre Gedanken nachzuvollziehen. »Ich habe auch ein paar Ideen dazu«, sagte er. »Wärst du bereit, in Monsea zu tun, was ich sage, und nur was ich sage? So lange, bis ich ein Gespür für Lecks Macht habe? Wärst du damit einverstanden?«

»Natürlich, Bo, in diesem Fall schon.«

»Und du musst damit rechnen, dass ich mich sonderbar verhalte. Ich muss vorgeben, dass ich nur mit Kämpfen beschenkt bin, sonst nichts, und dass ich jedes Wort glaube, das Leck sagt.«

»Und ich werde Bogenschießen üben und Messerwerfen«, sagte Katsa. »Denn ich habe das Gefühl, dass König

Leck die Schneide meines Messers spüren wird, wenn alle Fragen gestellt und beantwortet sind.«

Bo schüttelte den Kopf und lächelte nicht. »*Ich* habe das Gefühl, dass es nicht so leicht sein wird.«

Der dritte Tag im Gebirge war der windigste und kälteste. Der Bergpfad führte sie zwischen zwei Gipfeln hindurch, die manchmal hinter Schneestürmen verborgen waren. Ihre Stiefel knirschten durch Schneeflecken, und obwohl die Sonne ihnen ins Gesicht schien und der Himmel von einem blassen Blau war, wehten Schneeflocken auf ihre Schultern und schmolzen in Katsas Haar.

»Ich mag den Winter in den Bergen«, sagte sie, doch Bo lachte.

»Das ist kein Winter in den Bergen. Es ist Herbst in den Bergen, und noch dazu ein milder Herbst. Der Winter ist erbarmungslos!«

»Ich glaube, das würde mir auch gefallen«, sagte sie, und wieder lachte Bo.

»Ich wäre kein bisschen überrascht. Die Herausforderung würde dir wahrscheinlich guttun.«

Das Wetter verschlechterte sich nicht, Katsas Behauptung konnte also nicht auf die Probe gestellt werden. Sie gingen so schnell, wie die Berge es erlaubten. Denn auch wenn Bo noch so sehr von Katsas Energie schwärmte, war er doch auch kräftig und schnell. Er neckte sie wegen des Tempos, das sie anschlug, beschwerte sich aber nicht, und wenn er manchmal anhielt, um etwas zu essen oder zu trinken, war Katsa dankbar, denn es erinnerte sie daran, auch etwas zu sich zu nehmen. Und es gab eine Entschuldigung, sich umzudrehen und zurückzuschauen, auf die Berge, die sich von

Ost nach West erstreckten, auf die ganze Welt – denn sie war so hoch, dass sie das Gefühl hatte, die gesamte Erde überblicken zu können.

Und dann erreichten sie am dritten Tag plötzlich den Pass. Vor ihnen fielen die Berge wieder ab zu einem Kiefernwald. Dahinter erstreckten sich grüne Täler, von Bächen, Bauernhöfen und winzigen Punkten durchbrochen, die Katsa für Kühe hielt. Und eine Linie, ein Fluss, der sich in die Ferne zog, führte zu einer kleinen weißen Stadt am Horizont. Leck City.

»Ich kann die Stadt kaum sehen«, sagte Bo, »aber ich vertraue deinem scharfen Blick.«

»Ich sehe Gebäude«, erwiderte Katsa, »und eine dunkle Mauer um ein weißes Schloss. Und schau nur, siehst du die Bauernhöfe im Tal? Bestimmt kannst du die erkennen. Und die Kühe, siehst du die Kühe?«

»Ja, jetzt, wo du sie erwähnst, sehe ich sie. Es ist großartig, Katsa. Hast du je eine so großartige Landschaft gesehen?«

Sie lachte über seine Freude. Während sie auf Monsea hinunterschauten, war die Welt einen Augenblick lang schön und ohne Sorgen.

Der Abstieg war schwieriger als der Aufstieg. Bo klagte, seine Zehen würden gleich durch die Stiefelspitzen stoßen, und dann wünschte er sich, sie würden es tatsächlich tun, denn sie schmerzten vom ständigen Abwärtsgehen. Schließlich sagte er gar nichts mehr und grübelte vor sich hin.

»Bo! Wir kommen schnell voran.«

»Ja.« Er hielt die Hand über die Augen und schaute hinunter auf die Felder von Monsea. »Ich hoffe nur, es ist schnell genug.«

In dieser Nacht lagerten sie neben einem schnell fließenden Bergbach. Katsa setzte sich auf einen Stein und betrachtete Bos Augen, die sorgenvoll schimmerten. Er warf ihr einen Blick zu und lächelte plötzlich. »Möchtest du etwas Süßes zum Kaninchen?«

»Natürlich. Aber es ist gleichgültig, was ich möchte, wenn wir lediglich Kaninchen haben.«

Er stand auf und wandte sich zum Gestrüpp.

Wohin gehst du?

Er gab keine Antwort. Seine Stiefel kratzten auf Stein, als er in der Finsternis verschwand.

Katsa stand auf. »Bo!«

»Lass keine Sorgen in dein Herz, Katsa.« Seine Stimme kam aus der Ferne. »Ich suche nur, was du dir wünschst.«

»Wenn du glaubst, ich bleibe einfach hier sitzen …«

»Setz dich. Sonst machst du meine Überraschung zunichte.«

Sie setzte sich, ließ ihn aber wissen, was sie von ihm und seiner Überraschung hielt, wenn er dafür dort im Dunkeln umherirrte und sich sehr wahrscheinlich die Knöchel auf den Steinen brach, so dass sie ihn die restliche Strecke den Berg hinuntertragen musste. Ein paar Minuten vergingen, da hörte sie ihn zurückkommen. Er trat ins Licht und ging mit ausgestreckter hohler Hand auf sie zu. Als er vor ihr niederkniete, sah sie einen kleinen Hügel Beeren in seiner Hand. Sie schaute in sein Gesicht.

»Winterbeeren?«, fragte sie. »Winterbeeren!« Sie nahm eine Beere aus seiner Hand und biss hinein. Die Frucht barst mit einer kalten Süße. Katsa schluckte das zarte Fleisch und schaute ihn verwirrt an. »Deine Gabe hat sie dir gezeigt, diese Winterbeeren.«

»Ja.«

»Bo! Das ist neu, nicht wahr?«

Er setzte sich auf die Fersen zurück und neigte den Kopf. »Die Welt um mich herum füllt sich Stück um Stück. Die Wirrnis klärt sich. Um ehrlich zu sein, bringt es mich ein wenig durcheinander. Ich bin etwas benommen.«

Katsa starrte ihn an. Darauf gab es keine Antwort. Seine Gabe zeigte ihm Winterbeeren, und er war etwas benommen. Morgen würde er ihr von einem Erdrutsch auf der anderen Seite der Welt erzählen, und sie würden beide ohnmächtig werden.

Sie seufzte und berührte das Gold in seinem Ohr. »Wenn du deine Füße in den Bach tauchst, wird das Schneewasser dir die Zehen kühlen, und danach reibe ich sie dir wieder warm.«

»Und wenn ich an anderen Stellen als den Zehen friere? Wirst du mich dort dann auch wärmen?«

In seiner Stimme hörte sie ein Grinsen, und sie lachte ihm ins Gesicht. Doch dann griff er nach ihrem Kinn und schaute ihr ernst in die Augen. »Katsa! Wenn wir Leck näher kommen, musst du tun, was ich dir sage. Versprichst du das?«

»Ich verspreche es.«

»Du musst, Katsa! Schwöre es.«

»Bo! Ich habe es schon mal versprochen, und ich verspreche es dir wieder und ich schwöre es. Ich werde tun, was du sagst.«

Er schaute ihr in die Augen und nickte, schüttete ihr die letzten paar Beeren in die Hand und bückte sich zu seinen Stiefeln.

»Meine Zehen schmerzen so, ich weiß nicht, ob es klug

ist, sie zu befreien. Vielleicht rebellieren sie, fliehen in die Berge und weigern sich zurückzukommen.«

Sie aß eine weitere Winterbeere. »Ich glaube, mit deinen Zehen werde ich jederzeit fertig.«

Am nächsten Tag machte Bo keine Witze mehr über seine Zehen oder sonst etwas. Er sprach kaum, und je weiter sie auf dem Weg zu König Leck kamen, umso bedrückter schien er zu werden. Seine Stimmung war ansteckend. Katsa wurde nervös.

»Wirst du tun, was ich sage, wenn es so weit ist?«, fragte er sie einmal.

Sie öffnete den Mund zu einer gereizten Erwiderung auf die Frage, die sie bereits beantwortet hatte und jetzt wieder beantworten sollte. Doch als sie sah, wie angespannt und besorgt er neben ihr den Weg hinunterging, verflog ihr Ärger, und sie seufzte.

»Ich werde tun, was du sagst, Bo.«

»Katsa.«

Von seiner Stimme geweckt öffnete sie die Augen und wusste, dass es etwa drei Stunden vor Morgengrauen war. »Was ist?«

»Ich kann nicht schlafen.«

Sie setzte sich auf. »Zu viele Sorgen?«

»Ja.«

»Nun, wahrscheinlich hast du mich nicht nur geweckt, um Gesellschaft zu haben.«

»Du brauchst keinen Schlaf, und wenn ich auch wach bin, können wir genauso gut weitergehen.«

Sofort war sie auf, hatte ihre Decke zusammengerollt und sich sekundenschnell Köcher, Bogen und Taschen auf den Rücken geladen. Ein Pfad führte zwischen den Bäumen bergab. Der Wald war schwarz. Bo nahm ihren Arm und führte sie, so gut er konnte, stolperte über Steine und legte die Hand an Stämme, die sie nicht sehen konnte, um sich abzustützen.

Als schließlich kaltes, graues Licht ihrem Weg Schatten und Form gab, gingen sie schneller, bis sie rannten. Es begann zu schneien und der Weg, jetzt breiter und ebener, schimmerte blassblau. Der Gasthof, in dem sie Pferde kaufen konnten, lag jenseits des Waldes, zu Fuß noch Stunden entfernt. Während sie weitereilten, freute sich Katsa darauf, zu Pferd Füße und Lungen ausruhen zu können. Sie teilte den Gedanken Bo mit.

»Das ist also nötig«, sagte er, »um dich müde zu machen. Durchs Dunkel laufen, nach tagelangem Klettern in den Bergen ohne Schlaf und ohne Nahrung.« Er lächelte nicht und scherzte nicht. »Das freut mich. Wohin wir auch laufen, deine Energie und deine Ausdauer werden wir wahrscheinlich brauchen.«

Da fiel ihr etwas ein. Sie griff in eine Tasche auf ihrem Rücken. »Iss. Wir müssen beide essen, sonst taugen wir nichts.«

Es war mitten am Vormittag und der Schnee rieselte immer noch herunter, als sie sich der Stelle näherten, wo der Wald abrupt endete und die Felder begannen. Plötzlich drehte sich Bo zu Katsa um, jeder Zug seines Gesichts signalisierte Alarm. Überstürzt rannte er den Pfad zwischen den Bäumen hinunter, dem Waldrand zu. Und dann hörte Katsa es – schreiende Männerstimmen und das Donnern sich nähernder Pferdehufe. Sie lief hinter Bo her und brach mehrere Schritte hinter ihm aus den Bäumen. Eine Frau stolperte über die Felder auf sie zu, die Arme ausgebreitet, das Gesicht eine Maske des Entsetzens. Sie hatte dunkles Haar und goldene Reife in den Ohren, trug ein schwarzes Kleid und Gold an den Fingern, die sie Bo entgegenstreckte. Und hinter ihr her stürmte eine Armee auf galoppierenden Pferden, angeführt von einem Mann in wehenden Gewändern, mit einer Augenklappe und gezücktem Bogen, der einen Pfeil in den Rücken der Frau schnellen ließ. Die

Frau zuckte zusammen, stolperte und fiel mit dem Gesicht in den Schnee.

Bo blieb jäh stehen. Er lief zu Katsa zurück und schrie: »Erschieß ihn! Erschieß ihn!«, doch sie hatte schon den Bogen vom Rücken genommen und griff nach einem Pfeil. Sie spannte die Sehne und zielte. Und dann standen die Pferde still. Der Mann mit der Augenklappe schrie auf und Katsa erstarrte.

»Oh, was für ein schrecklicher Unfall!«, rief er.

Seine Stimme klang erstickt, wie ein Schluchzen, so voller verzweifeltem Schmerz, dass Katsa nach Luft rang. Tränen stiegen ihr in die Augen.

»Was für ein schrecklicher, schrecklicher Unfall«, schrie der Mann. »Meine Frau! Meine geliebte Frau!«

Katsa schaute auf die zusammengebrochene Frau am Boden, das schwarze Kleid, die ausgebreiteten Arme, den weißen Schnee mit dem roten Fleck. Das Schluchzen des Mannes drang über die Felder hinweg zu ihr. Es war ein Unfall. Ein schrecklicher, tragischer Unfall. Katsa senkte den Bogen.

»Nein! Erschieß ihn!«

Katsa starrte Bo mit offenem Mund an, erschrocken von seinen Worten, von der Wildheit in seinen Augen. »Aber es war ein Unfall!«

»Du hast versprochen zu tun, was ich sage.«

»Ja, aber ich werde doch nicht einen trauernden Mann erschießen, dessen Frau durch einen solchen Unfall …«

Jetzt klang seine Stimme so wütend wie nie zuvor. »Gib mir den Bogen«, zischte er, ganz fremd und rau, so gar nicht wie er selbst.

»Nein.«

»Gib ihn mir.«

»Nein! Du bist nicht bei Sinnen.«

Da raufte er sich die Haare und schaute sich verzweifelt um zu dem Mann, der sie beobachtete, sein einziges Auge auf sie gerichtet, der Blick kalt, abschätzend. Bo und der Mann starrten einander einen Moment an. Kurz glaubte Katsa sich an etwas zu erinnern, doch dann war es vorbei. Bo wandte sich ihr wieder zu, jetzt war er ruhig. Verzweifelt, eindringlich ruhig.

»Würdest du stattdessen etwas anderes machen?«, fragte er. »Etwas viel Geringeres, das keinem wehtut?«

»Ja, wenn es keinem wehtut.«

»Würdest du mit mir zurück in den Wald laufen? Und dir die Ohren zuhalten, wenn er anfängt zu reden?«

Was für eine seltsame Bitte – aber wieder verspürte sie dieses seltsame kurze Erinnern, und sie stimmte zu, ohne zu wissen, warum. »Ja.«

»Schnell, Katsa.«

Sie drehten sich um und rannten, und als sie Stimmen hörte, legte sie die Hände auf die Ohren. Doch sie konnte ab und zu immer noch gebellte Worte hören, und was sie hörte, verwirrte sie. Und dann Bos Stimme, die ihr zurief weiterzulaufen, die deshalb so schrie, dachte sie benommen, damit sie die anderen Stimmen übertönte. Schwach hörte sie das Klappern von Hufen hinter sich. Aus dem Klappern wurde ein Donnern. Und dann sah sie die Pfeile, die auf die Bäume um sie herum prasselten.

Die Pfeile machten sie zornig. *Wir könnten diese Männer töten, alle miteinander,* ließ sie Bo wissen. *Wir sollten kämpfen.* Aber er schrie weiter, sie solle laufen, und seine Hand umklammerte ihre Schulter und schob sie voran, und sie hatte wieder dieses Gefühl, dass irgendetwas nicht stimmte, dass nichts von alledem normal war und dass sie in diesem Irrsinn Bo vertrauen sollte.

Sie liefen um Bäume herum und kletterten Hänge hinauf, rannten immer in die Richtung, die Bo angab. Die Pfeile blieben aus, als sie tiefer in den Wald drangen, denn im Wald kamen die Pferde langsamer voran und die Männer verloren die Richtung. Noch immer rannten sie weiter. Sie kamen in einen Teil des Waldes, in dem die Bäume so dicht standen, dass Schnee auf den Ästen und Zweigen lag, aber den Boden nicht erreicht hatte. Unsere Fußspuren, dachte Katsa. Bo hat uns hierhergeführt, damit sie unseren Spuren nicht folgen können. Sie klammerte sich an diesen Satz, weil er in all dieser Sinnlosigkeit das Einzige war, was sie verstand.

Schließlich zog Bo ihr die Hände von den Ohren. Sie liefen weiter, bis sie zu einem großen, mächtigen Baum mit braunen Nadeln kamen. Der Boden war mit dürren toten Ästen bedeckt, die heruntergefallen waren. »Da oben ist eine Höhle«, sagte Bo, »im Stamm ist eine Öffnung. Kannst du hinaufsteigen? Kannst du mir folgen, wenn ich vorausklettere?«

»Natürlich. Hier«, und sie hielt ihm die gefalteten Hände hin. Er stellte den Fuß auf ihre Handflächen und sie hob ihn so hoch sie konnte in den Baum. An den rauen Stellen im Stamm fand sie Halt für Hände und Füße, als sie ihm folgte. »Nimm nicht diesen Ast«, rief er ihr zu. »Und den hier würde schon ein Windstoß brechen.« Sie benutzte dieselben Äste wie er und kam ihm nach. Er verschwand, und im nächsten Moment streckte er die Arme aus einem großen Loch über ihr. Er zog sie hinein in den Baum, in den ausgehöhlten Raum, den er vom Boden aus gespürt hatte. Schwer atmend saßen sie im Dunkeln, die Beine in ihrer Baumhöhle verschränkt.

»Hier sind wir vorübergehend sicher«, sagte Bo, »solange sie nicht mit Hunden hinter uns her sind.«

Aber warum versteckten sie sich? Jetzt, wo sie ruhig dasaßen, durchschoss es Katsas Gedanken wie die Pfeile der Reiter hinter ihnen, wie sonderbar das alles war. Warum versteckten sie sich, warum kämpften sie nicht? Warum fürchteten sie sich? Auch die Frau hatte sich gefürchtet. Die Frau, die wie eine Lienid ausgesehen hatte. Ashen. Die Frau von Leck war aus Lienid, und sie hieß Ashen – ja, das ergab einen Sinn, denn dieser kummervolle Mann hatte sie seine Frau genannt. Der Mann mit der Augenklappe und dem Bogen in den Händen war Leck.

Aber war es nicht Lecks Pfeil, der Ashen getroffen hatte? Katsa konnte sich nicht recht erinnern, und wenn sie versuchte, den Moment in Gedanken wieder vor sich zu sehen, verhüllten Nebel und Schneegestöber ihr die Sicht.

Vielleicht konnte sich Bo erinnern. Aber Bo war auch so sonderbar gewesen, als er sie aufforderte, Leck zu erschießen, der doch um seine tote Frau trauerte. Und als er ihr sagte, sie solle sich die Ohren zuhalten. Warum die Ohren zuhalten?

Diese vage Erinnerung, die sie nicht greifen konnte, flackerte wieder in ihren Gedanken auf. Sie wollte sie fassen, doch sie verschwand. Und dann wurde sie wütend über ihre Verständnislosigkeit, ihre Dummheit. Sie konnte all das nicht begreifen, weil sie nicht intelligent genug war.

Sie schaute zu Bo hinüber, der sich an die Baumwand lehnte und geradeaus ins Nichts starrte. Sein Anblick beunruhigte sie noch mehr, denn sein Gesicht wirkte abgemagert, den Mund hatte er zusammengepresst. Er war müde, erschöpft, wahrscheinlich hungrig. Er hatte etwas über Hunde gesagt, und sie kannte seine Augen gut genug, um die besorgten Schatten darin zu erkennen.

Bo! Bitte sag mir, was hier los ist.

»Katsa!« Er seufzte ihren Namen, rieb sich die Stirn und schaute ihr dann ins Gesicht. »Erinnerst du dich an unser Gespräch über König Leck, Katsa? Was wir über ihn gesagt haben, bevor wir ihn heute sahen?«

Sie starrte ihn an und erinnerte sich, dass sie etwas gesagt hatten, konnte sich aber nicht entsinnen, was es gewesen war.

»Über seine Augen, Katsa. Dass er etwas versteckt.«

»Er ist …« Plötzlich fiel es ihr ein. »Er ist ein Beschenkter.«

»Ja. Und erinnerst du dich daran, was seine Gabe ist?«

Und dann fiel es ihr wieder ein, Stück um Stück, tauchte auf aus einem Winkel ihrer Gedanken, den sie zuvor nicht hatte erreichen können. Sie sah es klar vor sich: Ashen, voller Entsetzen, floh vor ihrem Mann und seinen Soldaten. Leck schoss Ashen in den Rücken. Leck schrie in angeblicher Trauer auf, seine Worte vernebelten Katsas Gedanken, veränderten den Mord, den sie gesehen hatte, in einen tragischen Unfall, an den sie sich nicht erinnerte. Und dann schrie ihr Bo zu, sie solle Leck erschießen, und Katsa weigerte sich.

Sie konnte ihm nicht ins Gesicht sehen vor Scham.

»Es ist nicht deine Schuld«, sagte er.

»Ich habe dir geschworen zu tun, was du sagst. Ich habe es geschworen, Bo!«

»Katsa! Niemand hätte dieses Versprechen halten können.

Wenn ich gewusst hätte, wie mächtig Leck ist, wenn ich nur die leiseste Ahnung gehabt hätte – dann hätte ich dich nie hierhergebracht.«

»Du hast mich nicht hierhergebracht. Wir sind zusammen gekommen.«

»Und jetzt sind wir beide in großer Gefahr.« Er richtete sich auf. »Warte!«, flüsterte er und schien zu horchen, doch Katsa hörte nichts. »Sie durchsuchen den Wald«, sagte er nach einer Minute. »Der eine ist umgekehrt. Ich glaube nicht, dass sie Hunde haben.«

»Aber warum verstecken wir uns vor ihnen?«

»Katsa …«

»Was meinst du damit, wir sind in großer Gefahr? Warum kämpfen wir nicht gegen diese Schlächter, warum …« Sie schlug die Hände vors Gesicht. »Ich bin so verwirrt. Ich bin einfach zu dumm.«

»Du bist nicht dumm. Das ist Lecks Gabe, die dir deine Gedanken raubt, und es ist meine Gabe, die so viel mehr sieht, als ein Mensch sehen sollte. Du bist verwirrt, weil Leck dich mit seinen Worten absichtlich verwirrt hat und weil ich dir noch nicht gesagt habe, was ich weiß.«

»Dann sag es mir. Sag mir, was du weißt.«

»Ashen ist tot, das muss ich dir nicht sagen. Sie ist tot, weil sie versucht hat, Leck mit Bitterblue zu entkommen. Wir sind Zeugen ihrer Strafe dafür, dass sie ihr Kind beschützt hat.« Katsa hörte seine Bitterkeit und erinnerte sich, dass Ashen keine Fremde für ihn war. Er hatte gesehen, wie ein Mitglied seiner Familie ermordet worden war. »Ich glaube, du hattest Recht mit dem, was du über Bitterblue gesagt hast«, sagte er. »Ich bin fast sicher, weil ich weiß, was Ashen wollte, als sie auf mich zulief.«

»Was wollte sie?«

»Sie wollte, dass ich Bitterblue finde und sie beschütze. Ich – ich weiß nicht genau, was Leck mit ihr tun wollte. Aber ich glaube, dass Bitterblue sich im Wald versteckt wie wir.«

»Wir müssen sie vor Leck finden.«

»Ja, aber du musst noch mehr wissen, Katsa. Wir sind in großer Gefahr, du und ich. Leck hat uns gesehen, er hat uns erkannt. Leck hat uns gesehen …«

Er unterbrach sich, aber das machte nichts. Katsa verstand plötzlich, was Leck gesehen hatte. Er hatte sie weglaufen sehen, dabei sollten sie doch nicht die geringste Ahnung davon haben, in welcher Gefahr sie waren. Er hatte gesehen, wie sie sich die Ohren zuhielt, dabei sollten sie doch gar nichts wissen über die Macht seiner Worte.

»Er weiß nicht – er weiß nicht, wie viel von der Wahrheit ich kenne«, sagte Bo. »Aber er weiß, dass seine Gabe bei mir nicht wirkt. Ich bin eine Bedrohung für ihn und er will mich tot sehen. Und dich will er lebend.«

Katsa schaute ihm ins Gesicht. »Aber sie haben auf uns geschossen …«

»Ich habe das Kommando gehört, Katsa. Die Pfeile waren für mich bestimmt.«

»Wir hätten kämpfen sollen«, sagte Katsa. »Wir hätten es mit diesen Soldaten aufnehmen können. Wir müssen ihn finden und töten.«

»Nein, Katsa. Du weißt, dass du nicht in seiner Gegenwart sein kannst.«

»Ich kann mir irgendwie die Ohren zuhalten.«

»Du kannst nicht jedes Geräusch ausschalten, und er wird einfach lauter reden. Er wird schreien und du wirst ihn hören – dein Gehör ist zu gut – und seine Worte sind nicht weniger gefährlich, wenn sie gedämpft sind. Sogar die Worte seiner Soldaten sind gefährlich. Er wird dich wieder verwirren und wir werden fliehen müssen …«

»Ich werde nicht zulassen, dass er mir das wieder antut, Bo.«

»Katsa!« In seinem Ton lag eine müde Gewissheit, und Katsa wollte nicht hören, was er sagte. »Er hat nur ein paar Worte gebraucht, und schon hatte er dich. Ein paar Worte haben alles ausgelöscht, was du gesehen hast. Er will dich, Katsa, er will deine Gabe. Und ich kann dich nicht schützen.«

Er hatte Recht, auch wenn sie den Gedanken verabscheute. Leck konnte mit ihr tun, was er wollte – er konnte ein Ungeheuer aus ihr machen, wenn er das wünschte. »Wo ist er jetzt?«

»Ich weiß es nicht, jedenfalls nicht in der Nähe. Aber er ist wahrscheinlich irgendwo im Wald und sucht uns oder Bitterblue.«

»Wird es schwierig sein, ihm zu entkommen?«

»Ich glaube nicht. Meine Gabe wird mich warnen, wenn er in der Nähe ist, und dann können wir weglaufen und uns verstecken.«

Ein widerwärtiges Gefühl nahm ihr den Atem. Was, wenn er versuchte, sie gegen Bo einzusetzen?

Sie zog den Dolch aus ihrem Gürtel und hielt ihn Bo hin. Er schaute sie ruhig an, er verstand sie. »Dazu wird es nicht kommen«, sagte er.

»Gut. Nimm ihn trotzdem.«

Er bekam einen entschlossenen Zug um den Mund, widersprach aber nicht. Er nahm den Dolch und schob ihn in seinen Gürtel. Katsa zog das Messer aus ihrem Stiefel und reichte es ihm. Sie gab ihm den Bogen und half ihm, den Köcher mit den Pfeilen auf seinem Rücken zu befestigen.

»Meine Hände und Füße kann ich dir nicht geben«, sagte sie, »aber wenigstens bin ich unbewaffnet. Du hättest eine Chance gegen mich, Bo, wenn du in jeder Hand eine Klinge hättest und ich nichts.«

»Dazu wird es nicht kommen.«

Nein, wahrscheinlich nicht. Aber wenn, dann schadete es nicht, vorbereitet zu sein. Sie beobachtete sein Gesicht, seine Augen, die schwach glänzten. Seine müden Augen, seine lieben Augen. Er würde sich besser verteidigen können, wenn ihre Hände gefesselt wären. Katsa fragte sich, ob er ihr die Hände fesseln sollte.

»Und jetzt bist du im Reich des Absurden angelangt«, sagte er.

Sie grinste. »Aber wir sollten es bei unserem Training mal versuchen.«

Ein Lächeln zuckte in seinen Mundwinkeln. »Das könnte ich mir irgendwann sogar vorstellen, wenn das alles hinter uns liegt.«

»Und jetzt«, sagte sie, »müssen wir deine Cousine finden.«

Es fiel ihr nicht leicht, hilflos durch den Wald zu laufen, während Bo alles entschied: wohin sie gingen, wann und wo sie sich verstecken sollten, wenn er plötzlich innehielt, weil er Dinge spürte, die sie weder sehen noch hören konnte. Seine Gabe war unschätzbar, das wusste Katsa. Aber noch nie hatte sie sich so sehr wie ein Kind gefühlt.

»Sie schöpfte Hoffnung, als sie mich sah«, sagte Bo, während sie durch die Bäume liefen. »Ashen, meine ich. Als sie mich sah, schöpfte sie neue Hoffnung für Bitterblue.«

Diese Hoffnung bestimmte jetzt ihre Schritte. Ashen hatte so sehr gehofft, dass Bo Bitterblue finden werde, dass sie ihm die Ahnung eines Ortes eingegeben hatte, an dem ihre Tochter sein könnte. Diese Stelle, die sie und ihr Kind von gemeinsamen Ausritten kannten, lag südlich der Passstraße in einer Senke mit einem Bach.

»Ich weiß ungefähr, wie es dort aussieht«, sagte Bo. »Aber ich weiß nicht genau, wo es ist, und ich weiß nicht, ob sie dort geblieben ist, falls sie gemerkt hat, dass die ganze Armee sie sucht.«

»Wenigstens wissen wir, wo wir anfangen sollen«, sagte Katsa. »Allzu weit kann sie nicht gekommen sein.«

Sie rannten durch den Wald. Es hatte aufgehört zu

schneien, Schmelzwasser tropfte von den Kiefernnadeln und strömte in den Bächen. Sie kamen an schlammigen Stellen vorbei, die von den Füßen der Soldaten auf der Suche nach ihnen durchtrampelt worden waren.

»Wenn sie ebenso deutliche Fußspuren hinterlassen hat, ist sie inzwischen gefunden worden«, sagte Katsa.

»Hoffen wir, dass sie etwas von der List ihres Vaters geerbt hat.«

Mehrfach kam ihnen ein Soldat unangenehm nahe und Bo änderte ihren Weg, um ihm auszuweichen. Als sie einmal einen Soldat umgingen, liefen sie fast einem anderen in die Arme. Sie stiegen auf einen Baum und Bo hielt einen Pfeil bereit, doch der Mann hob den Blick nicht vom Boden. »Prinzessin Bitterblue«, rief er. »Kommen Sie, Prinzessin. Ihr Vater macht sich große Sorgen um Sie.«

Der Soldat ging weiter, aber Katsa brauchte ein paar Minuten, bevor sie hinuntersteigen konnte. Sie hatte die Worte des Mannes gehört, selbst mit zugehaltenen Ohren. Sie hatte dagegen angekämpft, doch sie vernebelten immer noch ihre Gedanken. Katsa saß schaudernd im Baum, während Bo sie am Kinn fasste, ihr in die Augen schaute und sie redend aus ihrer Verwirrung holte.

»In Ordnung«, sagte sie schließlich. »Ich kann wieder klar denken.«

Sie kletterten hinunter, eilten weiter und hinterließen selbst möglichst wenig Spuren.

Am Waldrand wurde es schwierig. Die Soldaten waren überall, in Gruppen bewegten sie sich in alle Richtungen. Katsa und Bo rannten kurze Strecken, wenn Bo fand, es sei sicher, und versteckten sich dann wieder.

Einmal packte Bo sie am Arm und zerrte sie nach hinten, und dann liefen sie den Weg zurück, den sie gekommen waren. Hinter einem großen bemoosten Felsen versteckten sie sich und Bo hielt ihr die Hände über die Ohren, wobei seine Augen vor leidenschaftlicher Konzentration glühten. Zwischen dem Stein und Bo eingeklemmt, dessen Herzschlag sie schnell an ihrem Körper spürte, wusste Katsa, dass sie sich diesmal nicht nur vor Soldaten versteckten. Sie warteten, es kam ihr vor wie eine Ewigkeit. Dann nahm Bo sie am Handgelenk und zog sie weiter. Sie liefen in eine andere Richtung, weiter fort vom König von Monsea.

Als sie so nah am Waldrand waren, wie Bo es noch für ungefährlich hielt, wandten sie sich nach Süden und hofften, dass auch Bitterblue das getan hatte. Als ein Bach ihren Pfad kreuzte, hielt Bo an. Er hockte sich nieder und umklammerte seinen Kopf mit den Händen. Katsa stand neben ihm, schaute, horchte und wartete darauf, dass er etwas aus dem Wald oder der Erinnerung an Ashens Hoffnung erspürte.

»Nichts«, sagte er schließlich. »Ich weiß nicht, ob das der richtige Bach ist.«

Katsa hockte sich neben ihn. »Wenn die Soldaten sie bis jetzt noch nicht gefunden haben«, sagte sie, »dann hat sie keine sichtbare Spur hinterlassen, noch nicht einmal in diesem Schnee und Schlamm. Sie muss die Geistesgegenwart gehabt haben, in einem Bach entlangzugehen, Bo. Jeder Bach in diesem Wald fließt vom Gebirge ins Tal. Sie wird gewusst haben, dass sie nach Westen muss, weg von den Tälern. Kann es schaden, diesem Bach nach Westen zu folgen? Wenn wir nicht auf sie stoßen, können wir nach Süden weitergehen und es beim nächsten Bach versuchen.«

»Das kommt mir ziemlich hoffnungslos vor«, sagte Bo, doch er stand auf und wandte sich mit ihr am Wasser entlang nach Westen. Dann fand Katsa ein Gewirr aus langen, dunklen Haaren an einem Ast, der ihr gegen den Bauch schlug, und rief in Gedanken Bos Namen. Sie hielt die Haare hoch, damit er sie sehen konnte, schob sie dann in ihren Ärmel und freute sich über sein etwas hoffnungsvolleres Gesicht.

Als der Bach scharf abbog und durch eine kleine Senke mit Gras und Farn floss, blieb Bo stehen und hob die Hand. »Ich erkenne diese Stelle. Die ist es.«

»Ist sie hier?«

Er wartete einen Moment. »Nein. Aber lass uns im Bach weitergehen. Schnell. Ich fürchte, hinter uns sind Soldaten.«

Nur Minuten später drehte er sich erleichtert nach ihr um. »Jetzt spüre ich sie.« Er stieg aus dem Bach und sie folgte ihm zwischen Bäumen hindurch, bis er zu einem umgestürzten Baumstamm kam, der auf dem Waldboden lag. Er schätzte den Umfang des Stamms, ging zu einem Ende, hockte sich nieder und schaute hinein.

»Bitterblue«, sagte er in den Stamm, »ich bin dein Cousin Bo, der Sohn von Ror. Wir sind gekommen, um dich zu beschützen.«

Es kam keine Antwort. Leise und sanft sagte Bo: »Wir werden dir nichts tun, Cousine. Wir sind hier, um dir zu helfen. Bist du hungrig? Wir haben etwas zu essen.«

Noch immer kam keine Antwort aus dem Stamm. Bo stand auf und sagte leise zu Katsa: »Sie hat Angst vor mir. Versuch du es.«

Katsa prustete. »Glaubst du, vor mir wird sie weniger Angst haben?«

»Vor mir hat sie Angst, weil ich ein Mann bin. Sei vorsichtig. Sie hat ein Messer und würde es auch gebrauchen.«

»Das spricht für sie.« Katsa kniete sich vor die Öffnung des Stamms und schaute hinein. Sie konnte gerade so eben den Umriss eines Mädchens erkennen, das zusammengekrümmt dasaß und ängstlich keuchte. Ihre Hände umklammerten ein Messer.

»Prinzessin Bitterblue«, sagte sie, »ich bin Lady Katsa von den Middluns. Ich bin mit Bo hergekommen, um dir zu helfen. Du musst uns vertrauen, Bitterblue. Wir sind beide beschenkte Kämpfer. Bei uns bist du sicher.«

»Sag ihr, dass wir über Lecks Gabe Bescheid wissen«, flüsterte Bo.

»Wir wissen, dass dein Vater dich verfolgt«, sagte Katsa ins Dunkel hinein. »Wir wissen, dass er ein Beschenkter ist. Wir können dich schützen, Bitterblue.«

Katsa wartete auf irgendein Zeichen von dem Mädchen, aber es kam nichts. Sie schaute zu Bo hinauf und zuckte die Schultern. »Meinst du, wir könnten den Baum auseinanderbrechen?«, fragte sie. Doch da hörten sie aus dem Stamm eine dünne, zitternde Stimme.

»Wo ist meine Mutter?«

Katsa schaute fragend zu Bo hinauf. Unsicher suchte jeder eine Antwort im Gesicht des anderen, bis Bo seufzte und nickte. Katsa drehte sich wieder zum Stamm. »Deine Mutter ist tot, Bitterblue.«

Sie wartete auf Schluchzen, Schreie. Doch es war still, und dann hörte sie wieder die Stimme, jetzt noch dünner.

»Hat der König sie getötet?«

»Ja«, sagte Katsa.

Wieder war Stille im Stamm. Katsa wartete. »Die Soldaten kommen«, murmelte Bo über ihr. »Sie sind nur noch Minuten entfernt.«

Katsa wollte nicht mit diesen Soldaten kämpfen, die Lecks Gift im Mund trugen, und vielleicht war es auch gar nicht nötig, wenn sie nur dieses Kind dazu bringen könnten, herauszukommen.

»Ich kann dein Messer sehen, Prinzessin Bitterblue«, sagte sie. »Weißt du, wie man es gebraucht? Selbst ein kleines Mädchen kann mit einem Messer viel Schaden anrichten. Ich könnte dir das Kämpfen beibringen.«

Bo bückte sich und berührte sie an der Schulter. »Danke, Katsa«, flüsterte er und ging dann ein paar Schritte zwischen die Bäume, schaute sich um und horchte auf alles, was seine Gabe ihm sagte. Und Katsa verstand, warum er ihr gedankt hatte, denn das Kind kroch aus dem Stamm auf sie zu. Im Dunkeln tauchte ihr Gesicht auf, dann die Hände und die Schultern. Bitterblue hatte graue Augen und dunkles Haar, wie ihre Mutter. Die Augen waren groß, das Gesicht war nass von Tränen und die Zähne klapperten. Ihre Finger umklammerten ein Messer, das länger als ihr Unterarm war.

Das Mädchen fiel fast aus dem Stamm. Katsa fing sie auf und befühlte ihre Wangen und ihre Stirn. Sie zitterte vor Kälte; ihre Röcke waren nass und klebten an den Beinen, die Stiefel waren durchweicht. Sie trug weder Mantel noch Schal, keine Handschuhe.

»Bei allen Bergen, du bist ja steif gefroren«, sagte Katsa. Sie warf die eigene Jacke ab und zog sie dem Kind über den Kopf. Dann versuchte sie Bitterblues Arme durch die Ärmel zu schieben, doch das Mädchen wollte das Messer nicht loslassen. »Lass es eine Minute los, Kind. Nur eine Sekunde. Schnell, die Soldaten kommen.« Sie entwand dem Mädchen das Messer und zog ihr die Jacke richtig an, dann gab sie ihr das Messer zurück. »Kannst du gehen, Bitterblue?« Die Kleine gab keine Antwort, sie schwankte und wirkte benommen.

»Wir können sie tragen.« Bo war plötzlich neben Katsa. »Wir müssen weg.«

»Warte«, sagte Katsa. »Ihr ist zu kalt.«

»Jetzt. Sofort, Katsa.«

»Gib mir deine Jacke.«

Bo riss sich die Taschen herunter, den Köcher und Bogen, zog die Jacke aus und warf sie Katsa zu, die sie dem Kind über den Kopf zerrte. Sie kämpfte wieder mit den Fingern, die das Messer umklammerten, zog dem Mädchen die Kapuze über die Ohren und band sie fest. Bitterblue sah aus wie ein Kartoffelsack, ein kleiner, schaudernder Kartoffelsack mit leerem Blick und einem Messer. Bo legte sich das Mädchen über die Schulter, und sie sammelten die Sachen auf. »Gut«, sagte Katsa. »Jetzt los.«

Sie liefen nach Süden und traten auf Kiefernnadeln und Stein, wann immer sie konnten, um so wenig Spuren wie möglich zu hinterlassen. Doch der Boden war zu nass und die Soldaten waren schnell auf ihren Pferden. Es dauerte nicht lange, da hörte Katsa knackende Zweige und das Donnern von Pferdehufen.

Bo? Wie viele sind es?

»Fünfzehn, mindestens.«

Sie atmete gegen ihre Panik an. *Und wenn ihre Worte mich verwirren?*

»Ich wollte, ich könnte allein gegen sie kämpfen, Katsa, und du wärst außer Hörweite«, sagte Bo leise. »Aber dann müssten wir uns trennen, und im Moment sind überall um uns Soldaten. Ich lasse nicht zu, dass du gefunden wirst, während ich nicht bei dir bin.«

Katsa schnaubte. *Und ich erlaube dir nicht, allein gegen fünfzehn Männer zu kämpfen.*

»Wir müssen so viele wie möglich töten, bevor sie so nahe kommen, dass wir sie reden hören«, sagte Bo. »Und wir können nur hoffen, dass sie bei einem Angriff nicht sehr gesprächig sind. Lass uns ein Versteck für das Mädchen suchen. Wenn sie Bitterblue nicht sehen, ist es weniger wahrscheinlich, dass sie von ihr sprechen.«

Sie verbargen das Mädchen hinter Steinen und Zweigen in einer Spalte am Fuß eines Baums. »Gib keinen Laut von dir, Bitterblue«, sagte Katsa, »und leih mir dein Messer. Ich werde einen Soldaten deines Vaters damit töten.« Sie nahm das Messer aus der Hand des verständnislosen Mädchens.

Katsas Gedanken rasten. *Bo, gib mir die Messer und die Dolche. Ich werde jeden töten, den ich sehe.*

Bo zog zwei Dolche aus seinem Gürtel und ein Messer aus jedem Stiefel und warf ihr eine Waffe nach der anderen zu. Sie bündelte die Klingen, er machte den Bogen bereit und legte einen Pfeil an. Dann duckten sie sich hinter einen Felsen und warteten. Es dauerte nicht lange. Die Soldaten auf ihren Pferden kamen rasch zwischen den Bäumen hervor, sie schauten zu Boden auf der Suche nach Spuren. Katsa zählte siebzehn Männer. *Ich halte mich rechts,* lautete ihre entschlossene Botschaft an Bo, *halte du dich links.* Und schon stand sie auf und schleuderte ein Messer, ein zweites, ein drittes, Bos Pfeil flog und er griff nach dem nächsten. Katsas Messer und Dolche staken fünf Männern in der Brust und Bo hatte zwei getötet, bevor die Soldaten überhaupt begriffen, dass sie aus dem Hinterhalt überfallen wurden.

Die Körper der Toten rutschten von den Pferden auf den Boden, und die Lebenden sprangen hinterher, zogen Schwerter aus den Scheiden, schrien Unverständliches, ein oder zwei Besonnene legten Pfeile an. Katsa rannte auf sie zu, Bo schoss weiter. Der erste Soldat lief ihr mit wilden Augen und schreiendem Mund entgegen und schwang sein Schwert so unkontrolliert, dass Katsa der Klinge mühelos auswich, einem anderen, der auf sie zulief, gegen den Kopf trat, dem ersten den Dolch aus dem Gürtel riss und beide in den Nacken stach. Sie behielt den Dolch, packte ein Schwert und rannte waffenschwingend weiter. Einem Mann trat sie das Schwert aus den Händen und stieß ihm ihres in den Bauch, wirbelte auf zwei weitere zu, die von hinten kamen, und tötete beide mit dem Dolch, während sie einen dritten mit dem Schwert abwehrte. Einem Reiter, der mit einem Pfeil auf Bos Brust zielte, schleuderte sie den Dolch in die Brust.

Und plötzlich war nur noch einer übrig, ein einzelner Mann mit keuchendem Atem und furchtsam aufgerissenen Augen. Er wich zurück und begann zu rennen. Blitzschnell zog Katsa einem anderen Mann das Messer aus der Brust und lief ihm nach, doch dann hörte sie das leise Abschnellen eines Pfeils, der Mann schrie auf, stürzte und lag still.

Katsa schaute an sich hinunter auf die blutverschmierte Tunika und Hose. Sie wischte sich übers Gesicht, und ihr Ärmel war rot vom Blut. Ringsum lagen getötete Soldaten, Männer, die es nicht besser gewusst hatten, deren Verstand nicht schwächer gewesen war als ihr eigener. Katsa war angewidert, entmutigt und wütend auf den König, der dieses Blutbad notwendig gemacht hatte.

»Vergewissern wir uns, ob sie tot sind«, sagte sie, »und dann setzen wir sie auf die Pferde. Wir müssen sie zurückschicken, um Leck von unserer Spur abzulenken.«

Sie waren tot, jeder Einzelne von ihnen. Katsa zog ihnen die Pfeile und Klingen aus Brust und Rücken und versuchte ihnen dabei nicht ins Gesicht zu sehen. Sie reinigte die Messer und Dolche und gab sie Bo zurück. Bitterblue brachte sie ihr Messer, die Kleine stand aufrecht da, die Augen jetzt wach und klar. Katsa warf wieder einen Blick auf ihre blutige Kleidung. Sie hoffte, das Kind hatte das Massaker nicht gesehen.

»Jetzt ist mir wärmer«, sagte Bitterblue.

»Gut. Wie viel von dem Kampf hast du gesehen?«

»Die Soldaten hatten keine große Chance, nicht wahr?« Das war alles, was sie antwortete. »Wohin gehen wir jetzt?«

»Ich weiß es nicht genau. Wir müssen ein sicheres Versteck finden, wo wir essen und schlafen können. Wir müssen besprechen, was wir als Nächstes tun.«

»Ihr werdet den König töten müssen«, sagte Bitterblue, »wenn ihr wollt, dass er uns nicht mehr verfolgt.«

Katsa betrachtete dieses Kind, das ihr kaum bis an die Brust reichte. Bos Ärmel hingen ihr fast bis zu den Knien, Augen und Nase wirkten groß unter der Kapuze, zu groß für das kleine Gesicht. Ihre Stimme war nur ein Piepsen. Doch gelassen und bestimmt riet sie zur Ermordung ihres Vaters.

ZWEI PFERDE BEHIELTEN sie. Bitterblue saß bei Katsa. Sie ritten zurück zum Bach, um sich vom Blut der Soldaten zu reinigen. Dann wandten sie sich nach Westen. Sie führten die Pferde durch den Bach und ritten den Bergen zu, bis das Land rundum so steinig wurde, dass sie keine Hufspuren mehr hinterließen. Von dort folgten sie dem Rand der Berge nach Süden und fingen an, ein Versteck für die Nacht zu suchen, eine Stelle, die sie verteidigen konnten, weit genug von Leck entfernt, dass sie sicher waren, aber nicht so weit, dass sie ihn nicht erreichen und töten konnten.

Denn natürlich hatte Bitterblue Recht. Leck musste sterben und Katsa wusste das, doch sie dachte nicht gern daran. Sie hatte schon oft getötet und dieser Mord sollte ihre Aufgabe sein, doch es war klar, dass Bo es tun musste. Bo musste einen König töten, der von einer Armee Soldaten bewacht wurde! Allein und ohne ihre Hilfe!

Du darfst nicht in die Nähe seines Schlosses, ließ sie Bo wissen, während sie ritten. *Du würdest nie nah genug an ihn herankommen. Du bist viel zu verdächtig. Sie würden dich überfallen.*

Die Pferde suchten sich einen Weg durch die Steine. Bo

zeigte nicht, dass er ihre Gedanken aufgenommen hatte, er schaute sie noch nicht einmal an, doch sie wusste es auch so.

Am besten schleichst du dich im Wald an ihn heran, während er das Kind sucht, und erschießt ihn. Aus möglichst großer Entfernung.

Bo ritt mit geradem Rücken und ruhigen Armen vor ihnen trotz seiner Müdigkeit, der Kälte und seiner fehlenden Jacke.

Und dann läufst du weg, so schnell du kannst!

Jetzt wurde er langsamer und kam neben sie. Er schaute ihr ins Gesicht, und etwas Starkes im Blick seiner silbergoldenen Augen tröstete und beruhigte sie. Bo war weder schwach noch wehrlos. Er griff nach ihrer Hand und küsste sie. Dann ritt er wieder voraus und sie zogen weiter.

Bitterblue saß schweigend vor ihr. Sie war erstarrt, als Bo näher kam, doch falls sie den stillen Austausch sonderbar fand, sagte sie zumindest nichts.

Sie kamen an einen Platz, wo das Land links zu einer tiefen Schlucht abfiel, in der weit unter ihnen ein See glänzte. Rechts stieg der Pfad zu einer Klippe an, die über den See hing.

»Wenn wir auf die andere Seite dieser Klippe reiten und uns dort verstecken«, sagte Katsa, »wird jeder, der uns verfolgt, entweder die Klippe überqueren müssen wie wir, oder er muss aus der Schlucht hinaufsteigen. Und wäre weithin sichtbar.«

»Ich hatte den gleichen Gedanken«, sagte Bo. »Lass uns nachschauen, wie es dort aussieht.«

Und so ritten sie hinauf. Der Weg über die Klippe neigte sich ziemlich gefährlich, als sie sich der Spitze näherten, doch er war breit und die Pferde hielten sich an seinem oberen Rand. Steine rutschten unter ihren Hufen, rollten die Schräge hinab, klapperten über den Rand und fielen hinunter in den See, doch die Reisenden waren sicher.

Auf der anderen Klippenseite fanden sie wenig mehr als Fels, Gestrüpp und ein paar kümmerliche Bäume vor, die aus Spalten wuchsen. Eine flache Höhle mit dem Rücken zur Schlucht und zum Klippenpfad schien für ihr Lager am besten geeignet. »Wir werden kein weiches Bett haben«, sagte Bo, »aber die Höhle verbirgt unser Feuer. Hast du Hunger, Cousine?«

Bitterblue saß still auf einem Stein, doch ihre Hände umklammerten ihr Messer. Über Hunger hatte sie nicht geklagt, und auch über sonst nichts. Aber jetzt beobachtete sie mit großen Augen, wie Bo ihr bisschen Proviant auspackte, ein wenig Fleisch von der Nacht zuvor und einen kleinen Apfel, den sie den ganzen Weg vom Gasthof am Fuß des Gebirges in Sunder hergetragen hatten. Bitterblues Blick klebte am Essen und sie schien kaum zu atmen. Sie hatte Heißhunger, das konnte jeder sehen.

»Wann hast du zuletzt etwas gegessen?«, fragte Bo, während er Fleisch und Apfel vor sie legte.

»Ein paar Beeren heute Morgen.«

»Und davor?«

»Gestern. Gestern Morgen.«

»Langsam«, sagte Bo, als Bitterblue das Fleisch in die Hände nahm und mit den Zähnen ein großes Stück abriss. »Langsam, oder dir wird übel.«

»Ich steige in die Schlucht hinunter und hole uns mehr Fleisch«, sagte Katsa. »Die Sonne wird bald sinken.

Ich nehme ein Messer mit, Bo, wenn du für mich Wache hältst.«

Bo holte ein Messer aus seinem Stiefel und warf es ihr zu. »Wenn du eine Eule rufen hörst, lauf. Bei zwei Rufen lauf nach Süden. Bei drei Rufen lauf hierher zurück.«

Sie nickte. »Einverstanden.«

»Versuch es im Schilf südlich vom See«, sagte er. »Und stecke auf dem Weg hinunter ein paar Steine ein. Ich glaube, ich habe dort Wachteln bemerkt.«

Katsa schnaubte, sagte aber nichts. Sie schaute kurz zu Bitterblue, die nur das Fleisch in ihrer Hand sah. Dann drehte sie sich um, stieg um die Felsen und bahnte sich einen Weg hinunter in die Schlucht.

Als sie mit einer Handvoll gerupfter und ausgenommener Wachteln ins Lager zurückkam, war die Sonne hinter den Bergen versunken. Bo stapelte im Hinteren der Höhle Äste auf. Bitterblue lag in der Nähe, sie war in eine Decke gewickelt.

»Ich glaube, sie hat in den letzten Tagen nicht viel geschlafen«, sagte Bo.

»Jetzt sind ihre Sachen trocken, da wird es ihr bessergehen. Wir halten sie warm und geben ihr was zu essen.«

»Ein stilles kleines Ding, nicht wahr? Winzig für ihre zehn Jahre. Sie hat mir beim Holzsammeln geholfen, bis sie vor Erschöpfung fast umgefallen ist. Ich habe ihr gesagt, sie soll schlafen, bis wir mehr zu essen haben. Ihre Finger umklammern immer noch dieses Messer. Und sie fürchtet sich immer noch vor mir – ich habe das Gefühl, dass sie nicht an Männer gewöhnt ist, die gut zu ihr sind.«

»Bo, langsam glaube ich, dass ich lieber nicht wissen will,

worum es hier geht. Noch immer kann ich keinen Sinn darin entdecken. Und die Rolle deines Großvaters verstehe ich überhaupt nicht.«

Bo schüttelte den Kopf und betrachtete das Mädchen, das unter ihren Decken und Jacken auf dem Boden lag. »Ich bin nicht sicher, wie viel das mit Sinn oder Vernunft zu tun hat. Aber wir werden dafür sorgen, dass sie in Sicherheit ist, und wir werden Leck töten. Und irgendwann werden wir die Wahrheit erfahren.«

»Sie wird eine schrecklich junge Königin sein.«

»Ja, daran habe ich auch gedacht. Aber das lässt sich nicht ändern.«

Sie saßen schweigend da und warteten auf die Dunkelheit, die den Rauch ihres Feuers verbergen würde. Bo zog ein weiteres Hemd über das, welches er bereits trug. Sie betrachtete sein Gesicht, seine vertrauten Züge, seine Augen, die das rosa Licht des endenden Tages reflektierten. Dann biss sie sich auf die Lippe gegen ihre Sorge, die ihm nichts helfen würde.

»Wie wirst du es machen?«, fragte sie.

»Wie du gesagt hast sehr wahrscheinlich. Wir sprechen darüber, wenn Bitterblue aufgewacht ist. Ich nehme an, sie wird uns helfen können.«

Helfen, den Mord an ihrem Vater zu planen … Ja, vermutlich würde sie helfen, wenn sie konnte – ein solcher Irrsinn lag in der Luft dieses Königreichs, während sie in ihrem steinigen Lager am Rande der Berge von Monsea saßen.

Der Lichtschein des Feuers, sein Knistern oder der Duft des brutzelnden Fleischs weckten Bitterblue. Mit der Decke um die Schultern und ihrem Messer in der Hand kam sie zu ihnen an die Flammen.

»Ich werde dir beibringen, wie dieses Messer zu gebrauchen ist, wenn es dir bessergeht«, sagte Katsa zu ihr. »Wie du dich damit verteidigst, wie du einen Mann verletzen kannst. Wir können Bo als Versuchsobjekt benutzen.«

Das Kind schaute Katsa kurz und schüchtern an, dann senkte es den Blick.

»Wunderbar«, sagte Bo. »Es ist ziemlich langweilig, wie du mich immer nur mit Händen und Füßen zu Tode schlägst und trittst. Es wird erfrischend sein, wenn du mal mit einem Messer auf mich losgehst.«

Bitterblue schaute wieder kurz zu Katsa. »Kannst du besser kämpfen als er?«

»Ja«, sagte Katsa.

»Viel besser«, sagte Bo. »Kein Vergleich.«

»Aber Bo hat andere Vorzüge«, erklärte Katsa. »Er ist stärker. Er sieht im Dunkeln besser.«

»Aber im Kampf«, sagte Bo, »kannst du immer auf die Dame setzen, Bitterblue. Selbst im Dunkeln.«

Dann saßen sie schweigend da und warteten, bis die Wachteln durchgebraten waren. Bitterblue schauderte und zog sich die Decke enger um die Schultern.

»Ich hätte gern eine Gabe, mit der ich mich schützen kann«, sagte sie.

Katsa hielt den Atem an und zwang sich, geduldig zu warten, keine Fragen zu stellen.

Nach einem Moment sagte Bitterblue: »Der König will mich haben.«

»Wofür?« Katsa konnte das Wort nicht zurückhalten.

Darauf antwortete Bitterblue nicht. Sie senkte das Kinn

auf die Brust, drückte die Arme seitlich an den Körper und machte sich sehr klein. »Er hat eine Gabe«, sagte sie. »Meine Mutter hat es mir erzählt. Sie sagte, er kann mit seinen Worten das Denken der Menschen manipulieren, damit sie glauben, was er sagt. Selbst wenn sie es aus dem Mund eines anderen hören, selbst wenn es ein Gerücht ist, das von ihm kommt und sich weit verbreitet hat. Seine Macht lässt nach, während sie sich verbreitet, doch sie verschwindet nicht.« Unglücklich starrte sie auf das Messer in ihren Händen. »Sie hat mir gesagt, dass er der falsche Mann für eine solche Gabe ist. Er macht kleine und schwache Menschen zu seinem Spielzeug. Es gefällt ihm, anderen Schmerzen zuzufügen.«

Bo ließ die Hand auf Katsas Bein sinken, und nur das hielt sie davon ab, vor Zorn auf die Füße zu schnellen.

»Meine Mutter hat das alles immer wieder vermutet«, fuhr Bitterblue fort, »seit sie ihn kennenlernte. Doch er konnte sie immer so verwirren, dass sie es vergaß. Bis vor ein paar Monaten, als er besonderes Interesse für mich zu zeigen begann.«

Sie holte ein paarmal kurz Atem und schaute Katsa an, dabei flackerte etwas Beklommenes in ihrem Blick. »Ich kann nicht genau sagen, wozu er mich haben will. Er hat schon immer – die Gesellschaft von Mädchen gemocht. Und meine Mutter und ich haben herausgefunden, dass er einige seltsame Angewohnheiten hat. Er schlitzt Tiere mit Messern auf. Er quält sie und hält sie lange am Leben, und dann bringt er sie um.« Sie räusperte sich. »Ich glaube, er macht das nicht nur mit Tieren.«

Gut zu Kindern und hilflosen Geschöpfen, dachte Katsa und hielt Tränen der Wut zurück. Ihr Leben lang hatte sie

Lecks wohltätigen Ruf geglaubt. Überzeugte er auch seine Opfer, dass er gut zu ihnen war, selbst wenn er sie mit seinen Messern aufschlitzte?

»Er sagte meiner Mutter, dass er Zeit mit mir allein verbringen wolle«, sagte Bitterblue. »Er sagte, dass es an der Zeit sei, seine Tochter besser kennenzulernen. Er war außer sich vor Wut, als sie es ablehnte. Er schlug sie. Er versuchte seine Gabe bei mir anzuwenden und mich dazu zu bringen, dass ich mit ihm zu seinen Käfigen ging, aber immer wenn ich die Verletzungen im Gesicht meiner Mutter sah, erinnerte ich mich an die Wahrheit. Das klärte meinen Verstand, nur ein bisschen, aber genug, dass ich wusste, ich muss mich weigern.«

Dann hatte Bo Recht gehabt. Die Todesfälle an Lecks Hof ergaben für Katsa allmählich einen Sinn. Leck hatte wahrscheinlich viele Menschen umgebracht – Menschen, die ihm mehr Ärger brachten, als sie nützten, weil er sie so schwer verletzt hatte, dass sie anfingen, die Wahrheit zu begreifen.

»Und dann hat er Großvater entführt«, sagte Bitterblue, »weil er wusste, dass meine Mutter niemanden so liebte wie ihren Vater. Er sagte ihr, dass er Großvater foltern würde, wenn sie mich ihm nicht überließ. Er sagte ihr, dass er ihn nach Monsea holen und vor unseren Augen töten würde. Wir hofften, dass es nur seine üblichen Lügen waren. Aber dann bekamen wir Briefe aus Lienid und wussten, dass Großvater wirklich verschwunden war.«

»Großvater wurde weder gefoltert noch getötet«, sagte Bo. »Er ist in Sicherheit.«

»Er hätte mich einfach holen können«, sagte Bitterblue und ihre Stimme brach und wurde plötzlich schrill. »Er hat eine ganze Armee, die sich ihm nie widersetzen würde. Aber er hat es nicht getan. Er hat diese – kranke Geduld. Es reizte ihn nicht, uns zu zwingen. Er wollte hören, wie wir ja sagen.«

Weil ihn das mehr befriedigt, dachte Katsa.

»Meine Mutter hat uns in ihren Gemächern verbarrikadiert«, sagte Bitterblue. »Der König hat uns eine Weile ignoriert. Er ließ uns zu essen und zu trinken bringen und Wasser und frische Wäsche. Aber manchmal hat er durch die Tür mit uns gesprochen. Dann versuchte er Mutter zu überreden, dass sie mich hinausschickt. Manchmal hat er mich verwirrt. Manchmal hat er sie verwirrt. Er nannte sehr überzeugende Gründe, warum ich herauskommen sollte, und wir mussten uns immer wieder die Wahrheit ins Gedächtnis rufen. Es hat uns – große Angst gemacht.«

Eine Träne lief ihr übers Gesicht und sie redete schnell weiter, als könnte sie ihre Geschichte nicht länger für sich behalten. »Er schickte uns Tiere, aufgeschlitzte Mäuse, Hunde und Katzen, noch lebendig, schreiend und blutend. Es war schrecklich. Und dann hatte eines Tages das Mädchen, das uns Essen brachte, Schnitte im Gesicht, drei Schlitze auf jeder Wange, die heftig bluteten. Und noch andere Verletzungen, die wir nicht sahen. Sie konnte nicht richtig gehen. Als wir sie fragten, was geschehen war, sagte sie, dass sie sich nicht erinnern könne. Sie war so alt wie ich.«

Von Tränen erstickt, unterbrach sich Bitterblue einen Moment. Sie wischte sich das Gesicht an der Schulter ab. »Da beschloss meine Mutter, dass wir fliehen müssen. Wir banden Leintücher und Decken aneinander und stiegen daran durchs Fenster hinunter. Ich dachte, ich würde es nicht schaffen vor lauter Angst. Aber meine Mutter hat mir den ganzen Weg hinunter gut zugeredet.« Sie starrte in die Flammen. »Meine Mutter hat einen Wachmann mit dem Messer getötet. Wir liefen auf die Berge zu in der Hoffnung, dass der König glaubte, wir würden die Port Road zum Meer nehmen. Aber am zweiten Morgen sahen wir, wie sie über die Felder auf uns zukamen. Meine Mutter verstauchte sich in einem Fuchsbau den Knöchel. Sie konnte nicht rennen. Sie schickte mich voraus, damit ich mich im Wald verstecke.«

Das Mädchen schnaufte heftig, wischte sich wieder über das Gesicht und ballte die Fäuste. Mit großer Willenskraft hielt sie die Tränen zurück, griff nach dem Messer in ihrem Schoß und sagte bitter: »Wenn ich nur Bogenschießen gelernt hätte! Oder wüsste, wie man ein Messer gebraucht! Vielleicht hätte ich meinen Vater töten können, als das alles anfing.«

»Für manches ist es zu spät«, sagte Bo, »aber morgen werde ich ihn töten, bevor er noch mehr anrichtet.«

Bitterblues Kopf fuhr zu ihm herum. »Warum du? Warum nicht sie, wenn sie besser kämpft?«

»Lecks Gabe wirkt bei mir nicht«, sagte Bo. »Aber sie wirkt bei Katsa. Das haben wir heute gemerkt, als wir ihn auf den Feldern trafen. Ich muss ihn töten, weil er mich nicht so manipulieren oder verwirren kann wie Katsa.«

Er bot Bitterblue eine der Wachteln an, die er auf einen Stock gespießt hatte. Sie nahm sie und sah ihn genau an. »Es ist wahr, dass seine Gabe etwas von ihrer Macht über mich verloren hat«, sagte sie, »als er meine Mutter verletzte. Und sie hat etwas von ihrer Macht über meine Mutter verloren, als er mich bedrohte. Aber warum wirkt sie bei dir nicht?«

»Das kann ich nicht sagen«, erklärte Bo. »Er hat viele Menschen verletzt. Vielleicht gibt es noch mehr, bei denen seine Gabe nur schwach wirkt – aber niemand mag es zugeben, aus Angst vor seiner Rache.«

Bitterblue kniff die Augen zusammen. »Womit hat er dich verletzt?«

»Er hat meinen Großvater entführt«, sagte Bo. »Er hat vor meinen Augen meine Tante ermordet. Er bedroht meine Cousine.«

Diese Antwort schien Bitterblue zu genügen, jedenfalls wandte sie sich ihrer Wachtel zu und aß heißhungrig mehrere Minuten lang. Gelegentlich schaute sie zu ihm hinüber, auf seine Hände, als er sich ums Feuer kümmerte.

»Meine Mutter trug auch viele Ringe, so wie du«, sagte sie. »Du gleichst meiner Mutter sehr, bis auf die Augen. Und du klingst wie sie, wenn du sprichst.« Sie holte tief Luft und starrte auf das Fleisch in ihrer Hand. »Heute Nacht wird er im Wald lagern und morgen weiter nach mir suchen. Ich weiß nicht, wie du ihn finden kannst.«

»Wir haben auch dich gefunden«, sagte Bo, »nicht wahr?«

Ihre Augen schickten ihm einen schnellen Blick, dann wandte sie sich wieder ihrem Essen zu. »Er wird seine persönliche Wache dabeihaben. Sie sind alle Beschenkte. Ich werde dir sagen, was dich erwartet.«

Der Plan war einfach: Bo würde vor Tagesanbruch losziehen, ausgerüstet mit Proviant, einem Pferd, dem Bogen, dem Köcher, einem Dolch und zwei Messern. Er würde zurück in den Wald reiten und dort sein Pferd verstecken. Dann würde er den König suchen – wie lange es auch dauern mochte. Er würde sich Leck auf die Entfernung eines

Pfeilschusses nähern, zielen und schießen. Er würde sich überzeugen, dass der König tot war, und dann würde er laufen, so schnell er konnte, zurück zu seinem Pferd, zurück zum Lager.

Ein einfacher Plan, und Katsa wurde immer besorgter, während sie ihn durchsprachen, weil sie und Bo wussten, dass die Durchführung nicht so einfach war. Der König hatte eine Leibwache, die aus fünf beschenkten Schwertkämpfern bestand. Diese Männer waren kaum eine Bedrohung für Bo, sie standen immer neben dem König, und Bo hatte nicht vor, in ihre Reichweite zu kommen. Es war die äußere Wache des Königs, gegen die er sich wappnen musste. Das waren zehn Männer, die einen großen Kreis um Leck bildeten; in einiger Entfernung von ihm und voneinander würden sie den König auf seinem Weg durch den Wald umgeben. Auch sie waren alle Beschenkte: einige Kämpfer, zwei Scharfschützen mit Pfeil und Bogen, einer mit der Gabe der Schnelligkeit, einer ungeheuer stark, einer, der wie ein Eichhörnchen auf Bäume kletterte und von Ast zu Ast sprang, einer mit außergewöhnlich scharfen Augen und Ohren.

»Den erkennst du an seinem roten Bart«, sagte Bitterblue. »Aber wenn du ihm so nah gekommen bist, dass du ihn siehst, hat er dich bestimmt längst bemerkt. Sobald sie dich bemerken, geben sie Alarm.«

»Bo«, sagte Katsa, »lass mich bis zu diesem äußeren Ring aus Wachen mitkommen. Es sind so viele, und du brauchst vielleicht Hilfe.«

»Nein«, sagte Bo.

»Ich würde sie nur ausschalten und dann weglaufen.«

»Nein, Katsa.«

»Du wirst nie …«

»Katsa!« Sein Ton war scharf. Sie verschränkte die Arme und schaute ins Feuer, atmete tief ein und schluckte angestrengt.

»Schon gut«, sagte sie. »Leg dich jetzt schlafen, Bo, ich halte Wache.«

Bo nickte. »Weck mich in zwei Stunden, dann löse ich dich ab.«

»Nein. Du brauchst deinen Schlaf, wenn du diese Sache übernimmst. Ich werde heute Nacht Wache halten. Ich bin nicht müde, Bo«, sagte sie, als er widersprechen wollte. »Das weißt du. Lass mich.«

Also legte sich Bo, in eine Decke gehüllt, neben Bitterblue schlafen. Katsa saß im Dunkeln und ging in Gedanken den Plan durch.

Wenn Bo nicht vor Sonnenuntergang in ihr Lager über der Schlucht zurückkehrte, mussten Katsa und Bitterblue ohne ihn fliehen. Denn wenn er nicht kam, war der König noch am Leben, und dann konnte nichts außer Flucht Bitterblue vor ihm schützen.

Dann musste Katsa Bo in diesem Wald voller Soldaten zurücklassen. Es war unvorstellbar für sie, und als sie dort in der Kälte und Dunkelheit auf einem Stein saß, erlaubte sie sich nicht, darüber nachzudenken. Sie achtete auf die leiseste Bewegung, horchte auf das kleinste Geräusch. Und weigerte sich, über all das nachzudenken, was morgen im Wald geschehen konnte.

In der frühmorgendlichen Kälte wachte Bo auf und suchte leise seine Sachen zusammen. Er zog Katsa an sich und hielt sie umschlungen. »Ich komme zurück«, sagte er, und dann war er fort. Sie hielt Wache, wie sie es die ganze Nacht getan hatte, und beobachtete den Weg, den er genommen hatte. Ihre Gedanken schob sie weg.

An einer Schnur um den Hals trug sie einen Ring, den Bo ihr gegeben hatte, bevor er sein Pferd bestieg und über die Klippe ritt. Der Ring war kalt an ihrer Brust und sie nahm ihn zwischen die Finger, während sie auf den Sonnenaufgang wartete. Es war der Ring mit der Gravur, die zu den Schmuckbändern an seinen Armen passte. Der Ring, der Bos Schloss und seine Stellung als Prinz symbolisierte.

Wenn Bo heute nicht zurückkehrte, dann musste sie Bitterblue nach Süden ans Meer bringen und ein Schiff finden, das sie an Lienids Westküste mitnahm, zu Bos Schloss. Kein Lienid würde sie aufhalten oder Fragen stellen, solange sie Bos Ring trug. Jeder von ihnen würde wissen, dass sie nach Bos Anweisungen handelte. Sie würden sie willkommen heißen und ihr beistehen. Und Bitterblue könnte sicher in Bos Schloss leben, während Katsa überlegte und plante und darauf wartete, etwas von Bo zu hören.

Als es hell wurde und Bitterblue aufwachte, brachten sie und Katsa das Pferd hinunter zum See, wo es trank und graste. Sie sammelten Holz für den Fall, dass sie eine weitere Nacht in diesem Lager verbringen würden. Sie aßen Winterbeeren von einem Gebüsch am Wasser. Katsa fing Fische für ihr Abendessen und nahm sie gleich aus. Als sie zu ihrem Felslager zurückkletterten, hatte die Sonne noch nicht einmal ihren höchsten Stand erreicht.

Katsa dachte daran, zu trainieren oder Bitterblue den Gebrauch ihres Messers zu lehren. Doch sie wollte keine Aufmerksamkeit erregen mit dem Lärm, den das unweigerlich machen würde; noch wollte sie das geringste Anzeichen eines näher kommenden Feindes oder von Bo versäumen. Es gab nichts zu tun, als stillzusitzen und zu warten. Katsas Muskeln schienen ihre Ungeduld herauszuschreien.

Am frühen Nachmittag tigerte sie mit geballten Fäusten im Lager hin und her, sie musste sich einfach bewegen. Bitterblue saß auf den Steinen in der Sonne, hielt das Messer in der Hand und beobachtete sie.

»Bist du nicht müde?«, fragte Bitterblue. »Wann hast du zuletzt geschlafen?«

»Ich brauche nicht so viel Schlaf wie andere Leute«, sagte Katsa.

Bitterblues Blicke folgten ihr, während sie hin und her ging. »Ich bin müde«, sagte sie.

Katsa blieb stehen und hockte sich vor das Mädchen. Sie befühlte ihre Hände und ihre Stirn. »Ist dir kalt, oder heiß? Hast du Hunger?«

Bitterblue schüttelte den Kopf. »Ich bin nur müde.«

Und natürlich war sie müde, ihre Augen waren groß und ihr Gesicht angespannt. Jeder normale Mensch in dieser Situation wäre müde. »Schlaf!«, sagte Katsa. »Dir kann nichts passieren, und es ist das Beste für dich, um wieder zu Kräften zu kommen.«

Doch Bitterblue würde ihre Kraft in der kommenden Nacht nicht für die Flucht brauchen, dachte Katsa, denn sicher kam Bo jeden Moment auf seinem Pferd über die Klippe geritten.

Die Sonne kroch hinter die Berggipfel im Westen und färbte ihr Felsenlager orange, doch Bo kam immer noch nicht. Katsas Gedanken waren wie erstarrt. Bestimmt würde er in den nächsten Minuten auftauchen, aber für den Fall, dass er nicht kam, weckte sie Bitterblue. Sie sammelte ihre Sachen ein, verwischte die Spuren des Feuers und verstreute das Feuerholz. Sie sattelte das Pferd und schnallte ihre Taschen an den schönen Sattel aus Monsea.

Dann setzte sie sich und starrte auf den Klippenpfad, der im verblassenden Licht gelb und orange leuchtete.

Die Sonne ging unter und Bo war nicht gekommen.

Jetzt konnte Katsa nichts mehr gegen den Gedanken tun, der sich in ihr Hirn drängte – er würde sich nicht länger unterdrücken lassen, wie sehr sie sich auch dagegenstemmte. Bo könnte im Wald sein, verletzt, der König könnte getötet sein und sie alle in Sicherheit, und Bo könnte irgendwo ihre Hilfe brauchen, die sie ihm nicht geben konnte, nur weil der König vielleicht noch lebte. Bo könnte sogar in der Nähe sein, direkt hinter der Klippe, hinkend, und auf sie zu wanken. Vielleicht brauchte er sie, während sie in wenigen Minuten ihr Pferd bestieg und sich in die entgegengesetzte Richtung aus dem Staub machte.

Sie würden aufbrechen, denn sie mussten. Aber sie würden den Pfad wenigstens ein kurzes Stück zurückgehen, vielleicht war Bo doch schon in der Nähe. Katsa schaute sich kurz um und vergewisserte sich, dass sie wirklich kein Zeichen ihrer Anwesenheit hinterlassen hatten. »Also, Prinzessin«, sagte sie, »wir sollten los.« Sie mied Bitterblues Blick und hob sie in den Sattel. Dann band sie die Zügel des Pferdes los und reichte sie ihr. In diesem Moment hörte sie Kieselsteine den Klippenpfad entlangrollen.

Sie rannte zurück zum Pfad. Das Pferd kam über den Kamm der Klippe, mit hängendem Kopf stolperte es den Weg entlang. Zu nah, ein klein bisschen zu nah am Abgrund. Und Bo lag auf dem Pferderücken, er rührte sich nicht, und ein Pfeil stak in seiner Schulter. Sein Hemd war blutdurchtränkt. Und die vielen Pfeile im Hals und in der Flanke des Pferdes versuchte Katsa gar nicht zu zählen, denn plötzlich sprühten Kieselsteine über den Klippenrand. Das Pferd schlitterte und der ganze Pfad rutschte unter den panischen Hufen. Katsa schrie in Gedanken Bos Namen und rannte. Er hob den Kopf und ihre Augen trafen sich. Und das Pferd schrie und kämpfte verzweifelt um sicheren Boden, und sie konnte Bo nicht rechtzeitig erreichen. Das Pferd stürzte über den Rand, und Katsa schrie wieder, diesmal laut, und er verschwand unter ihr, fiel durch das gelbe Licht.

Das Pferd drehte sich strampelnd in der Luft. Bo fiel mit dem Gesicht voraus ins Wasser, das Pferd stürzte hinter ihm hinein und Steine flogen unter Katsas Füßen hoch, als sie den Pfad hinunter in die Schlucht stürmte, ohne zu spüren, wie ihre Schienbeine gegen Felsen prallten und Äste ihr ins Gesicht schlugen. Sie wusste nur, dass Bo dort im Wasser war und dass sie ihn herausholen musste.

Nur ein spärliches Wellenkrausen auf der Wasseroberfläche zeigte ihr, wo sie tauchen musste. Sie warf ihre Stiefel ins Schilf und sprang. Erschreckt vom eisigen Wasser sah sie, wo Schlamm und Blasen aufstiegen und wo eine große braune Gestalt sank, während eine andere, kleinere kämpfte. Bo kämpfte, und das bedeutete, er lebte. Sie tauchte näher und sah, womit er kämpfte. Sein Stiefel war im Steigbügel verfangen, der Steigbügel hing am Sattel und das Pferd sank rasch. Bos Bewegungen waren unbeholfen und das Wasser um seine Schulter und seinen Kopf war rot von seinem Blut. Katsa packte seinen Gürtel und tastete ihn ab, bis sie ein Messer fand. Sie zog es heraus und sägte am Steigbügel. Das Leder brach und der Riemen sank mit dem Pferd. Katsa schlang den Arm um Bo und strampelte nach oben. Sie brachen durch die Oberfläche.

Sie trug sein lebloses Gewicht ans Ufer, denn jetzt war er bewusstlos, doch als sie ihn in das Schilf am Rand des Sees schob, kam er plötzlich und heftig zu sich. Er keuchte, hustete und erbrach immer wieder Seewasser. Er würde also nicht ertrinken, doch verbluten konnte er immer noch. »Das andere Pferd!«, rief Katsa Bitterblue zu, die ängstlich in der Nähe stand. »Am Pferd sind die Medikamente!«, schrie sie, und das Mädchen kletterte rutschend zurück ins Lager.

Katsa schleppte Bo hinauf auf trockenen Grund und setzte ihn hin. Auch die Kälte und Nässe konnten ihn töten. Sie musste die Blutung stillen und ihn warm und trocken bekommen. Oh, wie wünschte sie sich in diesem Moment Raffin herbei! »Bo«, sagte sie, »Bo, was ist passiert?« Keine Antwort. *Bo! Bo!* Kurz schlug er die Augen auf, aber der Blick war verschwommen, ungerichtet. Er sah sie nicht. Er übergab sich.

»Also gut. Sitz still. Das wird wehtun«, sagte sie, doch als sie den Pfeil aus seiner Schulter zog, schien er es gar nicht zu merken. Seine Arme fielen leblos zurück, als sie das Hemd von seinem Rücken löste, und er übergab sich wieder.

Bitterblue klapperte mit dem Pferd den Pfad herunter. »Ich brauche deine Hilfe«, sagte Katsa. Und Bitterblue half ihr, in den Taschen Kleidungsstücke zu finden, mit denen sie ihn abtrocknen oder sein Blut stillen konnte, sie durchstöberten die Medikamente nach der Tinktur, die Wunden reinigte, und wuschen die blutigen Sachen im See.

»Kannst du mich hören, Bo?«, fragte Katsa, während sie ein Hemd zerriss, um einen Verband zu machen. »Kannst du mich hören? Was ist mit dem König?« Er schaute matt zu ihr hoch, während sie seine Schulter verband. »Bo«, sagte sie immer wieder, »der König! Du musst mir sagen, ob der König noch lebt!« Doch er war verständnislos und sprachlos und so gut wie bewusstlos. Sie zog ihm Stiefel und Hose aus und trocknete ihn ab, so gut sie konnte, zog ihm eine andere Hose an und rieb seine Arme und Beine, um sie zu wärmen. Bitterblue gab ihm seine Jacke zurück, Katsa zog sie ihm über den Kopf und schob die schlaffen Arme durch die Ärmel. Er übergab sich wieder.

Das kam vom Aufprall seines Kopfs auf das Wasser. Katsa wusste, dass man sich übergeben musste, wenn man einen harten Schlag auf den Kopf bekommen hatte, und dass man dann vergesslich und verwirrt war. Nach einiger Zeit würde sein Kopf wieder klar sein. Doch sie hatten keine Zeit, nicht wenn der König lebte. Also kniete sie sich vor Bo, fasste ihn am Kinn, ignorierte seinen zuckenden, unscharfen Blick und schickte ihm ihre Gedanken: *Bo! Ich muss wissen, ob der König lebt. Ich werde nicht aufhören dich zu quälen, bis du mir sagst, ob der König lebt.*

Da schaute er sie an, rieb sich die Augen und blinzelte angestrengt. »Der König«, sagte er undeutlich. »Mein Pfeil. Der König lebt.«

Katsa wurde das Herz schwer. Denn jetzt mussten sie fliehen, alle drei, mit Bo in diesem Zustand und mit nur einem Pferd, in der Dunkelheit und Kälte, mit wenig Nahrung und ohne Bos Gabe, die sie vor Verfolgern warnte.

Ihre Gabe musste genügen.

Sie reichte Bo ihre Flasche. »Trink«, sagte sie, »trink alles. Bitterblue, hilf mir, die nassen Sachen zusammenzusuchen. Gut, dass du geschlafen hast, heute Nacht musst du stark sein.«

Bo schien zu verstehen, dass es Zeit für ihn war, aufs Pferd zu steigen. Er trug nichts zu den Anstrengungen bei, doch er wehrte sich auch nicht. Katsa und Bitterblue schoben ihn mit aller Kraft in den Sattel, und obwohl er fast mit dem Kopf voraus über das Tier gerutscht und auf der anderen Seite zu Boden gefallen wäre, packte er in einem lichten Moment Katsas Arm und richtete sich daran auf. »Du bleibst hinter ihm«, sagte Katsa zu Bitterblue, »damit du ihn im Auge behalten und zwicken kannst, wenn er hinunterzufallen droht. Wenn du Hilfe brauchst, ruf mich. Das Pferd wird schnell laufen, so schnell wie ich.«

Bei Dunkelheit kann sich an einem Berghang niemand schnell bewegen, der nicht durch eine besondere Gabe dazu befähigt ist. Sie kamen voran und Katsa brach sich nicht die Knöchel, während sie blind vor dem Pferd herlief, wie andere es getan hätten, doch sie waren nicht schnell. Katsa atmete kaum, so angestrengt horchte sie hinter sich. Ihre zahlreichen Verfolger waren beritten und hatten Fackeln. Wenn Leck eine Gruppe in die richtige Richtung geschickt hatte, könnte sie kaum etwas davon abhalten, sie zu finden. Katsa bezweifelte, dass sie in der Ebene schneller vorangekommen wären, denn Bo war so schwach. Er klammerte sich mit geschlossenen Augen an die Mähne des Pferdes und konzentrierte sich ganz darauf, nicht hinunterzufallen. Bei jeder Bewegung zuckte er zusammen. Und er blutete immer noch.

»Ich binde dich aufs Pferd«, sagte Katsa einmal zu ihm, als sie anhielten, um an einem Bach die Flaschen zu füllen. »Dann kannst du dich ausruhen.«

Er brauchte einen Moment, um ihre Worte zu verarbeiten. Dann beugte er sich vor und flüsterte in die Pferdemähne: »Ich will nicht ausruhen. Ich will dir sagen können, wenn er kommt.«

Sie waren also nicht ganz ohne seine Gabe, aber er war ganz und gar kopflos. So etwas zu sagen, wenn Bitterblue still und mit großen Augen direkt hinter ihm saß! *Vorsicht,* signalisierte Katsa ihm. *Bitterblue!*

»Ich werde euch beide ans Pferd binden«, sagte sie laut, »dann könnt ihr, jeder für sich, entscheiden, ob ihr euch ausruht oder nicht.«

Ruh dich aus, bat sie ihn in Gedanken, während sie ihm ein Seil um die Beine wickelte. *Du hilfst uns nicht, wenn du verblutest.*

»Ich werde nicht verbluten«, sagte er laut, und Katsa mied Bitterblues Blick, entschlossen, Bo keine Gedanken mehr zu schicken, bis er wieder bei Sinnen war.

Langsam zogen sie weiter nach Süden. Katsa stolperte über Steine und die Wurzeln störrischer Bäume, die sich in Spalten in der Erde bohrten. Je weiter die Nacht fortschritt, desto öfter stolperte sie, und ihr kam der Gedanke, dass sie müde sein könnte. Sie überdachte die letzten Nächte und zählte. Es war ihre zweite schlaflose Nacht, und in der Nacht davor hatten sie nur wenige Stunden geruht. Sie würde also schlafen müssen, bald, aber jetzt durfte sie nicht daran denken. Es hatte keinen Sinn, an das Unmögliche zu denken.

Ein paar Stunden vor Sonnenaufgang fielen ihr die Fische ein, die sie gefangen hatte und die geschuppt und ausgenommen, eingepackt und mit den Taschen ans Pferd gebunden waren. Bei Tageslicht konnten sie nicht das kleinste Feuer riskieren. Sie hatten an diesem Tag sehr wenig gegessen, und sie hatten sehr wenig für den nächsten Tag. Wenn sie nur ein paar Minuten anhielten, konnte sie den Fisch braten. Dann würde sie vor dem nächsten Sonnenuntergang nicht mehr an Essen denken müssen.

Aber auch das war riskant, denn der Feuerschein könnte in der Dunkelheit Aufmerksamkeit erregen.

Da flüsterte Bo ihren Namen, und sie ging zu ihm.

»Da liegt eine Höhle«, flüsterte er, »ein paar Schritte nach Südosten.« Er fuhr mit der Hand durch die Luft und legte sie dann auf ihre Schulter. »Bleib hier neben mir. Ich werde uns hinführen.«

Er lenkte ihre Schritte über Steine und um Felsen. Wenn Katsa weniger müde gewesen wäre, hätte sie die Klarheit zu schätzen gewusst, mit der seine Gabe ihm die Landschaft zeigte. Doch dann waren sie am Eingang zu Bos Höhle und ihre Gedanken waren mit zu viel anderem beschäftigt. Sie musste Bitterblue wecken, losbinden und ihr herunterhelfen. Sie musste Bo vom Pferd und auf den Boden bekommen. Sie musste Holz für ein Feuer suchen und den Fisch braten. Sie musste Bos Schulter neu verbinden, die immer noch blutete, egal wie fest sie den Verband anlegte.

»Schlaf, während der Fisch brät«, sagte er, als sie ihm saubere Stoffstreifen um Arm und Brust band, um das Blut zu stillen. »Katsa! Du musst schlafen. Ich werde dich wecken, wenn wir dich brauchen.«

»Du bist es, der Schlaf nötig hat«, sagte sie.

Da griff er nach ihrem Arm. »Katsa! Schlaf eine Viertelstunde! Niemand ist in der Nähe. Du wirst heute Nacht nicht noch eine Gelegenheit zum Schlafen bekommen.«

Sie setzte sich auf die Fersen zurück und betrachtete ihn, ohne Hemd, bleich, die Augen zusammengekniffen vor Schmerz, mit Abschürfungen und Schwellungen im Gesicht. Er ließ ihren Arm los und seufzte. »Mir ist schwindlig. Bestimmt sehe ich aus wie der Tod, Katsa, aber ich werde nicht verbluten und auch nicht am Schwindel sterben. Schlaf, nur ein paar Minuten!«

Bitterblue trat zu ihnen. »Er hat Recht. Du solltest schlafen. Ich kümmere mich um ihn.« Sie griff nach seiner Jacke und half ihm hinein, wobei sie vorsichtig, behutsam seine verbundene Schulter bewegte. Bestimmt kamen sie ein paar Minuten ohne sie aus, dachte Katsa. Bestimmt wäre es besser für alle, wenn sie ein wenig schlief.

Also legte sie sich vors Feuer und befahl sich, nur eine Viertelstunde lang zu schlafen. Als sie aufwachte, hatten Bo und Bitterblue sich kaum gerührt. Katsa fühlte sich besser.

Sie aßen schweigend und schnell. Bo lehnte sich an die Höhlenwand zurück und schloss die Augen. Er behauptete, wenig Appetit zu haben, doch Katsa hatte kein Mitleid. Sie setzte sich vor ihn und fütterte ihn mit Fischstückchen, bis sie glaubte, er habe genug gegessen.

Katsa erstickte das Feuer mit ihren Stiefeln, und Bitterblue wickelte den restlichen Fisch ein, als Bo sagte: »Es ist gut, dass du nicht dabei warst, Katsa. Ich habe Leck stundenlang über seine Liebe zu seiner entführten Tochter reden hören. Dass es sein Herz brechen würde, sie nicht wiederzufinden.«

Katsa setzte sich zu ihm. Bitterblue kam näher, damit sie sein Flüstern verstehen konnte.

»Ich kam leicht durch den äußeren Kreis der Wachen«, berichtete Bo, »und am frühen Nachmittag schließlich in seine Sichtweite. Seine inneren Wachen umgaben ihn so lückenlos, dass ich keinen Schuss auf ihn abgeben konnte. Ich wartete eine Ewigkeit. Ich folgte ihnen. Sie hörten mich nicht, aber sie entfernten sich nie vom König.«

»Er hat dich erwartet«, sagte Katsa. »Sie waren deinetwegen da.«

Er nickte, dann verzog er das Gesicht.

»Erzähl es uns später, Bo«, sagte Katsa. »Ruh dich jetzt aus.«

»Es ist keine lange Geschichte. Ich entschied schließlich, meine einzige Möglichkeit sei, eine der Wachen zu erschießen. Doch während der Mann fiel, sprang der König natürlich in Deckung. Ich schoss wieder, und mein Pfeil streifte Lecks Hals, aber nur schwach. Das wäre die richtige Aufgabe für dich gewesen, Katsa! Du hättest ihn genau getroffen. Ich habe es nicht geschafft.«

»Nun ja«, sagte Katsa. *Ich hätte ihn zunächst mal gar nicht gefunden. Und selbst wenn, hätte ich ihn nie getötet. Das weißt du. Es war für keinen von uns die richtige Aufgabe.*

»Danach waren natürlich die Wachen vom inneren Kreis hinter mir her, und dann die vom äußeren, dazu noch seine Soldaten, sobald sie den Alarm gehört hatten. Es – es war ein Blutbad. Ich muss ein Dutzend von ihnen getötet haben. Das war meine einzige Chance zu entkommen, und dann lief ich nach Norden, um sie von eurer Spur abzubringen.« Er schwieg einen Moment, schloss die Augen, öffnete sie wieder und sah Katsa an. »Leck hat einen Bogenschützen, der fast so gut ist wie du, Katsa. Du hast ja gesehen, was er dem Pferd angetan hat.«

Und er hätte dir das Gleiche angetan, wenn du nicht diese neu entdeckte Fähigkeit hättest, Pfeile zu spüren, während sie auf dich zufliegen.

Er lächelte schwach, dann schaute er zu Bitterblue. »Du hast angefangen, mir zu vertrauen«, sagte er.

»Du hast versucht, den König zu töten«, sagte Bitterblue einfach.

»Gut«, sagte Katsa. »Genug geredet.«

Sie wandte sich dem Feuer zu und verteilte die Reste. Sie schoben Bo wieder in den Sattel, und sie band ihre Sachen ans Pferd. Und in Gedanken warnte sie Bo immer wieder, flehte ihn immer wieder an, keine Andeutungen darüber zu machen, was seine Gabe ihm offenbarte.

Im Tageslicht kamen sie schneller voran, doch die Bewegung war anstrengend für Bo. Er beschwerte sich nie über den holprigen Ritt, doch er atmete stoßweise und seine Augen funkelten mit einer Art von Wildheit, die Katsa ebenso leicht als Schmerz erkannte, wie sie Angst erkennen konnte. Sie sah den Schmerz in seinem Gesicht und die Anspannung der Muskeln an Arm und Hals, wenn sie seine Schulter frisch verband.

»Was schmerzt mehr?«, fragte sie ihn früh am Morgen. »Deine Schulter oder dein Kopf?«

»Mein Kopf.«

Ein Mensch mit Kopfschmerzen sollte kein Tier reiten, dessen Schritte in seinem Kopf wie eine Axt klangen, aber Gehen kam nicht in Frage. Er konnte das Gleichgewicht nicht halten, und ihm war schwindlig und übel. Ständig rieb er sich die Augen, sie waren gereizt. Wenigstens blutete seine Schulter nur noch schwach. Reden verwirrte ihn nicht mehr, und endlich schien er sich daran zu erinnern, dass er seine Gabe vor seiner Cousine verbergen wollte.

»Wir kommen nicht schnell genug voran«, sagte er immer wieder. Auch Katsa ärgerte sich über ihr Tempo. Doch sie würde das Pferd erst dann über die steinigen Hänge traben lassen, wenn es seinem Kopf besserging.

Bitterblue war eine größere Hilfe, als Katsa zu hoffen gewagt hatte. Sie schien Bo als ihre besondere Aufgabe zu betrachten. Immer wenn sie anhielten, half sie ihm auf einen Stein. Sie brachte ihm etwas zu essen und Wasser, und wenn Katsa ein paar Minuten wegging, um ein Kaninchen zu jagen, war Bitterblue bei ihrer Rückkehr dabei, die Wunde an Bos Schulter zu reinigen und frisch zu verbinden. Katsa gewöhnte sich allmählich daran, Bo über seiner kleinen Cousine schwanken zu sehen, seine Hand auf ihrer Schulter.

Als die Sonne tiefer sank, spürte Katsa die Müdigkeit der letzten Tagen und der schlaflosen Nächte. Bo und Bitterblue waren auf dem Pferderücken eingeschlafen. Wenn Bo sich jetzt ausruhte, konnte er vielleicht später eine Art Wache halten und ihr ein paar Stunden Schlaf ermöglichen. Auch das Pferd brauchte Ruhe. Sie konnten nicht die ganze Nacht rasten, nicht wenn sie in diesem Tempo weiterreisten. Aber ein paar Stunden Pause müssten möglich sein.

Als er im bleichen Mondlicht wieder erwachte, rief er sie zu sich. Er half ihr, eine Höhle in einem Ring aus Felsen zu finden, der den Feuerschein verbergen würde. »Wir sind nicht schnell genug«, sagte er wieder, und sie zuckte die Achseln, denn das war kaum zu ändern. Sie weckte Bitterblue, band sie los und half ihr vom Pferd. Bo glitt vorsichtig allein hinunter.

»Katsa!«, sagte er. »Komm her, meine Katsa.«

Er griff nach ihr, und sie kam zu ihm. Er schlang die Arme um sie. Seine verletzte Schulter bewegte sich langsam und steif, doch sein unverletzter Arm war stark und warm. Er hielt sie fest und sie hielt ihn aufrecht. Sie legte ihr Gesicht in die Höhlung seines Halses, und ein langer Seufzer stieg in ihr hoch. Sie war so müde, und ihm ging es so schlecht, und sie waren nicht schnell genug. Aber wenigstens konnten sie einander umarmen, und sie konnte seine Wärme an ihrem Gesicht spüren.

»Es gibt etwas, das wir tun müssen«, sagte er, »und es wird dir nicht gefallen.«

»Was ist es?«, murmelte sie an seinem Hals.

»Wir …« Er holte tief Luft und hielt inne. »Du musst mich zurücklassen.«

»Was?« Sie wich zurück. Er schwankte und griff nach dem Pferd, um Halt zu finden. Sie starrte ihn an und stürmte dann Bitterblue hinterher, die Äste für das Feuer sammelte. Sollte er doch allein zurechtkommen! Sollte er doch allein zum Lagerfeuer gehen, wenn er so absurde Dinge von sich gab!

Aber er rührte sich nicht, er stand nur neben dem Pferd, klammerte sich mit dem Arm an den Tierrücken und wartete auf jemanden, der ihm half, und Tränen stiegen ihr in die Augen beim Anblick von Bos Hilflosigkeit. Sie ging zu ihm zurück. *Verzeih mir, Bo!* Sie streckte ihm ihre Schulter hin und führte ihn über den steinigen Boden zu der Stelle, wo sie ihr Feuer machen würden. Dann setzte sie ihn hin, hockte sich vor ihn und befühlte sein Gesicht. Seine Stirn war heiß. Sie horchte auf seinen Atem und hörte Schmerzen in dem Keuchen.

»Katsa«, sagte er, »schau mich an. Ich kann noch nicht einmal gehen. Das Wichtigste jetzt ist Schnelligkeit, und ich behindere euch. Ich bin nichts als eine Last.«

»Das stimmt nicht. Wir brauchen deine Gabe.«

»Ich kann dir sagen, dass sie euch suchen«, sagte er. »Und ich kann dir versprechen, dass sie euch weiter suchen werden, solange ihr in Monsea seid. Ich kann dir sagen, dass sie wahrscheinlich eure Spur finden, und wenn ihnen das gelingt, wird der König hinter euch her sein. Ihr braucht mich nicht bei euch, nur damit ich das ständig wiederhole.«

»Ich brauche dich, um bei klarem Verstand zu bleiben.«

»Ich kann dir dabei nicht helfen. Du kannst nur bei klarem Verstand bleiben, wenn du vor denen fliehst, die dich verwirren würden. Fliehen ist die einzige Hoffnung für das Kind.«

Bitterblue kam mit einem Armvoll Zweigen und Ästen zu ihnen. »Danke, Prinzessin«, sagte Katsa zu ihr. »Bring uns bitte das Kaninchen, das ich gefangen habe. Ich mache Feuer.« Sie wollte sich jetzt um das Feuer kümmern und Bo ignorieren.

»Wenn ihr mich zurücklasst«, sagte Bo, »könnt ihr schnell reiten. Schneller als eine Armee von Soldaten.«

Katsa ignorierte ihn. Sie stapelte Zweige auf und konzentrierte sich auf die Flamme, die zwischen ihren Händen wuchs.

»Er wird uns einholen, Katsa, wenn wir in diesem Tempo weiterreiten. Und du wirst uns nicht beide gegen ihn verteidigen können.«

Katsa legte mehr Zweige aufs Feuer und blies sanft in die Flammen. Dann häufte sie Stöcke auf die Zweige.

»Du musst mich zurücklassen«, sagte Bo. »Sonst gefährdest du Bitterblues Sicherheit.«

Katsa fuhr hoch, die Fäuste wütend geballt, plötzlich weit davon entfernt, Gelassenheit vorzutäuschen. »Und ich gefährde deine, wenn ich dich zurücklasse. Ich lasse dich nicht auf diesem Berg, wo du allein Nahrung finden und eine Unterkunft bauen und dich verteidigen musst, wenn Leck kommt, während du – du kannst noch nicht einmal gehen, Bo. Was willst du tun – den Soldaten davonkriechen? Deine Kopfschmerzen werden bald aufhören. Du wirst dein Gleichgewicht wiederfinden und wir können schneller vorankommen.«

Er schaute aus zusammengekniffenen Augen zu ihr hoch und seufzte. Dann blickte er in seine Hände und drehte die Ringe an seinen Fingern.

»Mein Gleichgewicht werde ich nicht so schnell wiederfinden, glaube ich«, sagte er, und ein seltsamer Ton in seiner Stimme schreckte sie auf.

»Was soll das heißen?«

»Darum geht es nicht, Katsa. Selbst wenn ich morgen völlig gesund aufwachen würde, müsstest du mich zurücklassen. Wir haben nur ein Pferd. Wenn du mit Bitterblue nicht schnell genug davonreitest, werdet ihr eingeholt.«

»Ich werde dich nicht zurücklassen.«

»Katsa! Es geht nicht um mich. Es geht um Bitterblue.«

Plötzlich musste sie sich setzen, die Kraft war aus ihren Beinen gewichen. Denn es ging um Bitterblue. Sie waren wegen Bitterblue den ganzen Weg hierhergekommen, und sie war Bitterblues einzige Hoffnung. Sie schluckte. Sie machte ein ausdrucksloses Gesicht, denn das Kind durfte nicht merken, wie weh es ihr tat, Bitterblues Sicherheit über die von Bo zu stellen.

Und dann wusste sie plötzlich, dass sie weinen würde. Sie atmete gleichmäßig weiter und schaute Bo nicht an. »Ich denke, ich sollte ein paar Stunden schlafen«, sagte sie.

»Ja«, antwortete er. »Schlaf ein bisschen, Liebste.«

Sie wünschte, seine Stimme wäre nicht so weich und gütig. Sie wickelte sich in eine Decke und legte sich mit dem Rücken zu ihm neben das Feuer, dann befahl sie sich zu schlafen. Eine Träne rann über ihre Nase und hinunter in ein Ohr, doch sie wiederholte den Befehl.

Sie schlief.

Als sie erwachte, schlief Bitterblue auf dem Boden neben ihr. Bo saß auf einem Stein vor dem prasselnden Feuer und schaute in seine Hände. Katsa stand auf und setzte sich neben ihn. Das Fleisch war gebraten und sie aß es dankbar, denn wenn sie aß, musste sie nicht reden, und wenn sie redete, würde sie weinen.

»Wir könnten uns ein zweites Pferd besorgen«, brachte sie schließlich heraus. Sie starrte ins Feuer und versuchte nicht in die Lichter zu schauen, die in seinem Gesicht schimmerten.

»Hier, am Fuß der Berge, Katsa?«

Nun gut. Es gab kein zweites Pferd. »Selbst wenn es möglich wäre«, sagte er, »würde es eine Ewigkeit dauern, bevor ich schnell genug reiten könnte. Die Schmerzen in meinem Kopf hören nicht auf, solange ich auf einem Pferd herumgeschüttelt werde. Auch für mich ist es am besten, Katsa, wenn du mich zurücklässt. Dann werde ich schneller wieder gesund.«

»Und wie willst du dich verteidigen? Was wirst du essen?«

»Ich verstecke mich irgendwo. Wir suchen morgen in aller Frühe eine Stelle, wo ich mich verstecken kann. Komm, Katsa, du weißt, dass ich mich besser verstecken kann als jeder andere.« Sie hörte ein Lächeln aus seiner Stimme heraus. »Komm, meine Wildkatze. Komm her.«

Sie konnte nichts mehr gegen ihre Tränen tun. Denn sie würden Bo zurücklassen, und er musste sich allein durchschlagen und sein Leben retten, indem er sich versteckte, obwohl er noch nicht einmal gehen konnte. Sie kniete sich vor ihn und er nahm sie in die Beuge seines unverletzten Arms. Sie weinte an seiner Schulter wie ein Kind und schämte sich, weil es nur ein Abschied war, und Bitterblue hatte noch nicht einmal über einen Tod so geweint. »Schäme dich nicht«, flüsterte Bo, »deine Trauer bedeutet mir viel. Hab keine Angst, ich werde nicht sterben, Katsa. Ich werde nicht sterben, und wir werden uns wiedersehen.«

Als Bitterblue erwachte, packte Katsa bereits ihre Sachen zusammen. Das Mädchen schaute ihr einen Moment ins Gesicht.

Dann sah sie zu Bo hinüber, der ins Feuer starrte.

»Wir lassen dich also zurück«, sagte sie zu Bo.

Er schaute zu dem Kind auf und nickte.

»Hier?«

»Nein, Cousine. Wenn der Morgen kommt, suchen wir ein Versteck.«

Bitterblue stieß ihre Fußspitze in den Boden. Sie verschränkte die Arme und betrachtete Bo. »Was wirst du in deinem Versteck tun?«

»Ich werde mich verbergen und Kraft sammeln.«

»Und wenn du wieder gesund bist?«

»Dann komme ich zu euch nach Lienid oder wo immer ihr sonst seid, und wir planen die Ermordung von König Leck.«

Das Mädchen betrachtete Bo nachdenklich. Dann nickte sie. »Wir werden auf dich warten, Cousin.«

Katsa schaute auf und sah ein schwaches Lächeln über die Worte des Kindes auf Bos Gesicht. Dann wandte Bitterblue sich ab und half Katsa mit den Arzneien.

Die Zähne des Mädchens klapperten, als sie sich neben Katsa kniete. Sie hatte keine Jacke, und die Decke, in die sie sich unterwegs wickelte, war dünn. Sie brachte die Päckchen zum Pferd, versorgte Bo mit Wasser und schauderte.

Warum hatte Katsa die Felle der Kaninchen nicht aufbewahrt, die sie getötet hatte?

Sie würde etwas unternehmen müssen. Sie musste etwas Wärmeres zum Anziehen für Bitterblue finden. Denn es war ihre Aufgabe, dieses Mädchen zu beschützen, und sie musste an alles denken. Sie musste so gut für Bitterblue sorgen, dass es Bos Opfer wert war.

In der Morgenröte kamen sie an eine kleine Hütte, die nicht viel mehr zu bieten hatte als ihre vier Wände und ein Dach, vielleicht die verlassene Behausung eines Einsiedlers von Monsea. Sie stand in einer Senke, in der es mehr Gras als Steine gab, mit ein, zwei Bäumen und einem Flecken voll Unkraut, der wahrscheinlich einmal ein Garten gewesen war. Zerbrochene Läden, eine kalte Feuerstelle und eine Staubschicht auf dem rauen Holzboden, auf Tisch, Bett und dem Schrank, der auf drei Beinen stand, dazu eine offene Tür, die schief in den Angeln hing.

»Hier werde ich mich verstecken«, sagte Bo.

»Das ist ein Platz zum Wohnen, Bo«, sagte Katsa, »kein Versteck. Es ist viel zu auffällig, niemand wird vorbeigehen, ohne hineinzuschauen.«

»Aber ich könnte hierbleiben, Katsa, und mich irgendwo in der Nähe verstecken, wenn ich sie kommen höre.«

Und welches Versteck hatte er gespürt? »Bo …«

»Ich frage mich, ob irgendwo in der Umgebung ein See ist. Kommt mit mir, ich bin sicher, dass ich Wasser fließen höre.«

Katsa hörte kein Wasser, Bo also höchstwahrscheinlich

auch nicht. Sie seufzte kurz. »Ja, ich glaube, ich höre es auch.«

Sie gingen durch das Gras hinter der Hütte; Bo stützte sich auf Katsa, und Bitterblue führte das Pferd. Bald hörte Katsa tatsächlich Wasser, und als sie auf einen bräunlichen Hügel gestiegen waren und das Gras Steinbrocken wich, sah sie es. Drei große Bäche strömten von den Felsen über ihnen, vereinten sich und stürzten über ein Sims in einen tiefen See. Hier und da hatte das Wasser die Ufer überschwemmt und mehrere kleine Bäche plätscherten nach Osten bergab, dem Wald von Monsea zu.

Sehr gut, signalisierte Katsa Bo. *Und wo ist das Versteck?*

»Einen solchen Wasserfall gibt es auch beim Schloss meines Bruders Skye in den Bergen«, sagte Bo. »Eines Tages haben wir beim Schwimmen unter Wasser einen Tunnel gefunden, der zu einer Höhle führte.«

Katsa wusste, was das bedeutete, und Bitterblues verwunderter Blick – nein, es wäre richtiger, von einem misstrauischen Blick zu sprechen – ließ darauf schließen, dass Bo schon mehr als genug gesagt hatte. Katsa half Bo, sich auf den Boden zu setzen. Sie zog einen ihrer Stiefel aus. »Wenn es in diesem Teich ein Versteck gibt, dann finde ich es für dich, Bo. Aber dass ein Versteck existiert, heißt noch nicht, dass es dir etwas nützt. Du kannst nicht allein von der Hütte bis zu diesem Teich gehen.«

»Ich kann es«, sagte er, »wenn es mir das Leben rettet.«

»Wie denn? Kriechen?«

»Kriechen ist nichts Beschämendes, wenn man nicht gehen kann. Und zum Schwimmen braucht man weniger Gleichgewicht.«

Sie funkelte ihn wütend an und er erwiderte den Blick

gelassen, höchstens ein ganz klein wenig belustigt. Und warum sollte er nicht belustigt sein? Denn gleich würde sie in das eiskalte Wasser tauchen und einen Tunnel suchen, von dem er bereits wusste, dass es ihn gab, und eine Höhle erkunden, von der er schon die genaue Größe, Form und Lage kannte.

»Ich ziehe mich jetzt aus«, sagte sie, »also schau weg, Prinz.« Wenigstens ihre Kleidung konnte sie schonen; und wenn diese ganze Episode nur eine Vorstellung für Bitterblue war, dann konnten sie auch so tun, als ob Bo sie nicht unbekleidet sehen dürfte. Katsa glaubte allerdings, dass Bitterblue sich davon genauso wenig täuschen ließ wie vom Rest. Sie stand neben dem Pferd und behielt ihre Meinung für sich; ihre Augen waren groß und kindlich, aber sehr aufmerksam.

Katsa seufzte. Sie zog ihre Jacke aus. *Zeig mir die richtige Richtung, Bo.*

Sie folgte seinem Blick zum Fuß des Wasserfalls, dann warf sie ihre Hose auf die Steine neben ihrer Jacke und den Stiefeln. Sie biss die Zähne zusammen gegen die Kälte und ging in den See. Der Grund fiel steil ab, und mit einem Schrei tauchte sie unter und schwamm.

Weit unter ihr schimmerten grüne Steine auf dem Grund, und silbrige Fische blitzten im Licht. Die Tiefe dieses Wasserlochs überraschte sie, während sie auf den Wasserfall zukraulte. In den Blasen und Wirbeln an seinem Fuß konnte sie fast nichts sehen, doch sie tastete sich mit den Händen an den Felsen entlang und fand im Dunkeln unter dem stürzenden Wasser einen Hohlraum, vermutlich den Eingang zu Bos Tunnel. Wider Willen musste sie lächeln. Allein hätte sie dieses Versteck nie gefunden, und wahrscheinlich hatte noch kein einziger Mensch getan, was sie gleich tun würde. Sie schoss an die Oberfläche, um tief Luft zu holen, dann tauchte sie wieder hinunter und zog sich durch die Öffnung.

Es war finster im Tunnel, schwarz, und das Wasser war noch kälter als im Teich. Sie konnte nichts sehen. Während sie weiterstrampelte, zählte sie gleichmäßig. Felsen kratzten an ihren Armen und sie tastete mit den Händen voran, um zu vermeiden, dass sie mit dem Kopf gegen etwas Unerwartetes stieß. Es war eng, aber nicht gefährlich eng. Bo würde keine Schwierigkeiten haben, wenn er wieder gesund genug zum Schwimmen war.

Als sie fast bis dreißig gezählt hatte, weitete sich der Tunnel, und dann verschwanden die Wände ganz. Sie schoss nach oben und hoffte, durch die Wasseroberfläche zu brechen, weil sie nicht wusste, wo sie in dieser schwarzen Höhle Luft finden sollte, wenn nicht direkt über sich. Jetzt war ihr bewusst, wie gut ihr Richtungssinn war, den Bo immer bewunderte. Wenn sie in dieser Finsternis den Tunnel verlieren und keine Öffnung zur Oberfläche finden würde, wäre es aus mit ihr. Doch Katsa wusste genau, wo der Tunnel war, unten hinter ihr. Sie wusste, wie weit sie geschwommen war und in welche Richtung, sie wusste, wo oben und unten, Osten und Westen war. Die Finsternis würde sie nicht besiegen.

Und natürlich hätte Bo sie nie in diese Höhle geschickt, wenn es ein Ort wäre, an dem sie nicht überleben könnte. Ihre Schulter stieß an Fels und sie hörte ein gedämpftes Klatschen, das klang wie Wellenschlag an einem Ufer. Sie steuerte auf das Geräusch zu, und dann schoss ihr Kopf aus dem Wasser und sie atmete. Sie tastete um sich und fand den Fels, an dessen Unterseite sie gestoßen war. Er ragte über das Wasser und fühlte sich oben flach und moosig an. Mit klappernden Zähnen zog sie sich hinauf.

Diese Höhle war noch schwärzer als jede Nacht, die sie erlebt hatte. Auf dem Wasser lag kein Glitzern, der Raum rundum zeigte keinerlei Umrisse in einer helleren Schwärze. Katsa streckte die Arme aus, berührte aber nichts. Sie hatte keine Vorstellung von der Höhe der Decke oder der Entfernung der Wände. Sie glaubte in einiger Entfernung Wasser gegen Fels schlagen zu hören, doch ohne es zu erkunden, konnte sie nicht sicher sein. Und sie würde nichts erkunden, weil sie keine Zeit hatte.

Das war also Bos Höhle. Hier würde er in Sicherheit sein, falls es ihm gelänge, herzukommen. Wer seine Gabe nicht hatte, konnte ihn in diesem kalten, schwarzen Loch unter dem Berg niemals finden.

Katsa glitt zurück ins eisige Wasser und tauchte zum Tunnel.

Mit zwei zappelnden Fischen in den Händen kam sie ans Ufer. »Ich habe deine Höhle gefunden«, sagte sie. »Du wirst leicht dorthin kommen, wenn du durch eine Wunderheilung wieder schwimmen kannst. Der Tunnel liegt direkt unter dem Wasserfall. Und hier ist dein Abendessen.« Sie warf die Fische auf die Steine und trocknete sich mit einem Tuch ab, das Bitterblue ihr brachte, dann zog sie sich an. Sie streckte die Hand nach Bos Messer aus, und er warf es ihr zu. Sie köpfte die Fische, schnitt sie auf, nahm sie aus und warf die Innereien zurück in den Teich.

»Ihr müsst jetzt gehen«, sagte Bo. »Es ist sinnlos, noch länger zu warten.«

»Es ist nicht sinnlos«, sagte Katsa. »Was wirst du essen, wenn diese Fische verzehrt sind?«

»Ich werde schon zurechtkommen.«

Katsa schnaubte verächtlich. »Du wirst zurechtkommen. Du hast noch nicht einmal einen Bogen, und selbst wenn, würde ich gern sehen, wie du jetzt zielst. Wir werden nicht gehen, bis du genug Nahrung und Feuerholz hast.«

»Katsa, ehrlich! Ihr müsst gehen, ihr müsst einfach …«

»Das Pferd muss einen Vormittag lang ausruhen. Ab jetzt wird es schnell laufen müssen. Und – und …« Sie weigerte sich, der Panik nachzugeben, die in ihr wütete. *Und der Winter kommt und du kannst mich zwingen, dich hier zurückzulassen, aber du kannst mich nicht zwingen, dich hier verhungern zu lassen.*

Bo rieb sich die Augen und seufzte.

»Du wirst viel Feuerholz brauchen. Ich fange schon mal an zu suchen«, sagte Bitterblue und Bo musste lachen.

»Ich bin überstimmt«, sagte er. »Nun gut, Katsa. Tu, was du tun musst. Aber bevor der Morgen um ist, müsst ihr unterwegs sein.«

Der Morgen glich einem Wirbelwind. Je schneller sich Katsa bewegte, umso weniger konnte sie nachdenken, und so lief und hantierte sie so schnell, wie Füße und Finger es konnten. Sie fing ihm zwei Kaninchen, die er am Abend mit den Fischen braten und mehrere Tage lang aufbewahren konnte. Sie verfluchte das Wetter. Es war so kalt, dass Bo tagsüber darunter litt, wenn er kein Feuer riskieren konnte. Aber es war nicht kalt genug, um Fleisch einzufrieren, und sie hatten kein Salz, um es zu pökeln. Sie konnte ihm nicht genug Fleisch für den ganzen Winter schießen, noch nicht einmal für ein paar Wochen. Und in einigen Wochen würde die Jagd sogar für einen Jäger schwierig, der sicher auf den Beinen war und der einen Bogen hatte.

»Hast du je einen Bogen gebaut?«, fragte sie ihn.

»Nie.«

»Ich werde das richtige Holz für dich suchen, bevor wir aufbrechen. Und du wirst die Därme dieser Kaninchen haben, um den Bogen zu verstärken und für die Sehne. Ich werde dir erklären, wie man das macht.«

Sie verfluchte sich, weil sie die Federn all der erjagten Vögel weggeworfen hatte. Als sie in ihrer Eile ein Nest voller Wachteln aufscheuchte, holte sie die Mehrheit der Vögel mit Steinwürfen vom Himmel. Das würde das Abendessen für Bitterblue und sie sein, und Bo bekam die Federn für Pfeile.

Von einem jungen Baum mit starken, biegsamen Ästen wählte sie einen geschwungenen Ast für den Bogen und einige lange, gerade Zweige als Pfeile. Und dann hatte sie eine Idee. Sie schnitt weitere Äste, spaltete sie und begann eine Art quadratischen Korb zu weben mit armlangen Seiten, Deckel und Boden. Sie webte ihn fest, mit schmalen Ritzen zwischen den Stäben. Als sie zum See zurückkam, wo Bo immer noch saß und Bitterblue immer noch Feuerholz suchte, trug sie den Korb auf einer Schulter und die Wachteln und Äste unter dem anderen Arm. Sie schnitt einige Seillängen zu und band sie an die Ränder ihres Korbs, senkte den Korb in den See, gerade tief genug, dass er nicht zu sehen war, und band die Seile um den Fuß eines Busches am Ufer. Dann zog sie Stiefel, Jacke und Hose aus und wappnete sich noch einmal gegen das erschreckend eiskalte Wasser.

Sie tauchte, hing schwebend im Wasser und wartete lange Zeit. Als ein Fisch in der Nähe aufblitzte, griff sie zu. Sie schwamm zum Korb, schob die Stäbe zurück, drückte den zappelnden Fisch hinein und befestigte die Stäbe wieder. Dann tauchte sie erneut hinunter, fing einen weiteren Fisch, schwamm zum Ufer und steckte das sich windende Tier in den Korb. Sie fing Fische für Bo, so viele Fische, dass es im Korb schließlich von den dicht aneinandergedrängten Körpern wimmelte.

»Du musst sie wahrscheinlich füttern«, sagte sie, als sie wieder am Ufer war und sich anzog. »Aber sie sollten einige Zeit reichen.«

»Und jetzt müsst ihr gehen«, sagte Bo.

»Ich will dir zuerst noch Krücken machen.«

»Nein. Ihr werdet jetzt gehen.«

»Ich will …«

»Katsa, meinst du, ich will, dass ihr geht? Wenn ich euch fortschicke, dann nur, weil es sein muss.«

Sie schaute ihm ins Gesicht und gleich wieder weg. »Wir müssen unsere Sachen noch aufteilen«, sagte sie.

»Das haben Bitterblue und ich schon getan.«

»Ich muss deine Schulter ein letztes Mal verbinden.«

»Das hat sie bereits gemacht.«

»Deine Wasserflasche …«

»Ist voll.«

Bitterblue kam über die Anhöhe zu ihnen. »Die Hütte platzt vor Feuerholz«, sagte sie.

»Es ist Zeit zum Aufbruch«, sagte Bo, beugte sich vor und richtete sich auf. Katsa unterdrückte ihren Widerspruch und bot ihm ihre Schulter als Stütze. Bitterblue band das Pferd los und sie machten sich auf den Weg zur Hütte.

Du hast dein Gleichgewicht beinah wiedergefunden. Komm mit uns!

»Cousine«, sagte Bo, »lass nicht zu, dass sie das Pferd zuschanden reitet. Und achte darauf, dass sie hin und wieder schläft und isst. Sie wird versuchen, alles Essbare dir zu geben.«

»So wie du«, sagte Bitterblue und Bo lächelte.

»Ich habe versucht, dir das meiste zu geben«, erwiderte er. »Katsa wird versuchen, dir alles aufzudrängen.«

Sie blieben am Eingang der Hütte stehen und Bo lehnte sich an den Türrahmen. *Komm mit uns,* dachte Katsa, als sie vor ihm stand.

»Sie werden hinter euch her sein«, sagte Bo. »Ihr dürft sie nicht so nah heranlassen, dass sie mit euch reden können. Denkt daran, euch unkenntlich zu machen. Ihr seid schmutzig und verdreckt, doch jeder Dummkopf würde euch erkennen. Katsa, ich weiß nicht, was du mit deinen Augen machen kannst, aber irgendetwas musst du tun.«

Komm mit uns.

»Bitterblue, du musst Katsa helfen, wenn sie durch irgendetwas, das sie hört, verwirrt wird. Ihr müsst einander beide helfen. Traut keinem aus Monsea, versteht ihr? Ihr dürft keinem trauen, der von Lecks Gabe angesteckt sein könnte. Und glaub nicht, dass du ihn besiegen kannst, Katsa. Eure einzige Chance liegt in der Flucht. Habt ihr verstanden?«

Komm mit uns.

»Katsa!« Seine Stimme war heiser und sanft. »Verstehst du, was ich sage?«

»Ich verstehe.« Als ihr eine Träne über die Wange lief, streckte er die Hand aus und wischte sie mit einem Finger weg.

Er betrachtete einen Moment ihr Gesicht, dann wandte er sich an Bitterblue. Er kniete sich hin und nahm ihre Hände. »Leb wohl, Cousine«, sagte er.

»Leb wohl«, erwiderte das Kind ernst.

Er richtete sich auf und lehnte sich wieder an den Türrahmen, schloss die Augen und seufzte. Dann öffnete er sie und schaute Katsa ins Gesicht. Um seinen Mund zuckte ein kaum wahrnehmbares Grinsen. »Du hattest doch immer vor, mich zu verlassen, Katsa.«

Sie würgte an einem Schluchzer. »Wie kannst du jetzt Witze machen? Du weißt, dass ich das nicht so gemeint habe.«

»Oh, Katsa! Wildkatze!« Er berührte ihr Gesicht und lächelte, so dass es sie schmerzte, ihn anzusehen, und sie war sicher, dass sie ihn nicht allein lassen konnte. Er zog sie an sich und küsste sie und flüsterte ihr etwas ins Ohr. Sie klammerte sich so fest an ihn, dass seine Schulter schmerzte, doch er klagte nicht.

Katsa schaute nicht zurück, als sie losritten. Aber sie drückte Bitterblue fest an sich und rief in Gedanken seinen Namen, der so schmerzhaft in ihr widerhallte, dass sie lange nichts anderes fühlen konnte.

SIE FOLGTEN DEN Ausläufern der Berge von Monsea und trieben das arme Pferd nach Süden. Gelegentlich kamen sie über ebene Plateaus, doch meist wurden sie durch Klippen, Felsspalten, Wasserfälle und unwegsames Gelände aufgehalten, Stellen, an denen das Pferd nicht Fuß fassen konnte. Dann musste Katsa absteigen, zurückgehen und das Tier weiter unten auf festeren Boden führen. Dabei sträubten sich ihr die Nackenhaare und jedes Geräusch nahm ihr den Atem; erst wenn sie wieder bergan stiegen, wurde sie ruhiger. Denn das tiefere Bergland ging in den Wald über und Katsa wusste, dass es im Wald von Lecks Soldaten wimmelte.

Die Armee würde den Wald durchkämmen, die Port Road und das Land dazwischen. Sie würde den Bergpass an der Grenze zu Sunder und Estill kontrollieren, in Monport die Schiffe beobachten, die an- und ablegten, und jedes Schiff durchsuchen, das als Versteck für die entführte Königstochter in Frage kam.

Als der Tag zum Abend wurde, wusste Katsa, dass sie sich etwas vormachte. Nein, Lecks Soldaten würden jedes einzelne Schiff durchsuchen, ob es verdächtig war oder nicht. Sie würden jedes Gebäude in der Hafenstadt durchkämmen. Sie würden die Küste östlich von Monport und westlich bis zu den Bergen besetzen und jedes Schiff kontrollieren, das sich der Küste von Monsea näherte. Die Schiffe der Lienid würden sie auseinandernehmen. Und ein oder zwei Tage später würden Katsa und Bitterblue am Fuß der Berge von Monsea mit Horden von Lecks Soldaten rechnen müssen. Denn nur zwei Wege führten aus Monsea heraus: das Meer und der Bergpass an der Grenze zu Sunder und Estill. Wenn die Flüchtlinge auf der Port Road oder im Wald nicht gefunden wurden, wenn sie nicht auf dem Bergpass oder in Monport auftauchten oder in einem Schiff an der südlichen Küste, dann wusste Leck, dass sie in den Bergen waren, gefangen zwischen Wald und Meer, hinter ihnen die Gipfel, die zugleich die Grenze zwischen Monsea und Sunder waren.

Als die Nacht hereingebrochen war, machte Katsa ein kleines Feuer vor einer Felswand. »Bist du müde?«, fragte sie Bitterblue.

»Ja, aber nicht zu sehr«, antwortete das Kind. »Ich lerne langsam, auf dem Pferd zu schlafen.«

»Heute Nacht wirst du wieder auf dem Pferd schlafen, wir müssen nämlich weiter. Sag mir, Prinzessin, was weißt du über diesen Gebirgszug?«

»Das Gebirge, das uns von Sunder trennt? Sehr wenig. Ich glaube nicht, dass es jemanden gibt, der viel über diese Berge weiß. Nur wenige Menschen haben sie bestiegen, außer im Norden natürlich, am Pass.«

»Hm.« Katsa wühlte in ihren Taschen und zog schließlich die Rolle Landkarten heraus. Sie strich sie in ihrem Schoß glatt und blätterte in ihnen. Raffin hatte Bo offensichtlich beim Wort genommen, als Bo sagte, er wisse nicht genau, wohin ihr Weg sie führen würde. Katsa blätterte durch Karten von Nander und Wester, von Drowden City und Birn City, eine Karte von Sunder und eine von Murgon City. Dann kamen mehrere Karten verschiedener Teile von Monsea. Schließlich zog sie ein widerspenstiges Blatt aus dem Stapel, legte es neben dem Feuer auf die Erde und beschwerte es an den Ecken mit Steinen, damit es glatt blieb. Sie hockte sich hin und musterte die Prinzessin, die das Feuer mit den bratenden Wachteln bewachte.

In allen sieben Königreichen gab es Menschen mit grauen Augen und dunklem Haar, Bitterblues Farben waren also nicht ungewöhnlich. Doch selbst im schwachen Licht des Feuers war sie auffallend mit ihrer geraden Nase und dem hübschen Mund. Oder war es ihr dichtes Haar oder die Art, wie das Haar von der Stirn zurückfiel? Katsa wusste nicht, was es war, doch sie wusste, dass das Kind selbst ohne Ohrreife oder Fingerringe etwas von den Lienid in ihrer Erscheinung hatte, etwas, das über dunkles Haar und helle Augen hinausging.

In einem Königreich, das verzweifelt nach dem zehnjährigen Kind einer Lienid-Mutter suchte, würde Bitterblue schwierig zu verkleiden sein, selbst wenn sie das Übliche taten: ihr die Haare abschnitten, die Kleidung austauschten und sie zu einem Jungen machten.

Und die Gefährtin des Kindes war kein geringeres Problem. Bei Tageslicht war Katsa kein so überzeugender Junge wie im Dunkeln. Und sie würde irgendwie ihr grünes Auge verstecken müssen. Ein femininer Junge mit einem sehr strahlenden blauen Auge, einer Augenklappe und einem Schützling, der wie ein Kind aus Lienid wirkte, würde bei Tageslicht mehr Aufmerksamkeit erregen, als sie brauchen konnten. Und sie konnten es sich nicht leisten, nur bei Nacht zu reisen. Selbst wenn sie es ungesehen bis Monport schafften, würde man sie sofort erkennen, wenn sie sich zeigten. Sie würden festgenommen werden, und Katsa würde Menschen töten müssen. Dann musste sie ein Schiff beschlagnahmen oder stehlen, sie, die keine Ahnung von Schiffen hatte. Leck würde davon hören und genau wissen, wo er sie finden konnte.

Katsa schaute von der Prinzessin hinunter auf die Landkarte am Boden vor ihr. Es war eine Karte der Grenze zwischen Sunder und Monsea, vom unpassierbaren Gebirge von Monsea. Wenn Bo hier wäre, würde er ahnen, was sie dachte. Die folgende erbitterte Auseinandersetzung zwischen ihnen konnte sie sich vorstellen.

Sie malte sich das Streitgespräch in Gedanken aus, weil es ihr bei der Entscheidung half.

Als sie zu Abend gegessen hatten, rollte sie die Landkarten zusammen und befestigte ihre Sachen am Sattel. »Hinauf mit dir, Bitterblue. Wir können diese Nacht nicht vergeuden. Wir müssen weiter.«

»Bo hat dich gewarnt, das Pferd zuschanden zu reiten.«

»Das Pferd hat eine ausgiebige Rast vor sich. Wir reiten in die Berge, und sobald wir ein bisschen höher sind, lassen wir es frei.«

»In die Berge«, wiederholte Bitterblue. »Was meinst du damit, in die Berge?«

Katsa zerstreute die Reste des Feuers und grub mit ihrem Dolch ein Loch für die Knochen ihrer Mahlzeit. »In Monsea sind wir nicht sicher. Wir überqueren die Berge nach Sunder.«

Bitterblue stand still neben dem Pferd und starrte sie an. »Wir überqueren die Berge? Diese Berge hier?«

»Ja. Der Bergpass an der nördlichen Grenze wird bewacht sein. Wir müssen unseren eigenen Übergang finden.«

»Selbst im Sommer überquert niemand diese Berge«, sagte das Mädchen. »Es ist fast Winter. Wir haben keine warme Kleidung. Wir haben keine Werkzeuge bis auf deinen Dolch und mein Messer. Es ist unmöglich. Wir würden es nicht überleben.«

Katsa hatte eine Antwort darauf, obwohl sie keins der Bedenken ausräumen konnte. Sie hob das Mädchen in den Sattel, schwang sich hinter ihr auf das Pferd und lenkte das Tier nach Westen.

Dann sagte sie: »Ich werde dich am Leben halten.«

In Wirklichkeit hatten sie mehr als einen Dolch und ein Messer, um sie über das Gebirge von Monsea nach Sunder zu bringen. Sie hatten den Dolch und das Messer, ein Seil, Nadel und etwas Schnur, die Landkarten, einen Teil der Arzneien, das meiste vom Gold, etwas zusätzliche Kleidung, die fadenscheinige Decke, die Bitterblue umgehängt hatte, zwei Satteltaschen, einen Sattel und Zaumzeug. Und sie hatten alles, was Katsa fangen, töten oder mit eigenen Händen herstellen würde, während sie die Berge bestiegen. Dazu würde vor allem das Fell irgendeines Tieres gehören, um das Kind vor der beißenden Kälte zu schützen, der sie hier ausgesetzt waren, und vor der gefährlichen Kälte, die sie noch erwartete und über die Katsa nicht nachdenken wollte, denn sonst würde sie anfangen, ihre eigene Entscheidung in Zweifel zu ziehen.

Sie würde auch einen Bogen bauen und möglicherweise

Schneeschuhe – wie jene, die sie ein- oder zweimal in den winterlichen Wäldern außerhalb von Randa City getragen hatte. Sie glaubte sich zu erinnern, wie die Schneeschuhe aussahen und nach welchem Prinzip sie funktionierten.

Als der Himmel hinter ihnen heller und farbiger wurde, zog Katsa das Kind vom Pferd herunter. Sie schliefen etwa eine Stunde zusammengerollt in einer moosigen Felsspalte. Die Sonne ging auf und Katsa erwachte vom Zähneklappern des Mädchens. Sie musste Bitterblue wecken, sie mussten weiter, und bevor der Tag zu Ende war, musste ihr etwas gegen die Kälte eingefallen sein, die dem Mädchen keine Ruhe lassen würde.

Bitterblue blinzelte ins Licht.

»Wir sind höher«, sagte sie. »Wir sind in der Nacht gestiegen.«

Katsa gab ihr, was von der gestrigen Abendmahlzeit übrig war. »Ja.«

»Du bist immer noch entschlossen, die Berge zu überqueren.«

»Es ist die einzige Gegend in Monsea, in der Leck uns nicht sucht.«

»Weil er weiß, dass wir verrückt wären, wenn wir es versuchten.«

Im Ton des Mädchens lag etwas Verdrossenes, das erste Anzeichen von Klage oder Protest, seit Katsa und Bo sie im Wald gefunden hatten. Aber das war ihr gutes Recht. Sie war müde und fror; ihre Mutter war tot. Katsa breitete die Landkarte des Monsea-Gebirges auf ihrem Schoß aus und sagte nichts.

»In den Bergen gibt es Bären«, sagte Bitterblue.

»Die Bären schlafen bis zum Frühling.«

»Es gibt noch andere Tiere. Wölfe. Berglöwen. Tiere, die du in den Middluns noch nie gesehen hast. Und du kennst keinen Schnee. Du weißt nicht, wie es in diesen Bergen ist.«

Auf Katsas Landkarte war zwischen zwei Berggipfeln ein Pfad eingezeichnet, der wahrscheinlich die wenigsten Schwierigkeiten auf dem Weg nach Sunder bot. Nach den daruntergekritzelten Worten hieß er *Grellas Pass* und war vermutlich der einzige Weg durch das Gebirge, der schon von anderen gegangen worden war.

Katsa rollte die Karten zusammen und schob sie in eine Satteltasche, dann hob sie das Mädchen wieder in den Sattel.

»Wer ist Grella?«, fragte sie.

Bitterblue prustete verächtlich und sagte nichts. Katsa schwang sich hinter dem Kind auf das Pferd. Sie ritten einige Minuten, bevor Bitterblue antwortete.

»Grella war ein berühmter Bergsteiger aus Monsea. Er starb an dem Pass, der seinen Namen trägt.«

»War er ein Beschenkter?«

»Nein. Er war nicht beschenkt wie du. Aber er war verrückt wie du.«

Die Spitze in dieser Bemerkung berührte Katsa nicht. Bitterblue hatte keinen Grund zu glauben, dass eine Beschenkte, die erst vor kurzem ihren ersten Berg gesehen hatte, sie über Grellas Pass führen könnte. Katsa war sich ja selbst nicht sicher. Aber wenn sie die Gefahr, dem König von Monsea in die Hände zu fallen, abwog gegen das Risiko, Bären, Wölfen, Schneestürmen und Eis trotzen zu müssen, hielt sie sich dank ihrer Gabe mit größter Gewissheit für besser gerüstet, die Berge zu überqueren.

Deshalb sagte Katsa nichts, und sie überlegte es sich nicht anders. Als der Wind zunahm und sie fühlte, wie Bitterblue schauderte, zog sie das Kind an sich und bedeckte seine Hände mit den ihren. Das Pferd stolperte bergauf und Katsa dachte über ihren Sattel nach. Wenn sie ihn auseinandernahm, einweichte und schlug, würde sein Leder weich werden. Daraus ließe sich eine Art Jacke für Bitterblue machen oder vielleicht eine Hose. Es gab keinen Grund, den Sattel zurückzulassen, wenn er in etwas verwandelt werden konnte, das für Wärme sorgte. Das Pferd würde ihn sehr bald nicht mehr brauchen.

Sie kletterten ohne Sicht, selbst tagsüber, ohne zu wissen, worauf sie als Nächstes stoßen würden, denn vor ihnen ragten Berge und Bäume auf und verbargen die höher gelegenen Gipfel. Katsa fing Eichhörnchen, Fische und Mäuse für ihre Mahlzeiten, und wenn sie Glück hatten Kaninchen. Neben ihrem Feuer dehnte und trocknete sie jede Nacht die Felle ihrer Beute. Sie rieb sie mit Fischtran und Fett ein, steckte sie zusammen, probierte dies und das und gab nicht auf, bis sie dem Kind eine Pelzkapuze gemacht hatte, mit Enden, die sie wie einen Schal um den Hals binden konnte. »Es sieht ein bisschen seltsam aus«, sagte Katsa, als sie fertig war und Bitterblue sie anprobierte. »Aber Eitelkeit gehört wohl kaum zu deinen Eigenschaften, Prinzessin.«

»Sie riecht komisch«, sagte Bitterblue, »aber sie ist warm.«

Das war, was Katsa hören wollte.

Das Gelände wurde rauer, das Gestrüpp wilder und spärlicher. Wenn nachts das Feuer brannte und Bitterblue schlief, hörte Katsa Geräusche rund um ihr Lager, die sie noch nie gehört hatte, ein Rascheln, von dem das Pferd nervös wurde, und manchmal Geheul, nicht sehr weit entfernt, das Bitterblue weckte und sie schaudernd zu Katsa kommen und Albträume gestehen ließ. Sie träume von seltsamen heulenden Ungeheuern und manchmal von ihrer Mutter, sagte sie und wollte offenbar nicht mehr erzählen. Katsa bedrängte sie nicht.

In einer dieser Nächte, als das Wolfsgeheul Bitterblue zu Katsa trieb, legte Katsa den Stock weg, aus dem sie einen Pfeil schnitzte, und schlang den Arm um das Mädchen. Sie rieb Bitterblues aufgesprungene Hände warm. Und dann erzählte sie dem Kind von Raffin, weil sie gerade an ihn dachte, von ihrem Cousin, der die Kunst der Medizin liebte und ein zehnmal besserer König werden würde als sein Vater, und von Helda, die sich mit ihr angefreundet hatte, als niemand sonst das wollte, und nur daran dachte, dass sie irgendeinen Lord heiraten solle. Sie berichtete vom Rat und von der Nacht, in der sie mit Oll und Giddon Bitterblues Großvater gerettet hatte, sie erzählte, wie sie in Murgons Garten mit einem Fremden gekämpft und ihn bewusstlos am Boden liegen gelassen hatte – einen Fremden, der Bo war.

Darüber lachte Bitterblue, und Katsa erzählte ihr, wie sie und Bo Freunde geworden waren, wie Raffin ihren Großvater wieder gesund gepflegt hatte und wie sie und Bo nach Sunder gereist waren, um die Wahrheit über die Entführung herauszufinden, und dann den Hinweisen nach Monsea gefolgt waren, in die Berge, in den Wald und zu dem Mädchen.

»Du bist gar nicht wie die Person in den Geschichten«, sagte Bitterblue, »den Geschichten, die ich gehört habe, bevor ich dir begegnet bin.«

Katsa wappnete sich gegen die Flut von Erinnerungen, die anscheinend nie ihre Lebendigkeit verloren und sie immer beschämten. »Die Geschichten sind wahr«, sagte sie. »Ich bin diese Person.«

»Aber wie ist das möglich? Du würdest doch nicht einem Unschuldigen den Arm brechen oder die Finger abschneiden!«

»Für meinen Onkel habe ich so etwas getan«, sagte Katsa, »als er noch Macht über mich hatte.«

Und Katsa war wieder sicher, dass sie das Richtige taten, wenn sie zu Grellas Pass hinaufkletterten, an den einzigen Ort, zu dem Leck ihnen nicht folgen würde. Weil sie Bitterblue nur schützen konnte, wenn ihre Macht ihr allein gehörte. Sie legte den Arm fester um das Mädchen. »Du solltest wissen, dass meine Gabe nicht nur das Kämpfen ist. Meine Gabe ist das Überleben. Ich werde dich über diese Berge bringen.«

Das Kind antwortete nicht, legte aber den Kopf auf Katsas Schoß, den Arm um Katsas Bein und kuschelte sich an sie. So schlief Bitterblue ein, während die Wölfe heulten, und Katsa beschloss, ihre Schnitzerei ruhenzulassen. Sie dösten gemeinsam am Feuer, und als Katsa erwachte, hob sie das Mädchen auf das Pferd. Sie nahm die Zügel und führte das Tier hinauf durch die Nacht von Monsea.

Es kam der Tag, an dem das Gelände für das Pferd unpassierbar wurde. Katsa wollte es nicht töten, zwang sich aber, darüber nachzudenken. Sie konnte Leder von ihm gewinnen. Und wenn es am Leben blieb, würde es über die Hügel wandern und den Soldaten, die es fanden, einen Hinweis auf den Verbleib der Flüchtlinge geben. Andererseits konnte Katsa, wenn sie das Pferd tötete, nicht seinen ganzen Körper verwerten. Sie würden den Kadaver für die Aasgeier am Berg liegen lassen, und wenn Soldaten die sauber abgenagten Knochen fanden, wären sie ein viel deutlicheres Zeichen für ihren Aufenthaltsort und ihr Ziel als ein Pferd, das frei umherlief. Katsa beschloss mit einer gewissen Erleichterung, dass das Pferd weiterleben musste. Sie nahmen ihm die Taschen, den Sattel und das Zaumzeug ab, wünschten ihm alles Gute und schickten es fort.

Jetzt kletterten sie mit ihren eigenen Händen und Füßen. Katsa half Bitterblue die steilsten Hänge hinauf und hob sie auf Felsen, die für sie zu groß zum Erklettern waren. Zum Glück hatte Bitterblue an dem Tag, als sie an zusammengeknoteten Leintüchern die Mauern ihres Schlosses hinuntergeglitten war, gute Stiefel getragen. Doch jetzt stolperte sie über ihr unpraktisches, zerschlissenes Kleid. Schließlich schnitt Katsa die Röcke ab und machte aus ihnen eine Art Hose. Danach kam das Mädchen schneller und mit weniger Schwierigkeiten voran.

Das Sattelleder war steifer, als Katsa angenommen hatte. Nachts, wenn Bitterblue schlief, kämpfte sie damit und entschied schließlich, dem Mädchen vier behelfsmäßige Gamaschen zu schneiden, eine für jeden Ober- und Unterschenkel, mit Riemen, um sie über der Hose zu befestigen. Sie sahen ziemlich seltsam aus, doch sie schützten einigermaßen vor Kälte und Feuchtigkeit. Immer öfter schwebten jetzt Schneeflocken vom Himmel, während sie weiter hinaufstiegen.

Nahrung wurde knapp. Katsa ließ kein Tier verkommen, wenn sich irgendwo etwas bewegte, erlegte sie es. Sie aß wenig und gab das meiste Bitterblue, die heißhungrig alles verschlang.

Jeden Morgen beim ersten Licht zog Katsa dem Mädchen die Schuhe aus und sah nach, ob sie Blasen an den Füßen hatte. Sie betrachtete Bitterblues Hände, um sicher zu sein, dass ihre Finger keine Erfrierungen hatten. Sie rieb Salbe in ihre aufgerissene Haut und gab ihr jedes Mal die Wasserflasche, wenn sie eine Pause machten. Und Katsa machte viele Pausen, denn sie vermutete allmählich, dass Bitterblue eher zusammenbrechen würde als zuzugeben, dass sie müde war.

Katsa war nicht müde. Sie spürte die Kraft ihrer Arme und Beine, die Schnelligkeit ihrer Klinge. Ihr langsames Vorankommen war ihr schmerzlich bewusst. Manchmal hätte sie sich das Kind am liebsten über die Schulter gelegt und wäre in voller Geschwindigkeit den Berg hinaufgelaufen. Doch sie vermutete, dass sie irgendwann auf diesem Berg die Kraft ihrer Gabe bis zum Letzten brauchen würde und sich deshalb jetzt nicht erschöpfen durfte. Sie zügelte ihre Ungeduld, so gut sie konnte, und konzentrierte ihre Energie darauf, für das Kind zu sorgen.

Der Berglöwe war eigentlich ein Geschenk, als er zu Beginn des ersten wirklichen Schneesturms auftauchte, den sie erlebten.

Der Sturm hatte sich den ganzen Nachmittag lang zusammengebraut. Die Wolken ballten sich. Die Schneeflocken schwollen an und wurden eisiger. Katsa nutzte die erste Möglichkeit zum Lagern, eine tiefe Felsspalte, von einem steinigen Überhang geschützt. Bitterblue machte sich daran, Feuerholz zu sammeln, und Katsa zog mit dem

Dolch im Gürtel los auf der Suche nach einem Abendessen.

Sie kam an einen Pfad, der hinaufführte über die Steinplatte, die das Dach ihrer Unterkunft bildete. Sie ging zu ein paar unerwartet großen Bäumen, deren Wurzeln sich an den blanken Felsen klammerten. Katsas Sinne lauerten auf jede Bewegung.

Als Erstes bemerkte sie aus den Augenwinkeln ein ganz leichtes Flimmern, ein braunes Flimmern hoch oben in einem Baum, das sich zusammenrollte und hob, ganz anders, als ein Ast sich bewegte. Und der Ast darunter schwang sonderbar – eigentlich wippte er, nicht wie vom Wind geschaukelt, sondern als würde er sich unter etwas Schwerem biegen.

Ihr Körper bewegte sich schneller als ihr Verstand, er erkannte das Raubtier und begriff sich selbst als Beute. Sofort hatte sie den Dolch in der Hand. Die große Katze sprang schreiend herab, und Katsa schleuderte ihr die Klinge in den Bauch. Während sie sich fallen ließ und wegrollte, gruben sich die Krallen des Berglöwen in ihre Schulter. Und dann war er über ihr, große schwere Pfoten warfen sie zu Boden und drückten sie auf den Rücken. Mit gebleckten Zähnen und schwingenden Krallen stürzte er sich knurrend so schnell auf sie, dass sie gerade noch Brust und Hals davor schützen konnte, zerrissen zu werden. Sie rang mit seinen unglaublich starken Vorderbeinen und drehte im letzten Moment den Kopf weg, als seine Zähne genau dort zusammenkrachten, wo gerade noch ihr Gesicht gewesen war. Wild zerkratzte er ihr die Brust. Als seine Zähne nach ihrer Kehle griffen, packte Katsa ihn am Hals und stieß schreiend die schnappenden Kiefer weg von ihrem Gesicht. Das Tier bäumte sich über ihr auf und zerkratzte mit seinen Krallen ihre Arme. Sie sah etwas in seinem Bauch blitzen, das musste ihr Dolch sein. Die Zähne des Berglöwen kamen wieder auf sie zu, Katsa holte aus und hieb ihm mit der Faust auf die Nase. Er wich nur sekundenlang verblüfft zurück, und in dieser Sekunde griff sie verzweifelt nach dem Dolch. Dann stürzte sich der Löwe wieder auf sie, und Katsa stieß ihm den Dolch in die Kehle.

Das Tier gab ein schreckliches, zischendes, sprudelndes Geheul von sich. Dann brach es auf Katsas Brust zusammen und seine Krallen rutschten von ihrer Haut. Sie stützte sich auf den rechten Ellbogen und wischte sich das heiße Blut des Tieres aus den Augen. Als sie die linke Schulter bewegte, zuckte sie vor Schmerz zusammen. Sie schluckte den Ärger darüber hinunter, dass sie jetzt eine Verletzung hatte, die sie noch langsamer machen könnte, riss ihre Jacke auf und seufzte über die Wunden in ihrer Brust, die fast so schmerzhaft waren wie die in der Schulter. Und sie hatte noch andere Kratz- und Reißwunden, stellte sie jetzt fest, da jede Bewegung an anderer Stelle schmerzte – kleinere Kratzer an Hals, Bauch und Armen, tiefere in ihren Schenkeln, wo die Katze sie mit den Hinterbeinen zu Boden gedrückt hatte.

Katsa stand mühsam auf. Sie betrachtete den großen braunen Löwen, der tot und blutig vor ihr lag. Sein Schwanz – der war es, den sie gesehen hatte, wie er sich im Baum hob und senkte. Der erste Hinweis, der ihr das Leben gerettet hatte. Vom Kopf bis zum Schwanz war das Tier größer als sie, und sie nahm an, dass es auch wesentlich mehr wog. Der Hals war dick und mächtig, Schultern und Rücken sehr muskulös. Die Zähne waren so lang wie ihre Finger und die Krallen noch länger. Sie fand, dass sie sich bei diesem Kampf gar nicht so schlecht geschlagen hatte trotz allem, was Bitterblue denken würde, wenn sie Katsa sah. Das war kein Tier, das sie sich für einen Ringkampf ausgesucht hätte. Dieses Tier hätte sie töten können.

Da fiel ihr ein, wie lange sie Bitterblue allein gelassen hatte; ein Windstoß blies ihr dichter werdenden Schnee ins Gesicht. Sie zog dem Berglöwen den Dolch aus der Kehle, wischte ihn an der Erde ab und steckte ihn in ihren Gürtel. Dann rollte sie das Tier auf den Rücken und nahm in jede Hand eins seiner Vorderbeine. Sie biss die Zähne zusammen gegen den Schmerz in ihrer Schulter und zog die Katze hinunter in ihre Höhle.

Bitterblue lief ihr aus dem Lager entgegen, als sie Katsa kommen sah. Ihre Augen wurden groß. Sie stieß einen undefinierbaren Laut aus, der wie ein Würgen klang.

»Alles in Ordnung«, sagte Katsa. »Er hat mich nur gekratzt.«

»Du bist voller Blut.«

»Das meiste ist Berglöwenblut.«

Das Mädchen schüttelte den Kopf und zog an den Rissen in Katsas Jacke. »Bei allen Meeren!«, flüsterte sie, als sie die Wunden in Katsas Brust sah. »Bei allen Meeren!«, wiederholte sie flüsternd beim Anblick von Katsas Schulter, ihren Armen, ihrem Bauch. »Wir werden einige dieser Schnitte zunähen müssen. Komm, wir säubern dich. Ich hole die Arzneien.«

In dieser Nacht war es eng in ihrem Lager, doch das Feuer wärmte den kleinen Raum, briet ihre Löwensteaks und trocknete das gelbbraune Fell, das bald Bitterblues Mantel werden würde. Bitterblue beaufsichtigte ihr Abendessen über dem Feuer. Das übrige gefrorene Fleisch würden sie mitnehmen, wenn sie weiterkletterten.

Der Schnee fiel jetzt dichter. Der Wind blies Flocken in ihr Feuer, wo sie zischten und schmolzen. Auch wenn der Sturm anhielt, würden sie es hier behaglich haben. Essen, Wasser, ein Dach und Wärme – sie hatten alles, was sie brauchten. Katsa veränderte ihre Stellung, damit die Wärme vom Feuer sie erreichte und die zerfetzte Kleidung trocknete, die sie nach dem Waschen wieder angezogen hatte, weil sie nichts anderes besaß.

Sie arbeitete weiter an dem großen Bogen, den sie seit einigen Tagen baute. Sie bog das Holz, prüfte seine Stärke und schnitt eine Schnur für die Sehne zurecht, die sie an einem Ende des Bogens festband, straffte und am anderen Ende befestigte. Sie stöhnte über den Schmerz in der Schulter und im Bein, wo der Bogen auf eine ihrer Wunden drückte. »Wenn sich Verletzungen so anfühlen, dann werde ich nie verstehen, warum Bo so gern mit mir kämpft. Nicht wenn er sich hinterher so fühlt.«

»Ich verstehe vieles nicht, was ihr beide macht«, sagte das Mädchen.

Katsa stand auf und zog probeweise an der Schnur. Dann griff sie nach einem der Pfeile, die sie geschnitzt hatte, legte ihn auf die Sehne und schoss durch den fallenden Schnee auf einen Baum außerhalb der Höhle. Der Pfeil traf mit einem dumpfen Schlag und grub sich tief hinein. »Nicht schlecht«, sagte Katsa. »Er wird seinen Zweck erfüllen.« Sie ging hinaus in den Schnee und zog den Pfeil aus dem Baum. Dann kam sie zurück, setzte sich und machte sich daran, weitere Pfeile zu schnitzen. »Ich muss sagen, ich würde mein Löwensteak gegen eine einzige Karotte tauschen. Oder eine Kartoffel. Kannst du dir vorstellen, welcher Luxus es sein wird, in einem Gasthof zu essen, wenn wir erst mal in Sunder sind, Prinzessin?«

Bitterblue schaute ihr nur zu, kaute Löwenfleisch und antwortete nicht. Der Wind heulte und der Schneeteppich vor ihrer Höhle war dicker geworden. Katsa schoss einen weiteren Probepfeil in den Baum, stapfte hinaus in den Sturm und holte ihn zurück. Als sie wieder im Lager war und ihre Stiefel gegen die Felswände schlug, um den Schnee abzuschütteln, bemerkte sie, dass Bitterblue sie immer noch beobachtete.

»Was ist, Kind?«

Bitterblue schüttelte den Kopf. Sie kaute ein Stück Fleisch und schluckte, nahm ein Steak vom Feuer und reichte es Katsa. »Du verhältst dich nicht, als wärst du besonders verletzt.«

Katsa zuckte die Schultern, biss ins Löwenfleisch und zog die Nase kraus.

»Ich habe auch von Brot fantasiert«, sagte Bitterblue.

Katsa lachte. Sie saßen freundschaftlich zusammen, das Kind und die Löwentöterin, und horchten auf den Sturm, der den Schnee vor ihre Berghöhle trieb.

BITTERBLUE WAR erschöpft. In dem Löwenfell war ihr jetzt wärmer, doch sie konnte nicht mehr. Es waren der nie endende, mühselige Weg aufwärts und die Steine, die unter ihren Füßen wegrutschten und sie zurückzogen, wenn sie versuchte vorwärtszukommen. Es war der steile Felshang, den sie nicht hinaufklettern konnte, wenn Katsa sie nicht von hinten schob, und es war das hoffnungslose Wissen, dass oberhalb von diesem Hang ein weiterer, genauso steiler war, oder ein weiterer Fluss aus Steinen, die hinabglitten, während sie versuchte hinaufzuklettern. Es war der Schnee, der ihre Stiefel durchweichte, und der Wind, der sich in die Ritzen ihrer Kleidung stahl. Und es waren die Wölfe und Raubkatzen, die immer so plötzlich auftauchten und sabbernd und brüllend über Felsen auf sie zustürzten. Katsa war schnell mit ihrem Bogen; die Tiere waren immer tot, bevor sie in ihre Reichweite kamen, manchmal bevor Bitterblue auch nur gemerkt hatte, dass sie da waren. Aber Katsa sah, wie lange es nach jedem brüllenden Angriff dauerte, bis Bitterblue wieder ruhig und gleichmäßig atmete, und sie wusste, dass die Müdigkeit des Mädchens nicht nur von ihrer körperlichen Erschöpfung kam, sondern auch von ihrer Angst.

Katsa konnte es kaum ertragen, ihr Tempo noch mehr zu drosseln. Doch sie tat es, weil sie es musste. »Seine Rettung hat keinen Sinn, wenn er dabei umkommt«, hatte Oll in der Nacht gesagt, in der sie Großvater Tealiff gerettet hatten. Wenn Bitterblue in diesen Bergen zusammenbrach, wäre Katsa dafür verantwortlich.

Es schneite nun heftig, fast ununterbrochen, und deshalb gingen sie jetzt auch dann weiter, wenn es schneite. Katsa wickelte Bitterblues Hände in Pelze und ebenso ihr Gesicht, so dass nur die Augen herausschauten. Sie wusste von der Landkarte, dass es an Grellas Pass keine Bäume gab. Bevor sie diesen hohen, windigen Weg zwischen den Gipfeln erreichten, würde der Baumwuchs aufhören. Und so fing sie an, Schneeschuhe zu machen, falls sie sie später an einem Ort brauchte, an dem es kein Holz dafür gab. Sie würde nur ein Paar machen – sie wusste nicht, wie das Gelände am Pass aussehen würde, doch sie hatte eine Vorstellung von dem Wind und der Kälte. Dort würden sie nicht langsam gehen können, wenn sie nicht erfrieren wollten, und sie nahm an, dass sie das Kind tragen würde.

Nachts sank Bitterblue sofort erschöpft in den Schlaf, manchmal wimmerte sie, als hätte sie schlechte Träume. Katsa wachte über sie und hielt das Feuer lebendig. Sie fügte Holzstäbe aneinander und versuchte nicht an Bo zu denken. Meistens gelang es ihr nicht.

Ihre Wunden heilten gut. Die kleineren waren kaum mehr zu sehen und selbst die größeren hatten nach ein paar Stunden nicht mehr geblutet. Sie waren nur noch etwas lästig, weil die Beutel, die sie trug, daran zogen und die halb fertigen Schneeschuhe dagegenschlugen. Ihre Schulter und ihre Brust spürte sie jedes Mal, wenn sie rasch in den Köcher auf ihrem Rücken griff, den Köcher, den sie aus einem Stück Sattelleder gemacht hatte. An Schulter und Brust, möglicherweise auch an den Schenkeln würde sie Narben zurückbehalten. Aber das würden die einzigen Zeichen sein, die der Berglöwe auf ihrem Körper hinterlassen hatte.

Wenn sie mit den Schneeschuhen fertig war, wollte sie als Nächstes eine Art Tragehilfe basteln, sie wusste schließlich, dass sie Bitterblue tragen würde. Sie stellte sich eine Konstruktion aus Riemen und Schnüren vor, aus dem Pferdezaum gemacht, damit sie die Arme zum Schießen frei hatte, während sie Bitterblue trug. Und dann vielleicht noch eine Jacke für sich selbst, jetzt, wo Bitterblue es wärmer hatte. Eine Jacke vom nächsten Wolf oder Berglöwen, dem sie begegneten.

Und jede Nacht, wenn das Feuer geschürt und ihre Arbeit getan war und die Gedanken an Bo ihr so nahe kamen, dass sie ihnen nicht entfliehen konnte, schmiegte sie sich an Bitterblue und schlief ein paar Stunden lang.

Als Katsa feststellte, dass sie nachts selbst schaudernd einschlief, sich Kopf und Hals mit Fellen umwickelte und die Taubheit aus den Füßen stampfte, nahm sie an, dass sie Grellas Pass bald erreicht hatten. Denn an diesem Pass würde es noch kälter sein und sie glaubte nicht, dass die Welt noch viel kälter werden könnte.

Sie bekam Angst um die Finger und Zehen des Kindes und um ihre Haut im Gesicht. Oft blieb sie stehen und massierte Bitterblues Hände und Füße. Bitterblue redete nicht und kletterte müde und wie betäubt immer weiter, doch ihr Geist war wach. Auf Katsas Fragen nickte sie oder schüttelte den Kopf. Sie schlang die Arme um Katsa, wenn die Gefährtin sie hochhob oder trug. Sie weinte erleichtert, wenn ihr nächtliches Feuer sie wärmte. Sie weinte vor Schmerz, wenn Katsa sie morgens in der Kälte weckte.

Sie *mussten* ganz einfach nahe Grellas Pass sein, denn Katsa war nicht sicher, wie viel das Kind noch ertragen konnte.

Eines Morgens brach ein Eissturm los, als sie zwischen Bäumen und Gestrüpp hindurchkletterten. Den größeren Teil des Morgens sahen sie kaum etwas, sie hatten die Köpfe in den Wind gesenkt, die Körper wurden von Schnee und Eis gepeitscht. Katsa hatte den Arm um das Kind gelegt wie immer in Stürmen und folgte ihrem starken Richtungssinn hinauf und nach Westen. Nach einiger Zeit merkte sie, dass der Pfad nicht mehr so steil war und sie nicht länger über Baumwurzeln oder Berggestrüpp stolperte. Ihre Füße waren schwer, als läge der Schnee höher und sie müsste hindurchstapfen.

Als der Sturm so plötzlich aufhörte, wie er begonnen hatte, war die Landschaft verändert. Sie standen am Fuß eines langen, glatten, schneebedeckten Hangs ohne jede Vegetation; der Wind wirbelte Eiskristalle von der Oberfläche auf und tanzte mit ihnen empor in den Himmel. In einiger Entfernung ragten zu beiden Seiten des Hangs zwei schwarze Felsmassive auf.

Das Weiß blendete, der Himmel war so nah und so intensiv blau, dass Bitterblue die Augen mit der Hand abschirmte. Grellas Pass: Hier gab es keine Tiere abzuwehren, keine Felsbrocken oder Gestrüpp zu umgehen. Nur eine einfache ansteigende Fläche mit sauberem Schnee, über die sie gehen mussten, direkt über die Bergkette und hinunter nach Sunder.

Es sah fast friedlich aus.

Eine Warnung begann in Katsas Kopf zu summen und dann zu lärmen. Sie beobachtete die Schneewirbel, die über den Pass fegten. Zum einen würde die Entfernung größer sein, als sie aussah. Zum anderen gab es keinen Schutz vor dem Wind. Und der Hang würde auch nicht so glatt sein, wie er von hier aus wirkte, wenn die Sonne daraufschien. Und wenn es stürmte, würde es ein Sturm sein, der zu diesen Berggipfeln passte, wo kein Geschöpf überlebte und nur Fels oder Eis überdauern konnten.

Katsa wischte den Schnee aus den Fellen des Mädchens und brach Eisstückchen aus der Umhüllung von Bitterblues Gesicht. Sie nahm die Schneeschuhe vom Rücken, trat hinein, wickelte die Riemen um Füße und Knöchel und band sie fest. Dann entwirrte sie das Tragegeschirr, das sie gemacht hatte, und half dem Kind hinein, ein müdes Bein nach dem anderen. Bitterblue protestierte nicht, bat um keinerlei Erklärung. Sie bewegte sich unbeholfen. Katsa beugte sich zu ihr, fasste sie am Kinn und schaute ihr in die Augen.

»Bitterblue!«, sagte sie. »Bitterblue! Du musst wach bleiben. Ich werde dich tragen, aber nur weil wir schnell weiterkommen müssen. Du musst wach bleiben. Wenn ich das Gefühl habe, du schläfst ein, setze ich dich ab und zwinge dich zu gehen. Verstehst du? Ich werde dich zwingen zu gehen, Prinzessin, egal wie schwer das für dich ist.«

»Ich bin müde«, flüsterte das Kind, und Katsa packte es an den Schultern und schüttelte es.

»Es ist mir gleichgültig, wie müde du bist. Du wirst tun, was ich dir sage. Du wirst deine ganze Kraft zum Wachbleiben brauchen. Hast du verstanden?«

»Ich will nicht sterben«, sagte Bitterblue, und eine Träne drang aus ihrem Auge und gefror an ihren Wimpern. Da kniete sich Katsa plötzlich nieder und drückte das kleine Bündel von einem Mädchen an sich.

»Du wirst nicht sterben«, sagte Katsa. »Ich werde dich nicht sterben lassen.« Aber es würde mehr als ihr bloßer Wille nötig sein, um Bitterblue am Leben zu halten, deshalb griff sie in ihren Umhang und zog die Wasserflasche heraus. »Trink das, trink die Flasche leer.«

»Es ist kalt«, sagte Bitterblue.

»Es wird helfen, dich am Leben zu halten. Schnell, bevor es gefriert.«

Das Kind trank und Katsa traf eine Entscheidung. Sie warf den Bogen auf den Boden. Sie zog sich die Taschen und den Köcher über den Kopf und ließ sie neben den Bogen fallen. Dann zog sie die Wolfsfelle aus, die sie über den Schultern trug, die Felle, die sie erst behalten und getragen hatte, nachdem das Kind von Kopf bis Fuß mit mehreren Fellschichten bedeckt war. Der Wind fand die Risse in Katsas blutbefleckter Jacke, und die Kälte schnitt ihr in den Bauch, in die Narben an ihrer Brust und Schulter. Aber bald würde sie laufen, sagte sie sich, und die Bewegung würde sie wärmen. Die Felle, die ihren Hals und Kopf bedeckten, würden ausreichen. Sie wickelte die großen Wolfsfelle wie eine Decke um das Kind.

»Du hast den Verstand verloren«, sagte Bitterblue und Katsa lächelte beinahe, denn wenn das Mädchen sie beleidigte, konnte es wenigstens noch klar denken.

»Ich werde mich gleich ziemlich verausgaben«, sagte Katsa. »Dabei will ich mich nicht überhitzen. Jetzt gib mir die Flasche, Kind.« Katsa bückte sich, füllte die Flasche mit

Schnee, verschloss sie und vergrub sie in Bitterblues Jacken. »Du wirst sie tragen müssen, wenn sie nicht gefrieren soll.«

Der Wind kam aus allen Richtungen, doch Katsa fand, dass er ihnen am heftigsten von Westen ins Gesicht blies. Sie würde das Kind also auf dem Rücken tragen müssen. Alles andere hängte sie sich über die Brust, zog die Riemen des Tragegeschirrs über die Schultern, stand einen Moment gebeugt unter dem Gewicht des Kindes, richtete sich dann auf und machte ein paar vorsichtige Schritte in den Schneeschuhen. »Balle die Fäuste«, sagte sie zu dem Mädchen, »und stecke sie in meine Achselhöhlen. Leg dein Gesicht an das Fell um meinen Hals. Gib Acht auf deine Füße. Wenn du sie nicht mehr spüren kannst, sag mir Bescheid. Hast du verstanden, Bitterblue?«

»Ja, ich habe verstanden.«

»Gut«, sagte Katsa. »Dann los.«

Sie rannte.

Schnell gewöhnte sie sich an die Schneeschuhe und an das unsichere Gleichgewicht zwischen den Lasten auf Rücken und Vorderseite. Das Mädchen wog nicht viel und mit den Schuhen kam sie gut zurecht, sobald sie den Trick beherrschte, mit leicht gegrätschten Beinen zu laufen. Die Kälte auf diesem Pass über die Berge konnte sie kaum glauben, so wenig wie den Wind, der so heftig blies, ohne je nachzulassen. Jeder Atemzug stach wie eine Klinge in ihre Lungen. Arme und Beine, der Rumpf, besonders die Hände – jeder Teil von ihr, der nicht mit Fell bedeckt war, brannte vor Kälte, als hätte sie sich in ein Feuer geworfen.

Sie rannte, und zuerst glaubte sie, die Bewegung ihrer Füße und Beine spende eine gewisse Wärme. Dann wurde das unaufhörliche Dröhnen ihrer Schritte ein beißender Schmerz, dann ein dumpfer, und schließlich konnte sie das Auftreten gar nicht mehr spüren, zwang sich aber, weiterzulaufen, vorwärts, aufwärts, zu den Gipfeln, die immer gleich weit entfernt schienen.

Die Wolken ballten sich wieder zusammen und trommelten mit ihrem Schnee auf sie ein. Der Wind kreischte, und sie lief blind. Immer wieder schrie sie Bitterblue etwas zu. Sie stellte dem Mädchen Fragen, bedeutungslose Fragen zu Monsea, Leck City, ihrer Mutter. Und immer wieder die gleichen Fragen, ob sie ihre Hände spürte und die Zehen bewegen könne, ob ihr schwindlig sei oder sie sich benommen fühle. Sie wusste nicht, ob Bitterblue ihre Fragen verstand. Sie wusste nicht, was Bitterblue zurückschrie. Aber Bitterblue schrie, Bitterblue war also wach. Katsa drückte ihre Arme über die Hände des Kindes. Sie griff immer wieder nach hinten, packte die Stiefel des Kindes und tat, was sie konnte, um die Zehen zu reiben. Und sie rannte und rannte weiter, selbst wenn es sich anfühlte, als stoße der Wind sie zurück. Selbst als ihre Fragen immer weniger Sinn ergaben, ihre Finger nicht mehr reiben und ihre Arme nicht mehr drücken konnten.

Schließlich nahm sie nur noch zwei Dinge wahr: die Stimme des Mädchens, die weiter in ihr Ohr drang, und den Hang vor ihnen, über den sie laufen musste, immer weiter.

Als die große rote Sonne vom Himmel sank und hinter dem Horizont zu verschwinden begann, nahm Katsa es gleichgültig zur Kenntnis. Wenn sie den Sonnenuntergang sah, bedeutete das: Es fiel kein Schnee mehr. Ja, wenn sie die Frage bedachte, konnte sie sehen, dass es tatsächlich aufgehört hatte zu schneien, auch wenn sie sich nicht erinnerte, wann. Aber der Sonnenuntergang bedeutete, dass der Tag endete. Die Nacht kam, und die Nacht war noch kälter als der Tag.

Katsa lief weiter. Ihre Beine bewegten sich, hin und wieder sagte das Kind etwas, und sie fühlte nichts außer der Kälte, die bei jedem Atemzug in ihre Lungen stach. Und dann bemerkte sie durch den Nebel in ihrem Kopf, was sich verändert hatte.

Sie blickte auf einen Horizont, der weit unter ihr lag.

Sie beobachtete, wie die Sonne hinter einen Horizont weit unter ihr sank.

Sie wusste nicht, wann sich die Aussicht verändert hatte. Sie wusste nicht, wann sie über den Bergkamm gelaufen war und den Abstieg begonnen hatte. Doch sie hatte es getan. Sie konnte die schwarzen Gipfel nicht mehr sehen, also mussten sie hinter ihr liegen. Jetzt sah sie die andere Seite des Bergs und Wälder, endlose Wälder, und die Sonne, die den Tag beschloss, während sie selbst mit dem lebendigen, atmenden Kind auf dem Rücken hinunter nach Sunder rannte. Und nicht weit vor ihr lag das Ende dieses schneebedeckten Hangs, lagen die ersten Bäume und Gestrüpp und ein Abstieg, der für das Kind viel leichter sein würde, als das Klettern bergauf gewesen war.

Da bemerkte sie das Zittern, das heftige Zittern, und Panik ergriff sie und rüttelte ihren benommenen Geist wach. Das Kind durfte jetzt nicht krank werden, nicht jetzt, wo sie der Sicherheit so nah waren. Sie griff nach hinten und packte Bitterblues Stiefel. Sie schrie ihren Namen. Doch dann hörte sie Bitterblues Stimme, die ihr etwas ins

Ohr rief, und sie spürte, wie das Mädchen die Arme um ihren Oberkörper legte und sie festhielt. Unter ihren Brüsten, wo Bitterblues Arme sie umschlangen, fühlte sie plötzlich etwas anderes – Wärme, seltsame Wärme. Katsa hörte ihre eigenen Zähne klappern. Sie merkte, dass es nicht das Mädchen war, das zitterte. Sie war es selbst.

Sie stellte fest, dass sie lachte, obwohl nichts komisch war. Wenn sie nicht einmal selbst am Leben blieb, gab es keine Hoffnung für das Kind. Sie hätte das nicht zulassen dürfen, sie war verrückt gewesen, auf diesem Weg mit ihr nach Sunder zu fliehen. Sie dachte an ihre Hände und hielt sie sich vors Gesicht. Sie spreizte die Finger und beschimpfte sich, als sie die weißen Fingerspitzen sah. Sie schob die Fäuste unter die Arme und zwang ihren Verstand, klar und genau zu denken. Ihr war kalt, zu kalt. Sie beide mussten weiter, dorthin, wo die Bäume begannen, damit sie Feuerholz und Schutz vor dem Wind finden konnten. Sie musste ein Feuer machen. Weiter, und ein Feuer machen. Und das Kind am Leben halten. Das waren ihre Bedürfnisse, das waren ihre Ziele, diese Gedanken würde sie im Kopf behalten, während sie lief.

Bis sie die Bäume erreichten, wimmerte Bitterblue vor Taubheit und Kälte. Doch sobald Katsa auf die Knie sank, befreite sich das Mädchen aus dem Tragegeschirr. Ungeschickt zog sie die Wolfsfelle vom Rücken und wickelte sie um Katsas Körper. Dann kniete sie sich vor Katsa und zog mit aufgerissenen, blutenden Fingern an den Riemen der Schneeschuhe. Katsa richtete sich auf und half mit den Riemen. Sie kroch aus den Schneeschuhen und warf die Taschen, den Köcher, das Tragegeschirr und den Bogen ab.

»Feuerholz«, sagte sie. »Feuerholz.«

Das Mädchen zog die Nase hoch, nickte, wankte unter den Bäumen umher und sammelte ein, was sie finden konnte. Das Holz, das sie zurückbrachte, war feucht vom Schnee. Katsas Finger hantierten langsam und unbeholfen mit dem Dolch, sie war ungeschickt durch das Zittern, das ihren ganzen Körper erfasst hatte. Noch nie zuvor war es ihr schwergefallen, Feuer zu machen. Sie konzentrierte sich angestrengt, und bei ihrem zehnten oder elften Versuch entstand eine Flamme, blieb am Leben und fand eine trockene Holzecke. Katsa fütterte die Flamme mit Fichtennadeln, fächelte ihr Luft zu und beschwor sie, nicht zu sterben, bis die Feuerzunge an den Zweigen leckte, die sie zusammengelegt hatte. Die Flamme wuchs, wurde größer, rauchte und prasselte. Sie hatten ein Feuer.

Katsa hockte sich schaudernd davor, beobachtete die Flammen und ignorierte entschlossen die Schmerzen, die sich in ihren Fingern und Füßen ausbreiteten. »Nein«, flüsterte sie, als Bitterblue aufstand und mehr Feuerholz suchen wollte. »Wärme dich erst. Bleib hier und wärme dich erst.«

Katsa schichtete langsam das Feuer auf, und während es wuchs, legte sich ihr Zittern. Sie betrachtete das Mädchen, das auf dem Boden saß, die Arme um die Beine geschlungen, die Augen geschlossen, das Gesicht auf den Knien. Ihre Wangen waren voller Tränenspuren. Sie lebte.

»Was bin ich für eine Idiotin«, flüsterte Katsa. »Was bin ich für eine Idiotin.« Sie zwang sich auf die Füße und schob sich von Baum zu Baum, während sie Holz sammelte. Die Knochen taten ihr weh, Hände und Füße schienen vor Schmerz zu schreien. Doch vielleicht war es nur gut, dass sie so idiotisch gewesen war, denn wenn sie gewusst hätte, wie schwer es sein würde, hätte sie es vielleicht nicht getan.

Sie ging zurück und legte mehr Holz aufs Feuer. Heute Nacht würde es riesig sein, ein Feuer, das ganz Sunder sehen konnte. Sie schleppte sich zu Bitterblue, nahm ihre Hände und betrachtete prüfend die Finger des Mädchens. »Kannst du sie spüren?«, fragte sie. »Kannst du sie bewegen?«

Bitterblue nickte. Katsa zerrte an den Taschen und durchwühlte sie, bis sie die Arzneien fand. Sie massierte dem Mädchen Raffins heilende Salbe in die aufgesprungenen, blutenden Hände. »Jetzt lass mich deine Füße sehen, Prinzessin.« Sie rieb Wärme in die Zehen des Mädchens und zog ihr die Stiefel wieder an.

»Du hast Grellas Pass bezwungen«, sagte sie zu Bitterblue, »und bist noch immer am Leben. Du bist ein starkes Mädchen.«

Bitterblue schlang die Arme um Katsa, küsste sie auf die Wangen und drückte sie fest an sich. Wenn Katsa genug Energie zum Staunen gehabt hätte, wäre sie erstaunt gewesen. So umarmte sie das Mädchen einfach nur benommen.

Katsa und Bitterblue hielten einander fest und krochen zurück zum wärmenden Feuer. Als sich Katsa an diesem Abend mit dem Kind in den Armen vor das prasselnde Feuer legte, konnten noch nicht einmal die Schmerzen in ihren Händen und Füßen sie wach halten.

Teil drei

Die sich wandelnde Welt

DER GASTHOF LAG, nach dem Sprachgebrauch hier im Süden von Sunder, auf einer Lichtung, die anderswo als Wald bezeichnet würde. Zwischen Eichen und Ahornbäumen war Raum für den Gasthof, einen Stall, eine Scheune, einen kleinen Garten und genug freie Sicht zum Himmel, dass das Sonnenlicht die umgebenden Bäume in den Fenstern der Gebäude spiegeln konnte.

Im Gasthof war nicht viel Betrieb, er war aber auch nicht leer. Der Verkehr durch Sunder war immer ziemlich konstant, sogar im Winter am Rande der Berge. Zugpferde brachten Fässer mit Apfelmost aus Monsea, Holz aus den Wäldern von Sunder oder Eis aus Sunders östlichen Bergen nach Norden. Kaufleute transportierten Tomaten, Trauben, Aprikosen und Schmuck aus Lienid sowie Fische, die es nur in den Meeren von Lienid nördlich der Hafenstädte von Sunder gab, hinauf in die Middluns, nach Wester, Nander und Estill. Und aus dem Süden dieser Königreiche kamen Süßwasserfische, Getreide und Heu, Kartoffeln und Karotten, lauter Dinge, die ein Volk in den Wäldern haben wollte. Und Kräuter, Äpfel, Birnen und Pferde, die auf Schiffe verladen und nach Lienid und Monsea gebracht wurden.

Ein Händler stand im Hof des Gasthauses neben einem Wagen, der hoch mit Fässern beladen war. Er stampfte mit den Füßen auf und blies sich in die Hände. Die Fässer waren unbeschriftet und der Händler unauffällig: Sein Mantel und die Stiefel waren einfach, alle sechs Pferde trugen weder Brandzeichen noch Schmuck, der anzeigte, aus welchem Königreich sie kamen. Der Wirt stürmte mit seinen Söhnen in den Hof, er deutete auf die Söhne und die Pferde und rief dem Händler etwas zu, sein Atem war in der kalten Luft zu sehen. Der Händler rief etwas zurück, doch nicht laut genug, um zwischen den dichter stehenden Bäumen außerhalb der Lichtung verstanden zu werden, wo Katsa und Bitterblue versteckt zuschauten.

»Er ist wahrscheinlich aus Monsea«, flüsterte Bitterblue, »er kommt von den Häfen und ist auf dem Weg durch Sunder. Sein Wagen ist voll beladen. Hätte er nicht schon mehr von seiner Ware verkauft, wenn er aus einem der anderen Königreiche wäre? Außer Lienid natürlich – aber er sieht nicht aus wie ein Lienid, oder?«

Katsa blätterte in ihren Landkarten. »Das spielt keine Rolle. Selbst wenn wir feststellen, dass er aus Nander oder Wester kommt, wissen wir nicht, wer schon im Gasthof ist oder wer sonst noch dort absteigen wird. Wir können es nicht riskieren, nicht bevor wir wissen, ob eine der Geschichten deines Vaters bis nach Sunder gedrungen ist. Wir waren wochenlang in den Bergen, Bitterblue. Wir haben keine Ahnung, was diese Leute wissen.«

»Die Geschichte wird sich kaum so weit verbreitet haben. Wir sind in einiger Entfernung von den Häfen und dem Bergpass, und dieser Ort ist ziemlich abgelegen.«

»Stimmt«, sagte Katsa, »aber wir wollen sie auch nicht

mit einer Geschichte versorgen, die sie bis zum Bergpass oder hinunter zu den Häfen weitererzählen können. Je weniger Leck darüber weiß, wo wir gewesen sind, desto besser.«

»Aber dann ist kein Gasthof sicher. Dann müssen wir ungesehen von hier nach Lienid kommen.«

Katsa vertiefte sich in ihre Karten und gab keine Antwort.

»Außer du hast vor, jeden zu töten, den wir sehen«, murrte Bitterblue. »Oh Katsa, schau – da ist ein Mädchen mit Eiern. Ich würde töten für ein Ei!«

Katsa schaute auf und sah das Mädchen, das barhäuptig und zitternd mit einem Korb voll Eier am Arm von der Scheune zum Gasthof schlitterte. Der Wirt winkte ihr und rief etwas. Das Mädchen stellte den Korb am Fuß eines großen Baums ab und lief zu ihm. Er reichte ihr einen Beutel vom Wagen des Händlers, dann noch einen und noch einen, dann gab ihr der Händler einen Beutel nach dem andern, die sie über Rücken und Schultern hängte, bis Katsa sie unter dem Berg von Beuteln kaum noch sehen konnte. Das Mädchen schwankte zum Gasthof. Dann kam sie wieder heraus und wurde erneut beladen.

Katsa zählte die vereinzelten Bäume zwischen ihrem Versteck und dem Eierkorb. Sie warf einen Blick auf die erfrorenen Reste im Gemüsegarten. Dann blätterte sie wieder in den Landkarten und fand die Liste mit Kontakten des Rats in Sunder. Sie strich das Blatt auf ihrem Schoß glatt.

»Ich weiß, wo wir sind. Nicht weit von hier, vielleicht zwei Tageswanderungen entfernt, liegt eine Stadt. Raffin meint, dass dort ein Ladenbesitzer mit dem Rat sympathisiert. Ich glaube, zu ihm können wir gefahrlos gehen.«

»Dass er mit dem Rat sympathisiert«, sagte Bitterblue, »bedeutet doch nicht, dass er jede Geschichte, die Leck verbreitet, durchschaut.«

»Das ist richtig. Aber wir brauchen Kleidung und Informationen. Und du brauchst ein heißes Bad. Wenn wir nach Lienid kommen könnten, ohne jemandem zu begegnen, würden wir das tun, aber es ist unmöglich. Wenn wir schon jemandem vertrauen müssen, dann lieber einem, der mit dem Rat sympathisiert.«

Bitterblue sah verärgert aus. »Du hast ein heißes Bad genauso nötig wie ich.«

Katsa grinste. »Ich habe ein *Bad* genauso nötig wie du. Meins muss nicht heiß sein. Ich werde dich nicht in einen halb gefrorenen Teich stecken, damit du krank wirst und stirbst nach allem, was du überlebt hast. Und jetzt«, sagte sie, als der Händler und der Wirt selbst Säcke schulterten und zum Eingang des Gasthofs gingen, »rühr dich nicht, bis ich wieder zurück bin.«

»Wohin …«, fing Bitterblue an, doch Katsa flog schon von Baum zu Baum, versteckte sich hinter den dicken Stämmen und spähte hervor, um die Fenster und Türen des Gasthofs zu beobachten. Als Katsa und Bitterblue wenig später ihre Wanderung durch den Wald von Sunder fortsetzten, trug Katsa vier Eier in ihrem Ärmel und einen gefrorenen Kürbis auf der Schulter. An diesem Abend hatte ihre Mahlzeit etwas von einem Fest.

Als es an der Zeit war, bei dem Ladenbesitzer anzuklopfen, konnte Katsa an ihrem oder Bitterblues Äußerem wenig ändern. Sie musste sich darauf beschränken, so gut wie möglich den Schmutz von ihren Gesichtern zu wischen, Bitterblues Haargewirr in eine zopfähnliche Form zu zwingen und zu warten, bis es dunkel war. Wegen der Kälte konnte sie nicht von Bitterblue verlangen, dass sie ihren Flickenteppich aus Fellen ablegte, und Katsas Wolfsfelle, so furchtbar sie auch aussehen mochten, waren weniger abstoßend als die befleckte, zerrissene Jacke, die sie verbargen.

Der Ladenbesitzer war leicht zu finden, sein Gebäude war neben dem Gasthof das größte und betriebsamste. Er war ein Mann von durchschnittlicher Größe und Statur, hatte eine stämmige, energische Frau und eine ungeheure Zahl von Kindern, von Säuglingen bis zu Katsas Alter und noch Älteren. So kam es Katsa zumindest vor, als sie und Bitterblue unter den Bäumen am Rande der Stadt warteten, bis es dunkel wurde. Der Laden war von ansehnlicher Größe und das braune Haus, das sich darüber erhob, war riesig. Das musste es auch sein, dachte Katsa, um so viele Kinder zu beherbergen. Während im Lauf des Tages immer mehr Kinder aus dem Gebäude liefen, um die Hühner zu füttern, den Händlern beim Ausladen ihrer Waren zu helfen, im Hof zu spielen, sich zu prügeln und zu streiten, wünschte Katsa sich, dieser Kontaktmann des Rats hätte seine Fortpflanzungspflicht nicht gar so ernst genommen. Sie würden nicht nur warten müssen, bis die Stadt ruhig geworden war, auch die meisten dieser Kinder müssten schlafen, wenn ihr Erscheinen auf der Schwelle keinen Tumult hervorrufen sollte.

Als die meisten Häuser dunkel waren und nur noch aus einem Fenster im Haus des Ladenbesitzers Licht schien, kamen Katsa und Bitterblue unter den Bäumen hervor. Sie gingen durch den Hof zur Hintertür. Katsa zog den Ärmel über ihre Faust und klopfte an das solide Holz aus Sunder, so leise, wie es möglich war, wenn man noch gehört werden wollte. Nach einem Moment bewegte sich das Licht im Fenster, nach einem zweiten wurde die Tür einen Spaltbreit geöffnet und der Ladenbesitzer spähte mit einer Kerze in der Hand zu ihnen heraus. Er betrachtete die zwei schmalen, in Felle gekleideten Gestalten auf seiner Schwelle von oben bis unten und behielt seinen Türgriff fest in der Hand.

»Wenn ihr Essen wollt oder ein Bett«, knurrte er, »dann findet ihr am Ende der Straße einen Gasthof.«

Katsas erste Frage war die gefährlichste und sie wappnete sich gegen die Antwort. »Wir sind auf der Suche nach Informationen. Haben Sie Neues aus Monsea gehört?«

»Nichts seit Monaten. Wir hören in dieser Ecke der Wälder wenig aus Monsea.«

Katsa atmete aus. »Halten Sie Ihr Licht an mein Gesicht.«

Der Mann brummte. Er streckte den Arm durch den Türspalt und hielt die Kerze an Katsas Gesicht. Zuerst kniff er die Augen zusammen, dann riss er sie auf, und sein ganzes Verhalten änderte sich. Im nächsten Moment hatte er die Tür geöffnet, die beiden ins Haus gezogen und hinter ihnen den Riegel vorgelegt.

»Verzeihen Sie, My Lady.« Er bat sie zum Tisch und zog Stühle darunter hervor. »Bitte, bitte setzen Sie sich. Marta!«, rief er in den angrenzenden Raum. »Essen«, sagte er zu der verwirrten Frau, die an der Tür erschien, »und mehr Licht! Und wecke …«

»Nein!«, sagte Katsa scharf. »Nein. Bitte wecken Sie niemanden. Niemand darf wissen, dass wir hier sind.«

»Natürlich, My Lady. Sie müssen verzeihen, ich – ich …«

»Sie haben uns nicht erwartet«, sagte Katsa. »Wir verstehen das.«

»In der Tat«, sagte der Mann. »Wir haben gehört, was an König Randas Hof geschehen ist, My Lady, und dass Sie mit dem Prinzen von Lienid durch Sunder gereist sind. Aber irgendwo unterwegs haben die Gerüchte Sie verloren.«

Die Frau kam geschäftig herein und stellte eine Platte mit Brot und Käse auf den Tisch. Ein Mädchen etwa in Katsas Alter folgte mit Bechern und einem Krug. Den Schluss bildete ein junger Mann, noch größer als Raffin, er zündete die Fackeln an den Wänden rund um den Tisch an. Katsa hörte einen schwachen Seufzer und warf einen Blick auf Bitterblue. Das Kind starrte mit weit geöffneten Augen und wässrigem Mund auf das Brot und den Käse vor sich. Sie erwiderte Katsas Blick und flüsterte: »Brot!« Katsa musste lächeln.

»Iss, Kind«, sagte sie.

»Selbstverständlich, junge Dame«, sagte die Frau. »Essen Sie, so viel Sie wollen.«

Katsa wartete, bis alle saßen und Bitterblue sich zufrieden ein Stück Brot in den Mund gestopft hatte. Dann begann sie zu sprechen.

»Wir brauchen Informationen. Wir brauchen Rat. Wir brauchen ein Bad und etwas zum Anziehen, das Sie erübrigen können – am besten Jungenkleidung. Vor allem aber brauchen wir höchste Geheimhaltung, was unsere Anwesenheit in dieser Stadt betrifft.«

»Wir stehen zu Ihren Diensten, My Lady«, sagte der Ladenbesitzer.

»Wir haben in diesem Haus genug Kleidung für eine ganze Armee«, sagte seine Frau. »Und alles, was Sie sonst noch brauchen könnten, ist im Laden. Und ein Pferd kann ich Ihnen auch beschaffen, wenn Sie eins wollen. Sie können sicher sein, dass wir Stillschweigen bewahren, My Lady. Wir wissen, was Sie mit Ihrem Rat geleistet haben, und wir werden für Sie tun, was wir nur können.«

»Wir danken Ihnen.«

»Was für Informationen suchen Sie, My Lady?«, fragte der Mann. »Wir haben aus den anderen Königreichen sehr wenig gehört.«

Katsas Blick ruhte nachdenklich auf Bitterblue, die sich wie eine Wilde über Brot und Käse hermachte. »Langsam, Kind«, sagte sie geistesabwesend. Sie rieb sich den Kopf, überlegte und versuchte zu entscheiden, wie viel sie dieser Familie aus Sunder erzählen konnte. Einiges mussten sie wissen; und was den Einfluss von Lecks nächsten Täuschungen am besten zunichtemachen konnte, war die Wahrheit.

»Wir kommen aus Monsea«, sagte Katsa. »Wir haben die Berge an Grellas Pass überquert.«

Dieser Satz wurde mit Schweigen und großen Augen aufgenommen. Katsa seufzte.

»Wenn Sie das schon nicht glauben können«, sagte sie, »werden Sie den Rest unserer Geschichte völlig unglaubwürdig finden. Ehrlich gesagt weiß ich nicht, wo ich anfangen soll.«

»Fang mit Lecks Gabe an«, sagte Bitterblue, mit dem Mund voll Brot.

Katsa beobachtete, wie sie sich die Krümel von den Fingern leckte. Bitterblue sah aus, als fiele sie in einen Zustand der Verzückung, den noch nicht einmal die Geschichte über den Verrat ihres Vaters stören konnte. »Nun gut«, sagte Katsa. »Fangen wir mit Lecks Gabe an.«

An diesem Abend nahm Katsa nicht ein Bad, sondern zwei Bäder. Das erste, um den Schmutz zu lösen und die oberste Dreckschicht abzuschälen, das zweite, um richtig sauber zu werden. Bitterblue tat das Gleiche. Der Ladenbesitzer, seine Frau und seine beiden ältesten Kinder bewegten sich leise und gewandt, sie pumpten Wasser, erhitzten es, leerten die Wanne und verbrannten die alten, zerfetzten Kleidungsstücke. Dann brachten sie neue Sachen, Jungenkleidung, und ließen ihre Gäste sie anprobieren, holten Mützen, Jacken, Schals und Handschuhe aus ihren Schränken und aus dem Laden, schnitten Bitterblues Haar so, wie Jungen es trugen, und kürzten Katsas Haar, damit es nicht mehr so vom Kopf abstand.

Wieder sauber zu sein war ein erstaunliches Gefühl. Katsa konnte gar nicht zählen, wie oft sie Bitterblues leise Seufzer hörte, Seufzer vor Glück über die Wärme und Sauberkeit, über das Waschen mit Seife, den Brotgeschmack im Mund und das Brotgefühl im Magen.

»Ich fürchte, heute Nacht bekommen wir nicht viel Schlaf«, sagte Katsa. »Wir müssen morgen sehr früh das Haus verlassen, bevor der Rest der Familie aufwacht.«

»Und du glaubst, dass mir das etwas ausmacht? Dieser Abend war reine Glückseligkeit. Dagegen ist Schlafmangel gar nichts.«

Dennoch schlief Bitterblue erschöpft ein, sobald sie und Katsa sich zum ersten Mal nach sehr langer Zeit in ein Bett legten – das Bett des Ladenbesitzers und seiner Frau, obwohl Katsa gegen dieses Opfer protestiert hatte. Katsa lag auf dem Rücken und bemühte sich, aus dem ruhigen Atemrhythmus ihrer Bettnachbarin und den weichen Matratzen und Kissen nicht den Schluss zu ziehen, sie seien in Sicherheit. Sie dachte an die Lücken, die sie in ihrer Version der Geschichte gelassen hatte.

Die Familie des Ladenbesitzers verstand jetzt das Grausen, das König Lecks Gabe auslöste. Sie verstanden Ashens Mord und die Ereignisse um die Entführung von Großvater Tealiff. Sie vermuteten, dass dieses Mädchen, das Brot und Käse aß, als hätte es beides nie zuvor gesehen, die Prinzessin von Monsea auf der Flucht vor ihrem Vater war, obwohl Katsa es ihnen nicht ausdrücklich gesagt hatte. Sie hatten sogar begriffen, dass ihr Verstand all diese Wahrheiten wieder leugnen könnte, wenn Leck in Sunder eine falsche Geschichte verbreiten würde. Über all das staunte die Familie, akzeptierte und verstand es.

Katsa hatte eine Wahrheit ausgelassen und eine Lüge erzählt. Verschwiegen hatte sie das Ziel ihrer Reise. Leck könnte diese Familie so verwirren, dass sie zugab, Katsa und die Prinzessin aufgenommen zu haben. Doch er konnte sie nicht dazu bringen, ein Ziel zu verraten, das sie nicht kannte.

Gelogen hatte Katsa mit der Behauptung, der Prinz aus Lienid sei tot, von Lecks Wachen umgebracht, als er versuchte, den König von Monsea zu töten. Katsa nahm an, dass diese Lüge überflüssig war, die Familie würde nie Gelegenheit haben, davon zu erzählen. Dennoch würde sie, wo immer es möglich war, von Bos Tod berichten. Je mehr Menschen glaubten, er sei nicht mehr am Leben, umso weniger würden ihn suchen und ihm etwas antun wollen.

Jetzt mussten sie zu den Hafenstädten von Sunder. Sie würden nach Süden reiten, dann nach Westen segeln. Doch während sie neben der schlafenden Prinzessin lag, wanderten ihre Gedanken nach Osten zu einer Hütte an einem Wasserfall und nach Norden zu einem Arbeitszimmer in einem Schloss, zu einer Gestalt, die sich über ein Buch beugte, über ein Becherglas oder ein Feuer.

Wie sie sich wünschte, sie könnte Bitterblue nach Norden, nach Randa City, bringen und sie dort verstecken, wie sie ihren Großvater versteckt hatten! Nach Norden zu Raffins Trost, Raffins Geduld und Obhut. Doch selbst wenn sie das Problem ihrer eigenen Stellung an Randas Hof ignorierte, war es undenkbar, das Kind an einem so offensichtlichen Ort zu verstecken, so nah an Lecks Machtbereich, und ebenso undenkbar, die Menschen, die Katsa am nächsten standen, dieser Gefahr auszusetzen. Sie würde Raffin nicht in Kontakt mit einem Mann bringen, der anderen die Vernunft raubte und ihre Absichten verzerrte. Sie würde Leck nicht zu ihren Freunden führen. Sie würde ihre Freunde überhaupt nicht in die Sache hineinziehen.

Sie und das Kind würden morgen aufbrechen. Sie würde das Pferd zuschanden reiten. Sie würden eine Möglichkeit finden, nach Lienid überzusetzen, und sie würde das Kind verstecken. Und dann würde sie nachdenken.

Sie schloss die Augen und befahl sich zu schlafen.

Katsas erster Blick auf das Meer war wie ihr erster Blick auf die Berge, obwohl Berge und Meer sich in keiner Weise glichen. In den Bergen war es still, und das Meer war brausendes Geräusch, Stille und wieder brausendes Geräusch. Die Berge waren hoch und das Meer war eine Ebene, die sich so weit ausdehnte, dass Katsa überrascht war, keinerlei Lichterfunkeln eines fernen Landes zu sehen. Sie ähnelten sich nicht im Geringsten. Aber Katsa konnte nicht aufhören, das Meer zu betrachten und die Seeluft einzuatmen, und so hatten auch die Berge auf sie gewirkt.

Das Tuch, das sie über ihr grünes Auge gebunden hatte, engte ihre Sicht ein. Katsa hätte es zu gern abgerissen, doch sie wagte es nicht, nachdem sie es so weit geschafft hatten, zuerst durch die Außenbezirke und schließlich mitten durch die Straßen der Stadt. Sie waren nur bei Nacht weitergegangen, und niemand hatte sie erkannt. Und das bedeutete, dass sie niemanden hatten töten müssen. Hier und da hatte es ein Handgemenge gegeben, wenn in einer dunklen Straße ein paar Rüpel ein bisschen zu neugierig auf die beiden Jungen reagiert hatten, die um Mitternacht nach Süden zum Meer schlichen. Doch nie hatte sie jemand erkannt, und nie gab es mehr Ärger, als Katsa ausräumen konnte, ohne Verdacht zu erregen.

Sie waren in Suncliff, der größten Hafenstadt von Sunder und der mit dem regsten Handelsverkehr. Bei Nacht kam Katsa die Stadt verwahrlost und hässlich vor, voll enger, schäbiger Straßen, die aussahen, als führten sie zu einem Gefängnis oder einem Elendsviertel und nicht zu dieser erstaunlichen Weite aus Wasser. Wasser, das sich in alle Richtungen ausdehnte, sie erfüllte, jedes Wissen über die Trunkenbolde und Diebe, die zerfallenen Gebäude und Straßen in ihrem Rücken auslöschte.

»Wie sollen wir ein Schiff aus Lienid finden?«, fragte Bitterblue.

»Nicht nur ein Schiff aus Lienid«, sagte Katsa. »Ein Schiff aus Lienid, das nicht kürzlich in Monsea gewesen ist!«

»Ich könnte mich erkundigen«, sagte Bitterblue, »während du dich versteckst.«

»Auf keinen Fall! Selbst wenn du nicht wärst, wer du bist, wäre dieser Ort gefährlich. Selbst wenn es nicht Nacht wäre. Selbst wenn du nicht so klein wärst.«

Bitterblue schlang eng die Arme um sich und drehte dem Wind den Rücken zu. »Ich beneide dich um deine Gabe.«

»Gehen wir«, sagte Katsa. »Wir müssen noch heute Nacht ein Schiff finden, sonst verbringen wir den morgigen Tag damit, uns unter den Augen von Tausenden von Menschen zu verstecken.«

Katsa legte dem Mädchen beschützend den Arm um die Schultern. Sie suchten sich einen Weg über die Steine zu den Straßen und Treppen, die hinunter zu den Hafenanlagen führten.

Die Docks waren unheimlich bei Nacht. Die Schiffe glichen schwarzen Körpern, die so hoch wie Burgen aus dem Meer zu ragen schienen, mit Mastskeletten, schlaffen Segeln und den Stimmen unsichtbarer Menschen, die von der Takelage herunterschallten.

Jedes Schiff war sein eigenes kleines Königreich mit eigenen Wachen, die mit gezogenen Schwertern vor dem Landungssteg standen, und eigenen Seeleuten, die zwischen Deck und Dock hin- und hergingen oder sich um kleine Feuer an der Küste drängten. Zwei Jungen, die sich bei den Schiffen herumtrieben, gegen die Kälte vermummt und mit ein paar zerschlissenen Taschen, fielen in dieser Umgebung überhaupt nicht auf. Sie waren vermutlich Ausreißer oder Arme, die Arbeit oder eine Überfahrt suchten.

Katsa wurde auf einen vertrauten singenden Tonfall im Gespräch einer Gruppe von Wachleuten aufmerksam. Bitterblue schaute sie mit hochgezogenen Augenbrauen an. »Ich höre es«, sagte Katsa. »Geh weiter und merk dir das Schiff.«

»Warum sprechen wir sie nicht an?«

»Sie sind zu viert, und es sind zu viele andere in der Nähe. Wenn es Ärger gibt, kann ich nicht dafür sorgen, dass es unbemerkt bleibt.«

Plötzlich wünschte Katsa sich Bo mit seiner Gabe hierher, um zu wissen, ob sie jemand erkannte und ob das wichtig war. Wenn Bo hier wäre, wüsste er nach einer einzigen Frage, ob diese Wachen aus Lienid gefährlich waren.

Es wäre natürlich noch viel schwieriger, unerkannt zu bleiben, wenn Bo hier wäre. Mit seinen Augen, den Reifen in den Ohren, seinem Akzent und selbst seiner Haltung müsste er einen Sack über dem Kopf tragen, um keine Aufmerksamkeit zu erregen. Aber vielleicht würden die Seeleute aus Lienid alles tun, was ihr Prinz wünschte, auch wenn sie Schlimmes gehört hatten? Katsa war nicht sicher. Sie spürte den Ring kalt auf der Haut ihrer Brust, den Ring mit der Gravur, die Bos Armschmuck entsprach. Dieser Ring war ihre Fahrkarte, wenn ein Schiff aus Lienid ihnen freiwillig helfen sollte, und nicht als Reaktion auf die Bedrohung durch ihre Gabe oder auf das Gewicht ihrer Börse. Obwohl Katsa, wenn nötig, auch ihre Gabe oder ihre Börse einsetzen würde.

Sie schlüpften an einer Gruppe kleinerer Schiffe vorbei, deren Wachleute offenbar eine Art Wettbewerb austrugen, wer am besten prahlen konnte. Die einen schienen aus Wester zu kommen, und die anderen …

»Aus Monsea!«, flüsterte Bitterblue, und obwohl Katsa ihren Schritt nicht beschleunigte, waren ihre Sinne geschärft und ihr ganzer Körper prickelte vor Anspannung, bis sie diese Schiffe ein Stück hinter sich gelassen hatten. Sie tauchten in die Dunkelheit ein.

Der Seemann saß allein am Rand eines hölzernen Stegs, seine Beine baumelten über dem Wasser. Der Anleger, auf dem er saß, führte zu einem Schiff, auf dem ungewöhnliche Geschäftigkeit herrschte; an Deck wimmelte es von Männern und Jungen. Sie waren alle aus Lienid: An Ohren und Fingern sah Katsa im Licht der Laternen Gold aufblitzen. Sie verstand nichts von Schiffen, aber sie nahm an, dass dieses hier entweder gerade angekommen war oder gleich abfahren würde.

»Fahren auch mitten in der Nacht Schiffe ab?«, fragte sie.

»Ich habe keine Ahnung«, sagte Bitterblue.

»Schnell! Wenn es gleich losfährt, umso besser.« Und wenn dieser eine Seemann ihnen Ärger machte, konnte sie ihn immer noch ins Wasser werfen und darauf vertrauen, dass die Männer, die oben auf dem Schiffsdeck herumliefen, sein Fehlen nicht bemerkten.

Katsa schlüpfte auf den Steg, Bitterblue war dicht hinter ihr. Der Mann bemerkte sie sofort. Seine Hand fuhr zum Gürtel.

»Immer mit der Ruhe, Seemann«, sagte Katsa leise. »Wir haben nur ein paar Fragen.«

Der Mann schwieg und behielt die Hand am Gürtel, doch er ließ die beiden näher kommen. Als Katsa sich neben ihn setzte, rückte er ein Stück auf und beugte sich weg – damit er besser ausholen konnte, falls er sein Messer gebrauchte. Bitterblue setzte sich neben Katsa, so dass sie von ihr verdeckt war. Katsa dankte Sunder für die Finsternis und ihre schweren Jacken, die ihre Gesichter und Gestalten verhüllten.

»Woher kommt euer Schiff gerade?«, fragte Katsa.

»Aus Ror City«, antwortete er mit einer Stimme, die nur wenig tiefer war als ihre, und Katsa merkte, dass er kein Mann war, sondern ein Junge – breit und kräftig, doch jünger als sie.

»Fahrt ihr heute Nacht ab?«

»Ja.«

»Und wohin fahrt ihr?«

»Nach Sunport und South Bay, Westport, und dann zurück nach Ror City.«

»Nicht nach Monport?«

»Um diese Zeit treiben wir keinen Handel mit Monsea.«

»Hast du was Neues aus Monsea gehört?«

»Es ist doch offensichtlich, dass wir ein Schiff aus Lienid sind, oder nicht? Wenn dir an Neuigkeiten aus Monsea liegt, dann such ein Schiff aus Monsea.«

»Was für ein Mann ist denn euer Kapitän«, fragte Katsa, »und was habt ihr geladen?«

»Das sind aber viele Fragen! Du willst Neuigkeiten aus Monsea und fragst nach unserem Kapitän. Du willst wissen, wo wir waren und was wir geladen haben. Hat Murgon jetzt Kinder als Spione angestellt?«

»Ich habe keine Ahnung, wen Murgon zum Spionieren anstellt. Wir suchen eine Überfahrt«, sagte Katsa. »Nach Westen.«

»Hier habt ihr kein Glück«, sagte der Junge. »Wir brauchen keine Aushilfen, und ihr seht nicht aus, als würdet ihr bezahlen.«

»Ah! Du bist ein Beschenkter mit Nachtsicht, was?«

»Ich sehe gut genug, um zwei Gassenjungen zu erkennen, die sich noch dazu geprügelt haben, wie deine Augenbinde verrät.«

»Wir können bezahlen.«

Der Junge zögerte. »Entweder du lügst, oder ihr seid Diebe. Ich wette, beides stimmt.«

»Weder – noch.« Katsa griff nach der Börse in ihrer Jackentasche. Der Junge zog das Messer aus der Scheide und sprang auf.

»Halt, Seemann – ich hole nur meinen Geldbeutel heraus. Du kannst ihn selbst aus meiner Tasche nehmen, wenn du willst. Los«, sagte sie, als er zögerte. »Ich halte die Hände in die Luft und mein Freund geht zur Seite.«

Gehorsam stand Bitterblue auf und trat ein paar Schritte zurück. Der Junge wartete, dann griff er in ihre Tasche. Während er mit einer Hand nach dem Geldbeutel tastete, hielt er mit der anderen sein Messer direkt an Katsas Kehle. Sie überlegte, dass sie wohl nervös wirken sollte. Noch ein Grund, dankbar für die Dunkelheit zu sein, die ihr Gesicht verbarg.

Endlich hatte der Junge ihren Geldbeutel und trat ein paar Schritte zurück. Er öffnete ihn, schüttelte ein paar Goldstücke in seine Handfläche, betrachtete sie im Mondlicht und dann im Licht der Feuer, die vom Ufer herüberleuchteten.

»Das ist Gold aus Lienid«, sagte er. »Ihr seid nicht nur Diebe, ihr habt auch noch Männer aus Lienid bestohlen.«

»Bring uns zu deinem Kapitän und lass ihn entscheiden, ob er unser Gold annimmt. Wenn du das tust, gehört eine Münze davon dir – egal was er entscheidet.«

Der Junge dachte über das Angebot nach und Katsa wartete. Eigentlich war es nicht wichtig, ob er ihre Bedingungen annahm oder nicht, denn sie würden kein Schiff finden, das für ihre Zwecke geeigneter war als dieses. Katsa würde sie auf jeden Fall an Bord bringen, auch wenn sie den Jungen niederschlagen und den Landungssteg hinaufschleppen musste, während sie den Wachleuten Bos Ring vor die Nase hielt.

»Na gut«, sagte der Junge. Er wählte eine Münze aus dem Häufchen in seiner Hand und steckte sie in seine Jacke. »Ich bringe euch für ein Goldstück zu Kapitänin Faun. Aber ich garantiere euch, dass ihr wegen Diebstahl im Schiffsbunker landet. Sie wird nicht glauben, dass ihr ehrlich zu dem Gold gekommen seid, und wir haben keine Zeit, euch der Stadtpolizei zu melden.«

Das Wort war Katsa nicht entgangen. »Kapitänin? Euer Kapitän ist eine Frau?«

»Eine Frau«, sagte der Junge, »und eine Beschenkte!«

Eine Frau und eine Beschenkte. Katsa wusste nicht, was sie mehr überraschte. »Gehört dieses Schiff dann dem König?«

»Es gehört ihr.«

»Wie …«

»In Lienid sind die Beschenkten frei. Der König besitzt sie nicht.«

Ja, jetzt erinnerte sie sich, dass Bo ihr das erklärt hatte.

»Kommt ihr«, fragte der Junge, »oder sollen wir hier stehen bleiben und reden?«

»Was ist ihre Gabe?«

Der Junge trat zur Seite und winkte sie mit seinem Messer voran. »Los, weiter«, sagte er. Also gingen Katsa und Bitterblue den Anleger hinauf, doch Katsa wartete auf eine Antwort. Wenn diese Kapitänin eine Gedankenleserin war oder vielleicht sogar eine sehr gute Kämpferin, dann wollte sie das wissen, bevor sie die Wachleute erreichten, damit sie entscheiden konnte, ob sie weitergehen oder den Jungen ins Wasser stoßen und fliehen sollten.

Die Wachleute vor ihnen unterhielten sich und lachten über irgendeinen Witz. Einer von ihnen hielt eine Fackel. Die Flamme flackerte im Wind und beleuchtete ihre groben Gesichter, breiten Brustkästen und gezückten Schwerter. Bitterblue zog leise, aber hörbar die Luft ein und Katsa wandte sich dem Kind zu. Bitterblue hatte Angst. Katsa legte ihr die Hand auf die Schulter und drückte sie.

»Es wird wohl eine Gabe sein, die mit Schwimmen zu tun hat«, sagte sie lässig, »oder eine besondere Fähigkeit zu navigieren. Stimmt's?«

»Ihre Gabe ist der Grund, warum wir mitten in der

Nacht ablegen«, sagte der Junge. »Sie zeigt ihr Stürme, bevor sie losbrechen. Wir brechen auf, weil wir einen Schneesturm meiden wollen, der aus dem Osten kommt.«

Eine Wetterprophetin! Die prophetischen Gaben waren Katsa weitaus lieber als die des Gedankenlesens, aber wenn sie daran dachte, bekam sie trotzdem eine leichte Gänsehaut. Nun, der Beruf dieser Beschenkten passte jedenfalls gut zu ihrer Gabe, und sie würde ihnen damit nicht schaden – sie könnte ihnen sogar dienlich sein. Katsa würde Kapitänin Faun genau unter die Lupe nehmen und dann entscheiden, wie viel man ihr mitteilen konnte.

Die Wachmänner starrten sie an, als sie näher kamen. Einer hielt die Fackel an ihre Gesichter. Katsa schob ihr Kinn in den Jackenkragen und schaute ihn mit ihrem einzigen sichtbaren Auge an. »Was bringst du denn da an Bord, Jem?«, fragte der Mann.

»Sie sollen zur Kapitänin«, sagte der Junge.

»Gefangene?«

»Gefangene oder Passagiere. Das wird die Kapitänin entscheiden.«

Der Wachmann winkte einem seiner Gefährten. »Geh mit ihnen, Bär«, sagte er, »damit unserem Jem nichts passiert.«

»Ich kann selbst auf mich aufpassen«, sagte Jem.

»Natürlich kannst du das. Aber Bär kann auf dich und sich und unsere beiden Gefangenen aufpassen, ein Schwert tragen und eine Fackel halten, und das alles gleichzeitig. Und für die Sicherheit unserer Kapitänin sorgen.«

Jem schien widersprechen zu wollen, doch bei der Erwähnung der Kapitänin nickte er und übernahm die Führung, als Katsa und Bitterblue weitergingen. Bär ging hinterher, in einer Hand schwang er sein Schwert, in der anderen hielt er eine Laterne. Er war einer der riesigsten Männer, die Katsa je gesehen hatte. Als sie auf das Deck des Schiffs traten, wichen die Seeleute zur Seite, teils um die beiden kleinen zerlumpten Fremden anzustarren und teils, um Bär aus dem Weg zu gehen. »Was ist los, Jem?«, fragten mehrere Stimmen. »Wir gehen zur Kapitänin«, antwortete Jem immer wieder, und die Männer kehrten zurück zu ihren Pflichten.

Das Deck war lang und wimmelte von Seeleuten. Auf allen Seiten ragten unvertraute Formen auf und warfen im Licht von Bärs Laterne seltsame Schatten. Plötzlich schwebte ein Segel herab, das sich von seiner Befestigung in der Takelage gelöst hatte, flatterte über Katsas Kopf, leuchtete in einem schimmernden Grau und glich einem riesigen Vogel, der seine Leine zerreißen und in den Himmel steigen wollte. Dann hob es sich plötzlich wieder, faltete sich auf und war straff an seinen Platz geschnürt. Katsa hatte keine Ahnung, was das alles bedeutete, aber eine gewisse Erregung stieg in ihr auf über das Fremdartige und die Betriebsamkeit, die Stimmen, die unbekannte Befehle riefen, die Windböen und den schaukelnden Boden.

Sie brauchte etwa zwei Schritte, um sich dem Neigen und Heben des Decks anzupassen. Bitterblue fiel das nicht so leicht, und ihre Beunruhigung über die Ereignisse ringsum trug auch nicht zu ihrem Gleichgewicht bei. Katsa hielt das Mädchen schließlich eng an ihrer Seite. Bitterblue lehnte sich erleichtert an sie und überließ es Katsa, sie aufrecht zu halten.

Jem blieb vor einer Öffnung in den Deckplanken stehen. »Folgt mir«, sagte er. Er klemmte sich das Messer zwischen die Zähne, kletterte in das schwarze Loch und verschwand. Katsa folgte ihm, sie vertraute darauf, dass sich unter ihren Händen und Füßen eine noch unsichtbare Leiter materialisieren würde, und half dem Kind auf die Sprossen direkt über ihr. Bär kletterte als Letzter hinunter, sein Licht warf ihre Schatten an die Wände des engen Ganges, in dem sie schließlich standen.

Sie folgten Jems dunkler Gestalt den Gang entlang. Bitterblue lehnte sich an Katsa und presste das Gesicht an ihre Brust. Die Luft war stickig hier unten, verbraucht und unangenehm. Katsa hatte gehört, dass man sich an Schiffe gewöhnen konnte. Bis Bitterblue sich daran gewöhnt hatte, würde Katsa ihr helfen das Gleichgewicht zu halten und zu atmen.

Sie folgten Jem durch schwarze Gänge zu einem Rechteck aus orangefarbenem Licht, von dem Katsa annahm, dass es zu den Räumen der beschenkten Kapitänin führte. Aus der hellen Öffnung drangen Stimmen und eine von ihnen war laut, bestimmt und weiblich.

Als sie die Tür erreichten, verstummte das Gespräch. Dann hörte Katsa von ihrem Platz im Schatten hinter dem Jungen die Stimme der Frau. »Was ist, Jem?«

»Bitte um Entschuldigung, Käpt'n«, sagte Jem. »Diese beiden Jungen aus Sunder möchten eine Überfahrt nach Westen bezahlen, aber ich traue ihrem Gold nicht.«

»Und was stimmt nicht mit ihrem Gold?«, fragte die Frau.

»Es ist Gold aus Lienid, Käpt'n, und mehr, als sie haben sollten, so wie sie aussehen.«

»Bring sie herein und lass mich das Gold sehen.«

Sie folgten Jem in einen hell erleuchteten Raum, der

Katsa an eins von Raffins Arbeitszimmern erinnerte, das immer mit aufgeschlagenen Büchern, Flaschen mit seltsam gefärbten Flüssigkeiten, zum Trocknen aufgehängten Kräutern und merkwürdigen Versuchsaufbauten angefüllt war, die Katsa nicht verstand. Nur waren hier die Bücher durch Landkarten und Schautafeln ersetzt, die Flaschen durch Instrumente aus Kupfer und Gold, die Katsa nicht kannte, die Kräuter durch Stricke, Leinen, Haken, Netze – Gegenstände, die Katsa auf einem Schiff erwartet hatte, über deren Zweck sie aber nicht mehr wusste als über den Sinn von Raffins Experimenten. In einer Ecke stand ein schmales Bett mit einer Truhe an seinem Fußende. Auch das war wie in Raffins Arbeitsräumen, denn auch er hatte dort ein Bett aufgestellt für jene Nächte, in denen er mehr an seine Arbeit als an seine Bequemlichkeit dachte.

Die Kapitänin stand vor einem Tisch mit einer ausgebreiteten Landkarte und hatte einen Seemann bei sich, der fast so groß war wie Bär. Die Kapitänin war eine Frau jenseits des Alters, in dem man Kinder gebärt, ihr stahlgraues Haar hatte sie im Nacken straff zu einem Knoten gebunden. Ihre Kleidung glich der der übrigen Seeleute: braune Hose, braune Jacke, schwere Stiefel und ein Messer im Gürtel. Ihre Miene war streng und ihr Blick, als sie sich den beiden Neuankömmlingen zuwandte, wach und durchdringend. Katsa spürte in diesem hellen Raum, als die hellen Augen dieser Frau sie anblitzten, zum ersten Mal, dass ihre Verkleidungen ihnen von jetzt an nichts mehr nützten.

Jem ließ Katsas Münzen in die ausgestreckte Hand der Kapitänin fallen. »Sie haben noch viel mehr davon, Käpt'n, in diesem Geldbeutel.«

Die Kapitänin betrachtete das Gold in ihrer Hand. Dann

richtete sie die zusammengekniffenen Augen auf Katsa und Bitterblue. »Wo habt ihr das her?«

»Wir sind mit Prinz Greening von Lienid befreundet«, sagte Katsa. »Es ist sein Gold.«

Der große Seemann neben der Kapitänin schnaubte. »Mit Prinz Bo befreundet! Natürlich sind sie das.«

»Wenn ihr unseren Prinzen bestohlen habt …«, fing Jem an, doch Kapitänin Faun hob die Hand. Sie schaute Katsa so scharf an, dass Katsa den Eindruck hatte, der Blick der Frau würde an der Rückseite ihres Schädels schaben. Sie betrachtete Katsas Jacke, den Gürtel, die Hose, die Stiefel, und Katsa fühlte sich nackt vor diesen klugen ungleichen Augen.

»Ich soll euch glauben, dass Prinz Bo zwei zerlumpten Jungen aus Sunder einen Beutel Gold gegeben hat?«, fragte sie schließlich.

»Ich glaube, Sie wissen, dass wir keine Jungen aus Sunder sind.« Katsa griff unter ihre Jacke. »Er gab mir seinen Ring, damit Sie wissen, dass Sie uns trauen können.« Sie zog die Schnur über den Kopf und hielt der Kapitänin den Ring vors Gesicht. Der Schrecken in den Augen der Frau und die empörten Schreie von Jem und Bär warnten sie vor dem Chaos, in das sich der Raum plötzlich verwandelte. Beide stürzten auf sie zu; Jem schwang sein Messer, Bär sein Schwert, und der Seemann neben der Kapitänin hatte ebenfalls eine Klinge gezogen.

Bo hätte erwähnen können, dass seine Leute beim Anblick seines Rings in Wahnsinn verfallen würden, dachte Katsa. Aber sie würde jetzt handeln und ihren Ärger später überdenken. Sie zerrte Bitterblue in eine Ecke, damit ihr eigener Körper zwischen dem Kind und allen anderen im

Raum war. Dann packte sie Jems Messerarm so fest, dass er aufschrie und die Klinge auf den Boden fallen ließ. Sie stieß seine Füße unter ihm weg, wich Bärs Schwert aus, schwang das Bein in die Luft und trat ihm gegen den Kopf. Während Bär zu Boden sank, hielt Katsa Jem schon sein eigenes Messer an die Kehle. Sie hakte den Fuß unter Bärs Schwert und kickte es in die Luft, fing es mit der freien Hand auf und streckte es dem anderen Seemann entgegen, der zum Sprung bereit mit gezogenem Messer außerhalb ihrer Reichweite stand. Noch immer baumelte die Schnur mit dem Ring von ihrer Hand, von derselben Hand, die das Schwert hielt, und die Kapitänin konnte den Blick nicht von ihm wenden.

»Halt«, sagte Katsa zu dem Seemann. »Ich will dir nichts tun, und wir sind keine Diebe.«

»Niemals würde Prinz Bo diesen Ring einem Gassenjungen aus Sunder geben«, keuchte Jem.

»Und du erweist deinem beschenkten Prinzen wenig Ehre«, sagte Katsa und drückte ihm ihr Knie in den Rücken, »wenn du glaubst, ein Gassenjunge aus Sunder hätte ihn berauben können!«

»Nun gut«, sagte die Kapitänin. »Es reicht. Lassen Sie die Klingen fallen, Lady, und geben Sie meinen Mann frei.«

»Wenn dieser Kerl näher kommt«, Katsa deutete auf den anderen Seemann, »kann er sich gleich neben Bär legen.«

»Tritt zurück, Patch«, sagte die Kapitänin, »und steck dein Messer ein. Mach schon!«, befahl sie scharf, als Patch zögerte. Der Blick, den er Katsa zuwarf, war wütend, doch er gehorchte.

Katsa warf ihre Waffen auf den Boden. Jem stand auf, rieb sich den Hals und schnitt eine Grimasse in ihre Richtung, und Katsa lagen einige Worte auf der Zunge, die sie

Bo gern gesagt hätte. Sie hängte sich seinen Ring wieder um den Hals.

»Was genau haben Sie Bär angetan?«, fragte die Kapitänin.

»Er wird bald aufwachen.«

»Das hoffe ich!«

»Bestimmt.«

»Und jetzt erklären Sie sich«, sagte die Kapitänin. »Als Letztes haben wir gehört, unser Prinz sei in den Middluns, am Hof von König Randa. Dort hat er mit Ihnen trainiert, wenn ich mich nicht irre.«

Aus der Ecke kam ein Geräusch. Bitterblue kniete an der Wand und erbrach sich auf den Boden. Katsa ging zu ihr und half ihr auf die Füße. Bitterblue klammerte sich unbeholfen an sie. »Der Boden bewegt sich.«

»Ja«, sagte Katsa. »Du wirst dich daran gewöhnen.«

»Wann? Wann werde ich mich daran gewöhnen?«

»Komm, Kind.«

Katsa trug Bitterblue praktisch zurück zu der Kapitänin. »Kapitänin Faun«, sagte sie, »das ist Prinzessin Bitterblue von Monsea, Bos Cousine. Und wie Sie bereits erraten haben, bin ich Katsa aus den Middluns.«

»Ich würde auch raten, dass Ihrem Auge nichts fehlt«, sagte die Kapitänin.

Katsa zog das Tuch von ihrem grünen Auge. Sie schaute der Kapitänin ins Gesicht, die ihren Blick kühl erwiderte. Dann wandte sie sich zu Patch und Jem um, die sie mit hochgezogenen Augenbrauen anschauten und langsam verstanden. Die Gesichtszüge der beiden schienen ihr so vertraut, die dunklen Haare, das Gold in ihren Ohren, die Direktheit, mit der sie ihr in die Augen sahen.

Katsa wandte sich wieder an die Kapitänin. »Die Prinzessin ist in großer Gefahr. Ich bringe sie nach Lienid, um sie vor – vor denen, die ihr etwas antun wollen, zu verstecken. Bo sagte, Sie würden uns helfen, wenn ich Ihnen diesen Ring zeige. Und wenn nicht, werde ich alle Macht meiner Gabe nutzen, um Ihre Hilfe zu erzwingen.«

Die Kapitänin starrte sie aus schmalen Augen und mit schwer durchschaubarer Miene an. »Lassen Sie mich den Ring genauer ansehen.«

Katsa trat vor. Sie nahm den Ring nicht noch einmal von seinem Platz um ihren Hals, nicht wenn sein Anblick solchen Irrsinn hervorrief. Doch die Kapitänin hatte keine Angst vor ihr, sie griff nach Katsas Kehle, um den goldenen Ring in die Finger zu nehmen, und drehte ihn im Licht in alle Richtungen. Dann ließ sie ihn sinken und betrachtete Bitterblue. Schließlich wandte sie sich wieder an Katsa.

»Wo ist unser Prinz?«, fragte sie.

Katsa überlegte und entschied, dass sie dieser Frau wenigstens einen Teil der Wahrheit anvertrauen musste. »Weit weg von hier, er erholt sich von einer Verletzung.«

»Wird er sterben?«

»Nein«, sagte Katsa erschrocken. »Natürlich nicht.«

Die Kapitänin runzelte die Stirn. »Warum hat er Ihnen dann seinen Ring gegeben?«

»Ich habe es Ihnen doch gesagt. Er hat ihn mir gegeben, damit uns ein Schiff aus Lienid hilft.«

»Unsinn. Warum hat er Ihnen dann nicht den Ring des Königs oder der Königin gegeben, wenn er nur das gewollt hat?«

»Ich weiß es nicht. Ich kenne die Bedeutung dieser

Ringe nicht, abgesehen von den Personen, für die sie stehen. Er hat sich entschieden, mir diesen zu geben.«

»Hm«, machte die Kapitänin. Katsa presste die Zähne aufeinander und bereitete sich darauf vor, etwas sehr Bissiges zu sagen, doch Bitterblues Stimme hielt sie zurück.

»Bo hat Katsa wirklich den Ring gegeben«, sagte sie unglücklich. Ihre Stimme war belegt, ihr Körper zusammengekrümmt. »Bo wollte, dass sie ihn bekommt. Und da er nicht erklärt hat, was er bedeutet, sollten Sie das für ihn tun. Jetzt sofort.«

Die Kapitänin betrachtete Bitterblue. Das Mädchen hob trotzig das Kinn. Die Kapitänin seufzte. »Es ist sehr selten, dass ein Lienid einen seiner Ringe verschenkt, und fast nie hört man davon, dass einer den Ring seiner eigenen Identität weggibt. Diesen Ring zu verschenken bedeutet, die eigene Identität aufzugeben. Prinzessin Bitterblue, Ihre Gefährtin trägt um ihren Hals den Ring des siebten Prinzen von Lienid. Wenn Prinz Bo ihr diesen Ring wirklich gegeben hätte, würde das bedeuten, dass er auf seine Stellung als Prinz verzichtet. Er wäre kein Prinz von Lienid mehr. Er hätte sie zur Prinzessin gemacht und ihr sein Schloss und sein Erbe übertragen.«

Katsa starrte sie an. Sie zog sich einen Stuhl heran und ließ sich darauf fallen. »Das kann nicht sein.«

»Nicht einer von tausend Lienid gibt diesen Ring weg«, sagte die Kapitänin. »Die meisten nehmen ihn mit in ihr Grab im Meer. Aber gelegentlich – wenn eine Frau stirbt und will, dass ihre Schwester den Platz als Mutter ihrer Kinder einnimmt, oder wenn ein sterbender Ladenbesitzer will, dass ein Freund seinen Laden weiterführt, oder wenn ein Prinz stirbt und die Erbfolge ändern will – dann kommt es vor, dass ein Lienid diesen Ring verschenkt.« Die Kapitänin starrte Katsa an. »Die Lienid lieben ihre Prinzen, besonders den jüngsten, den beschenkten. Prinz Bos Ring zu stehlen wäre ein schreckliches Verbrechen.«

Doch Katsa schüttelte den Kopf, weil sie völlig verwirrt darüber war, dass Bo so etwas getan haben sollte, und weil sie dieses Wort fürchtete, das die Kapitänin immer wieder sagte. Sterben. Bo würde nicht sterben. »Ich will ihn nicht«, sagte sie. »Wie konnte er mir diesen Ring geben, ohne zu erklären …«

Bitterblue lehnte sich an den Tisch, ihr Gesicht war grau und sie stöhnte. »Katsa, quäle dich nicht. Er wird sicher seine Gründe gehabt haben.«

»Aber welche Gründe sollten das sein? So schlimm waren seine Verletzungen nicht …«

»Katsa!« Bitterblue klang geduldig, aber müde. »Denk nach! Er hat dir den Ring gegeben, bevor er verletzt wurde. Das war gar keine so seltsame Entscheidung, schließlich wusste er, dass er bei dem Kampf sterben könnte.«

Jetzt verstand Katsa, was das alles bedeutete, und sie griff sich an den Hals. Das war typisch für Bo. Sie kämpfte gegen ihre Tränen an, weil so etwas Verrücktes nur Bo in den Kopf kommen konnte – verrückt und töricht, viel zu selbstlos und völlig unnötig, denn er würde nicht sterben. »Warum bei allen Hügeln der Middluns hat er mir das nicht gesagt?«

»Wenn er es gesagt hätte, dann hättest du den Ring nicht angenommen«, sagte Bitterblue.

»Du hast Recht. Kannst du dir vorstellen, dass ich so etwas von Bo angenommen hätte? Kannst du dir vorstellen, dass ich mit so etwas einverstanden gewesen wäre? Und er hat vielleicht doch Recht, dass er ihn mir gegeben hat, er wird nämlich doch sterben, weil ich ihn töten werde, wenn ich ihn das nächste Mal sehe, dafür, dass er so etwas getan hat, dass er mich geängstigt hat und mir nicht gesagt hat, was das alles bedeutet.«

»Natürlich wirst du das«, sagte Bitterblue beruhigend.

»Das ist kein Geschenk für immer, oder?«, fragte Katsa die Kapitänin und merkte plötzlich, dass diese Frau sie anders ansah, genau wie Patch und Jem. Ihre Gesichter waren bleich, und in ihren Augen las sie, dass sie erschrocken und gefasst waren. Sie glaubten ihr jetzt, dass sie den Ring nicht gestohlen hatte, und sie glaubten, dass er ein Geschenk ihres Prinzen an sie war. Und Katsa war erleichtert, dass wenigstens dieser Teil der Geduldsprobe hinter ihr lag. »Ich kann ihm den Ring zurückgeben, nicht wahr?«

Die Kapitänin räusperte sich und nickte dann. »Ja, Prinzessin.«

»Bei allen Hügeln«, sagte Katsa ärgerlich, »nennen Sie mich nicht so.«

»Sie können ihm den Ring jederzeit zurückgeben, Prinzessin«, sagte die Kapitänin, »oder ihn jemand anders geben. Und er kann ihn zurückfordern. Bis dahin verleiht er Ihnen jede Macht und Autorität, über die ein Prinz von Lienid verfügt. Wir stehen zu Ihrer Verfügung.«

»Es genügt, wenn Sie uns schnell zu Bos Schloss an der westlichen Küste von Lienid bringen«, sagte Katsa, »und aufhören, mich Prinzessin zu nennen.«

»Es ist jetzt Ihr Schloss, Prinzessin.«

Katsa war in ihrer Wut kurz davor, Funken zu sprühen, denn sie wollte diese Behandlung nicht, doch bevor sie etwas sagen konnte, klopfte ein Mann an den Türrahmen. »Wir sind jetzt fertig, Käpt'n.«

Katsa zog Bitterblue zur Seite, als alle im Raum wieder in Betriebsamkeit verfielen. Die Kapitänin bellte Befehle. »Patch, verschwinde hier und geh zurück auf deinen Posten. Jem, kümmere dich um Bär. Und putz die Schweinerei in der Ecke weg. Ich werde an Deck gebraucht, Prinzessin. Kommen Sie hinauf, wenn Sie wünschen, Prinzessin Bitterblues Seekrankheit wird dort weniger schlimm sein.«

»Ich habe Ihnen gesagt, Sie sollen mich nicht so nennen«, sagte Katsa.

Die Kapitänin überhörte das und ging zur Tür. Katsa zog Bitterblue an sich und folgte ihr, wobei sie den Rücken der Frau mit wütenden Blicken bedachte.

Und dann blieb die Kapitänin im Dunkeln am Fuß der Leiter stehen. »Prinzessin«, sagte sie, »was Sie hier tun, warum Sie verkleidet sind und warum die kleine Prinzessin in Gefahr ist, das alles sind Ihre Angelegenheiten. Ich werde nicht um eine Erklärung bitten. Aber wenn ich Ihnen irgendwie helfen kann, müssen Sie es nur sagen. Ich stehe Ihnen völlig zu Diensten.«

Katsa griff an ihre Brust und berührte den goldenen Ring. Sie war nun doch dankbar für die Macht, die er ihr gab, wenn diese Macht ihr half, Bitterblue zu schützen. Und das könnte eine weitere mögliche Erklärung für Bos Geschenk sein. Vielleicht hatte er ihr nur deshalb seine Autorität übertragen, damit sie das Kind besser beschützen konnte. Aber wenn der Ring ihr solche Ehrerbietung einbrachte, dann sollte nicht jeder an Deck ihn sehen. Ihr lag nichts daran, dass alle darüber redeten, sich gegenseitig darauf aufmerksam machten und sie entsprechend behandelten. Sie öffnete den obersten Knopf ihrer Jacke und schob den Ring darunter.

»Wird Prinz Bo sich von seinen Verletzungen erholen?«, fragte Kapitänin Faun und Katsa hörte echte Sorge heraus, als würde sich die Kapitänin nach einem Mitglied ihrer eigenen Familie erkundigen. Und Katsa hörte auch den königlichen Titel, den sie vor Bos Namen nicht so leicht ausließ, wie sie ihn Katsas hinzugefügt hatte.

»Er erholt sich«, sagte sie. Und sie fragte sich, ob die Lienid ihren Prinzen auch dann so lieben würden, wenn sie die Wahrheit über seine Gabe wüssten.

Es war viel zu verwirrend, all das, was auf diesem Schiff seit ihrer Ankunft geschehen war, und zu vieles davon tat ihr im Herzen weh.

An Deck führte sie Bitterblue an die Reling. Gemeinsam atmeten sie die Seeluft ein und betrachteten das dunkle Funkeln auf dem Wasser.

Am meisten liebte es Katsa, sich über die Reling zu beugen und zu beobachten, wie der Bug des Schiffes durch die Wellen schnitt. Wenn die Wellen hoch waren und das Schiff sich hob und senkte oder wenn es schneite und die Flocken ihr ins Gesicht stachen, gefiel es ihr besonders gut. Die Männer lachten und versicherten einander, Prinzessin Katsa sei ein geborener Matrose. Und als es Bitterblue gut genug ging, dass sie an Deck kommen und sich an den Scherzen beteiligen konnte, fügte sie hinzu, dass Katsa zu allem geboren sei, was normale Leute schrecklich finden könnten.

Am liebsten wäre Katsa in die höchsten Seile des höchsten Mastes geklettert und hätte dort am Himmel gehangen. Und als Patch, der Erste Maat, eines klaren Tages einen Burschen namens Red hinaufschickte, um ein Knäuel von Seilen zu entwirren, sagte er, sie könne mitkommen.

»Du solltest sie nicht noch ermuntern!«, sagte Bitterblue zu Patch. Sie stützte die Hände in die Hüften und reckte den Kopf, um ihn anzufunkeln. Ihre Haltung war bedrohlich, auch wenn sie nur ein Fünftel von Patchs Länge hatte.

»Prinzessin, ich nehme an, sie wird irgendwann sowieso hinaufklettern, mit oder ohne mein Einverständnis, und ich bin lieber dabei und passe auf, als dass sie es bei Nacht tut oder in einem Regenschauer.«

»Wenn du glaubst, sie jetzt hinaufzuschicken, hält sie davon ab …«

»Vorsicht!«, sagte Patch, als das Deck sich hob und Bitterblue strauchelte. Er fing sie auf und nahm sie auf den Arm. Sie schauten zu, wie Katsa geschickt hinter Red den Mast hinaufkletterte. Und als Katsa schließlich von ihrem Platz am Himmel zu ihnen hinunterschaute und dabei so wild hin und her schwang, dass sie sich wunderte, wie Red dabei irgendetwas entwirren konnte, dachte sie daran, wie Bitterblue jedem Mann misstraut hatte, als sie sich kennenlernten. Und jetzt erlaubte das Mädchen diesem riesigen Seemann, sie hochzuheben und im Arm zu halten wie ein Vater; sie hatte den Arm um Patchs Hals gelegt, und beide lachten gemeinsam zu Katsa hinauf.

Die Kapitänin sagte voraus, dass die Reise etwa vier oder fünf Wochen dauern werde. Das Schiff kam schnell voran, und die meiste Zeit waren sie allein auf dem Ozean. Katsa kletterte nie in die Takelage, ohne nach Verfolgern Ausschau zu halten, doch es kam niemand hinter ihnen her. Es war eine Erleichterung, sich nicht gejagt zu fühlen, nicht nach einem Versteck suchen zu müssen. Auf dem offenen Meer, allein mit Kapitänin Faun und ihrer Mannschaft waren sie sicher, denn keiner der Männer schien ihnen zu misstrauen, und Katsa vertraute allmählich darauf, dass niemand Gerüchte von Leck gehört hatte.

»Wir waren ja noch nicht einmal einen Tag lang in Suncliff«, sagte ihr die Kapitänin. »Sie haben Glück, Prinzessin. Dafür können Sie meiner Gabe danken.«

»Und für unsere Schnelligkeit«, sagte Katsa. Denn der Winter war stürmisch auf See, und obwohl sie den Kurs so häufig geändert hatten, dass ihr Weg wie eine Art seltsamer Tanz über das Wasser aussehen musste, hatten sie das Schlimmste vermieden. Sie kamen stetig nach Westen voran.

Katsa hatte der Kapitänin schon in den ersten Tagen von Lecks Gabe und den Gründen für ihre Flucht erzählt, als Bitterblue sehr krank gewesen war und Katsa nichts zu tun hatte, als das Mädchen zu pflegen und nachzudenken. Sie hatte es ihr erzählt, weil ihr mit flauem Gefühl in der Magengegend klargeworden war, dass die über vierzig Männer an Bord dieses Schiffes genau wussten, wer sie und Bitterblue waren und wohin sie reisten. Denn schließlich waren das über vierzig Informanten, sobald Katsa und Bitterblue am Ziel waren und das Schiff auf seine Handelsroute zurückkehrte.

»Ich kann für die Zuverlässigkeit der meisten meiner Männer bürgen«, hatte Kapitänin Faun gesagt. »Wenn nicht sogar aller.«

»Sie verstehen das nicht! Wo König Leck beteiligt ist, kann ich noch nicht einmal für meine eigene Zuverlässigkeit bürgen. Es reicht nicht, wenn sie geloben, niemandem etwas zu sagen. Sobald ihnen eine von Lecks Geschichten zu Ohren gekommen ist, werden sie ihr Gelöbnis vergessen.«

»Was soll ich dann tun, Prinzessin?«

Katsa hatte nicht darum bitten wollen und die Landkarten auf dem Tisch vor ihnen betrachtet, die Lippen geschürzt und darauf gewartet, dass die Kapitänin sie verstand. Es hatte nicht lange gedauert.

»Sie wollen, dass wir auf See bleiben, sobald wir Sie nach Lienid gebracht haben«, hatte die Kapitänin gesagt. Ihre Stimme war scharf und wurde noch schärfer, während sie weitersprach. »Sie wollen, dass wir auf See bleiben, aus dem Weg, den ganzen Winter hindurch – vielleicht länger, vielleicht für immer –, bis Sie und Prinz Bo, die noch nicht einmal in Verbindung sind, eine Möglichkeit gefunden haben, den König von Monsea auszuschalten. Und dann müssen wir vermutlich darauf warten, dass jemand uns sucht und uns zurück an Land einlädt. Was dann noch von uns übrig ist, weil unsere Vorräte aufgebraucht sein werden, Prinzessin – wir sind ein Handelsschiff, wissen Sie, dafür ausgerüstet, von Hafen zu Hafen zu segeln und bei jedem Halt unsere Nahrungsmittel und Wasser aufzufüllen. Es bringt uns schon an unsere Grenzen, dass wir jetzt direkt nach Lienid zurückfahren …«

»Ihr Frachtraum ist voll von Obst und Gemüse, mit dem Sie handeln«, sagte Katsa, »und Ihre Männer verstehen sich aufs Fischen.«

»Uns wird das Wasser ausgehen.«

»Dann steuern Sie Ihr Schiff in einen Sturm«, sagte Katsa.

Die Kapitänin hatte sie ungläubig angeschaut, und Katsa hatte daraus geschlossen, dass das ein absurder Rat gewesen war – so absurd wie ihre Erwartung, dieses Schiff könne in irgendeinem eiskalten Winkel des Meers im Kreis fahren und auf Neuigkeiten warten, die vielleicht nie kamen – und alles für die Sicherheit eines einzigen jungen Lebens. Die Kapitänin hatte halb ungläubig, halb belustigt aufgelacht, und Katsa hatte sich auf einen Streit vorbereitet.

Doch die Frau starrte nachdenklich in ihre Hände, und als sie schließlich sprach, überraschte sie Katsa.

»Sie verlangen sehr viel«, sagte sie, »aber ich werde nicht so tun, als könnte ich die Gründe dafür nicht verstehen. Leck muss ausgeschaltet werden, und nicht nur wegen Prinzessin Bitterblue. Seine Gabe kennt keine Grenzen, und ein König mit seinen Neigungen ist eine Gefahr für alle sieben Königreiche. Wenn meine Mannschaft jeden Kontakt mit Klatsch und Gerüchten vermeidet, dann sind das dreiundvierzig Männer und eine Frau, deren Verstand für diese Aufgabe klar genug ist. Und«, fuhr sie fort, »ich habe versprochen, Ihnen zu helfen, wo ich nur kann.«

Jetzt war es an Katsa, ungläubig zu staunen. »Sie würden das wirklich tun?«

»Prinzessin«, sagte die Kapitänin, »es steht nicht in meiner Macht, Ihnen irgendetwas zu verweigern, worum Sie mich bitten. Aber dies werde ich freiwillig tun, solange ich meine Männer und mein Schiff nicht in Gefahr bringe. Und unter der Bedingung, dass ich für die Handelsgeschäfte, die mir entgehen, entschädigt werde.«

»Das ist selbstverständlich.«

»Unter Geschäftspartnern ist nichts selbstverständlich, Prinzessin.«

Und so trafen sie eine Vereinbarung. Die Kapitänin würde nahe Lienid auf See bleiben, an einer Stelle westlich einer unbewohnten Insel, die ein anderes Schiff finden konnte, so lange, bis sie jemand zurückholte oder Ereignisse auf ihrem Schiff es ihr unmöglich machten, die Isolation fortzusetzen.

»Ich habe keine Ahnung, was ich meiner Mannschaft sagen soll«, hatte die Kapitänin gesagt.

»Wenn die Zeit gekommen ist, es ihnen zu erklären«, hatte Katsa erwidert, »sagen Sie ihnen die Wahrheit.«

Eines Tages, bei einer Mahlzeit in der Kombüse, fragte die Kapitänin sie, wie sie ungesehen nach Suncliff gekommen waren.

»Wir haben die Berge zwischen Monsea und Sunder überquert«, sagte Katsa, »und sind durch die Wälder weitergewandert. Als wir die Außenbezirke von Suncliff erreicht hatten, sind wir nur nachts weitergegangen.«

»Wie haben Sie den Bergpass überquert, Prinzessin? War er nicht bewacht?«

»Wir haben den Bergpass nicht überquert. Wir sind über Grellas Pass gekommen.«

Die Kapitänin sah Katsa über die Tasse hinweg an, die sie an den Mund gehoben hatte. Dann setzte sie die Tasse ab. »Das glaube ich Ihnen nicht.«

»Es ist wahr.«

»Sie haben Grellas Pass überquert und Ihre Finger und Zehen behalten, von Ihrem Leben ganz zu schweigen? Ihnen würde ich das noch zutrauen, Prinzessin, aber nicht dem Kind.«

»Katsa hat mich getragen«, sagte Bitterblue.

»Und wir hatten gutes Wetter«, fügte Katsa hinzu.

Die Kapitänin lachte schallend. »Es hat keinen Sinn, mir Lügen über das Wetter zu erzählen, Prinzessin. An Grellas Pass schneit es seit dem Sommer täglich und es gibt nur wenige Stellen in den sieben Königreichen, an denen es kälter ist.«

»Trotzdem hätte es schlimmer sein können an dem Tag, an dem wir den Pass überquert haben.«

Die Kapitänin lachte immer noch. »Sollte ich je jemanden brauchen, der mich beschützt, Prinzessin, dann kann ich nur hoffen, dass Sie nicht weit sind.«

Ein oder zwei Tage später, nachdem Katsa eines ihrer eiskalten Meerbäder genommen hatte – die Bäder, die Bitterblue als weiteren Beweis dafür nahm, dass sie verrückt war –, saß sie auf Bitterblues Bett und schälte sich aus ihrer nassen Kleidung. Ihre Kajüte war kaum groß genug für die beiden Kojen, in denen sie schliefen, und von einer Laterne an der Decke nur schlecht beleuchtet. Bitterblue brachte Katsa ein Tuch, damit sie sich die nasse Haut und das mit Eis durchsetzte Haar abtrocknen konnte. Sie streckte die Hand aus und berührte Katsas Schulter. Katsa schaute an sich hinunter und sah im schaukelnden Licht weiße Linien auf ihrer Haut, denen auch Bitterblues Aufmerksamkeit galt. Es waren Narben, überall dort, wo die Krallen des Berglöwen ihr das Fleisch aufgerissen hatten. Auf der Brust hatte sie auch diese Linien.

»Es ist gut verheilt«, sagte Bitterblue. »Keine Frage, wer damals den Kampf gewonnen hat.«

»Und dabei war es ein ungleicher Kampf, der Berglöwe war mir überlegen. An einem anderen Tag hätte er mich getötet.«

»Ich wollte, ich hätte deine Geschicklichkeit«, sagte Bitterblue. »Ich würde mich gern gegen alles verteidigen können.«

Es war nicht das erste Mal, dass Bitterblue so etwas sagte. Und wie schon viele Male zuvor erinnerte sich Katsa mit einem Gefühl der Panik daran, dass Bitterblue Unrecht hatte, dass Katsa bei ihrem einzigen Zusammentreffen mit Leck wehrlos gewesen war.

Dennoch, so wehrlos, wie sie war, musste Bitterblue nicht bleiben. Als Patch sie eines Tages wegen des Messers aufzog, das sie in der Scheide in ihrem Gürtel bei sich trug – dasselbe Messer, länger als ihr Unterarm, das sie schon hatte, als Katsa und Bo sie in Lecks Wald auflasen –, fand Katsa, die Zeit sei gekommen, Bitterblue für ihre Gegner zu einer Gefahr zu machen, wenigstens soweit das möglich war. Es war doch absurd, dass in allen sieben Königreichen die schwächsten und verletzlichsten Menschen – Mädchen und Frauen – keinen Unterricht in Kampftechniken hatten, während die starken zu Meistern dieses Fachs ausgebildet wurden!

Und so begann Katsa das Mädchen zu unterrichten. Zuerst sollte sich Bitterblue mit einem Messer in der Hand wohlfühlen, es richtig halten, damit es ihr nicht aus den Fingern rutschte, es wie selbstverständlich bei sich tragen, als wäre es eine natürliche Verlängerung ihres Arms. Diese erste Lektion machte dem Kind mehr Schwierigkeiten, als Katsa erwartet hatte. Das Messer war schwer und scharf. Es machte Bitterblue nervös, auf einem Boden, der sich hob und senkte, eine offene Klinge zu tragen. Sie hielt den Griff viel zu fest, so fest, dass ihr der Arm wehtat und sich Blasen auf ihrer Handfläche bildeten.

»Du hast Angst vor deinem eigenen Messer«, sagte Katsa.

»Ich habe Angst, dass ich darauffalle«, erwiderte Bitterblue, »oder aus Versehen jemanden damit verletze.«

»Das ist ganz natürlich. Aber wenn du es zu fest hältst, verlierst du ebenso leicht die Kontrolle darüber, wie wenn du es zu locker hältst. Lockere den Griff, Kind. Es fällt dir nicht aus den Fingern, wenn du es so hältst, wie ich es dir beigebracht habe.«

Also entspannte Bitterblue ihre Hand, bis der Boden sich wieder neigte oder ein Seemann in die Nähe kam; dann vergaß sie, was Katsa gesagt hatte, und packte die Klinge erneut mit aller Kraft.

Katsa änderte ihre Methode. Sie hörte mit den Übungen ganz auf und ließ Bitterblue stattdessen mehrere Tage lang den ganzen Nachmittag mit dem Messer in der Hand auf dem Schiff umhergehen. So bewaffnet, besuchte das Mädchen die Seeleute, mit denen sie befreundet war, kletterte die Leiter zwischen den Decks hinauf, aß in der Kombüse und verrenkte sich den Hals, um Katsa in der Takelage umherklettern zu sehen.

Zuerst seufzte sie immer wieder und schob das Messer unbeholfen von einer Hand in die andere. Doch dann, nach ein oder zwei Tagen, schien es ihr nicht mehr so viel auszumachen. Noch ein paar Tage, und das Messer schwang locker an ihrer Seite. Sie hatte es nicht vergessen; Katsa konnte sehen, wie sorgfältig Bitterblue auf die Klinge Acht gab, wenn der Boden schwankte oder ein Freund in der Nähe war. Doch es lag gut in ihrer Hand. Es war ihr vertraut. Und jetzt war der Zeitpunkt gekommen, dem Mädchen beizubringen, wie sie die Waffe in ihrer Hand benutzen sollte.

Bei den nächsten Lektionen ging es langsam voran. Bitterblue war ausdauernd und wild entschlossen, doch ihre Muskeln waren untrainiert und die Bewegungen nicht gewohnt, die Katsa von ihr erwartete. Katsa fand es manchmal schwierig, zu entscheiden, was sie ihr beibringen sollte. Natürlich würde es ihr nützen, Schläge im traditionellen Sinn abwehren oder austeilen zu können – aber sehr hilfreich war das nicht. Bitterblue würde in einem Kampf nie lange durchhalten, wenn sie versuchte, sich an die üblichen Regeln zu halten. »Deine Chance besteht darin«, sagte ihr Katsa, »dem anderen so viele Schmerzen wie möglich zuzufügen und auf eine Blöße zu warten.«

»Und deine eigenen Schmerzen zu ignorieren«, sagte Jem, »zumindest so gut du kannst.« Jem half beim Unterricht, genau wie Bär und andere, die gerade Zeit dafür hatten. Manchmal dienten die Lektionen den Männern während der Mahlzeiten in der Kombüse zur Unterhaltung, an schönen Tagen waren sie eine willkommene Ablenkung in einer Ecke des Decks. Nicht alle Seeleute verstanden, warum ein junges Mädchen lernen sollte zu kämpfen. Aber keiner von ihnen lachte über ihre Bemühungen, selbst wenn die Methoden, zu denen Katsa sie ermunterte, so würdelos waren wie Beißen, Kratzen und An-den-Haaren-Reißen.

»Du musst nicht stark sein, wenn du einem Mann deine Daumen in die Augäpfel drückst«, sagte Katsa, »aber du richtest damit viel Schaden an.«

»Das ist widerlich«, sagte Bitterblue.

»Jemand von deiner Größe hat nicht den Luxus, sauber kämpfen zu können, Bitterblue.«

»Ich sage nicht, dass ich es nicht tun würde. Ich sage nur, dass es widerlich ist.«

Katsa versuchte ihr Lächeln zu unterdrücken. »In Ordnung. Es ist wirklich widerlich.«

Sie zeigte Bitterblue alle empfindlichen Stellen, an denen sie einen Mann, den sie töten wollte, leicht verletzen konnte – Kehle, Hals, Magen, Augen, die Stellen, die wenig Kraft erforderten. Sie lehrte Bitterblue, wie sie ein kleines Messer im Stiefel verstecken und schnell herausziehen konnte, wie sie es mit beiden Händen in den Gegner stieß und wie sie eins in jeder Hand hielt; wie sie es vermied, ihr Messer im Tumult eines Angriffs fallen zu lassen, wenn alles so schnell ging, dass ihr Verstand nicht mehr mitkam.

»So macht man das!«, rief Red eines Tages, als Bitterblue erfolgreich den Ellbogen in Bärs Leiste gebohrt hatte, so dass er sich stöhnend krümmte.

»Und was machst du jetzt, wo er abgelenkt ist?«, fragte Katsa.

»Ich stoße ihm mein Messer in den Hals«, sagte Bitterblue.

»Gut gemacht!«

»Sie ist ein mutiges kleines Ding!«, lobte Red.

Sie war wirklich ein mutiges kleines Ding. So klein, dass Katsa so gut wie alle diese Seeleute wusste, wie viel Glück sie brauchte, wenn sie sich gegen einen Angreifer wehren wollte. Doch was sie lernte, gab ihr eine Chance, und das Selbstvertrauen, das sie gewann, würde ebenfalls helfen. Und die Männer, diese Seeleute, die danebenstanden und ihr Ermunterungen zuriefen – sie halfen ebenfalls, mehr, als sie wussten.

»Natürlich wird sie diese Tricks nie brauchen«, fügte Red hinzu. »Eine Prinzessin von Monsea wird immer Leibwächter haben.«

Katsa verbiss sich die ersten Worte, die ihr in den Sinn kamen. »Ich finde, es ist besser für ein Kind, diese Fertigkeiten zu beherrschen und nie zu brauchen, als sie eines Tages zu brauchen und sie nicht zu haben«, sagte sie.

»Das kann ich nicht abstreiten, Prinzessin. Niemand weiß das besser als Sie oder Prinz Bo. Ich kann mir denken, dass Sie beide aus einer Kinderschar eine anständige Armee machen könnten.«

Plötzlich schoss Katsa ein Bild von Bo durch den Kopf, schwindelig und unsicher auf den Beinen. Sie schob die Erinnerung zur Seite, nickte Bär zu und konzentrierte sich auf Bitterblues nächste Übung.

KATSA WAR MIT Red oben in der Takelage, als sie Lienid zum ersten Mal sah. Es war genau, wie Bo es beschrieben hatte, und es war unwirklich wie ein Bild auf einem Wandteppich oder etwas aus einem Lied. Dunkle Klippen ragten aus dem Meer, von schneebedeckten Feldern gekrönt. Aus den Feldern erhob sich eine Felssäule, und oben auf dem Felsen lag eine Stadt. Sie leuchtete so hell, dass Katsa zuerst überzeugt war, sie sei aus Gold.

Als das Schiff näher kam, sah sie, dass sie sich gar nicht so sehr geirrt hatte. Die Häuser der Stadt waren aus braunem Sandstein, gelbem Marmor und weißem Quarz, sie funkelten in dem Licht von Himmel und Wasser. Und die Kuppeln und Türme des höchsten Gebäudes, das vor ihr emporragte, waren tatsächlich golden. Rors Schloss, Bos Elternhaus, war so weitläufig und so strahlend, dass Katsa mit offenem Mund in den Seilen hing. Red lachte sie aus und schrie Patch unten zu, dass es doch etwas gab, was die Prinzessin vom Klettern und Raufen abhielt.

»Land in Sicht«, rief er dann, und überall an Deck jubelten die Männer. Red kletterte hinunter, doch Katsa blieb in der Takelage und schaute zu, wie Ror City vor ihr größer wurde. Sie konnte die Straße erkennen, die vom Fuß der

Säule in Serpentinen zur Stadt führte, und auch die Plattformen, die von den Feldern zur Stadt stiegen. Die Seile, von denen sie gezogen wurden, waren zu dünn, als dass sie mit bloßem Auge zu erkennen waren. Als das Schiff die südöstliche Ecke von Lienid umfahren hatte und sich nach Norden wandte, drehte sie sich um und behielt die Stadt im Blick, bis sie verschwand. Ror City blendete ihre Augen so, dass es fast schmerzte, und es überraschte sie nicht, dass Bo von einem Ort kam, der leuchtete.

Oder aus einem Land von so dramatischer Schönheit. Sie segelten in nördlicher, dann in westlicher Richtung um das Königreich im Meer und Katsa blinzelte kaum. Sie sah Strände aus weißem Sand, manchmal mit Schnee. Berge, die in Sturmwolken verschwanden. Städte aus Stein, die in den Fels gebaut waren und kaum erkennbar über dem Meer hingen. Bäume auf einer Klippe, karg und blattlos, schwarz vor dem Winterhimmel.

»Bobäume«, sagte Patch zu ihr, als sie darauf deutete. »Hat unser Prinz von ihnen erzählt? Die Blätter werden im Herbst silbern und golden. Vor zwei Monaten waren sie wunderschön.«

»Sie sind auch jetzt wunderschön.«

»Ja, schon. Aber im Winter ist Lienid grau. In den anderen Jahreszeiten erlebt es eine Farbexplosion. Sie werden sehen, Prinzessin.«

Katsa schaute überrascht zu ihm hinüber, und dann fragte sie sich, warum sie überrascht sein sollte. Sie würde es tatsächlich sehen, wenn sie lange genug hierblieb, und wahrscheinlich würde sie eine ganze Zeit hier verbringen. Sie hatte noch nicht genau geplant, was sie nach der Ankunft in Bos Schloss tun würde. Sie hatte vor, das Gebäude zu erkunden, Verstecke ausfindig zu machen und es zu befestigen. Sie würde eine Wache aufstellen aus dem Personal, das sie dort vorfand. Sie würde nachdenken, planen und darauf warten, etwas von Bo oder Leck zu hören. Und genauso wie sie das Schloss befestigte, würde sie ihren Verstand wappnen gegen alle Neuigkeiten, die das Gift von Lecks Lügen enthalten konnten.

»Ich weiß, worum Sie uns gebeten haben, Prinzessin«, sagte Patch neben ihr.

Diesmal sah sie ihn mit unverhohlener Überraschung an.

Sein Gesicht war ernst, während er die vorübergleitenden Bäume betrachtete. »Kapitänin Faun hat es mir gesagt. Sie hat es mehreren von uns gesagt – sehr wenigen. Sie will uns auf ihrer Seite haben, wenn die Zeit kommt, es den Übrigen zu erklären.«

»Und bist du auf ihrer Seite?«, fragte Katsa.

»Sie hat mich mit der Zeit dazu gebracht.«

»Da bin ich froh«, sagte Katsa. »Und es tut mir leid.«

»Es ist nicht Ihre Schuld, Prinzessin. Es ist die Schuld dieses Ungeheuers, des Königs von Monsea.«

Es begann leicht zu schneien. Katsa streckte die Hände nach den Flocken aus.

»Was glauben Sie, was ihm fehlt, Prinzessin?«, fragte Patch.

Katsa fing eine Schneeflocke in ihrer Handfläche. »Was ihm fehlt? Was meinst du damit?«

»Nun, warum macht es ihm Vergnügen, Leute zu verletzen?«

Katsa zuckte die Achseln. »Seine Gabe macht es so leicht.«

»Aber jeder hat eine gewisse Macht, Menschen zu verletzen«, sagte Patch. »Deshalb tut er es doch noch lange nicht.«

»Ich weiß es nicht.« Katsa dachte an Randa, Murgon und die anderen Könige und ihre sinnlosen Verbrechen. »Mir scheint, ziemlich viele Menschen macht es glücklich, so grausam zu sein, wie ihre Macht erlaubt, und niemand ist mächtiger als Leck. Ich weiß nicht, warum er das tut. Ich weiß nur, dass wir ihn daran hindern müssen.«

»Glauben Sie, Leck weiß, wo Sie sind, Prinzessin?«

Katsa sah zu, wie die Flocken ins Meer schmolzen. Sie seufzte. »Wir haben nur sehr wenige Menschen getroffen, seit wir Monsea verließen. Und wir haben niemandem unser Ziel verraten, bis wir auf dieses Schiff kamen. Aber er hat uns beide gesehen, Patch – Bo und mich, und natürlich hat er uns erkannt. Es gibt nur wenige Orte, an denen wir das Kind verstecken könnten. Irgendwann wird er sie hier suchen. Ich muss ein Versteck im Schloss oder auf den dazugehörigen Ländereien finden. Oder vielleicht sogar irgendwo in der Wildnis von Lienid.«

»Bis zum Frühling wird das Wetter rau sein, Prinzessin.«

»Ja. Nun, ich weiß nicht, ob ich der Prinzessin alle Unannehmlichkeiten ersparen kann. Aber ich werde dafür sorgen, dass sie in Sicherheit ist.«

Bo hatte gesagt, sein Schloss sei klein, eher ein großes Haus als ein Schloss. Doch nachdem Katsa gesehen hatte, wie viel Platz Rors Schloss am Himmel einnahm, fragte sie sich, ob Bos Größenmaßstab sich von dem anderer unterschied. Randas Schloss war groß, Rors war gigantisch. Was das von Bo anging, konnte sie nur abwarten.

Als sie es endlich sah, freute sie sich. Bos Schloss war

klein, zumindest wirkte es so von ihrem Platz in der Takelage des Schiffs. Es war aus gewöhnlichem weiß getünchtem Stein. Die Balkone und die Fensterrahmen waren in einem Blau gestrichen, das dem des Himmels glich, und nur ein einziger quadratischer Turm, der irgendwo an der Rückseite aufragte, wies darauf hin, dass es kein normales Haus war.

Seine Lage war natürlich alles andere als gewöhnlich, und diese Lage gefiel Katsa sogar noch mehr als seine Schlichtheit. Das Schloss schien auf dem Rand einer Klippe zu balancieren, die direkt aus dem Meer aufragte. Es sah aus, als könnte es jeden Moment hinunterfallen, als könnte der Wind in irgendeinen Riss im Fundament eindringen und das Schloss ächzend und krachend über den Rand heben und ins Meer schleudern. Katsa konnte verstehen, warum die Balkone im Winter gefährlich waren. Manche von ihnen hingen über der Leere.

Unterhalb des Schlosses warf sich das Meer gegen den Fuß der Klippe. Doch unten im Fels war eine Nische, in der sich das Wasser brach und auf Sand schäumte, eine winzige Bucht. Und an der Felsseite stieg von der Bucht eine Treppe hinauf, wand sich hin und her, verschwand gelegentlich, kam wieder zum Vorschein und führte schließlich an der Seite des Schlosses hinauf zu einem der Schwindel erregenden Balkone.

»Wo legen wir an?«, fragte Katsa die Kapitänin, als sie wieder hinunter aufs Deck geklettert war.

»Auf der anderen Seite dieses Felsens, ein ganzes Stück hinter dem Strand, ist eine Bucht. Dort legen wir an. Von der Bucht führt ein Pfad hinauf und weg vom Schloss – Sie werden glauben, Sie seien auf dem falschen Weg, Prinzessin –, aber dann schlägt er einen Bogen und führt einen großen Hügel hinauf zur Vorderseite des Schlosses. Vielleicht liegt Schnee, doch der Pfad wird frei gehalten für den Fall, dass der Prinz zurückkehrt.«

»Das klingt, als würden Sie sich hier gut auskennen.«

»Vor ein paar Jahren bin ich auf einem kleineren Schiff gefahren, einem Versorgungsschiff. Die Schlösser in Lienid liegen alle sehr schön, aber glauben Sie mir, nicht eins von ihnen ist einfach zu beliefern. Es ist ein steiler Weg zum Eingang.«

»Wie viele Bedienstete hat er dort?«

»Ich nehme an, es sind sehr wenige Leute, Prinzessin. Und ich möchte Sie daran erinnern, dass es gegenwärtig Ihr Schloss ist, es sind Ihre Bediensteten, auch wenn sie weiter von seinen sprechen.«

Ja, das wusste sie, und es war einer der Gründe, warum sie sich auf ihre erste Begegnung mit den Bewohnern des Schlosses nicht gerade freute. Der Auftritt von Lady Katsa aus den Middluns, bekannte beschenkte Schlägerin, im Besitz von Bos Ring; die absurde Geschichte, die sie über Leck und Ashen zu erzählen hatte; ihre Absichten, das Schloss in eine Festung zu verwandeln und die Kontakte zur Außenwelt abzubrechen – Katsa hatte das Gefühl, dass es Probleme geben würde.

Der Pfad war genau, wie die Kapitänin ihn beschrieben hatte, der Hügel steil und von Schneewehen bedeckt. Doch das größere Problem war Bitterblues Seemannsgang. Sie bewegte sich jetzt an Land fast so unbeholfen wie zuerst auf dem Schiff und Katsa hielt sie aufrecht, als sie zum Vordereingang von Bos Schloss kletterten. Der Wind kam von hinten, so dass sie fast das Gefühl hatten, sie würden den Hügel hinaufgeblasen.

Das Schloss sah aus diesem Blickwinkel auch nicht viel schlossähnlicher aus. Es wirkte wie ein hohes weißes Haus auf einem Hang, vor dem ein paar hohe Bäume einen Hof beschatteten, der bei gutem Wetter hübsch sein würde. Hinter den Bäumen ragte ein Turm auf; es gab große Fenster, hohe Dächer, wenigstens einen Ausguck mit Geländer, Ställe auf der einen Seite, einen mit Reif überzogenen Garten auf der anderen und, solange man die Brandung nicht hörte, kein Anzeichen dafür, dass es dahinter steil zum Meer abfiel.

Endlich hatten sie den Hügel erklommen. Ein Windstoß schob sie auf den farbenprächtig gefliesten Boden des Hofs. Bitterblue seufzte erleichtert, weil sie wieder auf ebener Erde war. Sie näherten sich dem Haus und Katsa hob vor der großen Holztür die Hand. Bevor sie jedoch klopfen konnte, schwang die Tür auf und ein Schwall von Wärme schlug ihnen ins Gesicht. Ein älterer Mann stand vor ihnen, wie ein Diener in einen langen braunen Mantel gehüllt.

»Seien Sie gegrüßt«, sagte er. »Bitte kommen Sie in den Empfangsraum. Schnell«, fügte er hinzu, als Katsa unbeweglich stehen blieb, überrascht von diesem hastigen Empfang, »wir lassen die ganze Wärme hinaus.«

Der Mann führte sie in eine dunkle Halle. Auf den ersten Blick sah Katsa hohe Decken, eine Treppe, die auf eine Balustrade führte, und mindestens drei lodernde Feuerplätze. Bitterblue richtete sich an Katsas Arm auf.

»Ich bin Lady Katsa von den Middluns«, fing Katsa an, doch der Mann winkte sie weiter zu einer Doppeltür.

»Hier entlang«, sagte er. »Mein Herr erwartet Sie.«

Katsa riss überrascht den Mund auf. Ungläubig starrte sie den Mann an. »Ihr Herr! Soll das heißen, er ist hier? Wie ist das möglich? Wo ist er?«

»Bitte, My Lady«, sagte der Diener. »Kommen Sie weiter. Die ganze Familie ist im Empfangsraum.«

»Die ganze Familie!«

Der Mann winkte sie zu den Türen vor ihnen. Katsa schaute Bitterblue an und wusste, dass sie genauso erstaunt aussehen musste wie das Mädchen. Sicher hätte Bo genug Zeit gehabt, nach Hause zu kommen; Katsa und Bitterblue waren eine Ewigkeit in den Bergen gewesen. Aber wie hatte er das in seinem Zustand geschafft? Und wie hatte er sein Versteck verlassen können, ohne gesehen zu werden? Und wie …

Der Mann drängte sie weiter zu den Türen, und Katsa versuchte eine Frage zu formulieren, irgendeine Frage.

»Wie lange ist der Prinz schon hier?«, fragte sie.

»Die Prinzen sind gerade angekommen«, sagte der Mann, und bevor sie fragen konnte, was er meinte, öffnete er die Türflügel.

»Wie wunderbar!«, sagte drinnen eine Stimme. »Willkommen, meine Freundinnen! Kommen Sie und nehmen Sie Ihre Ehrenplätze in unserem glücklichen Kreis ein!«

Katsa kannte diese Stimme, und sie fing Bitterblue auf und hielt sie fest, als das Mädchen keuchte und ohnmächtig zu werden drohte. Katsa schaute auf und sah Fremde an den Wänden eines langen Raums sitzen und am Ende des Raums König Leck von Monsea, der lächelte und sie durch sein einziges Auge abschätzend betrachtete.

Willkommen. Freundinnen. Ehrenplätze. Glücklicher Kreis.

Katsa spürte sofort, dass sie diesem Mann, der so freundliche Dinge mit einer so angenehmen, warmen Stimme sagte, aus irgendeinem Grund nicht vertraute. Er hatte etwas an sich, das ihre Sinne in höchste Alarmbereitschaft versetzte. Sie mochte ihn nicht.

Dennoch, seine Worte waren warm und freundlich, die Fremden in diesem Raum lächelten ihm zu und auch ihr, und es gab keinen Grund für ihr Unbehagen, keinen Grund, ihn nicht zu mögen. Sie zögerte kurz an der Tür, dann trat sie ein. Sie würde vorsichtig sein.

Das Kind war krank. Wahrscheinlich war das die Schwindel erregende Ruhe unter ihren Füßen, dachte Katsa. Bitterblue weinte, klammerte sich an sie und sagte immer wieder, sie solle mit ihr weggehen. »Er lügt«, sagte sie immer wieder. »Er lügt.« Katsa schaute sie verständnislos an. Offensichtlich mochte Bitterblue den Mann auch nicht. Katsa würde das berücksichtigen.

»Meine Tochter ist krank. Es schmerzt mich, meine Tochter leiden zu sehen«, sagte Leck. Da erinnerte sich Katsa, dass dieser Mann Bitterblues Vater war. »Hilf deiner Nichte«, sagte Leck zu einer Frau an seiner Linken. Sie sprang auf und kam mit ausgestreckten Armen auf sie zu.

»Armes Kind«, sagte die Frau. Sie versuchte das Mädchen von Katsa wegzuziehen, umarmte es und murmelte tröstende Worte, doch Bitterblue fing an zu schreien, schlug nach ihr und klammerte sich an Katsa wie ein verängstigtes, in Panik geratenes Geschöpf. Katsa nahm sie in die Arme und versuchte zerstreut, sie zu beruhigen. Über Bitterblues Kopf hinweg betrachtete sie die Frau, die anscheinend Bitterblues Tante war. Das Gesicht der Frau erinnerte sie an etwas, die Stirn, die Nase waren vertraut. Nicht die Farbe der Augen, doch ihre Form. Katsa schaute auf die Hände der Frau und verstand. Sie war Bos Mutter.

»Die Kleine ist hysterisch«, sagte Bos Mutter zu Katsa.

»Ja.« Katsa drückte das Kind an sich. »Ich werde mich um sie kümmern.«

»Wo ist mein Sohn?« Die Augen der Frau waren groß vor Sorge. »Wissen Sie, wo mein Sohn ist?«

»In der Tat«, sagte Leck mit seiner dröhnenden Stimme. Er neigte den Kopf und beobachtete Katsa mit seinem einzigen Auge. »Einer fehlt in Ihrer Gruppe. Ich hoffe, er lebt?«

»Ja«, sagte Katsa – und dann fragte sie sich unsicher, ob sie nicht behaupten wollte, er sei tot. Hatte sie das nicht schon einmal gesagt? Aber warum hätte sie das tun sollen?

Lecks Blick wurde hart. »Wirklich? Welch wunderbare Neuigkeit. Vielleicht können wir ihm helfen. Wo ist er?«

Bitterblue schrie auf. »Sag es ihm nicht, Katsa. Sag ihm nicht, wo Bo ist, sag es ihm nicht, sag es ihm nicht …«

Katsa versuchte sie zu beruhigen. »Es ist gut, Kind.«

»Bitte sag es ihm nicht!«

»Nein, das werde ich nicht. Das werde ich nicht.« Sie

drückte ihr Gesicht in Bitterblues Mütze und entschied, dass es richtig war, diesem Mann nicht zu sagen, wo Bo war, wenn es das Kind so aufregte.

»Nun gut«, sagte Leck. »So liegen die Dinge also.«

Er schwieg einen Augenblick und schien nachzudenken. Seine Finger hantierten mit dem Griff des Messers, das er im Gürtel trug. Sein Blick wanderte zu Bitterblue, unentwegt schaute er sie an, und Katsa zog das Kind noch enger an sich und schirmte es mit ihren Armen ab.

»Meine Tochter ist nicht bei sich«, sagte Leck. »Sie ist verwirrt, sie ist krank, ihr Verstand ist durcheinandergeraten und sie glaubt, ich wolle ihr etwas antun. Ich habe Prinz Bos Familie bereits von der Krankheit meiner Tochter erzählt.« Er machte eine Handbewegung, die den ganzen Raum umschloss. »Ich habe ihnen berichtet, wie sie nach dem Unfall ihrer Mutter von zu Hause weglief. Wie Sie und Prinz Bo sie gefunden haben, Lady Katsa, und wie Sie meine Tochter für mich beschützt haben.«

Katsa schaute durch den Raum. Viele Gesichter kamen ihr vertraut vor, unter anderem das eines Mannes, der älter war als Leck, ein König. Bos Vater. Seine Züge waren ausgeprägt und stolz, doch sein Blick war verunsichert. Diesen leeren, unsicheren Blick hatten alle im Raum, die jüngeren Männer, die Bos Brüder sein mussten, und die Frauen, wahrscheinlich ihre Ehefrauen. Oder war sie selbst so unsicher, dass sie die Gesichter nicht deutlich sah? »Ja«, sagte sie zu irgendeiner Bemerkung von Leck, etwas über Bitterblues Schutz. »Ja, ich habe sie beschützt.«

»Sagen Sie mir«, dröhnte Lecks Stimme, »wie haben Sie Monsea verlassen? Sind Sie über die Berge gekommen?«

»Ja«, antwortete Katsa.

Leck warf den Kopf zurück und lachte. »Das dachte ich mir, als wir Ihre Spur verloren. Ich hätte beinahe beschlossen, mich zurückzulehnen und abzuwarten. Ich wusste, dass Sie irgendwann wieder auftauchen würden. Doch als ich Nachforschungen anstellte, erfuhr ich, dass Sie an Ihrem eigenen Hof nicht willkommen sind, Lady Katsa. Und es machte mich wahnsinnig, absolut wahnsinnig, herumzusitzen und nichts zu tun, während mein liebes Kind …«, sein Blick ruhte wieder auf Bitterblue und er fuhr sich mit der Hand über den Mund, »während mein Kind von mir getrennt war. Ich beschloss, es darauf ankommen zu lassen. Ich befahl meinen Leuten natürlich, die Suche in allen anderen Königreichen fortzusetzen, aber ich entschied, es in Lienid selbst zu versuchen.«

Katsa schüttelte den Kopf, aber der Nebel in ihrem Hirn wollte nicht weichen. »Sie hätten sich keine Sorgen machen müssen«, sagte sie. »Ich habe sie beschützt.«

»Ja«, sagte Leck. »Und jetzt haben Sie mein Kind zu mir zurückgebracht, direkt an meine Schwelle, in mein Schloss hier an Lienids Westküste.«

»Ihr Schloss«, sagte Katsa benommen. Sie hatte gedacht, das sei Bos Schloss. Oder hatte sie geglaubt, es sei ihr Schloss? Nein, das war absurd, sie war eine Lady aus den Middluns und hatte kein Schloss. Sie musste irgendwie irgendwas missverstanden haben, das irgendwer gesagt hatte.

»Die Zeit ist gekommen, mir mein Kind zurückzugeben«, erklärte Leck.

»Ja.« Aber es beunruhigte Katsa, die Sorge für dieses Mädchen aufzugeben, das nicht mehr kämpfte, sondern sich jetzt hilflos an sie klammerte, Unsinn vor sich hin murmelte und wimmerte. Sie wiederholte Lecks Worte in geflüsterter Verwirrung, als wollte sie erproben, wie sie mit ihrer Stimme klangen.

»Ja«, sagte Katsa wieder. »Das werde ich – aber erst wenn es ihr bessergeht.«

»Nein«, entgegnete Leck. »Bringen Sie mir sofort mein Kind. Ich weiß, wie ich sie gesund machen kann.«

Katsa mochte diesen Mann wirklich nicht. Wie er sie herumkommandierte – und wie er Bitterblue anschaute mit etwas im Blick, das Katsa schon gesehen hatte, ohne sich zu erinnern, wann und wo. Katsa war für Bitterblue verantwortlich. Sie hob das Kinn. »Nein. Sie bleibt bei mir, bis es ihr bessergeht.«

Leck lachte. Er schaute durch den Raum. »Prinzessin Katsa ist immer und überall dagegen«, sagte er. »Aber ich glaube, niemand von uns sollte es ihr übelnehmen, dass sie so fürsorglich ist. Nun, so sei es denn. Ich werde die Gesellschaft meiner Tochter« – sein Blick huschte wieder zu dem Mädchen – »später genießen.«

»Und berichten Sie mir jetzt von meinem Sohn?«, fragte die Frau neben Katsa. »Warum ist er nicht hier? Er ist doch nicht verletzt, oder?«

»Ja«, sagte Leck, »trösten Sie die verängstigte Mutter, Lady Katsa. Erzählen Sie uns von Prinz Bo. Ist er in der Nähe?«

Katsa wandte sich der Frau zu, es verwirrte sie, zu viele Rätsel auf einmal lösen zu wollen. Bestimmt gab es Dinge, die sie ohne weiteres über Bo erzählen konnte, aber sollten nicht manche Dinge geheim bleiben? Die Kategorien verschwammen. Vielleicht war es am besten, gar nichts zu sagen. »Ich möchte nicht über Bo sprechen«, sagte sie.

»Nein?«, sagte Leck. »Das trifft sich aber schlecht. Denn

ich möchte über Bo sprechen.« Er trommelte einen Moment nachdenklich auf seine Armlehne.

»Er ist ein starker junger Mann, unser Bo«, fuhr er fort. »Stark und tapfer. Der Stolz seiner Familie. Aber er hat seine Geheimnisse, nicht wahr?«

Katsa spürte plötzlich, wie die Nerven in ihren Fingerspitzen prickelten.

Leck beobachtete sie. »Ja, mit Bo gibt es ein Problem, nicht wahr?« Er zog die Augenbrauen zusammen und schürzte die Lippen, dann schien er zu einem Entschluss zu kommen. Er ließ seinen Blick über die verschiedenen Angehörigen aus Bos Familie wandern und strahlte. Dann sagte er liebenswürdig:

»Ich hatte gedacht, ich behalte das für mich. Aber jetzt kommt mir der Gedanke, dass Bo tatsächlich sehr stark ist, und es kann sein, dass er eines Tages auf unserer Schwelle steht. Und vielleicht wäre es zur Vorbereitung auf dieses Ereignis am besten, ich würde euch allen etwas erzählen, das ...« – er lächelte kurz – »einen gewissen Einfluss darauf haben könnte, wie ihr ihn empfangt. Denn, wissen Sie, meine verehrte Lady Katsa«, er schaute ihr in die Augen, »ich habe viel über unseren lieben Bo nachgedacht, und ich habe eine Theorie entwickelt, die ihr alle faszinierend, vielleicht auch ein wenig verstörend finden könntet.« Er lächelte in die verwirrten Gesichter um sich herum. »Es ist immer ein wenig verstörend, zu erfahren, dass man hintergangen wurde, und das von einem Familienangehörigen. Und an Ihnen könnte ich meine Theorie erproben, Lady Katsa, denn ich glaube, Sie könnten Prinz Bos Geheimnis kennen.«

Bos Vater und seine Brüder rutschten auf ihren Stühlen

herum und runzelten die Stirn. Katsas Hirn war wie betäubt vor Panik und Verwirrung.

»Es ist eine Theorie über Prinz Bos Gabe«, sagte Leck.

Katsa hörte neben sich ein schwaches Keuchen der Frau, die Bos Mutter war. Die Frau machte einen Schritt auf Leck zu, legte eine Hand an die Kehle und sagte: »Warte. Ich weiß nicht …« Sie hielt inne und wandte sich verstört, verängstigt an Katsa. Und Katsa glühte vor Verwirrung und verzweifelter Panik. Sie spürte … sie verstand … ganz schwach erinnerte sie sich beinah noch …

»Ich glaube, euer Bo hat ein Geheimnis vor euch«, fuhr Leck fort. »Sagen Sie mir, Lady Katsa, ob ich Recht habe, dass Prinz Bo eigentlich …«

Da, endlich, traf Katsa ein Blitz der Gewissheit. In diesem Augenblick handelte sie. Sie ließ Bitterblue los, riss den Dolch aus ihrem Gürtel und warf. Nicht weil sie sich erinnerte, dass Leck sterben musste. Nicht weil sie sich an Bos wahre Gabe erinnerte. Sondern weil sie sich erinnerte, dass Bo tatsächlich ein Geheimnis hatte, ein schreckliches Geheimnis, dessen Enthüllung ihm auf grässliche Weise schaden würde, die sie tief innen spürte, aber nicht mehr genau wusste – und hier saß dieser Mann mit dem Geheimnis auf der Zunge. Sie musste ihn irgendwie aufhalten, ihn zum Schweigen bringen, bevor die vernichtenden Worte ausgesprochen waren.

Leck hätte bei seinen Lügen bleiben sollen. Denn was ihn schließlich tötete, war die Wahrheit, die er beinah enthüllte.

Der Dolch war gut gezielt. Er flog in Lecks offenen Mund und nagelte ihn an seinen Stuhlrücken. Da saß er mit schlaffen Armen und Beinen, das einzige Auge groß und leblos. Blut strömte um den Griff der Klinge und über seine Gewänder. Und jetzt schrien Frauen, Männer brüllten empört und rannten mit gezogenen Schwertern auf Katsa zu, die sofort wusste, dass sie bei diesem Kampf vorsichtig sein musste. Sie durfte Bos Brüder und seinen Vater nicht verletzen. Doch plötzlich hielten sie inne, weil Bitterblue sich mit einem langen Blick auf Leck mühsam aufrichtete.

Sie stellte sich vor Katsa, zog ihr eigenes Messer aus der Scheide und richtete es zitternd auf die Männer. »Ihr werdet sie nicht anrühren!«, sagte sie. »Katsa hat das Richtige getan.«

»Kind«, befahl König Ror, »geh zur Seite, wir wollen nicht, dass du Schaden nimmst. Dir geht es nicht gut. Prinzessin Bitterblue, du schützt die Mörderin deines eigenen Vaters.«

»Mir geht es hervorragend, jetzt, wo er tot ist.« Bitterblues Stimme wurde kräftiger und ihre Hand ruhiger. »Und ich bin keine Prinzessin. Ich bin die Königin von Monsea. Katsas Bestrafung ist meine Sache, und ich sage, sie hat recht getan und ihr werdet sie nicht anrühren.«

Sie wirkte tatsächlich gesund – sicher im Umgang mit dem Messer in ihrer Hand, beherrscht und sehr entschlossen. Bos Brüder und sein Vater standen im Halbkreis um sie herum, mit erhobenen Schwertern, Ringen an den Fingern und Reifen in den Ohren. Wie sieben Variationen von Bo, dachte Katsa – aber ohne diesen Glanz in den Augen. Sie rieb sich die eigenen Augen. Sie war müde, sie konnte kaum denken. Mehrere Frauen im Hintergrund weinten.

»Sie hat deinen Vater ermordet«, sagte König Ror noch einmal, doch unsicher. Er hob die Hand an die Stirn und schaute Bitterblue verwirrt an.

»Mein Vater war böse«, sagte Bitterblue. »Mein Vater hatte

die Gabe, Menschen mit seinen Worten zu täuschen. Er hat euch belogen – über den Tod meiner Mutter, meine Krankheit, seine Absichten in Bezug auf mich. Katsa hat mich vor ihm beschützt. Heute hat sie mich endgültig gerettet.«

Alle Hände hoben sich zu den Köpfen. Alle Augenbrauen waren zusammengezogen, alle Gesichter glichen Masken der Verwirrung.

»Hat er gesagt – hat Leck gesagt, dass dieses Schloss ihm gehört? Hat er …« Rors Stimme wurde immer leiser, verstummte. Er starrte auf die Ringe an seinen Händen.

Bos Mutter holte zitternd Luft und wandte sich an ihren Mann. »Was Lady Katsa getan hat, erscheint mir doch nicht ganz unbegründet«, sagte sie. »Er war offensichtlich kurz davor, irgendeine absurde Beschuldigung gegen unseren Bo vorzubringen. Ich jedenfalls bin bereit, zu erwägen, ob er uns nicht die ganze Zeit angelogen hat.« Sie presste die Hand auf ihre Brust. »Wir sollten uns setzen und versuchen, diese Sache zu klären.«

Ihr Mann und ihre Söhne kratzten sich die Köpfe und nickten benommen. »Ja, setzen wir uns.« Ror machte eine Handbewegung zu den Stühlen hin. Er warf einen Blick auf Lecks Leiche und zuckte zusammen, als hätte er vergessen, dass sie da saß, schlaff und blutüberströmt. »Bringt die Stühle hierher, in die Mitte des Raums, weg von diesem – Anblick. Söhne, helft den Damen; ich sehe, dass sie weinen. Prinzessin – Königin – Bitterblue, kannst du wiederholen, was du gerade gesagt hast? Ich gebe zu, dass in meinem Kopf ein großes Durcheinander herrscht. Söhne, steckt eure Schwerter weg – es hat keinen Sinn, leichtsinnig zu sein.«

»Ich werde Katsa entwaffnen«, sagte Bitterblue, »wenn ihr euch dann sicherer fühlt. Bitte, Katsa«, es klang entschuldigend, und Bitterblue streckte die Hand aus.

Katsa griff in ihren Stiefel und reichte dem Kind benommen ihr Messer. Sie setzte sich auf den Stuhl, der ihr gebracht wurde, und nahm wie durch einen Nebel wahr, wie die hektischen Menschen einen Kreis bildeten, ihre Schwerter klirrten, die Frauen sich die Augen wischten, schluchzten und sich an die Arme ihrer Ehemänner klammerten. Katsa ließ den Kopf in die Hände sinken. Denn plötzlich wurden ihre Gedanken wieder klar und sie verstand, was sie getan hatte.

Es war wie ein Bann, der sich langsam hob; eine Blase nach der anderen zersprang und hinterließ ihre Hirne leer, wirklich leer. Sie redeten langsam und einfältig, bemühten sich, ein Gespräch zu wiederholen, an das sie sich nicht erinnern konnten, obwohl sie alle dabei waren.

Ror war unfähig, klare Antworten zu geben auf Bitterblues Fragen – wann Leck nach Lienid gekommen sei; was er gesagt oder getan habe, um sie zu überzeugen, dass Bos Schloss sein eigenes sei; und wie er Ror überredet habe, seine Stadt und seinen Hof zu verlassen und mit Frau und Söhnen in diese abgelegene Ecke seines Reiches zu kommen, Leck zu unterhalten und sich ihm unterzuordnen, während Leck auf eine Tochter wartete, die möglicherweise nie ankam. Langsam und ungläubig brachte Ror hervor, was Leck in dieser Wartezeit gesagt hatte: »Ich glaube – ich glaube, er sagte, dass er sich gern in meiner Stadt niederlassen würde. Neben meinem Thron!«

»Ich glaube, er sagte etwas über meine Dienstmädchen,

etwas, das ich nicht wiederholen will«, sagte die Königin.

»Er sprach davon, unsere Handelsabkommen zu ändern. Da bin ich mir sicher!«, rief Ror. »Zugunsten von Monsea!«

Ror stand auf und ging hin und her. Katsa erhob sich steif aus Respekt vor dem König, doch die Königin zog sie zurück auf ihren Platz. »Wenn wir jedes Mal aufstehen wollten, wenn er herummarschiert, würden wir immer stehen«, sagte sie. Ihre Hand lag ein bisschen länger als nötig auf Katsas Arm und ihr Blick auf Katsas Gesicht. Ihre Stimme war sanft. Je weiter die Versammelten damit kamen, Lecks Manipulationen zu entwirren, desto freundlicher schien die Königin von Lienid die beschenkte Lady an ihrer Seite anzusehen.

Rors Wut wuchs ebenso schnell wie die Wut seiner Söhne. Alle schüttelten sie ihre Benommenheit ab, einer nach dem andern stand auf, schrie seinen Zorn heraus und stritt mit den anderen darüber, was gesagt worden war. »Geht es Bo wirklich gut?«, fragte einer von ihnen Katsa, einer der Jüngeren, er blieb vor ihrem Stuhl stehen und sah ihr ins Gesicht. Eine Träne rollte ihre Wange hinunter und sie überließ es Bitterblue, ihre Geschichte zu erzählen. Die Wahrheit über Leck traf die Versammlung wie ein Pfeil: dass Leck sein Kind auf unheimliche, schreckliche Art verletzen wollte, dass er Großvater Tealiff entführt und Ashen ermordet hatte, dass es seinen Männern fast gelungen war, Bo zu ermorden. Und jetzt wurde Rors Schmerz so groß wie seine Wut, er kniete sich auf den Boden und weinte um seinen Vater, seinen Sohn und besonders um seine Schwester. Die Schreie seiner Söhne wurden noch lauter und ungläubiger. Katsa dachte benommen, sie würde sich nie wieder wundern, dass Bo so redselig war. In Lienid waren das alle, und alle redeten auf einmal. Sie wischte sich die Tränen vom Gesicht und kämpfte gegen ihre eigene Verwirrung.

Als sich der junge Bruder wieder vor Katsa hockte und ihr sein Taschentuch anbot, nahm sie es und starrte ihm verständnislos ins Gesicht. »Glauben Sie, dass es Bo gutgeht?«, fragte er. »Gehen Sie jetzt zurück und holen ihn? Ich würde gern mit Ihnen kommen.«

Sie wischte sich mit seinem Taschentuch übers Gesicht. »Welcher Bruder sind Sie?«

Der Bruder lächelte. »Ich bin Skye. Ich habe noch nie jemanden gesehen, der so schnell einen Dolch geworfen hat. Sie sind genau so, wie ich Sie mir vorgestellt habe.«

Er stand auf und ging zu seinem Vater. Katsa hielt sich den Magen und versuchte den bitteren Geschmack zurückzudrängen, der in ihr hochstieg. Der Nebel von Lecks Gabe verließ sie langsamer als die anderen, und ihr war übel von dem, was sie getan hatte. Ja, Leck war tot und das war gut. Aber sie bereute, dass sie einen Dolch benutzt hatte – *einen Dolch* –, um jemanden zum Schweigen zu bringen. Das war gewalttätiger als alle Aufträge, die sie je für Randa ausgeführt hatte. Und sie hatte noch nicht einmal gewusst, was sie tat.

Sie musste zu Bo. Sie musste es den anderen hier überlassen, die Wahrheit zusammenzusetzen. Die Einzelheiten, die sie auseinandernahmen, diskutierten und über die sie immer weiter stritten, während der Tag in die Nacht überging, waren nicht wichtig. Bitterblue war gerettet, das war wichtig; Bo musste sich allein und krank durch einen Winter in Monsea kämpfen, das war wichtig.

»Wirst du ihnen von dem Ring erzählen?«, fragte Bitterblue sie später, als Katsa in ihrem Schlafzimmer saß und sich mit müdem Gehirn zwang, ihre Versorgungssituation zu prüfen.

»Nein«, sagte sie, »das ist nicht nötig. Es wird sie nur beunruhigen. Wenn ich wieder bei Bo bin, werde ich ihm als Erstes den Ring zurückgeben.«

»Brechen wir sehr früh auf?«

Katsa schaute das Kind an, das vor ihr stand mit ernstem Gesicht und der Hand am Messer in seinem Gürtel. Die Königin von Monsea, in Hosen und mit kurzem Haar, die für den Rest der Welt aussah wie ein Miniaturpirat.

»Du musst nicht mitkommen«, sagte Katsa. »Es wird eine anstrengende Reise. Sobald wir Monport erreichen, werden wir sehr schnell weiterziehen, und ich kann nicht aus Rücksicht auf dich langsamer reiten.«

»Natürlich komme ich mit!«

»Du bist jetzt die Königin von Monsea. Du kannst ein großes Schiff anfordern und in allem Luxus reisen. Du kannst warten, bis der Winter vorbei ist.«

»Und hier in Lienid vor Angst umkommen, bis du mich wissenlässt, dass es Bo gutgeht? Natürlich reise ich mit dir.«

Katsa schaute in ihren Schoß und schluckte den Kloß in ihrem Hals hinunter. Sie wollte nicht zugeben, wie sehr es sie tröstete, Bitterblue auf dieser Reise dabeizuhaben. »Wir fahren bei Tagesanbruch los«, sagte sie, »auf einem Schiff, das Ror aus einem nahen Dorf organisiert hat. Auf See treffen wir Kapitänin Faun und ergänzen die Vorräte auf ihrem Schiff, mit dem sie uns dann nach Monport bringt.«

Bitterblue nickte. »Dann nehme ich jetzt ein Bad und

gehe schlafen. Wo kann ich jemanden finden, der mir heißes Wasser bringt?«

Katsa lächelte. »Du brauchst nur zu läuten, Majestät! Ich glaube, Bos Dienstboten sind momentan ein wenig überfordert, aber zur Königin von Monsea kommt sicher jemand.«

Es war Bos Mutter, die kam. Sie holte eine Dienerin, die Bitterblue in einen anderen Raum brachte, etwas über die Wassertemperatur murmelte und mit den Armen voller Handtücher so gut wie möglich zu knicksen versuchte.

Bos Mutter blieb und setzte sich neben Katsa aufs Bett. Sie faltete die Hände im Schoß, wobei die Ringe an ihren Fingern im Licht des Kaminfeuers schimmerten und Katsas Blicke auf sich zogen.

»Bo hat mir erzählt, dass Sie neunzehn Ringe tragen«, hörte Katsa sich sagen. Sie holte tief Luft, griff sich an die Stirn und versuchte zum hundertsten Mal, das Bild aus ihrem Kopf zu drängen, wie Leck durch ihren Dolch an seinen Stuhl genagelt war.

Die Königin spreizte die Finger und betrachtete ihre Ringe. Dann faltete sie wieder die Hände und schaute Katsa aus den Augenwinkeln an. »Die anderen glauben, Sie hätten sich plötzlich an die Wahrheit über Leck erinnert. Sie meinen, Sie hätten sich plötzlich erinnert und ihn sofort zum Verstummen gebracht, bevor seine Lügen Sie wieder alles vergessen ließen. Und vielleicht stimmt das auch. Aber ich glaube zu verstehen, warum Sie in diesem Moment die Kraft fanden zu handeln.«

Katsa schaute der Frau ins Gesicht, in ihre gefassten, klugen Augen, und sie beantwortete die Frage, die sie in diesen Augen las. »Bo hat mir die Wahrheit über seine Gabe gesagt.«

»Er muss Sie sehr lieben«, sagte die Königin so einfach, dass Katsa zusammenzuckte. Katsa senkte den Kopf.

»Ich war sehr wütend, als er es mir erzählte«, sagte sie dann. »Aber ich habe – mich von meinem Zorn erholt.«

Es war eine völlig unzulängliche Beschreibung ihrer Gefühle, das wusste Katsa. Doch die Königin beobachtete sie, und Katsa glaubte, dass sie einiges verstand, was Katsa nicht aussprach.

»Werden Sie ihn heiraten?«, fragte die Königin so direkt, dass Katsa wieder zusammenfuhr. Doch das konnte sie ebenso direkt beantworten. Sie schaute der Königin in die Augen.

»Ich werde nie heiraten«, sagte sie.

Die Königin runzelte ratlos die Stirn, sagte aber nichts. Sie zögerte und erklärte dann: »Sie haben meinem Sohn in Monsea das Leben gerettet, und Sie haben es heute noch einmal getan. Ich werde Ihnen das nie vergessen.«

Sie stand auf, beugte sich zu Katsa herab und küsste sie auf die Stirn, und Katsa zuckte zum dritten Mal seit der Ankunft dieser Frau zusammen. Dann drehte die Königin sich um und verließ den Raum. Ihre Röcke rauschten durch die Tür, die sich hinter ihr schloss, und als Katsa auf den leeren Fleck starrte, an dem Bos Mutter gestanden hatte, stieg wieder Lecks Bild in ihren Gedanken auf.

KATSA BLIEB IN der hintersten Ecke des Decks, als Bär, Red und mehrere andere Männer mit Seilen Lecks Sarg an Bord holten. Sie wollte nichts damit zu tun haben, wünschte sich sogar, die Seile würden reißen, Lecks Leiche würde ins Meer fallen und von Meeresgeschöpfen zerrissen werden. Katsa kletterte den Mast hinauf und saß allein in der Takelage.

Die Fahrt nach Monsea war zu einer großen königlichen Expedition geworden. Denn nicht nur Königin Bitterblue war an Bord, auch Prinz Skye und König Ror begleiteten sie. Ror hatte darauf hingewiesen, dass seine Nichte noch ein Kind war. Und auch wenn sie älter wäre, bliebe es dabei, dass sie in einer sehr schwierigen Situation steckte: Sie kehrte in ein Königreich zurück, das unter einem Bann lag und dessen Bewohner glaubten, ihr König sei rechtschaffen und seine Tochter krank, vielleicht sogar verrückt. Sie konnten die kleine Königin nicht allein nach Monsea schicken, wo sie erklären würde, sie regiere jetzt, und den toten König denunzieren würde, den sein ganzes Königreich verehrte. Bitterblue würde Autorität und Ratschläge brauchen. Mit beidem konnte Ror aushelfen.

Seinen Sohn Skye würde Ror nach Bo ausschicken.

Den Sohn Silvern hatte er mit einem anderen Schiff in die Middluns gesandt, damit er Großvater Tealiff abholte und nach Hause brachte. Die übrigen Söhne waren auf Rors Anweisung zu ihren Familien und ihren Pflichten heimgekehrt, obwohl jeder von ihnen seinen angemessenen Platz in Ror City bei den Regierungsgeschäften sah. Ror hatte diese Geschäfte seiner Königin überlassen wie immer, wenn er sich von seinem Thron entfernen musste. Die Königin war dieser Aufgabe bestens gewachsen.

Katsa beobachtete Ror tagtäglich von ihrem Platz in der Takelage aus. Sie wurde vertraut mit dem Klang seines Lachens und seinem freundlichen Umgangston, der den Seeleuten ihre Befangenheit nahm. Ror war in keiner Weise bescheiden oder zurückhaltend. Er sah gut aus wie Bo, war selbstbewusst wie Bo und viel autoritärer in seinem Auftreten, als Bo je sein könnte. Aber – das begriff Katsa allmählich – er war nicht von seiner Macht berauscht. Wahrscheinlich würde ihm im Traum nicht einfallen, einem Matrosen beim Einholen eines Seils zu helfen, aber er stand interessiert dabei und stellte dem Seemann Fragen über das Seil, seine Arbeit, sein Zuhause, seine Eltern und seinen Cousin, der einmal ein Jahr lang in den Seen von Nander gefischt hatte. Katsa fiel auf, dass ihr so etwas noch nie begegnet war: ein König, der seine Leute ansah, statt auf sie herabzuschauen, ein König, der sich für andere interessierte.

Mit Skye freundete sich Katsa sofort an. Gelegentlich kletterte er mit ihr keuchend in die Takelage, und seine grauen Augen leuchteten jedes Mal lachend auf, wenn das Schiff in ein Wellental tauchte. Er setzte sich neben sie, in dieser Höhe zwar nie ganz so entspannt wie Katsa, doch ruhig, zufrieden und gut gelaunt.

»Als ich eure Familie kennengelernt habe, kam es mir so vor, als sei Bo der Einzige von euch, der zur Stille fähig ist«, sagte Katsa einmal zu ihm, als sie eine Weile schweigend dagesessen hatten.

Er lächelte. »Wenn du streiten wolltest, würde ich mich kopfüber in einen Wortwechsel stürzen. Und ich habe tausend Fragen, die ich dir gern stellen würde. Aber ich glaube, wenn du reden wolltest – nun, dann würdest du reden, oder? Statt hier heraufzuklettern und bei jeder Welle fast in den Tod geschleudert zu werden.«

Seine Gesellschaft und Rors freundliche Stimme unter ihnen, die kleinen Aufmerksamkeiten der Seeleute gegenüber Bitterblue, wenn sie aufs kalte Deck kam, um sich zu bewegen, Kapitänin Faun, die so fähig und verlässlich war und Katsas Blick immer respektvoll begegnete – das alles beruhigte Katsa, und die Wunde, die in ihr klaffte, seit sie ihren Dolch auf Leck geworfen hatte, verheilte allmählich.

Sie ertappte sich dabei, wie sie über ihren Onkel nachdachte. Wie klein ihr Randa jetzt vorkam, wie unbegründet seine Macht! Wie albern, dass eine solche Person sie je beherrschen konnte!

Beherrschung. Das war Katsas Wunde. Leck hatte ihr die Beherrschung genommen. Es hatte nichts mit Selbstverurteilung zu tun, sie konnte sich nicht schuldig fühlen für das, was geschehen war. Wie hätte sie es verhindern können? Leck war zu stark gewesen. Sie konnte einen starken Gegner respektieren, wie sie die Wildkatze und den Berg respektiert hatte. Aber trotzdem, keine noch so große Bescheidenheit, kein Respekt milderten den Schrecken, die Beherrschung verloren zu haben.

»Verzeih mir, Katsa«, sagte Skye einmal, als sie gemeinsam

hoch über dem Meer in den Seilen hingen, »aber ich habe eine Frage, die ich dir stellen muss.«

Sie hatte schon zuvor die Verwirrung in seinen Augen gesehen. Sie wusste, was er fragen würde.

»Du bist nicht die Frau meines Bruders, oder?«

Sie lächelte grimmig. »Nein.«

»Warum nennen dich die Lienid auf diesem Schiff dann Prinzessin?«

Sie holte tief Atem, um das Reiben dieser Frage an ihrer Wunde zu mildern. Dann griff sie in ihre Jacke und zog den Ring hervor, damit er ihn sehen konnte.

»Als er mir diesen Ring gab, hat er mir nicht gesagt, was er bedeutet. Und auch nicht, warum er ihn mir gibt.«

Skye starrte auf den Ring. Auf seinem Gesicht las Katsa Erstaunen, dann Bestürzung, schließlich eine trotzige, dickköpfige Art von Verweigerung. »Er wird einen guten Grund dafür haben«, sagte er.

»Ja«, entgegnete Katsa. »Ich habe vor, ihn aus ihm herauszuprügeln.«

Skye lachte kurz, dann versank er in Schweigen. Eine Sorgenfalte grub sich in seine Stirn. Und Katsa wusste, dass die Narbe, die sich über der Wunde in ihr bildete, genauso viel mit ihrer Machtlosigkeit in der Zukunft wie in der Vergangenheit zu tun hatte.

Sie konnte Bo nicht gesund machen, genauso wenig wie sie sich in Lecks Gegenwart zwingen konnte, klar zu denken. Manche Dinge lagen nicht in ihrer Macht, und sie musste sich auf das vorbereiten, was sie in Bos Hütte am Fuß der Berge von Monsea finden würde – was immer es war.

Als das Schiff in Monport angelegt hatte und alle von Bord gegangen waren, fand Katsa es unerträglich, länger zu warten. Doch der Hauptmann der Wache und Lecks adlige Gefolgsleute in Monport mussten zusammengerufen und dazu gebracht werden, die unglaublichen Wahrheiten zu begreifen, die Ror ihnen darlegte. Die noch immer laufende Suche nach Bitterblue musste abgebrochen werden und die Anweisungen, Katsa lebend und Bo tot zu ergreifen, waren aufzuheben – und hier wurde Rors Ton eisig.

»Ist er gefunden worden?«, unterbrach ihn Katsa.

»Ist – ist wer?«, fragte der Hauptmann der Wache von Monport dümmlich, dabei legte er in einer Verwirrung die Hand an den Kopf, die den Gästen aus Lienid inzwischen vertraut war.

»Haben Ihre Leute den Prinzen von Lienid gefunden?«, fragte Ror mit schneidender Stimme und dann, als die Blicke des Hauptmanns und der Adligen verwirrt zu Skye wanderten, etwas freundlicher: »Den jüngsten Prinzen. Er ist ein Beschenkter mit einem silbernen und einem goldenen Auge. Hat ihn jemand gesehen?«

»Ich glaube nicht, dass er gesehen wurde, Majestät. Ja, ich bin ziemlich sicher. Wir haben ihn nicht gefunden. Verzeihen Sie mir, Majestät. Die Geschichte, die Sie erzählt haben – mein Gedächtnis …«

»Ja«, sagte Ror. »Ich verstehe, was Sie meinen. Wir müssen Schritt für Schritt vorgehen.«

Katsa hätte die Stadt niederreißen können, Stein um Stein, so wild machte es sie, Schritt für Schritt vorzugehen. Sie fing an, hinter dem König von Lienid hin und herzulaufen. Sie hockte sich auf den Boden und raufte sich das Haar. Das Gespräch plätscherte weiter. Es würde Stunden dauern, bis sich diese Männer aus Lecks Bann gelöst hatten, und Katsa konnte es nicht ertragen.

»Vielleicht könnten wir uns ein paar Pferde besorgen, Vater«, murmelte Skye, »und uns auf den Weg machen.«

Katsa sprang auf. »Ja«, sagte sie. »Ja, im Namen der Middluns, bitte!«

Ror schaute von Skye zu Katsa, dann zu Bitterblue. »Königin Bitterblue«, sagte er, »wenn Sie mir vertrauen und glauben, dass ich mit dieser Situation auch ohne Sie fertigwerde, sehe ich keinen Grund, Sie zurückzuhalten.«

»Natürlich vertraue ich Ihnen«, sagte das Kind, »und meine Leute werden sich in allem Ihrem Urteil fügen, während ich abwesend bin.«

Der Hauptmann und die Adligen starrten mit aufgerissenen Mündern ihre neue Königin an, die halb so groß war wie Ror, gekleidet wie ein Junge und überaus würdevoll. Sie runzelten die Stirn und kratzten sich am Kopf, und Katsa war kurz davor, zu schreien. Ror wandte sich an sie.

»Je eher Sie Bo erreichen, desto besser«, sagte er. »Ich werde Sie nicht zurückhalten.«

»Wir brauchen zwei Pferde«, erwiderte Katsa, »die schnellsten in der Stadt.«

»Und Sie brauchen Wachleute aus Monsea«, sagte Ror, »weil niemand, dem Sie begegnen, weiß, was geschehen ist. Jeder Soldat in Monsea, der Sie sieht, wird versuchen, Sie zu fangen.«

Katsa machte eine ungeduldige Handbewegung. »Gut, Wachleute. Aber wenn sie nicht so schnell sind wie ich, lasse ich sie zurück.« Sie drehte sich zu Skye um. »Ich hoffe, du reitest so gut wie dein Bruder.«

»Und sonst lassen Sie auch ihn zurück?«, fragte Ror.

»Und die Königin von Monsea – wenn sie zu schwer für Ihr Pferd wird, lassen Sie Bitterblue dann ebenso zurück? Und vermutlich auch das Pferd selbst, wenn es vor Erschöpfung und schlechter Behandlung zusammenbricht?« Er richtete sich zu seiner vollen Größe auf, und seine Stimme klang scharf. »Seien Sie vernünftig, Katsa! Sie werden Wachleute mitnehmen, die vor und hinter Ihnen reiten. Auf der ganzen Reise, ist das klar? Sie reisen mit der Königin von Monsea und mit meinem Sohn.«

Katsa schrie fast. »Glauben Sie, dass ich eine Wache brauche, um sie gegen die Soldaten von Monsea zu verteidigen?«

»Nein! Ich bezweifle nicht, dass Sie vollauf imstande sind, die Königin von Monsea, meinen Sohn, all meine übrigen Söhne und hundert Kätzchen aus Nander vor einem Angriff ruchloser Räuber zu schützen, wenn Sie wollen. Aber«, und er reckte sich noch höher, »Sie werden jetzt vernünftig. Es nützt uns zu diesem Zeitpunkt gar nichts, wenn Sie mit der Königin des Reiches auf Ihrem Pferd durch Monsea preschen und auf dem Weg alle Soldaten Ihrer Majestät umbringen. Was wollen Sie damit erreichen? Sie werden mit einer Wache reisen, und diese Wache wird alles erklären und dafür sorgen, dass Sie nicht angegriffen werden. Habe ich mich klar ausgedrückt?«

Er wartete nicht auf Antwort, sondern wandte sich abrupt an den Hauptmann, der immer wieder zusammengezuckt war, als bekäme er Kopfweh von diesem Wortwechsel. »Hauptmann, die vier schnellsten Reiter in Ihrer Wache und Ihre sechs schnellsten Pferde, aber sofort!« Dann fuhr er zu Katsa herum und funkelte sie an. »Sind Sie wieder zur Vernunft gekommen?«, brüllte er.

Sie hatte ihre Fassung verloren, nicht ihre Vernunft – oder wenn doch, dann kehrte sie zurück bei dem Versprechen von vier schnellen Reitern, sechs schnellen Pferden und einem stürmischen Ritt zu Bo.

Sie ritten schnell und begegneten nur wenigen Leuten. Die Port Road war breit, ihre Oberfläche eine Mischung aus Erde und Schnee, die unter den Hufen unzähliger Pferde festgestampft worden war. Schneedämme ragten an beiden Straßenseiten auf, dahinter lagen verschneite Felder; weit entfernt im Westen war die dunkle Linie des Waldes zu sehen, dahinter die Berge. Die Luft war eisig, doch das Kind vor Katsa auf dem Pferd hatte es warm und es ging ihm gut, auch wenn es heftig durchgeschüttelt wurde.

Die Königin vor ihr auf dem Pferd, verbesserte sich Katsa. Und Königin Bitterblue hatte sich sehr verändert, sie war längst nicht mehr das Nervenbündel, das Katsa und Bo vor Monaten aus einem hohlen Stamm gelockt hatten.

Eines Tages würde sie eine gute Regentin sein. Und Raffin ein guter König, und Ror war stark und leistungsfähig, er würde lange leben. Drei der sieben Königreiche waren also in guten Händen. Drei von sieben – das wäre eine wesentliche Verbesserung, sowenig es auch erschien.

Entlang der Straße lagen Städte mit Gasthöfen. Gelegentlich hielten sie an, um eine hastige Mahlzeit einzunehmen oder den bitterkalten spätwinterlichen Nächten zu entkommen. Das war nur durch ihre Wachleute möglich, denn jeder Soldat in jedem Raum, den sie betraten, sprang bei ihrem Anblick auf, legte die Hand an die Waffe und blieb in dieser Stellung, bis die Erklärungen der Wache und ein paar Worte von Bitterblue die Anspannung lösten. In einem Gasthof kamen die Erklärungen der Wache zu spät. Ein Scharfschütze schoss einen Pfeil quer durch den Raum, der Skye getroffen hätte, wenn Katsa sich nicht auf den Prinzen gestürzt und ihn zu Boden gerissen hätte. Sie war wieder auf den Füßen, bevor Skye seinen Sturz auch nur registrierte, schützte mit ihrem Körper die Königin und hatte schon ihren eigenen Pfeil aufgelegt, doch die Wachleute waren dazwischengegangen, und alles war vorbei. Katsa half Skye auf. Sie schaute ihm in die Augen und verstand, was geschehen war.

»Er hat gedacht, du wärst Bo«, sagte sie. »Er hat die Reife an deinen Ohren gesehen, die Ringe und die dunklen Haare, und er schoss, bevor er deine Augen sah. Du solltest von jetzt an warten, bis die Wachleute uns angemeldet haben, bevor du einen Raum betrittst.«

Skye küsste sie auf die Stirn. »Du hast mir das Leben gerettet.«

Katsa lächelte. »Ihr Lienid zeigt eure Zuneigung sehr offen.«

»Ich werde mein erstes Kind nach dir benennen.«

Darüber lachte Katsa. »Um des Kindes willen, warte auf ein Mädchen. Oder noch besser, warte, bis alle deine Kinder älter sind, und gib der meinen Namen, die am stursten ist und den meisten Ärger macht.«

Skye brach in Lachen aus und umarmte sie, und Katsa erwiderte seine Umarmung. Und sie merkte, dass sie ganz unabsichtlich bei aller Zurückhaltung einen neuen Freund gewonnen hatte.

Sie eilten die Treppe hinauf, alle wollten ein bisschen Schlaf bekommen. Der Bogenschütze wurde weggebracht, wahrscheinlich erwartete ihn eine schwere Strafe dafür, dass er einen Pfeil so dicht an einem kleinen grauäugigen Mädchen vorbeigeschossen hatte, das zufällig Bitterblue war. Und auch wenn die Menschen in der Stadt und auf den Straßen die Einzelheiten von Lecks Tod noch nicht kannten und seinen Verrat noch nicht ahnten, so begriffen sie doch wenigstens, dass Bitterblue in Sicherheit war, dass es Bitterblue gutging und dass Bitterblue ihre Königin war.

Die Straße war frei und ließ sie schnell vorankommen, doch sie führte nicht geradewegs zu Bo. Die Gruppe wandte sich schließlich nach Westen den Feldern zu, die hoch mit Eis und Schnee bedeckt waren, und Katsa merkte verzweifelt, wie ihr Tempo nachließ. Nach ein paar Tagen erreichten sie den Wald und kamen wieder schneller voran. Und dann stieg das Land an und die Bäume wurden spärlicher. Bald mussten sie klettern; mit Ausnahme der Königin stiegen sie ab und suchten sich zu Fuß einen Weg bergauf.

Sie waren schon fast da, und Katsa trieb ihre Gefährten unermüdlich an, zerrte die Pferde voran und hatte nichts im Sinn als das Weiterkommen.

»Ich glaube, eins der Pferde lahmt«, rief Skye ihr eines frühen Morgens zu, als sie schon so nah waren, dass Katsa es in ihrem Körper vibrieren fühlte. Sie hielt an und schaute sich um. Skye deutete auf das Pferd, das er am Zügel führte. »Siehst du? Das arme Geschöpf hinkt.«

Das Tier ließ den Kopf hängen und seufzte tief durch die Nüstern. Katsa versuchte, geduldig zu bleiben. »Es hinkt nicht. Es ist nur müde, und wir sind fast da.«

»Wie kannst du das behaupten, ohne überhaupt gesehen zu haben, wie es einen Schritt macht?«

»Nun, dann lass es einen Schritt machen.«

»Das kann ich erst, wenn du weitergegangen bist.«

Katsa warf ihm einen mörderischen Blick zu und biss die Zähne zusammen. »Halt dich fest, Königin«, sagte sie zu Bitterblue, die auf ihrem Pferd saß. Sie packte die Zügel und riss das Tier voran.

»Wie ich sehe, tust du immer noch dein Bestes, um die Pferde zu schinden.«

Katsa erstarrte. Die Stimme kam eher von oben als von hinten, und sie klang nicht ganz wie die von Skye. Sie fuhr herum.

»Ich dachte, es sei unmöglich, sich an dich heranzuschleichen. Augen wie ein Falke und Ohren wie ein Wolf und so weiter«, sagte er – und da war er, stand hoch aufgerichtet vor ihr mit funkelnden Augen und zuckendem Mund, und der Pfad, den er durch den Schnee gepflügt hatte, erstreckte sich hinter ihm. Und Katsa schrie auf, rannte und stürzte sich so heftig auf Bo, dass er in den Schnee fiel und sie auf ihm landete. Und er lachte und hielt sie fest, und sie weinte, und dann kam Bitterblue und warf sich mit schrillen Schreien auf die beiden. Skye lief herbei und half allen auf. Bo umarmte seine Cousine noch einmal richtig. Er begrüßte seinen Bruder, sie zerwühlten einander die Haare, lachten und umarmten sich erneut. Und dann warf Katsa sich wieder in seine Arme, weinte heiße Tränen auf seinen Hals und hielt ihn so fest, dass er stöhnte, er könne nicht mehr atmen.

Bo schüttelte den lächelnden, erschöpften Wachleuten die Hand. Dann führte er die ganze Gesellschaft, mit lahmendem Pferd und allem, hinauf zu seiner Hütte.

Die Hütte war sauber und in besserem Zustand als in Katsas Erinnerung. Neben der Tür war Holz gestapelt, im Kamin brannte ein Feuer, der Schrank stand zwar immer noch schief auf drei Beinen, doch der Staub war verschwunden und an der Wand hing ein schöner Bogen. Katsa nahm all das mit einem Blick auf. Und das reichte ihr, denn sie wollte nichts und niemanden mehr anschauen als Bo. Sein Gang war geschmeidig und selbstsicher wie immer. Er wirkte kräftig – zu mager, aber als sie ihn darauf hinwies, sagte er: »Fisch macht nicht besonders dick, Katsa, und ich habe kaum etwas anderes als Fisch gegessen, seit du weggegangen bist. Ich kann dir nicht sagen, wie sehr er mir zum Hals raushängt.« Da holten sie Brot, Äpfel, getrocknete Aprikosen und Käse für ihn hervor. Er aß und lachte und erklärte, er sei begeistert.

»Die Aprikosen kommen aus Lienid«, sagte Katsa, »über Suncliff, dann wieder Lienid, dann einen Ort mitten im Meer vor Lienid und schließlich Monport.«

Er grinste sie an, seine Augen spiegelten den Feuerschein, und Katsa war sehr glücklich. »Ihr habt mir eine Geschichte zu erzählen«, sagte er, »und ich kann sehen, dass sie gut ausgeht. Aber fangt ihr bitte am Anfang an?«

Und so erzählten sie alles von Anfang an. Katsa berichtete die wichtigsten Ereignisse und Bitterblue die Einzelheiten. »Katsa kann eine Mütze aus Tierfellen machen«, sagte Bitterblue. »Katsa hat mit einem Berglöwen gekämpft.« Katsa hat Schneeschuhe gemacht, einen Kürbis gestohlen ... Bitterblue zählte Katsas Vorzüge auf, als prahle sie mit einer älteren Schwester, und es machte Katsa nichts aus. Die amüsanten Teile der Geschichte machten es leichter, die harten zu ertragen.

Sie berichteten gerade, was in Bos Schloss geschehen war, da merkte Katsa, was sie schon die ganze Zeit halb bewusst quälte. Bo war abwesend. Er betrachtete den Tisch statt die Sprechenden, sein Gesicht hatte einen gedankenverlorenen Ausdruck, er hörte nicht zu. Sowie sie seine Unaufmerksamkeit bemerkte, hob er den Blick zu ihr. Einen Moment schien er sie zu sehen und ihr genau in die Augen zu schauen, doch dann starrte er wieder auf seine Hände. Sie hätte schwören können, dass um seinen Mund eine Art Trauer zu lesen war.

Katsa unterbrach ihre Geschichte, plötzlich war sie auf seltsame Weise verängstigt. Sie studierte sein Gesicht, wusste aber nicht genau, was sie darin suchte. »Kurz und gut, Leck hatte uns in seinem Bann«, sagte sie, »bis ich ihn in einem Moment der Klarheit tötete.« *Ich werde dir später erzählen, was wirklich geschah,* sagte sie ihm mit ihren Gedanken.

Er zuckte sichtlich zusammen und sie erschrak, doch im nächsten Moment lächelte er, als wäre nichts geschehen, und sie fragte sich, ob sie es sich eingebildet hatte. »Und dann seid ihr zurückgekommen«, sagte er heiter.

»So schnell wir konnten.« Katsa biss sich verwirrt auf die

Lippe. »Und jetzt werde ich dir deinen Ring zurückgeben. Dein Schloss ist ein wunderschöner Ort, genau wie du gesagt hast.«

Der Schmerz, der sich auf seinem Gesicht abzeichnete, die Trauer, sie kamen so jäh, dass Katsa die Luft anhielt. Und dann verschwand beides wieder, aber diesmal hatte sie es gesehen und konnte ihre Beunruhigung nicht länger verbergen. Sie stand auf und streckte die Hand nach ihm aus, unsicher, was sie tun oder sagen sollte.

Bo stand ebenfalls auf – suchte er einen Moment sein Gleichgewicht? Sie war nicht sicher, glaubte aber, es gesehen zu haben. Er nahm ihre Hand und lächelte. »Geh mit mir jagen, Katsa. Du kannst den Bogen ausprobieren, den ich gemacht habe.«

Sein Ton war unbeschwert, und Skye und Bitterblue lächelten ebenfalls. Katsa hatte das Gefühl, sie sei die Einzige auf der Welt, die glaubte, etwas sei nicht in Ordnung. Sie zwang sich zurückzulächeln. »Natürlich. Gern.«

»Was ist los?«, fragte sie, sowie sie die Hütte hinter sich gelassen hatten.

Er lächelte schwach. »Nichts ist los.«

Katsa kletterte angestrengt und behielt ihre Gefühle für sich. Sie stapften auf einem Pfad durch den Schnee, den vermutlich Bo gebahnt hatte, und kamen am See vorbei. Der Wasserfall war ein Eisgebilde mit nur einem kleinen lebhaften Wasserstrahl in der Mitte.

»Hat meine Fischfalle dir etwas gebracht?«

»Sie hat mir sehr geholfen. Ich benutze sie immer noch.«

»Haben Lecks Soldaten die Hütte durchsucht?«

»Ja, das haben sie.«

»Und du hast es trotz deiner Verletzung bis zur Höhle geschafft?«

»Zu dem Zeitpunkt ging es mir schon viel besser. Es war nicht schwer.«

»Aber du musst gefroren haben und warst bestimmt völlig durchnässt.«

»Sie sind nicht lange geblieben, Katsa. Ich konnte bald zur Hütte zurück und mir ein Feuer machen.«

Katsa erklomm eine felsige Anhöhe, griff nach einem dünnen Baumstamm und zog sich auf einen kleinen Hügel. Ein langer, flacher Stein ragte aus dem unberührten Schnee. Sie stapfte zu ihm und setzte sich. Bo folgte ihr und ließ sich neben ihr nieder. Katsa betrachtete ihn. Er schaute sie nicht an.

»Ich möchte wissen, was los ist«, sagte sie.

Er schaute sie immer noch nicht an. Dann sagte er sachlich: »Ich würde dich nicht zwingen, von deinen Gefühlen zu reden, wenn du sie mir nicht mitteilen wolltest.«

Sie starrte ihn mit großen Augen an. »Das stimmt. Aber ich würde dich nicht belügen, so wie du mich belügst, wenn du sagst, dass alles in Ordnung ist.«

Ein seltsamer Ausdruck lag auf seinem Gesicht, offen und verletzlich, als wäre er ein zehnjähriges Kind, das seine Tränen zurückhält. Es schmerzte in ihrer Kehle, ihn so zu sehen. *Bo …*

Er zuckte zusammen und der Ausdruck verschwand. »Mach das bitte nicht«, sagte er. »Es macht mich schwindlig, wenn du in Gedanken mit mir sprichst. Ich bekomme Kopfweh davon.«

Sie schluckte und wusste nicht, was sie sagen sollte. »Hast du immer noch Kopfschmerzen von deinem Sturz?«

»Gelegentlich.«

»Ist es das, was dir fehlt?«

»Wie gesagt, mir fehlt nichts.«

Sie berührte seinen Arm. »Bo, bitte …«

»Es ist nichts, worüber du dir Sorgen machen müsstest«, sagte er und schob ihre Hand weg.

Jetzt war sie erschrocken und verletzt, Tränen stiegen ihr in die Augen. Der Bo in ihrer Erinnerung schob ihre Sorgen nicht beiseite, er wich vor ihrer Berührung nicht zurück. Das war nicht Bo, das war ein Fremder, und irgendetwas fehlte, das zuvor da gewesen war. Sie holte tief Luft, griff in den Kragen ihrer Jacke und zog die Schnur über ihren Kopf. Dann hielt sie ihm den Ring hin. »Der gehört dir.«

Er schaute ihn noch nicht einmal an, sein Blick löste sich nicht von seinen Händen. »Ich will ihn nicht.«

»Was bei den Middluns redest du da? Er gehört dir.«

»Du solltest ihn behalten.«

Sie starrte ihn ungläubig an. »Bo, wie kannst du glauben, ich würde deinen Ring behalten? Ich weiß noch nicht einmal, warum du ihn mir gegeben hast. Ich wünschte, du hättest es nicht getan.«

Sein Mund war verzerrt vor Kummer, und er starrte immer noch auf seine Hände. »Ich habe ihn dir gegeben, weil ich wusste, ich könnte sterben. Ich wusste, dass Lecks Männer mich töten könnten und dass du kein Zuhause hast. Ich wollte, dass du mein Zuhause bekommst, wenn ich sterbe. Mein Zuhause passt zu dir«, sagte er mit einer Bitterkeit, die sie schmerzte und die sie nicht verstand.

Sie merkte, dass sie weinte. Wütend wischte sie sich die Tränen vom Gesicht und wandte sich ab, weil sie es nicht mehr aushielt, wie er mit versteinerter Miene in seine Hände starrte. »Bo, ich bitte dich, sag mir, was los ist.«

»Ist es so schlimm, dass du den Ring behalten sollst? Mein Schloss ist abgelegen, mitten in der Wildnis. Du wärst glücklich dort. Meine Familie würde dich in Ruhe lassen.«

»Bist du völlig verrückt geworden? Was willst du denn machen, wenn ich dein Zuhause und deinen Besitz an mich genommen habe? Wo willst du leben?«

Seine Stimme war sehr leise. »Ich will nicht wieder zurück. Ich habe daran gedacht, hier zu bleiben, wo es friedlich ist und einsam. Ich – ich will allein sein.«

Sie starrte ihn mit offenem Mund an.

»Dein Leben geht weiter, Katsa. Behalte den Ring. Ich habe es dir gesagt, ich will ihn nicht.«

Sie konnte nicht sprechen. Sie schüttelte mechanisch den Kopf und ließ den Ring in seine Hände fallen.

Er starrte ihn an und seufzte. »Ich werde ihn Skye geben, damit er ihn meinem Vater bringt. Er soll entscheiden, was damit geschieht.«

Er stand auf, und diesmal war sie überzeugt, dass er sein Gleichgewicht suchte. Mit dem Bogen in der Hand entfernte er sich von ihr, hielt sich an der Wurzel eines Buschs fest und zog sich auf einen Felsvorsprung. Sie schaute ihm nach, während er in die Berge stieg, fort von ihr.

Die ganze Nacht, mit den Atemgeräuschen der anderen um sie herum, versuchte Katsa, all das zu verstehen. Sie lehnte sich an die Wand und beobachtete Bo, der in eine Decke gewickelt neben seinem Bruder und den Wachleuten aus Monsea auf dem Boden lag. Er schlief, und sein Gesicht war friedlich. Sein schönes Gesicht.

Als er nach ihrem Gespräch mit dem Bogen in einer Hand und mehreren Kaninchen in der anderen in die Hütte zurückgekommen war, hatte er seine Last befriedigt an seinen Bruder weitergegeben und seine Jacke ausgezogen. Dann war er zu ihr gekommen; sie hatte grübelnd an der Wand gesessen. Er hatte sich vor sie gehockt, ihre Hände in seine genommen, sie geküsst und sein kaltes Gesicht an ihnen gerieben. »Es tut mir leid«, hatte er gesagt, und sie spürte plötzlich, dass alles war wie immer und Bo ganz er selbst und dass sie ganz von vorn beginnen würden. Dann, beim Abendessen, während die anderen lachten und Bitterblue mit den Wachleuten scherzte, beobachtete Katsa, wie Bo sich in sich selbst zurückzog. Er aß wenig und versank in Schweigen, sein Gesicht sah traurig aus. Und bei seinem Anblick hatte ihr das Herz so wehgetan, dass sie aufgestanden, aus der Hütte gegangen und stundenlang im Dunkeln umhergelaufen war.

Er schien immer wieder kurz glücklich zu sein. Aber irgendetwas war eindeutig nicht in Ordnung. Wenn er nur … Wenn er sie nur anschauen würde. Wenn er ihr nur ins Gesicht sehen würde.

Und wenn er allein sein wollte, dann würde sie ihn selbstverständlich lassen. Aber – sie wusste, dass es vielleicht ungerecht war, entschied sich aber trotzdem dafür – sie würde Beweise verlangen. Er musste sie zweifelsfrei überzeugen, dass es Einsamkeit war, was er brauchte. Nur dann würde sie ihn seinen seltsamen Seelenqualen überlassen.

Am Morgen wirkte Bo recht vergnügt. Doch Katsa, die sich allmählich wie eine tyrannische Mutter vorkam, stellte fest, dass sein fehlendes Interesse am Essen, selbst an den

Leckerbissen aus Lienid, bei Tisch ansteckend wirkte. Er aß so gut wie nichts, machte dann eine wenig überzeugende Bemerkung über das lahmende Pferd, nach dem er sehen wolle, und ging hinaus.

»Was ist los mit ihm?«, fragte Bitterblue.

Katsa schaute das Mädchen an und hielt ihrem ruhigen grauäugigen Blick stand. Es hatte keinen Sinn, so zu tun, als wüsste sie nicht, was Bitterblue meinte. Bitterblue war noch nie dumm gewesen.

»Ich weiß es nicht«, sagte Katsa. »Er will es mir nicht sagen.«

»Manchmal scheint er ganz der Alte«, sagte Skye, »und manchmal versinkt er in eine seltsame Stimmung.« Er räusperte sich. »Aber ich dachte, vielleicht ist es ein Streit unter Liebenden.«

Katsa schaute ihm fest in die Augen. Sie aß ein Stück Brot. »Möglich, aber ich glaube es nicht.«

Skye zog eine Augenbraue hoch und grinste. »Ich glaube, du wüsstest es, wenn es so wäre.«

»Wenn die Dinge nur so einfach lägen«, sagte Katsa trocken.

»Etwas an seinen Augen ist seltsam«, meinte Bitterblue.

»Ja«, entgegnete Katsa, »wahrscheinlich hat er die seltsamsten Augen in allen sieben Königreichen. Aber ich nehme an, das hast du schon zuvor bemerkt.«

»Nein, ich meine, irgendetwas ist *anders* an seinen Augen.«

Etwas ist anders an seinen Augen.

Ja, etwas war anders. Der Unterschied war, dass er sie nicht anschaute, dass er niemanden anschaute. Fast als würde es ihn schmerzen, die Augen zu heben und sich auf eine andere Person zu konzentrieren. Fast als ob …

Da blitzte aus dem Nirgendwo ein Bild in ihrer Erinnerung auf. Bo, wie er durch das Licht fiel, der riesige Körper eines Pferdes über ihm. Bo, wie er mit dem Gesicht voraus ins Wasser schlug, das Pferd hinterher.

Und weitere Bilder: Bo, krank und grau vor dem Feuer, das Gesicht voll schwarzer Prellungen. Bo, der zu ihr schaute und sich die Augen rieb.

Katsa würgte an ihrem Brot. Sie sprang auf und stieß dabei ihren Stuhl um.

Skye klopfte ihr auf den Rücken. »Bei allen Meeren, Katsa – ist alles in Ordnung?«

Katsa hustete, stieß hervor, sie müsse sich um das lahme Pferd kümmern, drehte sich um und lief aus der Hütte.

Bo war nicht bei den Pferden, doch als Katsa nach ihm fragte, deutete einer der Wachmänner in Richtung See. Katsa lief um die Hütte und über den Hügel.

Bo stand mit dem Rücken zu ihr mit hängenden Schultern da, die Hände in den Taschen, und starrte auf den gefrorenen See.

»Ich weiß, du bist unbezwingbar, Katsa«, sagte er, ohne sich umzudrehen. »Aber selbst du solltest im Freien eine Jacke anziehen.«

»Bo«, sagte sie, »dreh dich um und schau mich an.«

Er ließ den Kopf sinken. Seine Schultern hoben sich, als er tief Atem holte. Er drehte sich nicht um.

»Bo, schau mich an!«

Da wandte er sich langsam zu ihr und schaute ihr ins Gesicht. Seine Augen schienen sich einen Moment auf ihre zu richten, dann sah er zu Boden und die Augen wurden leer. Sie sah es, sie sah seine leeren Augen.

Sie flüsterte. »Bo! Bist du blind?«

Bei dieser Frage schien etwas in ihm zu brechen. Er fiel auf die Knie, eine Träne zog eine eisige Spur über sein Gesicht. Als Katsa zu ihm kam und vor ihn sank, wich er nicht zurück. Der Kampfgeist hatte ihn verlassen, und er ließ sie zu sich. Katsa schlang die Arme um ihn. Er zog sie an sich, erdrückte sie fast mit seinem Griff und weinte an ihrem Hals. Sie hielt ihn, berührte ihn und küsste sein kaltes Gesicht.

»Oh, Katsa!«, schluchzte er. »Katsa.«

So knieten sie sehr lange Zeit.

AM MORGEN WIRBELTE ein Schneeschauer herab. Bis zum Nachmittag war daraus ein leichter, aber feuchter Schneesturm geworden. »Ich kann den Gedanken an weitere Reisen durch den Winter nicht ertragen«, sagte Bitterblue, die schläfrig vor dem Feuer lag. »Können wir nicht hier bei Bo bleiben, Katsa, bis es aufhört zu schneien?«

Aber nach diesem Schneesturm kam der nächste und danach wieder einer, als hätte der Winter den Kalender zerrissen und beschlossen, überhaupt nicht mehr aufzuhören. Bitterblue schickte zwei Wachmänner mit einem Brief zu Ror. Der König schrieb von Bitterblues Hof zurück, das Wetter komme sehr gelegen; je mehr Zeit Bitterblue ihm gebe, die Geschichten aufzuklären, die Leck hinterlassen habe, umso einfacher und sicherer werde der Regierungswechsel sein. Er werde die Krönung für den Frühling planen und sie könne die Winterstürme aussitzen, solange sie wünsche.

Katsa wusste, dass die Enge in der Hütte Bo zu schaffen machte, sein unglückliches Geheimnis war Last genug. Doch wenn alle blieben, dann musste er wenigstens seine eigene Absicht, hierzubleiben, noch nicht begründen. Er behielt sein Unbehagen für sich und half den Wachleuten, die Pferde zu einem nahen windgeschützten Unterstand zu bringen, den er während seiner Gesundung gefunden hatte.

Seine Geschichte kam Stück für Stück heraus, immer wenn er und Katsa eine Gelegenheit fanden, allein zu sein.

Der Tag von Katsas und Bitterblues Aufbruch war damals für Bo nicht leicht gewesen. Er hatte noch sein Sehvermögen, aber es kam ihm nicht richtig vor. Es hatte sich auf eine Art verändert, die er mit seinem benommenen Kopf noch nicht definieren konnte, die ihm aber größte Sorge verursachten.

»Das hast du mir nicht gesagt«, erklärte Katsa. »Du hast zugelassen, dass ich dich so zurückließ.«

»Wenn ich es dir gesagt hätte, wärt ihr nie fortgegangen. Ihr musstet fort.«

Bo war zum Bett in der Hütte gestolpert. An diesem Tag hatte er die meiste Zeit mit geschlossenen Augen auf seiner unverletzten Seite gelegen, auf Lecks Soldaten gewartet und darauf, dass der Schwindel in seinem Kopf vorüberging. Er hatte versucht sich zu überzeugen, dass mit seinem Kopf auch seine Sicht wieder klar würde. Doch als er am nächsten Morgen die Augen öffnete, sah er nichts als Schwärze.

»Ich war wütend«, erzählte er ihr. »Und unsicher auf den Füßen. Und ich hatte nichts mehr zu essen, was bedeutete, dass ich den Weg zur Fischfalle suchen musste. Ich konnte mich nicht dazu überwinden. Die nächsten Tage aß ich nichts.«

Was ihn schließlich zum See getrieben hatte, war nicht der Hunger. Es waren Lecks Soldaten. Er hatte gespürt, dass sie die Felsen zur Hütte erklommen. »Ich war auf und stolperte los, bevor ich noch merkte, was ich tat. Ich lief in der Hütte hin und her und sammelte meine Sachen ein, und dann versteckte ich sie draußen in einem Felsspalt. Ich war nicht sehr klar. Bestimmt bin ich immer wieder hingefallen. Aber ich wusste, wo der Teich war, und ich schaffte es dorthin. Das Wasser war schrecklich kalt, aber es weckte mich, und irgendwie verursachte mir das Schwimmen weniger Schwindel als das Gehen. Ich kam irgendwie zur Höhle, zog mich auf die Felsen. Und dann, in der Höhle, während die Soldaten draußen schrien und mir so kalt war, dass ich fürchtete, ich würde mir mit meinen klappernden Zähnen die Zunge abbeißen – da fand ich sie, Katsa.«

Er unterbrach sich und war so lange still, dass sie sich fragte, ob er vergessen hatte, was er sagen wollte.

»Was hast du gefunden?«

Er drehte ihr überrascht den Kopf zu. »Klarheit«, sagte er. »Meine Gedanken wurden klar. In der Höhle war kein Licht, nichts war zu sehen. Und doch spürte ich die Höhle mit meiner Gabe ganz genau. Und ich erkannte, was ich tat. Ich hatte in der Hütte gesessen und mir leidgetan, während Leck irgendwo draußen umherritt und Menschen in Gefahr waren. In der Höhle wurde mir klar, wie jämmerlich das war.«

Der Gedanke an Leck hatte Bo zurück ins Wasser, aus der Höhle und zur Fischfalle gebracht. In der Hütte hatte er mit Händen, die vor Kälte gefühllos waren, mühsam ein Feuer angezündet. Die nächsten paar Tage waren hart. »Ich war schwach, mir war schwindlig und übel. Zuerst ging ich nie weiter als bis zur Fischfalle. Mein Gleichgewicht war leidlich, wenn ich still saß. Ich machte den Bogen. Dann dachte ich an Leck und fing an, Bogenschießen zu üben.«

Er ließ den Kopf sinken. Stille breitete sich aus. Und Katsa glaubte den Rest zu verstehen. Der Gedanke an Leck hatte Bo nicht losgelassen. Leck hatte ihm einen Grund gegeben, seine Kraft wiederfinden zu wollen. Bo hatte seine Gesundheit und sein Gleichgewicht zurückerlangt. Dann waren sie zu ihm zurückgekehrt mit der guten Neuigkeit, dass Leck tot war. Und Bo hatte keinen Grund mehr, leben zu wollen. Traurigkeit hatte ihn wieder überkommen.

Schon die Tatsache seiner Traurigkeit machte ihn unglücklich.

»Ich habe kein Recht, mir leidzutun«, sagte er ihr eines Tages, als sie bei leichtem Schneefall hinaus in die Stille gingen, um Wasser zu holen. »Ich sehe alles. Ich sehe Dinge, die ich nicht sehen sollte. Ich wate in Selbstmitleid, obwohl ich doch nichts verloren habe.«

Katsa kauerte mit ihm am See. »Das ist das erste Mal, dass du etwas wirklich Idiotisches zu mir sagst.«

Sein Mund wurde schmal. Er hob einen der Steine auf, mit denen sie das Eis durchschlugen, hielt ihn über seinen Kopf und warf ihn dann heftig auf die gefrorene Wasseroberfläche. Schließlich wurde Katsa mit einem leisen grollenden Geräusch belohnt, das fast als Lachen gelten konnte. »Deine Art von Trost ähnelt deinem taktischen Angriff.«

»Du hast etwas verloren«, sagte sie, »und du hast jedes Recht, darum zu trauern. Dein Sehvermögen und deine Gabe sind nicht das Gleiche. Deine Gabe zeigt dir die Form der Dinge, aber nicht ihre Schönheit. Du hast die Schönheit verloren.«

Wieder wurde sein Mund schmal, und er wandte sich von ihr ab. Als er sich ihr wieder zudrehte, glaubte sie, er würde anfangen zu weinen. Doch er sprach ohne Tränen, wie versteinert. »Ich werde nicht nach Lienid zurückgehen. Ich werde nicht zu meinem Schloss zurückkehren, wenn ich es nicht sehen kann. Es ist schwierig genug, mit dir zusammen zu sein. Deshalb habe ich dir auch nicht die Wahrheit gesagt. Ich wollte, dass du weggehst, denn es schmerzt mich, mit dir zusammen zu sein, wenn ich dich nicht sehen kann.«

Sie betrachtete sein düsteres Gesicht. »Das ist schon besser«, sagte sie. »Das ist ganz hervorragendes Selbstmitleid.«

Und dann hörte sie wieder sein grollendes Lachen und sah einen so hilflosen Schmerz in seinem Gesicht, dass sie ihn in die Arme nahm und seinen Hals, seine schneebedeckten Schultern, seinen Finger ohne den Ring und jede andere Stelle küsste, die sie finden konnte. Er berührte sanft ihr Gesicht, ihre Lippen, küsste sie und legte seine Stirn an ihre.

»Ich wollte dich nie hierbehalten«, sagte er. »Aber wenn du es erträgst – wenn du es aushältst, dass ich mich so benehme – dann will ich eigentlich nicht, dass du gehst.«

»Ich werde nicht weggehen«, sagte Katsa, »noch lange nicht. Ich werde erst weggehen, wenn du es willst, oder wenn du bereit bist, selbst zu gehen.«

Bo hatte zweifellos Talent zum Schauspielern. Katsa erkannte das jetzt, weil sie den Unterschied in seinem Verhalten sah, wenn sie allein waren und er aufhörte, etwas vorzutäuschen. Seinem Bruder und seiner Cousine spielte er Kraft, Gelassenheit und Gesundheit vor. Seine Schultern waren gerade, sein Gang sicher. Wenn er seine Traurigkeit nicht verbergen konnte, tat er, als hätte er seine Launen. Wenn er die Energie nicht aufbrachte, die Augen auf ihre Gesichter zu richten, als könnte er sie sehen, täuschte er Unaufmerksamkeit vor. Er war stark, heiter – manchmal merkwürdig zerstreut, doch er erholte sich gut von seinen Verletzungen. Es war ein eindrucksvolles Schauspiel – und meistens schien es die anderen zu befriedigen. Wenigstens so weit, dass sie nie Grund hatten, seine wahre Gabe zu ahnen, und das war schließlich, was er vor allen zu verbergen suchte.

Wenn er und Katsa allein waren, jagten, Wasser holten oder in der Hütte zusammensaßen, fiel seine Maske ab. An seinem Gesicht, seinem Körper, seiner Stimme war Erschöpfung abzulesen. Gelegentlich streckte er die Hand nach einem Baum oder einem Fels aus, um das Gleichgewicht wiederzufinden. Seine Augen konzentrierten sich oder schienen sich zu konzentrieren – auf nichts, immer auf nichts. Und Katsa begann zu verstehen, dass ein Teil seines kläglichen Zustands zwar auf seine Traurigkeit zurückzuführen war, der größere Teil aber von seiner Gabe kam. Denn er wuchs immer noch in seine Gabe hinein, und jetzt, wo er seine Wahrnehmung der Welt nicht mehr an seiner Sehkraft verankern konnte, wurde er immer wieder davon überwältigt.

Eines Tages am See, in einer der seltenen Pausen zwischen zwei Schneeschauern, sah Katsa, wie Bo ruhig einen Pfeil auf seinen Bogen legte und auf etwas zielte, das sie nicht sehen konnte. Ein Felsvorsprung? Ein Baumstumpf? Er neigte den Kopf, als würde er auf etwas lauschen. Dann schoss er den Pfeil ab, der durch die kalte Luft sirrte und sich in einen Schneehaufen bohrte. »Was …«, fing Katsa an und brach ab, als ein Blutfleck an die Oberfläche drang und den Schnee rund um den Pfeilschaft färbte.

»Ein Kaninchen«, sagte er. »Ein großes.«

Er wollte zu seiner Beute, hatte aber kaum mehr als einen Schritt getan, da stieß ein Schwarm Wildgänse herab. Er legte die Hand an die Schläfe und fiel auf ein Knie.

Katsa schoss mit zwei Pfeilen zwei Gänse ab. Dann half sie Bo auf. »Bo, was …«

»Die Gänse. Sie haben mich überrascht.«

Sie schüttelte den Kopf. »Schon früher konntest du Tiere spüren, aber ihr Auftauchen hat dich nie umgehauen.«

Er prustete vor Lachen, und dann wurde das Gelächter zu einem Seufzer. »Katsa! Versuch dir vorzustellen, wie das für mich ist. Meine Gabe zeigt mir jede Einzelheit des Bergs über mir und den bewaldeten Hang unter mir. Ich spüre die Bewegung jedes Fischs im Teich und jedes Vogels in den Bäumen. Das Eis überzieht wieder unser Wasserloch. In den Wolken bildet sich Schnee, Katsa. In ein paar Minuten wird es wieder schneien.« Er hatte ihr jetzt eindringlich das Gesicht zugewandt. »Skye und Bitterblue sind in der Hütte. Bitterblue macht sich meinetwegen Sorgen, sie glaubt, ich esse nicht genug. Und du bist natürlich auch noch da, jede deiner Bewegungen, dein Körper, deine Kleidung, alle deine Bedenken durchströmen mich. Ihr Sehenden könnt euren Blick fokussieren. Ich kann meine Gabe nicht fokussieren. Ich kann das nicht ausschalten. Wie soll ich auf den Boden unter meinen Füßen achten, wenn mir alles über, unter, vor, hinter und jenseits von mir bewusst ist?«

Er drehte sich um und stapfte zu dem roten Blutfleck. Müde zog er an dem Pfeil im Schnee, bis ein großes, weißes, blutiges Kaninchen zum Vorschein kam. Mit dem Kaninchen in der Hand kam er zu ihr zurück. Da standen sie, dachten über den anderen nach, und Schneeflocken rieselten herab. Katsa konnte sich nicht helfen – sie lächelte über die Bestätigung seiner Vorhersage. Im nächsten Moment lächelte zögernd auch Bo, und als sie die Felsen hinaufkletterten, fasste er sie am Ärmel. »Der Schnee ist verwirrend.«

Sie bestiegen den Hang, und er hielt sich an ihr fest.

Katsa gewöhnte sich an die neue Art, mit der Bo sie betrachtete, jetzt, wo er sie nicht mehr sehen konnte. Natürlich schaute er sie nicht an. Vermutlich würde sie nie mehr die Intensität seines Blicks spüren, von seinen Augen nie mehr gefangen sein. Sie versuchte nicht mehr daran zu denken. Es machte sie dummerweise, unvernünftigerweise traurig.

Doch Bos neuer Umgang mit ihr war ebenfalls intensiv. Es war eine Art Aufmerksamkeit in seinem Gesicht, eine Konzentration in seinen Zügen, sogar in seinem Körper, die auf sie gerichtet war. Sie konnte es fühlen. Sie spürte die Ruhe seines Gesichts, seines Körpers, wenn er auf sie lauschte. Sie glaubte, dass es immer öfter geschah, während die Tage vergingen. Als würde er sich langsam wieder mit ihr verbinden und sie in seine Gedanken zurückholen. Er berührte sie auch wieder, wie er es vor seiner Verwundung getan hatte – küsste ihre Hände, wenn sie in der Nähe war, oder berührte ihr Gesicht, wenn sie vor ihm stand. Und Katsa fragte sich, ob er ihnen tatsächlich allen mehr Aufmerksamkeit schenkte – echtere Aufmerksamkeit – oder es ihr nur so vorkam. Als wäre er weniger von seiner Gabe überwältigt. Oder weniger mit sich selbst beschäftigt.

»Schau mich an«, sagte er einmal zu ihr, als sie die Hütte für sich hatten, was selten vorkam. »Katsa, sieht es so aus, als ob ich dich ansehe?«

Sie saßen vor dem Feuer und schabten die Rinde von Ästen, aus denen sie Pfeile machen wollten. Katsa drehte sich ihm zu, vom Feuer erhitzt, und begegnete seinem Blick, der direkt in ihre Augen strahlte. Sie hielt die Luft an, legte das Messer weg und fragte sich kurz, wie lange die anderen wohl fortblieben. Dann riss Bos misslungener Versuch, sein Grinsen zu unterdrücken, sie aus ihrer Betäubung.

»Liebe Wildkatze. Das war eine ausführlichere Antwort, als ich erwartet habe.«

Sie schnaubte. »Dein Selbstwertgefühl ist offensichtlich in Ordnung. Und was wolltest du damit erreichen?«

Bo lächelte. Seine Hände kehrten zur Arbeit zurück, seine Augen wurden wieder leer. »Ich will wissen, wie ich es anstelle, dass die Leute denken, ich schaue sie an. Ich will wissen, wie ich Bitterblue anschauen muss, damit sie nicht mehr denkt, etwas an meinen Augen sei merkwürdig.«

»Oh, natürlich. Nun, so sollte es klappen. Wie machst du das?«

»Ich weiß ja, wo deine Augen sind. Es ist vor allem eine Sache der Richtung, und dann spüre ich deine Reaktion.«

»Mach es noch mal.«

Diesmal ging es ihr nur um das Experiment. Er hob den Blick und sie achtete nicht auf ihr Hitzegefühl. Ja, es wirkte, als würde er sie sehen – obwohl sie jetzt, wo sie seinen Blick studierte, etwas anderes bemerkte.

»Sag es mir«, bat er.

Sie betrachtete ihn. »Das Licht deiner Augen ist so seltsam und verwirrend, dass ich nicht glaube, jemand merkt etwas. Aber du scheinst nicht ganz – konzentriert. Du siehst mich an, aber deine Gedanken sind woanders. Verstehst du?«

Er nickte. »Das wird Bitterblue merken.«

»Mach deine Augen ein bisschen schmal«, sagte Katsa. »Zieh die Augenbrauen herunter, als würdest du nachdenken. Ja – das ist sehr überzeugend, Bo. Niemand, den du so anschaust, wird je etwas merken.«

»Danke, Katsa. Kann ich das hin und wieder mit dir üben? Ohne Angst zu haben, dass du mich auf den Rücken wirfst und mir die Kleider vom Leib reißt?«

Katsa kicherte und warf einen Pfeilschaft nach ihm. Er fing ihn geschickt auf und lachte, und für einen Moment fand sie, dass er richtig glücklich aussah. Dann spürte er natürlich ihren Gedanken, und ein Schatten legte sich über sein Gesicht.

Er vertiefte sich in seine Arbeit. Sie warf einen Blick auf seine Hände, auf den Finger, an dem immer noch der Ring fehlte. Da holte sie tief Luft und griff nach einem neuen Ast.

»Wie viel weiß Bitterblue?«, fragte sie.

»Nur dass ich ihr etwas verschweige. Sie weiß, dass meine Gabe mehr umfasst, als ich ihr gesagt habe. Das hat sie von Anfang an gewusst.«

»Und dein Sehvermögen?«

»Ich glaube nicht, dass ihr der Gedanke je gekommen ist.« Bo glättete einen Stab mit dem Messer und fegte die abgeschabte Rinde ins Feuer. »Ich werde ihr öfter in die Augen schauen«, sagte er und zog sich wieder ins Schweigen zurück.

Bo und Skye hänselten Bitterblue immer wieder wegen ihres Gefolges. Es waren nicht nur die Wachen – Ror nahm die königliche Stellung seiner Nichte sehr ernst. Ständig kamen Soldaten mit Pferden, die hoch beladen waren mit Vorräten, besonders als die Winterstürme nachließen. Sie brachten Gemüse, Brot, Obst, Decken, Kleidung, Gewänder für die Königin und immer Briefe von Ror, in denen er nach Bitterblues Meinung zu diesem und jenem fragte, sie über die Pläne für die Krönungsfeier informierte und sich nach der Gesundheit der Mitreisenden erkundigte, besonders nach der von Bo.

»Ich werde Ror bitten, mir ein Schwert zu schicken«, sagte Bitterblue eines Tages beim Frühstück. »Katsa, bringst du mir bei, wie man damit umgeht?«

Skye wurde munter. »Oh, bitte, Katsa. Ich habe dich noch nicht kämpfen sehen und dachte schon, das würde mir nie vergönnt.«

»Und du glaubst, dass ich eine aufregende Gegnerin abgebe?«, fragte Bitterblue ihn.

»Natürlich nicht. Aber sie wird sicher Schwertkämpfe mit den Soldaten vorführen, um zu zeigen, wie man es macht. Bestimmt gibt es ein paar anständige Kämpfer unter ihnen.«

»Ich werde keinen Schwertkampf mit Soldaten ohne Rüstung vorführen«, sagte Katsa.

»Wie wäre es mit einem Ringkampf?« Skye lehnte sich zurück und verschränkte die Arme; auf seinem Gesicht zeichnete sich eine verschmitzte Herausforderung ab, die Katsa für eine Familieneigenschaft hielt. »Ich bin selbst kein schlechter Ringer.«

Bo brach in Gelächter aus. »Oh, kämpf mit ihm, Katsa. Bitte kämpf mit ihm. Eine bessere Unterhaltung kann ich mir nicht vorstellen.«

»Aha, so komisch ist das also?«

»Katsa könnte dich zu Boden schlagen, bevor du auch nur einen Finger krumm gemacht hast.«

Skye ließ sich nicht beeindrucken. »Ja, genau – das möchte ich sehen. Ich will sehen, wie du jemanden fertigmachst. Würdest du Bo für mich fertigmachen?«

Katsa lächelte. »Bo ist nicht leicht fertigzumachen.«

Bo hakte seine Füße hinter die Tischbeine und kippelte mit dem Stuhl nach hinten. »Ich glaube, im Moment stimmt das nicht.«

»Um zu der aktuellen Frage zurückzukehren«, sagte Bitterblue ziemlich streng, »ich würde gern lernen, mit einem Schwert umzugehen.«

»Ja«, sagte Katsa. »Nun, dann lass es Ror wissen.«

»Reisen nicht gerade zwei Soldaten ab?«, sagte Bo. »Ich kann sie noch einholen.«

Seine Stuhlbeine fielen auf den Boden zurück. Er stand auf und ging hinaus. Drei Augenpaare waren auf die Tür gerichtet, die sich hinter ihm schloss.

»Das Wetter sieht jetzt nicht mehr so winterlich aus«, sagte Bitterblue. »Ich möchte gern an meinen Hof und alles Mögliche in Angriff nehmen. Aber erst wenn ich überzeugt bin, dass es Bo gutgeht, und davon bin ich, ehrlich gesagt, noch nicht überzeugt.«

Katsa antwortete nicht. Sie aß gedankenverloren ein Stück Brot, wandte sich Skye zu und betrachtete seine kräftigen Hände, seine Schultern, die stark und gerade waren wie die seines Bruders. Skye wusste sich zu bewegen. Und er war Bo im Alter am nächsten, hatte in seiner Jugend wahrscheinlich Tausende Male mit Bo gekämpft.

Mit zusammengekniffenen Augen betrachtete sie die Reste ihrer Mahlzeit und fragte sich, wie es wäre, blind zu kämpfen und dabei von der Landschaft und der Bewegung jedes nahen Geschöpfes abgelenkt zu sein.

»Wenigstens isst er endlich«, sagte Bitterblue.

Katsa fuhr zusammen. Sie starrte das Kind an. »Wirklich?«

»Er hat gestern gut zugelangt und heute Morgen auch. Er kam mir ziemlich ausgehungert vor. Ist dir das nicht aufgefallen?«

Katsa atmete hörbar aus. Sie stieß ihren Stuhl zurück und lief zur Tür.

Sie fand ihn am Wasser, wo er blind auf die gefrorene Oberfläche starrte. Er schauderte. Einen Moment betrachtete sie ihn zweifelnd. »Bo«, sagte sie hinter seinem Rücken. »Wo ist deine Jacke?«

»Wo ist deine?«

Sie trat neben ihn. »Mir ist warm.«

Er drehte ihr den Kopf zu. »Wenn dir warm ist und ich ohne Jacke bin, bleibt dir nur eines zu tun.«

»Zurückzugehen und deine Jacke zu holen?«

Er lächelte, griff nach ihr und zog sie eng an sich. Katsa schlang überrascht die Arme um ihn und versuchte, etwas Wärme in seine Schultern und seinen Rücken zu reiben.

»Genau, das meinte ich«, sagte Bo. »Halt mich warm.«

Sie lachte und schmiegte sich fester an ihn.

»Ich muss dir etwas erzählen, das geschehen ist«, sagte Bo und sie lehnte sich zurück und schaute ihm ins Gesicht, weil in seinem Ton etwas Neues lag.

»Du weißt, dass ich in all diesen Monaten meine Gabe bekämpft und versucht habe, sie wegzuschieben. Ich habe versucht, das meiste von dem, was sie mir zeigte, zu ignorieren und mich auf das wenige zu konzentrieren, was ich wissen musste.«

»Ja.«

»Vor ein paar Tagen, in einem Anfall von – Selbstmitleid, habe ich aufgehört.«

»Du hast aufgehört?«

»Meine Gabe zu bekämpfen. Ich habe aufgegeben. Ich habe mich davon überschwemmen lassen. Und weißt du, was passiert ist?« Er ließ ihr keine Zeit zum Raten. »Als ich damit aufhörte, meine ganzen Eindrücke zu bekämpfen, veränderte sich alles um mich herum. Alle Dinge vereinten sich. Jede Bewegung, die Landschaft, der Boden und der Himmel, sogar die Gedanken der Menschen – alles scheint zu einem Bild zu werden. Und ich kann endlich meinen Platz darin spüren. Ich bin zwar immer noch überwältigt. Aber nicht annähernd so wie zuvor.«

Sie biss sich auf die Lippe. »Bo! Das verstehe ich nicht.«

»Es ist einfach, Katsa. Als wenn die Dinge sich von allein ordnen, wenn ich mich jeder Wahrnehmung öffne. Denke an uns, wie wir hier stehen. In dem Baum hinter mir sitzt ein Vogel, siehst du ihn?«

Katsa schaute über seine Schulter. Ein Vogel saß auf einem Ast und zupfte an den Federn unter seinem Flügel. »Ja, ich sehe ihn.«

»Zuvor hätte ich versucht, meine Wahrnehmung des Vogels abzuwehren, damit ich mich auf den Boden unter meinen Füßen und auf dich in meinen Armen konzentrieren kann. Aber jetzt lasse ich den Vogel und alles andere Unwichtige über mich kommen, und die unwichtigen Dinge verblassen ganz von selbst. So dass allein du meine Aufmerksamkeit hast.«

Katsa überkam ein seltsames Gefühl. Es war, als ließe ein nagender Schmerz endlich nach und sie sei plötzlich frei davon. Es war Erleichterung und Hoffnung zugleich. »Bo! Das ist gut!«

Er seufzte. »Es ist sehr angenehm, wenn einem nicht mehr so schwindlig ist.«

Sie zögerte und fand dann, sie könne es genauso gut sagen, da er es anscheinend selbst schon wusste. »Ich glaube, es ist Zeit, dass du wieder kämpfst.«

Er lächelte ein wenig. »So? Meinst du?«

Sie nahm großmütig die defensive Rolle ein. »Warum nicht? Du wirst deine Kraft zurückgewinnen, dein Gleichgewicht festigen – und dein Bruder ist der perfekte Gegner …«

Er legte seine Stirn an ihre. Seine Stimme war sehr leise. »Beruhige dich, Wildkatze. Du bist die Expertin. Wenn du glaubst, es ist Zeit, dass ich anfange zu kämpfen, dann ist es wahrscheinlich Zeit, dass ich anfange zu kämpfen.«

Er lächelte immer noch, und Katsa konnte es nicht ertragen, weil es das kleinste und traurigste Lächeln der Welt war. Doch als er den Finger hob, um damit ihr Gesicht zu streicheln, sah sie, dass er seinen Ring trug.

LANGSAM ENTSTAND EINE Art Schule. Katsa entwarf Übungen für Skye und Bo, die vor allem Bos Kraft herausforderten. Skye war zufrieden, weil ihn die Übungen begünstigten; Katsa war zufrieden, weil sie Bos Fortschritte sehen konnte. Sie ließ die beiden immer ringen, selten richtig boxen, und stets erinnerte sie Bo in Gedanken und laut daran, sich mit Muskelkraft und nicht mit Hilfe seiner Gabe aus jeder Klemme zu befreien.

Neben den ringenden Brüdern brachte Katsa Bitterblue bei, wie man ein Schwert hielt, damit den Gegner abwehrte und dann zuschlug – Stellung, Gleichgewicht, Kraft und Bewegung sowie Schnelligkeit. Das Mädchen war mit dem Schwert zuerst unbeholfen, wie damals mit dem Messer, doch sie trainierte hartnäckig, und wie Bo machte sie Fortschritte.

Und Katsas Schule wuchs. Die Wachleute und Boten konnten nicht widerstehen zuzuschauen, wie Lady Katsa ihre junge Königin im Schwertkampf unterrichtete und der beschenkte Lienid und sein Bruder einander zu Boden rangen. Sie umringten die Kämpfenden, stellten Fragen zu einer Übung, die sie sich für die Prinzen ausgedacht hatte, oder einem Trick, den sie Bitterblue zum Ausgleich für ihre fehlende Größe und Kraft lehrte. Ehe sie es sich versah, brachte Katsa den Trick zwei jungen Soldaten von der südlichen Küste Monseas bei und zeigte Bitterblues Wachmännern eine Übung zur Verbesserung der Schlagabwehr im Gefecht. Das alles bereitete Katsa großes Vergnügen. Es war eine Freude, zu sehen, wie ihre Schüler besser wurden.

Und Bo wurde wirklich stärker. Er verlor immer noch bei den Ringkämpfen, doch jedes Mal dauerte es länger und länger. Sein Gleichgewicht, seine Körperbeherrschung besserten sich. Die Kämpfe wurden zunehmend amüsanter, einmal, weil die Brüder einander so ebenbürtig waren, und dann, weil sich der Hof mit der Schneeschmelze in einen Morast verwandelte. Natürlich fanden sie nichts schöner, als dem Gegner den Schlamm ins Gesicht zu schmieren. Wenn Bos blitzende Augen nicht gewesen wären, hätte man die Brüder an den meisten Tagen nicht unterscheiden können.

Es kam der Tag, an dem einer der schlammbedeckten Prinzen den anderen zu Boden presste und lauthals seinen Sieg verkündete und Katsa feststellte, dass der Sieger zum ersten Mal Bo war. Er sprang lachend auf die Füße und schenkte Katsa ein verschmitztes Grinsen. Dann wischte er sich den Schlamm vom Gesicht und winkte Katsa zu sich. »Komm her, Wildkatze! Du bist die Nächste.«

Katsa stützte sich auf ihr Schwert und lachte. »Du hast eine halbe Stunde gebraucht, um deinen Bruder niederzuringen, und da glaubst du, dass du für mich bereit bist?«

»Komm in den Schlamm zu mir. Ich werde dich auf den Rücken legen wie einen Käfer.«

Katsa wandte sich wieder der Übung zu, die sie Bitterblue beibrachte. »Wenn du Skye mit Leichtigkeit schlagen kannst, dann werde ich mit dir schlammringen.«

Sie versuchte streng zu klingen, konnte ihre Freude aber genauso wenig verbergen wie Bo. Er tröstete seinen armen, stöhnenden Bruder, der von seinem Platz am Boden den Anfang vom Ende kommen sah.

Katsa stellte fest, dass sich Bo als Gegner sehr verändert hatte – weniger wegen seiner verlorenen Sehkraft, mehr wegen der Sensibilität, die er mit seiner wachsenden Gabe gewonnen hatte. Wenn sie jetzt kämpften, spürte er nicht nur ihren Körper und ihre Absichten, er fühlte auch die Kraft ihrer Schläge, bevor sie ihn trafen, die Richtung ihres Schwungs, ihr Gleichgewicht, ihr Ungleichgewicht und wie er es nutzen konnte. Er war noch nicht wieder im Besitz seiner ganzen Kraft und manchmal trog ihn sein eigenes Gleichgewicht. Doch es kam vor, dass er Katsa überraschend traf, und daran waren sie beide nicht gewöhnt.

Er würde wieder so gut kämpfen wie zuvor, vielleicht besser. Und das war wichtig. Die Kämpfe machten Bo glücklich.

Nicht lange nach dem Frühlingsanfang brach Bitterblue auf. Skye folgte ihr etwas später, sein Vater hatte ihn nach Leck City gerufen, damit er bei der bevorstehenden Krönung half. Und schließlich unternahmen Katsa und Bo selbst die Reise in die Stadt, die bald Bitterblues Namen tragen würde. Bo überstand die Reise gut, ein wenig wie ein Kind, das nie zuvor gereist ist und jede neue Erfahrung faszinierend, wenn auch etwas überwältigend findet. Und tatsächlich war Bo ja wie ein Kind, wenn es darum ging, mit seiner neuen Wahrnehmung der Welt unterwegs zu sein.

In ihrem gemeinsamen Zimmer in Bitterblues Schloss zwang sich Katsa, ein Kleid anzuziehen. Bo lag auf dem Bett und grinste immerzu an die Decke.

»Worüber grinst du?«, fragte Katsa zum dritten oder vierten Mal. »Fällt mir die Decke vielleicht gleich auf den Kopf? Du siehst aus, als würde gleich etwas Komisches passieren.«

»Katsa, nur du würdest eine einstürzende Decke komisch finden.«

Da wurde an ihre Tür geklopft, und Bo fing an, in sich hineinzulachen.

»Du hast Apfelmost getrunken«, beschuldigte ihn Katsa auf dem Weg zur Tür. »Du bist betrunken.«

Und dann riss sie die Tür auf und setzte sich vor Erstaunen fast auf den Boden, denn vor ihr im Gang stand Raffin.

Er war voller Schlamm und roch nach Pferd. »Sind wir rechtzeitig zum Essen?«, fragte er. »In der Einladung stand etwas von Pastete und ich bin am Verhungern.«

Katsa fing an zu lachen und dann zu weinen, und sobald sie angefangen hatte, ihn zu umarmen, konnte sie damit nicht mehr aufhören. Und hinter Raffin stand Bann, hinter Bann stand Oll, und Katsa umarmte weinend auch sie. »Ihr habt uns gar nicht gesagt, dass ihr kommt«, sagte sie immer wieder. »Ihr habt uns gar nicht gesagt, dass ihr kommt. Niemand hat mir gesagt, dass ihr eingeladen seid.«

»Du bist die Richtige, von Auskünften zu reden!«, sagte Raffin. »Monatelang hatten wir keinerlei Nachricht von dir – bis eines Tages Bos Bruder an unseren Hof kam und die wildeste Geschichte erzählte, die wir je gehört hatten.«

Katsa schniefte und schlang die Arme wieder um ihren Cousin. »Aber du verstehst das, oder?«, sagte sie an seiner Brust. »Wir wollten nicht, dass ihr hineingezogen werdet.«

Raffin küsste sie auf den Kopf. »Natürlich verstehen wir das.«

»Ist Randa bei euch?«

»Er hatte keine Lust zu kommen.«

»Wie läuft es im Rat?«

»Er kommt gut voran. Aber müssen wir hier stehen und den Gang verstopfen? Dass wir am Verhungern sind, war kein Witz. Du siehst gut aus, Bo.« Raffin begutachtete zweifelnd Katsas kurzes Haar. »Helda schickt dir eine Haarbürste, Kat – genau, was du brauchst.«

»Ich weiß es zu schätzen. Jetzt kommt herein.«

Wie jedes Ereignis, das festliche Kleidung erfordert, war die Krönungszeremonie langweilig, doch Bitterblue ertrug sie mit angemessener Ernsthaftigkeit und Würde. Der Rand ihrer prächtigen goldenen Krone war mit dickem purpurrotem Stoff gepolstert, damit sie ihr nicht auf die Nase hinunterrutschte. Katsa fand, die Krone sah aus, als würde sie so viel wiegen wie das Mädchen.

Katsa machte die Langeweile nichts aus, denn sie saß zwischen Raffin und Bann, und es vergingen keine fünf Minuten, in denen sie sich nicht über irgendetwas amüsierten. Als Bann ihr flüsternd von Raffins neuer medizinischer Entdeckung erzählte, die Bauchweh heilte, aber juckende Füße bewirkte, und seiner folgenden Entdeckung, die juckende Füße heilte, aber Bauchweh bewirkte, kicherte Katsa. Ror, der mit seinen beiden Söhnen drei Reihen vor ihr stand, drehte sich um und schaute sie wütend an. »Das ist kein Straßenkarneval in Sunder«, flüsterte er mit überaus würdevollem Tadel. Da fingen auch Bos Schultern an zu beben, und mehrere Stimmen flüsterten Ror zu, er solle still sein, doch dann erkannten sie, wen sie da ermahnten, und baten wortreich um Entschuldigung.

»Ja, schon gut«, musste Ror immer wieder und mit zunehmender Lautstärke sagen. »Wirklich, schon gut.« Die Unterbrechung entwickelte sich zu einer ziemlich erheblichen und unüberhörbaren Störung und brachte den Zeremonienmeister bei seiner Litanei der Regenten von Monsea im Lauf der Jahrhunderte aus dem Konzept. Bitterblue lächelte ihm freundlich zu und nickte, er solle fortfahren. Und in der Menge verbreitete sich die Nachricht, die junge Königin sei gutherzig und werde niemanden für kleine Fehltritte bestrafen.

»Und wie geht es Giddon?«, murmelte Katsa Raffin zu, als sich alles wieder beruhigt hatte. Jetzt, wo sie glücklich und von Freunden umgeben war, dachte sie wohlwollend an ihren alten Verehrer zurück.

Hinter ihr räusperte sich Oll. »Er wird jedes Mal ein bisschen trübsinnig, wenn Ihr Name erwähnt wird, Lady. Ich will nicht so tun, als wüsste ich nicht, warum.«

Raffin sagte leise: »Randa versucht immer wieder, ihn zu verheiraten, und Giddon weigert sich jedes Mal. Er verbringt mehr Zeit als früher auf seinem eigenen Landsitz. Aber er widmet sich mit voller Kraft der Arbeit des Rats. Er ist ein unbezahlbarer Verbündeter, Kat. Ich glaube, er würde sich freuen, dich eines Tages wiederzusehen. Wenn du uns am Hof besuchen willst, finden wir immer eine Möglichkeit, dich ohne Randas Wissen einzuschmuggeln, das weißt du. Falls du das willst. Du hast uns noch nichts von deinen Plänen erzählt.«

Katsa lächelte. »Nach der Krönung gehe ich mit Bo zurück in die Berge.« Das war alles, was sie von ihren Plänen verriet, denn im Moment war es alles, was sie wusste.

Sie neigte den Kopf und legte ihn an die Schulter ihres Cousins. Der Rest der Krönung verging in einem Nebel der Zufriedenheit.

Epilog

Katsa und Bo schwammen durch den Tunnel und brachen durch die Wasseroberfläche in die schwarze Höhle. Sie stemmten sich auf die Steine und wrangen so viel Wasser wie möglich aus ihrer Kleidung.

»Nimm meine Hand«, sagte Bo. Er führte sie einen holprigen Hang voller Steine hinauf. Katsa sah nichts in der Finsternis, noch nicht einmal einen Umriss. Sie stolperte und fluchte.

»Wohin gehen wir eigentlich?«

»Zum Strand.« Er blieb stehen, hob sie hoch und trug sie über eine Gesteinsformation, die sie nicht sehen konnte. Als er sie absetzte, berührten ihre Füße etwas Körniges und Weiches. Sand.

Draußen waren die Bäume grün und die Sonne brachte die Welt zum Schmelzen, doch in dieser Höhle herrschte immer eine kalte Jahreszeit. Sie saßen im Sand und schmiegten sich aneinander, um warm zu bleiben. Ihr Zittern führte zu spielerischen Knüffen, die Knüffe zur Prügelei, und es dauerte nicht lange, da lachten und rangen sie miteinander, ihre nassen Haare und Kleider voller Sand. Und schließlich gestand Bo, als er von ihr zu Boden gepresst wurde, flüsternd seine Niederlage und fuhr auf eindeutig friedliche Weise mit der Hand über die Rückseite ihres Beins.

Da verwandelte sich das Ringen in etwas Langsames, Sanftes und Nachgiebiges, es war ihnen warm und sie waren einige Zeit nur miteinander beschäftigt.

Die Geräusche in der Höhle waren eigenartig, nass und klangvoll. Sie lagen Seite an Seite, warm, wo ihre Körper sich berührten. »Ich habe Sand eingeatmet«, stieß Bo hustend hervor. »Du natürlich auch, aber dir scheint es nichts auszumachen.«

»Nein«, sagte Katsa zerstreut, sie starrte ins Dunkel. Ihre Finger fuhren die Narben auf seiner Schulter entlang, dann die Narben auf ihrer Brust. »Bo?«

»Hmm?«

»Vertraust du Bitterblues zukünftigen Ratgebern?«

»Den meisten schon.«

»Ich hoffe, ihr geht es gut. Sie spricht nie über den Tod ihrer Mutter, aber ich weiß, dass sie immer noch Albträume hat.«

»Ich weiß nicht, was sie gegen ihre Albträume tun kann«, sagte Bo. »Sie ist noch so jung und muss so vieles versuchen zu begreifen – eine ermordete Mutter, einen verrückten Vater!«

»Glaubst du, dass er verrückt war?«

Bo zögerte. »Ich weiß es nicht. Auf jeden Fall war er grausam und pervers. Aber es ist schwer zu sagen, wo er aufhörte und seine Gabe begann, weißt du, was ich meine? Und vermutlich werden wir nie erfahren, woher er kam. Oder was er wirklich wollte.« Er atmete langsam ein und aus. »Wenigstens verändern sich die Gefühle der Menschen für ihn. Hast du das gemerkt? Man wird ihn nicht in guter Erinnerung behalten.«

»Das wird eine Hilfe für Bitterblue sein.«

»Weißt du, sie fragt sich, ob ich ein Gedankenleser bin. Sie vermutet es, Katsa, und dennoch vertraut sie mir und verlangt nicht, dass ich meine Geheimnisse preisgebe. Das ist außergewöhnlich.«

Katsa horchte auf die Stille, die sich in der Höhle ausbreitete, als Bo verstummte. »Ja. Bitterblue ist nicht wie andere Menschen.«

»Bei der Krönung warf Skye mir vor, ich würde mich weigern, dich zu heiraten«, sagte Bo, und jetzt hörte sie ein Lächeln in seiner Stimme. »Er war ziemlich aufgebracht deswegen.«

Katsa seufzte. »Oll kam mit dem gleichen Thema zu mir. Er findet es gefährlich, einander so viel Freiheit zu lassen, nur vage Pläne über gemeinsame Reisen in der Zukunft zu machen und für den Rat zu arbeiten, und das alles ohne Versprechen. Ich habe ihm gesagt, ich würde dich nicht heiraten und mich wie eine Klette an dich hängen, nur damit ich dich für mich behalten und verhindern kann, dass du eine andere liebst.«

»Das macht nichts. Die anderen müssen es nicht verstehen.«

»Ich mache mir Sorgen darüber.«

»Tu das nicht. Wir schaffen das schon. Und manche können uns verstehen. Raffin zum Beispiel und Bann.«

»Ja«, sagte Katsa. »Sie verstehen uns.«

Bo schauderte, und sie umfasste ihn, um ihn zu wärmen. Plötzlich wurde sie von einem Gefühl überwältigt. Sie flüsterte: »Bist du entschlossen, sofort nach Lienid zu gehen?«

Er wartete einen Moment, bis er antwortete, und schaffte es dann nicht ganz, seinen Ton unbeschwert zu halten. »Meine Mutter wird in Tränen ausbrechen, wenn ich ihr von meiner Blindheit erzähle. Um ehrlich zu sein, das fürchte ich mehr als alles andere.«

»Ich werde mit dir gehen.«

»Nein, Katsa, ich schaffe das schon. Ich will mich damit auseinandersetzen und es dann hinter mir haben. Und ich will nicht, dass du deine Pläne änderst.«

Katsa war auf dem Weg zurück nach Bitterblue City, wo sie jungen Mädchen Kampfunterricht erteilen wollte. Das war, was sie jetzt tun wollte, in allen sieben Königreichen, und nach der Krönung hatte Bitterblue sie gebeten, in Monsea anzufangen. Und Bo hatte sie ziemlich eindringlich ermuntert, weil Katsa so eine Entschuldigung dafür hatte, Bitterblues Wohl im Auge zu behalten.

»Ich werde mindestens ein paar Monate in Monsea sein«, sagte Katsa. »Aber ich verspreche dir, als Nächstes in Lienid Unterricht zu geben.«

»Also hoffe ich, dich bis zum Ende des Herbstes wiederzusehen. Ich werde mir einreden, dass es nicht lange dauert.«

»Ich werde den Landweg nach Westen nehmen«, sagte Katsa, zögerte und gab dann zu: »Ich werde in die Middluns reisen, Bo. Da lebt noch ein König, mit dem ich mich auseinandersetzen muss.«

Bo zog überrascht und hörbar die Luft ein. »Aber das hast du doch schon getan.«

Katsa seufzte. »Ja. Aber damals hatte ich Angst vor mir selbst. Ich hatte Angst vor ihm. Das habe ich jetzt nicht mehr. Bo – Randa muss wissen, dass ich ab jetzt komme und gehe, wie ich will. Ich werde mich nicht mehr wie eine Art Verbrecher verstecken, und ich werde keine Angst davor haben, meine Freunde zu besuchen. Raff fehlt mir schon jetzt so sehr, und ich muss Helda sehen – ich will sie überzeugen, nach Monsea zu gehen. Bitterblue braucht sie.«

Bo schlang die Arme um sie und zog sie an sich. Mit den Fingern bürstete er Sand aus ihren Haaren. »Gut«, sagte er leise. »Sei vorsichtig. Ich werde dich erwarten, nachdem du dich mit deinem König auseinandergesetzt hast.«

Still lagen sie zusammen im Finstern. Katsa legte ihren Kopf an seine Brust. Sie hörte Wasser plätschern und das Echo dazu. Sie hörte sein Blut pulsieren.

»Weißt du«, sagte er, »ich wollte, du könntest diese Höhle sehen.«

»Wie sieht sie aus?«

Er zögerte. »Sie ist – wunderschön, wirklich.«

»Beschreib sie mir.«

Und Bo beschrieb Katsa, was sich im Dunkel der Höhle verbarg. Und draußen erwartete sie die Welt.

Danksagungen

Ein Debütroman ist eine kollektive Leistung. Von ganzem Herzen danken möchte ich meiner Schwester Catherine (und den Jungs), die immer meine erste Leserin ist (oder sind); meiner außergewöhnlichen Lektorin Kathy Dawson; meiner Agentin Faye Bender, die ein Rockstar ist; Liza Ketchum, die mit beigebracht hat, wie eine Schriftstellerin zu denken; Susan Bloom, Cathie Mercier, Kelly Hager, Jackie Horne, Lisa Jahn-Clough and allen anderen, die am *Center for the Study of Children's Literature* des Simmons College mein Leben verändert haben; meiner Schwester Dac, Dana Zachary, Deborah Kaplan, Joan Leonard, Mom und Rebecca Rabinowitz, auch genannt meine furchtlosen Leser; Daniel Burbach, der mich sehr unterstützt hat; meinem Onkel Dr. Walter Willihnganz, der mit großer Geduld jede Menge verrückter medizinischer Fragen beantwortet hat, und Michael Previtera, dem ich auf der Weihnachtsfeier der Familie Previtera jede Menge noch viel verrückterer Fragen über Pfeile und Bogen stellen durfte; Natasha Farrant und Annelie Geissler, die ein deutsches Zuhause für mein Buch fanden; meinem deutschen Verlag Carlsen, insbesondere Barbara König, Franziska Leuchtenberger und Klaus Humann; meiner Übersetzerin Irmela Brender; und, last but far from least, meinen Eltern.